El bosque sabe tu nombre

El bosque sabe tu nombre

ALAITZ LECEAGA

Primera edición: mayo de 2018
Quinta reimpresión: octubre de 2018

© 2018, Alaitz Leceaga
Autora representada por la agencia Hanska Literary & Film Agency S.L.
© 2018, Penguin Random House Grupo Editorial, S. A. U.
Travessera de Gràcia, 47-49. 08021 Barcelona

Printed in Spain – Impreso en España

ISBN: 978-84-666-6292-5
Depósito legal: B-5.751-2018

Compuesto en Infillibres, S. L.

Impreso en Rodesa
Villatuerta (Navarra)

BS 6 2 9 2 5

Penguin
Random House
Grupo Editorial

Para mi marido, siempre

Dondequiera que estemos, la sombra que trota detrás de nosotras tiene sin duda cuatro patas.

DRA. CLARISSA PINKOLA ESTÉS,
Mujeres que corren con los lobos,
Barcelona, Ediciones B, 1998

PRIMERA PARTE

FUEGO

EL HILO INVISIBLE

La primera vez que sentí el fuego tenía once años. Fue la misma tarde en que la abuela Soledad saltó por el acantilado que había detrás de nuestra casa. Mi hermana Alma ya podía hablar con los muertos antes de que a nuestra abuela se la tragaran para siempre las aguas heladas del Cantábrico, pero yo tuve que esperar hasta aquella tarde.

Alma y yo habíamos salido a explorar el bosque que crecía frente a nuestra casa como solíamos hacer cuando los días se volvían luminosos y claros otra vez, después del interminable invierno. Aunque conocíamos casi de memoria cada roble centenario, cada raíz que se asomaba entre las hojas secas del suelo o las huellas que los jabalíes dejaban en la tierra húmeda, cada tarde —después de la siesta que nuestra madre nos obligaba a dormir— Alma y yo nos escabullíamos de la mansión y caminábamos de la mano para perdernos en el bosque hasta que empezaba a oscurecer.

—Estás sangrando, Estrella —me dijo Alma sin volverse para mirarme.

La noche en que yo nací, un cometa atravesaba el cielo dejando a su paso una estela de fuego, hielo y estrellas rotas. Y ese es precisamente el nombre que mi madre eligió para mí: Estrella.

—Ten cuidado —añadió—. Si te manchas el vestido, mamá te regañará otra vez. Sabes de sobra que a ella y a Carmen no les gusta que juguemos en el bosque, creen que no es propio de señoritas.

—Te equivocas, es por los lobos: mamá y Carmen tienen miedo de que se nos coman vivas y después solo encuentren nuestra ropa hecha jirones y nuestros zapatitos entre los matorrales, todo manchado de sangre —respondí, intentando asustarla.

—Sí, igual que le pasó a la hija sin padre de la maestra del pueblo. A la pobre ni siquiera pudieron hacerle un entierro decente con lo poco de ella que no se comieron los lobos. Una lástima —añadió Alma, en un tono que no me sonó nada compasivo.

Igual que todo el mundo en Basondo, yo había escuchado muchas veces esa misma historia, pero ahora, al pensar en la hija despedazada de la maestra, un escalofrío me bajó por la espalda.

—Todavía sangras —añadió Alma con voz cantarina.

Me miré la mano derecha y vi el corte en mi dedo índice: era una herida irregular que bajaba hasta el nacimiento de la uña.

—No es nada, solo me he arañado con una rama —respondí de mala gana.

El sol de la tarde apenas era capaz de llegar hasta nosotras atravesando las ramas más altas del bosque, tejidas entre sí como una cúpula vegetal, así que enseguida noté la sangre saliendo de mi herida y resbalando por mi mano: sangre de color rojo brillante, y tan caliente, que sentí una quemadura invisible formándose bajo mi piel. Nunca antes me había asustado la visión de la sangre, pero en ese momento me pareció algo horrible, casi insoportable. Mi estómago se cerró por el asco y agité la mano intentando librarme de ese hilo al rojo vivo que recorría mi piel. Algunas gotas cayeron sobre la tierra del bosque, pero la mayoría mancharon la falda de mi vestido azul.

—Te dije que tuvieras cuidado —insistió Alma mientras

rodeaba el tronco de un pino enorme para seguir avanzando—. Y deja ya de portarte así, llevas de morros desde que hemos salido de la mansión. Me aburro. No eres nada divertida cuando te enfadas, Estrella.

—No estoy enfadada —mascullé—. Lo que pasa es que algunas veces te pones insoportable.

—¿Insoportable? Pero si yo soy Alma la Santa —respondió ella con voz demasiado cariñosa.

La supuesta «santidad» de mi hermana era un secreto a voces en Basondo. Algunos vecinos creían que Alma era una especie de elegida capaz de ponerles en contacto con sus seres queridos al otro lado de la muerte.

—Mamá no se enterará de que hemos estado en el bosque si tú no se lo cuentas —respondí, mirando las traicioneras gotitas de sangre que salpicaban mi falda—. Le daré el vestido a Carmen para que lo lave. Seguro que ella sí me guarda el secreto, no como tú.

Alma se volvió para mirarme, sus ojos amarillos siempre parecían más brillantes cuando estábamos en nuestro bosque:

—Yo también te guardaré el secreto, tonta.

Mi hermana solía pasar largas horas perdida en su propio universo con la mirada fija en algún rincón vacío de la casa. No solía importarme porque Alma era mi hermana gemela y yo siempre sabía lo que estaba pensando, siempre, excepto cuando ella tenía esa expresión embrujada. Teníamos seis años cuando me confesó que veía personas «que ya no existían» viviendo en nuestra casa. Fantasmas. Me contó que algunos hablaban o lloraban en silencio por las habitaciones vacías y los largos pasillos de Villa Soledad.

—¿Has visto algún espectro últimamente? —le pregunté yo, fingiendo que no estaba muy interesada en su respuesta.

Alma esquivó una raíz retorcida que salía del suelo. La primera vez que fuimos allí mi hermana se cayó al suelo alfombrado de hojas secas después de que esa misma raíz se le enredara en los pies. Se hizo un corte en la frente al caer, pero le contó a mamá que yo la había empujado mientras jugábamos en el jardín lateral de la mansión. Pasé dos semanas castigada por su culpa.

—Te aseguro que hablar con los muertos no es algo tan bueno como parece —respondió cuando ya casi habíamos llegado a nuestro claro secreto—. Carmen dice que es un mal augurio estar siempre en compañía de los difuntos, y mamá, bueno, mamá no me deja hablar de cosas de fantasmas con ella, así que solo te tengo a ti para desahogarme.

Me aparté un mechón de pelo negro de la cara. A pesar del frío que flotaba en el aire del bosque, el sudor por la caminata hacía que mi pelo se pegara a la frente.

—De todas formas me da igual, olvida que te lo he preguntado —respondí con desdén—. Además, ni siquiera me creo que puedas verlos de verdad. No eres más que una mentirosa a la que le gusta fingir que es especial para poder engañar a todo el mundo.

Tenía celos de cada cosa que Alma podía hacer y yo no. Ella se encargaba bien de que eso fuera así. Sin embargo, algunas noches la escuchaba susurrar en el dormitorio que ambas compartíamos cuando pensaba que yo ya dormía: Alma mantenía largas y misteriosas conversaciones de madrugada con personas que no estaban en nuestra habitación o se reía en voz baja; algunas veces también lloraba contra la almohada, dependiendo del fantasma que nos visitara esa noche.

—No estés celosa, Estrella.

—No estoy celosa en absoluto, muchas gracias —mentí—. Podrás engañar a otros fingiendo que eres especial o que puedes hablar con los muertos, pero yo soy tu hermana y sé muy bien cómo eres en realidad: eres idéntica a mí.

Alma acarició la hiedra que subía por el tronco del último roble. Unas pequeñas flores silvestres de color azul crecían enredadas a la hiedra igual que un collar de perlas.

—Sí, somos gemelas, pero no somos idénticas. Tú tienes un ojo de cada color: uno verde y el otro amarillo —me recordó—. Y yo tengo los dos amarillos.

—Detalles, nada más. Somos idénticas en todo lo que importa.

Ya casi habíamos llegado al claro. Podía saberlo porque reconocía las hayas retorcidas que habíamos dejado atrás o los helechos de hojas grandes y lustrosas. Desde donde estábamos ya podía escuchar el agua corriendo deprisa en el riachuelo. Después de pasar entre cuatro pinos, tan altos como torres de vigía que se levantaban formando una línea casi recta, vi el prado de flores silvestres y hierbas altas. Allí sí llegaba la luz del sol, del mismo color dorado brillante que los ojos de Alma, allí el aire olía a flores frescas y a hierba que nunca había sido cortada. Algunas semillas de diente de león flotaban entre los rayos de sol de la tarde y se perdían al otro lado del riachuelo, de vuelta al bosque oscuro.

—Si tanto miedo te dan los muertos, ¿por qué no se lo cuentas al padre Dávila? Quizás con un par de padrenuestros y unos cuantos rezos te curas y dejas de ver fantasmas —le dije de malos modos.

—¿Confesarlo todo? Nadie me creería, o peor aún: me creerían y me quemarían en la hoguera por bruja —se lamentó Alma, sentándose cerca de la orilla con las piernas cruzadas—. No, no puedo contárselo a nadie.

Alma se cubrió la cara con las manos como si estuviera sollozando, aunque yo sabía que fingía.

—Estamos en 1927, Alma, ya no queman a nadie por brujería —le aseguré—. Además, Carmen me contó una vez que solo quemaban a las mujeres que eran pobres, y tú y yo somos prácticamente marquesas. Nadie en su sano juicio se atrevería a acusarnos de brujería y mucho menos a quemarnos en la plaza del pueblo.

Me reí al pensarlo, pero Alma me preguntó angustiada:

—¿Qué te hace tanta gracia? ¿Ya no te acuerdas de la historia de Juana de Arco que nos contó la señorita Lewis? Tuve pesadillas horribles con las llamas devorándome durante semanas después de aquello.

Yo también soñaba con el fuego, pero a diferencia de Juana de Arco o de mi hermana, el fuego que me rondaba en mis sueños estaba dentro de mí y chisporroteaba bajo mi piel.

—Nadie va a quemarte, Alma —dije mientras me sentaba a su lado en el suelo—. Se supone que tú eres la hermana buena, de modo que si una de nosotras ha de consumirse entre las llamas, seré yo.

Alma sonrió y pareció extrañamente aliviada por mi comentario. Supe entonces que ella, como los demás, también pensaba que yo era la hermana prescindible.

—Una vez leí en un libro que cuando un gemelo muere el otro siente como si le faltara un brazo, una pierna o un ojo durante el resto de su vida —empecé a decir—. ¿Te imaginas? ¿Ir toda tu vida por ahí como si te faltara una parte del cuerpo? Yo desde luego no quiero sentir algo así solo porque tú hayas tenido la tonta idea de contarle al cura que puedes ver a los muertos.

—Ha sido idea tuya —me recordó Alma, cortando una flor silvestre de color azul que crecía junto a sus zapatos de charol. Acto seguido, la posó en su mano—. Así que ahora si me matan será culpa tuya.

Un escalofrío bajó deprisa por mi columna pero no tenía nada que ver con el frío que salía de la tierra esponjosa y húmeda debajo de mí. No. Había algo oscuro en las palabras de Alma: una premonición, una siniestra promesa entre hermanas. «Si me matan será culpa tuya.»

Miré fijamente la flor azul en la palma de su mano y por un momento me pareció que la florecilla comenzaba a moverse. Al principio pensé que era el viento del norte que había atravesado el bosque buscándonos. El mismo viento helado que subía desde el mar por el acantilado y se colaba entre las ventanas de nuestra habitación las noches en que los muertos nos visitaban, pero no era el viento. Sentí un hormigueo debajo de la piel, un calor febril que nacía en el centro de mi pecho y que se extendía rápidamente por mis venas como veneno caliente, entonces la florecilla empezó a dar vueltas sobre su tallo con la misma delicadeza que una bailarina da vueltas en su caja de música.

—¿Lo estás haciendo tú, Alma? —le pregunté con la boca seca—. ¿Eres tú?

Alma ya era especial, no me pareció justo que también tuviera el poder de mover la flor.

—No. Creo que eres tú, Estrella —susurró ella mirando la flor que bailaba en su mano.

La flor giraba más deprisa ahora, flotando en el aire de la tarde unos centímetros por encima de la palma de la mano de Alma.

—No te creo, eres tú, lo estás haciendo para burlarte de mí. ¡Para ya! —grité, y la flor giró más deprisa todavía—. ¡Que pares te digo!

Cuanto más me enfadaba yo, más deprisa giraba la flor. Noté el hormigueo abrasador corriendo bajo mi piel como una descarga eléctrica hasta llegar a la palma de mi mano, igual que una lupa que concentra todo el calor del sol en un único punto.

—Eres tú, estás haciendo magia, Estrella.

—No soy yo, es el fuego.

Había esperado once largos años mientras Alma, con sus imposibles ojos amarillos, hablaba con los muertos o llevaba mensajes del más allá a los vivos que lloraban emocionados y la abrazaban al escuchar las palabras de sus seres queridos ya desaparecidos. Hasta esa tarde.

Salimos de nuestro bosque y regresamos a casa por el camino más largo, el que serpenteaba junto al acantilado al otro lado de la carretera.

—No te preocupes tanto, si ese fuego que supuestamente sientes es de verdad seguro que podrás hacerlo más veces —me retó Alma por encima del rugido de las olas.

Me miré la mano disimuladamente esperando ver una quemadura o la piel agrietada por las llamas, pero todo lo que vi fue el corte que me había hecho en el dedo de camino al claro, nada más, ni rastro de heridas o ampollas. Y, sin embargo, todavía podía sentir el calor del fuego bajo mi piel, dentro de mí, parecido al calor residual que desprenden las brasas incluso después de haber sido apagadas: el recuerdo del fuego.

—Tú no tienes ni idea de cómo funciona el fuego, así que deja ya de hablar como si lo supieras todo —le dije, aunque tampoco yo tenía ni idea—. Por si se te ha olvidado, yo soy la hermana mayor.

—Solo por dos minutos de diferencia —masculló Alma con un mohín.

—Dos minutos es suficiente, te aguantas.

Yo esperaba que Alma siguiera discutiendo pero entonces su expresión cambió y se quedó quieta, paralizada mirando el cargadero de metal que sobresalía del acantilado y que se utilizaba para bajar el mineral de hierro de nuestra mina a los barcos que no podían acercarse a la pared de piedra.

—La abuela Soledad está ahí —dijo de repente.

Miré alrededor por si acaso nuestra abuela había salido a dar un paseo por el acantilado y nos había visto salir del bosque donde no teníamos permiso para jugar.

—¿Qué dices? ¿Dónde está?

—Está ahí mismo —respondió Alma—. De pie en el muelle, justo en el borde, como si fuera a saltar al mar. ¿Es que tú no la ves?

El cargadero estaba unos pasos más adelante pero no había nadie al final del saliente de hierro.

—La abuela Soledad no está ahí, idiota. A esta hora estará tomándose su Amaretto Sour en el invernadero como hace cada tarde antes de cenar.

Pero los ojos de gata de Alma estaban fijos en el cargadero, viendo algo invisible para mí, mientras luchaba por contener las lágrimas.

—Puedo verla tan claro como te estoy viendo a ti —dijo Alma con voz frágil cuando empezó a comprender lo que eso significaba—. Su pelo plateado está mojado y parece más largo ahora de lo que parecía esta mañana, le llega más abajo de la cintura. Ahora me mira, lleva puestos sus collares de perlas y uno de sus elegantes vestidos largos de seda mexicana, el de color rojo sangre. ¿De verdad no puedes verla, Estrella?

Caminé furiosa hasta el borde del precipicio, muy decidida, aunque noté cómo me temblaban las piernas y el estómago me dio un vuelco al estar tan cerca del abismo. El olor a salitre era intenso allí y se te metía por la nariz con cada respiración, igual que si una ola te hubiera dado un revolcón.

—Mientes, no eres más que una mentirosa que tiene celos de mí porque tú no puedes sentir el fuego.

—No miento. La abuela Soledad está ahí mismo, en el muelle, justo delante de ti. Ahora está diciendo algo. —Alma guardó silencio un segundo como si estuviera escuchando—. Dice que ya estaba cansada de vivir aquí, lejos de su tierra querida, donde el abuelo la trajo a la fuerza siendo una niña y la obligó a vivir todos estos años. No lo soportaba más.

Yo solo tenía once años pero sabía bien lo que eso significaba: nuestra abuela estaba muerta.

—La abuela dice que lo siente mucho —continuó Alma ya incapaz de retener las lágrimas—. Siente dejarnos solas, pero quería volver a su hogar, a su tierra. Sabía que si se moría de vieja aquí, en Basondo, papá mandaría que la enterraran en nuestro cementerio como a una Zuloaga y entonces ya nunca podría volver a su casa, su verdadera casa.

—Esta es su casa. ¡Cállate! —grité yo—. La abuela Soledad está en casa y está bien. No pienso seguir escuchándote.

—La abuela quiere que sepas que te ha dejado el colgante de la esmeralda, ese que tanto te gusta y que siempre has querido tener. Sabe que te lo pruebas a escondidas cuando ella no está y que te miras en el espejo de su tocador para ver si hace juego con tu ojo de color verde. Te lo ha dejado sobre tu almohada, ahora es tuyo —dijo Alma entre sollozos, entonces sacudió la cabeza en silencio como si estuviera escuchando algo terrible—. No...

—¿Qué pasa? ¿Qué más dice la abuela? —le pregunté con el sabor salado de las lágrimas atascado en la garganta.

Alma parpadeó dos veces y después bajó la mirada. No tuve que preguntarle para saber que la abuela Soledad ya se había marchado.

—Una de nosotras se reunirá con ella antes de cumplir quince años —respondió Alma, igual que quien pronuncia una maldición en un cuento de hadas—. Una de nosotras va a morir.

Me aparté del precipicio y caminé de vuelta hasta donde estaba mi hermana.

—¿Te ha dicho cuál de las dos? —pregunté, conteniendo el aliento temiendo cualquiera de las posibles respuestas.

Alma tardó un instante en responder:

—No. No me lo ha dicho.

Supe que mentía, lo supe nada más ver sus ojos ahogados por las lágrimas.

Eché a correr entre las hierbas altas en dirección a la casa, crucé el jardín delantero y atravesé el vestíbulo de la mansión sin detenerme, los pulmones me ardían mientras subía las escaleras hasta nuestra habitación en el último piso, pero tenía que verlo con mis propios ojos para estar segura. Cuando por fin llegué junto a mi cama ahí estaba, sobre la almohada, justo donde Alma había dicho que estaría: el collar con la esmeralda que la abuela Soledad me había dejado antes de saltar al mar.

Y así es como descubrí que mi hermana Alma sí que podía hablar con los muertos.

—Estate quieta, Estrella. Así no hay manera de abrocharte los botones del vestido. Bastante difícil es ya como para que encima lo pongas más difícil con tus juegos —me dijo Carmen mientras luchaba con la tira de botones en la espalda de mi vestido negro—. Parece que estés hecha de la piel del demonio, niña.

Yo hice una mueca aprovechando que Carmen no podía verme la cara, pero dejé de moverme dentro del incómodo vestido de seda salvaje y organza para que terminara de arreglarme. Nos estaba preparando para ir al funeral de la abuela Soledad.

—No me gusta este vestido, tengo muchos otros y más bonitos que este. ¿Por qué no puedo llevar alguno de esos? —le pregunté.

Carmen se colocó un mechón corto de su pelo castaño detrás de la oreja y suspiró. No era la primera vez que se lo preguntaba esa tarde.

—Porque este te lo han hecho especialmente para el funeral de la señora marquesa, tu abuela —me explicó Carmen con paciencia—. Todo el mundo importante irá al entierro. Los invitados te saludarán y te darán el pésame, por eso tu hermana y tú tenéis que estar las dos muy guapas. Mira Alma qué formal y bonita está, no me digas que no está elegante con su vestido de seda y sus zapatos de charol. Casi parece una muñequita de porcelana.

Miré a Alma, que estaba sentada en el borde de su cama con las piernas colgando. Ella ya estaba preparada. Carmen la había vestido primero porque sabía que se quedaría sentada después en vez de salir al jardín y mancharse como planeaba hacer yo.

—Sí, como una muñequita —acepté yo a regañadientes—. ¿Me harás una trenza de corona igual que la de ella?

Alma llevaba su pelo negro y brillante recogido en una bonita trenza que rodeaba su cabeza...

—Claro que te la haré, pero tienes que estarte muy quieta para eso —me dijo Carmen mientras conseguía abrochar por fin el último de los botones forrados de seda a mi espalda—. Algún día Alma y tú seréis las marquesas de Zuloaga. Tenéis que iros acostumbrando a ser el centro de todas las miradas. Debéis aprender a comportaros como señoritas elegantes y no como animalitos salvajes del bosque, ¿estamos?

Yo hice un mohín, pero Alma le sonrió con dulzura.

—La señorita Lewis dice que las dos seremos unas *wonderful ladies* algún día, ¿tú también lo crees, Carmen? —quiso saber Alma como si de repente estuviera muy preocupada por el asunto—. ¿Crees que seremos tan buenas marquesas como fue la abuela Soledad?

—Pues claro que sí, criatura, mejor incluso. Vuestra abuela era una buena mujer, guapa y con una clase que no se puede comprar con dinero, pero la pobre nunca fue muy feliz aquí. —Los ojos castaños de Carmen se volvieron tristes al hablar de la abuela pero yo no entendí por qué—. Espero que ahora la señora marquesa esté en un lugar donde por fin se sienta en casa.

Ninguna de nosotras dijo nada durante un buen rato, casi como si temiéramos que la abuela Soledad estuviera aún en la habitación escuchando nuestra conversación.

—Ahora está en su hogar, en el de verdad. Me pone triste pero también me alegro de que la abuela esté por fin en su casa —dijo Alma, fingiendo una fragilidad que yo sabía que no tenía—. Ahora por fin está en su tierra.

—No estés triste por tu abuela, cariño. La señora marquesa no hubiera querido que te pusieras triste, ni siquiera en este día. —Carmen se olvidó de mí para acercarse a consolar a Alma, que estaba sentada cabizbaja en el borde de su cama—. Ya verás como dentro de un tiempo te sientes mejor. Vuestra abuela os conocía bien y os quería mucho, sus nietas erais lo que la animó los últimos años.

—Aun así la voy a echar mucho de menos —añadió Alma.

Carmen suspiró y se apartó de ella para regresar junto al tocador a terminar de peinarme.

—Bueno, tú aguanta el tipo como sea, niña —le dijo—. Que si los demás intuyen que eres débil enseguida te comen viva.

Alma no respondió, pero pude ver en el reflejo de su cara en el espejo que no le había gustado nada que Carmen volviera a mi lado.

Estábamos las tres en el dormitorio, en nuestra pequeña torre sobre el Cantábrico. Ese era el único cuarto que había allí arriba, separado de todas las demás habitaciones de la casa por una escalera de caracol que ascendía desde el tercer piso.

—Carmen, ¿cuando Alma y yo seamos marquesas podremos hacer lo que nos dé la gana como hace padre? —le pregunté a nuestra niñera.

Ella me sonrió con tristeza y después me dio la mano para ayudarme a bajar del escabel donde estaba subida para vestirme.

—Las mujeres casi nunca hacemos lo que nos da la gana, ni siquiera las marquesas. Eso está solo reservado para los hombres —respondió con resignación—. Vamos, ahora siéntate en el tocador y estate quieta un rato para que pueda peinarte igual que a tu hermana. Tu padre subirá pronto para llevaros al funeral y no le gustará que no estéis listas.

—Claro, como él no tiene que preocuparse de abrocharse todos estos botones... —masculle yo tocando la espalda de mi vestido—. Menudo fastidio...

—Ni que los hubieras cerrado tú, niña —me recordó Carmen.

Alma soltó una risita en la cama y yo la fulminé con la mirada a través del espejo del tocador.

—Este vestido no me gusta, es duro y me aprieta cuando respiro —insistí—. Seguro que la idiota de la modista se ha vuelto a confundir con las medidas. O tú te has confundido y me has puesto a mí el de Alma, que está más delgada que yo.

Carmen cogió el cepillo del juego de tocador de plata y me lo pasó unas cuantas veces por mi larga melena negra para desenredarla.

—No me he confundido —respondió sin mirarme—. Y aunque lo hubiera hecho da igual porque Alma y tú sois idénticas hasta en la talla, así que no seas tan picajosa, niña.

—No somos iguales —protesté yo, pero después miré a mi hermana pequeña mientras Carmen terminaba de peinarme. Era como ver mi reflejo en el espejo dos veces—. Yo tengo un ojo de cada color.

Me fijé en que Carmen sacudía la cabeza mientras dividía mi cabello en tres partes para empezar a hacerme la trenza.

—Puede que sientas que el vestido te aprieta al respirar porque pronto dejarás de ser una niña para convertirte en una jovencita —me sugirió.

Yo no entendí del todo lo que Carmen quería decir, pero por si acaso bajé la cabeza casi temiendo que mis pechos hubieran crecido de repente mientras Carmen me abrochaba los botones del vestido.

—No sé lo que quieres decir —masculllé, sintiéndome avergonzada sin saber muy bien de qué.

—Yo sí que lo sé. Quiere decir que dentro de un año o dos nos desarrollaremos y dejaremos de ser niñas, ¿verdad que sí, Carmen? ¿Verdad que eso era lo que querías decir? —preguntó Alma con una media sonrisa de satisfacción en sus labios rosados—. La señorita Lewis me ha hablado un poco de ello y hasta me ha permitido ver un libro con unos dibujos asquerosos de cómo es el cuerpo femenino por dentro, pero Lewis también me ha dicho que una señorita jamás habla de eso. Es un secreto.

—Pues menudo secreto, niña. Ya se nota que la señorita Lewis es extranjera y de buena familia, ya. Ahora me dirás que parir es un secreto también.

Aunque apenas tenía treinta años, Carmen Barrio había cuidado de nosotras desde que yo podía recordar, antes incluso. Uno de mis primeros recuerdos era ella sentada en el suelo de esa misma habitación jugando con nosotras a la oca, mientras fuera, el Cantábrico se rebelaba en forma de tempestad y arrancaba de cuajo el viejo cargadero de hierro que colgaba del acantilado como si se tratara de una hoja en mitad de una tormenta. Después supimos que hicieron falta cuatro meses de trabajo y dos partidas de hombres trabajando por turnos sin descanso para sustituir el desaparecido muelle por uno nuevo.

—¿Estoy guapa? ¿Parezco más mayor? —le pregunté a Carmen intentando mirarme en el espejo sin confundirme con Alma.

—Estás muy guapa, niña. Igualita que tu hermana —me respondió ella con resignación—. Y no tengas tanta prisa por hacerte mayor, no es tan bonito como lo pintan.

Carmen tenía la piel bronceada y las mejillas sonrosadas como si siempre estuviera acalorada. Era una mujer joven —incluso para una niña como yo a quien todos los mayores de veinte años le parecían viejos—, pero al mismo tiempo parecía estar ya cansada de todo, derrotada por la vida. Sus ojos eran castaños, cálidos y afables aunque a menudo parecían estar muy lejos de la mansión y de Basondo, como quien se asoma por una ventana intentando ver el paisaje que hay más allá del horizonte. Algunas veces Carmen también lloraba. Una tarde hacía casi siete años, Alma y yo la descubrimos llorando en su habitación del sótano sentada con la espalda apoyada en la pared y abrazada a las rodillas. Fue unos meses antes de que naciera su hija, Catalina.

—¿Por qué se mató la abuela Soledad? —preguntó Alma desde la cama—. ¿Fue por nuestra culpa? ¿No estaba contenta con nosotras?

Dos días antes, mamá nos había contado que la abuela Soledad estaba paseando cerca del acantilado cuando se había caído al mar por accidente.

—Nada de eso. ¿Y quién te ha dicho que la marquesa se ha matado? —preguntó Carmen, dejando mis trenzas y mirándola sorprendida—. ¿Ha sido el marqués?

Alma negó con la cabeza y se levantó despacio de su cama con cuidado de no arrugarse el vestido negro de funeral.

—No, me lo dijo la abuela —respondió sin más cuando llegó hasta el tocador—. La misma tarde que la abuela Soledad murió nosotras la vimos en el cargadero, ¿verdad que sí, Estrella?

Yo tenía solo una de las trenzas hecha pero asentí de mala gana.

—Sí.

—En realidad solo la vi yo porque Estrella no puede ver a los muertos, claro —se corrigió Alma, mientras se apoyaba en el respaldo de la silla donde yo estaba sentada—. La abuela dijo que estaba cansada de vivir aquí, lejos de su tierra querida de donde el abuelo la obligó a venir siendo solo una niña. ¿Qué significa eso, Carmen? ¿Estaba triste y ya no nos quería más? ¿Por eso se mató?

Las dos miramos a Carmen esperando una respuesta, ella era el único adulto en la mansión de los Zuloaga —y seguramente en todo el valle de Basondo— que nos trataba como si fuéramos personas y no molestas muñequitas de porcelana. Carmen colocó las manos en las caderas y miró al techo abovedado de nuestra habitación pensando una respuesta que pudiéramos comprender pero sin tener que mentirnos.

—Significa que vuestra abuela tampoco podía hacer lo que le daba la real gana, por muy señora marquesa de Zuloaga que fuera, y después de un tiempo se cansó —respondió por fin—. No le contéis esto a nadie, ¿de acuerdo? El marqués se enfadaría mucho si se descubre en el pueblo que vuestra abuela saltó a propósito desde el cargadero del acantilado. Sería una gran vergüenza para él y para la familia. ¿Lo entendéis?

—No lo contaremos —le prometí, cruzando mis dedos sobre la falda del vestido para que Carmen no me viera.

Teníamos prohibido jugar en el cargadero o acercarnos al acantilado, pero algunas tardes, mientras Carmen enseñaba a leer a su hija Catalina, Alma y yo nos escabullíamos para asomarnos al precipicio que había medio kilómetro más abajo de la mansión y competíamos para ver cuál de las dos se atrevía a acercarse más al borde del acantilado antes de darse la vuelta. Cerrábamos los ojos y contábamos en voz alta, gritando por encima del ruido de las olas furiosas que rompían abajo contra la pared de roca. Era uno de mis juegos favoritos porque yo siempre ganaba, pero una vez me acerqué tanto al borde que estuve a punto de caerme cuando una asquerosa gaviota pasó graznando muy cerca de donde yo estaba. Me resbalé sobre los hierbajos que crecían justo en el borde y perdí uno de mis Merceditas —hechos a mano y traídos desde Madrid solo para nosotras—, cuando abrí los ojos asustada vi el zapato caer al vacío y hundirse en el Cantábrico. Tuve que volver a casa con el pie manchado de barro, los dientes castañeteando por el frío y con el susto todavía en el cuerpo.

—¿Qué quería decir la abuela con lo de que esta no era su casa? —insistí, mientras Carmen volvía a empezar mi trenza por tercera vez—. Esta era su casa. Se llama como ella: Villa Soledad. Por eso el abuelo Martín le puso ese nombre a la mansión, por la abuela y por lo mucho que él la quería, ¿verdad que sí?

La historia de amor del abuelo Martín con la abuela Soledad era épica, casi una leyenda familiar que Alma y yo habíamos escuchado contar a todo el mundo, a todo el mundo excepto a la abuela Soledad: ella jamás hablaba de ello, ni siquiera después de que el abuelo hubiera muerto, nunca mencionaba su boda, ni nos hablaba de cómo se conocieron o de cómo era su vida en México antes del abuelo.

—¿Carmen?

Pero cuando Carmen alargó la mano libre para coger unas horquillas del tocador su mano tembló ligeramente.

—Vuestro abuelo Martín conoció a doña Soledad en un

diminuto pueblo de México mientras estaba allí haciendo las Américas. Ya era marqués desde que nació, pero su padre perdió todo el dinero de la familia en una mala inversión, así que a vuestro abuelo no le quedó más remedio que marcharse a América —empezó a decir Carmen, evitando levantar los ojos de mi pelo—. Se casaron enseguida y cuando decidió que era momento de volver a casa, se trajo a doña Soledad con él a Basondo.

Alma y yo habíamos visto las fotografías de la boda de nuestros abuelos que estaban colgadas en el pasillo del segundo piso. La abuela Soledad era muy joven y era muy guapa también, aunque curiosamente en ninguna de las imágenes aparecía sonriendo. El vestido de novia era de encaje blanco y contrastaba con su piel de color canela. No llevaba velo sino una corona de rosas rojas sobre su melena, negra como las alas de un cuervo, que le caía suelta casi hasta su cintura. La abuela llevaba siete carísimos collares de perlas naturales enredados entre sí. Sabíamos que eran siete porque Alma y yo los habíamos contado una y otra vez.

«Vuestra abuela es una princesa mexicana que se cansó de vivir en esa tierra seca y dejada de la mano de Dios. Por eso se vino aquí», solía decir padre cuando le preguntábamos por los orígenes de la abuela o por su piel, que era más oscura que la nuestra.

—¿A la abuela Soledad no le gustaba vivir en Basondo? —preguntó Alma jugueteando con el perfumero de plata y cristal del juego de tocador—. Cuando la vimos en el acantilado dijo que quería volver a su casa. ¿Su casa está en México? ¿Tú has estado en México alguna vez, Carmen? ¿Cómo es? ¿Es muy distinto de Basondo? ¿También llueve todo el tiempo como aquí?

—En México no llueve, tonta —la corregí yo.

—No, yo nunca he estado en México ni en ningún otro sitio, pero vuestra abuela echaba de menos su tierra y su hogar —respondió Carmen mientras terminaba de peinarme—. Imaginad que a vosotras os obligan a vivir en otro sitio lejos de esta casa y del bosque, también estaríais muy tristes.

—Pero nadie la obligó —insistió Alma—. El abuelo incluso le puso su nombre a la mansión para demostrarle a todo el mundo cuánto la quería y le regaló el collar con la esmeralda. ¿Por qué iba la abuela a querer marcharse?

—Porque algunas cosas en este mundo, muy pocas pero muy terribles, no pueden solucionarse con dinero —respondió Carmen.

—¿Y con esmeraldas? ¿Tampoco? —quise saber.

—Tampoco.

Carmen dejó las horquillas que le habían sobrado en el tocador y me dio un empujoncito cariñoso para que bajara de la silla.

—Ya estás lista. Dejad que os vea a las dos juntas.

Yo me puse junto a mi hermana para asegurarme de que Carmen nos había peinado a las dos igual y miré nuestro reflejo en el espejo: idénticas excepto por el color de los ojos.

—Estáis muy guapas las dos. Lástima que pronto vayáis a dejar de ser niñas, algún día no muy lejano estaré en esta misma habitación ayudando a una de vosotras a vestirse de novia —nos dijo Carmen con una sonrisa triste.

No pude explicar por qué, pero las palabras de Carmen me hicieron sentir intranquila.

—¿Puedo llevar el collar de la esmeralda al funeral de la abuela? —le pregunté de repente—. Seguro que a la abuela Soledad le gustaría verme con él en su entierro.

Desde que encontré la gargantilla sobre mi almohada padre había intentado sin éxito quitármela para guardarla en la caja fuerte de su despacho con las joyas de mamá y algunos Bonos del Tesoro. Como sabía lo que tramaba había escondido el collar dentro de una de las cajas para sombreros que guardábamos en el armario de nuestra habitación.

—No, no puedes ponértelo, niña. Esa joya no es apropiada para un funeral —me respondió Carmen—. Las joyas no son para las niñas, es un collar muy valioso y podrías perderlo sin querer mientras correteas por ahí.

—Pero entonces nadie sabrá que la abuela me dejó el colgante a mí y no a Alma —protesté yo.

Recorrí la habitación dando grandes zancadas hasta la pared de armarios empotrados que había al otro lado.

—Estate quieta y no lo revuelvas todo ahora, que el marqués está a punto de subir —me advirtió Carmen—. Si te despeinas no te arreglaré el pelo otra vez, estás avisada.

Pero a pesar de su amenaza yo abrí todos los armarios hasta que vi la torre de cajas redondas de distintos colores.

—Puedo hacer lo que quiera con el collar, ahora es mío y si quiero ponérmelo me lo pongo —repliqué mientras abría las sombrereras y dejaba las tapas esparcidas por el suelo—. Tú solo eres nuestra niñera, no puedes impedírmelo.

Carmen suspiró frustrada y caminó hasta donde yo estaba.

—Tu abuela te dejó el collar para que lo usaras cuando seas un poco más mayor, no ahora.

Pero yo abrí otra de las cajas y tiré la tapa debajo de mi cama sin miramientos.

—¿Y qué pasa si nunca me hago «más mayor»? —mascullé revolviendo entre los sombreros y el papel de seda—. ¿Y si me muero antes de cumplir quince años?

—Tú no te vas a morir antes de cumplir quince años, niña. ¿De dónde sacas esas ideas tan raras si se puede saber? —me preguntó Carmen intentando ocultar el miedo en su voz.

Yo miré a Alma de refilón.

—¡Aquí está el collar! —exclamé satisfecha—. Vamos, pónmelo, que quiero llevarlo al funeral.

—No. Aunque estés triste y enfadada por lo de tu abuela no puedes llevar el collar a su funeral, que tienes mucha manía de querer salirte siempre con la tuya, niña —me regañó Carmen—. Venga, déjalo otra vez en la sombrerera para que tu padre no lo encuentre y yo recogeré todo esto mientras estáis en la capilla, que menudo lío has organizado tú sola en un momento.

—La abuela Soledad me contó que el abuelo le regaló este collar porque ella tenía los ojos verdes como una esmeralda —recordé—. Yo solo tengo uno de color verde, a lo mejor por eso ella me lo dejó a mí y no a Alma.

Carmen se agachó a mi lado y me quitó el collar de la mano con dulzura.

—No es culpa vuestra que la señora marquesa se matara, niñas. Puedes obligar a alguien a vivir en un lugar pero no puedes obligarle a que lo sienta como su hogar: la tierra es algo que uno lleva siempre en el corazón —nos explicó Carmen—. Ya lo entenderéis cuando seáis más mayores, pero no hay forma humana de mandar en los sentimientos de otra persona, esa es la única cosa en este mundo sobre lo que nadie tiene poder. Ni siquiera el señor marqués.

Como si nuestro padre se hubiera materializado en el aire al nombrarlo, José de Zuloaga apareció en la puerta de la habitación.

—¿Ya están listas? —le dijo a Carmen a modo de saludo—. Su madre ha terminado de prepararse y las espera abajo para llevarlas a la capilla.

No le habíamos escuchado subir por la escalera de caracol y no sabíamos cuánto tiempo había estado escuchando en la puerta, pero no parecía muy contento, aunque nuestro padre nunca parecía muy contento. Carmen arrugó los labios al verle: ella tampoco sabía cuánto de nuestra conversación había escuchado.

El marqués de Zuloaga tenía el pelo tan negro como nosotras y nuestra abuela, pero sus ojos eran oscuros y pequeños, parecidos a los de algunos animales del bosque. Aunque Alma y yo éramos niñas ya intuíamos que padre era el tipo de hombre que inspiraba miedo en los demás: no solo a nosotras, a los trabajadores de la mina Zuloaga, al servicio doméstico o a nuestra madre, no, padre intimidaba prácticamente a todo el mundo porque *sabía* que podía hacerlo.

—Sí, ya están preparadas —dijo Carmen, jugueteando con el collar que aún tenía en la mano.

—¿Qué haces tú con eso? —preguntó padre cuando vio el collar—. Trae, dámelo, anda. Tú no sabrías qué hacer con algo así.

—Soledad no nació siendo marquesa de Zuloaga precisamente —replicó Carmen al entregarle el collar.

Padre miró a Carmen y sus ojos chisporrotearon debajo de sus cejas oscuras. Incluso desde donde estaba sentí la violencia latiendo bajo su piel, la certeza tensa de que padre estaba pensando darle un bofetón a Carmen.

—Padre... —me atreví a decir.

—Venga, levantaos del suelo, niñas. Solo los salvajes y los asilvestrados se sientan en el suelo —nos dijo él guardándose el collar en el bolsillo de su traje—. Andando, vuestra madre os espera en el vestíbulo.

Aunque esa tarde se había puesto un traje negro para asistir al funeral de su madre, el marqués casi siempre iba vestido con ropa de cazador confeccionada especialmente para él: capas enceradas, chalecos de *tweed* verde o beige, pantalones con botones de carey en el frente, botas de piel que le llegaban hasta casi la mitad de la pierna para protegerle de las zarzas, y elegantes boinas planas para cubrir su cabeza. A padre le gustaba vestir como si fuera un lord inglés —o como él pensaba que se vestían los lores ingleses—, por eso mismo mandaba hacer toda su ropa en una conocida sastrería de Regent Street, en Londres, que vestía también a condes, empresarios, banqueros y duques de media Europa. Aunque su pelo ondulado y moreno, sus ojillos inquietos bajo sus cejas pobladas y juntas y sus modales bruscos le daban al marqués un aspecto fiero y provinciano, muy alejado del perfil distinguido de los nobles británicos a los que tanto admiraba.

—Id bajando que yo tengo que hablar un momento con Carmen.

Alma y yo salimos del dormitorio pero nos volvimos una vez más para mirar a Carmen, que estaba sentada en la silla del tocador y lloraba en silencio.

El funeral por la abuela Soledad se celebró en la pequeña capilla de la finca que llevaba su nombre. La capilla familiar estaba en el extremo oeste del jardín, lejos de la casa. Para llegar hasta allí había que dejar atrás la fuente de la entrada principal, con sus peces japoneses de colores brillantes dentro, bajar por un camino de losetas grises y atravesar un grupo de sicomoros con la corteza del tronco de color verde-amarillenta. En el mismo llano en el que crecían los sicomoros —donde el aire siempre olía dulce como a higos maduros— se alzaba la capilla de Villa Soledad. Allí celebrábamos todas las fiestas de guardar además de los bautizos, funerales, comuniones y bodas de la familia Zuloaga. Detrás de la capilla había un pequeño cementerio que colgaba sobre el Cantábrico donde estaba enterrado el abuelo Martín y también un hermano de nuestro padre que había muerto siendo un niño.

—Vuestro abuelo mandó construir esta capilla cuando diseñó la mansión —nos explicó mamá mientras dejábamos atrás los sicomoros y su olor dulce en el aire de la tarde—. El abuelo Martín era un hombre muy religioso, un verdadero cristiano; los años que pasó viviendo en México y en Cuba siempre tenía con él a un sacerdote que le ayudaba a tomar buenas decisiones en sus negocios y en su vida. Por eso ordenó construir una capilla aquí, en su casa de Basondo.

Mamá nos llevaba a una de cada mano mientras nuestro padre caminaba un poco más adelantado, estaba muy guapa esa tarde, con su pelo castaño cortado a la altura de la nuca y peinado con ondas al agua. Se había puesto un vestido de seda negra que le llegaba hasta más abajo de las rodillas y que le marcaba la forma de su cuerpo incluso debajo del abrigo de angora. El cuello y las mangas de su abrigo estaban forradas de suave pelo de armiño del mismo color, y llevaba un tocado negro con un velo de red que le cubría los ojos.

—¿Y la abuela? ¿Vamos a enterrarla aquí en el cementerio? —le preguntó Alma, que caminaba con cuidado de no salirse del camino de piedras para no mancharse los zapatos de charol—. Igual no quiere quedarse aquí.

—Niñas, ya os he explicado que no han podido recuperar el cuerpo de vuestra abuela del mar. No hay nada que enterrar en el cementerio, el Cantábrico se la ha tragado —respondió nuestra madre, más alto de lo que pretendía—. Solo vamos a simular que la enterramos para que todos podamos llorarla, ¿lo entendéis?

Mamá nos había explicado que en realidad íbamos a celebrar un funeral por la abuela pero sin que hubiera cuerpo o ataúd. Por eso mismo saltó desde el cargadero de metal: para que el mar se tragara su cuerpo y nunca pudieran enterrarla en el cementerio de los Zuloaga.

Desde donde estábamos ya se podía ver el tejado de la capilla al final del camino. Me fijé en que había un grupo de personas esperando de pie en la entrada de la pequeña iglesia.

—¿Toda esta gente conocía a la abuela? —pregunté.

Mamá nos soltó la mano y se colocó mejor el tocado.

—No, claro que no. Ya sabes que en los últimos años vuestra abuela apenas salía de casa nada más que para ir a comprar licor de cerezas al pueblo. La pobre nunca superó la muerte de vuestro abuelo, se querían tanto y hacían tan buena pareja... —respondió mi madre estirándose el abrigo de lana de angora antes que llegáramos a la entrada de la capilla—. Toda esta gente está aquí por tu padre, muchos tienen negocios con él en Madrid o en Inglaterra: compran el hierro que sacamos de la mina para construir barcos, trenes o armas y quieren darle el pésame.

—Pero si no conocían de nada a la abuela, ¿por qué están aquí? ¿Qué más les da a ellos? —insistí.

—¡Qué preguntas haces, Estrella! Eso es lo que se hace con la gente importante aunque no les conozcas: vas a su entierro —me explicó mamá, se calmó y después volvió a sonreír—. Cuando alguien importante muere, o alguien de su familia muere, la gente de bien va a darle el pésame al funeral. Es una cortesía. Por eso las dos tenéis que portaros muy bien durante la misa y estar calladitas, ¿de acuerdo? No querréis que esta gente que ha venido desde tan lejos solo para ver a vuestro padre se forme una mala impresión de vosotras, ¿verdad que no?

Alma y yo negamos con la cabeza a la vez.

—Bien —nos dijo mamá—. Ahora dejad que os vea a las dos juntas, estáis muy guapas. Ya sabía yo que la seda negra era lo mejor para este diseño. Sed educadas y no habléis con los mayores a no ser que ellos os hablen primero, y acordaos siempre de sonreír, niñas. Voy a hacerle compañía a vuestro padre, que el pobre está muy triste desde lo de la abuela.

Después mamá se alejó en dirección a la capilla caminando con cuidado para que sus zapatos de tacón, forrados de tela negra, no se quedaran atascados entre las piedras del camino.

—Qué guapa está mamá y qué elegante va siempre. Ojalá nos parezcamos a ella cuando seamos mayores —dije, todavía mirando a nuestra madre mientras observaba cómo un grupo de desconocidos la saludaban entre sonrisas y halagos.

—Tú y yo nos parecemos a la abuela Soledad, no a mamá. Tenemos la piel clara como mamá, pero eso es lo único que hemos sacado de ella, lo demás es todo de la abuela —respondió Alma estirándose una arruga invisible de la falda de su vestido—. Sobre todo tú.

Dentro de la capilla olía a incienso y a cera derretida, pero debajo de eso, podía sentirse el olor a humedad y la mezcla de perfumes caros flotando en el aire. El padre Dávila estaba de pie esperando a que la gente se sentara en los bancos. Detrás de él, el retablo de madera que el abuelo Martín había encargado hacer a un famoso ebanista veneciano lucía adornado con flores blancas y velas encendidas en honor a nuestra abuela. La capilla estaba a rebosar pero nadie nos saludó al entrar, como si Alma y yo fuéramos invisibles. Nuestro padre —sentado en primera fila al lado de mamá— estaba arrodillado en uno de los reclinatorios de caoba y terciopelo rojo traídos desde una iglesia muy antigua en el sur de Italia. Tenía los ojos cerrados y las manos juntas mientras rezaba.

—¿Has visto qué elegante está todo el mundo? —le pregunté a Alma en voz baja.

—Sí. Mamá ha dicho que algunos invitados han venido desde Londres solo para el funeral. Allí seguro que tienen mucho más estilo que en Basondo —respondió Alma.

Las mujeres lucían chaquetas de terciopelo o estolas de piel de chinchilla encima de sus vestidos negros para protegerse de la humedad del mar, que se colaba por entre los muros de la capilla. Todas llevaban la cabeza cubierta para poder entrar en la iglesia: algunas con tocados y velo como el de nuestra madre, y otras con delicadas mantillas rematadas en un precioso encaje de color negro hechas a mano.

—Nunca había visto a gente tan elegante antes —le susurré al oído a mi hermana—. Ni siquiera la vez que salimos a hurtadillas de nuestra habitación para curiosear en la fiesta de fin de año de mamá, ¿te acuerdas?

A nuestra madre le encantaba dar fiestas en Villa Soledad: fin de año, carnaval, el cumpleaños del marqués... cualquier excusa era buena para llenar la casa de gente, música y cócteles, pero Alma y yo no teníamos permiso para asistir a las fiestas aún y debíamos quedarnos en nuestra habitación con Carmen mientras los invitados bailaban, jugaban a hacer espiritismo en el saloncito con ayuda de una médium falsa o tomaban caviar ruso en el porche. Hace un par de años, Carmen se quedó dormida mientras nos leía un cuento y nosotras aprovechamos para asomarnos al vestíbulo, pero mamá nos descubrió y nos llevó de vuelta a nuestro cuarto. Estuvimos castigadas dos semanas, pero solo por ver los trajes de los invitados había valido la pena.

—Cuando yo me muera quiero que todos vengan así de elegantes a mi funeral —le dije a Alma, mirando fascinada a las invitadas sentadas en los bancos de delante envueltas en seda y puntillas finas—. ¿Me has oído, Alma? Yo también quiero que mi entierro parezca una fiesta de fin de año.

Estábamos sentadas en el último banco, muy cerca de la puerta lateral por la que se accedía al pequeño cementerio. Yo ya había mirado la puerta de refilón un par de veces pensando en cómo salir de allí, cuando el padre Dávila empezó el servicio.

—¿Quieres que nos marchemos? —me preguntó Alma sin apartar sus ojos del párroco—. Si tienes cuidado y no haces ruido podemos llegar a la puerta lateral sin que nadie nos vea.

—Y aunque nos vean me da igual, no pienso quedarme aquí dentro: huele a cera y hace mucho frío.

Me levanté con cuidado del banco helado y caminé en dirección a la salida. Alma se levantó también, y me siguió con sus andares de bailarina. Podía escuchar la seda de mi vestido crujir con cada paso, pero todos tenían su atención puesta en el padre Dávila, así que nadie se percató de nuestra huida.

—Menos mal, empezaba a marearme con el olor a incienso —mentí yo, frotándome las sienes como si me doliera la cabeza para darle más dramatismo—. ¿Quieres ir al cementerio? Aún no he visto la tumba de la abuela.

Se suponía que a la abuela Soledad la habían enterrado el día anterior, aunque en realidad solo habían enterrado un ataúd vacío bajo una lápida con su nombre.

—Yo tampoco he visto su tumba. Mamá dice que una tumba no es algo que los niños deban ver porque se asustan y luego tienen pesadillas.

—A mí no me asustan los muertos —repliqué, pero a medida que nos acercábamos al cementerio noté cómo se me hacía un nudo en la garganta.

El pequeño cementerio de la familia Zuloaga estaba medio escondido detrás de la capilla, suspendido sobre el mar Cantábrico y rodeado por un murete de piedras irregulares.

—Aquí fuera hace más frío que en la iglesia —comentó Alma. Después se le escapó la risita nerviosa de quien pretende hacerse la valiente y ahuyentar a los difuntos.

Esquivé un charco que se había formado cerca del murete cuando vi una única flor entre la hierba. Era de color azul.

—Es como la que hice flotar el otro día —dije yo agachándome para cogerla—. Nunca había visto flores aquí dentro, creía que nada crecía en esta tierra porque el salitre del mar mataba las raíces y envenenaba el suelo.

Además de la hierba corta y desigual, en el cementerio familiar solo crecía un árbol: un sauce llorón deslucido e inclinado hacia un lado con las ramas arrastrándose penosamente sobre la tierra.

—Yo tampoco había visto flores aquí antes. Igual es la misma flor que te ha seguido desde nuestro claro para que la hagas bailar otra vez —me sugirió Alma mirándome con sus ojos amarillos muy brillantes.

—No lo creo.

Pero volví a mirar la flor en la palma de mi mano y sentí la sangre arremolinándose bajo mi piel, quemándome por dentro.

—La abuela Soledad está ahí de pie, junto a su lápida —dijo Alma de repente.

Yo me olvidé de la flor y de la quemazón para mirar a la tumba más reciente. Sobre la losa descansaba una enorme corona de rosas rojas.

—No empieces otra vez, Alma. No quiero oír tus cuentos de fantasmas ahora.

—No es un cuento. La abuela es joven otra vez, muy joven, y está vestida de novia igual que en las fotografías que hay en el pasillo —continuó Alma, mirando fijamente a la lápida—. Lleva puestos sus collares de perlas, los siete, y su vestido blanco de encaje.

Justo en ese momento una ráfaga de viento helado estremeció las ramas del sauce, que se agitaron y rascaron la tierra del cementerio como si fueran las garras de un animal.

—No te creo —murmuré, pero mentía.

—La abuela dice que quiere que sepamos la verdad sobre ella y sobre el abuelo Martín, aunque es una verdad fea, de las que solo se cuentan cuando uno ya está muerto. —Alma arrugó los labios intentando contener las lágrimas—. No...

—¿Qué pasa? ¿Qué está diciendo? —pregunté por encima del ruido del viento.

—Cuando era una niña, la abuela Soledad era tan guapa que todo el mundo en los alrededores del pueblecito de México donde vivía había oído hablar de su belleza. También decían que era una hechicera, una bruja conocedora de la tierra capaz de predecir cuándo se desatarían las tormentas o las desgracias de una familia. Por eso tú y yo tenemos poder también, lo hemos heredado de ella —explicó Alma—. Los rumores sobre su belleza y su poder llegaron a oídos de un español que había ido a México buscando hacer fortuna: el abuelo Martín.

—Te lo estás inventando todo, la abuela era una princesa mexicana, padre lo dice siempre —insistí.

Pero los ojos amarillos de Alma seguían fijos en algún punto junto a la lápida.

—El español sintió curiosidad y le pidió al padre de la muchacha que se la llevara a la hacienda para verla. Él no era el primer hombre que se interesaba por Soledad, pero sí era el primero con dinero. El abuelo se encaprichó de ella —añadió—. Se casaron el mismo día que la abuela Soledad cumplió quince años.

—¿Quince años? —miré la flor azul en mi mano mientras pensaba en lo que Alma acababa de decir.

La abuela Soledad tenía poder también, por eso hablaba el idioma secreto de los pájaros, sabía cuándo crecerían las rosas del jardín o conseguía que los árboles dieran mejores manzanas. Ella sentía el fuego dentro, igual que yo.

Recordaba a la abuela saliendo al jardín con una cesta en la mano en pleno diciembre para recoger manzanas del manzano americano que el abuelo trajo con él. Aunque no fuera temporada, ella siempre volvía a casa con la cesta llena de unas manzanas rojas y brillantes.

Alma se despidió con un gesto de la mano de alguien a quien solo ella podía ver.

—Ya no está —dijo con la voz líquida por las lágrimas—. La abuela se ha marchado para siempre, estamos solas.

Dejé la flor azul sobre la tumba vacía de la abuela y al instante salió volando en el viento del norte.

—¿Te ha dicho la abuela cuál de las dos va a morir antes?

—No —respondió Alma, pero me cogió la mano—. No te disgustes conmigo, Estrella, quién sabe cuánto tiempo nos queda para estar juntas antes de que una de las dos haga compañía a los muertos.

Apreté la mano de Alma que estaba tan fría como la mía.

—Nos queda mucho tiempo de pasar juntas porque cuando yo muera, antes de cumplir quince años, tú todavía podrás verme igual que ves a los demás aparecidos. Será como si nunca me hubiera muerto —susurré.

Alma esbozó una media sonrisa y levantó su mano entrelazada con la mía.

—Nunca jamás te dejaré ir. Tú y yo estamos unidas para siempre por un hilo invisible, pero tan fuerte que puedo sentirlo, aquí, atado con un nudito alrededor de mi muñeca —me dijo en voz baja—. Un extremo está atado a mi muñeca y el otro a la tuya, así que nunca nos separaremos, no importa cuál de las dos muera primero. Unidas para siempre. Inseparables.

Yo miré nuestras manos juntas un momento más y casi pude notar el cordón invisible del que Alma hablaba atado alrededor de mi muñeca.

—¿Lo juras? —pregunté con voz temblorosa—. Ten presente que estamos en un cementerio haciendo promesas.

—Lo juro. Y que me muera si miento.

LA CUEVA DE LAS ESTRELLAS

No volvimos al bosque hasta una semana después del entierro de la abuela. La casa que llevaba su nombre estaba de luto, así que nos prohibieron abrir las ventanas o salir al jardín y todos vestimos de negro durante siete largos días en los que mamá no encendió su gramófono. Padre no era supersticioso pero igualmente ordenó cubrir los espejos más grandes de la casa con sábanas para evitar que el alma de la abuela se quedara atrapada en ellos, aunque nosotras sabíamos que ya se había marchado.

—Va a pasar algo malo, lo presiento —dijo Alma con sus ojos de miel fijos en el bosque.

—Ya ha pasado algo malo: hemos enterrado a la abuela Soledad hace una semana, ¿te parece poco?

Pero Alma sacudió la cabeza todavía mirando fijamente a la hilera de árboles que teníamos enfrente.

—No, no es eso. Hoy es cuando todo empieza a pudrirse, puedo sentir las raíces del bosque descomponiéndose bajo la tierra —susurró sin mirarme—. Pronto llegará el día en que las dos lamentemos haber entrado esta tarde en nuestro bosque.

Todavía podía sentir el calor de las luces de la casa encendidas detrás de mí, pero el aire húmedo y oscuro que salía del bosque me acarició la mejilla dándome la bienvenida, igual que la garra de una criatura invisible.

—El bosque es diferente cuando está oscuro, parece más salvaje ahora —murmuré mientras dejábamos atrás los árboles que marcaban la frontera invisible entre Basondo y el bosque.

—Tal vez no deberíamos estar aquí, nunca venimos tan tarde.

—Miedica —repetí yo mientras buscaba flores azules con la mirada—. Si tanto miedo tienes puedes volver a casa, soy perfectamente capaz de arreglármelas sin ti, muchas gracias.

—No tengo miedo.

—Pues claro que lo tienes, lo que pasa es que te gusta perderte en el bosque, igual que a mí —le dije con una media sonrisa de satisfacción—. En el fondo tú eres como yo, aunque te guste hacerte la buena para engañar a todo el mundo, pero yo soy tu hermana gemela y a mí no me engañas: sé lo que hay en tu cabeza.

Lo sabía bien y algunas veces eso me asustaba terriblemente: conocer el abismo que separaba a la chica que Alma fingía ser de la persona que era en realidad. Pero otras veces —casi todo el tiempo— Alma era solo mi hermana pequeña y yo fingía no saber lo que había en su cabeza. Así era como se mantenía el orden familiar: Alma buena, Estrella mala.

—Yo solo soy como tú por fuera, Estrella. Tú estás hecha de roca y fuego, yo no soy así —me dijo muy seria—. Cada una tenemos el nombre que nos merecemos.

—Eso son tonterías, es solo que te aterra pensar que los demás puedan tratarte como a mí: no aguantarías ni una semana en mi piel —respondí—. Por eso finges ser mejor que yo.

Estaba a punto de decir algo más cuando escuché un ruido que venía de lo más profundo del bosque: una voz. Alma también lo escuchó porque me puso la mano en el hombro y noté su piel fría a través de la tela de mi vestido, casi como si fuera un fantasma quien me sujetaba y no mi hermana.

—¿Qué es eso? ¿Es ese lobo negro que te sigue a todas

partes? —susurró Alma con voz rasposa—. ¿Lo has llamado tú, Estrella?

—Los lobos no hablan. Eso solo pasa en los cuentos de hadas, tonta —dije en voz baja—. Calla.

Intenté distinguir la misteriosa voz entre los demás sonidos del bosque, pero los ruidos nocturnos nos rodeaban haciendo imposible distinguir nada.

—Igual tu lobo sí que puede hablar —susurró Alma dándome la mano—. Te he visto hablar con el lobo mientras sueñas.

—No es un lobo, alguien está pidiendo ayuda. Vamos.

Era una voz muy humana y venía del otro lado del bosque, del coto de caza de nuestro padre. Avancé entre los árboles sin soltar la mano de Alma para no perdernos en la oscuridad. La luz de las estrellas no llegaba a atravesar la maraña de ramas sobre nuestras cabezas, así que apenas podía ver nada más allá de mi nariz.

—¿Sabes adónde vamos? —preguntó Alma con sus ojos imposibles mirando a todas partes—. Esta parte del bosque no es donde solemos estar.

—Creo que sí. El coto de padre no está lejos y puede que haya alguien herido allí —respondí yo con la respiración entrecortada por la caminata—. No sería la primera vez que alguien del pueblo se cuela en el coto para cazar conejos y termina perdido o algo peor.

Teníamos prohibido acercarnos hasta allí por nuestra propia seguridad: unos cuantos años antes, un par de chicos del pueblo entraron en el coto para cazar pensando que nadie se enteraría si se llevaban un par de conejos a casa, pero padre les disparó por accidente creyendo que eran jabalíes. No los mató, pero a uno de ellos tuvieron que cortarle el brazo por las heridas de metralla y ya no pudo volver a trabajar en la mina.

—No podemos estar aquí, Estrella, no tenemos permiso. Este sitio es peligroso —me recordó Alma con voz temblorosa.

—Ya lo sé, pero padre no está aquí ahora y él es el único peligro real de este lugar.

—También hay animales —replicó—. Y tú dices que no es peligroso, pero apuesto a que los furtivos que se colaron aquí unos años atrás pensaron exactamente lo mismo que nosotras, y mira lo que les pasó.

—Los furtivos se lo buscaron ellos solitos por colarse aquí para robarnos: esos conejos, los jabalíes y todo lo demás que hay aquí son de padre —le dije muy convencida—. Y también nuestros.

—Los conejos no son de nadie, Estrella. Y menos aún de padre.

En esa zona no había tantos árboles. El terreno era desigual, lleno de cuestas y desniveles profundos por donde era fácil resbalarse con el barro húmedo y caer por uno de los muchos terraplenes. Los robles y los pinos crecían más distanciados unos de otros y se podía ver el cielo nocturno sembrado de estrellas brillantes.Vi algo moviéndose un poco más adelante, cerca de un grupo de arbustos que crecían sin ningún control, había un bulto en el suelo, a unos cien pasos de donde estábamos.

—¡Hola! —grité, y mi propia voz me asustó. En ese momento sentí un escalofrío bajando por mi espalda.

Alma dio un respingo a mi lado, igual que si mi escalofrío hubiera terminado en su columna. De repente recordé lo que mi hermana había dicho antes y comprendí que ese era el momento que ambas lamentaríamos durante el resto de nuestras vidas.

—¿Quién anda ahí? —volví a gritar a pesar de todo.

El bulto se movió.

—Ayuda, por favor —dijo una voz débil desde los arbustos, una voz de niño.

Alma dejó escapar el aliento que había estado conteniendo y me soltó la mano para acercarse más.

—¿Qué haces aquí? Nuestro padre es el dueño de este coto, nadie más puede entrar a cazar —le dijo al muchacho cuando llegó hasta él.

Yo me acerqué también, pero antes de llegar vi un destello metálico en el suelo medio tapado por las hojas secas: era una de las trampas que el marqués usaba para cazar ciervos. Un cepo.

—Menos mal que me habéis encontrado, llevo horas atrapado aquí y me estoy muriendo de frío. Me duele muchísimo —dijo el chico atropelladamente—. Os he oído hablar hace un rato y ya no sabía si me estaba volviendo loco por el hambre y el dolor o si era el demonio que había venido para llevarme por fin.

Calculé que el chico tendría más o menos nuestra edad, aunque nunca lo había visto en Basondo. Su pelo castaño estaba sucio por el barro, tenía restos de lágrimas y algo que parecía sangre seca en las mejillas.

—No somos el demonio —respondí yo muy convencida.

—Solo quería coger unas manzanas. He pisado un cepo y me ha pillado el tobillo —se lamentó el chico mirando su pie atrapado—. He pedido ayuda a gritos durante horas y ya me había resignado a pasar la noche aquí tirado esperando a que el marqués me encontrara por la mañana para rematarme, o hasta que ese lobo que he oído antes apareciera para darse un festín.

—Poco festín iba a darse el lobo contigo —le dije con brusquedad. Por su aspecto desvalido y flaco me pareció que no había comido en días.

—Pobrecillo. —Alma le sonrió con compasión, pero su voz sonó igual que si hubiera encontrado un pajarillo medio muerto en el jardín.

Me agaché junto al muchacho para ver mejor la herida en su tobillo, los dientes del cepo habían hecho trizas su pantalón y se hundían en su carne, que se había vuelto de color rojo oscuro alrededor de la herida desigual. También había restos de sangre seca sobre las hojas alrededor de la trampa.

—Menos mal que los animales del bosque no han olido tu sangre, si no ya se te hubieran comido vivo —comenté mientras buscaba un palo para apartar las hojas y ver mejor el cepo—. Padre pone las trampas para los corzos que pasan por aquí, en realidad no es muy buen cazador, aunque a él le gusta creer que sí, por eso necesita un poco de ayuda.

—¿Sois las hijas del marqués de Zuloaga? —preguntó sorprendido—. ¿Y qué se supone que estáis haciendo aquí solas a estas horas de la noche?

—Lo mismo que tú: meternos en líos —respondí yo—. ¿Has intentado abrirla con las manos?

El chico se movió con cuidado de mantener su pierna atrapada inmóvil en el suelo para no hacer la herida más profunda.

—Claro que lo he intentado, lo que pasa es que yo solo no puedo abrirlo, no tengo tanta fuerza —respondió él—. Pero si me ayudáis vosotras igual entre los tres podemos abrir esta cosa. Ya no quiero manzanas, podéis quedároslas: solo quiero escapar de esta trampa y volver a mi casa.

—¿Eres de Basondo? Nunca te había visto antes —dijo Alma mientras investigaba el mecanismo del cepo también.

—No creo que las hijas del marqués pasen cerca de mi casa en el pueblo —respondió el chico entre dientes—. Ayudadme a salir de esta cosa y os prometo que nunca más me volveréis a ver en vuestra vida.

Alma y el chico pusieron las manos en una de las mandíbulas del cepo y yo en la otra. El hierro estaba frío pero sentí el calor que salía de la carne herida rozándome los nudillos.

—A la de tres... —dije colocando los dedos para no arañarme con los dientes de metal—. Una, dos... y tres.

La boca de hierro se abrió con un quejido metálico y el chico retiró la pierna herida justo antes de que nos fallaran las fuerzas y los dientes volvieran a cerrarse de golpe.

—Uff, por qué poco —dijo Alma mirando el cepo ahora inútil en el suelo—. ¿Cómo está tu pierna? ¿Crees que podrás caminar hasta tu casa?

El chico estaba examinando su tobillo hinchado y la herida con forma de mordisco de monstruo que tenía en la pierna.

—No lo sé —dijo por fin—. ¿Me ayudáis a levantarme? Creo que yo solo no puedo.

Vi a Alma sonreírle con dulzura y ofrecerle la mano, así

que hice lo mismo y entre las dos le levantamos del suelo. El chico se mantuvo a la pata coja un momento pero enseguida tuvo que pasar los brazos por encima de nuestros hombros para poder sostenerse en pie.

—Lo siento, pensé que podría arreglármelas solo —se disculpó el muchacho avergonzado—. ¿Os importa ir a buscar ayuda? El pueblo está un poco lejos y no creo que pueda caminar hasta casa por mi cuenta.

Sentí el peso de su brazo sobre mis hombros. Su piel olía a sudor y a la sal de las lágrimas que había llorado mientras estaba atrapado en el cepo. Además, estaba caliente, tanto que pude notar su calor a través de mi vestido; no era como la piel de mi hermana o la mía: me gustó su contacto.

—Si vamos a buscar ayuda, nuestro padre descubrirá lo que has hecho y te caerá una buena —dije yo colocando mejor su brazo sobre mis hombros para que no pesara tanto—. Alma y yo te acercaremos a Basondo, conocemos un atajo por el bosque, pero después te las apañarás tú solito. Si alguien nos ve en el pueblo a estas horas nos la cargamos nosotras, y no pienso pagar yo porque tú hayas querido robarnos unas manzanas.

El chico me miró un momento sin saber qué decir. Sus ojos eran castaños y dulces, me recordó a la forma de mirar que tenía *Patsy*, el setter inglés de nuestra madre. *Patsy* tenía los mismos ojos amables, siempre parecía estar extrañamente agradecido de que le estuvieran acariciando en vez de dándole con un palo. El chico perdido me miraba exactamente igual que *Patsy*.

—Gracias, pero no quiero ser una molestia —dijo él—. Bastante habéis hecho ya. Seguramente esta noche me habéis salvado la vida.

—Sí, seguramente —respondí.

A *Patsy* lo mató nuestro padre de un disparo en ese mismo coto. Solía llevarlo con él cuando salía de caza, aunque a mamá no le gustaba la idea porque ella sabía que el marqués no tenía muy buena puntería. Según le contó padre cuando regresó, *Patsy* se cruzó por delante de un zorro justo cuando él apretó el gatillo de la Winchester del abuelo Martín. El zorro se escapó pero a *Patsy* lo enterró allí mismo.

—¿Cómo te llamas? —le preguntó Alma mirándolo con sus ojos amarillos muy brillantes—. Yo soy Alma, y ella es mi hermana Estrella.

—Tomás. Me llamo Tomás.

Alma le sonrió.

—Encantada, Tomás.

—Vamos, acerquémosle al camino del pueblo antes de que Carmen o mamá nos echen de menos —dije.

Los tres caminamos juntos fuera del coto, con Tomás entre nosotras dos apoyado sobre nuestros hombros. Yo tenía miedo de que alguno pisáramos otro de los cepos de padre y caminaba con la mirada puesta en el suelo cubierto de hojas esperando distinguir el brillo metálico de otra trampa.

—Ya falta poco para llegar, ¿verdad, Estrella? —dijo Alma cuando los árboles se volvieron más altos y frondosos a nuestro alrededor—. Estrella es la que mejor se orienta en el bosque, aunque las dos lo conocemos como la palma de nuestra mano porque venimos aquí a menudo.

Reconocí el tronco de un pino al que había alcanzado un rayo el verano anterior. Estaba carbonizado por el fuego y en esa zona del bosque el aire todavía olía a quemado al pasar cerca.

—Sí, ya hemos salido del coto. Aquí no tenemos que preocuparnos por las trampas de padre —dije, aliviada por poder dejar de escudriñar el suelo del bosque.

—Gracias, no hubiera podido llegar hasta aquí sin vuestra ayuda —respondió Tomás. Y pude notar su aliento cálido moviendo algunos mechones sueltos de mi corona de trenzas.

—No es nada, de todas formas no podíamos dejarte ahí después de que nos hubieras visto —respondí, evitando su mirada—. Si te hubieran descubierto con vida por la mañana le hubieras dicho a todo el mundo que las hijas del marqués habían estado ahí sin permiso.

Tomás se rio con suavidad, su cuerpo tibio se movió contra el mío y noté un extraño calor un poco más abajo del estómago que no había sentido nunca antes.

—No, no hubiera dicho nada —dijo él muy serio ahora—. Os hubiera guardado el secreto, aunque no me hubierais ayudado a escapar del cepo.

No supe si creerle porque Carmen siempre me decía que los hombres son todos «unos mentirosos que solo quieren que trabajes gratis para ellos con la excusa del enamoramiento». Pero por aquel entonces yo no entendía muy bien las palabras de Carmen, así que decidí creerle.

Llegamos cerca de la línea de árboles que separaban el bosque de la carretera.

—¿Cuántos años tienes? —le preguntó Alma, que se había parado para recuperar el aliento y nosotros con ella.

—Casi trece. En un par de años dejaré la escuela para bajar a la mina con mi padre. A vuestra mina. Me da un poco de miedo, pero no puedo seguir yendo a clase más tiempo —respondió Tomás con resignación—. Ya sé lo más importante: leer, escribir, algo de números... Aunque soy listo y estudiar se me da bien, tampoco puedo aprender mucho más, así que seré minero como mi padre y seguramente moriré joven en un derrumbe.

—No, yo no creo que tu destino sea morir en un derrumbe —dijo Alma muy seria.

Tomás la miró con una diminuta sonrisa.

—He oído hablar de ti, en Basondo todo el mundo dice que eres especial porque puedes hablar con los muertos.

«Especial.» Al oírle pronunciar esa palabra sentí los celos devorándome igual que una planta invasora que crece dentro del tallo de un rosal hasta asfixiarlo. Quería que Tomás dejara de mirar a mi hermana como si estuviera en presencia de alguien maravilloso y único, mientras yo me volvía invisible para él.

—¿Todavía tienes hambre? —le pregunté con una mala idea danzando en mi mente.

—Sí, claro —me dijo—. Me duele la pierna y tengo mucho frío, pero el hambre es más fuerte que cualquier otra cosa.

—¿Quieres ver algo increíble de verdad? —le pregunté desafiante—. Algo que no podrás explicar aunque lo intentes o aunque vivas cien años.

—Estrella... ¿qué vas a hacer? —Escuché un ligero temblor en la voz de Alma y supuse que eran celos por apartar la atención de Tomás de ella. Aunque también podía ser algo muy distinto: miedo.

Sonreí satisfecha en la oscuridad y me aparté unos pasos de donde estábamos, examiné los árboles de la zona hasta que por fin encontré lo que estaba buscando.

—¿Tú también puedes hablar con los difuntos? —me preguntó Tomás, que me había seguido apoyándose solo en Alma.

—Cualquiera puede hablar con los fantasmas, pero yo conozco un truco mejor. Has entrado en el coto del marqués buscando manzanas, ¿verdad?, manzanas rojas de otoño dulces y jugosas. ¿Te gustan? —le pregunté misteriosa.

—No he comido en tres días, me gustan hasta las manzanas podridas —respondió él avergonzado.

Me detuve junto a un pino, el más alto y salvaje que crecía en esa parte del bosque, y ellos dos se pararon también.

—¿Ves este pino? —le pregunté, colocando mi mano abierta contra el tronco—. Es solo un pino normal. Uno más de los muchos que crecen sin control en este bosque.

Sentí el tacto rugoso y áspero de la corteza en la palma de mi mano, los pequeños insectos haciéndome cosquillas al caminar entre mis dedos como si yo fuera un enorme laberinto para ellos.

—Sí, supongo —respondió Tomás no muy convencido—. Es un pino normal. Veo sus agujas en las ramas y las piñas que crecen un poco más arriba.

—Ya, pues no dejes de mirar las piñas —le dije con una media sonrisa.

—Estrella, no... —empezó a decir Alma.

Pero yo ya podía sentir la savia del árbol moviéndose debajo de la corteza que estaba tocando, enterrada bajo capas y capas de madera dentro del grueso tronco. Noté el calor saliendo del árbol, como sucede en los días más largos del verano cuando el sol calienta los árboles durante horas y por la noche todavía conservan ese calor, solo que ahora era mucho más fuerte y poderoso. Era el fuego.

—Las piñas... —murmuró Tomás como si estuviera hablando solo—. Algo les está pasando a las piñas de esa rama, parecen... parecen manzanas.

Vi la expresión maravillada en el rostro de Tomás. Había visto esa misma expresión de asombro en otras personas antes, pero siempre por Alma. Esa fue la primera vez que alguien me miró así a mí.

—Las piñas se han convertido en manzanas —terminó Tomás.

—Manzanas rojas de otoño —le corregí yo, aunque apenas podía hablar por el esfuerzo.

La palma de la mano me hormigueaba y todo mi brazo hasta el hombro me quemaba como si tuviera fiebre alta.

—¿Cómo es posible algo así? —murmuró Tomás—. ¿Es esto un sueño? Uno de esos extraños sueños donde las cosas más imposibles se vuelven posibles. Sí, eso es, debo de estar soñando.

—No estás soñando —dije.

Alma se acercó al pino para mirar las ramas de las que ahora colgaban las manzanas de un rojo intenso. Alargó su brazo con cautela y cogió una de las frutas, se la acercó a la nariz y la olió un momento antes de darle un mordisco.

—Sabe como las manzanas que traía la abuela Soledad —dijo ella.

Tomás arrancó una manzana con cuidado, la miró fascinado un momento y después la mordió con ansia. Observé su lengua pasando por sus labios, el jugo dulce que caía por su barbilla y manchaba su camisa sucia, el olor de la fruta madura en el aire mezclándose con el suyo.

—Estrella, estás sangrando —me dijo Alma de repente. Me llevé la mano a la nariz y sentí la sangre caliente y espesa bajando hasta mis labios.

—No es nada, será por el frío del bosque —dije yo quitándole importancia.

Pero Alma sacudió la cabeza y sus ojos de miel me miraron como si yo acabara de hacer algo terrible, innombrable; a pesar de todas nuestras fechorías no recuerdo que mi hermana me hubiera mirado así nunca antes.

—No puedes hacer eso, Estrella, no está bien. No puedes hacer que algo vaya en contra de su propia naturaleza sin pagar un precio —me dijo muy asustada—. Por eso te sangra la nariz: tú has cogido algo que no era tuyo y tienes que dar algo tuyo a cambio. Tu sangre, como un sacrificio.

—Eso solo son bobadas —le dije muy segura, pero volví a mirar la sangre en el dorso de mi mano, en la oscuridad del bosque parecía casi negra—. De todas formas unas gotas de mi sangre por unas manzanas no me parece gran cosa.

Pero todavía podía notar la savia caliente circulando debajo de la corteza del árbol. Ya no me importaba Tomás o haberle impresionado con mi poder: me dolía la cabeza y al tragar saliva pude notar el sabor de mi propia sangre.

Tomás me puso la mano sobre el hombro, estaba tan cerca que su aliento a manzana rozó mis labios al hablar:

—Nunca había visto un milagro tan claro como esta noche. Gracias por hacerme creer.

Ninguno de los tres dijo nada mientras acompañamos a Tomás hasta el final del bosque, donde los árboles altos terminaban y empezaba el resto del mundo, desde ahí se veía la carretera y el camino que llevaba al pueblo. Intuí la forma de la iglesia en la oscuridad destacando entre las demás casas bajas e irregulares que formaban Basondo.

—¿Volveré a veros alguna vez? —quiso saber Tomás—. ¿O sois un par de *lamias*?* De esas que merodean por el bosque para engatusar a los hombres y a los niños pobres como yo y poder así robarles el alma?

—Las *lamias* no hacen crecer manzanas —repliqué.

—Volveremos a vernos —le aseguró Alma.

* *Lamia*: criatura femenina de la mitología y el folclore vasco que habita cerca del agua, ríos, bosques o cuevas. Seres divinos, superiores a los humanos y de extraordinaria belleza que a menudo poseen poderes sobrenaturales.

Tomás se despidió de nosotras con una sonrisa y un brillo en sus ojos castaños que no tenía cuando le encontramos atrapado en el cepo. Le vimos caminar hacia el pueblo arrastrando su pierna herida hasta perderse por completo entre las sombras.

—¿Es Tomás? ¿Él es quien hará que nos arrepintamos de haber entrado esta noche en el bosque? —le pregunté a Alma, aunque ya sabía la respuesta.

Los ojos imposibles de mi hermana todavía estaban fijos en el mismo lugar donde habíamos visto desaparecer a Tomás.

—Sí. Llegará el día en que ambas lamentemos haberle salvado la vida esta noche.

El día en que cumplimos trece años mamá nos regaló una casita de muñecas. Era una réplica de Villa Soledad a pequeña escala: con su tejado verde brillante hecho de pequeñas placas de pizarra, la fachada de piedra gris rugosa con las ventanas de muchas formas distintas por el capricho del abuelo Martín, el largo balcón que recorría el frente del segundo piso y que conectaba los dormitorios principales de la casa, nuestro torreón con sus ventanas redondas o la entrada principal de la mansión, con la doble puerta verde y los cerrojos dorados.

—¿Os gusta la casita de muñecas, niñas? —quiso saber mamá mientras encendía otro de sus cigarrillos franceses—. ¿Verdad que es una preciosidad?

—Es preciosa —murmuré.

—Bueno, eso espero, porque han hecho falta varios meses de trabajo y mucho dinero para que todos los detalles de la casita sean perfectos e idénticos a nuestra casa, aunque viéndola ahora, ha valido la pena.

—Pero le falta el jardín alrededor, el invernadero de la abuela, la capilla, el cementerio y el muro que rodea el terreno —enumeró Alma—. Y tampoco veo el estanque con los peces japoneses dentro.

Mamá no respondió pero le dio una calada larga a su cigarrillo y el aire de la biblioteca se llenó de humo.

—¿Y a quién le importan los estúpidos peces japoneses? —dije.

Aunque algunas tardes robaba pan seco de la cocina y me escabullía para desmigarlo sobre el estanque. Me gustaba ver a los torpes y gordos peces de colores brillantes nadando hasta la superficie para atrapar las miguitas de pan con sus bocas sin dientes.

—En las casitas de muñecas elegantes no hay jardín, cariño —le explicó mamá a Alma con dulzura—. El jardín es solo para las fiestas o para que las señoras de la casa se entretengan cuidando de las rosas: no hay elegancia en un jardín lleno de plantas y bichos. Lo importante de verdad es el interior de las casas, la decoración y los detalles, ahí es donde se aprecia el buen gusto de los dueños.

Era la hora de la siesta del último día de octubre y todos en la casa dormían después de la comida especial de cumpleaños que Dolores, la cocinera, había preparado para nosotras: crema fría de calabaza, jamón dulce asado, *fondue* de queso suizo —o «fundú» como lo llamaba el marqués marcando mucho la última «u»— y una enorme Paulova con nata y fresas frescas, la tarta favorita de Alma, de la que había sobrado casi la mitad.

Ya nos habían dado la mayoría de los regalos por la mañana, incluidas unas elegantes maletas de piel y neceseres a juego con nuestras iniciales grabadas en letras de oro. Mamá también nos había regalado un juego de toallas de hilo egipcio en un tamaño ridículamente pequeño. Cuando le pregunté para qué eran ella me respondió que ya lo descubriríamos «ese año o el próximo». Además de las misteriosas toallas y el juego de maletas, mamá nos entregó dos paquetes de valores del Tesoro que padre volvió a guardar a toda prisa en la caja fuerte de su despacho después. Esa misma tarde, mientras Villa Soledad dormía, mamá ordenó colocar la casita sobre una mesa de ajedrez para que pudiéramos verla bien, y nos llevó a la biblioteca para darnos la última sorpresa.

—¿El mármol blanco de las escaleras es del mismo tipo que el que el abuelo Martín mandó usar en las de verdad? —pregunté mirando las escaleras en miniatura a través del lucernario en el tejado—. ¿También lo han traído desde Italia?

—No, vuestro padre insistió en que era una tontería enviar a alguien tan lejos solo para traer un pequeño bloque de mármol —respondió mamá intentando que no se notara demasiado su decepción—. Pero si no lo decís nadie lo sabrá.

—Es muy bonita, mamá, gracias —dijo Alma—. No puedo esperar para jugar con ella.

—No es un juguete, es una obra de arte en miniatura —la corrigió mamá con dulzura—. Algo hermoso y delicado para que os entretengáis las tardes de lluvia en lugar de salir por ahí. La encargué a una tienda de miniaturas y maquetas que hay en Barcelona, es una de las tiendas más prestigiosas del mundo; reinas de media Europa y artistas famosas compran sus casitas de muñecas en esa misma tienda.

—¿Reinas y artistas? ¿De verdad? —pregunté sorprendida—. ¿Y también Gloria Swanson?

Cuando Carmen se despistaba, Alma y yo solíamos bajar a su habitación en el sótano para curiosear entre sus revistas de sociedad. Nos encantaba ver las fotografías en blanco y negro de estrellas de cine, artistas, cantantes de ópera o aristócratas europeas. Gloria Swanson aparecía en la mayoría de esas revistas.

—Cuando sea mayor voy a ser como Gloria Swanson, pienso hacer siempre lo que me dé la gana aunque a otros no les guste —le había dicho muy seria a Alma una tarde mientras las dos mirábamos los vestidos de las revistas a escondidas.

—Bueno, no sé si precisamente la señorita Swanson está interesada en las casitas de muñecas. ¿Os acordáis de esos señores que vinieron hace unos meses para hacerle fotos a la mansión? Yo os dije que eran de una revista de decoración que estaba interesada en publicar un reportaje sobre la mansión, pero en realidad estaban tomando fotografías de la casa para poder reproducirla en el taller después con todos los detalles.

—¿Y las muñecas? ¿Somos Alma y yo?

Además de la casita mamá había encargado hacer pequeñas réplicas de nosotras. Para eso le mandó a Carmen recoger pelo de los cepillos y retales de tela de nuestros vestidos para enviarlos al taller de miniaturas de Barcelona y hacer que vistieran a las muñecas con ropitas idénticas a las nuestras.

—Sí, sois vosotras dos y si os portáis como señoritas pronto encargaré más vestiditos y sombreros para que cambiéis de ropa a las muñecas. Puede que incluso mande hacer unos vestidos de fiesta para celebrar vuestro próximo cumpleaños —nos dijo mamá.

—¿Podemos organizar una gran fiesta? —pregunté más entusiasmada de lo que pretendía—. Aquí, en la mansión, así todos podrían ver el jardín, las antigüedades, el piano de la sala de música... Alma también quiere, ¿verdad que sí, Alma? Dile que tú también quieres.

—Sí, sería divertido, supongo —respondió ella, fingiendo que no estaba muy interesada en el asunto—. Podríamos hacerla fuera, en el jardín antes de la puesta de sol.

—¿Podemos mamá? —insistí yo—. Anda, por favor, di que sí.

—Lo consultaré con el marqués —fue todo lo que respondió.

—Cuidaremos bien la casita, te lo prometo —dijo Alma, después le dio un beso en la mejilla a nuestra madre.

Mamá se levantó del suelo de la biblioteca y caminó hasta la puerta.

—Feliz cumpleaños, chicas —nos dijo antes de salir de la habitación.

En cuanto escuchamos sus tacones alejándose escaleras arriba, Alma cogió las muñequitas y peinó con delicadeza sus melenas largas y negras hechas con nuestro propio pelo olvidado en el cepillo.

—¡Mira qué desastre! Se han olvidado de los ojos —dijo Alma abatida—. Les han puesto los ojos iguales a las dos muñecas y ahora no podremos distinguirlas. Nunca sabremos cuál es la de cada una.

—No nos fotografiaron a nosotras —recordé—. Tomaron fotos de la vajilla buena, de las cortinas de la salita de música y de la bañera de mamá pero no a nosotras, por eso no saben que tenemos los ojos distintos.

Los ojos pintados a mano sobre las caras de cartón piedra me devolvieron una mirada de desdén, así que las dejé en el suelo otra vez, aunque me aseguré de poner las muñecas boca abajo para evitar sus ojos sin vida.

—De todas formas no creo que debamos preocuparnos demasiado por eso. —Alma volvió a colocar las muñecas en la mesa del comedor para que mamá no notara que las habíamos cogido—. Dentro de dos cumpleaños solo necesitaremos una de las muñecas.

Después Alma se levantó del suelo, se sacudió la falda de su vestido y sin darme tiempo a responder salió de la biblioteca. Yo cogí una de las muñecas y la escondí detrás de los doce volúmenes de la *Enciclopedia de las plantas y las flores* para asegurarme de que Alma no pudiera encontrarla jamás.

—¿Estás seguro de que es por aquí? Mira que lo mismo te has confundido de camino y terminamos los tres pasando la noche en el bosque —le dije a Tomás.

Él caminaba dos pasos por delante de mí pero tan cerca de Alma, que de vez en cuando sus hombros se rozaban. Tomás se volvió para mirarme con una media sonrisa en los labios.

—Es por aquí seguro —me dijo—. Deberías confiar un poco más en mí y en mi sentido de la orientación para variar, en estos años he aprendido a moverme por el bosque casi como si fuera uno de los animales que viven en él.

Yo puse los ojos en blanco y esquivé un grupo de rocas afiladas que asomaban entre la hierba alta.

—Sí, claro. La primera vez que te vimos estabas atrapado en un cepo en este mismo bosque —le recordé.

Me gustaba discutir con Tomás, llevarle la contraria incluso en las cosas más pequeñas e insignificantes. Alma nunca hacía eso, llevarle la contraria, ella prefería no discutir con nadie para evitar que su perfecta imagen de perfecta chica se resquebrajara.

—Los animales que viven en el bosque también caen en las trampas de tu padre —respondió Tomás, ahora sin mirarme—.

Eso no significa que no conozcan bien el lugar donde viven, solo que no cuentan con que el marqués haga trampas cubriendo el suelo del bosque de cepos para fingir que sabe cazar.

Hacía calor y yo ya estaba cansada de caminar detrás de Tomás y de Alma, además, desde hacía un rato me daba la sensación de que evitaban darse la mano cada vez que se tocaban. Un par de veces ya había visto a Tomás cerrar la mano en un puño cuando Alma le había rozado, casi como si necesitara recordarse que no podía tocarla.

—Lo que padre hace con los animales es espantoso: matarlos y luego exhibirlos así, en su sala de trofeos —comentó Alma.

—Pues yo no creo que sea para tanto. Dudo que padre los haya matado él mismo —dije—. La Winchester tiene la mira torcida y es casi imposible acertarle a nada más pequeño que un elefante.

El abuelo Martín se había traído consigo una vieja escopeta de caza cuando regresó de las Américas. Se trataba de una Winchester modelo 1894 personalizada con doble cañón y culata de madera de raíz de nogal con incrustaciones de nácar. El marqués adoraba esa escopeta, tanto que la tenía colgada sobre la chimenea de su habitación de caza en un lugar privilegiado. La leyenda familiar alrededor de la Winchester contaba que el abuelo Martín cazó él solo a un jaguar en la frontera de Nuevo México usando esa misma escopeta.

El jaguar de la historia merodeaba las tierras del abuelo en México y había matado ya a cinco de sus esclavos y a uno de los capataces dejando de él nada más que el sombrero, el látigo y las botas mordisqueadas. El abuelo Martín había esperado toda la noche con la escopeta preparada, escondido detrás de una ventana hasta que vio acercarse al animal de madrugada. Al principio el abuelo pensó que el jaguar era, en realidad, el mismísimo demonio, que había cruzado el mar y las tierras muertas de Arizona hasta su propiedad para llevárselo de vuelta a Basondo, pero entonces vio los ojos brillantes del animal y apretó el gatillo matando al jaguar en el acto.

Escuché al abuelo Martín contar esa historia muchas veces, y después de que muriera se la escuché contar a padre, siempre la misma historia aunque con distintas palabras: algunas veces eran siete esclavos los que el jaguar había devorado, de vez en cuando no era de noche y otras veces ni siquiera era un jaguar sino un enorme oso pardo con las garras manchadas de sangre. Un día, tiempo después de que el abuelo hubiera muerto ya, recuerdo que le pregunté a la abuela Soledad por la historia de la escopeta y el jaguar: «Tu padre y tu abuelo no cazarían un jaguar en su vida, otras criaturas hermosas sí, pero no un jaguar. Y menos sin hacerle trampas al pobre animal.»

—¿Y desde cuándo defiendes tú tanto a padre? —quiso saber Alma.

Llevábamos casi dos horas de caminata avanzando entre arbustos cubiertos de espinas y desniveles de tierra, nos habíamos alejado mucho de la zona del bosque que mejor conocíamos.

No le defiendo, pero si todas las chicas de Basondo tuvieran una casita de muñecas como la nuestra, la que hay sobre la mesita de ajedrez en la biblioteca ya no sería especial: es especial solo porque hay pocas, como sucede con nosotras dos. ¿O no te has dado cuenta aún de que Tomás solo pasa el rato con nosotras por ser quienes somos? En Basondo hay muchas chicas, y seguro que más de una y más de dos estarían encantadas de estar con él mientras les habla de política y de poetas que llevan siglos muertos, pero en vez de eso, Tomás nos espera en el bosque cada tarde a ti y a mí —añadí yo con una media sonrisa de satisfacción al comprobar que le estaba haciendo daño con mis palabras—. ¿Sabes por qué? Porque tú y yo somos las únicas futuras marquesas que hay aquí.

A menudo hablábamos de Tomás delante de él como si no estuviera.

—Dices esas cosas solo para herirme. Tú eres como una de esas zarzas salvajes que crecen en el bosque y arañan a todo el que pasa por su lado hasta hacerles sangrar, esa es tu naturaleza —me dijo Alma.

Mi hermana tenía razón solo a medias.

—Tú siempre tan egoísta, Estrella. Pero no te preocupes, yo te perdono por tus palabras venenosas y por tu malicia, no tengas miedo —dijo Alma con dulzura exagerada—. Estoy convencida de que tú misma empiezas a lamentar haber dicho esas cosas tan horribles sobre Tomás y sobre mí, ¿verdad que sí? ¿Te sientes culpable ya, Estrella? Apuesto a que hubieras preferido callarte y no estropearnos la tarde a todos.

—No, sentirse culpable es una pérdida de tiempo —respondí muy seria.

Tomás dejó escapar un resoplido y dio media vuelta dispuesto a ponerse en marcha otra vez.

—Venga, vámonos, todavía nos queda un rato para llegar a la cueva y no quiero que se nos haga de noche en el bosque —dijo sin mirarme—. Mañana tengo que levantarme temprano para ayudar a mi padre en casa y después tengo que ir a la escuela.

Alma se puso en marcha caminando hombro con hombro con Tomás. Les observé alejarse entre los arbustos hacia el oeste y les seguí solo porque quería ver la estúpida cueva de la que Tomás nos llevaba hablando toda la semana. Cuando dejamos atrás un grupo de árboles vi cómo estrechaba la mano de Alma al escuchar mis pasos detrás de ellos. Lo hizo solo porque sabía que yo estaba mirando, para castigarme por lo que había dicho antes. Miré sus manos unidas y deseé con todas mis fuerzas ser de verdad una zarza cubierta de espinas secas para poder arañarles la mano y hacerles sangrar.

Avanzamos en silencio un rato. Me pareció que Tomás y Alma murmuraban algo pero no podía escuchar lo que decían: solo los susurros cómplices y una risita mal disimulada de mi hermana. Los arbustos fueron volviéndose más dispersos hasta que por fin llegamos a un claro donde apenas crecía la hierba, solo rocas grises y afiladas que parecían salir de la tierra desgarrando la superficie del bosque.

—Creo que es aquí, recuerdo esas rocas —dijo Tomás—. Estoy seguro de que era en esta misma zona.

El sol de otoño no se había ocultado en el horizonte, pero las sombras que dibujaba en el suelo se habían vuelto alargadas un rato antes, figuras oscuras y afiladas que me recordaban una única verdad: la noche estaba cerca. Después de nuestro cumpleaños los días se volvían más cortos y la luz del verano parecía esconderse en el centro de la tierra para esperar la llegada de la primavera.

—¿Estás seguro de que es aquí? —le pregunté yo de mala gana. Todavía estaba molesta con él y no iba a perdonarle tan pronto—. Yo no veo ninguna cueva.

—Es aquí, estoy seguro —respondió Tomás con una sonrisa triunfante—. Me ha costado un poco encontrar el sitio porque todos los que lo conocen solo hablan de esta cueva cuando han tomado suficiente licor de hierbas en la taberna y el alcohol ahoga su miedo. Ningún hombre en Basondo, por muy valiente que sea, se atreve a hablar de esta cueva estando sobrio.

Alma miró alrededor con sus ojos amarillos intranquilos. El paisaje del bosque que conocíamos había empezado a cambiar un rato antes: el relieve se había vuelto abrupto y hosco mientras avanzábamos, el suelo se levantaba agrietándose aquí y allá, y el verde se fue volviendo gris cuando las rocas más grandes empezaron a asomar entre la tierra. Un poco más adelante vi un montículo de piedra cubierto de musgo que me recordó a un gran animal dormitando agazapado bajo una espesa manta verde.

—No me extraña que nadie quiera hablar de este lugar. Nos hemos alejado mucho de la casa y del coto del marqués —dijo Alma con un ligerísimo temblor en su voz que solo yo podía reconocer—. No sabía que el bosque fuera tan enorme, casi parece que abarque el mundo entero.

—¿Qué crees que habrá detrás de esos árboles? —pregunté.

—Seguramente otros ocho o diez kilómetros de bosque —respondió Tomás convencido—. Venga, busquemos la entrada de la cueva, pronto oscurecerá y no quiero que mi padre se dé cuenta de que he salido. Además, están los lobos y las demás criaturas nocturnas que viven en el bosque.

Yo me reí con ganas.

—«Criaturas nocturnas.» No me digas que estás hablando otra vez de *lamias*, brujas y hadas. Pensaba que tú no creías en esas cosas.

Tomás cambió de mano el farol que llevaba por si acaso se hacía de noche y se rascó la nuca nervioso.

—Y no creo en esas cosas, pero los mismos que me contaron cómo encontrar la entrada de la cueva me hablaron también de una misteriosa mujer que se aparece a los viajeros y a los curiosos que se atreven a entrar. Dicen que es la morada secreta de una *lamia* y que su entrada está prohibida a los humanos bajo pena de desgracia. Sobre todo a los hombres —empezó a decir él—. Ella no es humana y se alimenta de los espíritus de los pobres hombres que osan entrar en su madriguera.

Yo miré el montículo de roca otra vez, sí que se parecía un poco a una madriguera.

—Bueno, puedes quedarte aquí fuera si tanto miedo tienes, Alma y yo no somos hombres, así que podemos entrar sin problema. Vamos, Alma —le dije desafiante.

Tomás estaba al final del claro sobre el montículo de piedras grises que era casi tan alto como él. A los pies de las rocas había una grieta en el suelo medio cubierta por una cortina de musgo.

—Esto parece una entrada —sugirió él—. Hay que agacharse un poco para poder pasar, pero creo que entramos bien.

Me acerqué para asomarme a la entrada con cuidado: dentro estaba oscuro y no se veía lo que había al otro lado, pero la abertura en la tierra me recordó a una sonrisa sin dientes.

—Ahora parece que eres tú la que tiene miedo —dijo Tomás desde donde estaba.

Yo levanté la cabeza para mirarle y noté su media sonrisa de satisfacción al ver mi cara preocupada.

—Que te lo has creído —dije.

Y me dejé devorar por la siniestra sonrisa en la tierra.

Las últimas luces de la tarde se colaban por la grieta en la tierra iluminando la cámara donde estábamos, miré alrededor mientras mis ojos se acostumbraban a la penumbra. Algo frío y áspero me rozó el brazo en la oscuridad, lo sacudí con fuerza hasta que las briznas de musgo que se me habían quedado pegadas en la manga del vestido al pasar por el agujero cayeron al suelo.

—Puede que sea aquí donde se esconde ese lobo tuyo, Estrella —empezó a decir Alma—. Lo mismo esta es su guarida y ahora está agazapado en la oscuridad esperando el momento oportuno para saltar sobre nosotros y devorarnos vivos.

Alma hizo un sonido gutural imitando el aullido de una bestia a mi lado. Agradecí que estuviéramos a oscuras para que mi hermana no pudiera ver la piel erizada de mis brazos.

—No seas idiota, el lobo no vive aquí. No necesita esconderse bajo tierra —respondí deseando quitarles poder a las palabras siniestras de Alma.

Pero mi hermana dejó escapar una risita en la oscuridad mientras yo escudriñaba la negrura un poco más adelante por si acaso distinguía los ojos brillantes del animal.

Un chasquido llenó el aire frío de la cueva y un momento después el resplandor del fuego iluminó toda la cámara. Tomás encendió la mecha del farol con cuidado de no quemarse y después dejó caer la cerilla al suelo.

—Vaya, este sitio es muy grande. Mucho más de lo que pensaba —comentó él, levantando el farol para iluminar mejor la cámara—. A saber cuántos kilómetros tiene esta cueva en total. Apuesto a que los túneles subterráneos recorren todo el valle de Basondo. Parece que continúa por ahí.

El techo de piedra se inclinaba a medida que bajaba hacia el centro de la tierra.

—¿Sabes adónde conduce? —pregunté mirando el camino.

—Ni idea —aceptó Tomás—. Pero el padre Dávila dice que este lugar está maldito.

—¿Maldito? —repetí intentando que no se notara el temblor en mi voz.

—Sí. Según el padre Dávila, los paganos y los celtas que habitaron este mismo valle hace muchos años profanaron este lugar con sus cánticos, su culto a los dioses antiguos y sus dibujos blasfemos en las paredes. Se supone que los dibujos todavía están aquí abajo en algún sitio. —Tomás dio unos pasos hacia el túnel y el círculo de luz de su farol se alejó con él—. Aunque lo más seguro es que esta cueva sea una antigua mina romana abandonada.

Yo seguí el resplandor del keroseno ardiendo dentro del farol igual que una polilla busca la luz.

—¿Dibujos blasfemos? —pregunté.

No tenía muy claro a lo que Tomás o Dávila se referían. Miré a Alma y leí en su rostro que ella tampoco lo sabía. De repente me acordé de lo que sucedió una tarde el verano pasado, la tarde más calurosa de todo agosto, cuando Alma y yo bajamos al sótano con un vaso de zumo de manzana para sentarnos en el pasillo a hojear una de las revistas que le habíamos robado a Carmen. Queríamos escapar del calor asfixiante que se había apoderado de nuestra habitación: el torreón de Villa Soledad estaba construido para acaparar toda la luz del sol posible en los meses más grises y largos del invierno, pero en verano hacía demasiado calor y el sótano era el único lugar de la mansión donde nunca llegaba la luz del sol, así que Alma y yo bajamos las escaleras sin hacer ruido mientras arriba todos los demás dormían la siesta.

Solíamos escabullirnos por la escalera de servicio hasta el pasillo del sótano sin que nadie se diera cuenta, por eso aquella tarde nos sorprendió tanto ver a Catalina, la hija de Carmen, de rodillas frente a la puerta de su habitación en el sótano, la misma habitación que compartía con su madre. Catalina miraba por el ojo de la cerradura conteniendo la respiración, así que nos oyó acercarnos y se volvió asustada para mirar quién la había descubierto. Iba a preguntarle qué hacía allí fuera, despeinada y con el camisón todavía puesto, en lugar de estar durmiendo la siesta con su madre, pero Alma se llevó el dedo a los labios indicándome que me callara: unos susurros que yo nunca había escuchado antes llenaron el aire del pasillo y la expresión en la cara de Catalina cambió. Me pareció escuchar la voz de padre en la habitación y aparté a Catalina sin hacer ruido para que me dejara ver lo que pasaba al otro lado de la puerta: nuestro padre estaba tumbado en la cama encima de Carmen. Sus pantalones de pinzas estaban desabrochados, la hebilla de su cinturón tintineaba y sus mocasines de piel estaban tirados en el suelo al lado de su camisa de verano y el vestido arrugado de Carmen. Me fijé en la manera en que sus manos le acariciaban los muslos a nuestra niñera y subían hasta su cintura deteniéndose un momento ahí. Entonces vi los ojos entrecerrados de Carmen mientras le besaba el cuello a nuestro padre y las sábanas húmedas pateadas al final de la cama.

Recuerdo que me aparté de la cerradura sin saber muy bien qué era lo que acababa de ver. Alma ocupó mi lugar y les miró durante un rato más mientras yo me sentaba junto a Catalina en silencio, las dos con la espalda apoyada en la pared y las piernas recogidas. Los susurros en la habitación de Carmen duraron unos minutos más y el zumo de manzana se calentó en el vaso. Cuando Alma y yo por fin nos atrevimos a contarle a la señorita Lewis lo que habíamos visto aquella tarde, ella nos regañó diciendo que eso eran «asuntos de pecadores y blasfemos» y que nosotras dos no debíamos hablar jamás de eso porque éramos señoritas bien educadas. Miré a Alma mientras las dos caminábamos hacia el interior de la cueva y supe que ella también estaba pensando en lo que vimos aquella tarde de agosto.

El túnel era estrecho y, a medida que avanzábamos, el techo de roca era cada vez más bajo, pero los tres seguimos bajando hacia el centro de la tierra durante casi un minuto entero. La luz del atardecer no llegaba hasta allí, así que las dos nos acercamos un poco más a Tomás para que la oscuridad no nos tragara.

—¿Qué piensas que hay más abajo? —preguntó Alma con curiosidad—. Suena como si estuviéramos cerca del agua.

Por encima del eco de nuestras voces podía escucharse el rumor de agua corriendo. Toqué la pared de piedra del túnel. Estaba fría y húmeda, pero sentí el agua que circulaba por las entrañas de la tierra igual que había sentido la savia corriendo bajo la corteza de aquel pino la noche que conocimos a Tomás.

—No lo sé. Puede que sea un río subterráneo y no podamos avanzar mucho más. —Tomás se encogió de hombros—. Los antiguos celtas y los romanos que vivieron en el valle hace siglos ya extraían mineral de hierro del suelo. Parece que se trata solo de una vieja mina abandonada. Lo mismo hasta está conectada con la vuestra en alguna galería un poco más adelante.

—Dávila te está enseñando bien y tú aprendes deprisa —dijo Alma con dulzura—. ¿Crees que te dejará quedarte más tiempo en la parroquia?

Tomás arrugó los labios.

—No lo sé. El acuerdo con Dávila era por un par de años y ya casi se han cumplido. A mí no me importa quedarme otro año limpiando la iglesia, la sacristía y lo demás si él quiere seguir enseñándome y dejándome con los libros, cualquier cosa antes que tener que bajar a la mina —admitió—. Pero no sé cuánto tiempo me dejará mi padre seguir aprendiendo: mi tío ya no puede trabajar y en casa necesitamos otro sueldo.

—Pero no estarás pensando en meterte a cura, ¿verdad? —le pregunté sin rodeos.

—Puede. Dávila me ha dicho que si quiero ingresar en el seminario él mismo me dará una recomendación.

Me detuve en el túnel, aunque Tomás y la luz del farol todavía avanzaron unos metros más.

—¿Vas a ir al seminario? ¿Cuándo lo has decidido? —pregunté más alto de lo que pretendía.

Miré a Alma y por su expresión me di cuenta de que ella ya lo sabía.

—Yo no soy hijo de ningún marqués, Estrella. La única oportunidad que tengo de no acabar trabajando en la mina como mi padre o mi abuelo es aceptar el ofrecimiento de Dávila para entrar en el seminario.

—Pero ¿por qué no me lo has dicho? —insistí—. Y ¿cómo se te ocurre pensar semejante cosa? Vaya idea ridícula, si te ordenan sacerdote ya no podremos...

—¿No podremos qué?

La pregunta de Tomás se quedó suspendida en el aire húmedo de la cueva un momento más.

—Nada, qué más da. Tú y mi hermanita ya lo habéis decidido, así que cura serás. Enhorabuena.

Me puse en marcha otra vez dando grandes zancadas.

—Entiéndelo, tengo que pensar en lo que es mejor para mí —se defendió—. Algún día seré un hombre y tendré que ganarme la vida de alguna manera, y no hay muchas más opciones para el hijo de un minero: te haces minero o te haces cura. Mientras eso no cambie no hay más futuro para mí.

Yo solté un bufido al escuchar sus palabras.

—¿Eso también te lo ha enseñado Dávila?

—No, claro que no. Dávila se santigua cada vez que escucha hablar de la república. Eso me lo ha enseñado Esteban, ese del sindicato que siempre anda hablando de los derechos de los trabajadores, de política y todo eso a quien quiera escucharle —continuó Tomás—. Y a mí me gusta hacerlo.

—Pues tendrás que elegir una de las dos cosas, no puedes ser sindicalista y cura —dije yo cuando estábamos casi al final del túnel.

Llegamos a una estancia pequeña, mucho más cerrada y

claustrofóbica que la cámara que habíamos encontrado nada más entrar.

—Creo que hay otra sala justo al final. —Alma señaló una entrada en la roca—. Aquí abajo se oye el ruido del agua mucho más fuerte. ¿Vosotros no lo oís?

No podía saber cuánto habíamos descendido, hundiéndonos voluntariamente en las entrañas de la tierra, pero el sonido del agua corriendo retumbaba en las paredes de roca. La grieta en la pared era estrecha, tanto que tuve que ponerme de perfil para poder pasar y aun así noté la piedra afilada cortándome en los codos. Al otro lado había una gran cámara, la más grande de todas las que habíamos dejado atrás. El suelo estaba inclinado y bajaba hasta la zona central de la gruta donde un riachuelo dividía en dos mitades casi perfectas toda la cueva.

—Ahí está el río —dijo Alma desde donde estábamos.

—Este sitio es enorme, medirá unos doscientos metros cuadrados —calculó Tomás, que miraba alrededor maravillado—. Y el techo... podría estar a más de diez metros sobre nosotros. Ha valido la pena la caminata por el bosque y escuchar las quejas de Estrella para encontrar este lugar.

—Sí, no está mal —admití de mala gana—. Podría ser un buen escondite si no te importan la humedad, el frío o que se te caiga una de esas cosas de piedra en la cabeza y te parta en dos.

Del altísimo techo de la cámara colgaban decenas de estalactitas de las que goteaba agua a un ritmo lento pero constante.

—No se caen, Estrella. Las crea el agua que se filtra a través de las paredes de la cueva durante años y años —se apresuró a corregirme Alma—. Llevan mucho tiempo ahí. Sería mucha casualidad que eligieran precisamente este momento para caerse.

Hice una mueca de disgusto asegurándome de que mi hermana me viera y después empecé a bajar la pendiente de piedra que llevaba al riachuelo. Alma dio una zancada para cruzar al otro lado del río y Tomás la siguió. Salté el riachuelo para ir tras ellos pero algo llamó mi atención.

—Si tuviéramos un mapa seguro que podríamos encontrar la forma de llegar hasta vuestra mina desde alguno de estos túneles, tienen que estar conectados... —le escuché decir a Tomás.

En la pared de la cueva había un paisaje pintado con algún tipo de tinta, tan oscura que casi parecía negra. No habían usado pinceles ni palos para dibujarlo, tan solo los dedos. Lo supe porque en algunas zonas podía distinguir huellas como las que dejaba después de tocar el hollín de la chimenea.

—Puedes decirle a Dávila que esté tranquilo, no creo que estos dibujos vayan a corromper a nadie —dije.

Había algo en el mural que lo hacía imposible de ignorar, como si no pudiera apartar mis ojos del trazo irregular y grueso de las líneas hasta haber memorizado cada detalle.

—Parece muy antiguo, como esos dibujos de bisontes y caballos que encontraron en un pueblo cerca de aquí hace ya tiempo. —Tomás se acercó un poco más a la pared—. Recuerdo que hace un año leí un artículo en una vieja revista de ciencia americana que guardó para mí Vicente, el encargado de Correos, que sabe cuánto me gustan esas cosas. En él hablaban de una cueva en Arizona, donde dos chiquillos jugando encontraron de casualidad unos dibujos antiguos de hombres misteriosos con los brazos y las piernas muy largas pintados en las paredes... esto se le parece un poco.

—¿Qué crees que es? —preguntó Alma conteniendo el aliento.

—Creo que un bosque y una mujer de pie justo en el centro, sola —empezó a decir Tomás—. Eso son árboles, ¿verdad?

—Sí, son árboles, pero lo que hay sobre ella son estrellas —afirmé yo sin ninguna duda—. Es una mujer en un claro de este mismo bosque bajo el cielo lleno de estrellas.

Le di un golpecito a Tomás para que acercara la mano del farol más a la pared de piedra y las sombras de la cueva se movieron con él. En el centro del mural se distinguía perfectamente a una mujer: una figura femenina con los brazos abiertos, un vestido tan largo que le cubría los pies y el pelo suelto hasta casi la cintura. Alrededor de ella la misma mano firme había dibujado un claro rodeado de árboles. Yo estaba segura de que eran pinos porque las ramas eran puntiagudas y los troncos altos como torres. Pero lo más llamativo del mural eran las estrellas en el cielo: estaban sobre la mujer y sobre las copas de los árboles pintadas en un tono más claro que el resto del dibujo. Con el resplandor del fuego ardiendo dentro del farol casi me pareció que las estrellas brillaban.

—Sí, ahora yo también creo que son estrellas —dijo Alma—. Y brillan.

—Es por el mineral de hierro que impregna la piedra —la corrigió Tomás—. La luz se refleja en la pared y por eso parece que estuvieran hechas de fuego. La mujer me recuerda un poco a ti, Estrella.

—No digas bobadas, es imposible que esa sea yo porque esta es la primera vez que entro en esta cueva.

Aunque sí nos parecíamos en algo. Despacio, alargué el brazo hacia el dibujo en la pared casi como si dentro de mí una fuerza desconocida me obligara a tocar las líneas pintadas en la roca. Entonces sentí las yemas de mis dedos arder igual que si tuviera chispas debajo de la piel, fuego vivo. Pero antes de que mis dedos acariciaran la misteriosa pintura Tomás me detuvo.

—No lo toques, es muy antiguo y podría deteriorarse —me dijo sujetando mi mano—. Ya es casi un milagro que esos dibujos continúen ahí, solo Dios sabe cuánto tiempo llevan en esta pared soportando el frío, la humedad y el paso del tiempo.

—Puede que seamos las primeras personas que ven estos dibujos en décadas, siglos seguramente —susurró Alma, pero entonces vio que Tomás todavía sujetaba mi mano y torció el gesto—. No podemos hablarle a nadie de esto: ni a mamá, ni a la señorita Lewis ni a nadie, ¿de acuerdo, Estrella?

—¿Y por qué me lo dices a mí si se puede saber? Tú eres la que no puede guardar un secreto durante más de diez minutos sin que te queme en la lengua.

—Alma tiene razón, no podemos contárselo a nadie.

—Tomás me soltó la mano—. Si en el pueblo se enteran de lo que hay aquí abajo esto pronto se llenará de doctores y curiosos investigando la cueva y recorriendo el bosque para encontrar más dibujos. No, este tiene que ser nuestro secreto. Júralo, Estrella.

—Eso, Estrella, júralo, o que algo terrible suceda —me retó Alma.

Volví a mirar el mural en la pared, las estrellas de tinta y hierro titilaban igual que las estrellas de verdad.

—O que algo terrible suceda —repetí, sellando el conjuro.

PUENTE HACIA EL PASADO

Celebramos nuestro decimoquinto cumpleaños un día antes. No fue por superstición o por miedo a la maldición de cuento de hadas que se cernía sobre nosotras, no, fue solo simple casualidad. Mamá tuvo que adelantar la fiesta un día para que uno de los invitados de padre, un importante empresario alemán, pudiera asistir.

La noche antes de la celebración yo estaba tan nerviosa que apenas había podido dormir de la emoción: nunca nos habían dado permiso para asistir a una fiesta. Normalmente, Alma y yo teníamos que conformarnos con mirar desde arriba de la escalera o espiar por la ventana a las invitadas, pero ese año, por fin, después de mucho insistir, mamá aceptó organizarnos una fiesta.

—Despierta, niña, o te vas a perder tu propia fiesta de cumpleaños, y sería una pena con todo lo que le ha costado a la marquesa prepararla y lo que se ha gastado para que sea la mejor fiesta del año —me dijo Carmen mientras me cepillaba el pelo—. Más te valdría haberte tomado la infusión de hierbas que te preparé anoche para los nervios, pero no, tú eres terca como una mula.

—Ya vale, te he dicho que no tengo sueño y además he dormido maravillosamente bien a pesar de los ronquidos de

Alma, muchas gracias —mentí, poniéndole mi mejor sonrisa a la imagen del espejo en el tocador—. Lo que pasa es que me estás dando tirones en el pelo y ya estoy harta.

—No digas esas cosas de tu hermana, niña —me regañó Carmen con su hablar rápido—. Que a una le ponen fama de algo y luego ya no hay forma de quitársela. Si se empieza a correr el rumor de que la joven marquesa ronca...

—¡Pero es que es verdad! Alma ronca como si fuera un hipopótamo —respondí mirando a mi hermana a través del espejo de tocador.

Alma no respondió, pero vi cómo sus ojos chisporroteaban furiosos y supe que más tarde me haría pagar el comentario de alguna manera retorcida.

Todas las ventanas de nuestra habitación estaban abiertas, el viento cálido de la tarde llenaba el dormitorio con el olor salado de la brisa que volaba sobre el mar y subía desde el acantilado. De vez en cuando escuchábamos a la banda de jazz que mamá había contratado para nuestra fiesta ensayando en el jardín de atrás: una nota aquí y allá, una escala rápida de piano para calentar los dedos o el soplido de una trompeta que llegaba hasta el dormitorio. Canciones ondulantes que me hacían pensar en clubes clandestinos llenos de humo de cigarro y restaurantes medio iluminados que solo conocía por las novelas de policías que leía Carmen. Padre odiaba el jazz, pero mamá los había contratado igualmente después de saber que esa misma banda había tocado en la fiesta de fin de año del embajador británico en Madrid.

—Solo lo mejor para vuestra primera fiesta —nos había dicho mamá.

—No sé por qué vuestro padre os deja llevar el pelo tan largo: parecéis dos gitanas que se han escapado de la feria o algo peor. Además, hace falta una eternidad para arreglaros a ambas. —Carmen sacudió la cabeza mientras me pasaba otra vez el cepillo por mi melena negra—. Menos mal que tu hermana ya está lista y mira qué guapa está, una preciosa futura marquesa.

Alma estaba sentada en el borde de su cama con cuidado

de no arrugarse el vestido blanco de encaje que llevaba puesto, idéntico al mío en cada detalle bordado a mano en hilo fino de seda y plata.

—¿Y qué más da eso? Todo este asunto de la fiesta es un derroche terrible y una excusa para que padre quede bien con sus socios, incluso ha adelantado un día la fiesta por ellos —protestó Alma—. Además, la mina ya no va tan bien como antes porque ahora papá no puede venderles el hierro a los británicos por culpa de la economía, es cuestión de tiempo que la mina Zuloaga cierre. ¿O acaso no has oído hablar de «la gran depresión»?

Yo puse los ojos en blanco para dejar claro mi falta de interés y después volví a juguetear con el perfumero de cristal tallado y plata. Apreté la perilla y me puse un poco más en el interior de las muñecas como le había visto hacer a mamá tantas veces.

—¿Cómo puedes estar tan ciega, Estrella? ¿No te importa la gente que pasa necesidades en el pueblo? Si los Zuloaga no nos quedáramos con todo el beneficio del hierro...

—Me dan igual los negocios de padre o lo que pase en la mina: es mi cumpleaños y yo lo que quiero es bajar a nuestra fiesta y bailar hasta medianoche. Bailar hasta que me duelan los pies —respondí, mientras el olor a jazmín de la colonia me envolvía.

—Oh, Estrella, tú siempre pensando solo en ti. —Alma frunció los labios—. ¡Cómo me gustaría ser igual que tú algunas veces!

—Si lo intentas mucho puede que algún día lo consigas, quién sabe, hermanita —le dije con desdén.

Alma me sacó la lengua desde donde estaba.

—Deja ya de lamerte los labios o se te irá el color, niña —la regañó Carmen—. Y no querrás que parezca que has estado dando besos a los chicos por ahí como una cualquiera, ¿verdad?

Las dos nos quedamos en silencio un momento. Alma bajó la mirada hacia sus zapatos de tacón blancos, pero antes pude ver una sombra pasando deprisa por sus ojos.

—Y si diera besos, pero solo a un chico, siempre al mismo chico, entonces ¿también sería una cualquiera, Carmen? —preguntó Alma en voz baja y sin atreverse a levantar la cabeza—. ¿Eso también está mal?

Al oírla, Carmen dejó el cepillo en el tocador y se volvió para mirarla.

—¿Qué has hecho, niña? ¿Otra vez has estado con ese chico del pueblo, el hijo del minero? —le preguntó con la mano libre apoyada en la cadera—. Aún eres joven, pero debes tener cuidado porque todos los chicos son iguales y todos intentarán convencerte de algo, cada uno con una historia diferente: amor, socialismo, joyas o un cuento de hadas con princesas... pero te aseguro que todos quieren algo de ti a cambio de sus palabras bonitas y de su atención.

—Te equivocas, tú no le conoces. Tomás no es así —le defendió Alma.

—Hazme caso, niña. Yo he pasado por eso antes, igual que todas —le explicó a Alma con dulzura—. No hagas caso de las palabras bonitas de los hombres porque no son nada más que eso: palabras. Se aprovechan de que tú quieres demostrarles lo guapa o lo mayor que eres para que hagas lo que ellos quieran.

—Lo que te pasó a ti con el marqués no tiene porque pasarme a mí —replicó Alma de mala gana—. Yo soy lista, no voy a quedarme embarazada del primero que me sonría.

—No te lo voy a tener en cuenta porque tú no puedes entender lo que se siente al ser una chiquilla de veinte años y que el señor de la casa te busque. No tiene nada que ver con ser lista o tonta, te pasa y punto, no puedes hacer nada para evitarlo —respondió Carmen con voz afectada. Después añadió—: Y con el muchacho ese del pueblo, ¿has hecho ya algo? ¿Algo que no tenga remedio?

—No he hecho nada aún, pero...

—¿Pero qué? —la cortó Carmen—. ¿Te ha hecho algo él? ¿Lo sabe tu madre?

Alma se bajó de la cama de un saltito y caminó hasta nosotras arrastrando el bajo de su vestido de encaje.

—No, mamá no sabe nada de Tomás. Si lo supiera ya se lo hubiera contado a padre para evitar que estuviéramos juntos —respondió, colocándose detrás de mi silla—. Lo que pasa es que he oído que han enviado interna a Suiza a la hija de los Ibarra porque tenía un novio que a sus padres no les gustaba, y yo no quiero que me envíen interna a ningún sitio para separarme de Tomás. No quiero dejar esta casa jamás, así que guárdame el secreto, por favor.

Carmen bajó la cabeza y suspiró mientras ordenaba las horquillas en su mano. Fuera, la banda de jazz empezó a tocar otra canción y las notas subieron flotando perezosamente desde el jardín trasero hasta las ventanas abiertas.

—Ya te he dicho que ese muchacho no es para ti, para ninguna de las dos. Y os repito que no me gusta que vayáis al bosque cada tarde: el bosque es para los salvajes, no para las futuras marquesas —dijo Carmen mientras me separaba el pelo en mechones para las trenzas.

—Pero padre también va al bosque: él va a su coto de caza todas las semanas —repliqué mientras me ponía uno de los pendientes de perlas a juego con la pulsera de la abuela Soledad que había encontrado en el tocador—. ¿También él es un salvaje?

Sabía que a Carmen le dolía hablar de nuestro padre, pero odiaba no poder intervenir en la conversación, así que lo mencioné de todos modos.

—Sí. Vuestro padre es el más salvaje de todos los animales que han pisado ese bosque, y si se entera de que veis a ese chico vamos a tener un disgusto —respondió con una frialdad poco habitual en ella—. Ya sabéis cómo es el marqués: no le gusta que le lleven la contraria.

Alma sonrió despacio y abrazó a Carmen por la cintura desde atrás igual que si tuviera seis años: era su modo de disculparse por cómo la había tratado un momento antes.

—Pero el marqués no se va a enterar, ¿a que no? Porque tú no quieres que me lleven interna a un horrible colegio en Suiza para que me congele junto con otras niñas tristes a las que sus padres han castigado enviándolas allí. —Alma se soltó de

Carmen y se rio—. Además, en Suiza solo hay chocolate y vacas, me aburriría como una ostra allí.

Pero Carmen no sonreía, me fijé en que le temblaban las manos mientras trenzaba los largos mechones de mi pelo.

—Harías bien en apartarte de ese chico, por todos nosotros. Ya sé que ahora no lo ves así, pero estar con él solo te traerá desgracias —dijo muy seria—. Mira a tu hermana: ella no va por ahí dándoles besos a los hijos de los mineros, eso no es propio de vuestra clase.

—Ni se me ocurriría, qué horror —me apresuré a responder.

Había visto a Tomás besando a mi hermana hacía dos días, en nuestro claro. Me había retrasado con los deberes de francés de la señorita Lewis, así que salí veinte minutos más tarde que Alma de la biblioteca para reunirme en el bosque con ellos como hacíamos cada tarde. Pero cuando llegué al límite de los árboles que rodeaban el claro, vi a Alma de puntillas con los ojos cerrados besando a Tomás en los labios. Me fijé en que los brazos de Tomás le rodeaban la cintura por encima del vestido, atrayéndola aún más hacia él, como si no fuera suficiente solo con un beso. Yo nunca había besado a un chico en los labios, nadie me había sujetado con esa urgencia por la cintura deseando hundirse más y más en mí.

Al verlos, sentí los celos escarbando un agujero en mi pecho con sus largas garras afiladas, justo debajo de mi corazón e instalándose allí, agazapados, esperando el momento justo para atacar. Éramos idénticas en todo y aun así Tomás la prefería a ella, igual que todo el mundo.

—No te enfades, Estrella. Hoy es nuestro cumpleaños y no querrás echarlo a perder, ¿verdad que no? —me amenazó Alma con una sonrisa—. No discutamos.

—Nuestro cumpleaños es mañana —le recordé.

Alma echó la cabeza hacia atrás y se rio.

—Hoy, mañana... ¿qué diferencia hay?

Pero había una diferencia que separaba los dos días con un muro tan alto como el que rodeaba la casa: las palabras que la abuela Soledad le había susurrado a Alma la tarde en que saltó desde el muelle. Una de nosotras se reuniría con ella antes de cumplir quince años, y todavía faltaba un día.

—Bueno, ya estáis las dos listas. Dejad que os vea bien antes de que salgáis y volváis hechas una pena después de pasar horas bailando el charlestón en el jardín —dijo Carmen—. Venga, poneos juntas para que pueda veros bien.

—Estamos en 1931, Carmen, el charlestón ya pasó de moda —respondió Alma con suavidad—. Ahora lo que se lleva es el *swing*.

—Bueno, pues lo que sea que se baile ahora en las fiestas elegantes, me da igual. Apuesto a que dentro de un par de años estaré vistiendo de novia a alguna de vosotras aquí, en esta misma habitación. Me gustaría que tuvierais un poco más de tiempo, pero cuando eres guapa hay que darse prisa en casarse porque los hombres empiezan a hacer cola pronto en la puerta de una y se impacientan —nos contó Carmen con una sonrisa triste—. Hay que ver qué guapas estáis, os habéis convertido en un par de señoritas.

—Yo no pienso casarme jamás —dijo Alma.

—Pues claro que te vas a casar, niña, las marquesas guapas no se quedan para vestir santos. Todos los muchachos que hay abajo son de muy buenas familias: hijos de embajadores, banqueros y terratenientes que han venido con sus padres desde media Europa solo para asistir a vuestra fiesta —continuó Carmen mientras guardaba las brochas de maquillaje y el pintalabios en el tocador—. Y si no es en esta fiesta será en la siguiente. No os queda mucho tiempo de estar solteras, así que aprovechad y pasadlo bien mientras podáis porque enseguida os echarán el lazo y después tendréis un marido al que obedecer.

—¡Qué exagerada eres, Carmen! Ni que casarse fuera el fin del mundo —le respondí yo. Aunque, de repente, la idea de estar casada en un par de años y tener que «obedecer» a un hombre hizo que me sintiera intranquila—. Tú, por ejemplo, no te has casado y no te has muerto.

No se lo dije con mala intención, pero al ver su expresión me arrepentí de mis palabras, algo que no me había pasado casi nunca en mis quince años.

—Me has arreglado muy bien el pelo, gracias —añadí intentando sentirme mejor conmigo misma por haberla herido.

Pero no respondió.

—Ven, hay una cosa que quiero enseñarte —dijo Alma, y sin darme tiempo para protestar me cogió de la mano y tiró de mí hacia el pasillo.

—Pensé que no te interesaba la fiesta. ¿Para qué tanta prisa ahora? —pregunté mientras bajábamos por la escalera.

Llegamos a la pasarela del primer piso. En ese pasillo, muy cerca de la puerta cerrada de su habitación, estaban colgadas las fotografías de boda de los abuelos.

—Mira —señaló Alma, deteniéndose frente a una de las fotografías—. ¿No lo ves?

La abuela Soledad me devolvió la mirada al otro lado del cristal.

—Nos parecemos a ella, mucho —susurré, impresionada con el parecido—. Con este vestido y el pelo así arreglado estamos igual que la abuela Soledad el día de su boda.

—Cumplimos quince años, es la misma edad que tenía ella cuando se casó. En esa fotografía era tan joven como nosotras ahora —murmuró Alma a mi lado—. ¿Te lo imaginas?

Sí, lo imaginaba. Y noté como un ligerísimo temblor empezaba a subir por mis piernas al pensar en ello.

—Tú te pareces más —añadió Alma—. Tus ojos son como los suyos, y la abuela también podía controlar la naturaleza a su antojo como haces tú.

Volví a mirarme en el cristal que protegía la fotografía: la chica vestida de novia en la imagen podría perfectamente ser yo.

—Bobadas —masculle, pero mi voz sonó poco convincente.

—Sé que tú también lo sientes, Estrella: el lazo invisible que nos ata a la abuela, su destino es el nuestro. Las dos hemos recorrido un puente hacia el pasado sin siquiera saberlo.

Sentía el lazo del que Alma hablaba atado a mi espalda tirando de mí hacia atrás en el tiempo, siempre de vuelta al pasado, cerrando el círculo.

—Abajo hay una fiesta en nuestro honor y no quiero perdérmela por tu culpa —murmuré, conteniendo el escalofrío que aún me recorría la piel.

—No pasa nada. Baja tú primero y ve presentándote a los hijos de los banqueros, yo ahora te alcanzo —dijo Alma sin mirarme.

Pasé a su lado y empecé a bajar. La música y los sonidos de la fiesta me llamaban pero me volví una vez más para mirar a mi hermana. Al verla allí, de pie en el pasillo con su vestido blanco y la mirada perdida en las fotografías de nuestra abuela muerta, me pareció que por primera vez en mi vida estaba viendo un espectro.

En mi primera fiesta me presentaron a tantos chicos de buena familia con largos apellidos compuestos, que apenas unos minutos después de conocerlos ya no era capaz de recordar el nombre de ninguno de esos muchachos trajeados y con demasiada brillantina en el pelo. Tampoco hice el menor esfuerzo por acordarme de sus nombres porque ninguno de ellos me pareció especialmente interesante: chicos con ojillos nerviosos que me miraban igual que si yo fuera solo un obstáculo entre ellos y el título de «marqués de Zuloaga y Llano». Así que dos horas después yo ya estaba aburrida —y decepcionada— en mi propia fiesta de cumpleaños. En cambio, Alma todavía no se había dignado bajar.

Mamá ya se me había acercado un par de veces para preguntarme por ella.

—Bueno, seguro que enseguida baja, ya verás. La pobre es mucho más tímida que tú y estará nerviosa por tener que conocer a tanta gente nueva —la excusó mamá sin perder la sonrisa.

Sabía que estaba molesta con Alma por estar perdiéndose la fiesta, podía saberlo por la manera en la que unas diminutas arrugas cruzaban su frente cuando fingía una sonrisa. Yo también estaba enfadada con Alma. Mientras me bebía mi té helado —con cuidado de que no tocara mis labios para no quitar el lápiz de labios tal y como Carmen me había enseñado a hacer— no dejaba de pensar en cómo me vengaría de mi hermana por haberse perdido la fiesta y dejar que me confundieran con ella a cada rato: odiaba que otros me miraran y solo vieran a Alma.

Cuando por fin apareció, el sol todavía se reflejaba en el Cantábrico. Mamá se acercó a ella abriéndose paso entre los invitados sin perder la sonrisa, con su impresionante vestido blanco marfil de escote en uve con lentejuelas cosidas a mano. Se apartó la boquilla de los labios para inclinarse hacia Alma y poder regañarla sin que nadie más pudiera oírla.

«Le está bien empleado por hacerse la interesante incluso en un día como hoy. Así aprenderá, todo por querer llamar la atención», pensé yo, mirándolas sin ningún disimulo para ver si mamá la reprendía un poco más.

—... canal entre el Caribe y el océano Pacífico —terminó una voz a mi lado.

Me volví para mirar a mi acompañante: era un chico de pelo moreno unos años mayor que yo, no recordaba su nombre y había estado ignorándole desde que mamá nos había presentado, pero en ese momento tuve una idea.

—¿Quieres conocer a mi hermana gemela? Precisamente acaba de llegar —le sugerí—. Seguro que a ella le encantará oír tus historias. Alma se muere por marcharse de aquí para conocer mundo, puede que se vaya interna a Suiza muy pronto. Vamos, te gustará.

Y antes de que él tuviera tiempo de responder le di la mano y le guie entre los invitados que nos miraban mientras cruzábamos el jardín. Sabía que él no se resistiría a que le cogiera de la mano en público, hasta noté cómo sonreía satisfecho pensando que todos los presentes verían lo bien que había congeniado con la joven marquesa.

El aire caliente del atardecer olía a los licores finos del bar, a hojaldres con langosta y mantequilla especiada que paseaban los camareros haciendo equilibrios con sus bandejas, y a la mezcla de perfumes de importación. Los camareros llevaban trajes de color blanco —mamá había insistido mucho en ello—, incluso el chico que se encargaba de ir recogiendo las copas olvidadas de los invitados iba vestido así. Debajo de los arcos la banda de música tocaba versiones de los temas más famosos de George Gershwin.

La mano de mi acompañante había empezado a sudar y estaba deseando librarme de él y cargárselo a Alma.

Desde la galería podía verse todo el jardín adornado con flores blancas y farolillos de papel colgados de sedales invisibles entre los árboles. Nunca había visto el jardín tan bonito: con las luces en los sauces llorones y los sicomoros, los setos podados con formas delicadas y la hierba recién cortada. Además, mamá había ordenado colocar a lo largo de los caminos de losetas velas encendidas que ahora parecían luciérnagas revoloteando entre el césped.

—Alma, por fin apareces. Ya pensé que no ibas a bajar nunca —le dije a mi hermana cuando llegué a su lado—. ¿Te ha regañado mucho mamá?

Alma tenía una copa de limonada en la mano pero supe que no la había probado aún porque sus labios no habían machando de rojo el borde de la copa.

—Lo siento. Me he distraído mirando por la ventana, las ballenas han vuelto y quería verlas otra vez —respondió.

Cada año, las ballenas cruzaban el océano con sus crías y, en los días despejados, cuando el mar estaba en calma, podían intuirse sus enormes sombras debajo de la superficie del Cantábrico. Algunas incluso se asomaban sobre el agua de vez en cuando para respirar o gritaban llamando a sus pequeños con cánticos misteriosos. A Alma y a mí nos encantaba ver pasar a las ballenas.

—Soy Mario Acosta-Ocaña. El hijo mayor del embajador de Panamá en Madrid —se presentó él con toda la pompa posible—. Encantado.

Alma miró al chico que me daba la mano como si acabara de reparar en él.

—Hola. Yo soy Alma de Zuloaga.

—Vaya, sí que sois idénticas —exclamó él—. Estrella me

había dicho que erais gemelas, pero es casi como ver doble. Todo igual menos los ojos: los de Estrella son uno de cada color, algo que solo había visto en animales salvajes, nunca en personas.

Yo hice una mueca de fastidio sin importarme que Mario me viera y me solté de su mano sudorosa.

—Sí, es porque mi hermana tiene algo de lobo —añadió Alma con una diminuta sonrisa.

En ese momento vi a Tomás en el otro extremo del jardín. Estaba solo, justo donde empezaba el muro de piedra que rodeaba toda la propiedad. No le habíamos contado lo de la fiesta, por eso mismo me sorprendió tanto verle allí.

—Voy a hablar con mamá, ahora vuelvo. Hazle compañía a mi hermana un rato ¿quieres? —le dije al chico con mi mejor sonrisa—. A Alma le encantará escuchar tus historias sobre Panamá. Y no escatimes en detalles, es lo que más le gusta.

Se lo dije para fastidiarla, como una pequeña venganza por haberse pasado dos horas en nuestra habitación, pero también porque sabía que ella nunca dejaría solo a Mario y así yo podría hablar con Tomás a solas.

—Vaya, ¡qué guapa estás! Pareces una novia —me dijo Tomás cuando llegué hasta donde él estaba.

—¿Qué haces aquí? ¿Y cómo has conseguido que te dejen entrar? —pregunté.

Tomás se había puesto la ropa que usaba para ir a la iglesia los domingos cuando tenía que encender las velas para la misa, preparar las páginas con los salmos que el padre Dávila iba a cantar ese día y asegurarse de que las cajas de los cepillos estuvieran bien a la vista.

—Se suponía que era un secreto. La verdad es que no esperaba verte a ti —respondió Tomás con una sonrisa culpable.

«A ti.» Claro, era a Alma a quien Tomás había venido a ver. Me sentí como una idiota por haberme creído que se había colado en la fiesta por mí.

—Había quedado aquí con Alma —añadió.

Alma y yo habíamos decidido no contarle nada de la fiesta a Tomás. En realidad había sido idea mía, pero Alma me había dejado creer que ella estaba de acuerdo conmigo: no tenía sentido decirle nada a Tomás sobre la fiesta porque nuestros padres no le invitarían jamás.

—¿Te lo dijo Alma? ¿Ella te contó lo de la fiesta? —Cuando volviera con mi hermana iba a hacerle algo más que prepararle una encerrona con el chico más aburrido de toda la fiesta.

—Sí, me lo contó hace unos meses pero no quería que te enfadaras con ella por decírmelo. Le he guardado el secreto, así que también soy culpable —respondió Tomás con suavidad—. No la tomes con ella, ya sabes que Alma siempre está pensando en los demás antes que en sí misma. Quería evitarme el disgusto de que me enterara por alguien del pueblo, y menos mal, porque vuestra fiesta de cumpleaños ha sido la comidilla de Basondo desde hace semanas.

—Claro, mi hermana. Alma la Santa. —Noté la rabia caliente circulando por mis venas, mezclándose con mi sangre—. Apuesto a que los dos os habéis divertido mucho a mi costa mientras yo fingía que no habría ninguna celebración, los dos cuchicheando secretitos a mi espalda. Gracias por haberme dejado como a una imbécil.

Tomás se quitó la gorra que llevaba para que nadie se fijara demasiado en él y se acercó un poco más a mí, hasta que el aire del jardín olió igual que él: a una mezcla de libros prestados, cera de iglesia y a la tierra mojada de nuestro bosque.

—No te enfades, Estrella. No creo que seas imbécil y te prometo que no nos hemos reído de ti ni una sola vez en este tiempo. Sabes de sobra que nunca haríamos semejante cosa —me aseguró él—. Pero Alma siempre ha querido enseñarme cómo es la casa por dentro y esta es mi mejor oportunidad de ver los peces japoneses, el invernadero de vuestra abuela, los sicomoros... Alma habla tanto de esta casa que es casi como si ya la conociera de memoria. Apuesto a que podría deambular por las habitaciones de la mansión sin perderme.

Al otro lado del jardín la música se detuvo cuando la banda hizo un descanso para tomar algo.

—Sí, la casa, claro... —masculló, recordando el beso entre Tomás y mi hermana—. De sobra sé que tú también prefieres a Alma antes que a mí, pero me da igual, que seáis muy felices juntos.

—No sé por qué dices eso pero no es cierto —se defendió él, y su voz sonó tan grave como la de cualquier hombre adulto de la fiesta—. Yo no prefiero a Alma, es solo que ella es más dulce y considerada con los demás.

Me volví y la encontré al otro lado del jardín. Me miraba muy seria entre la nube de invitados, demasiado educada para deshacerse de su aburrido acompañante.

—No tienes ni idea de cómo es mi hermana en realidad —murmuré—. Yo podría ser más dulce y considerada también, si tú quisieras. Y hasta puedo dejar de usar mis poderes: sé lo mucho que te disgusta el fuego o que pueda manipular la naturaleza a mi antojo, pero puedo dejar de hacerlo si con eso te voy a gustar como Alma.

Tomás negó con la cabeza.

—No me disgusta tu don, es solo que no lo entiendo. Y cuanto más estudio las sagradas escrituras o hablo de milagros con el padre Dávila, más dudas tengo de que lo que tú puedes hacer esté bien —me dijo con suavidad—. Es extraordinario, Estrella. Te has vuelto poderosa, he visto cómo tu poder crecía contigo en estos años y cómo podías hacer cosas más increíbles cada vez, pero...

—Pero ¿qué? —le pregunté con impaciencia, no me gustaba lo que Tomás estaba insinuando.

—Que ya no estoy tan seguro de que sea tu voluntad la que hace crecer manzanas en los pinos.

—Es mi voluntad y la de nadie más.

Tomás me dio la mano y sus dedos se entrelazaron con los míos, sentí el latido de su sangre bajo su piel.

—Pero eso no puede ser, tiene que ser la voluntad de Dios —susurró él, y por la expresión de dolor en su rostro supe que había pasado muchas noches despierto pensando en ello—. Hay algo malo dentro de ti, Estrella. Y tarde o temprano ese mal que tienes dentro saldrá y te arrastrará, a ti y a todo el que esté a tu lado.

Aún no tenía quince años, pero ya estaba acostumbrada a

que todos dijeran que había algo impuro o perverso dentro de mí. No por culpa de mi poder, eso solo lo sabían Alma y Tomás, era casi siempre por mi género: «Las chicas son más retorcidas.» «Los muchachos son más nobles y menos atravesados que las niñas.» «Mejor te hubiera ido con hijos, son más dóciles que las chicas.» «Ten cuidado con lo que haces, no le des un disgusto a tu padre.» Eran frases que llevaba escuchando toda mi vida, al abuelo Martín, a padre, a la señorita Lewis, a Dolores y a una larga lista de profesores, amigos y familiares, o simplemente a cualquiera que se creyera con el derecho y la autoridad para hacerme saber que ser una chica era algo malo.

—Me da igual la religión y me da igual la dichosa voluntad de Dios —le dije a Tomás, tan cerca de sus labios que vi cómo deslizaba la lengua sobre ellos—. ¿No podemos cambiar ya de tema? Estoy cansada de hablar siempre de lo mismo, ¿tanto te importa? Es como culparme por el color de los ojos o del pelo, es simplemente como soy, es mi naturaleza, yo no lo elegí.

—A mí me importa y mucho, Estrella. Me importa porque no consigo entender cómo Dios le ha dado un poder tan enorme y peligroso a una muchacha caprichosa como tú —respondió Tomás.

Me solté de su mano como si de repente su tacto me quemara la piel, sentí el fuego creciendo en mi interior.

—Apuesto a que si tú tuvieras mi poder no dudarías de la voluntad de Dios, pero como se trata de mí, entonces eso me convierte en una pecadora o una bruja —dije, casi escupiéndole las palabras—. ¿Y qué pasa con Alma? Ella puede hablar con los difuntos. ¿No es ella una pecadora también?

Los labios de Tomás se curvaron en una media sonrisa sin nada de humor.

—Sí, seguro que lo es, pero ambos sabemos que Alma es la mejor de nosotros tres —respondió él con pesar—. Tú eres egoísta, voluble y seguro que vas a volver locos a muchos hombres en tu vida.

—Pero no a ti —terminé yo por él.

—Pero no a mí.

La canción de la banda terminó y casi al momento empezaron a tocar «Cumpleaños feliz» a ritmo de *swing*. Me volví y vi a mamá, con su vestido blanco de lentejuelas, delante de un ejército de camareros que caminaban tras ella llevando una enorme tarta de merengue con todas las velas encendidas. Quince velas. Alma también estaba con ellos, caminaba del brazo de Mario y llevaba una copa de limonada en la otra mano.

—Estrella, cariño. ¿Dónde te habías metido? Te estábamos buscando para cortar la tarta, ya sabes que no podemos hacerlo si no estáis las dos juntas —dijo mamá cuando llegó hasta donde estábamos. Me dedicó una sonrisa tensa y añadió—: Venga, ponte al lado de tu hermana, quiero una fotografía de vosotras dos con los vestidos de encaje para colgar en mi saloncito.

Tomás todavía estaba a mi lado y pude sentir las miradas curiosas de los invitados fijas en nosotros.

—¿Quién eres tú? —El marqués de Zuloaga apareció entre los invitados y se acercó dando grandes zancadas hasta Tomás—. No recuerdo haberte invitado, ¿estás aquí con tu familia o eres el hijo de alguna de las camareras? ¡Responde, muchacho!

El marqués iba muy elegante esa tarde, se había quitado su habitual ropa de caza de lord británico y llevaba puesto un esmoquin negro con chaleco, fajín de raso rojo y pajarita del mismo color, pero sus ojos oscuros chisporroteaban debajo de sus cejas pobladas.

Tomás no contestó.

—¿Estrella? ¿Qué está haciendo él aquí?

Padre se acercó más a nosotros, con sus andares de hombre acostumbrado a dar órdenes, y se detuvo tan cerca que pude sentir su ira flotando en el aire de la tarde que un momento antes solo olía a jazmín y a merengue.

—Es mi invitado —respondí con voz firme.

No supe qué había pasado hasta un segundo después porque todo lo que noté fue un dolor compacto y aplastante en la mejilla. De repente tenía la cabeza girada y miraba hacia el otro lado. Mi padre me había pegado un bofetón.

Escuché los susurros entre los invitados, alguno se aclaró la garganta y dio media vuelta para caminar otra vez hacia la galería como si no hubieran visto la escena. Mi madre les hizo un gesto a los camareros para que se llevaran la enorme tarta de merengue con las velas encendidas de nuevo a la terraza.

—Ahora ya me acuerdo de ti, tú eres el que merodea por el bosque. ¿Cómo te atreves a presentarte en mi casa? ¡El sucio hijo de un minero! —le gritó a Tomás.

—Lo siento, señor —balbuceó Tomás.

—Discúlpate ahora mismo por haber arruinado la fiesta de mi mujer o mañana tu padre y toda tu familia estarán en la calle —añadió el marqués.

Tomás miró a Alma, casi esperando que ella le ayudara, pero mi hermana no dijo nada.

—Perdóneme por haberme colado en su fiesta, señora marquesa, es que se veía todo tan bonito desde fuera con las luces y los adornos que no lo he podido evitar —se disculpó Tomás—. No tiene que despedir a mi padre de la mina ni a nadie más, señor. Le prometo que nunca volveré a entrar en esta casa.

—Ahora largo de mi vista. Y más te vale caminar deprisa

o iré a buscar la escopeta y te reviento a tiros aquí mismo, ¿estamos? —le advirtió el marqués.

Tomás asintió y empezó a caminar cabizbajo hacia la puerta de la propiedad. Dejé de verle cuando dobló la esquina de la casa.

—¿Ya estás contenta? —me preguntó padre arreglándose la pajarita—. Siempre tienes que ser el centro de atención, ojalá te parecieras un poco más a Alma. Ella sí sabe comportarse como una señorita, tú no eres más que una salvaje. Eres una de esas mujeres que no sabe cuál es su sitio pero ya te lo enseñará la vida, ya.

Mis padres y los invitados que se habían quedado para ver el final de nuestro drama familiar dieron media vuelta y empezaron a caminar hacia la galería para continuar con la fiesta como si nada. Pero Alma todavía se quedó un momento más ahí. Sus ojos dorados me miraron en silencio y supe que ella le había dicho a nuestra madre dónde estaba yo y le había dado la idea de acercarse con los invitados y con la tarta para soplar las velas. Lo había hecho para vengarse de mí por haber estado hablando a solas con Tomás.

En ese momento empezó a llover con tanta fuerza que los invitados tuvieron que correr para refugiarse en la galería mientras el suelo se convertía en un lodazal. Las velas que los camareros habían colocado con cuidado en los caminos de piedra se apagaron una a una, y los farolillos blancos que colgaban de las ramas de los árboles se agitaron con el viento del norte que barrió el jardín con su aliento gélido.

—¡Lo estás haciendo tú! —me gritó Alma por encima del ruido de la lluvia—. ¡Para ya!

Un rayo cortó el cielo gris oscuro y cayó muy cerca de mi hermana haciendo que el suelo se cristalizara por el calor justo donde Alma había tenido sus pies mojados solo un segundo antes. Después sonó un trueno que hizo temblar la tierra, el mar y cada piedra de Villa Soledad.

ALGO MALVADO

La fiesta no había terminado aún pero yo ya estaba en la habitación. Lo primero que hice nada más llegar fue cerrar todas las contraventanas verdes: quería dejar fuera la fiesta, las voces y el sonido de las copas de *champagne* brindando. Escuché la escalera de caracol crujir con los pasos familiares de Carmen. Un momento después llamó a la puerta.

—Estrella —dijo con voz suave—, ¿puedo pasar?

Me miré un momento en el espejo del tocador: mi larga melena negra todavía estaba recogida en la corona de trenzas que Carmen me había hecho, aunque unos cuantos mechones se habían escapado por el viento y la lluvia, pero el maquillaje permanecía intacto a pesar del bofetón de padre.

—¿Qué quieres, Carmen? Estoy cansada —pregunté, pero aun así abrí la puerta.

Carmen no estaba sola en el descansillo, su hija Catalina estaba de pie a su lado.

—Hola, señorita, ¿cómo está? —me preguntó ella, que siempre hablaba con más respeto cuando Catalina estaba cerca para que la niña aprendiera cuál era su lugar en la casa a pesar de que compartíamos padre—. He oído lo que le ha pasado abajo con el marqués. ¿Necesita ayuda para quitarse el vestido o soltarse el recogido? Puedo echarle una mano con las horquillas si quiere.

Me toqué la mejilla y todavía pude sentir la carne caliente por el golpe latiendo debajo de mi mano.

—No necesito tu ayuda para nada, puedes retirarte ya —le dije, y ya estaba a punto de cerrarles la puerta en las narices cuando cambié de idea—. ¿Sabes dónde está Alma? No la he visto desde hace un rato y tengo que decirle un par de cosas bien dichas antes de que se me pase el enfado.

Carmen se movió incómoda dentro de su vestido de domingo.

—No, señorita. No he visto a su hermana por ningún sitio —respondió después de pensarlo bien.

Catalina me miraba con sus dulces ojos castaños claros muy abiertos.

—¿Estás segura? —le insistí yo—. Te prometo que no haré ninguna tontería.

—¿Tanto le gusta ese muchacho, señorita? ¿Tanto como para pelearse con la señorita Alma por él? —Carmen bajó la voz como si no quisiera que Catalina la escuchara—. ¿O es que no le gusta el muchacho, pero no puede soportar que él no la eligiera a usted?

—Eso no es asunto tuyo —respondí con voz áspera—. Ahora dejadme tranquila, las dos.

Pero Carmen no se movió de donde estaba. En vez de eso, frunció los labios e hizo un gesto de resignación.

—¡Ay! Mire que les advertí que ese muchacho no era para ninguna de las dos. Ahora se ha puesto usted en evidencia delante de toda esa gente elegante y ha avergonzado a sus padres saliendo en defensa de ese chico —dijo Carmen con vehemencia—. Y todo por un muchacho que no tiene dónde caerse muerto.

—¡Cállate ya! —la corté sin miramientos—. Que tienes la lengua muy suelta para ser la niñera y no tienes ni idea de lo que estás diciendo o de las cosas que le he aguantado a mi hermana en estos años.

Carmen se calló, pero sus ojos, muy parecidos a los de

Catalina, me miraron con reproche intentando hacer que me sintiera culpable. Lo consiguió, claro, solo ella tenía ese efecto en mí.

—¿De verdad no sabes adónde ha ido Alma? —le pregunté yo, ahora más suave.

—No, señorita. No la he visto por ningún lado desde hace un rato.

—Bien, mejor para ella, pero ya se enterará cuando vuelva —murmuré.

Todavía recordaba la chispa de satisfacción en los ojos de Alma después de que padre me cruzara la cara en mi fiesta de cumpleaños delante de todos los invitados. Siempre me dolía confirmar la verdadera naturaleza de mi hermana. Solía fingir que no me daba cuenta —como creo que hacía también Carmen—, pero de vez en cuando notaba en ella comportamientos extraños o maldades susurradas. Cada vez que descubría alguna de sus traiciones —como había hecho contándole a Tomás lo de la fiesta después de jurar que no lo haríamos— o envenenando el oído de mamá para manejarla a su antojo, me preguntaba si nadie más que yo podía ver a la verdadera Alma.

—Todos vosotros os habéis pasado media vida tratando de convencerme de que mi hermana era mejor que yo en todo y permitiendo que sintiera celos de ella. —Recordé todas las veces que me habían confundido con Alma y cuantísimo lo odiaba—. Y resulta que es exactamente igual que yo, puede que incluso peor, y es ella la que tiene celos de mí. A ver qué decís todos ahora.

—De sobra sé que no siempre he juzgado bien a su hermana o a usted, pero no se disguste con Alma por un muchacho. Chicos hay a patadas en este mundo, pero hermanas... —Carmen bajó la cabeza y miró un momento a su hija con pesar—. Hermanas no hay tantas.

Entonces Catalina, que no se había atrevido a decir nada hasta ese momento, me tiró del vestido para llamar mi atención.

—Yo sé dónde ha ido la señorita Alma —empezó a decir un poco avergonzada.

—¿Dónde? ¿Dónde ha ido?

—La he visto marcharse desde la ventana del saloncito de té, no es que estuviera espiando ni nada de eso —respondió Catalina—. La señorita Alma ha salido de la finca y después ha corrido hacia el bosque.

—Has prometido no hacer tonterías, Estrella —me recordó Carmen cuando vio la chispa de venganza en mis ojos.

Pero yo ya estaba bajando los peldaños de la escalera de dos en dos para ir a nuestro claro.

Nadie me vio salir de la mansión y atravesar el jardín delantero. Caminé por el césped encharcado hacia la verja de hierro de la entrada, la abrí y crucé la carretera esquivando los coches de los invitados aparcados en el margen del camino para llegar hasta la línea de árboles, justo donde terminaba la carretera y empezaba el bosque.

Avancé esquivando los helechos de grandes hojas rugosas que crecían en las zonas más oscuras acurrucados junto a troncos altos como castillos. Tuve que remangarme el vestido casi hasta las rodillas para poder pasar por encima de algunas raíces retorcidas que se asomaban aquí y allá entre el suelo aún húmedo por el aguacero que yo había provocado. Me corté la palma de la mano al apartar una rama que me cerraba el paso. El dolor me atravesó la piel igual que un hierro al rojo vivo mientras la sangre caliente goteaba sobre mi vestido blanco arruinado para siempre. Un poco más adelante, pasé junto al pino cuya naturaleza había alterado y le lancé una rápida mirada de ira: casi cuatro años después aquel estúpido árbol seguía dando manzanas rojas y perfectas.

Al pensar en Tomás recordé sus palabras: «Hay algo malo dentro de ti, Estrella.»

Vi las zarzas donde Alma y yo recogíamos moras cuando empezaba el verano para hacer mermelada, aunque siempre nos las terminábamos comiendo en el camino de vuelta a casa. Al pasar por delante del zarzal me escoció la cicatriz que me había hecho en el brazo seis años antes mientras recogía moras de una rama peligrosamente alta, solo para tener más que Alma.

Escuché el murmullo del riachuelo un poco más adelante y supe que me estaba acercando.

Y entonces los vi.

Alma y Tomás estaban tumbados cerca de la orilla del río, donde las hierbas eran más altas y tupidas. Me detuve detrás de la línea de árboles, en el mismo sitio desde donde los había visto besarse unos días antes.

Tomás estaba tumbado encima de mi hermana y se había quitado la camisa, que estaba hecha una bola arrugada debajo de la cabeza de Alma. Vi la mano de Tomás subiendo por la pierna de Alma mientras le levantaba el vestido poco a poco. Ella dejó escapar un suspiro y después una risita suave cuando sus labios se separaron un segundo de los de él. Después mi hermana volvió a besarle y pasó los brazos por detrás de su cuello para atraerle más hacia ella.

Desde mi escondite me fijé en la forma en la que se arqueaba la espalda de Tomás. Noté cómo sus músculos se tensaban mientras se sujetaba con un brazo apoyado en el suelo para no caer sobre mi hermana, y su otra mano desaparecía debajo del vestido de Alma.

Me pregunté si esa era la primera vez que hacían aquello o si mi hermana se había acostado con Tomás en nuestro escondite secreto muchas veces antes. No lo sabía; no podía afirmarlo aunque siempre me había jactado de conocer los pensamientos de mi hermana. Contuve la respiración igual que hice aquella tarde de agosto que vi a Carmen y a padre a través del ojo de la cerradura, y me acerqué un poco más para verles mejor.

—... Alma.

Tomás dijo su nombre como yo sabía que nunca pronunciaría el mío: igual que si estuviera hecho de cera caliente y sus labios temblaran solo con la idea de pronunciarlo.

Cuánto odié a mi hermana en ese momento y cuánto quise ser ella. Alma, a quien todo el mundo tenía por una chica mucho más piadosa que yo, estaba a punto de hacer algo que yo nunca había experimentado. A mí ni siquiera me habían besado en los labios aún.

Alma se rio, casi como si pudiera leer mis pensamientos, y después escuché que decía algo en voz baja aunque no entendí sus palabras porque no eran para mí. Tomás se rio también y enterró la cara en su cuello, vi su precioso pelo ondulado cubriendo el cuello de mi hermana mientras la besaba y bajaba despacio hacia su pecho.

Todos estos años, Tomás no había dejado de hablar de mis pecados y ahora ahí estaba él, tumbado entre las piernas abiertas de mi hermana gemela con una mano perdida debajo de su vestido. También le odié a él, pero de una manera diferente, porque la suya era una traición diferente: Tomás me había hecho creer que no podía amarme porque había algo malvado dentro de mí, porque yo no era digna. Pero ahora, viendo cómo besaba a mi hermana en los labios mientras ella buscaba el cierre de sus pantalones con urgencia, me di cuenta de lo poco que le importaban a él sus propios pecados o los de ella.

Di media vuelta y empecé a caminar hacia la mansión. Mientras dejaba atrás el claro decidí que se lo contaría al marqués nada más llegar para que los mismos invitados que me habían mirado con desprecio o lástima cuando mi padre me había abofeteado antes supieran que Alma no era mejor que yo.

Avanzaba por el suelo esponjoso del bosque sin importarme que las ramas me arañaran los brazos. Podía sentir el fuego atrapado debajo de mi piel luchando por salir, miles de chispas listas para desatar un gran incendio. Mi corazón bombeaba sangre deprisa empujado por la traición, por eso al principio no me di cuenta de lo que estaba pasando: había perdido un zapato y mi pie descalzo se hundía en la tierra húmeda.

Me detuve y bajé la cabeza para ver como el musgo engullía mi pie, y entonces vi como las hojas secas, que hasta hacía un momento cubrían el suelo del bosque, flotaban en el aire de la tarde. A mi paso, los insectos y los pequeños animales correteaban asustados sin saber qué estaba pasando. Me pregunté si las hojas también estarían flotando a dos metros sobre el suelo de nuestro claro. Imaginé a Alma y a Tomás asustados, abrazados sin ropa, sabiendo que yo había descubierto su pequeño secreto. Al pensar en ellos volví a caminar hacia la casa mientras las hojas, las agujas de los pinos, las bayas de colores brillantes, las piñas y todo lo que había en el suelo del bosque flotaba en el aire a mi paso.

El lobo negro aulló detrás de mí, tan cerca que casi pude notar su aliento helado en mi nuca revolviéndome el pelo con su respiración de ultratumba. Eché a correr para dejar atrás a la fiera de ojos brillantes y garras poderosas que había visto en sueños. Una rama rota me arañó la mejilla, pero yo seguí avanzando, huyendo mientras el bosque entero flotaba a mi alrededor.

Escuché la música, las voces y los demás sonidos de la fiesta que venían del jardín de la mansión, y vi que todas las luces seguían encendidas. Decidida, di un paso fuera del bosque, pero en cuanto dejé atrás la hilera de pinos todo lo que mi voluntad había hecho flotar cayó al suelo con un ruido pesado y ronco. Me volví a mirar y pude ver las partículas de polvo suspendido danzando en los últimos rayos de luz de la tarde.

Caminé directa hacia la casa sin pararme a mirar los peces del estanque que comían los restos de los canapés que algún invitado les había tirado. Nada más entrar en el vestíbulo escuché el piano en la habitación de música: eran algunos compases de *Mood indigo* y supuse que mamá estaba tocando para sus invitados.

—Estrella, pero ¿qué te ha pasado? —me preguntó mi madre cuando me vio aparecer—. ¿Estás bien? Pensé que ya te habías retirado a tu habitación.

Mi madre estaba tocando el carísimo Steinway que nuestro padre compró en un almacén de pianos en Londres. Mamá solo sabía tocar media docena de canciones, pero lo hacía maravillosamente cada vez que teníamos invitados, mientras seguía el ritmo con el pie.

—Es por Alma... —empecé a decir fingiendo que estaba muy asustada—. Creo que ese lobo negro que merodea por la carretera se la ha llevado a lo más profundo del bosque.

Mamá no se levantó del taburete. El marqués estaba a su lado y tenía un vaso de licor dorado en la mano.

—Estrella, no te lo estarás inventando para vengarte de tu hermana por lo que ha pasado antes, ¿verdad? —Mamá arqueó una de sus cejas perfectamente delineadas como solía hacer cuando estaba molesta conmigo—. Los lobos no se llevan a la gente al bosque, y menos a una chica de vuestra edad.

Yo quería que mis padres y los demás invitados me siguieran hasta el claro para que descubrieran a Alma, tumbada entre las flores silvestres con Tomás entre sus piernas.

—Desde luego que no —respondí muy ofendida—. Mira cómo me he puesto escapando del lobo, si hasta he perdido uno de mis zapatos mientras huía de esa bestia.

Mi madre observó mi vestido sucio, el encaje de las mangas hecho jirones y el vuelo de la falda destrozado.

—Ya lo veo, no creas que no. El dinero que costará enviarlo a Barcelona y arreglarlo saldrá directamente de tu asignación, señorita —dijo mamá antes de ponerse a tocar *Mood indigo* donde la había dejado antes. Siempre me llamaba «señorita» cuando estaba enfadada—. Y más vale que dejes tranquila a tu hermana, que te conozco y sé que no estás tramando nada bueno.

Los invitados sonrieron con indulgencia, alguno me miró y sacudió la cabeza con un gesto de desaprobación, pero eso fue todo. Ni rastro del escándalo o la preocupación por Alma que yo había imaginado. Nada. Y todo hubiera terminado ahí —mi primera gran fiesta, mi aventura por el bosque y el encuentro secreto de Alma y Tomás en el claro— si mi padre no hubiera dejado su vaso sobre el Steinway de mamá derramando la mitad de su whisky por el camino para decir:

—Yo iré contigo. Hace tiempo que quiero meterle una bala entre los ojos a ese dichoso lobo, puedo oírle merodeando por las noches junto a la verja cerrada. Vete saliendo, que yo voy a por mi escopeta.

Mamá dejó de tocar el piano y se levantó de un salto para intentar detenerle. La seguí hasta el pasillo donde vi a nuestro padre guardándose algunos cartuchos en el bolsillo de su esmoquin. La mitad se le cayeron al suelo entre sus dedos torpes y lentos, pero ni siquiera se dio cuenta.

—No salgas ahora, por favor —le pidió mamá, escuché una nota de miedo en su voz aunque intentaba mantener las apariencias delante de los invitados que se habían asomado al pasillo para ver la escena—. Ya es muy tarde y el bosque es traicionero por la noche, ya lo sabes. Además, podrías perderte o caerte por un terraplén y hacerte daño.

—¡Qué tonterías dices, mujer! No me perderé, Estrella me acompañará a cazar a ese sucio lobo de una vez por todas. —El marqués cargó la escopeta del abuelo Martín y después cerró un ojo para mirar por la mira igual que si estuviera apuntando a mi madre—. Solo un disparo y ese lobo será historia. ¡Bang!

Mi madre dio un respingo dentro de su vestido de lentejuelas temiendo que el marqués fuera a dispararla de verdad.

—Una cacería improvisada no es lugar para una jovencita, ¿por qué no lo preparas todo y sales mañana mejor? Cuando estés más despejado. —Mamá intentó convencerle con una sonrisa tensa—. Todavía quedan algunos invitados en casa y no querrás que piensen que somos solo unos pueblerinos maleducados, ¿verdad que no? ¿Qué tal si vas a tu despacho con los hombres para enseñarles tu colección de whisky?

Pero el marqués ya estaba caminando por el pasillo con la escopeta al hombro en dirección a la puerta principal.

—Nada de eso, se acabó la fiesta. ¡Vamos, Estrella! —me gritó—. Después de cazarlo le arrancaremos la piel y la cabeza para colgarla en mi sala de trofeos. Quedará precioso allí. Así veré sus ojos de cristal todos los días y a ti te recordará que dudaste de tu marido —añadió, mirando a mi madre.

Mamá odiaba la caza y las cabezas de los animales que decoraban el despacho de padre. Cada vez que el marqués volvía de una de sus cacerías apestando a sangre, a tierra mojada y a sudor, mamá le obligaba a ducharse en el baño del servicio.

—No vayas, por favor. La niña se lo ha inventado todo para vengarse de su hermana por lo de la tarta —le rogó mamá, ya no le importaba que los invitados notaran el pánico en su voz—. Es por ese muchacho, a las dos les gusta y Estrella está celosa de su hermana, no es más que eso. No saques la escopeta estando así, has bebido y la mira está torcida, ya lo sabes.

La mira del viejo Winchester del abuelo estaba torcida y era casi imposible acertarle al blanco aunque estuviera quieto, así que los jabalíes, ciervos, zorros y corzos que colgaban de las paredes de su sala habían muerto por la mala puntería del marqués. Había que apuntar un poco hacia la derecha para poder cazar algo con la elegante escopeta de doble cañón y culata de raíz de nogal.

—Ya basta, Julia. Te estás poniendo en evidencia delante de los invitados, con lo que nos ha costado esta fiesta y tú haciendo el ridículo —le reprochó padre con la lengua estropajosa—. Vámonos ya, niña, que se hace tarde y no quiero cargar con ese lobo muerto a oscuras por el bosque.

Yo seguí al marqués hasta la puerta, pero mi madre echó a correr y me sujetó por el brazo para detenerme antes de llegar:

—Mira lo que has provocado, Estrella. Anda, dile ya a tu padre que te lo has inventado todo.

—Ni hablar, esta vez es Alma la que se ha portado mal —respondí, sintiendo el fuego que volvía a crecer en ráfagas dentro de mí.

Me zafé de mamá con facilidad y seguí a padre hasta fuera de la casa, pero mamá nos siguió hasta las escalerillas de la entrada con lágrimas en los ojos.

—Si ocurre una desgracia será por tu culpa, Estrella.

Nunca antes había escuchado a mamá hablar con esa desesperación en la voz.

Mientras salíamos por la puerta escuché a Carmen y el enjambre de voces preocupadas que se formó alrededor de mamá. Me volví para mirarla y vi que dos hombres vestidos de esmoquin la sujetaban para que no se desmayara sobre el suelo de baldosas venecianas de la entrada.

—¿Estás segura de que sabes adónde vamos? A mí todo esto me parece igual —dijo padre con la lengua lenta después de haber estado bebiendo—. Más te vale que tu madre no tenga razón con lo del zarrapastroso ese y todo esto sea solo por celos, porque si no...

—No estoy celosa de Alma, muchas gracias —me apresuré a responder rodeando una madriguera de conejos—. No tiene nada que ver con ese chico.

No estaba celosa de Alma ni me molestaba que se acostara con Tomás a mis espaldas, esa no era la traición que me había llevado hasta allí: Alma había fingido durante toda su vida ser la hermana buena cuando en realidad era mucho peor que yo. Quería desenmascararla delante de mis padres —y también de Tomás— y que todo el mundo la viera como la veía yo.

—Más te vale porque yo no oigo a ese lobo por ninguna parte —dijo el marqués entre dientes—. Ya me has dado la tarde con tus bobadas y has disgustado a tu madre con este asunto. Si después de todo lo que has montado no hay ningún lobo tendré que aguantar sus reproches durante días.

—Descuida, ya estamos cerca —mentí yo con una media

sonrisa, pensando en la cara de los invitados cuando vieran aparecer a Alma con el vestido arrugado y sucio mientras mi padre le gritaba y la avergonzaba delante de todos igual que había hecho antes conmigo—. Verás que no te miento. Es justo ahí, un poco más delante.

Desde donde estábamos ya se escuchaba el riachuelo y el olor delicado de las flores silvestres flotaba en el aire de la noche. Llegamos a la hilera de árboles que separaban el bosque del claro.

—Asómate con cuidado por detrás de ese árbol sin hacer ruido, no sea que el lobo te vea y salte sobre nosotros.

La voz de Tomás llegó hasta nosotros, me pareció que estaba leyendo poesía aunque no podía distinguir las palabras desde donde estaba, pero sus frases sonaban hermosas y musicales. Entonces recordé que mi hermana le había preguntado a la señorita Lewis acerca de los poetas británicos románticos y que, desde hacía semanas, hablaba sin parar de un tal Shelley y de sus versos de amor y muerte.

Padre también escuchó a Tomás porque su rostro enrojecido por el alcohol y la caminata se transformó de repente. Caminó hasta los árboles con su paso de elefante sin importarle pisar las ramitas y las hojas secas que crujieron debajo de sus zapatos. Al escuchar los ruidos, Tomás enmudeció de golpe.

El marqués se asomó al claro mostrando su figura amenazante. Desde donde yo estaba pude ver sus ojos abrirse de par en par debajo de sus cejas pobladas, y supe que les había descubierto. Mi plan había funcionado: imaginé los gritos de padre, su cuerpo torpe pisoteando los helechos para sacar a Alma de allí sin miramientos, su labio inferior temblando de rabia y el pantalón de su esmoquin manchado de barro enganchándose en las zarzas al pasar.

Pero en vez de eso, el marqués se colocó la escopeta del abuelo Martín contra el hombro y apuntó con la mira defectuosa.

El estruendo del disparo espantó a los cuervos que dormían en los árboles cercanos, que huyeron agitando sus alas negras con el sonido terrorífico de un coro de ultratumba. Yo no comprendí lo que había pasado hasta que escuché a Tomás gritando por encima de la bandada de pájaros que se alejaban en la noche.

El aire a mi alrededor olía a pólvora y el disparo retumbaba aún en mis oídos, pero corrí hacia el claro pasando junto a padre sin preocuparme que pudiera volver a disparar.

Tomás lloraba y balbuceaba palabras sin sentido. Alma estaba tumbada en su regazo con un libro en las manos, su vestido de encaje blanco estaba manchado de sangre y sus ojos amarillos miraban el cielo cubierto de estrellas.

—Alma... —mi voz tembló al decir su nombre.

Abrió la boca intentando decir algo, pero le faltaba el aliento y las palabras no llegaron a sus labios. La sangre salía a borbotones de la herida de su pecho. Yo nunca había visto tanta sangre antes, bajo la luz de las estrellas me pareció que era de color azul oscuro, casi negra, deslizándose fuera del cuerpo de mi hermana.

—¿Alma? —me arrodillé a su lado y miré a nuestro padre—. ¡Qué has hecho! ¡Pero qué has hecho!

El marqués todavía estaba de pie en el límite del claro, inmóvil. El cañón de la escopeta brilló con un destello metálico cuando volvió a colocárselo sobre el hombro, pero no dijo nada, solo dio media vuelta y se alejó caminando hacia el bosque envuelto en una nube de olor a pólvora.

Coloqué las manos sobre la herida de Alma para intentar tapar el agujero y evitar que la sangre abandonara su cuerpo. Sentí su carne pulsante y caliente al tocar la herida que la bala le había dejado en la piel.

—Alma... por favor —susurré.

La sangre de mi hermana empapó las filigranas del encaje como cientos de diminutas venas finas. La pulsera de perlas de la abuela Soledad que llevaba en mi muñeca se manchó también mientras intentaba taponarle la herida. En ese momento el lobo negro aulló y el bosque entero se quedó en silencio.

Los labios de Alma se movieron despacio, intentaba decirme algo pero apenas tenía fuerzas para hablar, así que acerqué el oído a su boca:

—Estaba equivocada, Estrella. El lobo... —Su respiración superficial resbaló por mi mejilla cubierta de sudor frío—. El lobo negro no te persigue. Tú eres el lobo.

ACARICIANDO EL FUEGO

Enterramos a Alma dos días después de nuestro cumpleaños, en el cementerio familiar de los Zuloaga. Después de meter a mi hermana gemela bajo tierra para siempre, se celebró un funeral en la pequeña capilla familiar. Mis padres estaban sentados solos en el primer banco de madera de la iglesia, los dos en silencio y vestidos de riguroso luto. Yo tuve que sentarme detrás de ellos porque, a pesar de que se lo supliqué con lágrimas en los ojos, no me dejaron sentarme en el primer banco a su lado. Mamá se negaba a mirarme a la cara o a hablar conmigo y, hasta donde yo sabía, tampoco hablaba con el marqués. Sin embargo, caminó cogida de su brazo hasta la capilla para sentarse a su lado.

Desde mi sitio podía ver al padre Dávila en el altar delante del viejo retablo barroco. Vestía una vistosa casulla dorada y marfil por encima de su sotana de domingo para que quedara claro que aquel no era el funeral de un muerto cualquiera si no el de la hija del marqués.

Algunos amigos de mis padres también acudieron al funeral de Alma. Muchos permanecieron en Basondo cuando se enteraron de lo que había pasado para acompañar a los marqueses en el entierro.

El padre Dávila leyó un capítulo de la Biblia que hablaba

sobre el pecado y el castigo mientras yo me revolvía incómoda dentro de mi vestido. No tenía ropa negra —mamá solía decir que el negro era solo para las viejas y las viudas, no para jóvenes marquesas—, así que llevaba puesto un vestido suyo, el más pequeño que Carmen había encontrado en su armario. Me llegaba hasta casi los tobillos y me había recogido las mangas con imperdibles para que no me taparan las manos. No me dijo una palabra mientras lo hacía, solo dobló la tela de las mangas sobre sí mismas unas cuantas veces hasta que mis manos pálidas quedaron al descubierto.

Cuando volvió del bosque padre le contó a todo el mundo, incluida a mamá, que lo de Alma había sido: «Un desdichado accidente.» Nadie en todo Basondo se atrevió a preguntarle al marqués si había matado a su hija a propósito, aunque mamá hizo añicos la adorada colección de botellas de whisky de padre en cuanto él salió de casa para buscar a Dávila.

En el altar, el cura terminó por fin de enumerar las bondades de la vida eterna con tono solemne y algunos asistentes se levantaron de los bancos para dar el pésame a mis padres. Carmen estaba sentada en el otro extremo de mi banco y se levantó con los demás. La vi avanzar por el estrecho pasillo de la ermita con la cabeza cubierta por una mantilla negra que mi madre le había prestado, sus piernas temblaban con cada paso que daba con sus únicos zapatos de tacón.

Yo me removí inquieta en el banco y miré hacia la puerta lateral de la capilla, la misma por donde Alma y yo nos habíamos escapado años atrás durante el funeral de nuestra abuela Soledad. Entonces la vi: estaba de pie junto a la puerta abierta. Llevaba puesto el vestido de encaje blanco de seda e hilo de plata, su larga melena estaba recogida en una corona de trenzas como la que Carmen le hizo el día de nuestra fiesta de cumpleaños. Quería decirle cuánto lo sentía, quería decirle que jamás pensé que padre fuera a dispararla y confesarle que solo quería darle una lección por haberme mentido y por haber hecho que me humillaran en nuestra fiesta de cumpleaños, pero sabía bien que Alma estaba muerta porque sus últimas palabras habían sido para mí.

«Tú eres el lobo, Estrella.»

Pensé que tal vez me había vuelto loca después de ver cómo padre mataba a Alma y que quizás se trataba de una alucinación provocada por la culpa. Estaba exactamente igual que el día de su muerte, pero no vi la sangre en su vestido, ni tenía los labios agrietados o los ojos hundidos como cuando se desangró en mi regazo.

Me levanté y sin pensar en lo que hacía, crucé la capilla y llegué hasta ella. Alma salió por la puerta lateral con sus andares de bailarina al ritmo de esa música inaudible para los demás que ella siempre parecía escuchar mientras estaba viva.

Fuera de la iglesia el sol brillaba en el cielo y todavía pude sentir el calor de los últimos días de verano sobre mí. Alma se alejó por el caminito que bajaba hasta el pequeño cementerio de los Zuloaga suspendido sobre el Cantábrico. La seguí deprisa, mis zapatos negros prestados se hundieron en el barro aún fresco del sendero. Escuché las voces, los llantos ahogados y las palabras de consuelo que venían de la capilla, pero seguí avanzando hasta llegar a la portezuela de hierro que separaba el cementerio del mundo de los vivos.

«A los muertos no les gusta tocar el hierro, les molesta su tacto», solía decir la abuela Soledad cuando miraba esa misma portezuela.

Nada más entrar sentí la brisa marina que subía lamiendo el acantilado hasta el cementerio, serpenteando entre las lápidas de los otros Zuloaga enterrados allí para llegar hasta donde yo me encontraba.

—Alma, ¿estás aquí?

Me sentí un poco tonta hablando sola en voz alta, pero seguro que así era como se sentía ella cuando hablaba con algún espíritu. En el cementerio había una lápida nueva, de mármol blanco pulido con el nombre de mi hermana grabado en elegantes letras doradas:

ALMA DE ZULOAGA Y LLANO (1916-1931),
QUERIDA HIJA Y HERMANA.
TU RECUERDO VIVIRÁ SIEMPRE CON NOSOTROS

Alma estaba ahí, enterrada debajo de la misma tierra marrón que cubría todo nuestro bosque. Casi pude sentir su cuerpo bajo mis pies y, aunque no la había visto en su ataúd, la imaginé con todo detalle: su elegante vestido de color marfil, su pelo negro esparcido sobre el satén que recubría el ataúd y sus ojos dorados cerrados para siempre. Me acerqué un poco más a la lápida y volví a leer las palabras escritas en ella: «Tu recuerdo vivirá siempre con nosotros.»

Entonces supe que algún día yo me casaría y tendría un marido junto al que me enterrarían en otro lugar, muy lejos de la tierra marrón de nuestro bosque. Alma sería la única de nosotras dos enterrada en el cementerio familiar. Incluso en eso me había ganado.

La vi de pie bajo el sauce llorón, con su vestido de encaje hasta los pies y su corona de trenzas tan negras como la noche más negra. Y supe que ya nunca me dejaría en paz.

Alma me dijo una vez que un cordón invisible atado alrededor de la muñeca nos unía; lo que no me contó es que después de su muerte ese hilo invisible seguiría ahí, atado alrededor de mi muñeca derecha.

«Unidas para siempre. Inseparables.» Me había dicho Alma.

Un extremo del cordón invisible continuaba atado alrededor de mi muñeca: lo sabía porque casi podía sentir cómo me cortaba la circulación mientras dormía y algunas veces aparecía una marca fina en mi piel, parecida a la que queda después de llevar una pulsera demasiado apretada. Mi extremo del cordón seguía donde siempre. Pero el otro lado, el lado que en vida rodeaba la muñeca de Alma haciéndonos inseparables, se había soltado y ahora se arrastraba por el mundo enredándose con todo y reteniéndome, atándome, aunque yo intentara evitarlo. Algunas veces pensaba que el extremo del hilo invisible había atravesado la delicada cortina que separa a los vivos de los muertos, y que Alma disfrutaba tironeando de su extremo para fastidiarme igual que hacía cuando aún estaba viva.

Los días que siguieron al funeral de Alma un silencio denso y oscuro se adueñó de Villa Soledad. Mamá seguía encerrada en su habitación de donde solo salía para merodear de madrugada por los pasillos solitarios de la mansión. Nadie subió a verme en ese tiempo ni a comprobar cómo estaba yo ahora que mi hermana gemela había muerto, por eso me sorprendió tanto escuchar unos golpes suaves en la puerta de mi habitación.

Me levanté de la cama pensando que quizás sería Carmen, que por fin había decidido volver a dirigirme la palabra, pero cuando abrí la puerta no había nadie. Nunca había sido del tipo de chica que se asusta con cuentos de fantasmas, así que me levanté de la cama y salí al descansillo descalza. Entonces algo se me clavó en la planta del pie. Cuando me agaché para verlo mejor vi que era una de las muñecas de la casita que mamá encargó para nosotras cuando cumplimos trece años. Recogí la muñequita del suelo y la peiné con los dedos, no tenía forma de saber cuál de las dos era porque en el taller de miniaturas les habían pintado a las dos los ojos del mismo color: dorados. Había odiado esas estúpidas muñecas desde el mismo día en que mamá nos las regaló y seguía odiándolas ahora.

No sabía cómo había llegado la muñequita hasta la puerta de la habitación en el torreón —aunque tenía mis sospechas—, pero decidí que volvería a ponerla en la casita por si acaso mamá se daba cuenta de que había desaparecido. El segundo piso de la casa estaba en silencio y me pareció que cada uno de mis pasos hacía crujir los tablones de madera del suelo igual que si un elefante estuviera caminando sobre la tarima.

La casita de muñecas seguía estando en la biblioteca, sobre la misma mesa de ajedrez donde mamá la colocó dos años antes para evitar que jugáramos con ella. Avancé por el pasillo del primer piso hasta la puerta de la biblioteca, pero no vi la luz encendida dentro hasta que no fue demasiado tarde.

—¿Qué haces fuera de la cama a estas horas, Estrella? —me preguntó mamá sin mirarme—. Ya sabes que a padre no le gusta que merodeéis por la casa de madrugada.

Mamá estaba sentada en la butaca con una lamparita de keroseno sobre la mesa, al lado de la casita de muñecas. Estaba abierta y alguien había sacado la cama en miniatura de

Alma de la pequeña réplica de nuestra habitación dejando solo la mía.

—He encontrado esto en mi puerta —le dije—. Solo quería volver a dejarla en su sitio.

Dejé la muñeca cerca de la casita para que mamá hiciera lo que quisiera con ella. Entonces me fijé en que la otra muñeca estaba desnuda tirada en el suelo, alguien le había arrancado unos mechones de pelo negro de la cabeza. Sabía que esa muñeca era yo.

—¿La tenías tú? La he estado buscando por todas partes —dijo mamá peinando con ternura a la muñeca de Alma—. ¿Cómo se te ocurre llevártela? ¿No te queda ni un poco de vergüenza?

Volví a mirar la muñeca sin ropa en el suelo de la biblioteca y después a mamá.

—Yo no le disparé, ni siquiera supe lo que padre pensaba hacer hasta que no escuché el disparo.

—¡Pero sabías que algo iba a hacer!

Mamá me miró con los ojos muy abiertos, nunca había visto esa expresión en su mirada antes. Noté que sentía verdadera repulsión al tenerme cerca.

—Pensé que la castigaríais un tiempo o que no le comprarías vestidos nuevos durante unos meses —me defendí—. ¡No creí que padre fuera a matarla!

—Fue un accidente, Estrella. La mira del rifle está torcida y tu padre es un mal tirador. No empeores más las cosas con cuentos y rumores malintencionados, bastante está pasando ya la familia para que tú vengas con más líos —me advirtió.

—No fue ningún accidente, mamá. El marqués quería matarlos a los dos, primero a Tomás y después a Alma —le dije con voz temblorosa—. Pero en el último momento le faltaron el coraje y la puntería, como de costumbre.

Supe que mamá lo sabía al ver como arrugaba sus labios pálidos.

—¡Tú lo sabes! —exclamé—. Tú sabes que no fue ningún accidente y aun así le encubres y me culpas a mí por todo. ¿Por qué lo haces? Podía haber matado a Tomás y también a mí.

—Sí, y aun así seguiríamos encubriendo al marqués —respondió ella—. No tenemos más remedio que fingir que lo que tu padre cuenta es cierto, así que, por una vez, no lo hagas todo más difícil.

—Pero él la mató a propósito, a su propia hija. Fue un asesinato. Tenemos que contárselo a alguien, a la Policía —gritaba porque ya no me importaba que Carmen, o incluso padre, pudieran oírme—. ¿Cómo has podido hacerme algo así? Callarte y permitir que sea yo la que cargue con la culpa cuando todos sabéis la verdad.

—La verdad es solo lo que un hombre dice que es. —Mamá se olvidó de la muñeca que tenía en las manos un momento pero no me miró—. Mi palabra o la tuya no valen de nada contra la palabra de tu padre: él es un hombre y además marqués. Pregúntale a Carmen si no me crees, ella lo sabe bien, y tú también aprenderás esa lección tarde o temprano.

Mamá había envejecido diez años en esas dos semanas. Su melena castaña, siempre perfectamente peinada con ondas al agua y fijador para mantener la forma, ahora estaba descuidada y sucia. Había círculos oscuros alrededor de sus ojos y una arruga se había instalado en el centro de su frente. Llevaba puesta una gruesa bata de tela de albornoz de color granate mal atada, tan gruesa que parecía que iba a absorberla hasta hacerla desaparecer dentro en cualquier momento. Debajo llevaba un camisón arrugado de raso que no se había quitado en semanas. No recordaba haberla visto arreglada desde nuestra fiesta de cumpleaños.

—Entonces ¿por qué me culpáis todos a mí? —le pregunté dolida—. Podías haberme apoyado. Si sabes que fue padre, ¿por qué tengo que pagar yo por lo que él hizo?

—Porque contigo puedo estar enfadada.

Le arranqué la muñeca de Alma de entre sus manos.

—Alma ya no necesitará esta estúpida muñeca. ¿Sabes que ella la odiaba? —le dije a mamá a pesar de que podía notar como se agolpaban las lágrimas en mi garganta—. Odiaba esta estúpida casita con sus muebles en miniatura, sus cortinas de brocados, la porcelana china diminuta y las alfombras a medida. Alma lo odiaba todo y se burlaba a menudo de ti por habernos regalado la maldita casa. Decía que era un regalo propio de imbéciles superficiales y egoístas a los que les gusta derrochar el dinero. Así era en realidad vuestra querida Alma.

Sujeté la muñeca con fuerza y con la otra mano empecé a arrancarle el pelo negro de la cabeza; los mechones estaban bien cosidos, así que me resultó más difícil de lo que pensaba.

—¿Qué haces? ¡Déjala! —gritó mamá intentando arrancarme la muñeca de las manos—. Para ya, Estrella.

Conseguí arrancarle un mechón más antes de tirarla con rabia contra el suelo de la biblioteca junto a la mía.

—Ahora volvemos a ser iguales —dije con desdén.

Mamá se tiró al suelo y recogió la muñeca despeinada acariciándola entre sus manos pálidas con las uñas sin pintar.

—Eres mala, Estrella —murmuró sin mirarme—. Siempre pensando en hacer daño. Ojalá hubieras sido tú.

—Sí, ojalá.

Mamá me miró como si por fin se hubiera dado cuenta del daño que me estaba causando, pero la puerta de la biblioteca se abrió con un golpe tan fuerte que la manilla de bronce dejó una marca al impactar en la pared.

—¿Qué pasa aquí? ¿Se puede saber por qué hay tanto alboroto a estas horas? —bramó padre—. ¿Nos hemos vuelto todos locos?

El marqués le había dado una patada a la puerta de la biblioteca para entrar, su cara redonda estaba enrojecida por la ira como cuando vio a Alma con Tomás en el claro del bosque. Me fijé en que apretaba los puños.

—No pasa nada, José. La niña no puede dormir y ha bajado a buscar un libro para entretenerse. Ya se marchaba —dijo mamá intentando fingir calma—. Todo está bien, vuelve a la cama.

—A mí no me digas lo que tengo que hacer, que también era mi hija. Y a ver si te vistes como las mujeres de verdad otra vez, que eres la señora marquesa y pareces una pueblerina, todo el día con esa bata medio abierta y ese pelo sucio —le reprochó a mamá. Después, se volvió hacia mí—. ¿Y tú qué miras con esa cara? Si no hubieras tenido la lengua tan larga tu hermana seguiría aquí. ¿Ya estás contenta?

Pensé en decirle que Alma seguía estando aquí. Ahora mismo podía verla sentada en la biblioteca, en su sitio, en la misma silla donde solía hacerlo cada martes y jueves cuando la señorita Lewis venía a darnos clase de francés y literatura.

—Tú la mataste. Querías disparar a Tomás pero olvidaste que la escopeta del abuelo tiene la mira torcida. Pienso contarle a todo el mundo lo que has hecho —le amenacé—. Me da igual que seas el marqués o que seas mi padre, por mí como si eres el mismísimo papa de Roma, tú has matado a mi hermana.

Aunque logré que mi voz sonara clara y firme me temblaban las piernas debajo de mi camisón. Imaginé que padre se enfadaría, puede que incluso me pegara otra vez como había hecho en la fiesta de cumpleaños, pero en vez de eso el marqués echó la cabeza hacia atrás y se rio.

—¿Y qué vas a hacer? ¿Vas a contárselo a la gente? Nadie te va a creer —dijo él todavía con una sonrisa en sus labios finos—. Todo el mundo en Basondo sabe que odiabas a tu hermana. Eres tan idiota que tenías celos de Alma por un muchacho asqueroso del pueblo, tanto como para desear que yo acabara con ella en vuestra propia fiesta.

—Tomás sabe la verdad. Él estaba delante cuando disparaste a Alma, lo vio todo y lo contará también, los dos contaremos lo que sucedió de verdad en el claro.

—Estrella... —mamá me sujetó del brazo con la mano libre—. Vuelve a tu habitación, no es hora para que estés levantada. Mañana pensaremos qué vamos a hacer contigo y con esa forma tuya de ser.

Pero yo me solté de su mano para volver a encararme con padre, me detuve tan cerca de él que noté el olor a whisky mezclado con colonia que desprendía su cuerpo.

—Pienso contarlo todo —añadí—. Puede que no vayas a

la cárcel por lo que le has hecho a Alma, pero cuando Tomás se lo cuente al padre Dávila, tú...

—Qué bocazas has sido siempre —me cortó—. Ese zarrapastroso ya se lo ha contado todo a Dávila, lo hizo nada más salir corriendo del bosque con el rabo entre las piernas. Fue derechito a la iglesia, el muy cobarde...

—José, la niña solo está disgustada. No sabe lo que dice, ¿no ves que está triste por lo de su hermana? —intentó apaciguarle mamá.

—«La niña», «la niña» —repitió el marqués—. No serán tan niñas si andan dejándose sobar por ahí por el primero que pasa. Tú las has malcriado con tanta profesora de lujo, tantos vestidos, libros y juguetes estúpidos como ese.

Padre se acercó a la casita de muñecas dando zancadas y metió la mano a través de las ventanas del primer piso para dar un manotazo a los muebles en miniatura del salón y el comedor, que cayeron al suelo de la biblioteca.

—Gracias a Dios, el padre Dávila sabe bien quién mantiene este pueblo a flote y me contó lo que ese pájaro le había dicho antes de hacer nada —continuó—. Porque sin mí, sin la mina Zuloaga y sin mis negocios, Basondo se hundiría en la miseria: los hombres tendrían que buscar trabajo en otro sitio, las tiendas del pueblo cerrarían, el tren del norte dejaría de parar aquí... Y todo por ese desarrapado, menos mal que ya me he ocupado de él.

—¿Qué le has hecho? —le pregunté con un nudo en la garganta.

No había visto a Tomás desde la noche en que Alma murió. Cuando se desangró empapando la tierra de nuestro claro con su sangre, Tomás salió corriendo hacia Basondo. No sabía nada de él desde hacía dos semanas, pero imaginé que estaría en casa llorando por Alma, o tal vez en la sacristía estudiando para mantenerse ocupado y dejar la pena fuera de su pensamiento. Hasta ese momento no se me había pasado por la cabeza la idea de que padre le hubiera hecho algo malo.

—He hablado con su padre, le he explicado lo que le pasará si su hijo le va con el cuento a alguien.

—¿Le has amenazado con echarle de la mina si Tomás cuenta la verdad? —pregunté, aunque ya imaginaba la respuesta.

—Sí. Y con denunciar a su hermano el manco y los demás sindicalistas ante la Guardia Civil. Si Tomás habla, su padre perderá el trabajo y arrestarán a su tío y a los demás. Sin trabajo se morirán de hambre como las ratas traicioneras que son.

—¿Y Tomás ha aceptado eso? —pregunté con un hilo de voz—. ¿Te guardará el secreto?

Casi no me salían las palabras mientras las ideas se agolpaban en mi cabeza, pero un calor hormigueante empezaba a bullir debajo de mi piel. Alma estaba muerta y enterrada, pero en vez de intentar vengarse o exigir justicia para ella, Tomás, el mismo chico que susurraba su nombre como el de nadie más y que la besaba en el cuello aquella noche, prefería traicionarla con su silencio.

—Pues claro que cerrará la boca, no es estúpido. Le gusta mucho hablar de política y de derechos, pero sabe bien lo que pasará si lo cuenta. Él ha elegido el sustento de su familia y el suyo propio antes que a vosotras dos —respondió padre—. ¿Qué pensabas? ¿Creías que ese muchacho os quería de verdad o que os ibais a casar con él? Hay que ver qué fácil es engañar a las mujeres para meterse debajo de su falda, aunque sean marquesas.

Me lancé contra él sin pensar. Padre era mucho más grande que yo, pero le cogí por sorpresa y logré que retrocediera mientras yo le arañaba el cuello con todas mis fuerzas. El marqués pisó una de las sillitas en miniatura de la casita de muñecas que había tirado antes y el mueble diminuto crujió bajo su peso mientras yo notaba mis uñas hundiéndose en la carne arrugada y grasienta de su cuello.

Mamá gritó, pero padre me sujetó por los cuellos del camisón y después me tiró al suelo. Me golpeé la parte de atrás de la cabeza con algo sólido al caer, el canto de la puerta de la biblioteca que el marqués había abierto de una patada.

—¡Estás loca! Tan loca como lo estaba tu abuela —me gritó mientras se palpaba los arañazos en su papada—. Tu madre no quería que te enteraras aún, pero te hemos matriculado en un colegio para chicas en Inglaterra, la semana que viene estarás fuera de esta casa.

—¿Inglaterra? ¡No! —protesté—. Esta es mi casa y no me voy a ningún sitio, tú no puedes echarme.

Padre se agachó frente a mí, sentí su respiración furiosa en mi cara y vi sus dientes apretados cuando dijo:

—Ya lo creo que te vas a marchar de aquí. Y si se te ocurre hablar más de la cuenta te prometo que la próxima vez que vea a ese piojoso lo mandaré bajo tierra con la estúpida de tu hermana, y a ti te sacaremos del colegio para encerrarte en un manicomio para las que son como tú. ¿Queda claro?

Vi a mamá de pie detrás de él, ya no podía contener las lágrimas pero tampoco protestó ni intentó ayudarme, solo apretaba la muñeca de Alma en su mano mientras miraba los muebles en miniatura destrozados en el suelo.

Iban a enviarme a Inglaterra para mantenerme callada y dejar que el escándalo y los rumores sobre la muerte de Alma se enfriaran. Sentí la rabia creciendo en mi estómago, subiendo por mi pecho hasta mi garganta: era una rabia sorda y abrasadora, tanto que casi noté cómo me quemaba al pasar por los pulmones. Entonces vi el fuego ardiendo dentro de la lámpara de keroseno que mamá había dejado sobre la mesita de ajedrez y una corriente recorrió mis brazos hasta convertirse en chispas saliendo de las yemas de mis dedos.

El marqués se apartó de un salto cuando lo vio, mamá dejó caer la muñeca sin darse cuenta y se cubrió la boca con las manos como quien intenta mantener dentro un grito de espanto. Las chispas se convirtieron en llamas cuando toqué el suelo de la biblioteca, el fuego se deslizó por los tablones de roble siguiendo un camino invisible hasta llegar a los pies de padre. Mamá reaccionó primero y cogió la manta de lana que estaba en la butaca para tirarla sobre el fuego. Las llamas se consumieron deprisa asfixiadas bajo la manta, pero habían dejado un sendero negro en el suelo que empezaba en la puerta de la biblioteca, donde yo estaba, y llegaba hasta los pies de padre.

Asustada, me miré las manos esperando verlas cubiertas de quemaduras terribles y de carne chamuscada pero estaban tan pálidas como siempre: no había rastro de heridas o de ninguna otra señal en mi piel que pudiera indicar que había acariciado el fuego.

—Monstruo —me dijo mi padre después de hacerse el símbolo de la cruz—. Ojalá alguien más piadoso que yo descubra cómo eres en realidad y acabe contigo.

SEGUNDA PARTE

AGUA

DIENTES DE LEÓN

El St. Mary's Boarding School for Girls era un elegante y discreto internado en Surrey, a unos cincuenta kilómetros de Londres.

El primer año que pasé allí no recibí ninguna carta de casa, ni por navidades ni por mi decimosexto cumpleaños, nada. Tampoco las esperaba porque, cuando mamá me acompañó en el coche que me llevó desde Basondo hasta el puerto de Bilbao para subirme en el ferri con destino a Inglaterra, ni siquiera me miró en todo el viaje. Aquel día mamá se había pintado las uñas y los labios de color rojo otra vez, también se había arreglado el pelo y llevaba un vestido azul oscuro con mucho vuelo en su falda y un sombrerito de fieltro a juego. Había pasado una semana desde que le prendiera fuego sin querer al suelo de la biblioteca de Villa Soledad.

—Te enviaremos el resto de tus cosas cuando ya te hayas instalado. El colegio tiene su propio uniforme, así que no necesitarás casi nada de lo que dejas en casa, pero de todas formas le encargaré a Carmen que te envíe lo imprescindible —me había dicho mamá cuando llegamos al muelle—. Tus libros, las cuartillas, el uniforme y todo lo que puedas necesitar ya te está esperando en el colegio.

Mamá le dio cincuenta céntimos a un mozo de la compañía del ferri para que me ayudara a sacar del maletero la pequeña maleta de mano que había preparado la noche anterior pero no se bajó del taxi para despedirse o para acompañarme hasta la pasarela. Solo me sonrió debajo del tul de su sombrero antes de hacerle un gesto al conductor para que diera la vuelta fuera del muelle.

Yo nunca había salido de Basondo, ni siquiera me había alejado más de diez kilómetros de la mansión, precisamente por eso, cuando vi pasar Londres a través de la ventanilla del tren que me llevaba hasta Surrey, decidí que jamás volvería a casa para quedarme allí. Esa ciudad moderna y ruidosa, con edificios más altos que algunos de los árboles que crecían en nuestro bosque o los coches circulando por avenidas con enormes carteles publicitarios que se iluminaban como un ballet mal sincronizado, no se parecía a nada que yo hubiera podido imaginar ni en miles de años.

Mi vida en el internado St. Mary's para chicas era muy distinta de la que tenía en Villa Soledad. No había ningún bosque cerca, apenas unos campos con colinas suaves y ondulantes de hierba verde corta y espesa, aunque sí había bastantes árboles —tilos y robles sobre todo— que crecían separados entre sí. Tampoco se veía el mar, ni había cuevas misteriosas con pinturas antiguas o minas abandonadas para perderse dentro y olvidarse del mundo. Lo que sí había era lluvia, casi tanta como en Basondo, y también frío: la clase de frío húmedo y gris que se te mete hasta los huesos. Era el mismo clima cambiante al que estaba tan acostumbrada. Algunas internas siempre parecían tener frío y, para no caer enfermas, se ponían dos jerséis de lana debajo de la chaqueta azul con el escudo del colegio bordado en el bolsillo. La mayoría de las alumnas eran británicas con la piel lechosa, pelo rubio y ojos claros, pero también había chicas de otros lugares: una docena de americanas, dos gemelas francesas que hablaban inglés con un acento imposible de entender y una chica italiana con los ojos enormes que estaba ya en el último curso. Las de segundo contaban que era la hija del jefe mafioso más poderoso de todo Milán y que su padre la había enviado al St. Mary's para protegerla de sus enemigos.

Mi compañera de habitación, Lucy Welch, era norteamericana, de Chicago. Lucy tenía el pelo más naranja que había visto jamás, los ojos de un bonito color castaño, la nariz cubierta de pecas y un cuerpo que parecía el de una chica mucho mayor. Me contó que sus padres eran los dueños de una pequeña fábrica de maquinaria agrícola que producía tractores y cosechadoras automáticas, aunque me confesó que, en los últimos años, la empresa familiar no iba tan bien como antes por culpa de la Gran Depresión. Lucy era la mayor de sus hermanas. Tenía una fotografía de las cuatro sobre su mesilla de noche en la habitación que compartíamos, que yo solía mirar sin que ella se diera cuenta: el mismo rostro pecoso y el mismo pelo de color zanahoria multiplicado por cuatro. Lucy, con su apariencia tosca y algo campestre, no era muy apreciada entre las chicas distinguidas del St. Mary's —todas tenían al menos tres generaciones más de antepasados ricos que ella—, así que siempre que no estaba escondida en el baño llorando, estaba conmigo. No coincidíamos en todas las clases: además de las asignaturas comunes de la escuela, Lucy hacía teatro y danza como actividades extraescolares, mientras que yo me había apuntado a clases de economía avanzada. Salvo esas horas, el resto del tiempo no se separaba de mí.

—Este verano mis padres me llevarán a la Exposición Universal, se celebra en Chicago, ¿lo sabías? El tema es «Un siglo de progreso» porque se cumplen cien años de la fundación de mi ciudad —me contó Lucy emocionada mientras las dos fingíamos estudiar alemán en la biblioteca—. Estoy deseando que llegue julio para marcharme del colegio. Te echaré de menos, claro, pero quiero volver a ver a mis padres y, sobre todo, a mis hermanas.

—Seguro que ellas también te extrañan a ti —dije intentando ser amable, pero lo cierto era que Lucy y su enorme familia de pelirrojos me daban cierta envidia.

Alma me había seguido hasta el St. Mary's. Ahora mismo, mientras nosotras hablábamos, mi hermana estaba sentada al otro extremo de la larga mesa de biblioteca jugueteando con la lamparita de estudio que no dejaba de encender y apagar.

—Extraño un poco el jaleo que hay en casa, siendo cuatro hermanas figúrate el lío. Aquí siempre hay mucho silencio, demasiado. —Lucy miró a la lamparita de estudio al otro lado de la mesa que se encendía y se apagaba sola—. Será un cable húmedo, puede que se haya mojado con la lluvia.

—Sí, eso será —murmuré.

Alma se levantó para pasearse entre los pasillos de estanterías repletas de libros, deteniéndose de vez en cuando para leer mejor el título escrito en el lomo de algún ejemplar. No siempre la veía. A veces pasaba semanas enteras sin saber de ella, hasta que empezaba a fantasear con la idea de que tal vez se hubiera marchado para siempre, pero justo entonces la volvía a ver sentada en el murete de la fachada norte del edificio donde estaban los dormitorios, debajo de un árbol del jardín mirando a las demás alumnas mientras jugaban al *softball*, o como ahora, sentada a una de las largas mesas vacías de la biblioteca. Alma nunca hablaba cuando me rondaba por los pasillos del colegio y tampoco se molestaba en responder a mis preguntas por mucho que yo lo intentara, y lo había hecho con todas mis fuerzas: desde gritos a súplicas desesperadas. Una vez incluso le había dejado notitas escritas con el dedo en los espejos empañados del baño compartido de la segunda planta para que las leyera, pero no había conseguido que me dirigiera la palabra ni una sola vez en todo ese tiempo. Simplemente se quedaba mirándome con sus ojos color miel muy abiertos, igual que hacía cuando aún estaba viva y yo decía algo para fastidiarla. Si alguien además de mí pudiera verla ahora mismo, pensaría que Alma era solo otra de las chicas que estudiaban en el St. Mary's, aunque no llevara puesto el uniforme azul oscuro con el escudo del colegio bordado en el bolsillo. Más de un año después de su muerte, Alma seguía vistiendo el mismo traje blanco de encaje hasta los pies, con el pelo recogido en una corona de trenzas sobre la cabeza.

—¿... este año? —preguntó Lucy.

Yo aparté los ojos de Alma para mirar a mi compañera de habitación que esperaba mi respuesta.

—Perdón, ¿qué decías?

En vez de enfadarse, Lucy me sonrió con dulzura.

—¿Que si vas a volver a tu casa este verano? Seguro que tu madre está deseando verte otra vez. Llevas casi dos años en el colegio sin volver a casa ni una sola vez —me dijo sin perder su buen humor—. Lo mío tiene excusa porque Chicago está al otro lado del Atlántico, pero tú..., tú solo tienes que coger el tren hasta Portsmouth y después el ferri hasta Bilbao, dos días de viaje, tres como máximo.

—No pienso volver, jamás —respondí muy convencida.

Alma había desaparecido entre las estanterías de madera de nogal que olían a humedad y a libros que no habían sido abiertos en muchos años.

—¿No vas a volver nunca? ¿Y qué pasará cuando termines en el colegio? —Lucy inclinó la cabeza hacia un lado y las puntas de su pelo cobrizo acariciaron la superficie de la mesa—. ¿Piensas quedarte en Inglaterra para siempre? ¿De qué vivirás?

—No lo he decidido aún y no me apetece seguir hablando de eso —la corté de malos modos—. Y tú ¿qué vas a hacer cuando acabes en el St. Mary's? ¿Ya lo has decidido?

Lucy dejó escapar un suspiro que resonó en la biblioteca medio vacía antes de responder:

—Casarme, supongo, no hay mucho más que pueda hacer ¿no? A mi edad mi madre ya estaba embarazada de mí, no deja de repetírmelo en todas sus cartas. He intentado ser más femenina y un poco menos alocada, pero ni siquiera así consigo que los chicos se fijen en mí, y mucho menos si me paso la vida metida en el St. Mary's rodeada de otras chicas...

No había un solo chico en todo el colegio, y tampoco ningún hombre. Incluso las trabajadoras, encargadas de mantenimiento, reparaciones y jardineras eran solo mujeres. Según la directora del internado, la señorita Richardson —una mujer elegante, alta y delgada con un moño canoso y gafas sujetas por una cadenita— no había hombres en St. Mary's para: «Evitar situaciones incómodas con chicos y protegernos a nosotras.» Las chicas del primer curso pasaban horas especulando en la sala común sobre qué era lo que la directora Richardson quería decir exactamente con «evitar situaciones incómodas y protegernos» pero yo ya lo sabía: lo había descubierto de golpe la noche en que Alma murió. La directora —igual que el resto de las profesoras, internas, cocineras y trabajadoras del colegio— sabía tácitamente que cuando una situación se volvía «incómoda» nosotras siempre éramos las perjudicadas.

«No te creas que él lo va a pagar si se desmadran con los besos: toda la culpa será para la chica, de eso puedes estar segura. Para ella será la culpa y para él la disculpa», nos había dicho Carmen. Yo no entendí del todo lo que quiso decir con esas palabras hasta que enterramos a Alma en medio del escándalo mientras que Tomás seguía caminando libremente por Basondo como si nada hubiera pasado.

—Puede que la visita a la exposición este verano en Chicago me sirva para encontrar algún candidato a futuro marido —añadió Lucy con una risita nerviosa—. O puede que mis padres ya hayan elegido uno y quieran presentármelo, por eso tanta insistencia en que vaya a visitarles, quién sabe.

«Dentro de un par de años estaré vistiendo de novia en esta misma habitación a alguna de vosotras.» Aquellas palabras de Carmen resonaban ahora en mi cabeza como si las hubiera escuchado un millón de años antes.

—Yo no pienso casarme nunca —dije muy seria—. Mi antigua niñera tenía razón: los hombres son como la peste, lo destruyen todo y no les importa el daño que causan.

—Mujer, no todos los hombres son así —respondió Lucy, aunque no parecía muy convencida de ello.

Pensé en el abuelo Martín, que había comprado a la abuela para obligarla a casarse con él solo porque esa era su voluntad; en padre, que había hecho desgraciadas a mi madre y a Carmen, y en Tomás, que guardaba silencio sobre el asesinato de Alma.

—Todos los que yo he conocido lo son —terminé.

Tomás no me había escrito ni una sola vez desde que llegué al colegio. La amenaza de padre debió de convencerle porque tampoco respondió a ninguna de las cartas que yo le envié desde St. Mary's, hasta que al final dejé de insistir: si no quería hablar conmigo después de lo que había pasado —ni siquiera para hacerme saber que estaba bien— peor para él. Por mi parte, yo ya había decidido que Tomás era solo un cobarde sin corazón que nunca nos había querido de verdad ni a Alma ni a mí. Y, sin embargo, la sensación al volver la vista atrás no me dejaba tranquila, como el recuerdo de una pesadilla que tarda un poco más de lo habitual en desvanecerse y continúa flotando dentro de nuestra cabeza cubriendo cualquier otro pensamiento con una neblina espesa: Tomás, Villa Soledad, el bosque, nuestro claro secreto, la cueva de las estrellas... Alma.

—¿Y qué vas a hacer entonces? —La voz de Lucy me devolvió a la realidad.

Me encogí de hombros dentro de la chaqueta del uniforme.

—Soy buena en economía y con los balances, puede que me haga empresaria, contable, administradora o algo así, no lo he decidido aún.

Lucy soltó una risotada y su pelo de color zanahoria se movió en su coleta.

—¿Empresaria? No creo, eso suena muy aburrido. No, a ti te pega más hacerte actriz, cantante de ópera... Además, ¿tú no eres marquesa o algo parecido? Creía que eso era un título de por vida.

—Mi madre es ahora la señora marquesa de Zuloaga.

—En Estados Unidos no tenemos marqueses, condes ni nada de eso, pero si no encuentras trabajo ni marido siempre puedes venirte conmigo a Chicago cuando acabemos en el colegio. —Sus ojos castaños brillaron encantados con la idea—. Sería estupendo: tú podrías vivir en casa con nosotros o hacer de institutriz de mis hijos cuando los tenga y enseñarles todo lo que has aprendido aquí. Yo te pagaría, claro, y las dos podríamos seguir siendo amigas como ahora.

Me levanté de la silla sin importarme que las patas arañaran el suelo de madera centenaria con un desagradable chirrido.

—Desde luego que no voy a trabajar para ti ni para tu familia de pelirrojos, muchas gracias. Puedes estar segura de que no voy a ser la niñera de tu prole, ni su institutriz ni nada parecido —dije mientras recogía a toda prisa mis libros de alemán y el resto de mis cosas esparcidas sobre la mesa—. Pagarme un sueldo tú a mí, pero ¿cómo se te ocurre semejante disparate? No necesito tu maldita ayuda, muchas gracias.

Salí de la biblioteca sin despedirme de Lucy pero todavía con el miedo dentro del cuerpo por haberme condenado yo solita a ser una vulgar institutriz como la señorita Lewis. O peor aún, una simple niñera como Carmen, siempre al servicio de los niños y del amo de la casa.

En verano, el internado St. Mary's para chicas se quedaba prácticamente vacío. Las profesoras, cocineras y limpiadoras regresaban a sus pueblos o a la ciudad y casi todas las alumnas volvían a sus casas para pasar el verano con sus familias. Entre los muros de piedra gruesa del colegio solo nos quedamos la directora Richardson, la gobernanta de la escuela, la señorita Amelia —que según decían los rumores tenía una relación pecaminosa con la directora—, una de las jardineras y otras tres alumnas a las que sus padres habían olvidado convenientemente en el colegio y yo.

Ya había pasado el verano anterior en St. Mary's pero esta vez los días claros y brillantes se me hicieron eternos, terriblemente aburridos. Intenté leer para entretenerme. Las otras chicas no me caían bien y yo a ellas tampoco, y no estaba interesada en espiar a la directora y a la gobernanta para ver si los rumores que circulaban sobre su relación eran reales, así que adelanté todas las tareas pendientes de mis asignaturas y después me dediqué a pasear y a leer cualquier libro que caía en mis manos.

La inmensa biblioteca del colegio estaba siempre abierta a disposición de las alumnas, pero yo prefería las novelas de aventuras o de misterio que sucedían en lugares lejanos y exóticos antes que los libros académicos. Los primeros días me senté sola en la silenciosa biblioteca del St. Mary's con mi novela sobre la mesa, pero Alma solía pasearse entre las estanterías o subía la escalerilla de madera que usábamos para llegar a los estantes más altos y se sentaba en el último escalón con gesto aburrido mientras yo fingía leer. Pronto me cansé de sentir sus ojos dorados siguiéndome por los pasillos de la escuela, observándome mientras intentaba dormir o cuando pasaba el rato en la sala común leyendo revistas atrasadas de cine.

—Empiezo a estar harta de ti, de verte en todas partes, ¿ni siquiera ahora que estás muerta me vas a dejar en paz? Yo no te maté, ¿por qué no vas a rondar a Tomás? ¿O al marqués? ¡Él fue quien apretó el gatillo, no yo! —le grité un día mientras buscaba las medias azules de mi uniforme en los cajones de la cómoda.

Alma no me respondió, se quedó mirándome con esa expresión de superioridad tan suya.

—Sabías que ibas a morir tú, lo sabías desde que la abuela Soledad se te apareció en nuestro claro después de suicidarse, pero jamás me lo contaste porque querías que me sintiera culpable y desgraciada después de tu muerte. Pues entérate de que me da igual. Incluso después de muerta sigues siendo una falsa y una manipuladora.

Empecé a cansarme de susurrar a solas como solía hacer el abuelo Martín cuando perdió la cabeza y se pasaba el día en bata recorriendo los pasillos más oscuros de la mansión, recitando nombres y números de cargamentos de barcos que habían zarpado muchos años atrás. Los días que no llovía, pasaba el rato en el prado que había detrás del edificio principal del colegio. No era como estar otra vez en mi bosque pero me sentaba debajo de un arce con un libro y dejaba que las palabras de otros llenaran mi cabeza durante un rato.

Un par de veces durante aquel verano solitario me sentí tentada de volver a escribir a Tomás deseando saber de él —incluso llegué a escribirle una carta horrible en la que le acusaba de haber matado a Alma por segunda vez con su silencio—, pero sabía que mi orgullo no me permitiría echar más cartas al Correo para él, no después de que me hubiera ignorado tan dolorosamente durante estos dos años.

También hice crecer un puñado de dientes de león cerca del arce rojo donde pasaba el rato. No me costó ningún esfuerzo: simplemente coloqué mi mano abierta sobre la tierra y unos segundos después un diente de león empezó a crecer entre la hierba corta y espesa. No sangré por la nariz ni me sentí mareada después de que la tercera flor asomara entre la tierra, así que supuse que los insulsos dientes de león no iban contra la naturaleza, no como aquel pino que todavía daba manzanas rojas. Esa tarde descubrí que por fin estaba aprendiendo a controlar mis poderes. Antes de aquello, siempre que había hecho levitar una flor, un bosque entero o provocar un incendio, apenas me había dado cuenta de cómo sucedía, pero esa tarde, sentada en la ladera suave del jardín oeste, me di cuenta de que podía manejar la naturaleza a mi antojo sin tener que estar enfadada.

Alma, la culpa, los libros y la alfombra de dientes de león con los que cubrí la ladera oeste del jardín fueron mi única compañía aquel verano largo y aburrido, por eso mismo me alegré tanto cuando Lucy y las demás chicas del St. Mary's volvieron al colegio en otoño. Pero algo había cambiado en mi compañera de habitación. No supe qué era exactamente hasta un par de días después de su vuelta, cuando abrió sus baúles de viaje para ordenar su ropa y el resto de sus cosas antes de que empezaran las clases.

—Y tú ¿qué tal has pasado el verano aquí sola? —preguntó sin mirarme—. Seguro que mejor que yo.

Estaba sentada en mi cama con las tareas de contabilidad abiertas sobre la colcha azul marino. Hacía un rato que me había olvidado de los balances y los libros de cuentas para observar a Lucy, mientras iba de un lado a otro de la habitación.

—No ha estado mal —mentí para que ella no supiera lo mucho que la había echado de menos—. Y ¿cómo está tu familia? ¿Al final fuiste a la Exposición Universal? No dejabas de hablar de eso las semanas antes de marcharte.

—Sí, estuvo bien, sin más —respondió encogiéndose de hombros—. Es mi familia, pero ya no son como yo los recordaba. Ahora son distintos, o a lo mejor he sido yo, no lo sé, pero nada es como antes.

—¿Ha pasado algo? —No tenía mucha curiosidad por el drama familiar de Lucy, más bien ninguna, pero estaba agradecida de escuchar una voz que no fuera la mía, para variar—. ¿Están todos bien?

Lucy colgó otra percha con camisas planchadas de la barra de su armario, pero antes de empezar a guardar los calcetines para el invierno se dejó caer sobre su cama con un suspiro profundo.

—Sí, lo que pasa es que la fábrica de mis padres no va muy bien —admitió—. Han tenido que echar a casi todos los trabajadores para poder salir adelante y no están seguros de poder continuar con el negocio el año que viene, no saben qué va a pasar.

Me fijé entonces en que la ropa de Lucy no era nueva. Normalmente, cuando terminaba el curso o empezaba a hacer calor, las familias nos enviaban dinero para comprar nuevos uniformes a la encargada de vestuario de la escuela —todo con el escudo del colegio bordado— según las estaciones. Carmen me había hecho tres giros postales de mucho dinero en nombre de mi madre: dos para comprar nuevos uniformes cuando los que tenía empezaron a quedarme pequeños, y otro por mi cumpleaños. Pero noté que las medias de invierno de Lucy habían sido remendadas sin mucha delicadeza —podía ver el hilo nuevo en el talón desde donde estaba— y vi que su falda azul marino tenía el mismo desgarrón en el dobladillo que la primavera pasada, cuando se arañó sin querer con la silla mientras estudiábamos en la biblioteca.

—Lamento lo de tus padres y lo de la fábrica —le dije, pensando más en cuánto tiempo podría seguir abierta la mina Zuloaga que en las desgracias de su familia—. Maldita economía y maldita Depresión que no termina nunca.

—Sí, no sé qué pasará con el negocio familiar el año que viene, pero no todo son malas noticias: el verano en Chicago también me ha dejado una sorpresa. —Una pequeña sonrisa cruzó los labios de Lucy—. He conocido a un chico. Él es unos cuantos años más mayor que yo, bastantes en realidad, pero su familia tiene mucho dinero, dinero antiguo, y él es dueño de un rancho en California de muchas hectáreas con ovejas, vacas y esas cosas. Y creo que le gusto.

—Oh, vaya. Me alegro por ti —dije mientras fingía que me estiraba una arruga en la falda nueva de mi uniforme—. ¿Y cómo se llama el afortunado vaquero?

Me daba igual el nombre del chico aunque no quise admitir que también me fastidiaba un poco que Lucy, con sus mofletes regordetes, su pelo de zanahoria rizado con un patrón imposible y sus modales de campesina, hubiera conocido a un chico mientras yo había pasado el verano aburrida con la única compañía de los dientes de león.

—Se llama Mason, Mason Campbell. Es guapísimo, tan guapo como un actor de cine. Tiene el pelo rubio, los ojos azules y la piel bronceada. ¡Es igualito que Gary Cooper! —dijo Lucy entusiasmada—. Hemos paseado juntos por los pabellones de la exposición, tomado un helado de limón en el parque los dos solos e incluso le he acompañado a la oficina de Correos para recoger unos pedidos de material para su rancho y algunos documentos.

Sonreí por cortesía. Habían tomado helado de limón los dos solos. Me pregunté si eso era algún tipo de código secreto para insinuar que se habían acostado y me acordé de Alma y Tomás en nuestro claro del bosque. Pero no, sabía que para Lucy «tomar helado de limón» era justo eso.

—Pues parece que te lo has pasado muy bien en Chicago —le dije.

—Muy bien, y lo mejor de todo es que Mason tiene suficiente dinero como para que mis hermanas pequeñas no tengan que dejar de estudiar si al final mis padres terminan cerrando la fábrica, Dios no lo quiera.

Lucy me había contado un año antes que en su familia eran todos evangelistas, muy conservadores. A su padre no le parecía bien que sus hijas estudiaran demasiado porque opinaba que era suficiente con que las mujeres supieran leer y escribir. Lucy era una especie de prueba: un conejillo de Indias pelirrojo. La apuntaron al St. Mary's cuando la empresa de maquinaria agrícola todavía iba bien para darle un aire más elegante a la familia: tener una hija estudiando interna en otro continente era como comprar un pura sangre o tener una casa de vacaciones en la Riviera francesa. Si Lucy se esforzaba lo suficiente y sacaba buenas notas en el St. Mary's, sus hermanas pequeñas podrían seguir estudiando. Pero cuando las cosas empezaron a ir mal en la empresa, el padre de Lucy decidió que sus hermanas no seguirían estudiando el año próximo: tendrían que buscarse un trabajo o un marido que se ocupara de alimentarlas para no ser una carga para su familia, lo primero que pudieran encontrar.

—Me alegro por ti y por tus hermanas —le respondí, y era verdad.

—Sí, yo también —respondió Lucy aliviada—. No quisiera que ellas tuvieran que dejar de estudiar para casarse ya, son demasiado jóvenes para eso. La más pequeña tiene solo doce años, pero mi padre no escucha a nadie, ni siquiera a mi madre, solo importa lo que él decida.

Miré la fotografía en su mesilla de noche desde donde las cuatro hermanas me sonrieron con sus dientes de conejo y sus melenas rizadas.

—Lo siento, sé cómo es eso.

—Es injusto. Me he esforzado mucho aquí en el colegio para tener buenas notas y demostrarle a mi padre que soy tan lista como cualquier chico, merezco poder seguir estudiando si eso es lo que quiero hacer, igual que mis hermanas —añadió—. Papá quiere que Mason haga una inversión de capital en la fábrica para ayudar a la familia y, de paso, demostrar que va en serio conmigo, que sus intenciones son buenas, ya me entiendes, pero no estoy segura de si me gusta mucho esa idea. No se deben mezclar la familia y los negocios, ¿no?

Me sentí tentada de decirle a Lucy que su padre ya había mezclado la familia y los negocios al estar deseando venderla al tal Mason como en una de esas ferias de ganado donde se compran y se venden animales al mejor postor después de pasearlos en un diminuto corral, pero me contuve en el último momento para no herir sus sentimientos.

—¿Y tú le gustas? A Mason, quiero decir. ¿Te ha hecho alguna proposición en firme?

—Sí, creo que le gusto lo suficiente como para que quiera casarse conmigo —afirmó con sus mejillas más sonrosadas de lo habitual—. Todavía no hay nada oficial, claro, pero sé que planea hacerme «la gran pregunta» porque me han contado que ha encargado redecorar el rancho, comprar cortinas nuevas, sofás elegantes, un tocadiscos e incluso una nueva cocina. ¿Y para qué iba un hombre a molestarse en comprar todo eso si no planea casarse pronto?

—Vaya... pues felicidades.

Lo normal hubiera sido levantarme para abrazar a mi compañera de habitación por su próximo compromiso, pero no me moví de donde estaba.

—Gracias, pero estoy un poco nerviosa. Yo no soy como tú, Estrella: no soy guapa, ni elegante, ni tengo modales de marquesa o esa aura de misterio que siempre te acompaña. Yo soy como suele decir mi padre: provinciana.

—Tal vez tu padre debería aprender a guardarse sus opiniones para sí mismo —murmuré.

—Sí, supongo.

En vez de enfadarse por mi comentario, Lucy sonrió aliviada. Me di cuenta de que ella también estaba harta de que su padre —y su familia— le dijeran siempre lo que debía hacer.

—Me preocupa un poco que Mason se asuste o que se piense mejor lo de nuestro compromiso. Tampoco hace tanto que nos conocemos y podría anularlo todo si no está seguro —añadió ella retorciendo las manos en el regazo—. No quiero que Mason se dé cuenta de que yo no tengo madera para ser la esposa de un terrateniente: lo mío no son las fiestas, los bailes ni nada de eso, y su rancho está en California, muy cerca de donde se hacen todas esas películas que vemos en el Reginald. ¿Te lo imaginas? Podría incluso visitar Los Ángeles.

El Reginald era un pequeño cine de Surrey. Lucy y yo solíamos ir allí los domingos por la tarde —solo un domingo de cada mes— cuando la señorita Richardson nos daba tiempo libre fuera del recinto de la escuela a todas las alumnas. A mí nunca me habían interesado demasiado ni el cine ni las estrellas, a pesar de que había pasado horas con Alma mirando fascinadas las revistas de Carmen. Sin embargo, en el último año, había empezado a gustarme ver películas en la enorme pantalla del Reginald. Me encantaba sentarme en sus viejas butacas desgastadas donde podía notar los muelles clavándoseme en la espalda cada vez que me movía, hacer cola frente al edificio para comprar la entrada o el olor a polvo, golosinas y palomitas recién hechas que flotaba en el aire de la sala. Tanto me gustaba que ahora esperaba ansiosa ese medio domingo libre que la señorita Richardson nos daba cada mes para poder caminar hasta Surrey con Lucy y ver una película juntas.

—El caso es que Mason va a venir este otoño para cerrar un negocio en Londres. No me ha contado exactamente de qué se trata pero hay mucho dinero en juego. Por eso viene él en persona para ocuparse de todo aunque odia dejar el rancho —continuó Lucy con los ojos brillantes—. Mis padres ya le han pedido un permiso especial a la directora para que me permita verlo esos días.

—¿Y qué quieres de mí?

Lucy se estiró y me cogió la mano con fuerza.

—Ayúdame. Ven con nosotros al cine, a pasear por Londres o por donde sea que vayamos. Así me dará menos miedo estar con él y no me preocupará tanto que Mason piense que soy una pueblerina.

En mi mente, Mason Campbell era poco más que un aldeano con los vaqueros sucios de estiércol y olor a vaca, no tenía ningún interés en conocerle.

—¿A ti te gusta él? —le pregunté con verdadera curiosidad.

—No lo sé, no estoy segura de querer casarme con él pero le necesito, y mis hermanas también le necesitan para poder seguir estudiando. Yo no tengo precisamente una hilera de hombres ricos haciendo cola para casarse conmigo, Mason es mi única opción. —Lucy sonrió con resignación—. ¿Qué me dices? ¿Me acompañarás? Anda, di que sí.

Yo hubiera aceptado cualquier ofrecimiento para salir unos días del colegio, ir al cine o visitar Londres.

—Claro, te haré de carabina —acepté por fin fingiendo que no estaba deseando hacerlo.

Lucy gritó entusiasmada y me abrazó con fuerza hasta que sus rizos cobrizos me hicieron cosquillas en la nariz.

—Gracias, gracias... —dijo sin soltarme—. Eres una verdadera amiga.

Yo no podía saberlo entonces, pero así fue como conocí a mi futuro marido.

SUCEDIÓ UNA NOCHE

Mason Campbell no era el aldeano sucio con olor a estiércol que yo había imaginado. Resultó ser como Lucy me había descrito aquella tarde en nuestra habitación del St. Mary's: rubio, alto y tan guapo como un actor de Hollywood. Mason tenía los ojos más azules que yo había visto jamás, me recordaban al color que tenía el agua del Cantábrico las últimas tardes de verano cuando las olas paraban y el mar estaba en calma. No hablaba el inglés refinado y formal que nos enseñaban en el colegio, no, él hablaba un inglés con pocas palabras: seco y sin ningún adorno o floritura. Me fijé también en que tenía un extraño acento que hacía que las «r» sonaran casi como «sr» en sus labios.

Me gustó Mason nada más conocerle. La directora Richardson no había tenido más remedio que ceder ante las constantes exigencias de los padres de Lucy para que le permitiera a su hija —y a su compañera de habitación— salir del colegio unas cuantas horas aquella semana. Según me contó Lucy, sus padres amenazaron a Richardson con revelar sus encuentros amorosos —no tan secretos— con la gobernanta de la escuela si no nos permitían salir del recinto del colegio. Pensé que la directora Richardson se enfadaría con nosotras o que tal vez nos castigaría después de leer el telegrama urgente de los padres de Lucy, pero, en vez de eso, se quitó sus gafas, siempre sujetas con una cadenita dorada, y nos miró desde sus ojos grises.

—¿Es eso lo que ustedes desean, señoritas? ¿Salir del colegio entre semana y perder clases solo para ver a un caballero? —nos preguntó en su despacho con la puerta bien cerrada.

Intuí que la directora quería que le dijéramos que no era verdad, que en realidad todo era una locura de los padres de Lucy, que estaban obsesionados por casarla a cualquier precio.

—Sí, eso es lo que queremos —respondió Lucy resignada. Richardson suspiró. En los casi dos años que llevaba interna en el St. Mary's nunca había visto a la directora suspirar.

—Entonces, si ustedes dos están de acuerdo, no hay nada que yo pueda hacer. Pueden reunirse con ese caballero dos tardes por semana como tan amablemente han solicitado sus padres, señorita Welch —nos contestó Richardson de nuevo con su habitual tono profesional y distante—. Pero deben saber que todo el tiempo que han pasado ustedes en el colegio yo las he protegido, igual que a las demás alumnas. Una vez que salgan por esa puerta ya no podré seguir cuidando de ustedes.

No dijo de qué nos había protegido exactamente, pero yo intuía que tenía que ver con los chicos y con «las situaciones incómodas». Lucy asintió en silencio y yo la miré de refilón. La conocía lo suficientemente bien como para saber que se sentía miserable por haber ayudado a chantajear a la directora solo para conseguir un permiso especial para ver a Mason.

—No quería hacerlo porque la señorita Richardson siempre me ha gustado, pero no he tenido más remedio que presionarla como me han pedido mis padres para que nos dejara salir —me confesó cuando estábamos fuera de su despacho y caminábamos hacia el patio delantero—. Mis hermanas y yo misma dependemos de que el compromiso siga adelante. Es fácil elegir cuando no tienes opciones.

Habían pasado dos meses desde que Lucy había regresado de Chicago. Mason y ella se habían enviado varias cartas en ese tiempo pero todavía no le había pedido matrimonio formalmente y Lucy empezaba a impacientarse: dentro de unos meses terminaría nuestro último curso en el St. Mary's y Lucy aún no sabía si iba a poder estudiar un año extra de especialización tal y como ella quería. Ni siquiera sabía si sus hermanas pequeñas en Chicago iban a continuar asistiendo al instituto allí. Lucy estaba cumpliendo su parte y tenía las mejores calificaciones de todo el curso, pero cuando le había preguntado a su madre sobre la posibilidad de seguir estudiando el año siguiente no le había dado una respuesta clara.

Yo tampoco sabía qué iba a hacer después de esas navidades, el curso se terminaba y tendría la excusa perfecta para volver a casa después de casi dos años fuera. Carmen —que era la única que me había escrito en este tiempo— me había enviado una carta la semana anterior para decirme que esperaban mi regreso a Villa Soledad para navidades y que la señora marquesa ya había apalabrado con un chófer que fuera a recogerme al puerto de Bilbao, pero que tenía que concretarle el día de mi regreso. Yo no quería volver a Basondo y tampoco quería pensar en mi futuro —o más bien en la falta de él—, así que cuando Lucy me presentó a Mason aquella tarde encontré la excusa perfecta para olvidarme de todas mis preocupaciones por un rato.

—Vaya, Lucy no me dijo que fueras tan apuesto. Como un actor de cine —le dije a Mason mientras los tres caminábamos calle abajo—. Seguro que se lo tenía calladito solo por miedo.

Mason se rio, su risa era baja y monótona, pero era la primera risa masculina que yo había escuchado en meses y me hizo sentir un extraño calor en el centro del pecho.

—Oh, no creo que sea por eso, de donde yo vengo todos tenemos este aspecto: rubios, altos y con los ojos azules. Te aseguro que no tengo nada de especial, al contrario, si lo piensas bien es bastante aburrido —respondió Mason con una sonrisa pero sin mirar a Lucy—. Sin embargo, yo nunca había conocido a nadie que tuviera un ojo de cada color como tú, no sé a qué se debe pero es algo único.

Yo le sonreí como si ningún hombre —o chico— antes me hubiera dicho esas mismas palabras.

—Gracias, yo tampoco lo sé. Es de nacimiento —respondí sin dejar de sonreír.

Surrey no estaba muy lejos del colegio, apenas a un kilómetro y medio, pero se hacía más corto porque todo el camino era llano y casi sin tráfico. Entre las primeras casitas de dos alturas de Surrey y el edificio principal del St. Mary's solo había una carretera secundaria de gravilla gris y polvo, que se levantaba cada vez que un carro o un coche pasaba por ella, y unas cuantas colinas suaves a ambos lados del camino. De vez en cuando podías ver un rebaño de ovejas asomar entre las colinas mientras pastaban tranquilamente o a alguna otra persona que se acercaba caminando por la carretera hasta el pueblo para coger el tren con destino a Londres, pero eso era todo.

—Y, si no es indiscreción, ¿qué ha venido a hacer a Inglaterra, señor Campbell? —le pregunté fingiendo que no estaba interesada en su respuesta—. Además de para ver a nuestra Lucy, por supuesto.

Lucy no había dicho una palabra después de las presentaciones, caminaba a mi lado con sus ojos fijos en el camino de gravilla como si quisiera hacerse invisible.

—No es indiscreta para nada. Apuesto a que tras casi dos años encerrada con las mismas personas cada día conoce los secretos de todas ellas —me dijo Mason muy seguro de sus palabras—. Es normal que sienta curiosidad por un desconocido, en su situación yo me hubiera vuelto loco hace mucho tiempo.

—Cierto. Cien chicas y treinta adultas conviviendo juntas puede volverse insoportable. Al final todas nos conocemos ya como para escribir un libro. —Puse los ojos en blanco para darle más énfasis a mis palabras—. Pero no me ha respondido aún... ¿Para qué ha venido a Londres? Estoy segura de que es muy diferente a su hogar en California, aquí el clima puede ser traicionero.

Mason se rio otra vez y miró al cielo, extendió su mano con la palma hacia arriba como si tratara de comprobar si llovía.

—Eso mismo había oído, pero llevo casi dos días aquí y todavía no he visto caer una sola gota de agua.

Estábamos a finales de octubre, pero aún no hacía mucho frío, bastaba con la chaqueta del uniforme sobre el jersey para protegerse del viento. El cielo de finales de otoño estaba despejado, en el horizonte se divisaban algunas nubes bajas y algodonosas pero no presagiaban tormenta.

—Espere un poco más señor Campbell, verá cómo termina lloviendo —respondí con una media sonrisa.

—Estoy aquí para solucionar unos asuntos de familia, nada interesante me temo —respondió Mason con su voz profunda—. Ya sabe cómo es la familia: siempre creen que tienen razón y más te vale no decepcionarles, de lo contrario te lo recordarán toda la vida. Un pequeño fastidio.

—Y todos pueden opinar acerca de lo que es más conveniente para ti sin importar tus deseos —terminé.

No sabía bien por qué había dicho aquello, no era de las que se quejaban de su familia en público. «Los trapos de casa se lavan en casa», solía decir mi madre, y eso era exactamente lo que habían hecho con la muerte de Alma.

—Pues, aunque sean un fastidio, me alegro de que sus obligaciones familiares le hayan traído hasta Surrey, así he podido conocerle por fin después de todo lo que Lucy me ha contado sobre usted y sobre el tiempo que pasaron juntos en la Exposición Universal el pasado verano. —Miré a Lucy para ver si ahora se decidía a intervenir en la conversación, pero ella parecía más interesada en las ovejas que aparecían aquí y allá entre las colinas que en hablar con Mason—. ¿Irá a Londres mañana?

—Sí, esta noche he reservado una habitación en una posada con un nombre peculiar, aquí mismo, en Surrey, pero mañana cogeré el tren hasta Londres para dedicarme a mis asuntos un par de días.

—Comprendo. Y ¿cómo se llama la posada? —le pregunté con una media sonrisa—. Ha dicho que tiene un nombre peculiar pero no me ha dicho cuál.

Yo sabía de sobra el nombre del hostal porque solo había una posada decente en todo Surrey, pero también sabía cuánto les gusta a los hombres hablar, sobre todo cuando creen que su conversación es fascinante a pesar de que no lo sea en absoluto.

«A los hombres les gusta hablar pero no les gusta escuchar», nos había dicho Carmen una tarde mientras nos peinaba. «Deja que hablen lo suficiente y ellos solitos se convencerán de cualquier cosa.»

—El Carnero Indignado —respondió Mason—. No sé de dónde viene semejante nombre y no me he atrevido a preguntárselo al dueño cuando he hecho la reserva.

Mason se rio y yo con él. No era estúpida, había hablado con algunos hombres cuando vivía en Villa Soledad: más jóvenes que Mason o más viejos, con más dinero o menos, con los ojos menos azules y diferentes acentos. Algunos eran hijos de diplomáticos, herederos de latifundios en Argentina, sobrinos de militares con carrera, empresarios, pero había escuchado esa misma risa grave y cálida muchas veces antes. Por eso supe que yo le gustaba a Mason Campbell antes incluso de que llegáramos a Surrey.

Los primeros tejados a dos aguas asomaron detrás de una colina un poco más adelante, después el campanario de la iglesia y, un poco más allá, las calles empedradas de Surrey.

—Me habían recomendado alquilar un coche para desplazarme, pero una vez aquí no he visto la necesidad —comentó Mason—. Está todo realmente cerca en este país, casi me da risa pensar lo cerca que están unos de otros en Inglaterra. Sé que es una isla, pero hemos venido caminando hasta el pueblo y, en cambio, no se puede recorrer a pie todo mi rancho, no sin morir de calor. No me acostumbro a que haya tan poco espacio.

—Ya, tiene que ser raro estar tan lejos de casa. ¿Cómo es? California ¿es como se ve en las películas? —le pregunté con verdadera curiosidad esta vez—. Siempre he querido ir allí.

Mason se rio con ganas antes de responder:

—Pues estoy seguro de que una joven como usted se lo pasaría en grande en California: las playas, gente de todos los países, modernos centros comerciales y Hollywood, por supuesto. Además, brilla el sol durante trescientos cuarenta días al año.

—Vaya, sí que es diferente. Suena bien ¿verdad, Lucy? —Le di un codazo disimulado para hacerla reaccionar—. ¿A que suena de maravilla la vida en California? Sería genial que tú y yo pudiéramos pasar unas agradables vacaciones en Los Ángeles algún día.

Lucy levantó la cabeza por primera vez y me miró. Al ver la expresión de su cara, no supe si estaba más enfadada conmigo, con Mason —por haber sido una presa tan fácil para mí—, o con ella misma por no haber previsto lo que podía pasar antes de pedirme que la acompañara a su cita.

—Sí, sería genial —fue toda su repuesta.

Después Lucy volvió a enfrascarse en su mal humor mientras llegábamos al centro de Surrey. El Reginald estaba en esa misma plaza, unos cuantos metros más adelante, pero desde allí ya podía captar el olor a palomitas de maíz recién hechas flotando en el aire otoñal.

—Menos mal que aquí no hay mucha cola. En el cine de San Bernardino las colas pueden dar la vuelta a la manzana los viernes por la tarde cuando hace demasiado calor como para estar en casa —dijo Mason.

Faltaban solo diez minutos para el comienzo de la sesión, pero la cola para entrar al Reginald la formaban apenas una docena de personas. Como Lucy y yo llevábamos puesto el uniforme del St. Mary's, algunos vecinos nos miraron con curiosidad seguramente pensando que nos habíamos escapado del colegio.

—Aquí solo hay este cine y todas las películas que ponen tienen ya un año o más. Para ver estrenos hay que coger el tren hasta Londres —le expliqué.

—¿Y qué película vamos a ver hoy? —preguntó Mason mirando por encima de las cabezas de los demás que estaban en la cola delante de nosotros.

—*Sucedió una noche.* No sé de qué trata, pero es la que proyectarán durante todo este mes.

La cola avanzó unos pasos y nosotros con ella, ahora ya podía ver el vestíbulo del cine con la barra donde se vendían las golosinas y las palomitas al fondo.

—*Sucedió una noche.* Clark Gable y Claudette Colbert se conocen justo cuando el personaje de Colbert, una niña rica caprichosa y malcriada, va a cometer el error de casarse con otro hombre por despecho hacia su padre —empezó a decir Mason caminando muy cerca detrás de mí—. Pero en el último momento ella cambia de idea, huye de su propia boda y conoce a Clark Gable, un sinvergüenza pobre con quien terminará viviendo una aventura para evitar volver a casa con su padre.

—¿Y por el camino se enamoran? —quise saber—. ¿El sinvergüenza y la niña malcriada se enamoran al final?

Mason me sonrió y volví a notar ese calor en el centro del pecho.

—Tendrá que ver la película para descubrirlo —me dijo casi en el oído—. Voy a comprar las entradas, no se salgan de la fila.

Me quedé mirando a Mason mientras él se salía de la cola y caminaba hacia la taquilla donde un muchacho con uniforme rojo y una gorra del mismo color —que le hacía parecer un revisor de tren o el botones de un hotel— despachaba las entradas para la sesión detrás del cristal como si fuera el trabajo más complicado del mundo.

—¿Qué crees que estás haciendo? —empezó a decir Lucy cuando estuvimos otra vez solas—. Sabes lo que me juego en esto, lo que se juegan mis hermanas pequeñas en esto, ¿y tú te dedicas a coquetear con él delante de mí?

—¡No seas tan exagerada, Lucy, por Dios! —me defendí—. Te he dado decenas de oportunidades esta tarde para que entraras en la conversación, pero tú has preferido quedarte callada mirando al suelo como una chiquilla malhumorada.

—Pensé que eras mi amiga, es decir, sé lo que las otras chicas del colegio murmuran sobre ti, pero creía que eran solo eso: chismes —continuó ella. Ahora hablaba más alto y la pareja que estaba delante de nosotras en la cola nos miró de refilón—. Justo por eso quería que vinieras hoy: para darme apoyo y ayudarme a que Mason se decidiera a pedirme en matrimonio de una vez, no para hacer que él se fijara en ti. ¡Si ni siquiera te gusta! Solo lo haces para fastidiarme y por puro egoísmo. Tú puedes tener a cualquier chico que quieras.

No me gustaba Mason, no como para disgustar a Lucy,

desde luego, pero me gustaba tener su atención o la manera en la que él hablaba o cómo movía las manos al explicarse con su inglés poco refinado. Y también me gustaba que Mason no me hubiera mirado ni una sola vez aquella tarde como Tomás, como si yo no fuera lo suficientemente buena para estar con él sino justo lo contrario. La sensación de ser la elegida, la que merecía toda la atención y la sonrisa masculina era embriagadora, nunca me había sentido así con Tomás. Puede que Mason Campbell no me interesara como para disputarle el cariño de Lucy, pero sí me gustaba cómo me hacía sentir.

—De acuerdo, no hace falta que te pongas tan melodramática, Lucy. Ya veo por qué quieres ser actriz —le respondí ignorando su comentario sobre los rumores maliciosos que circulaban sobre mí en la escuela—. Tan solo era un pasatiempo inocente, nada más, solo me divertía un poco después de tanto tiempo sin ver a un solo chico. Mason es todo tuyo.

—¿Melodramática? Si no consigo que ese vaquero medio bobo acepte casarse conmigo, mi familia está acabada, ¿entiendes lo que significa eso? Tengo todo el peso del futuro de mi familia sobre mis hombros, ellas dependen de mí —me dijo casi al borde de las lágrimas—. ¿O es que acaso te da igual?

Yo no respondí pero me crucé de brazos y dejé escapar un suspiro infantil.

—Mis hermanas tendrán que casarse con el primero que se lo pida, aunque sea un bruto o un desgraciado porque no podrán seguir estudiando. Mis padres tendrán que vender la empresa y mudarse al norte con mis tíos para poder vivir, y yo... —Lucy hizo una pausa como si estuviera reuniendo fuerzas antes de continuar—. Después de haber pasado años trabajando como la que más, desterrada en este asqueroso colegio, tendré que esperar a que otro imbécil decida que soy digna de casarme con él o buscar algún trabajo mal pagado para vivir en un sucio piso compartido. Porque eso es todo: no hay más opciones para nosotras, Estrella. Lo que pasa es que eres demasiado orgullosa para ver que pronto tú también estarás en la misma situación.

Le dediqué una sonrisa de desdén a Lucy, aunque volví a

sentir ese miedo secreto a acabar convertida en la señorita Lewis y pasarme la vida dando clases a un par de críos sucios y ruidosos. Y eso en el mejor de los casos.

—No, eso jamás me pasará a mí —le dije intentando convencerme de mis palabras.

Avanzamos un poco en la cola y la pareja de delante se olvidó de nosotras para cogerse de las manos.

—Como lo fastidies nunca te lo perdonaré, ¿me has oído? —Lucy miró hacia la taquilla para asegurarse de que Mason todavía estaba lejos y no podía escucharnos—. No es el hombre que yo hubiera elegido, pero no tengo alternativa. Sabes perfectamente que me cuesta mucho hablar con los demás, sobre todo con los chicos, y tú te has aprovechado de eso para hacer que se fijara en ti.

—¡Yo no he hecho nada! —protesté, ahora estaba molesta de verdad—. ¿Por qué es culpa mía? Al fin y al cabo, es Mason quien supuestamente está loquito por ti, tanto como para pedirte matrimonio. Entonces ¿por qué me presta atención mientras que a ti te trata como si fueras invisible? Él es quien debería comportarse.

Mientras discutíamos, Lucy se había ido poniendo más roja cada vez, tanto que ahora sus mejillas casi tenían el mismo color que su pelo.

—Pero él es un hombre, y los hombres pueden hacer y deshacer a su antojo, ¿o es que no te has dado cuenta aún? —respondió—. Ellos pueden decidir mientras que nosotras solo podemos aguantarnos. Puede que sea injusto, pero así es como funciona el mundo, Estrella.

«Me enfado contigo porque no puedo permitirme enfadarme con el marqués», me había dicho mi madre después de la muerte de Alma, y hasta ese momento yo no había comprendido del todo lo que ella había querido decir.

Odié la idea de tener que ligar mi vida y mi destino al de un hombre solo para poder sobrevivir y, sin embargo, la promesa de que ese día llegaría estaba presente para mí desde que cumplí doce años, mucho antes incluso. Todo lo que aprendí en Villa Soledad con la señorita Lewis o las lecciones de baile y estilo de mamá estaba encaminado a sacar de mí solo lo necesario para agradar a un hombre. Solo lo necesario, nunca un poco más. Hasta que no llegué al St. Mary's nadie me había enseñado nunca cosas que me ayudaran solo a mí como mis clases de economía avanzada, historia o contabilidad.

—Se te da bien manipular a las personas, sobre todo a los hombres, para conseguir que se vuelvan locos por ti y hagan todo lo que tú les pidas, así que búscate cualquier otro y no me estropees esto porque lo necesito —terminó Lucy.

Vi a Mason volver caminando hacia nosotras con las tres entradas en la mano y su sonrisa inmaculada solo para mí.

—Descuida, puedes quedarte con él si eso es lo que quieres. No estoy interesada —le dije a Lucy antes de que él llegara hasta donde estábamos.

Los tres entramos en el vestíbulo del Reginald, compramos palomitas y refrescos en la barra en mitad de un silencio incómodo que Mason ni siquiera notó. La película no había empezado todavía cuando entramos en la sala, pero ya habían apagado las luces y, en la pantalla, en un anuncio de brillantina para el pelo, se oía una melodía insoportable pero pegadiza. Le enseñamos nuestras entradas al acomodador, que nos acompañó hasta nuestros sitios iluminando los números con su linterna.

—Aquí es, disfruten de la película —dijo en voz baja para no molestar a la docena de personas que ya estaban sentadas en sus asientos.

Vi a Alma de pie al lado de nuestras butacas, ella seguía teniendo quince años a pesar de que yo ya me acercaba a los dieciocho. Alma me sonrió con esa sonrisa cruel y secreta que solo usaba cuando estábamos las dos solas y no le importaba que viera cómo era realmente. Me sonrió porque sabía que le había mentido a Lucy.

Mason me escribió desde Londres una semana después de nuestra cita en el Reginald. Pensé que tal vez quería hablar conmigo acerca de su próximo compromiso con Lucy o que necesitaba mi colaboración para sugerirle a mi compañera de habitación que volviera a quedar con él para dar otro paseo hasta Surrey, así que no le di ninguna importancia a su carta, simplemente la dejé sin abrir sobre la mesita de estudio de nuestra habitación y volví a ocuparme de mis libros de economía.

Faltaban apenas un par de meses para que terminara mi último curso en el St. Mary's y también para los exámenes finales. Después de nuestra estúpida discusión la tarde en que fuimos al cine con Mason, Lucy ya no quería ayudarme con los ejercicios de francés, así que ahora tenía que ponerme al día por mi cuenta. Me sorprendió su actitud y que también rechazara mi ayuda en economía —al fin y al cabo nos habíamos estado ayudando la una a la otra con las tareas y una discusión por un chico me parecía poca cosa comparada con eso—, pero también me alegré de tener que estar concentrada en mis estudios porque eso significaba que no tenía mucho tiempo libre para pensar en qué iba a hacer el próximo año.

Carmen me había escrito otra vez. Quería saber si estaba bien y si había recibido su anterior carta, también me preguntaba por mi vuelta a Basondo y a Villa Soledad. Mi madre quería conocer la fecha exacta en que terminaban las clases en el St. Mary's para confirmar mi billete de tren y del ferri a Bilbao. Suspiré solo de pensar en tener que volver a Villa Soledad, ver de nuevo al marqués o las marcas en el suelo de tarima de la biblioteca.

«Puede que mamá haya mandado cambiarla mientras no estabas, así el marqués no habrá tenido que verla y recordar la noche en que casi le prendiste fuego», pensé. Pero entonces recordé que los tablones de madera del suelo de la mansión eran insustituibles, literalmente insustituibles: pertenecían al antiguo suelo de un palacete ruso que había sido de un famoso escritor. Al abuelo Martín le encantaban sus novelas y había comprado las ruinas de su propiedad en San Petersburgo por una miseria —después de que sus herederos se desentendieran de la herencia— solo para hacer arrancar las tablas del suelo. La marca del fuego seguiría en su sitio.

Cerré de puro aburrimiento los libros de economía que tenía sobre la mesa y me estiré en la incómoda silla de madera de la habitación donde había vivido los últimos dos años. Añoraría muchas cosas del St. Mary's Boarding School for girls, pero no esa maldita silla. Volví a ver la carta de Mason olvidada entre mis apuntes y el cuadernito abierto con las tareas de francés. La abrí sin ninguna gana y empecé a leer:

Estimada señorita de Zuloaga:

Londres es tan emocionante como usted me describió. Estoy ansioso por ponerla al día de mis aventuras en la gran ciudad. Me gustaría volver a verla, a solas si es posible, para hablar con usted de un asunto que no deja de rondarme la cabeza desde la última vez que nos vimos. Regreso en tren a Surrey este miércoles. La esperaré en la estación hasta la puesta de sol. Si no aparece entenderé que no está interesada.

MASON A. CAMPBELL

Parpadeé sorprendida y volví a leer la carta deprisa. No era lo que yo esperaba. Pensé que Mason querría hablar sobre Lucy o, tal vez, quisiera mi ayuda para organizar otra cita a solas con ella, pero no se me había ocurrido pensar que quisiera verme a solas.

«Regreso en tren a Surrey este miércoles, la esperaré en la estación hasta la puesta de sol.» Hoy era miércoles. Miré por la ventana y me di cuenta de que faltaba apenas una hora para la puesta de sol, así que seguramente Mason estaría ahora mismo en la estación de Surrey esperándome. Me levanté casi de un salto, me puse la chaqueta azul marino por encima del uniforme y me recogí el pelo en una larga cola de caballo. Ya estaba a punto de salir cuando, justo en ese momento, la puerta de la habitación se abrió y Lucy entró hecha una furia. Lo supe por la manera en que apretaba la mandíbula igual que si estuviera masticando la ira antes de dejarla salir definitivamente.

No quería empeorar la situación con ella. Las cosas entre nosotras habían cambiado a peor desde la irrupción de Mason y Clark Gable en nuestras vidas, ambos con sus sonrisas encantadoras y sus palabras bonitas, así que volví a doblar la carta de Mason —que todavía llevaba en la mano— y la guardé otra vez en el sobre.

—Es muy tarde, ¿adónde vas a estas horas? —quiso saber Lucy, con el mismo tono dolido que usaba conmigo desde que fuimos al cine.

—Voy a Surrey, a la oficina de Correos. Necesito enviarle un telegrama urgente a mi madre y se me ha pasado la tarde sin darme cuenta. Como ahora tengo que estudiar yo sola... —mentí con soltura. Si Lucy podía hablarme como si yo fuera otra vez la gemela mala, yo podía mentirle a ella sin remordimientos—. Tiene que reservar el pasaje para el ferri y aún no sabe qué día vuelvo a casa. Luego te veo.

Y me marché sin esperar su respuesta o sin preguntarle qué era eso que la había disgustado tanto.

Le conté a la señorita Amelia, la guardesa del colegio, la misma historia que a Lucy. Normalmente, no me hubiera dejado salir del recinto de la escuela tan tarde ni en un millón de años, pero intuí que la directora le había hablado sobre las amenazas de los padres de Lucy, porque me miró con un gesto de desaprobación en sus ojos castaños.

—Hay un teléfono en la escuela, en el despacho de la directora, si es un asunto familiar urgente, estoy segura de que la señorita Richardson le permitirá telefonear a su casa.

—Es que tiene que ver también con Lucy, mi compañera de habitación, y con su futuro. No quiero que ella se entere y se estropee la sorpresa —le mentí con mi mejor sonrisa—. Ya sabe que sus padres se han vuelto un poco insistentes con el asunto.

Cuando mencioné a los padres de Lucy, ella sacudió la cabeza y sacó el pesado manojo de llaves del bolsillo de su vestido negro. Me acompañó hasta la entrada del colegio y me abrió la puerta de la reja que rodeaba todo el St. Mary's.

—Tenga cuidado con lo que hace ahí fuera, señorita Zuloaga —me advirtió pronunciando mi apellido con su forma musical de hablar—. Algunas cosas que parecen buenas al principio resultan ser una malísima idea al final.

Cerró la puerta de hierro a mis espaldas y empezó a caminar de nuevo hacia el edificio principal de la escuela atravesando el jardín delantero. Me quedé sola en la carretera de gravilla viendo cómo Amelia se alejaba de vuelta al edificio principal. Pensé en seguirla, llamarla a gritos para que me dejara entrar otra vez y volver a la habitación para terminar mis tareas de francés, pero sentí el peso de la carta de Mason en el bolsillo de mi chaqueta. Miré hacia el horizonte donde el sol aún no se había escondido del todo porque sabía que podía llegar a la estación de Surrey si corría. Empecé a caminar alejándome de la enorme silueta del colegio. Alma estaba un poco más adelante de pie en el margen de la carretera en dirección al pueblo. Estaba ahí porque sabía que yo pasaría por delante de ella para ir a la estación.

—Maldita seas, Alma. No te creas tan interesante por haber acertado, estaba claro que iba a ir a verle —le dije a mi hermana muerta cuando pasé a su lado.

Alma sonrió satisfecha, pero no me siguió ni se movió de donde estaba.

Aunque ninguno de los centenares de noches que había dormido en el St. Mary's había escuchado lobos en los alrededores de la escuela, en ese momento escuché un aullido cerca entre las colinas, así que apreté el paso.

Cuando llegué a la estación de tren, casi media hora después, todavía podía escuchar al lobo. Mason estaba allí tal y como indicaba en su carta, esperándome con un maletín de viaje en el suelo y una gran sonrisa bajo la única farola que había en el pequeño andén.

—¡Ha venido! Ya estaba a punto de marcharme —me dijo a modo de saludo.

Le sonreí para disimular el miedo que había pasado caminando sola por la carretera oscura hasta llegar a allí.

—Sí, su carta parecía un poco desesperada y también algo misteriosa.

—Ya, perdone por el misterio —me dijo con una sonrisa de disculpa—. Pero prefería hablar con usted en persona.

Mason llevaba puesto un traje marrón pasado de moda y un abrigo hasta las rodillas que parecía demasiado pequeño para alguien de su altura. Imaginé que eso era lo que un hombre como él —acostumbrado a trabajar al aire libre y tratar únicamente con vacas— entendía por vestirse «elegante».

—Pues aquí estoy, ¿qué sucede? —quise saber—. Espero que sus negocios en Londres hayan sido un éxito y que haya tenido tiempo para visitar el Museo de Historia Natural como le recomendé.

Yo no había estado nunca en ese museo, de hecho, todo lo que sabía sobre ese lugar lo había leído en un librito de propaganda para turistas que encontré abandonado en la cubierta del ferri, pero como no quería que Mason creyera que yo era una pueblerina en vez de una «señorita elegante de mundo», como solía decir mamá, le hablé de él para impresionarle. Casi ni le conocía —y un mes antes no le hubiera mirado siquiera— pero, por algún motivo que no podía comprender, ahora necesitaba agradarle, hacer que Mason me prestara su atención y se diera cuenta de lo especial que era yo. Menuda idiota.

—Sí, todo ha ido bien, pero he pasado dos días con hombres trajeados hablando solo de negocios, contabilidad y adquisiciones y ya estoy harto de esos asuntos de números. —Hizo un gesto con la mano como si quisiera espantar una mosca invisible—. Nunca se me han dado bien. Yo prefiero estar en casa, en mi rancho, pasando calor con mis animales antes que tener que estar una hora más con esos procuradores y banqueros chupasangre.

Me reí sin muchas ganas porque yo adoraba los asuntos de «números» como Mason los había llamado con desdén. De hecho, si yo hubiera sido un chico le hubiera pedido un trabajo de administrador de bienes sin dudarlo, pero imaginé que no estaría interesado en contratarme o que seguramente ya tendría uno en California para ayudarle a gestionar su rancho.

—En su carta decía que quería hablar conmigo de algo importante, ¿qué sucede? —pregunté—. ¿Es sobre Lucy? ¿Por fin va a declararse?

Mason se acercó un poco a donde yo estaba y salió de la zona iluminada bajo la farola. A esas horas ya no había nadie más en la plataforma del andén, pero los carteles informativos que colgaban sobre el enorme reloj indicaban que todavía faltaba un último tren por llegar desde Londres.

—No, no tiene nada que ver con Lucy —dijo, pero después dudó un momento y añadió—: En realidad, sí que tiene que ver con ella y con sus padres. Uno de mis contactos en Chicago me ha advertido de que los Welch están arruinados. Han despedido a todo el mundo y tendrán que vender la empresa familiar el próximo año para poder pagar sus deudas con el Estado, por eso sus padres estaban tan ansiosos porque yo invirtiera con ellos y le propusiera matrimonio a Lucy: pretendían salvarse de la ruina a mi costa.

—¿Están arruinados? Vaya, lamento escuchar eso, pobre Lucy —lo dije de verdad porque hasta ese momento no me había dado cuenta de lo penosa que era la situación de mi compañera de habitación—. Pero eso no cambia nada entre ustedes, ¿verdad? Su compromiso...

—Nuestro compromiso nunca llegó a ser oficial —me cortó Mason—. Los Welch me mintieron para hacerme creer que la empresa familiar iba bien y Lucy me mintió también, por omisión tal vez, pero no me contó la verdad sobre la situación económica de sus padres. Dicen que ni siquiera van a poder pagar la cuota del colegio este año.

De repente recordé a Lucy entrando en nuestra habitación envuelta en una nube de rabia justo cuando yo salía, supuse que sus padres acababan de decirle que no podría seguir estudiando y, por consiguiente, tampoco sus hermanas. Me sentí mal por ella pero también por mí: la situación de Lucy era desesperada, pero si la mina Zuloaga seguía teniendo pérdidas como venía sucediendo en los últimos años, yo no tardaría mucho en estar en su misma posición.

—Puede que Lucy tuviera un buen motivo para mentirle. Tal vez sus padres la obligaron a hacerlo —sugerí—. No creo que deba juzgarla con tanta dureza o cambiar de idea sobre su matrimonio, al fin y al cabo sus sentimientos por ella no deberían cambiar solo porque sus padres estén arruinados

Mason me sonrió como si yo hubiera sugerido una locura.

—Yo no soy tan benévolo como usted, pero entiendo que quiera defender a su amiga —me dijo con condescendencia—. En cualquier caso, ya sospechaba que algo iba mal, y no solo por las prisas de sus padres para que invirtiera en la empresa y cerrar nuestro compromiso. Lucy no parecía tener ningún interés romántico en mí, y está el hecho de que fue ella quien nos presentó... ¿Quién se lleva competencia a una cita?

—¿Competencia? —repetí—. Lucy me pidió que la acompañara porque ella es tímida y le cuesta expresar sus emociones algunas veces.

«Competencia», había llegado a odiar cada letra de esa palabra después de lo que pasó con Alma y con Tomás. Nunca había querido competir con mi hermana —o con Lucy o con ninguna otra— por el afecto de Tomás o el de Mason ahora: tan solo quería un poco de esa atención masculina como la que Tomás le regalaba a Alma, sentirme así de deseada yo también, pero no tenía nada que ver con ellos. Y, sin embargo, no me abandonaba la desagradable sensación de que ellos —primero Tomás y ahora Mason— disfrutaban con esa rivalidad femenina.

—Pues claro que es usted competencia, y perdóneme si le suena brusco porque no es mi intención que se sienta de alguna forma responsable por su situación, pero lo es —dijo él muy convencido—. Lo que no sé es cómo Lucy no supo ver lo que iba a suceder, quiero decir: es usted guapa, graciosa, también un poco irreverente, pero yo no soy de los que les molesta eso en una mujer, y además marquesa...

—Mi madre es la marquesa —murmuré.

Estaba acalorada por la carrera. Había corrido prácticamente todo el camino hasta la estación por miedo de que el lobo negro me hubiera seguido hasta Surrey y estuviera esperándome, oculto detrás de una de las colinas, para saltar sobre mí como en un cuento de hadas y hacerme pagar por todas las cosas malas que había hecho. El corazón me latía deprisa debajo de la blusa blanca con el escudo de la escuela bordado en el bolsillo, y algunos mechones se habían escapado de mi cola de caballo, pero, a pesar del calor de la carrera, un escalofrío me recorrió la espalda cuando empecé a darme cuenta de lo que estaba pasando.

—Pero tú serás marquesa algún día, ¿verdad? —Me di cuenta de que el tono de Mason era menos formal ahora, como si nos conociéramos desde hacía tiempo. Se acercó un poco más a mí y sentí el calor de su cuerpo pasando a través de las capas de mi uniforme—. No he dejado de pensar en ti desde la otra tarde, lo pasé realmente bien en el cine y en nuestro paseo hasta el colegio. Puede que el destino quisiera que Lucy te llevara a nuestra cita por alguna razón.

—No fue el destino quien me invitó a ir al cine contigo esa tarde, te lo aseguro —le respondí con mi desdén habitual—. Y no debería haber venido esta noche. Confieso que después de leer tu carta sentía curiosidad por lo que querías decirme, pero se está haciendo tarde y mañana tengo un examen importante, será mejor que me vaya.

Retrocedí un paso dispuesta a marcharme de allí y no contarle jamás a Lucy lo que había pasado, pero Mason me sujetó la mano.

—Espera por favor, no te vayas disgustada. No es sano irse a dormir con la cabeza llena de preocupaciones —me sugirió con una sonrisa—. Además, aún no has escuchado lo que quería decirte, pensé que sentías curiosidad.

La piel de su mano estaba caliente y era un poco áspera —seguramente por pasar tiempo trabajando bajo el sol y al aire libre—, pero me gustó su contacto cuando entrelazó sus dedos con los míos.

—Ya lo sé, pero es mejor que lo dejemos así, piensa en Lucy.

—Prefiero pensar en ti —me respondió—. Mira, he vivido solo en mi rancho desde que mi familia murió, mis padres eran los administradores y los dueños de la explotación. A mí nunca me había importado demasiado la soledad, supongo que siempre he preferido la compañía de los animales a la de las personas, pero desde hace un par de años he empezado a sentirme terriblemente solo y busco una esposa para que me haga compañía en California, formar una familia y todas esas cosas... Qué me dices, ¿quieres casarte conmigo?

—¿Qué? ¿Quieres que me case contigo? —Sentí la lengua pegajosa al hablar—. Pero si casi no me conoces ni yo a ti tampoco.

—No necesito conocerte, tenemos toda la vida para conocernos mejor —me dijo con una sonrisa exultante—. Sé lo suficiente sobre ti como para estar seguro de que serías una buena esposa y mejor compañía. No tendrías que trabajar en el rancho ni nada parecido, claro, tengo trabajadores que se encargan de eso, pero podrías acompañarme en mis viajes a las ferias de ganado por todo el país, organizar los cócteles para mis clientes en casa, venir conmigo a las fiestas de otros empresarios ganaderos... Estoy seguro de que serías una sensación entre la alta sociedad en el sur de California, no te pareces a nada que tengamos por allí.

Mientras Mason hablaba entusiasmado, centenares de imágenes se amontonaban en mi cabeza: yo vestida de novia, yo paseando a caballo elegantemente vestida como en una de esas películas americanas que había visto en el Reginald, yo aburrida en ferias de ganado mientras Mason cerraba un trato, yo organizando una barbacoa formal en un bonito y moderno rancho para que Mason impresionara a un nuevo cliente, yo eligiendo el uniforme de los camareros como hacía mamá...

—No, ni hablar. No puedo aceptar —dije todavía con las imágenes de esa otra vida revoloteando detrás de mis ojos.

—¿Es por Lucy? Porque te prometo que entre ella y yo no hay nada, ninguna posibilidad de que nuestro compromiso siga adelante —me aseguró Mason—. Ya he escrito a sus padres en Chicago para decirles que sé que están arruinados y que no habrá boda.

—¿Ya se lo has dicho? Claro, por eso Lucy estaba furiosa antes —recordé—. De todos modos, no puedo aceptar, no es solo por Lucy.

—¿Tiene algo que ver con mi edad? Sé que soy algunos años mayor que tú, pero todavía me considero un hombre joven. —Mason sonrió para quitarle hierro al asunto—. No es como si fuera uno de esos viejos decrépitos que intentan casarse con jovencitas teniendo ya un pie en la tumba. Tengo treinta y ocho años, no es para tanto.

A lo lejos escuché el silbido del tren acercándose a la estación, sentí como removía el aire alrededor agitando mi falda y los mechones de mi pelo suelto.

—Me doblas la edad, aún no he cumplido dieciocho.

La sonrisa radiante de Mason desapareció de sus labios, pero no me soltó la mano todavía.

—Ya entiendo, hay alguien más, ¿no es verdad? Lucy nunca me contó nada directamente, pero un par de veces me sugirió que tus padres te habían enviado al internado para apartarte de un chico que no era apropiado para ti. Yo sí lo soy —me aseguró convencido—. No necesitas un muchacho de tu edad que no sepa nada del mundo, sino a alguien con más experiencia: un hombre. He pasado contigo menos tiempo del que me gustaría, pero ya te conozco lo suficiente como para saber que tú necesitas un hombre adulto, no un chiquillo que apenas pueda mantenerte como es debido y como mereces.

—¿Y tú eres ese hombre? —le pregunté con ironía.

—Podría serlo, si tú quieres —dijo Mason por encima del sonido del tren ahora más cerca—. Si aceptas casarte conmigo.

Intenté imaginar cómo sería Tomás ahora, con casi diecinueve años. En estos casi dos años que había pasado en el St. Mary's había empezado a olvidar su cara, sus grandes ojos de cachorrillo o incluso su voz.

—¿Y por qué debería confiar en ti o en tu proposición? Hace menos de una semana ibas a casarte con mi amiga. Tu afecto parece tan voluble como el de cualquier chiquillo de mi edad.

Ahora el tren estaba tan cerca que el potente foco de la locomotora iluminó la plataforma de la estación. Sentí los tablones del suelo temblando bajo mis pies a medida que el tren se acercaba.

—No cambiaré de opinión esta vez, te lo prometo —me aseguró él.

Miré a Mason a los ojos, esos ojos azules y perfectos suyos que le hacían parecer un actor de cine como los que Alma y yo solíamos ver a escondidas en las páginas de las revistas de Carmen las tardes de verano. No me costó mucho imaginarme a Lucy mirando a esos ojos mientras Mason les hacía las mismas promesas que a mí.

—Ya, apuesto a que eso mismo pensó la pobre Lucy. —Me solté despacio de su mano—. Ni puedo ni deseo aceptar tu proposición, por muchos motivos, pero sobre todo porque no quiero casarme contigo.

El último tren procedente de Londres ya estaba en la estación. Se detuvo en las vías muy cerca de donde estábamos con un chirrido mecánico. Un hombre con un traje marrón grueso y sombrero a juego se bajó del tren de un salto y nos miró con curiosidad cuando pasó a nuestro lado.

—¿Es un «no» definitivo? —me preguntó Mason con gesto serio—. ¿Puedes, al menos, pensarlo unos días? Hazlo por mí. Todavía me quedaré por aquí unas semanas más para reunirme con más banqueros y chupatintas antes de volver a California. Háblalo con tu familia si quieres. Escríbeles para contárselo si así te quedas más tranquila.

El humo blanco de la locomotora nos envolvió unos segundos hasta que la máquina volvió a ponerse en marcha alejándose en la oscuridad. La estación se quedó en silencio otra vez.

—Sé que sería un buen marido y estoy seguro de que a tu familia le parecerá bien que nos casemos —añadió él.

—Por suerte para mí yo no soy como la pobre Lucy, no tengo una familia que mantener. Adiós, Mason.

Me di la vuelta y me alejé de la estación sin molestarme en mirar atrás ni una sola vez, convencida de que acababa de evitarme un matrimonio tan desgraciado como el de mi madre.

Durante el camino de regreso al colegio ocupé mi mente analizando lo que acababa de pasar: Mason me había pedido matrimonio. Se había ofrecido a llevarme a California para que viviera en su rancho, le acompañara en sus viajes y organizara fiestas para él y para sus clientes. En otras palabras: me había ofrecido ser mi madre. Hace años, antes de darme cuenta de lo que podía hacer con mis poderes o con mis conocimientos de economía, hubiera dado cualquier cosa por ser como ella y por tener una vida como la suya. Cualquier cosa. Pero, después de haber vivido fuera de casa estudiando y descubriendo que era buena en algo más aparte de en meterme en líos, ya no estaba tan segura de que quisiera esa vida para mí. Tanto era así que las palabras de Mason me habían sonado casi ridículas cuando salieron de su boca: «¿Quieres casarte conmigo?» No. Desde luego que no quiero, muchas gracias.

No escuché al lobo en todo el camino de vuelta al St. Mary's, pero no me di cuenta de eso hasta después. Ya había anochecido del todo y ahora las siluetas de las colinas a los lados de la carretera no eran más que una sombra. Cuando por fin llegué a la escuela vi a Alma apoyada en la puerta de hierro que cerraba la verja del St. Mary's. Como era habitual, no me dijo nada, pero tenía esa sonrisita de superioridad en sus labios cuando pasé a su lado, una sonrisita que solía significar: «Ahora sí que te la has ganado, le he contado a mamá lo que has hecho y vas a pagar.»

—No me das miedo, puedes pasearte por ahí todo lo que quieras que no pienso pedirte perdón. Vete a rondar al marqués si te atreves, fue él quien te mató —dije sin mirarla.

Pero supe que algo iba mal cuando crucé la puerta y noté que las luces del vestíbulo y las del despacho de la señorita Richardson en el primer piso del edificio principal estaban encendidas. Apreté el paso para cruzar el patio sintiendo la hierba mullida y corta del jardín delantero debajo de mis zapatos de uniforme y abrí la puerta principal de la escuela no muy segura de lo que me iba a encontrar.

—Señorita Zuloaga, por fin aparece —me dijo la directora cuando entré, parecía aliviada de verme—. Me alegra comprobar que está usted bien a pesar de todo.

La directora Richardson llevaba puesta una bata de tela de tartán de cuadros azules y verdes por encima de su camisón. Su pelo canoso estaba recogido en una coleta para dormir y se había quitado la sombra gris de ojos que solía usar durante el día. Al verla, supuse que ya estaba lista para irse a dormir cuando algo la había hecho salir de su habitación sin que tuviera tiempo de volver a arreglarse. Amelia, la gobernanta del colegio, también estaba en el vestíbulo. Ella no se había quitado el vestido negro que llevaba cuando yo le había pedido que me abriera la puerta del St. Mary's.

—¿A pesar de todo? Ya le he explicado a la señorita Amelia que tenía que ir a Surrey urgentemente, necesitaba escribir a mi madre para confirmarle la fecha de mi vuelta a España. No pensé que fuera a anochecer mientras estaba fuera, siento haberles preocupado —dije con mi mejor sonrisa—. No volverá a ocurrir.

Las paredes del vestíbulo del edificio principal estaban recubiertas por elegantes paneles de madera de cerezo. Todavía conservaba su color oscuro y ligeramente rojizo, pero el paso del tiempo había desgastado su brillo dándole un aspecto viejo y anticuado. La única decoración eran dos bancos idénticos con los reposabrazos apolillados colocados uno a cada lado de la estancia, justo debajo de las ventanas.

—Desde luego que no volverá a suceder —dijo Amelia—. Le advertí de que algunas cosas parecen buenas, pero no lo son en absoluto.

—¿Qué sucede? —pregunté con un mal presentimiento.

—La señorita Welch nos ha confesado entre lágrimas que se ha escapado usted del colegio para reunirse con un hombre, un hombre que, según parece, era el prometido de su amiga, pero al que usted ha ido seduciendo en las últimas semanas hasta conseguir su afecto —empezó a decir Richardson con gesto severo—. Bien, no me importan los asuntos amorosos de las internas, pero cuando una de nuestras alumnas traiciona de alguna manera a las demás, es mi deber intervenir.

—Yo no he traicionado a Lucy, ni tampoco a la escuela —me callé porque a pesar de que no había traicionado la confianza de Lucy, sí le había mentido a la señorita Amelia para que me permitiera salir del colegio—. Es todo un malentendido: Lucy me pidió que la acompañara a su cita con su futuro prometido porque le daba vergüenza ir sola, y tal vez yo hablé más de la cuenta con él o me mostré demasiado simpática, pero de ningún modo fue para traicionar a Lucy. Si Mason ha malinterpretado la situación es solo su error.

La directora Richardson suspiró cuando terminé de explicarme y se cruzó de brazos.

—Los malos entendidos se convierten en algo mucho más grave cuando hay caballeros involucrados, ojalá me hubiera hecho caso cuando se lo advertí. —Richardson hizo una pausa como si estuviera recordando ella misma algún malentendido doloroso con un caballero en particular—. La señorita Amelia dice que ha mentido usted para salir de la escuela y Lucy me lo ha confirmado después. No ha ido a Correos ni tenía usted una emergencia familiar.

—Pues claro que sí, mi madre tenía que...

—Ya es suficiente, señorita Zuloaga, deje de mentir, por

favor. —Richardson agitó la mano en el aire para que me callara—. Alertadas por su compañera de habitación hemos llamado a su madre en España desde el colegio para estar seguras de que todo iba bien. Su madre no sabía nada de ninguna emergencia familiar o de ningún telegrama urgente. Ya conoce el castigo por mentir y por escaparse del colegio.

—La expulsión —murmuré con la boca seca—. El castigo por escaparse de la escuela es la expulsión.

—Con efecto inmediato —terminó la directora al ver que yo no era capaz de seguir—. Queda expulsada del internado St. Mary's para chicas. Ya es muy tarde, así que esta noche puede dormir aquí, Amelia le ha preparado una habitación individual para que no moleste a su antigua compañera con su presencia, pero mañana a primera hora recogerá sus cosas y abandonará el colegio.

Alma estaba en el vestíbulo mirándome desde arriba, de pie en las escaleras de madera que subían hasta el segundo piso. Sonreía como si se tratara de otra de nuestras travesuras infantiles y ella hubiera vuelto a ganar.

—Pero ¿y qué pasa con mis exámenes y mis calificaciones? He estado estudiando mucho y el curso no ha terminado aún, ¿qué va a pasar conmigo ahora? —pregunté, casi al borde de las lágrimas—. Deje que me quede hasta que termine todos mis exámenes y me gradúe, después podrá...

—No, me temo que eso no es posible. Las normas son claras, señorita Zuloaga, no podemos hacer una excepción con ninguna alumna —me dijo Richardson con pesar—. Es usted una estudiante de sobresaliente y podría haber tenido un gran futuro, pero en esta vida hay cosas más importantes que las calificaciones, y eso es justo lo que intentamos enseñarles a nuestras internas. No puede vivir con las demás chicas después de haberlas traicionado a cambio de las atenciones de un caballero.

Me reí sin ganas.

—¿Y ya está? ¿Soy yo quien paga los platos rotos? Mason cambia de opinión y rompe su compromiso con Lucy solo porque descubre que su familia está arruinada, y como yo he sido amable con él ¿la culpa es mía? —Levanté la cabeza para mirar a Alma que todavía tenía esa sonrisa en los labios—. No es justo, no debería ser yo quien cargue con la culpa.

«Pase lo que pase y hagan lo que hagan los hombres siempre quedan libres de culpa, no lo olvides. Es a ti a quien perseguirán las malas lenguas y los rumores, así que cuidadito con lo que haces», me había dicho Carmen mil veces.

—No, desde luego que no es justo y ojalá no tuviéramos que hacerlo. —Richardson se acercó y me apretó la mano con afecto—. Pero apuesto a que esta lección no la olvidará en su vida.

LAS ROSAS DE LA ABUELA SOLEDAD

E l coche que mamá había contratado para recogerme me esperaba a la salida del ferri, a los pies de la pasarela por donde bajábamos los pasajeros. Tuve que esperar un rato a que mi equipaje saliera también de las entrañas del barco. Era solo una maleta, la misma que llené con mis cosas la noche antes de marcharme.

Más de tres horas en coche separaban Bilbao de Basondo, así que me limité a observar el paisaje al otro lado de la ventanilla mientras dejábamos atrás el puerto con sus grúas, el ajetreo de los pasajeros y las mercancías que partían rumbo a destinos exóticos en mi imaginación. La carretera seguía siendo tan estrecha como yo recordaba, tanto que cuando el taxi se cruzaba con algún otro vehículo de frente teníamos que apartarnos al arcén de barro y esperar a que el otro coche pasara de largo para no chocar. Las curvas se fueron volviendo más cerradas a cada kilómetro y los árboles que crecían a ambos lados de la carretera más altos y frondosos.

Cuando por fin llegamos frente a la verja de hierro forjado de Villa Soledad ya estaba oscureciendo. Me bajé del coche y miré la mansión. El chófer —al que mamá había contratado a última hora después de tener que cambiar la fecha de mi billete de vuelta en el ferri— abrió el maletero y sacó mi maleta dándole un golpe en una de las esquinas reforzadas con cuero.

—Ya hemos llegado, señorita. Es aquí, ¿verdad? —me preguntó dejando la maleta cerca de mis pies—. No tenía la dirección exacta, pero esta es la única casa que hay aquí.

—Sí, es aquí. Hogar dulce hogar —murmuré todavía mirando hacia la casa.

—Su madre de usted ya me ha pagado por adelantado incluyendo la propina, ¿quiere que le ayude a meter el equipaje en la casa? —se ofreció él a pesar de que no era su trabajo.

—No, muchas gracias.

—Como quiera. Buenas tardes, señorita.

Después el conductor se subió otra vez al taxi, cerró la puerta y, un momento después, escuché cómo daba la vuelta para regresar por la misma carretera por la que habíamos venido. No me moví, esperé a que el ruido del motor se perdiera del todo para volver a escuchar las olas rompiendo más abajo contra el precipicio o los pájaros que cantaban en el bosque, a pesar de ser diciembre, dándome la bienvenida, casi como si supieran que yo había regresado. Intuí la enorme masa húmeda y salvaje detrás de mí, llamándome de mil maneras diferentes y susurrando mi nombre de una forma que solo yo podía escuchar. Me volví por encima de mi hombro para ver la línea de árboles al otro lado de la carretera que servía de frontera entre el bosque y el resto del mundo. Alma estaba de pie bajo uno de los altísimos pinos con su vestido blanco impecable y sus eternos quince años. Parecía contenta de estar otra vez en casa.

—Al menos una de las dos se alegra de estar de vuelta —murmuré mirando otra vez hacia la mansión.

La fachada de Villa Soledad estaba cubierta de hiedra trepadora. La enorme planta ascendía por las ventanas de la cocina en el primer piso, y rodeaba los ventanales del salón de baile y el comedor formal en el frente de la casa para seguir subiendo por la fachada hasta la segunda planta y después hasta el tejado verde esmeralda. Casi me pareció que la gigantesca yedra se había apropiado de la mansión: como una serpiente gigante que se enreda alrededor de una presa desprevenida hasta romperle todos los huesos antes de poder comérsela. La hiedra crecía sin ningún control cubriendo prácticamente cada centímetro de piedra de la fachada. Me sorprendió que mamá hubiera permitido que una planta salvaje se adueñara de su casa.

Justo en ese momento, la puerta principal de Villa Soledad se abrió y Carmen salió a recibirme.

—Estrella, ¡ya has llegado! Me ha parecido escuchar un coche acercándose por la carretera, pero Dolores decía que aún era demasiado pronto porque se tarda más en llegar desde Bilbao. —Carmen recorrió el camino del jardín delantero que iba desde la entrada de la casa hasta la puerta de hierro—. Pero mírate, hay que ver cómo has crecido. Si no es por el pelo casi ni te reconozco.

Carmen abrió el portón con su juego de llaves y me abrazó. Olía como yo recordaba: a una mezcla de jabón para la ropa y polvos de talco. Me abrazó un momento más largo de lo necesario y comprendí que me había echado de menos tanto como yo a ella.

—Hola, Carmen —le dije con una pequeña sonrisa, la primera desde hacía días.

—Déjate de «holas» y date la vuelta para que te vea bien, niña —me dijo haciéndome girar para verme con mi traje de falda y chaqueta, lo poco que había en mi maleta que no tenía el escudo del St. Mary's—. ¡Hay que ver qué guapa y qué elegante estás! Todavía más guapa de lo que pensé que serías, casi tanto como tu abuela Soledad, y eso que de joven ella debía de ser como una sirena para hacer que tu abuelo, que era un hombre de pocos afectos, se volviera *chocholo* por ella.

—A pesar de tus cartas no sabía si todavía seguirías viviendo en la casa —le dije aliviada de comprobar que así era—. Temía que sin niñas que atender te hubieras marchado a otro sitio.

—¿Y adónde iba a ir? —respondió ella con una sonrisa triste—. No, llevo viviendo en esta casa más tiempo que tú y no es fácil que otra familia quiera contratarme, y menos con una hija ya crecida y todo. Ya me dirás dónde voy a meterme a mi edad.

Carmen era unos pocos años más joven que mamá pero, a diferencia de ella, nunca había podido permitirse cuidarse la piel con cremas para las arrugas o teñirse el pelo. Ahora dos mechones blancos —que no tenía cuando se despidió de mí hacía dos años— crecían a ambos lados de su cara además de otras canas que brillaban repartidas en su pelo castaño aquí y allí. Las comisuras de sus labios estaban inclinadas hacia abajo y una arruga le recorría la frente. Hasta ese momento no me había dado cuenta de todo el tiempo que había pasado fuera de casa.

—Pero venga, no te quedes ahí de pie como un pasmarote en mitad de la carretera, niña, que te va a llevar por delante un coche sin querer. —Carmen agarró el asa de la maleta.

Yo la obedecí sin rechistar y las dos recorrimos el camino que atravesaba el jardín hasta la puerta delantera de la mansión. Ahora que estaba más cerca sentí el olor amargo de la yedra que cubría la fachada, me fijé en los tallos marrones y fuertes cruzados entre sí que tejían una red parecida a una tela de araña.

Carmen sacó otra vez las llaves del bolsillo de su falda para abrir la pesada puerta de la entrada.

—Venga, vamos dentro que ya es casi la hora de la cena y seguro que quieres lavarte un poco antes.

—¿Qué hace esa planta trepadora en la fachada? Siempre le he escuchado decir a mamá cuánto odia las enredaderas.

Carmen resopló antes de responder:

—Al marqués se le ha metido en la cabeza que esta birria de planta le da carácter a la casa y no quiere ni oír hablar de podarla aunque el bueno de Emilio se ha ofrecido a hacerlo gratis. Tu padre se debe de creer que es una glicinia con sus bonitas flores moradas, pero aquí no crecen ese tipo de flores, son demasiado delicadas para este clima tan húmedo.

Sabía a qué tipo de plantas se refería Carmen: las había visto adornando las fachadas de algunas casas en Surrey o en los aburridos cuadros de paisajes que la señorita Lewis nos enseñaba en clase de arte.

—Menos mal que en verano está un poco más lucida con todas las hojas y las florecillas azules que le crecen en las ramas —añadió—. Para lo único que sirve esa dichosa planta es para atraer a todos los bichos dentro de la casa.

—¿Flores azules? —pregunté, necesitaba saber si eran el mismo tipo de flores azules que crecían en nuestro claro secreto del bosque—. ¿Como campanillas silvestres?

Carmen asintió y yo me quedé mirando la enredadera un momento más antes de entrar en casa.

Dejamos la maleta sobre las baldosas blancas y negras en el suelo del vestíbulo y me senté un momento a descansar. Al mirar alrededor noté que las puertas de las habitaciones del piso de abajo estaban todas cerradas y que faltaba la alfombra persa que solía adornar el suelo del comedor formal.

—A tu madre se le cayó un poco de esmalte de uñas y hubo que tirarla, una pena. Intentamos limpiarla con todo lo que se nos ocurrió pero no hubo forma —dijo Carmen adivinando mis pensamientos—. La señora marquesa quería comprar otra aunque fuera más pequeña, pero este año y el pasado la mina no ha ido tan bien como para poder sustituir la alfombra. También echarás en falta el espejo veneciano que había en el segundo piso o los candelabros de plata mexicana que trajo tu abuela cuando se casó: según el marqués se habían vuelto negros de tanto limpiarlos Dolores con el trapo, pero la señora marquesa sospecha que tu padre los ha malvendido para pagar alguno de sus vicios.

El lucernario seguía en su sitio, lo supe antes incluso de levantar la vista para mirarlo porque sentí los primeros rayos de luna pasando a través del cristal.

—Antes, cuando la mina iba bien, no se notaba si tu padre sacaba un poco de dinero aquí y allá para sus cosas, pero ahora cada peseta cuenta y a los hombres, sobre todo a los hombres como tu padre, no les gusta tener que renunciar a sus vicios —terminó Carmen—. Pero tú no te preocupes por los negocios de la familia, verás como al final mejoran.

—Seguro —murmuré, pero me pregunté si precisamente así era como había empezado la ruina de los padres de Lucy. Más allá de lo que Carmen había mencionado no noté que hubiera ningún cambio importante en la casa y, sin embargo, todo me parecía diferente. Miré alrededor intentando averiguar exactamente a qué se debía: no podía describirlo con palabras, pero sentía algo parecido a lo que sucede en los sueños algunas veces cuando la mente dormida recrea una habitación que conoces bien para engatusarte, pero de alguna manera sabes que no es la verdadera.

—Venga vamos, levántate y ayúdame con esto —dijo Carmen volviendo a coger la maleta—. Y de paso me cuentas todo lo que has aprendido en ese internado tan lujoso, lo bueno y lo malo, que hablar de los males va bien para el alma, así que ya me estás contando qué es eso tan terrible que has hecho para que esos ingleses estirados no quisieran tenerte más. Aunque viendo que te has convertido en una chica guapa ya imagino que habrá algún muchacho metiendo cizaña de por medio, ¿a que sí?

El ruido familiar de unos tacones sobre las baldosas italianas del vestíbulo hizo que me diera la vuelta.

—Hola, mamá. —La palabra me sonó extraña al decirla en voz alta después de tanto tiempo.

—Estrella, ya estás aquí. ¡Hay que ver cómo has crecido! —exclamó mamá con una sonrisa en sus labios rojos—. Ya estás hecha una señorita. ¿Qué tal el viaje de vuelta? Bien, espero. Yo una vez tuve que coger ese ferri después de acompañar a tu padre en un viaje de negocios a Inglaterra y vomité durante todo el viaje de vuelta hasta Bilbao. Es por el oleaje, ¿sabes? Tengo el estómago delicado y mi cuerpo no lo tolera bien.

Como solía hacer mamá cuando algo no le gustaba, o cuando intentaba reprimir su enfado, hablaba sin parar de tonterías hasta que sus palabras se volvían un discurso vacío y aburrido, pero era su forma de no decir nada que pudiera lamentar después. Yo le había visto usar esa técnica muchas veces con el marqués hasta que padre terminaba saliendo de la habitación, convencido de que se había librado otra vez, y mamá se quedaba sola fingiendo que no lloraba.

—Mamá, no ha sido culpa mía, de verdad —empecé a decir—. Yo no he hecho nada malo, pero...

—Sí, ya lo sé, Estrella: ha sido un malentendido y no era tu intención hacer que te expulsaran.

—¡Pues claro que no era mi intención! —repliqué—. Después de todo lo que he estudiado y lo que me he esforzado... ¿por qué iba a echarlo todo a perder?

—Te he visto hacer cosas mucho más estúpidas, Estrella. Mamá miró el largo pasillo que llevaba hasta las habitaciones en la parte trasera de la casa. Todas las puertas estaban cerradas pero supe que miraba a la habitación donde ella tocaba *Mood indigo* al piano delante de los invitados en nuestra fiesta de nuestro quince cumpleaños.

—No es lo que tú crees, no ha sido por él —le dije, aunque sabía que jamás la convencería—. Lo que pasa es que los padres de Lucy están desesperados y han presionado a la directora Richardson para que me expulse y así librarse de mí.

—Pensé que tú eras más lista, Estrella, mucho más lista que yo —aceptó mamá con una sonrisa triste—. Y que tus estudios serían lo más importante para ti porque sabías lo que hay en juego.

—¡Y así es! Era una de las mejores alumnas del colegio, todo sobresalientes. Puedes preguntárselo a la señorita Richardson si no me crees —me defendí—. Quiero seguir estudiando, terminar mis clases, aunque sea aquí y después me gustaría ir a la universidad. En algunas ya aceptan mujeres.

—¿La universidad? No vamos a gastarnos más dinero en ti del que ya nos hemos gastado. Se acabaron las clases particulares para ti, las academias, las lecciones de piano o los profesores de inglés. Lo que no hayas aprendido ya no te lo vamos a pagar nosotros, suficiente hemos malgastado ya en tu educación y mira el resultado: incluso en un internado solo de chicas te las has ingeniado para meterte en líos con un chico —dijo mamá en ese tono cortante que solo usaba conmigo—. Si al menos no te hubieras escapado del colegio para verle, no te habrían expulsado. Pero no, tú tenías que hacer lo que te diera la gana como haces siempre. Mira que engañar a la guardesa del colegio y largarte en mitad de la noche... Y todo para encontrarte con un chico.

—No es así como pasó. Me escapé del colegio, sí, pero él es un hombre adulto y le dio igual que yo tuviera que mentir para verme con él.

Al decirlo en voz alta me sentí mucho más estúpida que cuando vi a la directora y a la señorita Amelia esperándome en el vestíbulo del St. Mary's. Mason tenía treinta y ocho años, y ni siquiera se le había pasado por la cabeza que yo pudiera meterme en problemas por acudir a reunirme con él. O quizás sí y le había dado igual.

—Y además el prometido de tu compañera de habitación —añadió mamá decepcionada—. Pensé que habías aprendido algo después de lo que pasó con tu hermana y ese..., ese zarrapastroso del pueblo, pero ya veo que no eres tan lista como tú te crees.

Mamá sacudió la cabeza como si no pudiera seguir hablando de Alma y dio media vuelta. La vi alejarse hacia la sala de música taconeando sobre las baldosas y después escuché cómo cerraba la puerta de un golpe.

—No se lo tengas en cuenta. La pobre no ha estado muy bien desde que te fuiste, pero últimamente estaba mejorando un poco. Incluso ha empezado a comer en vez de esconder la comida por la casa y también ha empezado a hablarse con tu padre cuando están los dos solos —me explicó Carmen—. Vamos, desharemos tu maleta y colgaremos la ropa en el armario para que no se arruguen más los vestidos, que ya se habrán hecho una pasa en el viaje, seguro, y lo que esté demasiado arrugado se lo bajaré a Dolores para que lo refresque y lo planche.

—No hace falta planchar nada, casi todo es ropa del uniforme de la escuela y nunca más lo podré volver a usar.

Estaba enfadada conmigo misma, furiosa por haber sido tan poco precavida y también con Mason —sobre todo con él— porque su estúpido cambio de opinión me había separado de mis estudios y de mi futuro condenándome a la misma suerte que a Lucy y a sus hermanas.

—Anda, no te disgustes, niña. Verás como a tu madre se le pasa el enfado cuando se acostumbre a tenerte en casa otra vez —me dijo Carmen—. La señora marquesa ha estado tan sola este tiempo que casi había empezado a hablarle a mi Catalina, figúrate.

Mamá solía fingir que Catalina no existía, igual que hacía yo con el espíritu de Alma cuando empezó a seguirme a todas partes. Simplemente no la miraba ni le hablaba, ni siquiera cuando Catalina intentaba llamar su atención. Para ella la hija bastarda de su marido era solo una alucinación, otro fantasma más de los muchos que vagaban por los pasillos de Villa Soledad. Durante años Alma y yo hicimos exactamente lo mismo que ella: ignorábamos a nuestra medio hermana pequeña solo porque era lo que mamá hacía. La pequeña Catalina nos seguía por la finca con lágrimas en los ojos o se acercaba a mirar los peces japoneses del estanque cuando Alma y yo estábamos sentadas en el borde para intentar que le hiciéramos caso, pero la ignorábamos como si no existiera, castigándola a ella por los pecados de nuestro padre. La abuela Soledad era la única de la familia que le prestaba atención a la niña y, cuando Catalina lloraba desconsolada porque todos en la casa la ignorábamos, le contaba historias sobre México para calmarla.

Durante mucho tiempo ni siquiera me pareció que ignorar a Catalina o hacerla sufrir estuviera mal: mamá lo hacía y el marqués también, ¿por qué íbamos nosotras a hacer otra cosa? Hasta que cumplí doce años y por fin le pregunté a mamá por qué estaba siempre enfadada con ella: «No estoy enfadada con ella, es solo que no soporto verla por la casa», me contestó.

No me di cuenta de lo que sucedía en realidad hasta varios años después, cuando mi madre me dijo algo parecido en la biblioteca la noche en que casi le prendí fuego: «Me enfado contigo porque no puedo permitirme enfadarme con el marqués.» Mi madre había sabido ya entonces que su supervivencia —y la nuestra, en cierto modo— pasaba por elegir siempre al marqués. Incluso cuando las circunstancias eran demasiado terribles o humillantes para ella —una hija ilegítima y otra muerta— no tenía más remedio que ponerse de su parte y perdonarle.

—Te íbamos a preparar la habitación de invitados del segundo piso por si acaso te daba miedo dormir sola en la torre —dijo Carmen sacándome de mis pensamientos—. Pero resulta que esa habitación está ocupada, así que venga, levántate y ayúdame con la maleta.

—¿Ocupada? ¿Quién duerme en la habitación de invitados? ¿Mamá? —quise saber.

—No, ella sigue durmiendo en el dormitorio de siempre, el de la cama con dosel tan bonita. Tenemos un invitado en Villa Soledad, es un lord escocés o de por ahí que está planeando hacer negocios con tu padre. —Llegamos al primer piso y Carmen se detuvo un momento para recuperar el aliento—. El caballero llegó hace una semana y como el único hostal de Basondo está cerrado, el marqués insistió en que se quedara en la casa. Ahora está por ahí con tu padre, han ido los dos a ver no sé qué al registro, en la capital.

Pasamos por delante de la habitación de invitados en el segundo piso, la puerta estaba cerrada.

—¿Un lord? ¿Y cómo es? —le pregunté cuando empezamos a subir otra vez.

—Pues te diré que no se parece a los hombres que hay por aquí: es apuesto, tiene el pelo rojo fuego como solo he visto en algunas mujeres y artistas, los ojos bonitos... pero Dolores dice que es demasiado amable y limpio como para tener dinero.

Me reí sorprendida.

—¿Demasiado limpio y demasiado amable como para tener dinero? —le pregunté—. ¿Qué quieres decir?

—En toda mi vida jamás he visto a un señorito que fuera capaz de atarse los zapatos o de limpiarse la nariz él solo sin ayuda de un séquito de criados. Y cuanto más rico, más inútil —empezó a decir—. Pero Dolores me ha asegurado que el misterioso caballero ordena su habitación y se hace su propia cama cada mañana.

Ya habíamos llegado a la escalera de caracol que unía el torreón con el resto de la casa y dejé la maleta en el suelo.

—De todas formas, no hay mucho aquí dentro que pueda utilizar además del neceser y el pijama —añadí, y entonces recordé que el pijama también tenía el escudo del St. Mary's bordado en el bolsillo—. Estúpido Mason y estúpida yo por no haber previsto lo que iba a pasar, no me puedo creer que esté otra vez en esta casa.

Carmen se sentó en el otro extremo de la maleta dejando escapar un suspiro de alivio.

—Pues claro que sabías lo que iba a pasar, niña, o como poco intuías que te ibas a meter en un lío. Lo que pasa es que tú eres como esas olas salvajes del Cantábrico que chocan y chocan sin descanso contra la misma roca afilada intentando romperla —me dijo con ternura—. No puedes evitar el desastre porque te gusta romper y romperte. ¡Y pobre del que intente interponerse entre el mar y las rocas! No sabe lo que le espera.

—No sé qué voy a hacer ahora, Carmen. —Mi voz sonó entrecortada, pero esta vez no era por el esfuerzo.

Carmen me pasó el brazo por encima del hombro y me atrajo hacia su cuerpo cálido y familiar para consolarme:

—Algo surgirá, niña, verás como sí. Ya has aprendido lo más difícil.

Las pesadillas me asaltaron mientras dormía en mi antigua habitación, pero fue el lobo quien me despertó. Abrí los ojos y por un momento pensé que estaba todavía en el dormitorio que compartía con Lucy en el St. Mary's, pero en vez de su respiración suave en la habitación en tinieblas, solo oí al lobo negro aullando en el bosque.

Estaba amaneciendo, lo sabía por la luz fría y gris que se colaba por las ventanas dibujando las sombras de todo cuanto había en la habitación.

—Alma, ¿estás despierta? —susurré, pero no tuve respuesta.

Miré a la cama idéntica a la mía que había al otro lado de la habitación, pero la cama de mi hermana estaba vacía, ni siquiera su fantasma había querido rondarme esa noche.

El lobo negro aulló otra vez, más cerca ahora. Me levanté de la cama pero no busqué la perilla de la lamparita en la mesilla: en vez de eso me acerqué a las grandes ventanas redondas y miré hacia el bosque protegida por la penumbra que todavía llenaba la habitación. En el bosque no había amanecido aún. La luz lechosa de diciembre apenas acariciaba las copas de los arboles más altos pero me pareció intuir una sombra parada justo en la línea de árboles que separaban el bosque de la carretera. La sombra era enorme, casi tan grande como un coche o la mesa de comedor para veinte personas que mamá había comprado unos años antes. Me pegué al cristal helado de la ventana hasta que sentí mi propia respiración agitada volviendo a mí, pero antes de que pudiera distinguir al lobo, la sombra volvió a esconderse en lo más profundo de la espesura.

Desde allí también podía ver el jardín lateral de la mansión, una de las poquísimas zonas donde la casa no proyectaba una sombra gigantesca haciendo imposible que creciera allí nada más que musgo. Cuando regresó de las Américas el abuelo Martín se empeñó en construir la mansión de indianos más lujosa y enorme de Madrid hacia arriba, pero no se paró a pensar que una casa tan grande proyectaría una sombra aún más grande. En aquella zona era donde estaba el invernadero de la abuela Soledad. Ella eligió ese lugar —a pesar de estar alejado del jardín trasero— precisamente porque era uno de los pocos sitios en la casa donde llegaba la luz del sol. La abuela cultivaba sus famosas rosas en el invernadero —las más grandes y sedosas que yo había visto jamás— manteniéndolas protegidas de los elementos dentro de las paredes de cristal, sobre todo del viento del norte que recorría el jardín algunas veces arrastrando a su paso el olor del mar.

A través del techo de cristal del invernadero intuí la figura de una mujer que ordenaba las macetas sobre la mesa de trabajo de la abuela. Al principio pensé que sería mamá, o tal vez Carmen, que habían entrado a buscar algo para la casa, pero cuando la vi agacharse a recoger una flor del suelo de tierra me fijé en que su pelo era largo y oscuro igual que el mío.

«Es Alma, habrá decidido embrujar las rosas de la abuela Soledad», pensé sin darle más importancia. Pero entonces me fijé en que la mujer no llevaba puesto el vestido blanco de encaje que Alma siempre llevaba, así que me aparté de la ventana y me vestí a toda prisa con lo primero que pude encontrar: un vestido color azul cielo y una chaquetilla de lana gris para no congelarme con el frío de la mañana. Me puse los zapatos y salí por la puerta de la habitación.

La casa estaba en silencio. El único ruido que distinguí cuando llegué al primer piso fue el sonido de alguien removiendo en un tazón con una cucharilla. Imaginé que se trataría de Dolores, que desayunaba sola en la cocina antes de que el resto de la casa despertara, como solía hacer cuando yo aún vivía en la mansión.

Dejé atrás la escalinata de mármol para avanzar por el pasillo lateral del primer piso. Las puertas de las habitaciones seguían cerradas, igual que ayer: el comedor formal, la biblioteca, el salón principal... Hasta que pasé por delante de la sala de música. No la miré pero casi pude escuchar las notas alegres de *Mood indigo* flotando en el aire gélido de la mañana como un fantasma.

Abrí la puerta de cristal y salí a la galería que recorría toda la fachada trasera de la casa. Allí, bajo los arcos de piedra, era donde la banda de *swing* que mamá contrató para nuestro cumpleaños había tocado versiones de Gershwin toda la tarde. También era donde yo había arrastrado al repelente hijo del embajador de Panamá —del que ya ni siquiera recordaba el nombre— para fastidiar a Alma. Ahora la galería estaba vacía excepto por unos terrarios de piedra maciza donde no crecía nada. Salí al jardín trasero y avancé por los caminos de losetas hasta el lateral de la casa. Me fijé en que el jardín —que siempre había sido el orgullo de mamá con su césped cortado con esmero cada semana y sus árboles exóticos traídos de otro continente— ahora parecía descuidado: las hierbas crecían sin control invadiendo las losetas del sendero y nadie había podado los árboles antes del invierno. Ahora parecían siniestros esqueletos de madera completamente vacíos agitándose en el viento del norte.

Cuando llegué al invernadero la misteriosa mujer todavía estaba dentro, inclinada sobre la mesa de trabajo. No pude verla bien pero distinguí su silueta moviéndose al otro lado de la pared de cristal. Abrí la puerta decidida:

—¿Alma?

Ella dejó lo que estaba haciendo y se volvió sorprendida hacia mí.

—¡Qué susto me has dado! —me dijo con una sonrisa nerviosa—. No, no soy Alma. Soy...

—Catalina —susurré—. Perdona, te he visto desde arriba y he pensado que eras..., da igual. No quería asustarte.

—No pasa nada, es solo que nadie sabe que vengo aquí cada mañana y me he asustado como una tonta al escuchar tu voz. —Catalina se rio para espantar los restos de miedo del cuerpo—. Sabía que habías vuelto ayer, pero no te había visto todavía. Mi madre tiene razón: has crecido mucho.

—Tú también —le dije con una diminuta sonrisa. Era embarazoso hablar con alguien a quien me había pasado ignorando toda la vida—. Estás muy guapa, y pareces mayor, ¿cuántos años tienes?

—Catorce, siempre he sido tres años menor que vosotras... que tú, quiero decir —se corrigió ella.

Catalina no parecía molesta por que yo no recordara ese pequeño e incómodo detalle. Al verla ahora, entendí por qué mamá había empezado a dirigirle la palabra después de años de fingir que la otra hija de su marido no existía: se parecía un poco a Alma, y también a mí. Por eso yo la había confundido con ella desde la ventana. Catalina tenía el pelo casi tan largo como el mío, solo que el suyo era de color castaño claro en lugar de negro medianoche. Sus ojos eran bonitos: marrones y despiertos, con las pestañas oscuras muy tupidas, parecidos a los de Carmen pero menos tristes. Se parecía mucho al marqués en las fotos de joven que había visto de él en su habitación de caza. Si padre hubiera tenido una hermana guapa, hubiera sido igual que Catalina.

—¿Vienes aquí todas las mañanas? —le pregunté—. ¿Para qué?

Me fijé entonces en que sus manos estaban manchadas de tierra y en que tenía una maceta de barro sobre la mesa de trabajo donde estaban esparcidas las pequeñas herramientas de jardinería que solía usar la abuela.

—Vengo a cuidar las rosas de la abuela Soledad antes de que nadie se despierte. Ella me dejó al cuidado de sus flores antes de suicidarse, me dijo: «A ti no me permiten dejarte nada aunque seas mi nieta también, así que te dejo al cargo de mis rosas y el resto de las plantas del invernadero para que descubras cómo trabaja la naturaleza y aprendas todo lo que yo no podré enseñarte.»

Miré alrededor, no solo las rosas seguían creciendo tan enormes y brillantes como cuando la abuela vivía, además, había orquídeas blancas en un macetero alto y alargado que ocupaba todo el extremo del invernadero y campanillas de muchos colores diferentes colgando del techo de cristal tan frondosas que sus pétalos casi acariciaban mi hombro. También vi cantidad de esquejes, pequeños brotes y flores extrañas y coloridas de las que ni siquiera conocía el nombre.

—Las plantas se te dan bien —acepté.

—Hago lo que puedo.

—¿La abuela Soledad habló contigo antes de saltar? —pregunté, todavía mirando las rosas tan perfectas que casi parecían hechas de terciopelo rojo.

—Sí, claro —respondió Catalina como si fuera evidente—. También habló contigo, ¿no? Para despedirse de ti.

Me fijé en sus manos manchadas de tierra oscura: la misma tierra oscura esparcida sobre la mesa de trabajo que llenaba las macetas e impregnaba el aire con su olor. Olía como el bosque. Catalina parecía sentirse cómoda cuidando las flores de la abuela, protegiendo su legado de rosas perfectas igual que si fuera algo natural para ella, la misma niña a la que yo había ignorado durante años a pesar de saber que eso la hacía llorar a escondidas.

—No. La abuela no se despidió de mí.

Le había dicho «adiós» a Alma en nuestro claro del bosque y también a Catalina, pero no a mí.

—Vaya, pues lo siento. —Catalina hizo el mismo gesto de reproche con la nariz que yo había visto mil veces en su madre—. Pero algo te dejaría, ¿no?

—Sí, un collar que ella sabía que me encantaba. Lo dejó sobre mi almohada antes de saltar. —Hacía años que no pensaba en el collar con aquella esmeralda tan grande como el puño de un bebé—. Pero el marqués lo descubrió y me lo quitó el día de su entierro, seguro que lo ha vendido ya.

—Sí, seguro. Cualquier día, si tu madre le deja, vende la casa con nosotras dentro para pagar todo lo que debe —respondió Catalina volviendo a ocuparse del rosal que estaba trasplantando, pero cuando se dio cuenta de lo que había dicho se olvidó de la planta y me miró—. Perdona, no quería hablar mal del marqués y menos delante de ti. Supongo que tengo que estarle agradecida porque nos permitiera seguir viviendo en la casa estos años a pesar de que mamá ya no trabajara para la familia.

Después de años de ignorarla y de negarse a darle su apellido me sorprendió escuchar a Catalina decir que debería estarle agradecida al marqués. Yo no lo estaba en absoluto, y tampoco tenía ningunas ganas de volver a ver a mi padre.

—Por el estado del jardín y por la enorme planta trepadora que se ha apoderado de la fachada diría que Emilio tampoco trabaja para la familia desde hace años.

—No, ahora el pobre Emilio viene solo una vez cada dos semanas en primavera y en verano para mantener el césped presentable y arrancar las malas hierbas que no dejan de aparecer por toda la finca, estamos invadidos —dijo Catalina con resignación—. Ni chófer, ni jardinero, ni chico de los recados: del servicio que tú conocías ya solo queda Dolores, y mi madre.

—Sí, ya he notado que la casa y todo lo demás está bastante abandonado. —Miré alrededor y noté que algunos paneles de cristal del invernadero estaban rajados—. Supongo que el marqués tiene cosas más importantes de las que ocuparse.

A padre siempre le había dado igual ese invernadero y todo lo demás en la casa, todo excepto lo que había en su habitación de caza, por supuesto: las cabezas de los animales muertos en las paredes, su colección de whisky importado en sus elegantes botellas de cristal, sus cuchillos de caza para desollar jabalíes traídos directamente desde Alemania y el blasón de la familia Zuloaga que colgaba sobre la chimenea de la habitación, justo encima de la escopeta con la mira defectuosa con la que mató a Alma.

—¿Le has visto ya? Al marqués —preguntó Catalina con su forma rápida de hablar.

—No y pretendo seguir así todo el tiempo que pueda.

—Lo entiendo, he visto la quemadura en el suelo de la biblioteca —dijo ella con normalidad—. Al principio tu madre intentaba taparla con una mesita, pero como la mesita siempre estaba en medio terminó por quitarla y ahora puede verse el suelo quemado.

—¿Sabes lo que pasó? —pregunté sorprendida—. No creí que mamá hablara de aquello con nadie y mucho menos contigo; no te ofendas, pero pensé que tú serías la última persona en el mundo a quien mi madre le contaría algo así.

Catalina se sacudió las manos para limpiarse la tierra, que volvió a caer sobre la mesa donde las rosas rojas esperaban pacientemente su turno.

—Tu madre no me contó nada —respondió ella con una sonrisita culpable—. Por las noches yo solía escaparme de la cama de mamá para ir a la biblioteca a jugar con vuestra casita de muñecas. Sabía que tu madre se enfadaría mucho si lo descubría y tenía miedo de que pudiera despedir a mi madre si se enteraba de que yo me pasaba las madrugadas jugando con su querida casita de muñecas, así que esa noche, cuando escuché los pasos que se acercaban desde el pasillo me escondí detrás del diván francés que hay frente a la ventana.

—Lo viste todo, viste lo que hice.

—Sí, todo. Es decir, yo ya sabía que Alma y tú podíais hacer cosas..., cosas especiales. Toda mi vida he oído los rumores que circulaban sobre vosotras y sobre la abuela Soledad por el valle, pero nunca lo había visto con mis propios ojos hasta que esa noche vi como casi le prendías fuego al marqués —respondió—. Pero tranquila, no se lo contaré a nadie.

—Eras tú —dije aliviada—. Eras tú quien movía las muñecas en la casita y las cambiaba de sitio constantemente.

Una diminuta sonrisa cruzó los labios de Catalina.

—Culpable también, sí. Muchas veces no recordaba cómo las había encontrado o estaba tan cansada que me daba miedo quedarme dormida en el suelo de la biblioteca y ser descubierta, así que dejaba las muñecas por ahí convencida de que culparíais a los fantasmas que viven en la casa en vez de a mí.

El único fantasma que yo podía ver era el de Alma, pero cuando ella estaba viva hablaba sin parar de los espíritus que encantaban Villa Soledad. Yo no podía verlos entonces —igual que no puedo verlos ahora— pero de madrugada solía escuchar el crujido del suelo de madera en el primer piso hundiéndose bajo unos pasos invisibles, susurros que viajaban pegados a las paredes hasta los rincones más oscuros de la casa y las fotos de boda de la abuela cayéndose al suelo sin que nadie las tocara. Alma estaba tan viva en esa casa como el resto de los espectros que se resistían a marcharse.

—Y qué pasa contigo, ¿tú también puedes hacer cosas especiales? —le pregunté a Catalina.

—No que yo sepa. Es decir, una vez me bebí una botella entera de leche de un trago sin respirar, otra vez me caí del manzano ese que hay al fondo del jardín y no me rompí ni un solo hueso del cuerpo y mamá dice que tardé la mitad de tiempo que cualquier niño en aprender a hablar, pero no creo que ninguna de esas cosas me convierta en alguien especial, ¿verdad? Solo soy una más.

Reconocí en sus ojos color avellana la misma rabia mal enfocada que había visto en los míos tantas veces.

—Durante mucho tiempo yo también pensé que no era especial. No creo que seas solo «una más» —le dije sin saber muy bien por qué sentía que debía animar a mi medio hermana.

—Tú has nacido siendo marquesa, siempre has sido especial, no tienes ni idea de lo que es ser normal —respondió Catalina—. Vivías a la sombra de una hermana perfecta y apenas podías soportarlo, imagínate yo, que he crecido a la sombra de dos hijas reconocidas que llevaban vestidos de seda hechos en París mientras yo dormía en una cama con mi madre en el sótano de la casa.

—¿Y qué quieres de mí? ¿Una disculpa? —Mi voz sonó más fría de lo que pretendía—. La culpa es del marqués, así que ve a pedirle cuentas a él si quieres, yo no tengo culpa de lo tuyo. Bastante tengo ya con mis propios pecados y con una hermana que me culpa de su desgracia como para tener que cargar con otra, lo siento.

—No te culpo por los pecados de tu padre: sus pecados suyos son y de sobra sé que el marqués no tiene nada que pueda darme, ni siquiera su culpa. Aunque te confieso que a pesar de todos estos años de desprecios sigo esperando que él me quiera como a otra de sus hijas —dijo Catalina sin rastro de amargura en su voz—. Es algo curioso, ¿verdad?, la manera en la que nos entregamos a quien no nos ama ni nos amará jamás solo por la diminuta esperanza de que algún día se fije en nosotras.

—Así es —respondí, pero no supe si al hacerlo pensaba en mi padre, en Tomás o en todos los que habían preferido a Alma mientras yo era invisible a sus ojos.

—Y respecto a tu propia culpa, no parece que te pese en absoluto, Estrella, así que tampoco le veo el sentido a hacerte cargar con ella, porque es un peso que no llevas.

—Y justo así pretendo seguir. La culpa no es más que una pérdida de tiempo: una trampa inventada para contenernos, una jaula de barrotes transparentes que nos obliga a sentirnos mal por desear lo que deseamos o a quién deseamos —respondí—. He pasado mucho tiempo pensando en cómo esquivar la culpa igual que hace mi padre e igual que hacen los hombres para poder hacer solo mi voluntad.

Me acordé de Mason, a quien no le había importado abandonar a Lucy para proponerme matrimonio a mí —su mejor amiga— después de una sola cita. Simplemente, yo le había parecido mejor esposa, así que se olvidó de la pobre Lucy sin una explicación ni una disculpa, porque la única voluntad que le importaba a Mason era la suya propia, ni la mía ni la de Lucy.

—Ojalá pudiera ser más como tú. Desearía poder pensar en mí y solo en mí sin importarme el daño que pueda causar a otros, igual que a ellos no les importa mi propio daño —me confesó Catalina con una sonrisa triste—. Por favor, no le cuentes a tu madre que vengo a cuidar las rosas cada mañana. Ella se piensa que crecen así de bonitas por ese apestoso abono que prepara con los posos del café y las peladuras de las naranjas. No quiero que la señora marquesa descubra que hago esto porque la abuela me lo pidió, se pondría triste.

—Descuida, no se lo contaré a nadie —le prometí—. Y, por lo que a mí respecta, estas rosas son tan tuyas como mías.

Catalina me sonrió y después volvió a ocuparse de sus rosas mientras tarareaba una melodía. Di media vuelta para marcharme pensando en que ahora tenía un secreto con Catalina —dos, si contaba que ella me había visto hacer fuego aquella noche en la biblioteca—, pero antes de salir del invernadero la miré una vez más: al verla de espaldas y canturreando así era fácil confundirla con Alma. Salí y cerré la puerta de cristal detrás de mí pero todavía escuché su voz flotando en el viento del norte.

EL MISTERIOSO INVITADO

E sa misma tarde el cartero dejó un aviso para mí en el buzón de hierro que colgaba del portón de Villa Soledad. Habían enviado a Basondo el resto de mis libros, ropa y pertenencias desde el colegio. Todo lo que tuve que dejar en la habitación que compartía con Lucy cuando me expulsaron porque no cabía en mi única maleta estaba ahora esperándome en la oficina de Correos del pueblo para que fuera a recogerlo. Yo no tenía nada que hacer y las horas en Villa Soledad pasaban lentas y vacías, de modo que a media tarde decidí que me acercaría a Basondo dando un paseo por la carretera hasta la oficina de Correos. No sabía si Tomás seguiría viviendo en el pueblo después de estos años de silencio, pero barajé la idea de pasar por delante de la casa donde solía vivir con su padre cuando aún era un crío, para hacerme la encontradiza.

Había pensado pedirle prestado un vestido a mamá porque todavía llevaba puesto el vestido de color azul cielo y era demasiado fino para el clima de diciembre en el Cantábrico. No había vuelto a verla desde el día anterior, pero no sabía quién de las dos evitaba a quién. Llamé dos veces a la puerta de su habitación en el segundo piso pero no obtuve respuesta, así que entré en su dormitorio y vi que mamá dormía la siesta en su cama. No se había molestado en ponerse uno de sus pijamas de raso o en abrir la cama, simplemente se había tapado con una manta de angora blanca por encima del vestido pero se había dejado los pies descalzos fuera de la manta. Me acerqué a su cama de puntillas intentando no despertarla y la tapé bien para que no se quedara fría, pero en ese momento mamá se movió.

—Alma... menos mal que estás bien, he tenido un sueño horrible —murmuró sin llegar a abrir del todo los ojos—. Una pesadilla.

La miré sin atreverme a moverme y todavía con la manta suave entre las manos: pensaba que yo era Alma y que todo había sido un sueño, una pesadilla.

—Soñé que estabas muerta y deambulabas por la casa llevando todavía tu vestido de encaje blanco, el mismo de tu cumpleaños —murmuró contra la almohada de hilo.

Incluso después de muerta seguían confundiéndome con Alma. Me incliné despacio sobre ella y le acaricié su pelo castaño y corto.

—No pasa nada, mamá. Vuélvete a dormir —susurré.

Salí de la habitación de mamá sin vestido y con un nudo en el estómago. Alma estaba en el pasillo del segundo piso, apoyada contra la baranda de madera de caoba y medio cuerpo inclinado colgando fuera como si estuviera intentando ver las habitaciones del piso de abajo o tendiendo ropa lavada en un hilo invisible. Su pelo negro y largo caía suelto a los lados de la cara haciendo imposible distinguir su rostro.

—Deja tranquila a mamá, ella no puede verte pero sabe que merodeas por la casa —le dije, casi esperando que Alma se volviera hacia mí enseñándome su rostro de calavera por fin, pero no se movió—. Así solo le haces más daño. Estás muerta, Alma, deja que te entierre de una vez.

El aviso del cartero —y con él la posibilidad de ver a Tomás— me quemaban en el bolsillo de mi vestido de verano, así que intenté olvidarme de Alma y bajé las escaleras que me quedaban hasta el primer piso de la mansión. Cuando llegué al vestíbulo me detuve un momento sobre el suelo de azulejos blancos y negros para mirar arriba: Alma seguía apoyada en la balaustrada del segundo piso, pero apenas un instante después vi cómo caminaba hasta la puerta cerrada de la habitación de mamá y entraba para seguir apareciéndose en sus sueños.

Ya era media tarde, pero el sol débil de diciembre todavía se filtraba por la ventana de la cocina reflejándose en los azulejos blancos de las paredes. Carmen estaba sentada a la mesa tomando café con leche y pastas con Dolores igual que hacían las dos cada día a esa misma hora desde hacía casi veinte años.

—¿Estás bien, niña? Parece que hayas visto un fantasma —dijo Carmen cuando me vio aparecer.

—Eso son bobadas, yo no creo en fantasmas, es solo la culpa que nos persigue a todos para intentar martirizarnos. Afortunadamente yo soy más rápida.

La cocina olía a café recién hecho, a pastas de mantequilla del día anterior y a la leche que se había quemado en el cazo sobre el moderno fogón de hierro. Mamá no cocinaba —no recordaba haberla visto hacerlo en toda mi vida—, pero había mandado renovar la cocina entera después de morir la abuela Soledad. «No se pueden cocinar platos modernos en una vieja cocina de leña, ni que esto fuera una casucha de pueblo», había dicho mamá mientras hojeaba el catálogo de cocinas que le habían enviado desde Madrid. «Deberíamos hacernos con uno de esos armarios refrigerados, de esos que mantienen la comida fresca también en verano. Un Electrolux.»

—¿Qué quieres? Y no me digas que ya te has cansado de merodear por la casa. De niña te pasabas horas vagando por las habitaciones cerradas como un gato callejero que entra y sale a su antojo hasta de los sitios prohibidos —dijo Carmen antes de coger otra pasta de la caja.

Mamá le pagaba al panadero de Basondo cada mes para que todas las mañanas enviara a su hijo hasta Villa Soledad con tres barras de pan y una caja de pastas de mantequilla. Las pastas frescas del día eran solo para la familia, pero como al día siguiente todavía se podían comer, en vez de tirarlas, Dolores y Carmen se terminaban las que sobraran el día anterior.

—No, es que me aburro aquí metida sin hacer nada y quiero salir a dar un paseo.

—Niña inquieta donde las haya. Tú siempre has estado hecha de la piel de las lagartijas, durante el verano salen a tomar el sol y se esconden rápidamente en cuanto escuchan pasos —me dijo—. Ya de bebé llorabas por la noche para que te hicieran caso, y en cuanto tuviste fuerza suficiente te ponías de pie intentando escaparte de la cuna tan elegante que te había comprado la señora marquesa.

Alma no lloraba de bebé porque había sido «la Santa» incluso de niña, había escuchado esas historias un millón de veces.

—¿Sabes dónde puedo encontrar algo que ponerme? —le pregunté más cortante de lo que pretendía en realidad—. Igual Catalina tiene algo que pueda prestarme, aquí solo tengo el uniforme del colegio y un par de vestidos de verano.

—No, mi Catalina es muy flaquita para que su ropa te sirva, tiene el cuerpo sin formas y casi parece una niña todavía, no. Y yo soy demasiado baja, se te verían las pantorrillas con cualquiera de mis vestidos. Pero ¿adónde quieres ir si se puede saber? —Carmen dejó la pasta junto a su taza de café y me miró con suspicacia—. No me dirás que vas a ir a Basondo.

Metí la mano en el bolsillo de mi vestido y saqué el aviso del cartero.

—Sí, mis cosas han llegado por fin y pensaba ir a buscarlas, tampoco es que esté haciendo nada importante aquí —protesté.

—Bueno, si te aburres puedes sentarte con nosotras a tomar café —sugirió Dolores—. No estamos hablando de nada en concreto, solo cháchara de mujeres.

Estuve tentada de aceptar su oferta, sentarme en una de las sillas libres alrededor de la mesa de pino gastado —donde solo comía el servicio porque nosotros lo hacíamos siempre en el comedor de diario— y olvidarme de ir a Basondo para buscar a Tomás. Incluso las pastas del día anterior me parecieron apetecibles desde donde estaba.

—¿Qué respondes? —Dolores cogió la cafetera de hierro

fundido con cuidado de no quemarse y se rellenó la taza otra vez—. Puedes contarnos tus aventuras en el colegio si quieres, somos un público agradecido, ¿verdad que sí, doña Carmen?

Dolores era la única persona en el mundo a quien yo había visto llamar «doña Carmen» a Carmen. Para todos los demás ella era solo «Carmen» o cosas peores, pero para Dolores siempre había sido así, incluso después de ayudarla a dar a luz a Catalina en su habitación del sótano porque la matrona de Basondo no pudo llegar a tiempo.

—¿Viste algún actor famoso mientras estuviste en Inglaterra? Dicen que hay muchos por allí. Más que aquí seguro. —Dolores se rio con fuerza—. ¿Viste a Fred Astaire por casualidad? Le vi hace unos meses en *Sombrero de copa* y qué maravilla de película y de bailes. Salimos las dos enamoradas del cine, ¿verdad que sí doña Carmen?

Sonreí.

—No, no vi a Fred Astaire aunque sí vi a Clark Gable una vez.

No era una mentira exactamente: después de ver a Clark Gable haciendo de periodista pobre y aventurero en *Sucedió una noche*, mi mente había entrelazado las dos historias hasta convertirlas en una sola e inseparable. La película y lo que pasó con Mason y Lucy formaba una única cosa para mí. Claudette Colbert, el autobús en el que huía de su boda, el Reginald con sus butacas de terciopelo gastado, el olor a palomitas y el inglés tosco de Mason formaba una masa pegajosa que unía los recuerdos de esos días.

—Clark Gable... —repitió Dolores intentando recordar—. Ah, sí, ya sé quién es: el orejotas ese con el pelo negro como la noche. ¿Sabe quién le digo, doña Carmen? Le hemos visto en una de sus revistas de cine. Y ¿cómo es en persona? Vamos, siéntate un rato y cuéntanos los detalles, niña, que doña Carmen y yo nunca hemos visto una celebridad.

—Es más bajito en persona —terminé yo—. ¿Qué pasa con la ropa? Se lo pediría a mamá pero no quiero despertarla de su siesta.

No me atreví a decirles que Alma estaba ahora mismo en la habitación con mamá rondando sus sueños.

—Pues claro que no, deja dormir a la señora marquesa que últimamente la pobre tiene el sueño difícil —respondió Carmen—. ¿Y por qué no esperas a mañana para ir a buscar tus cosas si se puede saber? No se van a mover de donde están, niña. Así podría decirle a Emilio que te acompañe de vuelta para que no vayas tú sola por la carretera.

—Prefiero ir dando un paseo, así me da un poco el fresco y de paso se me aclaran las ideas, que la mitad del tiempo solo me sale hablar en inglés y aquí no me entiendo con nadie —mentí—. La ropa, Carmen.

—Sé dónde puede haber algo que te sirva —respondió ella no muy convencida de estar haciendo lo correcto—. Guardamos las cosas de la señora Soledad en el sótano después de que ella «volviera al mar». Su ropa, sus sombreros estrafalarios y todo lo demás todavía estarán ahí abajo. Lo envolvimos todo bien y lo pusimos dentro de unas cajas para que estuviera a salvo del polvo y de las arañas. Tu abuela tenía un cuerpo muy parecido al tuyo, así que seguro que encuentras algo que te quepa. Si no encuentras las cajas dile a Catalina que te ayude, ella sabe dónde están porque más de una vez la he descubierto curioseando.

Me volví hacia la puerta de la cocina sin molestarme siquiera en darle las gracias a Carmen antes de marcharme, pero ella me detuvo:

—No estarás pensando en meterte en algún lío, ¿verdad, niña? Mira que acabas de volver.

La miré desde el marco de la puerta de la cocina de la mansión disimulando una sonrisa.

—Pero Carmen, ¿cuándo me he metido yo en algún lío?

Basondo apenas había cambiado en los últimos dos años. No era nada distinto del recuerdo que yo había mantenido intacto: parecía que hubiera permanecido encerrado, como en uno de esos globos de nieve en miniatura.

Un polvo gris oscuro salía de la mina y cubría los tejados, las aceras e incluso a los habitantes del lugar, como una promesa siniestra de la que nadie podía escapar. Yo misma sentí el polvo gris que salía de las entrañas de la tierra pegándose a mi pelo y al vestido prestado de la abuela Soledad igual que una segunda capa de piel: lo suficientemente fina como para dejarte respirar pero no tanto como para evitar que los pulmones se te llenaran de ese residuo grisáceo con cada respiración.

Cuando caminaba hasta el centro de Basondo buscando la oficina de Correos, noté que algunas cabezas se volvían sorprendidas al verme pasar, igual que quien ve un fantasma del que cree haberse deshecho ya. Podía imaginar cómo se sentían porque yo misma había creído haberme librado del espectro de mi hermana gemela un par de veces, antes de volver a verla merodeando como si tal cosa por los pasillos del St. Mary's.

Nadie me saludó ni me dijo una palabra mientras avanzaba entre las estrechas calles irregulares de Basondo, construidas siguiendo la forma afilada del paisaje frente al Cantábrico. Atrás quedaban las suaves colinas de las afueras de Surrey o los largos prados tapizados de hierba tupida donde no se veían apenas árboles. Aquí la tierra era irregular y cortante, siempre siguiendo la línea caprichosa de la costa. No había un terreno llano o explanada lo suficientemente grande como para construir una casa de tamaño normal. Esa fue la razón por la que los trabajadores que levantaron Villa Soledad para satisfacer los antojos de nuevo rico del abuelo Martín tuvieron que traer toneladas de tierra desde el centro del valle para nivelar la parcela donde se alzaría la mansión. El suelo era tan irregular que, de lo contrario, no hubieran podido levantar ni una pared de ladrillos en aquel lugar.

Un grupo de señoras de la edad de Carmen, vestidas de negro y con los zapatos cubiertos de aquel polvo gris, me miraron sorprendidas cuando pasé a su lado. Formaban un corrillo en la única acera del pueblo, la que había delante de la iglesia del padre Dávila. No escuché bien lo que decían al pasar yo, pero distinguí las palabras «marquesa» y «hermana». La iglesia de Basondo era el edificio más grande del pueblo, mayor incluso que el almacén de hierro donde el mineral recién extraído de la mina se amontonaba esperando al barco para llevarlo a su destino. La iglesia era de estilo románico, con una puerta de doble hoja con postigos y cerrojo de hierro y un campanario cuadrado en la torre. Sonreí satisfecha al contemplarlo: había aprendido todas esas cosas en las clases de historia y arquitectura de la señorita Obel en el St. Mary's.

—Vaya, pues sí que existen los fantasmas después de todo —oí que decía una voz familiar detrás de mí.

Era Tomás. Lo supe incluso antes de darme la vuelta para mirarle.

—Precisamente tú deberías saberlo mejor que nadie —respondí.

La imagen de Tomás que yo había mantenido todo este tiempo oculta en un rincón de mi mente que solía visitar solo cuando me sentía con ánimo de causarme dolor no se parecía en nada a la del hombre que tenía delante. Llevaba el pelo mucho más corto de lo que recordaba, ni rastro de aquellos rizos castaños entre los que había visto cómo Alma hundía sus dedos. Su cara también había cambiado, sus rasgos masculinos afilados por la edad —y seguro que también por el hambre— resaltaban sus pómulos altos. Sin embargo, los ojos castaños de mirada dulce que yo recordaba todavía seguían ahí, observándome ahora como si no dieran crédito a lo que veían. Pero ya no se parecían a los ojos del pobre *Patsy* sino a los de un ave rapaz: un halcón o incluso un águila con la mirada acechante.

—Sí, he sido testigo de unas cuantas cosas increíbles en mi vida. Estás muy cambiada. No sé si es por la ropa o por el pelo, pero me recuerdas un poco a tu abuela Soledad. —Tomás sonrió y yo sentí que volvía a tener catorce años—. ¿También vas a empezar a llevar collares estrafalarios de perlas?

—Tú también estás cambiado —fue todo lo que se me ocurrió decir.

—Veo que te has dado cuenta. Sí, dentro de un mes me ordenarán sacerdote.

Podía ver su sotana abrochada hasta la barbilla y el espacio para el alzacuello aún vacío, a la espera de su ordenación.

—¿Sacerdote?

—Sí. Supongo que no te sorprenderá. A mi padre y a mi tío no les gusta mucho la idea, pero no se oponen a que me ordene. Y todo te lo debo a ti.

—¿A mí? —repetí con la boca seca—. No, te aseguro que no me debes nada.

—¡Pues claro que sí! Sabes, nunca imaginé que precisamente tú intentaras quitarte el mérito de algo que te pertenece. —Tomás se rio en voz baja y después me miró con sus nuevos ojos de rapaz—. Lo que tú hiciste aquella noche en el bosque me cambió para siempre. Tuvo que ser Dios quien te puso en mi camino para convencerme, a ti y a ese pino que todavía sigue dando manzanas rojas después de tantos años. Algunas veces aún voy al bosque para verlo, ¿sabes?

—Te aseguro que no fue Dios —dije sin apartar los ojos de su traje negro.

—Me equivocaba: no has cambiado nada, Estrella, sigues siendo igual de salvaje que cuando correteabas por el bosque ensuciándote de barro —me regañó con amabilidad—. Y sigues diciendo lo primero que se te pasa por la cabeza sin importar el daño que puedas causar en los demás.

—La cabeza es justo lo que te está fallando a ti, ¿cómo es que vas a hacerte sacerdote? Eres muy joven para decidir algo así.

—Lo soy, ¿verdad? Solo tengo diecinueve años. Seré el sacerdote más joven que se ha ordenado nunca en la diócesis de Bilbao. —Tomás parecía encantado con la idea—. Me costó, pero el padre Dávila me ha ayudado a conseguirlo por fin y le estoy muy agradecido por ello. Yo era un crío exaltado y rebelde pero, a pesar de eso, él supo ver en mí al hombre de fe que tienes delante. Sin el apoyo de Dávila no estaría hoy aquí.

—¿El mismo padre Dávila que acostumbraba a perseguir al marqués para conseguir que le presentara a sus amigos empresarios y poder invertir él también en sus negocios? ¿O el que aspira a convertirse en el próximo obispo usando esta iglesia como lanzadera? ¿No te molesta eso un poco?

—No, Dávila tiene derecho a querer ascender dentro de la Iglesia y seguro que lo consigue, es muy querido en la diócesis de Bilbao.

Dejé escapar un bufido.

—Pues por la manera en que se bebía el whisky del marqués me sorprende que continúe con vida —dije de malas maneras—. Todavía le recuerdo comiendo confit de pato a dos manos en la mesa de comedor mientras hablaba de cómo los trabajadores de la mina no eran más que unos privilegiados que se quejaban demasiado.

—No seas tan dura con él. Dávila ha cambiado mucho en estos años. Los tiempos que vivimos le han hecho ser más humilde —le defendió Tomás—. Se arrepintió de esas cosas e hizo penitencia para enmendarse. Ahora es un hombre nuevo.

Había sido el día de la Pascua. El marqués había invitado a cenar a Dávila y a un comercial de una empresa naviera británica con el que pretendía cerrar una venta de hierro millonaria. El menú se componía de sopa de queso con salsa de vino tinto francés, confit de pato y pastel de chocolate belga con guindas al marrasquino. A mitad de la cena ya solo hablaban Dávila y el marqués. El comercial no sabía tanto español como para seguir la conversación, mientras que mamá y nosotras dos mirábamos asqueadas comer a Dávila. El párroco sujetaba un muslo de pato con la mano sin importarle que la grasa dulce del confit resbalara por su puño cerrado manchando la manga de su traje negro. Dávila hablaba de la manera fanática y convencida de los que están acostumbrados a ser escuchados siempre. Para cuando la ayudante de Dolores —una muchacha tímida a la que no había vuelto a ver por la casa— trajo el carrito de los postres con la tarta de chocolate belga en una de las bandejas de plata de mamá, el padre Dávila ya se había terminado su tercer muslo de pato y su cuarta copa de brandi mientras no paraba de hablar de los privilegios de los mineros, incluidos los seis que habían muerto aplastados en el último derrumbe de la mina Zuloaga.

El comercial de la naviera se marchó al día siguiente de Villa Soledad poniendo una excusa para no volver jamás, y por supuesto sin cerrar ningún acuerdo con el marqués.

—El padre Dávila que yo conocí era un hombre servil y miserable capaz de cualquier cosa por hacerse un hueco en nuestra casa, en los negocios de la mina y en la mente del marqués —recordé—. Dávila no hace nada por nadie si no es para su propio beneficio.

Pensé que Tomás se enfadaría, que pondría las manos en las caderas y me miraría con esa mezcla de condescendencia y censura que solía mostrar incluso cuando éramos unos chiquillos. Pero en vez de eso se rio.

—Oh, Estrella. No digas esas cosas de un hombre de fe —dijo todavía con una sonrisa—. Ya sé que has pasado estos años en Inglaterra y que allí no hay apenas católicos, puede que hasta hayan intentado convertirte en protestante o anglicana, pero ahora estás en tu tierra.

Sacudí la cabeza como si quisiera despertar de un mal sueño, mi pelo suelto me hizo cosquillas en el brazo.

—A mí me dan igual esas cosas, pero ¿y qué pasa con la política? Antes te encantaba, lo era todo para ti —le recordé intentando hacerle cambiar de opinión—. Siempre estabas hablando de los derechos de los trabajadores, de los sindicatos y todas esas cosas. Un día incluso nos contaste cómo eran las huelgas de los trabajadores en Chicago y cómo habían conseguido una jornada de ocho horas organizándose.

—Pero Estrella, a ti siempre te han dado igual las huelgas y todo lo demás. Recuerdo cómo protestabas y te ponías a bostezar cada vez que yo sacaba el tema. No intentes convencerme de que has cambiado de opinión porque no me lo creo —me reprochó con dulzura.

—¿Y por qué no iba a cambiar de opinión? ¡Tú te vas a hacer cura! —repliqué más alto de lo que pensaba, tanto que el grupo de señoras que esperaban para entrar a misa se volvieron para mirarnos—. Yo también tengo derecho a cambiar de ideas, ¿no?

—Cuando sea sacerdote podré seguir ayudando a los trabajadores, solo que lo haré de otra manera —respondió Tomás pacientemente—. Este país está cambiando para bien, Estrella. La República nos traerá un país más justo y moderno para todos, incluidos los trabajadores de la mina, y yo seguiré estando ahí cuando ellos me necesiten, así también serviré a Dios.

—Me sorprende que con tus ideas políticas te vayan a permitir ordenarte sacerdote.

—Pues claro que sí, no digas bobadas. —Tomás hizo una pausa intentando no enfadarse—. La Iglesia está cambiando también, como el resto del país: ya no es esa caterva de viejos supersticiosos y asustados por cualquier avance. Y yo formo parte de ese cambio, yo soy la prueba. Cuando el país se estabilice y los problemas que atraviesa ahora se resuelvan, la nueva Iglesia será tan moderna y civilizada como el resto, ya lo verás.

—Me da igual la Iglesia y me da igual la República —protesté—. ¿Y la poesía? Recuerdo que antes siempre estabas con un libro en la mano leyendo versos de aburridos escritores muertos.

Había estudiado a esos escritores románticos —y a muchos otros— en el St. Mary's y ya no los encontraba aburridos en absoluto, al contrario: disfrutaba leyendo las rimas apasionadas y los versos siniestros que hablaban acerca del amor perdido o imposible, pero no iba a admitirlo delante de Tomás. Hacía un par de años que incluso había reconocido la poesía que él le estaba leyendo a Alma la tarde en que murió:

Que la vida no separe lo que ha de unir la muerte.

Yo no estaba prestando mucha atención en clase ese día. La profesora estaba hablando de un tal Percy Shelley y de su joven esposa, escritora también, y entonces escuché esas palabras y las reconocí a pesar de haber pasado tanto tiempo. Después de eso me sentí triste durante una semana entera y cada vez que recordaba ese verso, el hilo invisible que me unía a Alma se volvía un poco más visible.

—La poesía todavía me gusta, eso no ha cambiado —respondió Tomás—. Y ahora tengo acceso a más libros gracias a Dávila, que me ha conseguido un contacto en la diócesis para que me los envíen desde cualquier iglesia o universidad del país. ¿Te lo imaginas? Todos esos libros esperando a que los lea, ¿quién me hubiera dicho que terminaría siendo un intelectual?

—Y un cura —añadí.

Tomás sonrió con ternura pero yo no podía dejar de mirar el lugar que ocuparía el alzacuellos en unos días. Seguro que Alma lo sabía, seguro que lo había sabido desde el principio. La busqué con la mirada para ver si estaba cerca riéndose de mí pero no la vi por ningún lado.

—Marchémonos. Los dos juntos, vayámonos esta misma noche —dije de repente—. Tengo acceso a un poco de dinero que me dejó mi abuela al morir y podemos usarlo para ir casi a cualquier sitio. He visto otra parte del mundo y es enorme, Tomás, no te imaginas lo grande que es en realidad: abarca mucho más allá de Basondo, las minas y el bosque. Podemos marcharnos si quieres, solos tú y yo, muy lejos de este lugar, del marqués, de Dávila y de todos los fantasmas.

Crucé las manos delante de él como si estuviera rezando, intentando convencerle para que huyéramos juntos. Tomás me sujetó las manos entre las suyas, sentí el contacto cálido y familiar de su piel de nuevo mientras los vecinos nos miraban.

—Qué cosas dices, Estrella. ¿Cómo se te ocurre pedirme algo así? —preguntó sin soltarme las manos—. Tenía la esperanza de que estos años fuera te hubieran hecho madurar, hacer que pensaras en algo más que en ti misma, pero ya veo que eso es imposible.

—¿Y qué hay de ti? Tú también piensas solo en ti con esa ridícula idea de hacerte cura, tanto que me hablabas de los trabajadores y de cómo la Iglesia les engañaba para sacarles los pocos cuartos que ganan, y ahora tú vas a ser uno de esos sacacuartos con sotana —le reproché en voz alta—. Así los llamabas antes, ¿o ya te has olvidado? Sacacuartos con sotanas.

—Todos nos están mirando, Estrella.

—¡Pues que miren! —grité soltándome de sus manos—. ¿Qué pensaría Alma si te viera ahora?

Vi cómo su cara se ensombrecía al mencionarla, pero continué igualmente.

—Ella te creía cuando hablabas de los trabajadores y de política, siempre te escuchó. Por eso mismo sé que ahora se avergonzaría de verte defendiendo a Dávila. No estarías haciendo nada de esto si ella aún estuviera viva.

—Pero está muerta, así que no se te ocurra nombrarla.

—Es mi hermana y la nombraré cuando me plazca porque tengo más derecho que nadie a pronunciar su nombre —respondí con frialdad. Respiré profundamente porque empecé a sentir como las lágrimas traicioneras se amontonaban detrás de mis ojos al pensar en Alma y no estaba dispuesta a romper a llorar delante de él y de todos los demás. Eran lágrimas de pura rabia—. Te perdoné después de que no te atrevieras a contar la verdad sobre lo que le pasó, sobre cómo murió en realidad, pero apuesto a que tú te perdonaste mucho antes, ¿verdad? Incluso te había perdonado por todas las cartas sin respuesta que te envié desde el colegio ¿y para qué? Tú tampoco eres mejor de lo que solías ser, Tomás, sigues preocupándote solo por ti.

Noté que le habían herido mis palabras aunque no tanto como pensé que lo harían. Él ya sabía todo lo que acababa de decirle y, aun así, parecía darle igual.

—Tal vez deberías preocuparte un poco más por ti, Estrella.

—¿Qué quieres decir? —pregunté de mala manera.

—Lo que pasó entre nosotros y lo que le pasó a Alma nunca podrá borrarse ni deshacerse. No hay ningún futuro para nosotros pero no por esto —me dijo señalándose el lugar donde iría el alzacuellos—, sino por esto...

Tomás me colocó la mano abierta en el pecho, justo encima de mi corazón.

—Es por lo que hay dentro de ti. No tenía que ver con Alma, tu padre o todo lo demás: es por tu forma de ser, por lo que eres.

Sus palabras encontraron acomodo en mi cabeza, un nido confortable de donde supe que tardarían mucho tiempo en salir. Cogí su mano para apartarla de mi pecho pero me tomé unos segundos más.

—Puede que vayas a ser un buen sacerdote después de todo, porque no veo ni rastro de misericordia en tus palabras o en tus ojos. Supongo que los reservas para los que son como Alma y como tú: para los que son buenos desde que nacen. —Solté su mano por fin—. Te deseo mucha suerte, no hay tantos santos por el mundo como tú crees.

Me fijé en que Tomás abría y cerraba la mano varias veces como si estuviera conteniendo las ganas de volver a colocarla sobre mi pecho.

—Perdóname una vez más, por favor —me pidió.

Sonreí con desgana y me aparté de él. Empecé a caminar hacia el final de la calle pero me volví hacia Tomás antes de estar demasiado lejos como para que no pudiera escucharme:

—Nosotras dos también caímos en una trampa aquella noche, pero tú fuiste el único que conseguiste salir.

Después de dejar a Tomás, recogí el paquete en la oficina de Correos y me marché a casa caminando deprisa por la carretera. El cielo amenazaba tormenta. Sabía que todavía quedaban veinte minutos hasta que la primera gota cayera del cielo, sencillamente lo intuía, como los animales del bosque cuando comienzan a corretear como si estuvieran endemoniados.

La grava del camino crujía con cada paso dentro de los zapatos prestados de la abuela Soledad. Un par de vecinos de Basondo se santiguaron al verme pasear por el pueblo llevando el pelo largo suelto y uno de sus vestidos negros hasta los pies casi temiendo que la señora marquesa hubiera regresado del fondo del Cantábrico. Escuché el mar muchos metros más abajo golpeando contra la pared vertical. Una ráfaga de viento frío subió lamiendo la roca gris del acantilado y me acarició el cuello con su mano gélida. Apreté el paso cuando vi el tejado verde brillante de la casa aparecer después de una curva.

Al otro lado de la carretera, el bosque se agitaba mecido por el mismo viento del norte que susurraba mi nombre. Las ramas de los árboles más altos se sacudían mezclándose entre sí hasta que era imposible saber dónde empezaba uno y terminaba el siguiente. Alma caminaba a mi lado, andaba peligrosamente cerca del precipicio aunque supuse que ya daba igual.

—Tú lo sabías —le dije sin mirarla—. Lo has sabido todos estos años y aun así dejaste que le escribiera todas esas ridículas cartas desde el colegio confesándole mi amor por él y asegurándole que le perdonaba.

Alma no respondió porque nunca lo hacía. Si me hubiera cruzado con alguien en ese momento seguramente hubiera pensado que la hija de la señora marquesa se había vuelto loca y hablaba consigo misma.

—Pues que sepas que va a hacerse cura por tu culpa. Si no te hubieras muerto o si le hubieras empujado a él para que muriera en tu lugar nada de esto habría pasado —continué—. Sabías exactamente cuándo ibas a morir y no hiciste nada por evitarlo. Podías haberte salvado de mil maneras diferentes. Ten por seguro que si yo hubiera estado en tu pellejo no me hubiera puesto a tiro de padre y de la escopeta del abuelo Martín. Pero claro, Alma la Santa se sacrificó para asegurarse seguir siendo santa toda su vida, o toda su muerte.

Estaba tan cerca de Villa Soledad que podía ver la enorme palmera que crecía en el jardín delantero, el símbolo de que aquella era la mansión de un indiano y no un rico cualquiera. La puerta de hierro en la verja estaba abierta y chocaba contra el marco de hierro forjado con cada ráfaga de viento haciendo un ruido insoportable. Llegué justo a tiempo de sujetarla y cerrarla después de entrar en la finca, asegurándome esta vez de poner el pasador de hierro para que dejara de golpearse.

—Ahora lárgate a hacer tus asuntos de fantasmas por ahí, no quiero verte más —le dije a Alma mientras intentaba volver a peinarme el pelo desordenado por el viento—. No me apetece que me rondes ni que me espíes desde la escalera.

—¿Habla conmigo? —preguntó una voz masculina en el peor español que había escuchado en toda mi vida.

Estaba tan ocupada apartándome el pelo de la cara, cerrando la puerta y espantando a Alma que no me había fijado en el hombre que estaba de pie en la entrada de la casa.

—¿Quién es usted? —le pregunté sin miramientos—. ¿Qué está haciendo en mi casa?

Me fijé en que el desconocido todavía sujetaba la puerta verde de la entrada como si acabara de salir de Villa Soledad.

—Veo que no es usted muy amable con los extraños.

—Nunca le he visto la utilidad a ser amable, especialmente con los extraños: eso solo te lleva a hacer más cosas que no deseas hacer, como continuar con esta conversación, por ejemplo —respondí cortante—. ¿Qué quiere?

—Olvidaba que he visto muchas fotos suyas en la casa pero usted no sabe quién soy yo —me dijo con una media sonrisa que no era de disculpa en absoluto—. Mi nombre es Liam Sinclair. Su padre, el marqués, me ha invitado a pasar unas semanas en la casa para tratar con él unos asuntos de negocios.

Conseguí colocarme el pelo detrás de las orejas a pesar del viento.

—Claro, usted es el invitado misterioso, el lord.

Recordé lo que Carmen me había contado la noche anterior sobre el hombre que dormía en la habitación de invitados del segundo piso. Tenía razón: no se parecía a los hombres que había en Basondo y desde luego no hubiera pasado desapercibido en ningún lugar excepto, tal vez, en uno de esos cuadros donde se veía a familias escocesas ricas y antiguas posando frente a la chimenea de su castillo en Inverness. Su pelo era de color cobrizo, brillante pero no como el de Lucy, que parecía estar hecho del mismo material que las zanahorias, no, el suyo me recordó a los carísimos hilos de cobre que había visto en algunos vestidos de noche de mamá para coser las lentejuelas, parecido al color que deja el sol en las cosas después de calentarlas durante horas.

—¿Qué está haciendo aquí fuera? Se va a levantar galerna —dije mirando al cielo sobre nosotros.

—«Galerna» —repitió él con dificultad—. No conozco esa palabra, ¿qué significa?

—Es un cambio repentino en el tiempo: es violento e impredecible, por eso, los que vivimos en la costa, hemos aprendido a mirar al cielo para saber cuándo se acerca. ¿Lo ve?

—Señalé hacia las nubes que empezaban a amontonarse sobre el tejado de la casa—. El cielo se vuelve negro y la temperatura baja de repente hasta quince grados en cuestión de minutos, después, un viento tan fuerte que es capaz de hacer volcar los barcos más enormes se levanta desde el mar para azotar la tierra y a todos los que vivimos en ella.

Liam levantó la vista al cielo de color gris oscuro y yo me fijé mejor en su cara, en sus ojos verdes como el bosque, en sus rasgos marcados, en el arco de sus cejas pelirrojas y en su mandíbula fuerte, entonces noté que su barba cobriza cubría una cicatriz en su mejilla derecha que bajaba casi hasta su barbilla. Me pareció extraño porque, aunque acababa de conocerle, Liam no parecía ser un hombre de los que sienten vergüenza de su aspecto físico, más bien al contrario: por su postura recta y su seguridad al hablar supuse que él sabía de sobra que su apariencia era una ventaja. Sentí curiosidad por saber por qué motivo quería ocultar esa cicatriz.

—Cuando tenía diez años me caí de mi caballo durante una cacería, con tan mala suerte que aterricé sobre una piedra afilada que había en el camino —dijo Liam mientras continuaba ocupado mirando el cielo gris. Después se volvió hacia mí y añadió—. ¿He satisfecho ya su curiosidad?

Me estudió con sus ojos entrecerrados, verdes y despiertos, y me di cuenta de que, mientras hablábamos, él también se estaba haciendo una idea de mí. Supe que mentía.

—¿Qué hace aquí fuera? —le pregunté evitando responder a su pregunta.

—He oído los golpes de la puerta desde la biblioteca y he salido para ver qué pasaba. Creía que era un fantasma intentando llamar mi atención hasta que la he visto aparecer a usted. —Me dedicó una media sonrisa que dejaba muy claro que estaba al corriente de lo que se rumoreaba sobre Villa Soledad—. Pero mejor así: no hubiera sabido qué hacer si de verdad hubiera resultado ser un espectro.

—¿Un hombre de negocios como usted, todo un lord, cree en los fantasmas? —pregunté con ironía.

Noté que la comisura derecha de sus labios se inclinaba hacia abajo, hacia su cicatriz. Ese gesto podía parecer una media sonrisa pero también una sutil mueca de desdén. No supe bien por qué, pero intuí que aquella expresión nunca abandonaba del todo su rostro.

—Por supuesto que creo en fantasmas —respondió muy serio—. En mi tierra nos gusta pensar que esos pasos que escuchamos a medianoche son espíritus que han cruzado un instante al mundo de los vivos para saludar.

Miré alrededor buscando a Alma en el jardín delantero de la casa pero no estaba por ningún lado. Mejor.

—Menuda idiotez —dije con aspereza—. Si el suelo cruje a medianoche es por la humedad, y si oye pasos en el vestíbulo, lo más seguro es que alguien de la casa esté despierto deambulando o que unos ladrones se hayan colado por esa ventana que olvidó cerrar. Nada más.

Era lo mismo que le decía siempre a Alma. Cada vez que ella aseguraba haber escuchado pasos misteriosos en el piso de abajo o un susurro filtrándose a través de las paredes de la mansión, yo le respondía poniendo los ojos en blanco o con un suspiro exageradamente alto para que quedara claro que no tenía ningún interés en el asunto.

—Existen distintos tipos de fantasmas. Algunos solo quieren compañía porque hace tiempo que olvidaron la sensación de estar vivos, por eso intentan llamar nuestra atención moviendo sillas o abriendo y cerrando la puerta. —Liam señaló a la puerta de hierro en la verja—. Pero otros fantasmas quieren algo más de los vivos.

—¿Como qué? —pregunté con la garganta rasposa.

—Venganza, por ejemplo. O perdón. Pero sospecho que eso usted ya lo sabe, puede que mejor que nadie.

Eché otro vistazo alrededor buscando a Alma. Esperaba verla sentada en el borde de la fuente asustando a los peces japoneses pero no parecía estar por ningún lado, ni siquiera debajo de la palmera que ahora se sacudía con violencia en el viento gris. Liam se sonrió al verme buscar algo que no estaba allí: puede que él no supiera que yo buscaba a mi hermana muerta con la mirada pero, sin duda, intuía que buscaba algo que no estaba allí.

—Según tengo entendido en esta casa hay fantasmas también —empezó a decir como si no estuviera muy interesado en el asunto—. He oído que el espíritu de su difunta abuela merodea por los pasillos de la mansión a medianoche. Hay quien asegura incluso que la han escuchado tocar el piano de madrugada.

Estaba «tanteando». Esa era la palabra que solía usar Dolores cuando ella y Carmen jugaban al mus en la cocina después de que el día hubiera terminado. Alma y yo bajábamos de nuestra torre de puntillas para espiarlas desde el vestíbulo porque nos gustaba ver lo diferentes que eran esas dos mujeres a las que habíamos conocido toda nuestra vida, cuando no había nadie mirando excepto nosotras dos.

Casi siempre nos descubrían y terminábamos uniéndonos a la partida. Era uno de nuestros muchos secretos. Mamá —y mucho menos el marqués— no hubiera aprobado jamás que Carmen y Dolores nos enseñaran a jugar al mus en pijama en la cocina cuando debiéramos estar durmiendo. Tanteando: averiguar qué era lo que hacía saltar a las personas, ver dónde estaba su punto débil o descubrir sus mentiras, eso era lo que el señor Sinclair estaba haciendo.

—No tengo tiempo para que me cuente usted cosas que yo ya sé —dije sin perder la calma ni descubrir mis cartas—. Le recomiendo que se meta en la casa porque el viento va a barrer este jardín y pronto empezará a llover.

Pero a pesar de mi advertencia Liam no se movió y me observó con ese gesto torcido suyo.

—No creía que fuera verdad.

—No creía que fuera verdad, ¿el qué? —pregunté.

—Lo que se comenta por ahí sobre usted. No suelo prestar atención a los chismorreos de pueblo, pero ahora que la he visto hablando sola y que además sabe exactamente cuándo empezará a llover ya no estoy tan seguro.

Carmen me había contado alguno de los rumores que circulaban por Basondo sobre lo que le había pasado a Alma y sobre mi repentina marcha a Inglaterra. Había muchos y muy variados: embarazo, asesinato entre hermanas, incluso había quien insistía en que el St. Mary's era en realidad un hospital psiquiátrico para jovencitas rebeldes como yo donde el marqués me había encerrado para que me trataran con baños de hielo, morfina y electroshock.

—¿Qué es lo que se dice de mí? —le pregunté ocultando un temblor en mi voz.

—Que es usted una *lamia*. ¿Sabe lo que es? Es algo parecido a un hada o una bruja: una criatura del bosque que se siente atraída por el agua y las cuevas. Son muy hermosas, tanto, que son capaces de provocar locura en los hombres y se sienten unidas a su bosque.

—Sé de sobra lo que es una *lamia*, muchas gracias. De nuevo me explica usted lo que yo ya conozco —respondí aliviada—. Y no hace falta ser hermosa para provocar locura en los hombres, ellos solitos son muy capaces de eso.

—Sí, eso es cierto —admitió Liam con una sonrisa—. ¿Y bien? ¿Es usted una *lamia*?

—¿Y usted? ¿Es un verdadero lord? —Por la expresión de su cara supe que le había cogido desprevenido con mi pregunta—. Es un poco joven, ¿no?

—Eso dicen, pero yo me lo tomo como un cumplido. —Liam recuperó su sonrisa de suficiencia—. La verdad es que mis padres murieron en un accidente de coche cuando yo tenía dieciséis años: mi padre conducía demasiado cerca del río su Ford Runabout cuando perdió el control del vehículo cayendo al agua. Ambos murieron y yo soy hijo único, así que desde hace casi ocho años administro solo el legado de los Sinclair y algún día ocuparé el lugar de mi padre en el Parlamento.

—Miente.

—¿Insinúa que mis padres no han muerto?

—Poco me importan sus padres, pero sé que solo los mentirosos empiezan una frase diciendo «la verdad es» —respondí confiada.

Había intuido que había algo falso en su historia y en su

actitud desde el principio: parecía muy seguro de sí mismo como casi todos los hijos de familias con dinero viejo —yo era un buen ejemplo de ello—, pero, sin embargo, había salido a la calle a pesar del frío para molestarse en cerrar la puerta del jardín. Y también estaba lo que Dolores había dicho de que se hacía su propia cama cada día. No tenía ninguna prueba todavía pero pensaba escribir una carta esa misma noche a Moira, una alumna del St. Mary's que venía conmigo a clase de arte, para preguntarle por la familia Sinclair. Moira era escocesa y noble de nacimiento, su padre era uno de los hombres más ricos de Europa gracias al petróleo que había encontrado en el mar del Norte. Si la historia de Liam Sinclair era cierta, Moira habría oído hablar de su familia.

—Si pretende estafar al marqués, le recomiendo que se dé prisa y haga su numerito antes de que mi padre se gaste todo el dinero que aún nos queda en whisky, más negocios ruinosos o en algún otro charlatán como usted.

—¿Cree que soy un charlatán? ¿Un estafador? —me preguntó fingiendo estar ofendido.

Me acerqué más a Liam con una sonrisa confiada porque sabía que ahora era él quien tenía que proteger sus cartas.

—No sé lo que es usted y me da igual, pero sé que no es lord porque no hay ninguno con su nombre en el Parlamento británico —me arriesgué a decir, segura de que Moira me lo confirmaría—. ¿Qué le ha propuesto al marqués? ¿Un negocio inmobiliario lejos de aquí? ¿Tal vez comprar tierras en el norte de Escocia donde han encontrado petróleo?

Los ojos verdes de Liam le delataron, fue solo por un momento, pero yo estaba tan cerca de él como para darme cuenta.

—Seguro que son tierras demasiado lejanas o inaccesibles como para que mi padre pueda visitarlas antes de la compra —añadí—. Y apuesto a que tiene prisa también porque hay más compradores interesados en esa misma propiedad. Qué casualidad.

Me fijé en cómo buscaba una respuesta creíble mientras se preguntaba cómo era posible que yo hubiera descubierto en minutos un timo con el que seguramente había estafado miles de libras a hombres muchos más viejos que yo.

—¿También lee la mente? —preguntó con voz grave.

—No necesito leerle la mente. Normalmente le hubiera salido bien su truquito, pero por desgracia para usted está intentando estafar a la única familia en kilómetros que ha tenido una hija viviendo en Inglaterra, tendrá que investigar un poco mejor a su próxima presa para no cometer el mismo error.

Empezó a llover de repente pero no fue una gota y otra después, no: todas las gotas cayeron del cielo oscuro al mismo tiempo con un estruendo ensordecedor. Un viento helado cruzó el jardín delantero agitando la hierba crecida y haciendo temblar el suelo, el agua en el estanque formó olas mientras los asustados peces japoneses nadaban hasta el fondo cubierto de verdín para resguardarse.

—¡Vaya, sí que es usted una *lamia* después de todo! —gritó Liam por encima del sonido del viento y la lluvia.

Su pelo cobrizo estaba empapado y se pegaba a su frente igual que su ropa mojada, que empezaba a marcar la forma de sus hombros y su pecho. Pero no se movió de donde estaba a pesar del aguacero o el frío. Noté que sonreía bajo la tromba de agua igual que alguien a quien no le asustan las tormentas porque ha visto muchas y peores.

—Ahora ya sé que lee la mente y que puede atraer la lluvia, ¿qué más puede hacer? —me preguntó con sus ojos verdes en llamas.

—Puedo contarle lo suyo al marqués.

—No me da miedo el marqués —me aseguró con su sonrisa torcida.

—Pues entonces es usted más idiota de lo que parece a simple vista, milord —grité para hacerme escuchar por encima de la tormenta—. El marqués mató a su propia hija a sangre fría, ¿lo sabía? Sí, le disparó delante de su otra hija.

La expresión de Liam cambió y su sonrisa desapareció de golpe de su cara.

—No lo sabía, es decir... había oído que fue un accidente de caza.

Me reí con amargura, apenas tres años después de apretar el gatillo la mentira de mi padre había cubierto por completo su crimen para convertirse en la verdad.

—No fue ningún maldito accidente, yo estaba allí —le dije, aunque no sabía muy bien por qué—. El marqués guarda el arma con la que mató a su hija sobre su chimenea, seguro que hasta la ha visto ya, de modo que más le vale que mi padre no descubra que está usted intentando timarle. No se meta en mis asuntos y yo no me meteré en los suyos, señor Sinclair.

Liam extendió su mano, yo la estreché y los dos cerramos nuestro secreto bajo la galerna.

LA ENREDADERA

Como a menudo sucede después de una noche de tormenta, el sol brillaba en el cielo al día siguiente. Si alguien hubiera llegado a Basondo esa misma mañana de diciembre, jamás se hubiera creído que una galerna había golpeado la costa la tarde anterior.

El sol débil de invierno me despertó cuando entró por las ventanas de mi habitación. Imaginé por las sombras en la carísima alfombra india de mamá que ya debía ser más de mediodía. Carmen nunca me dejaba dormir hasta tan tarde, así que me senté en la cama con la incómoda sensación de haber olvidado algo importante. Me peiné la melena, que se había enredado mientras dormía por no hacerle caso a Carmen y hacerme una trenza para dormir como ella me decía siempre.

Unos gritos subieron desde el vestíbulo de la casa mientras yo todavía estaba ocupada peinándome con los dedos. Contuve la respiración para estar segura de lo que había escuchado. Una voz masculina gritaba abajo, no distinguía las palabras pero supe que se trataba del marqués, porque no había olvidado su forma histérica de hablar cuando estaba enfadado o el silencio tenso que su cólera provocaba en todos los demás.

Justo después escuché los pasos asustados de alguien que

corría detrás de él intentando detenerle, igual que aquella maldita tarde cuando mamá trató de impedir que fuera al bosque con la escopeta del abuelo. Otra vez se oyeron los gritos del marqués, una puerta que se cerraba de golpe y lo que me pareció la voz de Carmen hablando muy deprisa un poco más lejos, pero para entonces yo ya había salido de la cama y corría descalza escaleras abajo con mi camisón blanco de lino y mi pelo suelto enmarañado.

Padre estaba en el vestíbulo, paseaba dando grandes zancadas furiosas como hacen los leones dentro de sus jaulas justo antes de lanzarse sobre sus cuidadores. Su ropa estaba arrugada y supuse que se había quedado dormido otra vez con ella puesta sentado en su butaca frente a la chimenea en su cuarto de caza. Los tirantes de cuero ahora estaban caídos hasta sus rodillas y llevaba la camisa de color beige por fuera de su pantalón, sus botas altas resonaban en el suelo del vestíbulo mientras caminaba.

—¡Ni una semana ha pasado! —gritó padre—. Ni una maldita semana desde que ha vuelto y ya está enredada con ese mugroso otra vez. Debería haberla matado a ella en ese bosque.

Mamá no se había peinado aún y todavía llevaba puesta su larga bata de color azul tinta por encima de su camisón. Antes —cuando Alma todavía vivía— hubiera sido impensable ver a mamá sin arreglar más tarde de las diez de la mañana, pero de unos años a esta parte evitaba vestirse hasta bien entrado el mediodía porque así tenía una excusa más para quedarse sola en su habitación.

—No digas esas cosas, que si alguien te escucha hablando así pensará que lo de Alma no fue un accidente. Y cálmate, por favor, ya sabes lo que pasó la última vez que te pusiste de esta manera. —La voz de mamá tembló al recordarlo, pero se atrevió a dar otro paso hacia él—. ¿O quieres que tengamos otro disgusto en la familia por culpa de la niña?

Yo era «la niña», por supuesto, aunque con lo de «disgusto» no supe si mamá se refería a lo que le pasó a Alma o a la noche que prendí fuego al suelo de la biblioteca.

—A lo mejor solo son chismorreos de pueblo y pronto se olvidan de todo, ya sabes que la gente puede ser muy envidiosa y le gusta malmeter —añadió—. Se lo habrán inventado todo al saber que la niña ha vuelto del colegio, nada más.

—¿Chismorreos? —bramó el marqués, y su voz resonó por toda la casa—. El mismísimo padre Dávila me ha dicho que les vio ayer hablando juntos en la explanada frente a la iglesia. Ya ni siquiera se molesta en esconderse esa hija tuya.

—¿Se lo has preguntado a ella? Puede que la niña tenga una explicación para haberse visto con ese muchacho otra vez —dijo mamá, no supe si era por el miedo pero su voz no sonaba muy convencida—. Por qué no hablamos con Estrella, ¿quieres? Lo haremos juntos y de buenas maneras para que no se altere.

Mamá se había acercado al marqués y rozó su brazo con cuidado. Supe por la expresión de su cara que había pasado mucho tiempo desde la última vez que había tocado a padre.

—¿Qué te parece, José? Se lo preguntamos con suavidad, a ver qué nos dice —insistió con delicadeza.

—¿Para que no se altere? —repitió él entre dientes—. Si quieres me preocupo también de que no se enfade la niña, no se vaya a alterar, lo que me faltaba por oír.

El marqués dio un manotazo para apartar a mamá y cruzó el vestíbulo hasta la puerta de entrada. Hasta ese momento no me había fijado en que llevaba la escopeta del abuelo Martín en la otra mano. Al ver de nuevo el arma me pareció muy diferente a como yo la recordaba: había soñado muchas veces con aquella tarde, pero en mis sueños, el Winchester que siempre mataba a Alma era mucho más grande y pesado.

—Señor marqués, ¿por qué no vamos a su despacho para hablar de ese negocio inmobiliario que tenemos entre manos? —Distinguí el acento de Liam un poco más abajo intentando apaciguar a padre—. Según tengo entendido, ese muchacho que le preocupa es el pastor del pueblo, el cura, quiero decir. Estoy seguro de que él no se moverá de donde está, pero yo tengo que partir hacia Londres dentro de unos días. No me gustaría tener que ofrecerle este trato a otro, ¿por qué no me acompaña a su despacho y lo firmamos ahora?

—Tranquilo, ya seguiremos hablando de lo nuestro cuando termine aquí —respondió padre con voz cavernosa—. Si esas tierras en el norte de las que tanto hablas tienen petróleo en sus entrañas, puedes estar seguro de que las quiero, pero este es un asunto familiar que no puede esperar más. Mi paciencia tiene un límite.

Bajé corriendo el último tramo de escaleras hasta alcanzar el vestíbulo. Nada más poner un pie sobre las baldosas italianas sentí la mirada asustada de Carmen.

—Estrella, nena, ¿por qué no vuelves a tu habitación? —Escuché el pánico en la voz de mi madre pero no supe si tenía miedo por mí o miedo de mí—. El marqués está muy alterado, además aún estás en camisón y tenemos visitas. No querrás que te vean así, ¿verdad? ¿Qué va a pensar nuestro invitado? Venga, sube a ponerte presentable y tápate un poco.

Mamá me dedicó una sonrisa nerviosa para intentar convencerme, pero yo no me moví.

—No pasa nada, mamá, seguro que no soy la primera mujer que el señor Sinclair ve en camisón —dije sin mirarle—. Hola, padre.

—Aquí está, la hija pródiga —empezó a decir él con ironía—. Por fin has decidido dejar de esconderte y bajar a saludar a tu padre. Ya era hora, ya.

El marqués había envejecido diez años desde la última vez que le vi. Su pelo castaño oscuro empezaba a escasear haciendo visible el centro de su enorme cabeza, las bolsas alrededor de sus ojos se habían descolgado unos centímetros más dándole el aspecto de alguien que no duerme lo suficiente y que está a punto de volverse loco. Sus dedos cortos se habían vuelto más torpes, y apenas podían sujetar bien la culata de la Winchester especial.

—Ahora no hay nada que cazar en el bosque. ¿Adónde vas con eso? —Señalé casi sin atreverme a mirar la escopeta.

—¿Que adónde voy? Pues dímelo tú, que para eso me he gastado una fortuna en tu educación en el extranjero. —El marqués se acercó hasta donde yo estaba con paso furioso—. Pero hubiera dado igual, ¿verdad que sí? A pesar del dinero que nos has costado vas a terminar siendo una vulgar fregona o una ramera de las que viven en la calle, ¿era eso lo que querías? ¿Ya estás contenta?

Me fijé en que su labio inferior temblaba ligeramente y supe que él tenía tanto miedo de mí como yo de él y de esa vieja escopeta.

—¿Adónde vas con eso? —repetí con frialdad.

—Voy a terminar lo que empecé aquella tarde: voy a matar a ese mocoso desagradecido. Prefiero que me encierren en el cuartelillo a permitir que ese desarrapado consiga que te abras de piernas igual que hizo con tu hermana —respondió escupiendo las palabras—. Mientras yo viva él nunca entrará en esta familia. Aunque tenga que liarme a tiros en plena plaza del pueblo... Dios sabe que lo haré.

Vi a Alma a través de las ventanas de vidriera que había a ambos lados de la puerta. Estaba de pie fuera, en la entrada de la casa examinando los tallos de la enredadera que cubría la fachada.

—No sé de qué estás hablando pero te equivocas, yo no he hecho nada malo —le contesté mientras trataba de ignorar a Alma, que ahora bailaba sola al otro lado de la puerta de la entrada—. Deja esa escopeta antes de que hagas algo que no puedas encubrir otra vez: nadie en el pueblo se creerá esta vez que también has matado a tu otra hija por accidente.

—¿Qué sabrás tú? No tienes ni idea, ¿me oyes? Ni idea de lo que puedo hacer. Yo soy el marqués de Zuloaga y sin mí este pueblo de mala muerte se viene abajo. De dónde crees tú que sale el dinero para que todo siga funcionando ¿eh? De mi bolsillo, por eso sé que me perdonarán lo que sea. —Levantó la escopeta y me apuntó, miré al cañón y a la mira torcida que condenó a Alma—. Y que sepas que ese asqueroso que tanto te gusta se calló como el cobarde que es en cuanto le dije que podía hacer que Dávila le admitiese para ser sacerdote. ¡Le faltó tiempo para darme las gracias y todo! Así que él tampoco dirá nada si te mato aquí mismo.

Aunque le había escrito cartas a Tomás mientras estuve en el St. Mary's asegurándole que le perdonaba por no tener el valor de contar lo que realmente pasó aquella tarde en el bosque, el día anterior había sabido nada más verle que en realidad no le había perdonado. Aun así, las palabras del marqués me hicieron más daño del que hubiera querido.

—Vosotras dos peleándoos por él como gatas en celo, ¿y para qué? —continuó padre—. Ese desgraciado me ha guardado el secreto todos estos años y al final se ha metido a cura. —El marqués me enseñó los dientes en algo parecido a una sonrisa—. Ojalá hubiera podido ver tu cara al verle con la sotana puesta, ¡si hasta se ha olvidado de la puñetera política para meterse a cura! Y tú eres tan tonta, porque no hay otra palabra, tonta, que te pensabas que estaría esperándote.

Vi a mamá acercarse con discreción por detrás. Sonreía y caminaba despacio para no asustar al marqués.

—José, la niña no sabe de lo que le estás hablando, además, no ha salido de la casa desde que volvió del colegio, ¿verdad que no, Estrella? —me preguntó al tiempo que asentía con la cabeza para que yo hiciera lo mismo—. No ha tenido tiempo de hacer nada con ese chico. Solo son los cotilleos de ese viejo cura, que ha debido confundirla con otra muchacha o se lo ha inventado para llamar tu atención, nada más. Anda, José, baja la escopeta antes de que tengamos otro disgusto.

Pero en vez de eso el marqués se dio la vuelta y empujó a mamá, que cayó sobre el suelo de baldosas blancas y negras con un ruido seco.

Carmen corrió hasta ella y se agachó a su lado:

—Por Dios, señora, ¿está usted bien?

Liam miró a padre con cautela y, al ver que este permanecía inmóvil, se acercó para ayudar a mamá a levantarse.

—¿Se encuentra bien, señora marquesa? —escuché que le preguntaba con su acento imposible.

Yo también quería ir a ayudar a mamá pero no conseguí moverme de donde estaba, solo podía fijarme en que la bata de color azul tinta de mamá se había abierto con la caída y ahora todos podíamos ver sus piernas pálidas y demasiado delgadas cubiertas de cortes finos. Rápidamente Carmen la tapó para ayudarla a esconder los cortes en su piel y la levantó del suelo con ayuda de Liam.

—Sí, estoy bien, me he resbalado sola por el susto. Qué torpe soy, menuda vergüenza —se disculpó mamá con una sonrisa temblorosa—. Gracias, señor Sinclair, qué amable es usted.

Al ver que Liam la ayudaba a mantenerse en pie, Carmen soltó a mamá y se acercó al marqués con paso decidido.

—Deja esa maldita escopeta y vuelve a ocuparte de tus asuntos sean cuales sean, que has tirado al suelo a tu mujer delante de tu propia hija —le reprochó Carmen—. Vergüenza debería darte portarte así.

Nunca había visto a Carmen hablar a padre de esa manera. Dentro de la casa ella siempre se dirigía a él como «el señor marqués» y nunca hasta hoy se había dirigido a él en público como lo acababa de hacer. El marqués también la miró sorprendido con sus ojos muy abiertos y, por un momento, pensé que iba a dejar la escopeta para volver arrastrándose a su habitación de trofeos tal y como Carmen le había dicho.

—A mí no vuelvas a decirme lo que tengo que hacer. ¡Jamás! —le gritó a pesar de que estaba tan cerca de ella que casi podía tocar su nariz—. O te corto el grifo y te echo de esta casa para que esa cría tuya y tú os muráis de hambre en la calle o algo peor.

Pero Carmen no retrocedió ni un centímetro, solo estiró el cuello para poder mirarle directamente a los ojos.

—No tengo miedo de ti porque sé de sobra cómo eres, te conozco mejor que nadie. Y no por haber parido a tu hija sino porque he vivido en esta casa durante veinte años viendo cómo tratabas a tu propia esposa. —Carmen miró de refilón a mamá que todavía intentaba recuperarse del golpe contra el suelo—. Así que adelante, baja al pueblo con esa escopeta en la mano para matar al chico si eso es lo que quieres. Con un poco de suerte igual la Guardia Civil te mata después y así nos libramos por fin de ti.

Vi al marqués levantar la mano libre y pensé que iba a pegarle pero, en vez de eso, le apretó las mejillas con fuerza hasta que sus labios formaron una «o» involuntaria, y, sin soltarla, se acercó a su oído y le susurró:

—Tú nunca te librarás de mí, ni siquiera cuando yo muera, porque me aseguraré de volver para seguir recordándote que eres mía. Eso te lo prometo desde ya.

Después, padre la besó cerca de la mandíbula antes de que Carmen lo empujara para apartarle de ella.

—¡Lárgate ya! —le gritó Carmen cuando se hubo deshecho de él—. ¡Vamos, vete! Y asegúrate de matarle esta vez, que ni siquiera al muchacho ese fuiste capaz de cazar con la maldita escopeta del viejo. Toda la vida llevas intentando ser como él y solo conseguiste que se avergonzara de lo inútil que eres.

Pero el marqués ya estaba abriendo la puerta principal. Le seguí fuera casi temiendo que chocara contra Alma, que había dejado de bailar y ahora miraba a padre muy seria.

—¿Qué vas a hacer? —le grité desde donde estaba—. No dirás en serio que vas a intentar matar a Tomás, ¿verdad?

Padre no me respondió, ni siquiera se dignó a volverse para mirarme, solo se ajustó los tirantes porque acababa de darse cuenta de que los llevaba caídos por las rodillas.

—Es mediodía, ¡mucha gente te verá dispararle!

No sabía qué más decir para detenerle. El marqués ya estaba casi en la mitad del camino que llevaba hasta la verja de la entrada, a la altura del estanque de peces japoneses.

—¡Que pares te digo! —le grité con todas mis fuerzas.

Escuché algunos pájaros salir volando de entre las copas de los árboles, seguramente asustados por mi voz, pero funcionó. Padre dejó de caminar y se volvió para mirarme por fin.

—Cuando vuelva de hacer lo que debo hacer en el pueblo me ocuparé de ti —me dijo terminando de colocarse los tirantes—. Ya no voy a gastar un duro más en ti, te meteré en algún sucio hospital mental para locas como tú o haré que te encierren en uno de esos internados públicos llenos de chinches donde encierran a las chicas de la calle. Lo que sea más barato.

Después, se dio la vuelta y continuó su camino. Escuché que Carmen me llamaba para hacerme entrar en la casa y también el acento marcado de Liam pronunciando mi nombre, pero me pareció que los dos estaban muy lejos: yo solo podía ver al marqués, con la escopeta del abuelo Martín en la mano, alejándose hacia la puerta de hierro mientras su amenaza todavía resonaba en mis oídos.

Me apoyé en la fachada de la casa y mis dedos acariciaron los tallos de la hiedra. Comencé a sentir cómo la savia adormecida por el invierno se calentaba bajo mi mano.

—¿Estrella...?

Mamá me llamó con voz temblorosa pero no hice caso. Sabía que podía detener al marqués antes de que saliera de la finca. Dejé que los tallos de la planta se enredaran entre mis dedos y subieran por mi muñeca, abrazándome con su tacto nudoso. Sin apartar los ojos de mi padre sentí como la hiedra se movía para separarse de la pared gris de la casa donde había estado dormida durante años, para arrastrarse sobre el porche primero y sobre el jardín después, igual que una serpiente con muchas cabezas que persigue a su presa con sigilo entre la hierba alta.

—Dios bendito... —susurró Carmen—. ¿Qué estás haciendo, niña?

No respondí. Sentía cómo me quemaban las manos en contacto con la planta, pero cerré los dedos con más fuerza sobre los tallos marrones de la hiedra. Podía controlarla a mi voluntad. Los largos brazos desnudos de la enredadera alcanzaron a padre antes de que tuviera tiempo de llegar a la puerta, sujetándole por los tobillos. El marqués cayó de bruces al suelo del jardín haciendo casi el mismo ruido seco que había hecho mamá al caer sobre las baldosas del vestíbulo.

—Estrella, déjale —me pidió Carmen, intentando mantener la voz firme—. Lo más seguro es que se caiga redondo antes de llegar siquiera al pueblo, por eso le he dejado ir.

Pero no la escuchaba. Hice que los tentáculos robustos de la enredadera arrastraran al marqués hasta el estanque apartándolo de la verja. Padre gritó de puro terror mientras su cara se restregaba contra el barro todavía fresco, pero nadie en la casa intentó ayudarle. Despacio, solté los tallos marrones que todavía quedaban pegados a la fachada de Villa Soledad y bajé las dos escaleras que me separaban del jardín delantero. Me temblaban las piernas debajo de mi camisón por el esfuerzo, pero avancé descalza entre las ramas, que ahora estaban extendidas por el jardín como una alfombra de palos secos y ramitas. Me detuve junto al estanque donde mi padre luchaba por deshacerse del abrazo de la hiedra.

—Nunca jamás vuelvas a hablarles así a mamá o a Carmen —le dije desde arriba.

—Vete al infierno, bruja —gruñó él contra el barro—. Ojalá te hubiera matado a ti esa tarde en vez de a Alma, todos estaríamos mucho mejor si fueras tú la que estuviera bajo tierra. Pregúntales a ellas a ver qué te dicen...

Me volví hacia la casa, Alma estaba en la entrada mirándome y supe por el brillo en sus ojos dorados lo que quería de mí, lo que siempre había querido de mí: venganza.

«Algunos fantasmas buscan perdón, pero otros quieren venganza», había dicho Liam la tarde anterior.

Mamá y Carmen estaban de pie en la entrada sin atreverse a poner un pie fuera de la casa. Las dos me miraban sin saber qué hacer, igual que Liam, que se había quedado con la boca abierta y los ojos como platos.

—No voy a matarle, así que deja ya de pedírmelo —le dije a Alma, que ahora estaba de pie a mi lado mirando a nuestro padre en el suelo.

Había tardado casi tres años en comprender lo que ella quería de mí. No era mi culpa o mi perdón: Alma quería vengarse pero no de mí, o no solo de mí.

—Cuando teníamos once años rompí tu sombrero azul cielo, ese tan caro con plumas que mamá nos regaló a las dos para nuestra comunión y que tanto te gustaba —empecé a decir con la voz débil debido al esfuerzo y en parte también la emoción—. Lo rompí a propósito cuando me dijiste que tú eras la más guapa de las dos, pero después me arrepentí y enterré los pedazos en el jardín de atrás para que nunca lo descubrieras, porque sabía que si lo hacías, jamás me lo perdonarías. No era más que un sombrero pero yo ya te tenía un miedo de muerte entonces, me daba pánico lo que podías hacerme si algún día te enterabas.

El marqués se rio tirado en el suelo, primero en voz baja y después a carcajadas. Se reía de mí.

—Estás tan loca como tu abuela. Ya sabía yo que con mis antecedentes tener hijas era como tentar al diablo, por eso mismo le di largas a tu madre durante años con el tema de los niños: porque no quería que me saliera una chica tocada del ala como tú. Mírate, ahí parada hablando sola. —El marqués tosió entre las risas—. La locura se trasmite de la madre al bebé a través del cordón umbilical, lo dicen los médicos, o en tu caso, de la abuela a la nieta. Otra bruja desagradecida, mi madre. No podía limitarse a tomar el té con las demás señoras, jugar al *bridge* e ir a la iglesia los domingos, no: mi padre la salvó de una vida miserable en un barracón sobre el barro pero la muy traidora no le dio ni las gracias, lo único que hizo fue tratarle con desdén toda su vida.

Me acordé de la abuela Soledad y de sus collares de perlas, sus coronas de rosas rojas y de los vestidos negros que yo le había robado del sótano, y me olvidé de la trepadora. Los largos tallos sin hojas se fueron aflojando hasta casi dejar libre al marqués.

—Más vale que sepas correr, monstruo —murmuró él intentando soltarse los pies.

Le vi darse la vuelta, todavía sentado en el suelo con la cara y la ropa manchadas de barro tratando de deshacer el lazo de hiedra.

—No voy a matarle, pero puedo hacerle daño por ti —le dije a Alma sin perder de vista al marqués—. Y por mí.

Carmen y Liam, que por fin se habían atrevido a salir de la casa, se acercaban a mí avanzando por entre los tallos caídos. El marqués dijo algo más que no entendí porque estaba ocupada tocando la planta con mi pie descalzo. Volví a sentir la savia caliente llenando de vida las ramas caídas a mi alrededor y después vi el miedo asomarse de nuevo en la cara de mi padre cuando comenzó a notar cómo el abrazo de la hiedra se volvía más fuerte alrededor de sus piernas.

Cayó al suelo otra vez, de espaldas ahora, sin poder ver cómo los tallos marrones y fuertes rodeaban sus piernas y subían hasta más arriba de su cintura. El marqués gritó de dolor mirando al cielo, pero la enredadera le fue engullendo igual que una araña gigante en su tela. Carmen me dio la mano por la espalda y me sacudió el brazo para llamar mi atención, pero yo no aparté los ojos del rostro asustado de padre hasta que las ramas le cubrieron la cara por completo y ya no pudo ver el cielo.

Alma estaba de pie a mi lado y se reía mientras las dos mirábamos al marqués atrapado dentro de su crisálida, su risa era igual que cuando estaba viva: demasiado alta y afilada para alguien que finge ser buena persona. Y justo entonces escuchamos el crujido de los huesos de padre haciéndose añicos.

Los tallos le partieron la tibia y el peroné de la pierna derecha. Padre pasó una semana entera en la cama sin poder moverse, y después, cuando el dolor le daba algo de descanso, lo único que podía hacer era pedir ayuda a mamá para sentarse en la butaca de su dormitorio a mirar por la ventana con la vista perdida. No más caballos, ni más cacerías, ni más viajes, ni más bailes para el señor marqués.

Mamá pagó unas monedas extras a Emilio, el jardinero, para que viniera de urgencia desde el pueblo a podar lo que quedaba de la trepadora. La mayoría de los tallos se habían separado de la fachada y ahora estaban desperdigados por el jardín delantero formando una maraña de palos secos que ahogaba el césped y atraía a los insectos. Desde la ventana de la biblioteca vi como Emilio se subía despacio a una escalera con las tijeras de podar en una mano para deshacerse para siempre de la planta. No me sentí mal ni noté nada especial mientras terminaba con ella. Me alegraba de no tener que verla más.

Alma estaba conmigo en la biblioteca la tarde en que el jardinero cortó la planta, fingía entretenerse con la casita de muñecas a pesar de que la odiaba desde el día que nos la regalaron.

—No hace falta que te disculpes por lo que has hecho, pero al menos podrías dejarme tranquila un rato. Estoy harta de que me rondes, ni siquiera muerta consigo librarme de ti —murmuré sin mirarla.

Yo estaba ocupada viendo como Emilio envolvía los restos de la enredadera en grandes lonas para deshacerse de ellas después o venderlas como leña. Alma no respondió pero dejó de prestar atención a la casita de muñecas para mirarme.

—Ya está, ya te has vengado de padre por lo que te hizo: «no volverá a caminar sin bastón» —le repetí las palabras exactas del pomposo doctor que había venido desde Bilbao para atender a padre—. Y eso con suerte, porque el marqués ya tiene una edad, si los huesos de su pierna no se sueldan bien, necesitará una silla de ruedas el resto de su vida.

La expresión de Alma no cambió al escuchar las noticias, no le pareció tan terrible que entre las dos hubiéramos condenado a padre —y también a mamá y a Carmen sin querer— a tener que pasar el resto de su vida impedido.

—Claro, tú sigues teniendo quince años: para ti todo esto solo es otra trastada de las tuyas, una más —murmuré—. Yo soy quien tendrá que pagar las consecuencias, como siempre. Exactamente igual que cuando estabas viva.

Alma sonrió y volvió a jugar con la casita de muñecas abriendo y cerrando las ventanas de nuestra habitación en miniatura. Nunca antes le había visto mover objetos, pero supuse que del mismo modo que mis poderes no habían dejado de hacerse más fuertes con la edad, puede que a Alma le estuviera ocurriendo algo parecido, a pesar de estar muerta. Si alguien hubiera entrado en la biblioteca en ese momento y hubiera visto las pequeñas ventanas abriéndose solas, seguramente habría pensado que la casita de muñecas estaba encantada. Sonreí con amargura al darme cuenta: estaba encantada de verdad.

En ese momento, como si solo con pensar en ello se hubiera hecho realidad, mamá abrió la puerta de la sala. Alma no se marchó pero dejó de jugar con las ventanas y se sentó en el suelo, a los pies de la mesita de ajedrez donde estaba la casita de muñecas.

—El marqués quiere hablar contigo, tiene que decirte una cosa —me dijo mamá a modo de saludo—. Está despierto y lúcido, le hemos adecentado un poco para que puedas verle, pero sé breve, tiene que tomarse sus pastillas para el dolor dentro de un rato.

Era la primera vez que mamá me dirigía la palabra desde que me vio en el jardín. El golpe contra el suelo del vestíbulo le había dejado una marca roja en la mejilla y bajo el ojo izquierdo. Con el paso de los días el golpe se fue volviendo violáceo hasta convertirse en un cardenal que ocupaba casi la mitad de su cara.

—Me da igual lo que quiera decirme, no pienso subir a verle.

Mamá respiró profundamente como si estuviera contando hasta tres mentalmente y se cruzó de brazos. Apenas la había visto desde lo de padre y ahora me pareció que estaba más pálida y delgada.

—Subirás a verle y escucharás lo que tiene que decirte porque se lo debes —me dijo con frialdad—. Y a mí también; ya no voy a seguir protegiéndote más, no después de esto.

—Y ¿cuándo me has protegido tú? —le pregunté, pero me arrepentí tan pronto como mis palabras salieron de mi boca—. ¿Qué es lo que quiere de mí?

Pero mamá ya había dado media vuelta y estaba saliendo de la biblioteca.

—Sube para que te lo diga él mismo —dijo sin mirarme—. No tengas miedo de su reacción, no puede moverse. Además, Carmen y yo nos hemos asegurado de que no tenga ningún arma cerca.

Mamá salió de la habitación sin molestarse siquiera en cerrar la puerta. Escuché el sonido de sus tacones golpeando el suelo del vestíbulo, como si fuera su forma de vengarse por el golpe de su cara. Cuando me volví para mirar a Alma, ya no estaba. Suspiré de mala gana y salí yo también de la biblioteca para subir a ver al marqués.

Aunque ya había recogido el paquete con mis cosas, seguía usando la ropa de la abuela Soledad. Su olor a rosas rojas y a jabón había desaparecido de la tela después de que Dolores se ocupara de lavar, planchar y guardar cada uno de sus vestidos. Al verme ahora con ellos puestos, nadie se creería que llevaban olvidados en el sótano casi diez años. Los zapatos de tacón ancho también habían pertenecido a la abuela: eran negros, brillantes y todos los pares que encontré me servían igual que si estuvieran hechos especialmente para mí. Ahora, mientras subía las escaleras de mármol para llegar al segundo piso de la casa, mis pisadas sonaban como la misma rabia contenida que las de mamá. Avancé por el pasillo sin importarme que el ruido de mis tacones prestados pudiera molestar al enfermo y entré en la habitación sin llamar.

—Mamá me ha dicho que quería verme —dije, dejando muy claro que yo no quería estar allí.

El marqués estaba sentado en su butaca de cuero verde cerca de la gran ventana con balcón. Alguien, seguramente mamá, le había colocado cojines en el respaldo para que estuviera más cómodo. Tenía la pierna rota estirada sobre una de las sillas de la cocina y, para asegurarse de que no la movía, el doctor había mandado a su ayudante que se la enyesara casi hasta el muslo.

—Cuando erais pequeñas, vuestra madre solía veros jugar en el jardín trasero desde este mismo balcón —dijo sin mirarme—. Se sentaba ahí fuera con una revista de moda o tomaba el sol, y os vigilaba mientras vosotras correteabais por el jardín jugando a Dios sabe qué. Ya entonces erais un par de bestias salvajes.

Mi padre no lo dijo, claro, pero esas tardes mientras mamá estaba en el balcón vigilándonos, él bajaba a la habitación de Carmen en el sótano para acostarse con ella aprovechando que su mujer estaba ocupada.

—¿Qué quiere? —le pregunté con brusquedad—. Si va a decirme algo horrible dese prisa porque le he prometido a Catalina que la acompañaría a la mercería de Maite para comprar unos botones antes de que caiga el sol.

Catalina no había estado presente cuando la planta trepadora casi se come vivo al marqués, así que solo podía saber lo que le había contado su madre y lo que hubiera escuchado espiando escondida en los sitios secretos de la mansión que solo ella conocía. Sin embargo, no me había preguntado por el incidente con la planta y seguía tratándome igual que antes.

—No voy a decirte nada ni a matarte, aunque bien sabe Dios que no me faltan motivos después de lo que me has hecho. —Padre dio unos golpecitos impacientes en el reposabrazos de cuero de su butaca—. Muerto el perro se acabaría la rabia, pero a lo mejor hasta eres inmune a las balas.

—Alma desde luego no lo era —dije sin rastro de emoción en la voz.

Una parte de mí se sentía aliviada sabiendo que el marqués no podía caminar o levantarse sin ayuda. Tenía claro que, de haber podido, me habría matado al mencionar a Alma.

—He llorado muchas veces por la muerte de tu hermana en ese estúpido accidente —empezó a decir como si no la hubiera matado él. Supe por su manera de hablar que había repetido esa misma mentira muchas veces antes—. Me rompía el corazón ver a tu madre destrozada, sentada cada día en silencio en la cabecera de una mesa vacía durante horas, como si estuviera esperando que aparecieran los invitados. Permanecía así, sin arreglar y con la mirada perdida, hasta que Carmen conseguía que se fuera a descansar a su habitación. Tu madre no se merecía todo el dolor que le has causado.

—Le hubiera bastado con no apretar el gatillo. Estaba en su mano y en la de nadie más haberle evitado a madre el dolor de perder a Alma —le dije con frialdad.

El marqués se rio amargamente con una risa seca que después de unos segundos se convirtió en tos, la tos propia de un hombre veinte años más viejo.

—Sí, me tenía bien engañado tu hermana, como a todos —dijo con la voz áspera todavía—. El otro día cuando tú hiciste «eso» con mi enredadera supe que ella estaba contigo, a tu lado, susurrándote al oído lo que tenías que hacer. De niña también te envenenaba con sus palabras y tú te dejabas. Seguro que la muy desgraciada hasta se reía con esa risa de hiena que tenía cuando estaba viva mientras te convencía para que me remataras.

Parpadeé sorprendida, nunca había escuchado a mi padre —o a nadie— hablar así de Alma y mucho menos después de su muerte.

—Sí, lloré mucho por Alma después del accidente, pero el otro día comprendí que ella me quiere muerto: no sé si por venganza o por rencor. No soy culpable de lo que le pasó, pero aun así tu hermana quiere matarme y estoy seguro que volverá a intentarlo con o sin tu ayuda. —Por fin dejó de mirar al jardín vacío y se movió con cuidado en la butaca para mirarme—. Tienes que marcharte de esta casa. No quiero que tú o el fantasma de Alma me empujéis por las escaleras o me asfixiéis mientras duermo. No voy a permitir que dos crías resentidas y malvadas acaben conmigo.

—¿Qué? ¿Que tengo que marcharme de esta casa porque usted tiene miedo de que un fantasma le mate? —pregunté incrédula—. Ni hablar, esta también es mi casa y no me marcharé solo porque usted se haya convertido en un viejo asustadizo que tiene miedo hasta de su sombra.

—Ya está decidido. Esta es mi casa y te quiero fuera porque sé que mientras tú vivas aquí Alma no se marchará jamás —me dijo muy serio—. Te irás aunque tenga que arrastrarte de los pelos yo mismo fuera de esta casa, ¿queda claro?

Me reí como si el marqués hubiera contado algo gracioso.

—¿Arrastrarme usted mismo? ¿Y cómo va a hacer eso? No puede ni moverse sin que mamá o Carmen le ayuden. Ahora depende de esas dos mujeres, a las que ha tratado mal toda su vida, incluso para poder ir al baño. —Me acerqué confiada a la butaca y me agaché peligrosamente cerca de su cara para poder ver mejor su expresión—. No es más que un viejo que tiene miedo de un fantasma. Es su culpa lo que le hace creer que Alma todavía sigue aquí. Le libró de su asesinato pero siente que debería haber pagado por lo que le hizo a su hija, por eso cree que su fantasma está en esta casa, pero no es verdad.

Alma estaba en la habitación con nosotros, sentada en el

borde de la cama dando saltitos como si estuviera probando el colchón antes de tumbarse para dormir la siesta.

—Te irás, y además lo harás sin armar ningún escándalo. Tarde o temprano podré volver a moverme sin ayuda aunque sea con un bastón o vaya en una silla de ruedas, y ese día, te juro por Dios que terminaré con todas las personas que viven en esta casa una por una antes de volarme los sesos. —Vi en sus ojos oscuros que ya había empezado a dibujar el plan en su mente—. Carmen, tu madre, Catalina... me las llevaré a todas por delante en cuanto tenga la mínima oportunidad, y ten por seguro que será más pronto que tarde, porque el doctor dice que mis huesos son fuertes y están soldando bien.

Me aparté de él, no porque tuviera miedo de ese viejo lisiado sino porque sabía que su amenaza era muy real.

—No puede echarme de casa, madre no se lo permitirá —le dije sin muchas esperanzas.

Alma se tumbó boca arriba en la cama de padre y miró al techo, los muelles crujieron ligeramente igual que si una persona se hubiera tumbado en la cama. El marqués también lo escuchó porque miró asustado a la cama vacía por encima de mi hombro.

—Tu madre ha intentado convencerme para que te deje quedarte un año más, pero ha sido inútil, no me convencerá como cuando me pidió que Carmen y su hija siguieran viviendo en la casa después de que tú te fueras.

Catalina me había dicho que fue el marqués quien les permitió quedarse en la mansión, me pregunté entonces si ella sabía la verdad.

—Me da igual adónde vayas o lo que hagas para vivir, por mí como si tienes que hacer la calle para comer, te tiras por el acantilado como tu abuela, te vuelves a Inglaterra o lo que te dé la gana, pero vete de mi casa y llévate a esa desgraciada muerta contigo.

—Pero no tengo a donde ir —murmuré.

—No es mi problema. Ahora márchate, que quiero dormir un rato.

El marqués se acomodó en su butaca y cerró los ojos. Un momento después su labio inferior se descolgó y escuché su respiración profunda: se había quedado dormido. Pensé en coger uno de los cojines bordados en punto de cruz que adornaban la gran cama de matrimonio para asfixiarle, incluso me acerqué a la cama, pero Alma se había quedado dormida tumbada encima de la colcha de angora blanca. Puede que solo estuviera fingiendo que dormía como solía hacer cuando se enfadaba conmigo y quería ignorarme como castigo.

Salí de la habitación temblando. No cerré la puerta detrás de mí por si acaso cambiaba de opinión y volvía a entrar a hurtadillas para rematar al marqués, que ya había empezado a roncar. Sin trabajo, ni apenas estudios y con solo los pocos ahorros que la abuela había dejado a mi nombre no podría sobrevivir mucho tiempo por mi cuenta.

No había llegado a las escaleras de mármol cuando decidí que mi única opción era escribir a Mason Campbell para decirle que había cambiado de idea sobre su propuesta de matrimonio.

Escribí una carta a Mason esa misma tarde. Utilicé una hoja del papel de carta de Alma, era de papel de seda rosa con un ligero olor a jazmín, del tipo que se utiliza para escribir cartas de amor, aunque la mía no fuera realmente una carta de amor.

Le expliqué a Mason como, después de pensar mejor en su proposición y de dejar pasar unos días sin su presencia, había cambiado de opinión y definitivamente quería casarme con él. También le aseguré que mis padres apoyaban mi decisión y estaban encantados con la idea, tanto, que querían que la boda se celebrase cuanto antes en la mansión familiar. Cuando hube terminado le escribí el número de teléfono del despacho de padre al pie de la página para no tener que esperar mucho tiempo su respuesta.

Alma me estuvo mirando todo el tiempo mientras yo escribía la carta con su papel especial. No parecía estar muy contenta, pero me daba igual: no era ella la que tenía que buscar una forma de salir adelante.

«Si no querías que usara tu estúpido papel de cartas para escribir a Mason no haberte muerto», le había dicho sin levantar la cabeza del papel para mirarla. Supe que tarde o temprano tendría que pagar de alguna manera por haberme atrevido a usar su papel de cartas.

Caminé deprisa hasta Basondo para asegurarme de llegar a la oficina de Correos antes de la hora del cierre. Quería que mi carta saliera al día siguiente hacia Bilbao y después hacia Surrey. Tres días largos y tensos después, el teléfono del despacho del marqués sonó a medianoche rompiendo el silencio de la mansión y, tan pronto lo oí, corrí escaleras abajo para responder.

Era Mason. Había leído mi carta y «por supuesto» que seguía interesado en casarse conmigo. Acordamos que la boda se celebraría al cabo de diez días en Villa Soledad, justo después del Año Nuevo. Mientras intentaba evitar mirar a la escopeta del abuelo Martín —que seguía colgada sobre la chimenea— le prometí a Mason que yo misma me encargaría de los preparativos y de conseguir los permisos necesarios de la Iglesia y el juez. Él todavía tenía que quedarse una semana más en Surrey para terminar de cerrar sus negocios antes de viajar a Basondo para reunirse conmigo y conocer a sus futuros suegros. Cuando ya casi habíamos terminado de hablar de todo lo importante, le hice la única pregunta que me daba miedo hacerle: «¿Has tenido noticias de Lucy?»

Escuché el silencio al otro lado de la línea telefónica muy lejos del despacho del marqués donde yo estaba en camisón y con los pies helados.

«Lucy y yo habíamos empezado a retomar nuestra relación después de marcharte tú, pero ella entenderá que termine con nuestro trato ahora que nuestro compromiso es oficial.»

Aunque me sentí mal por Lucy y por sus hermanas recordé que yo necesitaba a Mason igual que ellas, y la culpa se diluyó junto con el resto de mis palabras en la línea telefónica. A la mañana siguiente les conté a mamá y a Carmen que había aceptado la proposición de matrimonio de un hombre que conocí estando en el colegio. Mamá sonrió y empezó a hablar deprisa comentando los preparativos que habría que organizar para la boda: ocuparse del banquete, escribir una lista de invitados, la decoración de la mansión, la ropa y todo lo necesario para celebrar como corresponde la boda de una joven marquesa. Mamá parecía tan entusiasmada con los preparativos que casi me recordó a la madre de antes: la que vivía con nosotras en casa antes de que Alma muriera. En cambio a Carmen no le hizo ninguna gracia escuchar lo de mi inminente boda: se retiró a su habitación en el sótano como si hubiera recibido una mala noticia y no la volví a ver hasta el día siguiente.

Mamá se ocupaba de todo: desde escoger las flores para decorar la capilla familiar, hasta decidir qué tipo de champán servirían en la recepción los camareros —con sus ridículas chaquetas blancas— a los invitados venidos desde medio mundo. Como no había mucho que yo pudiera hacer, salí a dar un paseo para evitar pensar en mi compromiso con Mason.

Al principio barajé la idea de entrar en el bosque y caminar hasta el claro secreto. Me detuve justo donde la línea de altísimos pinos servía de frontera natural entre la carretera y el bosque. Escuché los pájaros y los demás sonidos susurrando mi nombre entre las ramas trenzadas entre sí, pero vi a Alma paseando un poco más allá, al otro lado de los árboles, con su vestido blanco de encaje y sus andares de bailarina fantasmal, así que cambié de dirección y dejé que mis pasos me llevaran camino abajo para variar.

Aunque no había un sendero propiamente dicho, con el paso de los años se había ido vaciando de la hierba salvaje que crecía cerca del acantilado y ahora podía intuirse el camino que seguían todos los que se atrevían a pasear cerca del borde del acantilado, justo antes del vacío. Dejé la silueta de Villa Soledad detrás de mí mientras bajaba con cuidado por la pendiente verde, cerca de donde Alma y yo jugábamos a asomarnos al precipicio cuando éramos niñas para ver el cargadero de metal que sobresalía de la pared y los enormes barcos que esperaban debajo del muelle, desafiando al Cantábrico, para llevarse nuestro hierro por medio mundo. Me senté en la hierba, a menos de un metro del vacío. Imaginé a la abuela Soledad sentada en ese mismo lugar mirando al mar y preguntándose si debía saltar desde el muelle flotante o tal vez desde el acantilado. La abuela no solo había querido huir del abuelo —que ya llevaba un par de años muerto cuando ella saltó—, también quería huir de la vida a su lado, una vida robada por él. Miré el cargadero pensando en si algún día yo tendría que tomar la misma decisión que la abuela y dejar que el Cantábrico me tragara viva.

—Aquí está, por fin la encuentro —dijo una voz con acento escocés detrás de mí—. La he buscado por todas partes pero esta casa es como un laberinto, casi me da miedo abrir una puerta y descubrir que esconden a otra hija, un tesoro familiar o algún otro secreto espantoso.

—Sí, aquí estoy, disfrutaba del paisaje y de la soledad hasta que ha aparecido usted —respondí sin volverme para mirarle—. Catalina es la única hija que guardamos en Villa Soledad y no es precisamente un secreto, y hasta donde yo sé tampoco hay ningún tesoro familiar escondido en la mansión.

Aunque después de decirlo en voz alta recordé el collar con la esmeralda y los diamantes que la abuela Soledad dejó sobre mi almohada antes de saltar. Si el marqués no lo había malvendido ya, puede que todavía estuviera escondido en alguna caja u olvidado en el fondo del armario de mamá.

—¿Le importa si me siento y le hago compañía? —preguntó Liam sin esperar respuesta—. Bonita vista, aunque sería mejor para el negocio de la mina si construyeran un puerto ahí abajo. No sé por qué no han levantado un pequeño puerto de mercancías donde comienza la pared de roca.

Sonreí sin apartar los ojos del mar revuelto.

—Es bueno haciéndose el tonto, eso lo reconozco, apuesto a que en su vida ha engañado a muchos hombres tan ricos como mi padre con esta táctica. —Le miré y noté que sus ojos verdes eran capaces de soportar las mentiras sin temblar—. Sabe de sobra que es imposible construir nada ahí abajo porque la fuerza del mar arrancaría de cuajo cualquier ridículo muelle o embarcadero.

—He oído que va a casarse —respondió Liam como si no me hubiera escuchado—. Enhorabuena, supongo.

—¿Supone? Siempre hay que decirle «enhorabuena» a la novia, lo contrario trae mala suerte.

—No pensé que fuera usted una mujer supersticiosa.

—Liam se acomodó mejor en el suelo de tierra y estiró sus piernas sobre el trecho de hierba que crecía delante de nosotros—. Aunque tampoco pensé que fuera a llegar tan lejos. ¿De verdad va a casarse con un hombre al que no ama y apenas conoce?

—Desde luego que sí —afirmé convencida—. Del mismo modo en que me casaría con usted sin dudarlo si tuviera dinero y fuera un lord de verdad. El amor no tiene nada que ver con el matrimonio, al menos no para las mujeres: se trata únicamente de buscar la asociación más provechosa posible, como sucede en una fusión entre dos empresas donde cada uno busca algo del otro. ¿O cree que mi futuro marido está interesado en mi encantadora forma de ser y en mi sentido del humor? No. Él está interesado en mi juventud y en el título de mi familia, pero no veo que le juzgue igual que a mí.

—¿Encantadora? —repitió Liam con su media sonrisa.

Pero yo le ignoré y añadí:

—Mire a mi madre y a mi abuela, no creo que ellas quisieran a sus maridos ni un solo día de sus vidas, y desde luego ellos tampoco las querían a ellas. Y, además, ¿quién le dice a usted que yo no amo a Mason?

—Disculpe, no pretendía insinuar que su apresurado matrimonio con ese «ovejero» yanqui era puramente una cuestión de interés.

—Vaquero, es vaquero, y me importa muy poco lo que usted opine. Desde fuera es muy fácil y cómodo criticar mis actos, pero ya me gustaría verle a usted o a cualquier otro hombre teniendo que casarse para salvar su vida, su patrimonio o su honor. —Dejé escapar un bufido antes de añadir—: Siempre repitiendo que las mujeres nos casamos solo por el interés o el dinero pero sin querer ver que el matrimonio es casi la única posibilidad de cerrar un negocio que tenemos nosotras.

Pensé en Lucy, en sus pecas, en su pelo color zanahoria

siempre enmarañado y en la fotografía con sus hermanas pequeñas —todas con las mismas pecas y el mismo pelo zanahoria— que siempre tenía en su mesilla de nuestra habitación en el St. Mary's. Desde luego ninguna de ellas elegiría con quién casarse.

—Pensé que eso ya había quedado en el pasado gracias a la República y todo lo demás —dijo Liam con cautela—. Me cuesta imaginar a alguien casándose por unas tierras o por una herencia.

—Claro, usted es un hombre y nunca ha tenido que pensar en casarse para poder vivir porque puede hacer lo que le dé la gana: no necesita el permiso de su padre o de su esposo para cerrar un negocio, trabajar, vender su casa, tener una cuenta de ahorro en el banco o gastar su propio dinero como le plazca, así que no hable sobre lo que no conoce porque eso le hace parecer idiota, idiota de verdad, no como cuando solo lo finge.

Una ráfaga de viento subió desde el mar por el acantilado despeinándome.

—Nunca lo había visto de esa manera —respondió Liam después de pensarlo un poco—. Pero casarse es más que hacer negocios, hay otros asuntos complementarios asociados al matrimonio, ¿ha pensado usted en eso?

Me reí sin ganas.

—«Asuntos complementarios», ¿así lo llama? —pregunté, aunque me daba igual su repuesta—. Sí, pues claro que he pensado en eso. No creerá en serio que yo no había caído en ese pequeño detalle hasta que no lo ha sugerido usted, ¿no?

Liam se olvidó del mar y me estudió con curiosidad. La cicatriz de su mejilla seguía ahí, medio oculta bajo su barba pelirroja, incluso cuando su rostro estaba serio como ahora.

—Le pido perdón si la he ofendido, es solo que su forma de entender el mundo me desconcierta y me intriga al mismo tiempo —se disculpó él, y puede que esa fuera la primera verdad que me había dicho—. Me gustaría conocerla mejor.

—No me ha ofendido, yo soy así con todo el mundo. Mi hermana solía decir que soy como una zarza salvaje que araña hasta hacer sangrar a todos cuantos se acercan. —Me coloqué un mechón de pelo negro desordenado por el viento—. ¿Y cómo va su estafa, su timo o lo que sea? Pensé que a estas alturas ya habría volado de Basondo con alguna excusa y parte de mi herencia.

Liam sonrió.

—Veo que sigue convencida de que soy solo un farsante.

—Desde luego, lo que no comprendo es por qué aún está aquí. Solo espero que no se haya ablandado por la condición actual del marqués, la bondad es una mala cualidad para un estafador —le dije—. Y le aseguro que mi padre se merece cada ráfaga de dolor que pueda sentir: no es un pobre hombre indefenso postrado en una silla de ruedas.

Dos días antes, Carmen y mamá habían ayudado al marqués a sentarse en una moderna silla de ruedas que el doctor había enviado desde Bilbao diseñada especialmente para él. También le habían instalado en una de las habitaciones vacías del primer piso, así que ahora el marqués podía moverse por el primer piso sin ayuda o incluso salir a la terraza trasera para tomar el sol por las tardes. Padre no había vuelto a dirigirme la palabra, ni siquiera para darme la enhorabuena cuando mamá le contó muy emocionada lo de la boda, aunque permitió que me quedara en Villa Soledad hasta el día después de la celebración.

—La verdad es que me gustaría poder cerrar nuestro trato, pero últimamente su padre ya no parece tener interés en hablar de negocios —dijo él—. Ahora solo quiere hablar conmigo del perdón y de Dios, dos temas que me resultan tremendamente aburridos, si me permite decirlo.

Me reí en voz baja porque a mí también me daban igual.

—Y además de aburridos son dos asuntos poco rentables a no ser que sus negocios tengan que ver con Dios o con el perdón, y no creo que sea usted sacerdote o pastor —dije, pensando en Tomás y en su alzacuellos aún vacío—. Su cambio de actitud con mi familia no tendrá nada que ver conmigo, ¿no? —sugerí—. No se estará quedando más tiempo en Basondo por mí, ¿verdad?

—¿Y si fuera así? —me preguntó.

—Si fuera así le diría que es usted idiota porque sabe que pronto estaré casada con otro hombre.

—Lo sé, pero hay muchas cosas que podríamos hacer usted y yo juntos que no requieren de un certificado matrimonial.

Le miré con los ojos entrecerrados, no porque me hubiera ofendido sino porque no sabía bien a qué se estaba refiriendo exactamente.

—Yo no tengo dinero que pueda robarme, señor Sinclair, así que ¿a qué tipo de cosas se refiere? —le pregunté como si no estuviera muy interesada—. Pensé que usted era solo un lord interesado en vender algunas tierras de su familia.

—Podríamos ser socios, mitad y mitad. Es usted lista, hermosa y definitivamente tiene corazón de estafadora. Y está también ese asunto de la magia... —Liam hizo una pausa para ver mi reacción—. Estoy seguro de que es capaz de convencer a los hombres para que hagan lo que usted desea, a cualquier hombre que se proponga.

—De nuevo habla usted como si eso fuera algo difícil de conseguir —respondí sin mirarle—. Prefiero seguir trabajando solo para mí, sin mitades ni socios, muchas gracias.

Me levanté frotándome las manos para quitarme los restos de tierra. Liam se levantó también y se limpió las briznas de hierba que se habían quedado pegadas a sus pantalones, después se acercó un poco más a mí.

—¿Sabe una cosa? Casi me da lástima su futuro marido. Casi.

—Ah ¿sí? Vaya, qué interesante.

Carmen me había dicho una vez, mientras me peinaba antes de ir a dormir, que a los hombres les gusta creer que sus opiniones sobre cualquier asunto eran siempre muy valiosas por innecesarias que estas resultaran ser en realidad. Miré a Liam intentando averiguar si era él quien hablaba o solo el lord que fingía ser: uno de los dos me gustaba.

—¿Se quedará para la boda? —pregunté sin moverme a pesar de que estaba tan cerca de Liam que mi pelo suelto le rozaba la mano—. Mamá quiere saber cuántos invitados seremos, para el catering.

—Claro, para el catering —respondió él con una media sonrisa que dejaba muy claro que no me había creído—. Sí, me gustaría quedarme para su boda si es posible. Además, tal vez logre que en estos ocho días que quedan cambie usted de idea.

—¿Sobre el matrimonio o sobre lo de ser su socia? —quise saber.

—Sobre ambas cosas, espero.

Vi sus ojos verdes en llamas y supe que estaba tratando con el verdadero Liam, no con ese hombre un poco atolondrado y de modales exagerados que él fingía ser para robar a todos los nobles que, como mi padre, se cruzaban en su camino. Me acerqué un poco más a él hasta que pude notar su respiración mezclada con el viento del norte en mi cara y susurré:

—No cuente usted con ello.

LA BODA

T al y como Carmen había pronosticado unos años atrás, ahora estaba ayudándome a vestirme de novia en mi habitación. Ella abrochaba los pequeños botones forrados en encaje que había en la espalda de mi vestido, uno por uno, con sus dedos ágiles acostumbrados a tocar telas finas y puntillas, pero siempre de otras.

—¿Falta mucho? —le pregunté intentando mirar lo que ella estaba haciendo por encima de mi hombro.

—No, ya casi he terminado, pero estate quieta, niña, o tardaré más.

Suspiré e hice una mueca de fastidio cuando Carmen no podía verme, no porque estuviera nerviosa como se supone que deben estar las novias, sino porque ya llevaba ahí casi una hora y me aburría terriblemente. Estaba de pie en un escabel tapizado que mamá solía usar para probarse los vestidos y que Carmen les pudiera coger el bajo con alfileres antes de llevarlo a arreglar a la mercería del pueblo.

—La señora marquesa podía haberte elegido un vestido con menos botones, qué trabajito me están dando —protestó Carmen con el ceño fruncido—. Aunque es un vestido precioso y muy elegante, a tu madre le habrá costado un ojo de la cara conseguir que te lo hagan a medida, y encima con estas prisas...

Las mangas bordadas con hilo de seda me molestaban y me costaba un poco respirar desde que Carmen había conseguido cerrar por fin el último botón en mi corpiño de raso y encaje de chantillí.

—¿Ya está? —volví a preguntar más impaciente ahora.

Las manos familiares de Carmen desaparecieron de mi espalda pero no dijo nada durante un momento, solo me miró en silencio.

—Bueno, ¿está ya o no?

—Ya estás lista —respondió por fin, pero noté que había una nota de tristeza en su voz—. Solo te falta el velo, espera, que voy a buscarlo. Lo dejé bien colgado anoche después de plancharlo para que hoy no tuviera ni una sola arruga.

Carmen entró en el cuarto de baño de la habitación y se subió con cuidado al borde de la bañera de hierro fundido para alcanzar la percha donde estaba colgado el velo. La noche anterior Carmen había dejado la percha con el velo colgada de la antigua barra de las cortinas de la bañera para evitar que se arrugara.

—Venga, niña, baja con cuidado de ahí para que te ponga el velo y acabemos ya, que todavía tengo que ir a consolar a Catalina.

—¿Qué le pasa pues? —pregunté.

—Nada, que la pobre lleva dos horas llorando a lágrima viva en la habitación y no quiero que se pase el día disgustada.

Obedecí aliviada al bajarme por fin del escabel, pero tuve cuidado de levantarme la falda de crepé de seda natural por delante para no pisarme el vestido, que crujía cada vez que me movía.

—¿Por qué llora?

Sin soltar el velo, Carmen cogió un puñado de horquillas del primer cajón del tocador y vino hasta donde yo estaba para colocármelas.

—Las cosas del marqués, que como todos los ricos se piensa que nunca va a necesitar ayuda. Yo no voy a vivir eternamente y no se da cuenta de que tarde o temprano necesitará a alguien que le cuide y le haga compañía en esta casa enorme, y para entonces puede que ya no le quede ni una peseta en la cuenta del banco con la que pagar a alguien que le atienda. —Carmen se guardó las horquillas en el bolsillo de su delantal para tener las dos manos libres y me colocó el velo bordado con perlas sobre la cabeza—. Tu madre está delicada de salud desde... bueno, ya sabes desde cuándo, tú ya tienes un pie fuera de esta casa, así que solo le queda Catalina. Ella es su hija por mucho que le pese al marqués, y podría cuidar de él cuando tu padre no sea más que un viejo achacoso con la cabeza llena de pájaros, pero si sigue tratándola así no conseguirá que mi Catalina se quede a su lado cuando no quede nadie más.

Sentí el peso de las perlas bordadas en el velo sobre mi cabeza, llevaba ya tantas horquillas en el recogido del pelo que cada vez que movía el cuello para mirar algo se me clavaba alguna en la cabeza. Aun así, Carmen volvió a colocarme más horquillas para sujetar el pesado velo en su sitio.

—Deja que el marqués se muera solo y sin que nadie le llore, es lo que se merece por todo el mal que nos ha hecho —dije sin ninguna emoción en la voz.

Pero Carmen se olvidó de las horquillas un momento y me miró desde sus ojos castaños.

—Tu padre es un mal hombre, ya tienes edad para que te lo diga sin rodeos, niña. Nunca tendrá que pagar por lo que le hizo a tu hermana o por todo el daño que le ha hecho a tu madre, y sospecho que esta boda acelerada tuya es cosa de él también —empezó a decir—. Pero si Catalina no acepta cuidar del marqués cuando sea viejo, él la echará de esta casa en cuanto yo me muera y a ver a dónde va la pobre.

—Nunca lo había pensado —admití, todavía dándole vueltas a esa idea.

No me gustaba la idea de que Catalina tuviera que cuidar por obligación del marqués: un hombre que la había despreciado de todas las formas posibles a pesar de ser su padre.

—Pues claro que nunca lo habías pensado, niña, tú has tenido suerte en esta vida: eres la joven marquesa y nunca has vivido sin dinero, no sabes lo que es eso. Mejor para ti porque la falta de dinero te hace prisionera de cualquiera que tenga dos monedas de sobra para tirártelas a la cara: un marido, un padre o un señor marqués al que servir, pero mi Catalina no ha tenido tanta suerte como tú —dijo Carmen mientras me ponía otra horquilla peligrosamente cerca de la oreja—. Aunque después de lo que ha costado la boda y dar de comer y beber a todos esos golfos ricos que están ahí abajo, tampoco es que tú vayas a heredar mucho de tus padres.

—Ya estoy harta de oír hablar de dinero —masculé.

Una fortuna, eso era lo que había costado mi boda sin contar el vestido de novia hecho a medida en Francia que llevaba puesto. Sofisticados canapés de salmón ahumado, *foie-gras* de pato que mamá había ordenado comprar por kilos, fresas frescas prácticamente imposibles de conseguir en pleno enero para las tartaletas tibias de mantequilla y tomillo, varias latas de caviar Almas, faisanes rellenos de pétalos de rosa en salsa de Oporto, trufas de chocolate belga, un ejército de langostas que aún estaban vivas cuando bajé a curiosear anoche a la cocina, y botellas y botellas de vino y champán francés que se enfriaban en la bodega de la mansión. Todo eso además del regimiento de jardineros, limpiadores, cocineros, camareros y floristas que mamá había contratado para que le dieran a Villa Soledad el aspecto que solía tener cuando éramos niñas y el hierro aún salía por toneladas de la mina Zuloaga.

—La mina va peor que nunca, el año pasado tu padre casi tuvo que cerrar, pero al final la salvó tirando de unos ahorros que tenía tu madre. Si ella no hubiera vendido algunas de sus joyas, nunca habrían podido pagarte esta boda —dijo Carmen colocándome la última horquilla—. Tu padre culpa a la República y al nuevo gobierno de su ruina, pero lo cierto es que la mina ya iba mal antes. Hay hombres que no están hechos para los negocios por mucho que ellos se crean que sí, y el marqués es uno de ellos.

Me acordé de mis clases de economía avanzada en el St. Mary's mientras Carmen terminaba de arreglarme y me cubría la cara con el velo.

—Yo habría administrado la mina Zuloaga y el negocio familiar mucho mejor que el marqués —dije contra el velo.

—Pues claro que sí, niña. Y si hubieras nacido chico ahora no estarías metida en este lío de boda. —Carmen se alejó un poco para verme mejor y me sonrió—. Pero qué guapa estás, pareces una actriz de Hollywood, ¡igualita que Lupe Vélez!

Pero yo bajé la cabeza y miré la larga falda de crepé de seda.

—¿Tú crees que soy mala?

Antes de responder, Carmen se acercó hasta donde yo estaba y me obligó a mirarla.

—¿Quién te ha dicho eso? ¿Ha sido tu padre?

Podía ver el rostro familiar de Carmen difuminado por el velo.

—No, nadie me lo ha dicho, es solo algo que pienso últimamente —admití.

No era algo en lo que soliera pensar y desde luego no me quitaba el sueño: poco o nada me importaba que otros pensaran que yo era mala, pero desde hacía unos días no dejaba de pensar en Lucy y sus hermanas, a las que había «condenado» por casarme con Mason. Aunque yo sabía que era su propio padre —y la situación económica que atravesaba el país— lo que las había puesto en esa situación, no podía dejar de recordar la fotografía de las cuatro hermanas pelirrojas.

—Mira, tienes dos opciones en esta vida, niña: o sonríes y haces todo lo que los demás se esperan de ti, o prepárate para que te critiquen hasta en el día de tu entierro. A ti, como eres marquesa, te dirán que eres «mala», que es más fino, en vez de algo peor —me dijo muy seria—. Pero no es verdad, es solo la manera que tienen los demás de intentar dominarte haciendo que tengas miedo de lo que te llamen, y prepárate porque te lo llamarán durante toda tu vida hagas lo que hagas.

—Ya lo sé, es solo que había una chica en el internado conmigo que... —empecé a decir.

—Sí, ya he oído que te vas a casar con el mozo de tu amiga, pero también sé que si de ti dependiera no te casarías hoy ni mañana —me cortó ella—. Así que venga, deja ya de gimotear y vuelve a portarte como la niña salvaje que eres o te comerán viva. ¿O crees que tu padre, después de todo lo que ha hecho, está ahora preguntándose si es malo? No. Tu padre estará ya acomodado en su silla de ruedas en el pasillo de la capilla o charlando con ese meapilas de Dávila, que jamás le diría al marqués de Zuloaga que es malo por haber matado a su hija o engañado a su mujer toda la vida. «Mala» o «puta» son insultos que están solo reservados para ti... y para mí, claro. Para nosotras. —Carmen hizo una pausa y supe que estaba recordando el desprecio con el que la miraron aquellas mujeres que esperaban para entrar a misa, y todos los desprecios que siguieron a ese—. No dejes que te convenzan de que tú eres mala mientras ellos miran hacia otro lado para no ver sus propios pecados.

Asentí en silencio y supe que nunca más volvería a pensar en ello. Sentí como la culpa y la vergüenza se hacían pequeñas dentro de mí hasta desaparecer.

—¿Ya estoy lista?

—Ya estás lista, niña. Voy abajo a quitarme el delantal y a ponerme los zapatos buenos para la boda, que no quiero perdérmela ni aunque tenga que quedarme de pie en el fondo de la capilla —me dijo Carmen soltándose del nudo del delantal mientras hablaba—. Todos los invitados deberían estar ya dentro de la ermita esperando a que llegue la novia pero, para asegurarte de que no te cruzas con nadie en la casa, tú quédate aquí después de que yo salga y cuenta hasta cien antes de bajar.

Ahora todo estaba en silencio, pero durante esa mañana había escuchado el jaleo de los camareros y cocineros en la cocina o colocando los platos de la vajilla buena, las copas y las fuentes de plata sobre la mesa del comedor formal para el banquete nupcial. También había escuchado ensayar a los músicos en el jardín trasero mientras Carmen me peinaba y me ponía más laca en el pelo para ayudar a mantener las horquillas en su sitio. Esta vez mamá no había contratado un grupo de swing para amenizar la fiesta, sino a un sobrio cuarteto de cuerda que afinaba sus violines en la misma nota triste una y otra vez.

—Hasta cien, entendido —respondí sin pensar mucho en ello.

Antes de salir de la habitación Carmen me cogió la mano entre las suyas apretándola con cariño y me dijo:

—Ánimo, niña, que ya casi está hecho.

Después me dejó sola en la habitación de la torre y cerró la puerta tras de sí. Yo la escuché bajar las escaleras, deprisa para que no la oyera llorar, hasta que sus pasos desaparecieron en la distancia. Todo se quedó en silencio excepto el crujido de mi vestido. Tan pronto escuché la puerta principal cerrándose tres pisos más abajo empecé a contar:

—Uno, dos, tres...

Bajé sola por todo el camino que iba desde la puerta de entrada de la casa hasta la pequeña capilla familiar que colgaba cerca del acantilado. No vi ni a uno solo de los casi doscientos invitados de mamá mientras intentaba no manchar demasiado la larga cola de mi vestido, que arrastraba sin remedio por el jardín. A mí no me importaba mucho que se manchara, pero sabía que mamá se disgustaría si me ensuciaba el vestido antes de entrar en la iglesia y que se pasaría el resto de la boda culpándome en silencio.

Hasta que no estuve casi en la puerta no me di cuenta de que Tomás estaba allí. Llevaba puesta su sotana y sus zapatos buenos. Pensé fugazmente que quizás había cambiado de opinión y estaba dispuesto a fugarse conmigo muy lejos de Basondo, pero entonces volví a ver el hueco vacío en su camisa donde pronto estaría el alzacuellos.

—Hola y enhorabuena —me dijo muy serio.

—No estás aquí porque hayas cambiado de opinión sobre lo de marcharnos juntos, ¿verdad?

Tomás sonrió, pero la tensión entre nosotros no se evaporó en el aire de la tarde.

—No, me temo que no —respondió—. Fue idea del padre Dávila: él cree que es bueno que yo esté aquí hoy.

Aunque la puerta de roble estaba cerrada desde fuera, podía escuchar el murmullo suave de los invitados que me esperaban dentro de la capilla. Imaginé a Mason de pie frente al altar, con su traje nuevo y las manos a la espalda esperando a que sonara la marcha nupcial para verme aparecer. Decidí que todavía podía hacerle esperar un poco más.

—¿Dávila quiere que estés hoy aquí para que aprendas a oficiar una boda? —le pregunté.

Tomás negó con la cabeza:

—No, para que vea cómo te casas con otro. Para que los dos lo veamos y acabemos por fin con esto antes de que suceda una desgracia.

—¿Además de la de Alma, quieres decir? —No pude disimular el tono de reproche en mi voz y tampoco me molesté en intentarlo.

—Sí, además de la de Alma.

Al nombrarla miré de refilón por si acaso la veía detrás de mí esperando para entrar en la capilla como un invitado más, pero todo lo que vi fue el viento del norte sacudiendo la hierba del jardín. Mi hermana muerta, que no me había dejado tranquila un momento desde que la enterramos, iba a perderse mi boda.

—Ojalá todo hubiera sido diferente... ojalá no fueras a casarte hoy —murmuró Tomás.

Le miré y vi en sus ojos color chocolate que lo pensaba de verdad.

—Nunca le he visto la utilidad a lamentarse. No es más que una pérdida de tiempo, eso no va conmigo —le dije.

Mientras hablaba me coloqué mejor el velo que se había movido con el paseo hasta allí.

—No, eso ya lo sé. —Tomás se rio con amargura—. Tú eres más de actuar que de lamentarte después.

—Y ahora tengo que casarme, así que si me haces el favor de apartarte...

Miré las puertas cerradas de la capilla, tomé aire dentro de mi apretado corpiño y alargué el brazo para abrir la puerta, pero Tomas me detuvo.

—Espera... —dijo cogiéndome de la mano.

Dejé que sus dedos se entrelazaran con los míos porque sabía que solo duraría un momento más.

—Hay otro motivo por el que el padre Dávila me ha hecho venir hoy. La tradición es que el padre de la novia la lleve hasta el altar, pero el marqués está impedido y no tienes padrino, un abuelo u otro familiar varón para que te entregue a tu futuro marido. —Mientras hablaba Tomás había pasado mi brazo alrededor del suyo como si estuviéramos paseando juntos—. Yo mismo te entregaré al novio.

Tomás dio unos golpecitos en la puerta a modo de señal y un momento después el cuarteto de cuerda empezó a tocar la marcha nupcial en el interior de la capilla.

—¿Preparada para casarte? —me preguntó Tomás en voz baja.

Las notas de música salían por las ventanas abiertas para dejarse arrastrar hasta el bosque por el viento. Yo miré nuestros brazos unidos y de repente me recordó a la forma en que los dientes de metal del cepo del marqués se hundían en la carne de ese chiquillo que Alma y yo encontramos perdido en el bosque hacía tanto tiempo.

Levanté la cabeza para mirarle a través del filtro borroso del velo y dije:

—Preparada.

No me sentí diferente después de casarme. El padre Dávila terminó su sermón, que hablaba sobre el matrimonio y la importancia de la familia, y después leyó un pasaje en su Biblia encuadernada en piel con los bordes de las páginas dorados. Yo solo hablé para decir «sí, quiero» después de que lo hiciera Mason.

Tomás se quedó cerca del padre Dávila para ir dándole las velas, la copa con el vino para consagrar y todo lo demás que pudiera necesitar durante el servicio. No me miró ni una sola vez en todo el tiempo que duró la ceremonia, pero mientras Dávila hablaba acerca de los peligros de abrazar demasiado la modernidad en su sermón, me fijé en que Tomás no podía disimular un gesto de disgusto. Que me estuviera casando con otro hombre le disgustaba, pero no tanto como que Dávila no compartiera sus ideas políticas.

«De menudo pájaro nos fuimos a enamorar», pensé con una sonrisa amarga mientras nos declaraban marido y mujer. Después de la ceremonia hubo aplausos, gritos de «¡Vivan los novios!» en español —que asustaron a un par de invitados alemanes— y gente a la que yo ni siquiera conocía que me buscaba para abrazarme o darme la enhorabuena. Mason apenas sabía dos frases en español y una hora después estaba charlando con un banquero suizo acerca del valor del oro y de cómo se estaba devaluando en comparación con el petróleo.

Nadie en la mansión notó mi ausencia cuando me escabullí por la puerta lateral de la casa para ir hasta el pequeño cementerio familiar al final de la finca. Cuando llegué a la valla baja que separaba la tierra consagrada del cementerio del resto de la propiedad miré entre las tumbas por si acaso Alma estaba allí esperándome, pero no la vi por ningún lado, así que entré sin molestarme en cerrar la destartalada puerta de hierro.

No había vuelto a la tumba de Alma desde el día de su entierro. Me sorprendió que mamá no hubiera mandado colocar una corona de rosas blancas sobre su lápida por si acaso algún invitado despistado se alejaba de la casa y terminaba en el cementerio viendo la tumba. En lugar de eso, el musgo espeso que crecía cerca del mar se había hecho fuerte alrededor de su tumba cubriendo los laterales de la piedra mientras que una enredadera —similar a la que antes trepaba por la fachada de la casa— crecía enroscada alrededor de la lápida haciendo casi imposible leer su nombre. Al marqués siempre se le había dado bien ocultar sus pecados.

—Al verla he creído que era usted un fantasma —dijo una voz masculina desde la portezuela del cementerio.

Al instante reconocí el terrible acento de Liam detrás de mí.

—Debería saber que los fantasmas y los espíritus no acostumbran a rondan los cementerios, señor Sinclair. No les gusta.

—¿A no?, ¿y eso por qué? —Detecté un matiz de verdadera curiosidad en su voz, casi como si Liam creyera que yo conocía los motivos de los no-muertos.

—Porque nunca hay nadie en los cementerios, nadie vivo —respondí—. Y los fantasmas prefieren rondar a los vivos, por eso mismo se aparecen en las habitaciones donde solían dormir, nos visitan mientras leemos el periódico o se pasean por la cocina de madrugada.

Sentí como abría la portezuela del cementerio y escuché sus pasos detrás de mí acercándose hasta donde yo estaba, cerca del sauce sin hojas que arrastraba las ramas por el suelo consagrado.

—No esperaba encontrar a la novia aquí sola —me dijo—. ¿Tan pronto y ya está cansada de su marido?

—Ya estaba cansada de él antes.

Liam se rio.

—Veo que es usted toda una romántica.

Me volví para mirarle y me di cuenta de que se había acercado a mí mucho más de lo que yo pensaba.

—Soy práctica. ¿O acaso debería morirme de hambre en la calle solo para contentarle a usted? Si quiere, puede darme una lista con los trabajos o tareas que considera respetables que yo realice, ¿qué le parece? Y podemos preguntarles también a otros invitados, ¿por qué no? Que todos los presentes den su opinión —dije con ironía—. ¿Cómo se me pudo ocurrir tomar una decisión que únicamente me afecta a mí, sin consultarlo antes con usted y con todo este maldito pueblo? ¿En qué estaría yo pensando? Dígame, por favor, en su importantísima opinión ¿debería buscar un trabajo de limpiadora en alguna casa elegante como Villa Soledad para que el marqués de turno me pellizque el trasero cuando le venga en gana? ¿O tal vez consideraría más adecuado para mí hacerme institutriz de dos críos insufribles? Eso sí es respetable, ¿verdad? Elegir servir a otros en vez de servirme a mí. Pero diga algo, por favor, estoy ansiosa por saber su opinión.

Pensé que se enfadaría o que murmuraría alguna excusa para volver a la fiesta y seguir fingiendo que era Liam Sinclair, lord de Escocia, para seducir a un grupo de empresarios y banqueros encantados de codearse con un noble. Pero en vez de eso Liam asintió despacio con la cabeza y dijo:

—Veo que la he molestado y le pido disculpas. Tiene razón en lo que ha dicho: lo que haga no es asunto mío o de nadie más, y ninguna de sus otras opciones era mejor que casarse con el señor Campbell. Hace bien en cuidar solo de usted misma porque nadie más lo hará, sé bien de lo que hablo.

—No necesito las disculpas o la comprensión de nadie. Y menos las suyas, un hombre que ha hecho de la mentira y el engaño su modo de vida.

—Un estafador siempre reconoce a otro, ¿verdad? —me preguntó sin perder la sonrisa.

Liam llevaba puesto un elegante esmoquin entallado de color negro con las solapas de la chaqueta en pico forradas de satén también negro, pajarita a juego y los zapatos estilo Oxford más brillantes que yo había visto jamás. El corte de la americana marcaba la línea de sus hombros fuertes y su camisa blanca —con los botones ocultos— se ajustaba a la perfección a su pecho. Se había peinado su pelo cobrizo con ayuda de fijador como los caballeros distinguidos, pero sus rizos seguían teniendo el mismo aspecto rebelde que la primera vez que le vi. Sabía bien que esa no era la apariencia de un lord cuyas únicas obligaciones eran viajar por el mundo para vender tierras y cerrar negocios con un vaso de whisky en la mano, si no la de alguien que había realizado algún tipo de trabajo físico durante años, seguramente siendo más joven.

—¿Y qué tal va su pequeña estafa? —le pregunté con curiosidad—. Algunos hombres cuando beben se vuelven más generosos con el dinero, pero el marqués es igual de miserable que cuando está sobrio. Le digo esto para que se dé prisa y le haga firmar los papeles falsos antes de que llegue al tercer vaso de whisky.

Liam tenía las manos en los bolsillos de su pantalón negro, podría parecer que era un gesto automático para protegerse del frío, pero a él no parecía molestarle, igual que a alguien que ya ha pasado mucho frío en su vida. Sin embargo, yo sentía como el viento helado que barría el cementerio se colaba entre los dibujos del encaje de mi vestido, haciéndome temblar debajo de las capas de seda y crepé.

—Me temo que a su padre no le queda mucho que se le pueda robar —dijo sin rastro de ironía en su voz. Hizo una pausa y añadió—: Lamento ser yo quien se lo diga, pero casi todo el fondo familiar de los Zuloaga ha volado, y las cuentas de la empresa no están mucho mejor. Su padre ha hecho muchas y muy malas inversiones en los últimos años y lo ha perdido prácticamente todo, pronto no quedará más dinero en su familia que la pequeña herencia de su madre y las pocas joyas que no haya vendido para pagar esta boda... El marqués está arruinado.

—¿Cómo sabe todo eso? —le pregunté entornando los ojos para estudiarle mejor—. Él no le contaría algo así a un desconocido jamás, ni siquiera estando borracho.

Liam se acercó un poco más a donde yo estaba y echó un vistazo alrededor del cementerio para asegurarse de que no hubiera nadie vivo —ni muerto— que pudiera escuchar nuestra conversación.

—Encontré los libros de cuentas que el marqués esconde en la caja fuerte, los de verdad, no esos con números falsos que le enseña a su madre cada año y a sus abogados para tenerlos tranquilos.

Parpadeé sorprendida.

—¿Los encontró por casualidad?

—Desde luego —respondió él fingiendo estar ofendido por mi insinuación—. Su padre estaba ocupado en el comedor presumiendo delante de un alto cargo del ejército acerca de lo bien que se había casado su hija: «La niña se va a hacer las Américas, como el viejo. Si el vaquero ese no la devuelve en un par de meses, pienso pedirle hasta la última vaca que tenga en su rancho: un animal a cambio de otro. Tengo un negocio seguro aquí y necesito liquidez para ponerlo en marcha.»

Sonreí con amargura.

—Lo ve: para el marqués también se trata solo de negocios, incluso cuando habla de su propia hija.

Durante un momento ninguno de los dos dijo nada y el sonido de las olas que rompían muchos metros más abajo contra la pared de roca llenó al aire. Yo imaginé a la perfección la escena que Liam había descrito porque la había vivido muchas veces en el pasado: el marqués con su vaso de whisky en una mano, sentado en su silla de ruedas, hablando demasiado alto de su hija mientras mamá le lanzaba miradas de reproche desde el otro lado de la habitación que él ignoraba sin más. Por supuesto mamá no le llamaría la atención delante de los invitados, en vez de eso inventaría alguna excusa para ausentarse de su fiesta un rato y poder esconderse en su baño a llorar.

—Es un lugar extraño para un cementerio: hermoso sí, pero también extraño. Había oído que tenían un cementerio en la propiedad aunque no lo había visto antes —comentó Liam mirando alrededor del pequeño terreno vallado—. Si no le importa que pregunte... ¿es esa la tumba de su hermana?

—Sí, pero a Alma nunca le ha gustado demasiado —dije volviéndome para mirar la lápida cubierta por la enredadera—. Ella prefiere pasearse por ahí para atormentarme.

—Habla de la culpa y los remordimientos, ¿verdad? —preguntó con una sonrisa nerviosa—. No quiere decir que el fantasma de su hermana gemela se pasee realmente por la mansión de madrugada.

Me fijé en que cuando Liam se ponía nervioso su «acento» se volvía más marcado aún.

—No, claro que no —dije para tranquilizarle.

—He visto al joven aprendiz de sacerdote en la boda. Lo he notado muy ocupado intentando no mirarla mientras usted decía sus votos matrimoniales —empezó a decir él con cautela—. Supongo que ese es el joven del que hablan en el pueblo, el antiguo pretendiente de su hermana.

—Sí, es él.

—Debe de ser muy triste: puede usted tener a cualquier hombre del mundo menos al único que ama.

—¿Y quién dice que le ame? —Le miré hasta hacerle sentir incómodo y después volví a fijarme en la superficie revuelta del Cantábrico—. Además, Tomás me ama también, solo que él ama más otras cosas.

—No comprendo, ¿qué otras cosas podría amar un hombre más que a usted?

—La República, a Dios, el recuerdo de mi perfecta hermana, la poesía... —dije—. Elija usted la que prefiera, yo no ocupo en su corazón un lugar tan importante como ninguna de esas cosas.

Recordé todas las veces en que Tomás me había hecho sentir que yo no era tan buena como Alma. Durante mucho tiempo mientras estuve en el St. Mary's fantaseé con la idea de contarle la verdad acerca de Alma la Santa, y ver como el recuerdo perfecto y brillante de ella se rompía en mil pedazos. Pero no lo hice porque sabía que él no me creería nunca.

—Así que puede tener su amor pero no su aceptación, que es precisamente lo que usted ansía. —La voz ronca de Liam me sacó de mis pensamientos.

—No lo sé, el motivo por el que los demás hacen las cosas o qué es eso que guía sus sentimientos es un misterio para mí, me pasa incluso con los míos —respondí, después me volví para mirarle—. Pero sospecho que a usted se le da bien comprender las motivaciones y el carácter de los demás, mejor incluso que a ellos mismos, por eso es tan buen estafador: las personas y sus deseos no son un misterio para usted.

Liam estaba tan cerca que pude ver sus pestañas, cobrizas y espesas, rodeando sus ojos mientras me estudiaba con curiosidad.

—No se parece usted a nadie que yo haya conocido antes, hombre o mujer —me dijo a media voz—. ¿Cómo supo que yo mentía?

—Lo supe nada más verle, usted mismo lo ha dicho antes: un timador reconoce a otro. —Sonreí satisfecha al ver su expresión—. Además, después de conocernos escribí una carta a una compañera de mi colegio en Surrey para preguntarle acerca de los Sinclair. Ella es escocesa, su padre es un miembro del Parlamento, uno de verdad quiero decir, y nunca había oído su nombre. Le recomiendo que se busque uno nuevo o que cambie su historia para no terminar en la horca.

—Sería usted una estafadora increíble —me dijo con su eterna media sonrisa.

El viento del norte ya le había despeinado dándole a su pelo el aspecto salvaje y poco formal que solía tener.

—¿Qué va a hacer ahora? —le pregunté con verdadera curiosidad—. Ya no puede conseguir nada de mi familia, ¿se marchará de Basondo?

Liam se encogió de hombros antes de responder:

—No lo sé, gracias a su boda he conocido a unos cuantos caballeros distinguidos que se mueren por decir que son amigos de un lord escocés, y también están deseando comprarme las tierras de mi familia en el norte que yo no puedo gestionar por falta de tiempo.

—La horca, señor Sinclair —le recordé—. No pierda de vista esa desagradable posibilidad y márchese de Basondo mientras pueda. Yo, por mi parte, pienso irme sin mirar atrás.

Nuestro barco hacia Portsmouth salía desde el puerto de Bilbao a la mañana siguiente, después embarcaríamos en un transatlántico inglés rumbo a Estados Unidos. En apenas una semana cruzaríamos el Atlántico. Una semana: ese era el tiempo que necesitaba para dejar atrás para siempre a Tomás, al marqués, a Basondo y, con un poco de suerte, también a Alma. Los billetes y nuestros pasajes estaban guardados en una elegante cartera de piel que hacía juego con el resto de mis maletas de Louis Vuitton, las mismas que mamá nos regaló a Alma y a mí cuando cumplimos catorce años y que ella nunca estrenaría. Desde que los pasajes para el transatlántico habían llegado por correo un par de días antes, yo no había dejado de acariciarlos y de leer mi nombre escrito en el papel grueso con la letra inconfundible de las máquinas de escribir y el sello de la compañía: Estrella de Zuloaga y Llano.

—Basondo tiene ese extraño efecto —empezó a decir Liam asomándose un poco sobre el murete del cementerio para ver mejor el mar debajo de nosotros—. No sé si es por este mar que no se parece a ningún otro que yo haya visto antes, o por ese bosque suyo que siempre parece estar cubierto de niebla, incluso en los días despejados.

El bosque —mi bosque— y nuestro claro secreto era lo único de Basondo que iba a añorar en California.

—La primera vez que llegué aquí con su padre me pareció que este lugar estaba muy lejos del resto del mundo, oculto en un lugar donde es muy fácil perder el equilibrio y caer al mar si uno no mira bien donde pisa —continuó Liam—. Es difícil llegar a Basondo pero también es difícil marcharse.

—Dígamelo a mí: he pasado toda mi vida deseando salir de este valle para ver el mundo y ahora que por fin me voy para siempre me pregunto si extrañaré este lugar tanto como antes ansiaba marcharme. —El sauce sin hojas que colgaba cerca del muro se agitó en el viento y yo me volví por si había alguien espiándonos desde la verja—. Mi abuela Soledad se casó con un hombre mucho mayor que ella y dejó su tierra para no volver jamás. Ella vivió aquí, en esta casa que lleva su nombre durante casi toda su vida pero nunca olvidó su verdadera tierra. Pensaba cada día en su casa, su casa verdadera, hasta que una tarde se cansó de añorar su tierra querida y saltó al mar.

El sauce volvió a quedarse en calma pero yo todavía miré sus ramas vacías arrastrándose sobre la tierra del cementerio un momento más.

—¿Tiene miedo de terminar como su abuela? ¿Añorando su tierra y su hogar? —preguntó Liam intentando que yo le mirara—. ¿Saltando desde algún lugar para quitarse la vida y regresar por fin a casa?

—Yo no me suicidaría nunca, es poco práctico.

Me aparté del viejo murete de piedra, que era lo único que se interponía entre yo y el mar, caminé entre las tumbas hasta llegar a la de Alma y coloqué mi mano sobre la lápida cubierta de hiedra.

—Espero que tú no me sigas hasta California pero sé que tarde o temprano nos volveremos a ver —susurré—. Todavía noto el hilo invisible atado alrededor de mi muñeca, pero el otro extremo, tu lado, no deja de enredarse por ahí y así es imposible caminar.

Escuché los pasos de Liam detrás de mí sobre la hierba descuidada que llenaba el espacio entre las tumbas pero no me volví para mirarle, estaba ocupada haciendo lo que había ido a hacer allí. Mis dedos se enredaron en el tallo joven de la hiedra, dejé que los nudos de savia se apretaran alrededor de mi piel latiendo al mismo ritmo que mi corazón. Podía notar la piedra helada de la lápida debajo de mi mano con el nombre de Alma grabado en ella. La primera flor azul apareció en la enredadera un momento después, del tallo donde en primavera debería salir una hoja verde en forma de estrella. Después otra y luego un ramillete más de flores azules y silvestres, las mismas flores azules y silvestres que solían cubrir el suelo de nuestro claro, igual que la flor que hice flotar sobre la palma de mi mano la tarde que la abuela Soledad saltó desde el cargadero de hierro.

—Las flores azules... —dijo Liam con un hilo de voz—. ¿Por qué? ¿Qué significado tienen?

Yo no dejé de tocar la lápida y la enredadera a pesar de que las pequeñas flores silvestres ya cubrían prácticamente toda la tumba y la losa haciendo imposible leer el nombre de Alma.

—En verano, la entrada al bosque se cubría de estas mismas flores silvestres igual que una alfombra espesa —empecé a decir con la voz baja por el esfuerzo—. Si uno nunca ha visto el mar casi pensaría que está caminando por la orilla en un día tranquilo mientras avanza entre ellas. Basta con seguirlas entre los árboles para llegar a nuestro lugar secreto en el mundo.

Aparté la mano por fin, pero los nudos de savia de la hiedra siguieron abriéndose para formar campanillas azules unos segundos más. Me temblaban las piernas pero podía deberse a la brisa marina y no a mis poderes. Me volví hacia Liam, que no había dicho nada más pero todavía miraba las florecillas azules hasta que se dio cuenta de que ya había terminado y estaba lista para marcharme.

—¿Y la enredadera? —preguntó por fin.

—No lo sé, esa dichosa hiedra venenosa ahora me sigue a todas partes.

—No debe preocuparse por que yo sepa su secreto: no se lo contaré a nadie nunca —me prometió él.

—Ya lo sé.

—¿Como lo sabe? —Me preguntó con su sonrisa torcida en los labios—. Puede que yo sea un estafador, pero lo suyo es mucho peor: puede hacer magia. Apuesto a que las autoridades pasarían lo mío por alto si les hablo de usted y de su secreto.

Le miré.

—No contará lo mío a nadie porque yo le gusto, o al menos cree que yo le gusto —le dije muy seria—. Descuide, yo tampoco le contaré lo suyo a nadie.

—¿Porque yo le gusto? —me preguntó con curiosidad.

Miré la tumba de Alma, ahora con las flores azules y la enredadera sobre la losa impidiendo que ella volviera a salir de su ataúd.

—Adiós, señor Sinclair.

Empecé a caminar para salir del pequeño cementerio con el viento del norte a la espalda.

—¿Cree que volveremos a vernos? —me gritó Liam.

Yo ya casi había llegado a la verja de hierro que separaba el cementerio del mundo de los vivos, pero me volví para verle una última vez y le dije:

—No cuente usted con ello.

TERCERA PARTE

VIENTO

LAS ÁNIMAS

La primera vez que bajé del coche que nos había traído dando tumbos por la carretera desde la estación de tren de la ciudad de San Bernardino y vi mi nuevo hogar, pensé que nada podía crecer en ese lugar apartado del mar y del bosque. Un cartel indicaba que acabábamos de entrar en las tierras de Mason y leí el nombre del rancho escrito en grandes letras sobre el hierro oxidado: Las Ánimas. Al verlo no pude evitar pensar en Alma riéndose de mí bajo su tumba cubierta de flores azules y hiedra.

La tierra estaba agrietada por el sol, daba igual en qué dirección de los casi 30.000 acres de terreno uno mirara. El viento soplaba durante todo el día y toda la noche sin descanso, arrastrando hasta dentro de la casa y de los pulmones el polvo naranja del desierto que lo cubría todo. Me recordó al polvo mineral de color gris, oscuro y espeso, que cubría los tejados de las casas de Basondo cuando llovía, solo que este era más fino, tanto que podía cortarte la piel de las mejillas si se te ocurría salir a la calle bajo el sol de mediodía, cuando soplaba el viento del sur.

El valle de San Bernardino ocupaba prácticamente todo el sur de California. Era llano y áspero, excepto por unas montañas grises que se alzaban en el horizonte y que solo podían verse desde el rancho cuando el cielo estaba completamente despejado. Las Ánimas estaba a unos trescientos kilómetros de la ciudad de Los Ángeles, pero lo suficientemente lejos de Basondo como para dejar atrás a Alma, al marqués, a Tomás y a todo lo que me había empujado a convertirme en la esposa de Mason Campbell.

El rancho había sido parte de una propiedad mucho mayor cien años atrás, pero la familia de Mason había ido perdiendo parte de las tierras poco a poco en favor de otros rancheros de la zona y del estado de California. Según Mason, en la época en que su abuelo era todavía el dueño, los terrenos se extendían hasta la frontera con Arizona. Las Ánimas era tan enorme que hacía falta todo un día a caballo para poder recorrer la finca. Pero cuando yo llegué a Las Ánimas por primera vez, bastaba con conducir dos o tres horas para llegar hasta la valla de madera abrasada por el sol que marcaba los límites de la propiedad.

Las Ánimas debía su nombre a la antigua misión española que los monjes jesuitas habían levantado en ese mismo lugar muchos años antes. Al poco de llegar, descubrí que a los trabajadores que Mason tenía contratados en el rancho para que le ayudaran con el ganado —casi todos descendientes de aquellos españoles— les daba verdadero terror pronunciar el nombre del rancho en voz alta. Algunos lo murmuraban de mala gana o se santiguaban con disimulo después de pronunciarlo, como quien intenta alejar un maleficio con más magia.

Aprendí muchas cosas en los primeros años de mi vida allí, como que el sol era mucho más brillante y naranja de lo que yo había visto nunca, y también mucho más peligroso: en mi primera semana en el rancho me quemé la piel de la cara, las manos y los brazos hasta tal punto que Mason mandó avisar al doctor en San Bernardino para que viniera en plena noche, porque se asustó al ver que su joven esposa tenía fiebre alta y alucinaciones con su hermana muerta. Con una loción de calamina y tiempo, mis quemaduras mejoraron y por fin pude volver a salir de la casa de paredes de adobe rojas para explorar mi nuevo hogar.

Me sorprendió descubrir que todo en el rancho era exactamente lo opuesto a Villa Soledad. La mansión que llevaba el nombre de mi abuela tenía grandes ventanales orientados al sur, galerías acristaladas, tragaluces y ventanas curvas para captar tanta luz del sol como fuera posible porque era un bien escaso y preciado a orillas del Cantábrico. Pero la casa principal de la hacienda estaba construida pensando justo en todo lo contrario: impedir que el sol entrara en la casa. Por esa razón las ventanas eran pequeñas y profundas, protegidas con gruesas y oscuras cortinas, las puertas estrechas siempre estaban cerradas y, en todas las habitaciones, los suelos eran de cerámica. Todo ello para dejar fuera la luz del desierto.

Aprendí mucho sobre las ovejas y sobre el ganado en general. Las Ánimas era una llanura inmensa, sin colinas ni árboles, donde lo único que crecía del suelo seco eran unos matojos pajizos igual de secos. A las ovejas de Mason —casi mil cabezas— les encantaba rumiar aquella hierba áspera durante horas, pero aprendí que a las vacas —de color marrón y mucho más grandes que las blancas y negras que yo había visto hasta entonces— no había que dejarles comer ese tipo de planta porque dejaban de dar leche y los terneros no tardaban en enfermar y morir. Nadie sabía exactamente por qué sucedía eso aunque todo el mundo tenía una teoría al respecto: desde una enfermedad que agriaba la leche hasta una antigua maldición tongva que había caído sobre esas plantas cuando los indios aún eran los dueños de esa tierra.

También aprendí a conducir para poder inspeccionar los límites más alejados de la propiedad por mi cuenta. Yo había querido aprender desde la tarde en que enterramos a la abuela Soledad, cuando vi los lujosos coches aparcados en la carretera que pasaba por delante de la casa. Después de insistir un poco y de un par de intentos fallidos —estuve a punto de estrellarme contra la pared de la casa de los trabajadores la primera vez que me puse al volante—, mi marido me enseñó a usar las marchas o a saber cuándo el ruidoso motor se había calentado demasiado y había que dejarlo descansar un rato para que no reventara definitivamente. La tarde que por fin

Mason me dejó conducir todo el camino hasta la verja de madera quemada por el sol hicimos el amor en el asiento del conductor. Me senté sobre su regazo a horcajadas y pasé los brazos por detrás de su cuello para atraerlo dentro de mí con todas mis fuerzas. Me clavé el volante en la espalda todo el rato pero me dio igual porque por fin había aprendido a conducir.

En esos años descubrí también lo que era sentirse deseada: sentir unos labios calientes sobre los míos o unas manos masculinas y familiares buscándome en mitad de la noche cuando la casa ya dormía. Mason era apasionado y me buscaba casi cada noche, pero su deseo se apagaba deprisa: como una cerilla que produce chispa y mucho calor al principio pero se extingue después de unos segundos de fuego intenso. Por primera vez en mi vida era yo la deseada y no Alma, era mi nombre el que susurraban unos labios inflamados por los besos y no el suyo. Todavía recordaba cómo me sentí la tarde que descubrí a Alma y a Tomás haciendo el amor en nuestro claro secreto del bosque, no fue solo la traición de ambos lo que me dolió sino los celos de no haber experimentado algo que mi hermana pequeña ya conocía. Ahora era yo la que imaginaba a Alma asomándose de madrugada sin hacer ruido para espiarnos desde la puerta de nuestra habitación de matrimonio sintiéndose traicionada. No había visto a mi hermana en meses, no desde que llené de flores silvestres su tumba, y empecé a dejarme seducir por la posibilidad de que se hubiera marchado para siempre.

En mi nuevo hogar aprendí que el agua era lo más valioso que uno podía tener: más valioso incluso que el oro o el dinero. Por supuesto, yo me reí en la cara de Valentina cuando ella me lo explicó y repliqué: «Si el agua es tan valiosa, entonces, de donde yo vengo debemos de ser todos ricos.»

Valentina era la capataz del rancho y la mano derecha de Mason. A alguno de los trabajadores de la finca no les hacía ninguna gracia estar bajo las órdenes de esa mujer menuda con el pelo plateado, pero nada en Las Ánimas funcionaba sin ella. Era una tongva, de las pocas que aún quedaban en la zona. Después de morir su madre había sido criada por los jesuitas en su nueva misión, situada un poco más al norte, donde le habían enseñado español —además de inglés— y las costumbres de los «blancos» para que pudiera trabajar como criada o niñera de alguna familia del valle, pero Valentina —aunque ese no era su verdadero nombre— resultó ser más capaz que nadie que el padre de Mason hubiera conocido hasta entonces —hombre o mujer— y le pareció un desperdicio contratarla para fregar el suelo pudiendo encargarle tareas de capataz.

—Necesito que me ayudes con una cosa —me dijo con su forma cortante de hablar—. Ven y coge las llaves del coche, tú conduces. Vamos a la linde sur del rancho para un asunto.

El sol ya casi se había escondido en el horizonte pero sus rayos todavía podían quemarte. Cuando apareció Valentina esa tarde, estaba protegida debajo del porche delantero de la casa principal leyendo las últimas noticias sobre la complicada situación política que se vivía en España.

—¿Al sur? ¿Y para qué quieres ir allí a estas horas? —pregunté malhumorada dejando el periódico en el regazo—. Allí no hay nada más que polvo. Ya iremos mañana cuando haya más luz.

—La luz no se va a ir a ninguna parte hasta dentro de un rato, sé bien lo que digo —respondió Valentina mirando al cielo naranja.

Pero yo la ignoré y volví a levantar el periódico para seguir leyendo las preocupantes noticias que llegaban sobre mi país. Algunos diarios incluso habían enviado a sus corresponsales a España para que informaran de primera mano de todo lo que sucedía. Yo solo podía comprar el periódico cada dos jueves, cuando iba con Mason —o con Valentina— hasta la ciudad de San Bernardino para comprar los suministros para el rancho y las provisiones para la casa, así que me enteraba de las noticias solo cada quince días.

—Mañana —murmuré sin apartar los ojos de las páginas.

—No, mañana ya será demasiado tarde, créeme —insistió ella.

De mala gana dejé el periódico atrasado sobre la otra silla de mimbre que había en el porche y la miré: la cara de Valentina estaba curtida por el sol, con la misma pátina que las quemaduras dejan en el cuero. Su piel oscura estaba surcada por arrugas tan profundas y marcadas que me recordaban al aspecto agrietado de la tierra. Su cuerpo era pequeño, encorvado y de aspecto frágil, pero sus ojos negros —los más negros que yo había visto jamás— eran los de una persona joven y llena de furia. Era imposible saber su edad, pero Mason me contó, al poco de llegar, que Valentina ya trabajaba en el rancho a las órdenes de su padre antes de que él naciera.

—¿Se puede saber qué es eso tan importante que no puede esperar a mañana? —le pregunté de malos modos—. ¿Por qué no le pides ayuda a Mason o a Leo? Ellos también saben conducir.

Valentina se limpió el polvo del desierto de sus pantalones negros. Una nubecilla de polvo naranja se levantó en el porche y se alejó volando hacia el horizonte.

—No se lo pido a ellos porque necesito a alguien que no se impresione con facilidad y que no le tiemble la mano al ver sangre. ¿Alguna vez has asistido a un parto?

—No, nunca —respondí.

Valentina me hizo un gesto con su mano áspera por el trabajo y el sol, para que me levantara de la silla y la siguiera.

—Pues hoy vas a asistir uno, vamos. Coge las llaves del todoterreno y unas tijeras de la cocina por si hicieran falta para cortar el cordón.

Me levanté y me sacudí el polvo de uno de los vestidos de la abuela Soledad que viajaron conmigo desde Basondo hasta California. Eran abrigados para el calor del valle pero también resultaron ser la única ropa capaz de protegerme del sol.

—¿Quién está de parto? —pregunté sorprendida—. No hay más mujeres aparte de nosotras en kilómetros a la redonda.

Valentina echó la cabeza hacia atrás y dejó escapar una risotada.

—Llevas ya casi tres años viviendo aquí, en el coño reseco

de la tierra, y todavía tienes los remilgos de alguien de ciudad —me dijo con su voz cascada—. No solo paren las mujeres, marquesa: una vaca preñada se ha escapado esta mañana del redil y anda dando vueltas por el límite sur de la finca buscando un agujero para huir hacia el desierto, así que coge las llaves del coche y las tijeras antes de que la madre y la ternera mueran. No quiero tener que volver a espantar a los buitres si ellos las encuentran antes. Además de la carroña, los muy desgraciados se beben la poca agua que nos queda en la reserva o la contaminan con sus asquerosos picos.

No le pregunté a Valentina cómo sabía ella que la vaca huida estaba en el límite sur de la finca. No me hizo falta preguntarle nada porque en los primeros meses que pasé en Las Ánimas había aprendido que ella sabía tanto de su tierra seca, su sol naranja o sus animales como yo de mi bosque y mi mar.

Entré en la casa principal —que era el único lugar donde el aire se conservaba fresco en kilómetros a la redonda— para coger las llaves del cenicero de barro donde las dejábamos siempre y después fui a la cocina a por unas tijeras.

—¿Ya le has dicho a Mason adónde vamos? No quiero que se preocupe si no me ve por aquí dentro de un rato —le dije mientras las dos nos subíamos al coche.

—No te echará de menos, ahora mismo está reunido con ese chupatintas de Trapanesse, el contable de la familia, revisando los libros y las facturas para averiguar a dónde se van los dólares que no ganamos. —Valentina se colocó mejor su larga trenza de plata con la que se sujetaba el pelo para que no le diera calor durante el día—. Total, da igual porque ninguno de los dos tiene ni la más remota idea de dónde está el agujero por el que se nos escapa el dinero de la hacienda.

Arranqué y el motor protestó cuando aceleré para dejar atrás la zona de la casa principal, los establos y la casa de los trabajadores. El todoterreno no tenía ventanas ni puertas —y no creo que las hubiera tenido jamás—, así que el polvo del suelo se levantaba a nuestro paso haciéndonos atravesar una permanente nube de color naranja.

—¿Y tú sí lo sabes? —le grité para hacerme oír por encima del ruido del motor—. ¿Tú sabes adónde va a parar el dinero?

En el único retrovisor del vehículo vi la casa de adobe rojo de dos pisos haciéndose más pequeña a medida que nos alejábamos hacia el sur.

—Proveedores, facturas, comida para los animales de cuatro y de dos patas que viven en el rancho, impuestos, electricidad, sueldos, vacunas para poder vender la carne de los animales y el resto de los gastos necesarios, pero sobre todo en el agua, ahí es donde más gastamos. Se nos va casi todo el beneficio en agua —respondió Valentina sin apartar los ojos del horizonte llano frente a nosotras—. Llevamos tres meses de sequía y los animales la necesitan para vivir, y si se mueren de sed no los podremos vender y terminaremos por perderlo todo.

—¿No nos queda agua en el pozo? —pregunté alarmada—. Y ¿de dónde sale el agua que bebemos?

—El pozo de nuestra hacienda está seco desde hace meses, no queda ni una miserable gota. Mason le está comprando el agua a un ranchero vecino que tiene un río que atraviesa sus tierras. El muy cabrón se está haciendo de oro mientras todo lo demás se seca, solo espero que se ahogue en su querido río pronto. —Valentina escupió con desprecio fuera del todoterreno—. Si no llueve pronto estaremos todos acabados: nosotros y el ganado, no hay vida sin agua.

Atravesamos la zona donde crecían los matojos ásperos que tanto les gustaba rumiar a las ovejas y seguí conduciendo hacia el sur sin levantar el pie del acelerador.

—De donde yo vengo hay agua de sobra, todo es azul y verde allí —dije sin apartar los ojos del horizonte.

—¿Azul y verde? —Valentina me miró sorprendida—. Debe de ser un lugar horrible para vivir, tan lejos de la tierra dorada. Yo no duraría ni un mes en tu casa.

—¿La tierra dorada?

—Así es: la tierra dorada es un sueño, una promesa de futuro. Un sitio donde curarse de las heridas —respondió ella—. Por eso jamás dejaré este lugar y esta tierra, ni siquiera cuando haya muerto.

—Mi abuela solía decir algo parecido sobre su casa, su casa de verdad —dije de repente y sin saber muy bien por qué—. Ella también echaba de menos su tierra dorada.

—Yo no soy tu abuela, no voy a darte un abracito y una chocolatina cuando estés triste.

No dije nada más durante un rato. Las sombras de los matojos que crecían en el suelo agrietado se fueron volviendo más alargadas con cada kilómetro que dejábamos atrás.

—¿Y qué podemos hacer para que llueva? —le pregunté sin pensar.

Ella se rio sin un ápice de humor.

—¿Y qué sé yo? ¿Crees que porque soy tongva tengo poderes para hacer que llueva? Puedo hacer la danza de la lluvia para la blanca, si gustáis, marquesa —me dijo con ironía.

Torcí el gesto pero no respondí.

—Además, tú eres la que tiene ojos de hechicera y pelo de cuervo, así que piensa en algo porque pronto será verano y hará tanto calor que se volverá imposible para los hombres y los animales vivir durante el día —añadió—. Entonces empezarán los incendios, las tormentas salvajes y el «viento sucio».

Valentina era la única persona en California con la que yo hablaba en español. Los demás trabajadores del rancho también hablaban castellano pero ellos siempre se dirigían a mí en inglés, justo al contrario que Valentina, que, desde el primer día, me hablaba en español con un extraño acento, árido como su tierra.

—¿Qué es el «viento sucio»? —le pregunté entornando los ojos para que los últimos rayos de sol no me cegaran.

—Polvo y arena del desierto arrastrado hasta aquí por el viento más salvaje que hayas visto jamás. El cielo pasa de estar despejado y perfectamente azul a convertirse en un infierno de arena capaz de arrancar las casas de su sitio o de matar a cualquiera que sea tan estúpido como para estar al raso —respondió.

—¿Parecido a una tormenta de arena?

—Ojalá, esto es mucho peor. La arena en el viento puede comerte la carne del cuerpo si no estás bajo techo, he visto lo que el «viento sucio» le hace al ganado si no está protegido cuando sopla desde el sur: arranca la carne de los huesos, agujerea las paredes de madera de los establos y es capaz de envenenar toda el agua en kilómetros.

Sujeté el volante con más fuerza al imaginarme lo que Valentina describía.

—¿Y tú lo has visto alguna vez? ¿El «viento sucio»? —quise saber—. ¿Lo has visto con tus propios ojos?

No respondió inmediatamente y la miré de refilón sorprendida porque Valentina era del tipo de personas que no se mordían la lengua.

—Una vez, hace mucho tiempo. Cuando era una mocosa y todavía vivía con los jesuitas en su orfanato. Una tormenta nos atrapó dentro de la iglesia a todos —respondió por fin.

En esa zona del rancho no había señales o indicación alguna, nada excepto el vacío y la tierra quemada extendiéndose durante kilómetros y kilómetros hacia el sur.

Me lamí los labios resecos por el polvo y el viento caliente antes de preguntar:

—¿Y qué pasó?

—El padre Andrés, uno de esos meapilas entrometido que estaba convencido de que hacía el bien soltando sus monsergas a un puñado de niños hambrientos y pobres, que habían sido separados por la fuerza de sus madres, nunca había oído hablar del «viento sucio». La tarde que empezó a soplar —respondió ella— la arena arañaba las paredes de piedra de la misión como un lobo enorme con garras poderosas rascaría una puerta para intentar hacer salir a su presa.

Tragué saliva al escucharla mencionar la palabra «lobo» y, a pesar del calor asfixiante de la tarde, un escalofrío me recorrió el cuerpo.

—Y ¿qué hicisteis?

—Todos estábamos encerrados en la capilla porque era el único edificio de toda la misión con las paredes lo suficientemente gruesas como para aguantar la tormenta de polvo —continuó ella—. Los niños le explicamos al padre Andrés lo que estaba pasando, pero él nos dijo que eso solo eran tonterías, que Dios era benévolo y jamás lanzaría algo tan destructor contra una misión católica llena de niños, así que salió al patio para demostrarnos que tenía razón. Cuando la nube de polvo por fin pasó de largo, el bueno del padre Andrés ya no tenía cara, el «viento sucio» se había llevado su piel.

Escudriñé el horizonte en llamas buscando la más mínima perturbación en el polvo posado sobre el suelo que indicara que el «viento sucio» estaba cerca, pero todo lo que vi fue el calor acumulado del día saliendo de la tierra en ondas borrosas que subían hacia el cielo.

—¿Falta mucho para llegar hasta esa vaca perdida? —le pregunté a Valentina todavía con las imágenes de pesadilla revoloteando en mi cabeza—. No quiero que se nos haga de noche estando lejos de la casa: Leo dice que ha visto coyotes merodeando por la zona otra vez y animales a medio devorar en el camino que va hasta el rancho de los Phillips.

—Cuando la sed y el hambre aprietan los animales se vuelven más feroces todavía, sobre todo los animales de dos patas, que dejan de fingir que están civilizados y sacan todo lo salvaje que llevan dentro —dijo ella con su voz áspera—. Pero descuida, el Sharps está cargado y listo. Yo misma lo revisé ayer y lo volví a guardar en la parte de atrás, así que, a no ser que uno de esos manazas que trabajan para mí en el rancho lo haya tocado, no tenemos que preocuparnos por los coyotes o los lobos. Sabes disparar, ¿verdad?

Valentina siempre llevaba un rifle de cañón largo preparado debajo de los inútiles asientos traseros. Era un viejo fusil Sharps que parecía llevar allí desde antes de que Valentina naciera: duro, funcional y sin ningún adorno o filigrana, ese rifle no se parecía en nada al elegante Winchester modificado que mató a Alma.

—No lo sé, nunca he necesitado hacerlo.

—Ya imaginaba. Yo soy de las que piensa que una buena arma acaba con cualquier discusión —respondió ella—. Siempre está bien tenerla a mano por si acaso, esta tierra es muy grande y nunca se sabe qué tipo de animales va a encontrarse una por ahí.

Dijo «animales» pero por su tono me pareció intuir que Valentina se refería a otra cosa.

—Si necesitas disparar con el rifle alguna vez, sujétalo con fuerza contra el pecho y contén la respiración antes de apretar el gatillo para que la bala no salga disparada hacia el cielo. Y, sobre todo, ten cuidado al apuntar, no te vayas a volar un pie o alguna otra cosa más valiosa.

Valentina se rio con ganas en el asiento del copiloto pero dejó de hacerlo al ver mi expresión seria.

—¿No te gustan las armas? —preguntó con cautela—. ¿Con lo práctica que eres tú? No te tenía precisamente por una pacifista de esas, aunque lo cierto es que da igual, porque a los que querrán quitarte tus cosas sí que les gustan las armas y no tendrán reparo en usarlas contra ti. ¿O es por otra cosa?

La escopeta de dos cañones del abuelo Martín con su culata hecha a mano de madera de raíz de nogal tallada y su mira torcida no se parecía mucho al viejo rifle de Valentina, pero aun así yo no había tenido el ánimo de pedirle a la capataz del rancho que me enseñara a disparar, a pesar de que ella se había ofrecido a enseñarme muchas veces. Hacía más de tres años que no pensaba en esa maldita escopeta. Aunque no tenía forma de comprobarlo sabía que la escopeta que mató a Alma seguía colgada sobre la chimenea en la salita de los trofeos del marqués, muy lejos de la tierra dorada, en otro mundo.

—No es por eso, lo que pasa es que no me interesa aprender a disparar y punto —murmuré de mala gana.

Al pensar en Alma, mi pie se resbaló un poco del pedal del acelerador y tuve que sujetar el volante con más fuerza para disimular que perdíamos velocidad, pero no sirvió de nada porque noté los ojos oscuros de Valentina fijos en mí.

—Entiendo. Algunas veces cazas al lobo pero otras veces..., otras veces el lobo te caza a ti —me dijo en voz baja—. Ya casi hemos llegado, allí está la vaca. Frena un poco para que no se asuste al vernos y salga corriendo, que no quiero tener que perseguirla por todo el valle hasta que se caiga muerta.

La vaca huida estaba tumbada al lado de la cerca de madera, como si al haber llegado hasta el límite de la finca no le quedaran fuerzas para intentar saltar la valla y se hubiera resignado a ser encontrada. Frené con suavidad —toda la suavidad con la que el destartalado todoterreno era capaz de frenar— unos metros antes de llegar al animal y una nube de polvo naranja nos envolvió un momento. Para cuando se hubo disipado Valentina ya se había bajado del coche y caminaba decidida hacia el animal.

—Aquí estás, pequeña... —dijo con voz suave para calmar a la vaca—. Has recorrido mucho terreno tú sola para intentar evitar lo inevitable, pero ambas sabemos lo que va a pasar ahora.

Me bajé del coche sin hacer ruido para seguir a Valentina, no me había fijado hasta ese momento en que el abdomen del animal estaba imposiblemente hinchado y deformado. Al escuchar a Valentina, la vaca agachó la cabeza para lamerse el vientre como si sintiera un dolor terrible o quisiera proteger lo que tenía dentro.

—Te duele, ¿verdad, pequeña? Sí, ya lo sé —continuó ella—. No te preocupes, ya estamos aquí y pronto pasará lo peor.

Yo nunca había escuchado a Valentina hablar con esa ternura antes, ni siquiera sospechaba que ella tuviera ternura dentro. Ella estaba acostumbrada a trabajar entre hombres dando las órdenes o a ser quien se ocupaba de todos los asuntos importantes del rancho sin siquiera consultar a Mason, que delegaba encantado todas las tareas en ella. Las primeras semanas después de llegar a Las Ánimas, pensé que Valentina había sido la niñera de Mason y que ahora él la mantenía en el rancho por una especie de lealtad. No tardé mucho en darme cuenta de que no había ni un solo gramo de afecto o cariño en Valentina hacia Mason. Una vez se lo pregunté aprovechando que Mason había salido de viaje para ver a un cliente en Texas y que estaríamos las dos solas durante tres días.

—Nunca me han gustado los niños, ni propios ni ajenos. Si el padre de Mason, ese memo que no sabía ni atarse los zapatos él solo, me hubiera puesto a cuidar de su hijo cuando entré a trabajar en el rancho, me habría tenido que marchar lejos de mi casa. A ver si encima de robarme mi tierra iba yo a tener que cuidar de sus mocosos y ser amable con ellos, la india siempre con una sonrisita en la cara para atender a esa familia de buitres —me dijo sin molestarse en disimular su desdén hacia los Campbell. Entonces comprendí que, para Valentina, los Campbell y todos los demás blancos que ahora vivían en el valle no eran más que intrusos en sus tierras y que, además de robarle su hogar, le habían impuesto un idioma y unas costumbres que le resultaban completamente ajenas.

—¿Qué es lo que le pasa? —pregunté en voz baja para no espantar al animal—. Pensé que habías dicho que iba a dar a luz, pero parece muy enferma.

La vaca sacudió la cabeza para espantar una mosca, pero enseguida volvió a quedarse quieta con la barriga hacia un lado apoyada sobre la tierra caliente por el sol.

—Y va a dar a luz, solo que el ternero que lleva está muerto y ella también lo estará pronto si no hacemos nada —respondió—. Vamos, ayúdame a sujetarla en el suelo mientras yo intento sacárselo.

No me había fijado antes, pero por debajo de donde estaba tumbada la vaca había un charco de un líquido oscuro empapando la tierra agrietada y, al acercarme a la cabeza del animal, sentí el olor ácido del líquido en el aire de la tarde.

—Y ¿qué hago? —le pregunté a Valentina, que ya se había arrodillado en el suelo y examinaba al animal.

—Háblale con voz suave para que no se asuste. No quiero que me patee la cara mientras le saco el ternero.

Obedecí sin rechistar por primera vez en mi vida y acaricié la cabeza de la vaca: era enorme, olía a barro seco y su pelo marrón era tan áspero como todo lo demás en Las Ánimas.

—¿Has hecho esto antes? —quise saber.

—Alguna vez. Las vacas paren ellas solas casi siempre, pero, de vez en cuando, necesitan un poco de ayuda para sacar lo que llevan dentro, como las mujeres.

La vaca dejó escapar un quejido de dolor y un momento después escuché más líquido derramándose sobre la tierra. No lo veía desde donde estaba, pero volví a sentir el olor ácido entrando por mi nariz. El animal pateó el aire caliente de la tarde como si estuviera intentando levantarse y volvió a lamentarse.

—Sujétala, ya casi lo tengo, lo estoy tocando —dijo Valentina concentrada en lo que estaba haciendo—. No dejes que se levante todavía.

Me apoyé mejor contra la cerca de madera, así podía hacer más fuerza y sujetar al animal para evitar que se levantara del suelo. Por un momento no pasó nada, pero entonces la vaca levantó el hocico hacia el cielo naranja y dejó escapar un lamento ronco, y después bajó la cabeza para volver a lamerse la barriga.

—¿Por qué hace eso? —pregunté con un ligero temblor en la voz.

—Ya está. El ternero ha nacido muerto pero a ella la hemos salvado.

Me temblaban las piernas por el esfuerzo pero me aparté de la cerca para acercarme hasta donde estaba Valentina, que tenía un gesto serio en su cara siempre bronceada. Vi la sangre manchando la tierra reseca debajo del animal entrando por cada una de sus grietas hasta empaparla haciendo que cambiara de color y al ternero muerto en el regazo de Valentina, que tenía sangre desde las manos hasta los codos.

—¿Y qué hacemos ahora? —le pregunté sin poder apartar los ojos del pequeño ternero—. ¿Lo enterramos?

—No, nada de eso, los coyotes lo desenterrarían y esto se llenaría de alimañas. Hay que llamar al veterinario para saber qué es lo que ha pasado, puede que el ganado esté enfermo y sea contagioso, mala cosa, porque entonces no podremos venderlo. O tal vez no sea nada grave, solo que la pobre ha tenido mala suerte y poca agua.

Valentina dejó el ternero muerto en el suelo ensangrentado con delicadeza y se levantó despacio ayudándose con la cerca.

—¿Poca agua? —pregunté con la boca seca.

Antes de responder, Valentina sacó un pañuelo del bolsillo de sus pantalones negros y empezó a limpiarse la sangre de las manos y los brazos.

—Sí. Todos necesitamos agua para poder vivir, es lo más valioso que hay en esta tierra —me repitió Valentina con una bondad en la voz que no le había escuchado antes—. El ternero está hecho de polvo, agua y sangre: igual que tú, igual que yo y que el resto de las criaturas que viven en *Wa'aach.*

Wa'aach era el nombre con el que los tongva llamaban a todo el valle de San Bernardino antes de que llegaran los primeros españoles: «El valle de la mano de Dios.» Valentina no hablaba mucho en su lengua materna porque los jesuitas que la criaron le hicieron desaprender todo lo que su madre le había enseñado de pequeña, pero de vez en cuando la sorprendía susurrando palabras en un idioma que no conocía, como si hablara con alguien invisible.

—Polvo, sangre y agua —repetí con arena en los labios.

—Eso es. Así que si puedes atraer el agua hasta esta tierra hazlo ya, porque pronto solo quedarán la sangre y el polvo, y entonces las bestias salvajes saldrán de sus agujeros para reclamar lo que les pertenece.

Las palabras de Valentina resonaron en mi cabeza. De repente sentí que me flaqueaban las piernas, así que me dejé caer en el suelo cerca de donde estaba ella. Sentí el calor que salía de la tierra ardiente quemándome la piel de las piernas y el trasero a través de la tela gruesa del vestido de la abuela Soledad.

—Yo sé un poco sobre las bestias salvajes que salen de sus agujeros... —murmuré, pensando en el gran lobo negro que me seguía a todas partes.

Arañé la superficie de la tierra seca dejando que mis uñas se llenaran de arena, hundiendo mis dedos doloridos unos centímetros en la tierra, del mismo modo que hace un animal que busca refugiarse del sol enterrándose vivo. Incluso un palmo más abajo, la tierra a mi alrededor todavía estaba caliente. La vaca tumbada detrás de mí gimió de dolor, pero yo escarbé un poco más profundo hasta que la tierra dejó de quemarme la piel y entonces la primera gota de agua en meses cayó del cielo. Y después otra, y otra más hasta que empezó a llover.

—¡Está lloviendo! —gritó Valentina mirando al cielo—. Por fin lo has hecho, marquesa, ¡has hecho agua!

Valentina dejó caer su pañuelo manchado de sangre al suelo. Sin moverme de donde estaba vi como ella cerraba los ojos para dejar que el agua fresca le empapara la cara igual que hacía con la tierra sedienta. La sangre del ternero se escurrió arrastrada por el agua hasta desaparecer entre las grietas del suelo, de vuelta a la tierra.

—Sabía que lo llevabas dentro. —Valentina abrió los ojos y me miró—. Solo te ha costado tres años decidirte.

Estaba cansada por el esfuerzo, pero sonreí de todos modos.

—Sí, lo he hecho —susurré con mis labios cortados por el sol—. Lo conseguí.

—¿Cómo lo haces, hechicera?

—No lo sé, la verdad. No tengo ni idea de cómo funciona —admití. No era igual provocar una tormenta en Basondo, colgando sobre el Cantábrico siempre cubierto de nubes grises, que hacer llover sobre el valle de San Bernardino en la soleada California—. Creo que tiene algo que ver con mis emociones: ira, miedo... Y sobre todo con la naturaleza: cerca de mi bosque me sentía distinta, más poderosa que aquí en el valle.

La lluvia me mojó el pelo suelto haciendo que algunos mechones se pegaran a mi cara y me lavó el polvo del desierto acumulado sobre mi piel.

—¿No puedes controlarlo? —me preguntó sorprendida.

—No siempre, aunque con el paso de los años he ido aprendiendo a manejarlo todavía me cuesta mantenerlo bajo control. Es parecido a ir por ahí con una pistola siempre cargada y con el gatillo flojo.

Nos reímos las dos y yo saqué mis manos manchadas de la tierra y vi cómo el agua se volvía de color naranja al arrastrar los restos de la arena. Valentina se arrodilló delante de mí sobre un charco que había empezado a formarse en el suelo agrietado.

—Lo supe nada más verte, marquesa —me dijo por encima del sonido de la lluvia que golpeaba la tierra—. Tú tienes ojos de fiera salvaje. Ojos de lobo.

Llovió durante toda la noche. Gotas heladas y afiladas, como las que solían caer en mi bosque. Las grietas en la tierra se bebieron cada gota hasta que la superficie, antes seca, se convirtió en un barrizal de color naranja.

Cuando Valentina y yo llegamos a la zona donde estaba la casa principal y el resto de las construcciones de la hacienda encontramos a los hombres y a las bestias bajo la cortina de agua dejando que el polvo del desierto se fuera para siempre. No hablamos durante el viaje de vuelta, el coche había perdido el techo de tela hacía muchos años, así que el interior del vehículo se mojó igual que nosotras. Le pregunté a Valentina qué debíamos hacer con la vaca huida:

—Dejarla tranquila, ya volverá a casa cuando ella quiera. Conoce el camino y esta noche los depredadores no saldrán de sus agujeros. Está a salvo —me dijo.

Así que envolvimos al ternero muerto en una manta vieja y lo colocamos con delicadeza en la parte trasera del vehículo para que el veterinario pudiera examinarlo al día siguiente. Ya había anochecido cuando por fin llegamos a la casa principal, las nubes alargadas de tormenta copaban el horizonte amontonadas unas sobre otras. Mason estaba de pie en el porche delantero mirando la lluvia y nos saludó con la mano cuando nos vio aparecer.

—¿No es increíble? ¡Está lloviendo! —exclamó eufórico. Después y sin esperar a que yo me bajara del coche me cogió por la cintura y me levantó en volandas como si intentara hacerme sentir más cerca del cielo. A ninguno de los allí presentes —hombres o animales— les importó el ternero muerto o la vaca huida porque por fin estaba lloviendo.

Cuando me levanté de la cama de madrugada no había dejado de llover aún. Mason dormía completamente desnudo a mi lado a pesar de que el aire se había enfriado con la tormenta. Se movió un poco y protestó en sueños, pero no llegó a despertarse cuando yo me puse el camisón para salir de la habitación. Descalza, bajé las escaleras hasta el primer piso de la casa de paredes rojas y suelo de cerámica: no había nada hecho de madera o de tela porque cualquier contacto con esas cosas producía una sensación de calor casi insoportable en el desierto. Nunca me había molestado antes, pero esa noche sentí frío por primera vez en años al pisar descalza el suelo.

Fuera, el sonido de los grillos y las demás criaturas nocturnas que vivían en el valle y dominaban la noche había sido sustituido por el ruido constante de la lluvia. Escuché el agua golpeando las gruesas paredes de adobe de la casa —lo suficientemente gruesas como para mantener el calor del sol fuera de las habitaciones en verano— un momento más y después entré en el despacho de Mason.

El suyo no era como el del marqués, con animales disecados rellenos de serrín y trapos o sus cabezas colgando de la pared con ojos de cristal demasiado brillantes como para parecer reales, y tampoco había chimenea. Me di cuenta de que la ventana estaba abierta, seguramente Mason se había olvidado de cerrarla la tarde anterior al asomarse para ver la lluvia. Atravesé la habitación y la cerré, pero el agua ya había empapado el suelo debajo de la ventana.

Desde ahí se veía el patio trasero del rancho: no había luces encendidas y esa noche no había luna o ninguna estrella en el cielo, así que solo vi la tierra negra extendiéndose hacia el horizonte hasta donde me alcanzaba la vista. Lo miré un momento más antes de darme media vuelta para ir a la cocina a beber agua, pero entonces noté que la mesa del despacho estaba llena de papeles desordenados y libros de contabilidad abiertos. Recordé que Valentina me había dicho antes que Mason pasaría la tarde reunido con Joe Trapanesse, el contable que se encargaba de llevar los asuntos de la hacienda —y de la familia Campbell— desde antes incluso de que Mason naciera.

Encendí la lamparita de la mesa para ver mejor y el despacho entero se iluminó. Pasé los ojos sobre los números escritos con tinta elegante y pluma estilográfica cara, repasé yo misma las facturas de agua que había amontonadas en un lado, los impuestos que faltaban por pagar de los últimos cinco años, el dinero que habíamos ingresado con la venta del ganado, los gastos de la propiedad... y así fue como descubrí que estábamos arruinados.

MÁS VALIOSO QUE EL AGUA

Pasé toda la noche pensando en cuál sería la mejor manera de hablar del asunto de la bancarrota con Mason. No quería que mi marido pensara que yo me dedicaba a rebuscar entre los papeles de la hacienda porque no confiaba en que él pudiera sacarnos del pozo de deudas donde estábamos metidos, aunque no lo hacía en absoluto. Planeé decírselo poco a poco, haciéndole ver que me preocupaban las facturas sin pagar y los impuestos atrasados del estado, para darle la oportunidad a Mason de que me lo contara él mismo. Ese era mi plan, pero cuando le vi al día siguiente sentado a la mesa de la cocina bebiéndose su zumo de naranja como si nada, igual que hacía cada mañana, decidí que Mason ya había tenido suficientes oportunidades para contarme la verdad de haber querido hacerlo.

—¿Por qué no me habías dicho que apenas podemos pagar las facturas del próximo mes? —le pregunté sin más.

Mason se olvidó por un momento de su zumo de naranja y me miró sorprendido. En estos tres años, el sol rabioso del valle había acentuado las arrugas finas que le salían alrededor de los ojos cuando sonreía o cuando estaba preocupado.

—Perdona. No te lo dije porque no quería preocuparte con asuntos de negocios. —Mason se sirvió café en su taza y después me rellenó la mía—. Ya sé que en el internado aprendiste mucho sobre contabilidad y finanzas, pero hacerse cargo de las cuentas de una hacienda tan grande como esta es distinto a llevar la contabilidad de una empresa familiar.

—Sin dinero da igual qué tipo de empresa sea, si es grande o pequeña, no hace falta ser contable para saber eso. Y el rancho no da suficiente dinero para pagar las facturas de este año. —Le miré fijamente porque siempre que no estaba de acuerdo conmigo Mason apartaba la mirada. Normalmente yo le dejaba hacerlo pero no cuando nuestro futuro dependía de ello—. ¿Qué vamos a hacer?

Estábamos los dos solos en la gran cocina de la casa principal sentados a la mesa de pino que el abuelo de Mason había construido con sus propias manos cincuenta años antes. Había amanecido en la cocina mientras yo preparaba el café. Fuera, el sol naranja ya empezaba a secar los restos de la tormenta de la noche anterior hasta borrar cualquier huella del agua. Después de ver los libros de contabilidad no había podido dormir, así que me dediqué a repasar las facturas del agua que les habíamos estado comprando a los Phillips, los impuestos que le debíamos al estado de California de los últimos cinco años y el préstamo hipotecario sobre el rancho que Mason había conseguido cuando estuvo en Londres hacía ya más de tres años.

—No lo he decidido aún pero algo surgirá —me dijo.

—Si no pagamos las siguientes cuotas del préstamo perderemos la hacienda. Tenemos que pensar en algo: despedir a los trabajadores, vender más cabezas de ganado, comprar ovejas más baratas en las subastas, deshacernos de todo el material que se pueda vender... todo. Hay que conseguir efectivo como sea o nos hundiremos —añadí.

Mason dejó escapar un suspiro igual que si lleváramos horas hablando del mismo asunto y ya estuviera cansado del tema.

—No puedo despedir a nadie aunque quiera: necesitamos a todos los hombres que tenemos contratados, además es Valentina quien se ocupa de eso —me recordó él como si esa fuera una excusa válida—. Y anoche llovió, cayó una tormenta de mil demonios, con un poco de suerte la sequía terminará pronto y así ya no tendremos que comprarles más agua a los Phillips y pronto volveremos a tener beneficios. Esto es solo un bache temporal, por eso no te lo dije: porque no quería preocuparte.

Mason se encogió de hombros y después cogió una de las tostadas que había en el plato sobre la mesa, le untó una generosa capa de mantequilla y un poco de mermelada de fresa. Me fijé en cómo se derretía la mantequilla sobre el pan aún caliente.

—¿Quieres que te unte una a ti? Creo que también hay algo de beicon en la despensa si lo prefieres —añadió cuando terminó de masticar el primer bocado.

—No tengo hambre, muchas gracias, y no pienso confiar nuestro futuro a la suerte o que se termine la sequía —respondí—. No sé cómo puedes estar tan tranquilo cuando ni siquiera tenemos un plan para recuperar el negocio.

Mason dejó las tostadas en su plato y alargó la mano sobre la mesa para sujetarme la mía.

—No te preocupes por nada, ¿vale? —me dijo con una sonrisa encantadora—. Ya está casi arreglado todo el asunto, no voy a dejar que mi esposa se muera de hambre, eso te lo garantizo.

Después, me soltó la mano y volvió a ocuparse de su tostada. Quise creerle, intenté con todas mis fuerzas dejarme convencer por sus palabras y su sonrisa de que todo iría bien y de que Mason sabía lo que estaba haciendo —Mason y su contable—, pero también sabía que ninguno de los dos tenía la más remota idea de cómo llevar un negocio.

«Algunos hombres no son buenos en los negocios aunque a ellos les encanta creer que sí porque los negocios son cosa de hombres, pero no es verdad», me había dicho Carmen mientras me vestía de novia en mi antigua habitación.

Mason no era bueno en los negocios pero creía que sí: gastaba demasiado y sin ningún control, olvidaba pagar las facturas de los proveedores antes de la fecha límite, no se molestaba en conocer a los competidores y le daban igual los beneficios por cabeza de ganado. A él le gustaba el rancho, la vida al aire libre, el desierto y trabajar con los animales cerca de la tierra —aunque era Valentina quien se encargaba de que todo siguiera funcionando en la hacienda—. Mason odiaba tener que encargarse de las cuentas, los préstamos, los impuestos, sumar los gastos o cualquier otra cosa que estuviera relacionada con la tierra, así que simplemente fingía que todo eso no formaba parte del negocio.

—De acuerdo, no podemos despedir a ninguno de los hombres que trabajan en el rancho pero ¿por qué no despides a Trapanesse? Yo puedo hacerme cargo de su trabajo gratis y nos ahorraríamos su sueldo —sugerí—. Y seguro que lo haría mejor que él.

Pero Mason me sonrió con condescendencia como si acabara de sugerir una completa locura.

—Tu trabajo no es ese, cariño. Tú sigue ocupándote de acompañarme a las ferias del estado y a las reuniones de ganaderos en Texas. No quiero que te pases los días encerrada en el despacho revisando facturas o buscando la manera de ahorrar un par de centavos aquí y allá —me dijo—. Tampoco ahorraríamos mucho dinero despidiendo al pobre Trapanesse, que lleva con nosotros desde que papá lo contrató. No, esto es mucho más complejo.

—Me da igual el contable o el tiempo que lleve trabajando para tu familia, por mí como si lo contrató el mismísimo presidente —respondí con frialdad—. Nos cuesta dinero, dinero que no tenemos y hay que librarse de él, de alguna manera tenemos que empezar a ahorrar gastos.

Mason puso los ojos en blanco como un chiquillo y se limpió las migas de pan tostado del pantalón vaquero.

—Tú tranquila, ya he pensado en algo, algo que no implica tener que despedir a un amigo de la familia —empezó a decir.

—¿Y de qué se trata?

Pensé que Mason habría trazado un plan de negocio a largo plazo como nos enseñaron a hacer en las clases de economía avanzada en el St. Mary's, que había conseguido una buena línea de crédito en el banco agrario de San Bernardino o incluso que uno de sus tíos había muerto dejándole una herencia que nos salvaría de la ruina. Aparte de mí, la única familia de Mason eran dos tíos por parte de padre que vivían en el otro extremo de California, y aunque fueron amables conmigo cuando nos conocimos tres años antes, sospechaba que ni yo —ni nadie que no llevara el apellido Campbell desde su nacimiento— les agradaba realmente, así que no lamentaría mucho su muerte si nos dejaban algo de dinero.

—No quería contártelo todavía por si al final no podíamos asistir —empezó a decir misterioso—. Nos han invitado a una reunión de ganaderos y propietarios de tierra en Los Ángeles. Todos los grandes terratenientes y criadores de ganado de la mitad sur del país estarán allí, pero lo mejor es que también habrá banqueros, agentes de bolsa y empresarios de otros sectores buscando invertir en nuevos negocios.

—¿Buscar un socio para el rancho? ¿Esa es tu idea? —le pregunté sin ocultar mi enfado—. No me gusta nada la idea de tener que compartir los beneficios con alguien más, muchas gracias.

Mason me sonrió.

—Ya sabía yo que a mi mujer no iba a convencerle la idea de buscar un socio —me dijo indulgente—. Por eso le dije a Trapanesse que nada de socios: buscaremos un accionista en esa reunión o alguien que nos preste el dinero a un buen interés para poder recuperarnos. Habrá muchos hombres de negocios elegantes en esa fiesta, seguro que podemos cerrar un trato con alguno.

—¿Y cuándo es esa reunión?

—En dos semanas, así que vete pensando en qué ropa te pondrás para causarles una buena impresión: nadie quiere prestarte dinero si sospechan que lo necesitas, pero si creen que eres rico estarán encantados de dártelo. —Mason se terminó su tostada, se levantó de la silla y caminó hasta el mostrador de la cocina donde solíamos dejar las llaves del coche y la correspondencia—. Todo se arreglará, tú no te preocupes.

Aunque yo seguía mirando el café en mi taza y pesando cómo recortar gastos.

—Ten, se me olvidó darte esto. Llegaron ayer las dos, son para ti.

Mason volvió a mi lado y me entregó las dos cartas con matasellos de España que tenía en la mano. Me apresuré a abrirlas, preocupada: la difícil situación en mi país, que llevaba mucho tiempo siguiendo a través de los periódicos, había desembocado en junio del año anterior en la Guerra Civil, y el retraso con el que me llegaban las noticias me resultaba más insoportable que nunca.

—Espero que no sea nada malo sobre tu familia —comentó mientras se sentaba otra vez para terminarse su café—. Con la guerra y todo eso seguro que ahora mismo lo están pasando mal. Podríamos decirles que vinieran aquí, a Estados Unidos, mientras dura la guerra: hay sitio de sobra en el rancho para que tus padres se instalen con nosotros.

Mason hablaba pero su voz era un murmullo de fondo para mí. Las cartas desde España tardaban meses en llegar a California y nunca recibía dos al mismo tiempo: normalmente mamá me escribía una carta escueta cada mes donde me mentía diciéndome que todo iba bien y que la guerra no había llegado aún a Basondo. El resto de la carta se lo pasaba hablando sobre las rosas de la abuela Soledad y sobre lo muchísimo que habían crecido desde la última vez que me escribió.

—No es fácil salir de España, muchos lo están intentando pero casi ningún país en Europa quiere aceptar a los que huyen de la guerra, y lo mismo pasa con Estados Unidos. México es casi la única opción —murmuré mientras abría el sobre con la carta de mamá—. Tampoco quieren dar asilo a los que huyen asustados de Alemania.

—¡Pero esos ni siquiera están en guerra! No es como tu familia.

Leí deprisa lo que decía la carta: era la primera vez que mamá no hablaba de las rosas de invernadero de la abuela Soledad. Sus palabras eran torpes y desordenadas, como si hubiera escrito la carta sin estar totalmente segura de lo que quería decir. Su letra, normalmente pulcra y elegante, parecía emborronada sobre su papel de cartas con el apellido «De Zuloaga» y el escudo familiar en el membrete de letras doradas. Tuve que leer la carta dos veces para entender lo que mamá quería decirme.

—¿Qué sucede? ¿Va todo bien? —preguntó Mason al darse cuenta de que yo no decía nada.

Doblé la carta y volví a guardarla en el sobre, mi mano temblaba y Mason tuvo que ayudarme a cerrarlo.

—Mi madre dice que los alemanes han bombardeado un pueblo que hay cerca de Basondo, era un día de mercado... Hay muchos muertos.

—¿Los alemanes? —repitió Mason—. Pensé que ellos y los italianos no se atreverían a apoyar a los golpistas.

Mason dijo algo más, pero yo no le escuché porque miraba el otro sobre sin atreverme a tocarlo. Era una carta de Catalina. Apenas me había escrito un par de veces en estos tres años: la primera vez para contarme que se había casado con un muchacho del pueblo, y la segunda, hacía solo unos meses, para decirme que estaba embarazada:

«Vas a ser medio tía, espero que sea una chica también.»

Leí el primer párrafo de la carta de Catalina pero no pude terminarla. El papel se me resbaló de las manos y cayó peligrosamente cerca de la taza de café.

—¿Qué sucede? Estás pálida. —Mason cogió la carta que se me había caído para leerla él mismo—. Mi español no es muy bueno, ¿qué pone? ¿Son malas noticias?

—Mi madre ha muerto.

Parpadeé intentando borrar las palabras escritas de Catalina, que todavía flotaban detrás de mis ojos.

—¿Qué? —Mason se olvidó de la carta y me abrazó—. Lo siento mucho, cariño. ¿Ha sido por la guerra?

Me zafé del abrazo de oso de mi marido para alargar el brazo sobre la mesa de la cocina y volver a tocar la carta de mamá que había dejado olvidada, casi tratando de sentir el calor del tacto de mi madre en el elegante papel esperando que algo de ella se hubiera quedado atrapado en esas palabras temblorosas.

—No, bueno, en realidad, sí —me corregí con la voz sorprendentemente firme a pesar de todo—. Mamá casi dejó de comer por completo cuando Alma murió, ya estuvo a punto de matarse de hambre hace algunos años pero había mejorado un poco. Catalina dice que había vuelto a enfermar por culpa de la guerra: apenas comía y estaba siempre enferma y débil, y después del bombardeo de los alemanes sobre un pueblo cercano, se obsesionó con la idea de que también bombardearían Basondo matándolos a todos. Hace un mes cayó enferma con una neumonía, sin medicamentos por el bloqueo y sin poder comer para recuperarse murió en cuestión de semanas.

Decidí ahorrarle a Mason parte de lo que Catalina contaba en su carta: cómo mamá vagaba sola por los pasillos de Villa Soledad llamando a Alma, enloquecida por la fiebre mientras su cuerpo y su corazón se consumían alimentándose de sí mismos en una lucha caníbal para tratar de frenar la enfermedad. Mi madre no murió plácidamente en su cama mientras dormía soñando con una época mucho mejor que esa, no. Catalina la encontró una mañana tirada en el suelo del invernadero de la abuela Soledad, helada, con el olor de las rosas y la muerte atrapada en su media melena castaña y la réplica diminuta de su hija muerta en la mano.

—Es un poco más adelante, todavía queda un rato —dijo Valentina muy segura.

Miré alrededor sin apartar los ojos del horizonte sobre el capó del viejo coche que avanzaba hacia el oeste dando tumbos con cada grieta del suelo.

—¿Estás segura? —le pregunté con voz áspera—. Es fácil perderse aquí, todo es igual: llano y naranja hasta donde alcanza la vista.

Habíamos salido de la casa principal después de la hora de comer para esquivar las horas más calurosas del día, aun así, podía sentir el sol del valle quemándome las mejillas y las manos mientras sujetaba el volante con más fuerza de la necesaria.

—Pues claro que no me he perdido, estas son mis tierras, las conozco tan bien como la palma de mi mano —replicó Valentina—. Te digo que el río está un poco más al oeste, tú conduce y procura no desviarte demasiado, te avisaré cuando estemos cerca.

—¿Cuándo fue la última vez que viste agua en ese río? —quise saber.

Valentina se reclinó en el asiento del copiloto desgastado por el sol y el polvo.

—Hace unos veinte años.

—¿Veinte años? —repetí escéptica levantando una ceja.

Giré el volante para esquivar unas rocas afiladas que salían del suelo. A medida que uno se acercaba a las montañas que rodeaban el valle por el oeste, el suelo se volvía más pedregoso y macizo. En esa zona de la finca el polvo naranja también lo cubría todo, pero allí era más habitual ver algunas plantas desperdigadas aquí y allá.

—No te preocupes por el tiempo que no significa nada, tú solo conduce y para cuando veas el pozo —me dijo Valentina con su modo cortante de hablar—. ¿Seguro que podrás hacerlo teniendo lo de tu madre tan reciente? Mira que si después de haber venido hasta aquí te fallan las fuerzas o la voluntad...

—Mis fuerzas no son asunto tuyo y mi voluntad es la misma que la del otro día cuando trazamos el plan —la corté—. Si todavía queda agua en ese río subterráneo la traeré de vuelta, así dejaremos de comprarles su agua a los Phillips, o si no, Las Ánimas no llegará al Año Nuevo. Tú preocúpate de lo tuyo y estate atenta por si acaso llegamos al pozo, no sea que te lo saltes por estar ocupada hablando conmigo.

Valentina estudió el paisaje con sus ojos afilados acostumbrados a la luz del sol.

—Ahí está, siguiendo por esa dirección un par de kilómetros más. —Valentina señaló con un leve gesto de cabeza y yo giré el volante para seguir sus indicaciones—. Y ¿qué pasará con tu madre? ¿La habéis enterrado ya?

Arrugué los labios antes de responder:

—Sí. Para cuando la carta de mi hermana llegó por correo ya la habían enterrado. De todas formas, aunque me hubiera enterado a tiempo no hubiera podido entrar en el país para ir a su funeral, con la guerra y todo lo demás.

—Mason me ha dicho que murió mientras dormía, es una buena muerte —me aseguró ella—. Pasas a la otra vida sin agonía y sin enterarte, soñando.

Dejamos atrás otro kilómetro de tierra, polvo y pedruscos sin valor, pero tan grandes, que podían hacernos volcar si no tenía cuidado al esquivarlos.

—No es verdad, eso es solo lo que le conté a Mason —dije sin apartar los ojos del horizonte—. Mi madre murió igual que había vivido: sola, entre horribles dolores y perturbada por la muerte de mi hermana. Todavía tenía uno de sus juguetes en la mano cuando la encontraron.

La muñeca de Alma hecha de madera, trapo, serrín y pelo natural que mamá ordenó hacer para nuestro decimocuarto cumpleaños. Aunque las dos muñecas de la casita eran idénticas entre sí, yo estaba segura de que, la que mamá sujetaba en su mano en el invernadero cuando Catalina la encontró, era la de Alma.

—El dolor vuelve locas a algunas personas, y si, además, los espíritus de los que ya no están les rondan y no les permiten descansar, puedes estar segura de cómo terminará: es como añadirle gasolina al fuego. —Valentina hizo una pausa antes de añadir—. Te acompaño en el sentimiento, espero que tu madre encuentre su camino hacia el descanso que nunca tuvo en vida.

Aunque intentaba ignorar las palabras de Valentina sentí cómo se deslizaban a través de mi oído para instalarse en mi cabeza.

—Gracias —masbullé.

Mantuve los ojos fijos en la línea borrosa del horizonte para no perder el rumbo y un poco más adelante distinguí la silueta de una pequeña construcción. Un pozo.

—Ahí está, estaba segura de que este era el sitio —dijo Valentina con una sonrisa torcida—. Vamos, acércate un poco más. Si tenemos suerte, esta misma noche ya no tendremos que comprarles agua a esos desgraciados de los Phillips. A ver qué hacen después: esa familia es tan inútil que sin nuestro dinero se arruinarán en pocos meses.

El pozo se hizo más grande a medida que nos acercábamos hasta que pisé el pedal del freno un poco más adelante. El coche se detuvo con un chirrido metálico en mitad de una nube de polvo naranja. Valentina se bajó sin esperar siquiera a que el polvo se asentara de nuevo.

—No parece gran cosa —murmuré.

El famoso pozo era una vieja construcción de piedras cubiertas de arena y polvo. El muro exterior estaba derruido por uno de los lados y no mediría más de un metro de alto.

—Ahora no parece gran cosa, pero hace veinte años en esta zona crecían plantas crasas, salvia y amapolas blancas: las más bonitas y brillantes que he visto nunca. Las flores cubrían todo el terreno alrededor del pozo y se extendían sobre el río subterráneo como una alfombra blanca protegiéndolo del calor del sol —dijo Valentina mirando alrededor como si quisiera asegurarse de que no crecía una sola amapola en toda la zona—. Hoy ya no queda nada aquí, tan solo polvo y algunas rocas tan secas como mis pies.

Guardé las llaves y me bajé del vehículo. Rodeé el pozo y vi que las piedras que faltaban del muro estaban caídas en el suelo formando un pequeño montículo cubierto de arena que el viento había arrastrado hasta allí desde el desierto. Me asomé con cuidado para mirar dentro del pozo pero no vi nada.

—No parece que haya una sola gota de agua ahí abajo. —Mi voz resonó entre las paredes de piedra.

Valentina masculló algo con su voz cascada en un idioma que yo no comprendía y le dio un manotazo al aire caliente de la tarde, después se acercó al pozo y se asomó por encima de lo que aún quedaba en pie del muro.

—Tan seco como el ojo de una vieja —gruñó—. Pero seguro que el agua todavía está ahí, debajo de la tierra, esperando otra década antes de volver a dejarse ver.

—Pues más le vale asomarse otra vez porque no tengo una maldita década para esperar, tengo facturas que pagar. —Me puse las manos a modo de visera sobre los ojos para mirar alrededor sin que el sol del valle me cegara—. ¿No está demasiado lejos de la casa principal y de los establos? Aunque consigamos que vuelva el agua, ¿para qué narices queremos un pozo tan lejos de los animales?

—El padre de Mason, otro «genio» de los negocios, se deshizo de la tubería que unía el pozo y el río subterráneo con la casa principal y los establos —respondió Valentina con sarcasmo—. Dicen que la estupidez se salta una generación, pero en el caso de los Campbell eso no es verdad, son todos igual de idiotas: ciegos y sordos al mundo que les rodea.

Intenté disimular una sonrisa al escucharla y apoyé las manos en la piedra del muro alrededor del pozo.

—¿Crees que funcionará? —pregunté mirando a la oscuridad dentro del agujero.

—¿Y qué tenemos que perder? —Valentina se puso a mi lado y las dos miramos al fondo del pozo como si estuviéramos buscando la respuesta ahí abajo—. Tú hazlo. Si sale bien no le diremos nada a Mason, claro: a él le gusta creer que sabe lo que hace, como a todos los hombres, aunque no tenga ni idea de dónde tienen la mano derecha. Además, no sé cómo le sentaría saber que se ha casado con una hechicera, lo mismo se espanta y sale huyendo o te pide el divorcio.

Muchas veces en estos tres años pensé en hablarle a Mason sobre el fuego, enseñarle lo que podía hacer con solo desearlo: manipular la naturaleza a mi antojo igual que un mago saca pañuelos de colores o conejos de su chistera para impresionar al público, solo que, a diferencia del mago, mis trucos eran reales. Yo no tenía que meter el conejo en la chistera para sacarlo después, me bastaba con desearlo. Pero cuando reunía el valor para hablarle de ello, recordaba la mirada en los ojos castaños de Tomás. El miedo familiar a que yo fuera demasiado poderosa, o demasiado especial como para seguir queriendo permanecer a su lado. No quería que Mason me mirase de esa manera jamás, con esa mezcla de miedo, celos e inseguridades masculinas que ni comprendía ni estaba interesada en comprender. Y puede que no hubiera un bosque verde y misterioso en San Bernardino, o que el mar estuviera a cientos de kilómetros del rancho como para poder demostrarle lo que era capaz de hacer, pero definitivamente había naturaleza para manipular en el valle: una naturaleza salvaje, seca y naranja. Podía sentir cómo latía su corazón feroz y áspero con cada racha de viento llegada desde el desierto, cada vez que tocaba la tierra agrietada o cuando acariciaba a una de las ovejas.

—¿Qué me dices, hechicera? ¿Queda agua ahí abajo?

La forma arisca de hablar de Valentina me sacó de mis pensamientos, la miré y noté que parecía nerviosa por primera vez desde que la conocía.

—El agua aún está ahí, pero ha olvidado su camino, alguien la ha desviado en contra de su voluntad —dije—. Por eso el río subterráneo ya no pasa por aquí y el pozo se ha secado.

Valentina se asomó otra vez al agujero en la tierra.

—¿Quieres decir que alguien nos ha estado robando el agua todo este tiempo?

—Sí. Los Phillips, seguramente —respondí mirando en dirección a su hacienda aunque no podía ver su casa desde allí—. Supongo que descubrieron el río subterráneo, o puede que el padre de Mason se lo mencionara alguna vez, y ellos decidieron desviar el caudal de agua hacia sus tierras sabiendo que no lo descubriría jamás.

—Esos bastardos —masculló Valentina—. Y ¿puedes traer el agua de vuelta?

En vez de responder respiré profundamente dejando que el aire caliente me llenara los pulmones, coloqué las manos con las palmas abiertas sobre las piedras del muro que todavía quedaban en pie y presté atención al ruido del agua que corría lejos de nuestras tierras. Muchos metros por debajo de nuestros pies la tierra volvió a empaparse otra vez. El agua robada regresó a Las Ánimas arrastrando consigo los años de polvo y sequía que habían taponado el cauce del río subterráneo recordando el camino que conducía hasta el pozo.

—Puedo escuchar el agua correr —dijo Valentina, primero en voz baja y después más alto—. ¡Puedo escuchar el agua correr!

El agua se abrió camino y llenó cada resquicio entre las rocas bajo la superficie, rellenando los huecos y agujeros que la arena había ocupado en estos años. Sentí como el agua fresca volvía a circular bajo mis pies igual que quien escucha un latido lejano pero constante.

—Ya está, ya está... —murmuré por encima del ruido del agua.

Me temblaban las piernas por el esfuerzo, pero nada parecido a cuando hice crecer manzanas en aquel pino para Tomás, esto se parecía más a hacer crecer dientes de león en esa pradera de Surrey: la naturaleza del agua era pasar por debajo de nuestras tierras y yo solo la había traído de vuelta, así que no había pecados que pagar esta vez.

Valentina estaba asomada al pozo en silencio, yo no recordaba haberla visto tan callada nunca, me acerqué a ella y me asomé también al pozo. Ya no estaba oscuro y vacío como antes, ahora noté las gotas de agua fresca salpicándome en la cara al mirar dentro.

—¿No dices nada? —le pregunté sin disimular una sonrisa de satisfacción—. He traído de vuelta el agua, ya está: se acabó la sequía y tener que comprarles el agua a los Phillips.

—El agua está bien, está muy bien —reconoció Valentina sin apartar los ojos del río—. Pero sin vegetación que cubra esta tierra para protegerla del sol pronto se pondrá agria, venenosa, y no podremos beberla. Ni nosotros ni los animales del rancho.

Miré al terreno alrededor del pozo: aparte del viejo todoterreno que nos había llevado hasta allí, lo único que había sobre la tierra era polvo.

—¿Dices que antes solían crecer amapolas blancas aquí? —le pregunté todavía mirando el paisaje.

Valentina se separó del muro de pozo y asintió:

—Sí, y salvia también. Llegaban hasta un par de kilómetros más al oeste para dar sombra a la tierra y mantener fresca el agua. El agua las hacía crecer y ellas protegían el agua, se cuidaban mutuamente, así funciona la naturaleza.

—Me cuesta imaginar que alguna vez haya crecido algo en esta tierra —murmuré mirando alrededor—. Pero si tú lo dices..., amapolas blancas, pues.

Me agaché y el vestido de la abuela Soledad se manchó de polvo hasta más arriba de las rodillas, pero cuando coloqué las manos abiertas contra el suelo, sentí el calor acumulado que salía de la tierra quemándome la piel. El primer tallo asomó a la superficie, verde y tierno, después otro y un macizo de flores entero un poco más adelante hasta que todo el terreno a nuestro alrededor se cubrió de brotes. Las flores se abrieron despacio mientras el suelo cambiaba de color hasta volverse blanco.

—No sé cómo vamos a explicarle esto a Mason o los demás hombres... —dijo Valentina en voz baja mirando en todas direcciones.

—Le diremos a Mason que ha sido por la tormenta de la otra noche —sugerí—. Le contaremos que el pozo y el río se han llenado de nuevo con el agua de la lluvia y que después el sol ha hecho crecer las flores en la zona como hacía antes. A mí me creerá.

Miré alrededor para asegurarme de que las flores seguían cubriendo la tierra abierta aquí y allá como una alfombra blanca. Entonces me fijé en que una planta enredadera había rodeado el pozo con sus tallos marrones cubriendo las piedras por completo. La hiedra tenía las mismas delicadas flores azules que la que cubría la lápida de Alma muy lejos de allí.

—¿Qué pasa con eso? —Valentina señaló la planta intrusa con la cabeza—. No es típica de la zona. Eso nunca había estado ahí antes.

Miré la maldita planta mientras esta terminaba de envolver el pozo igual que si intentara asfixiarlo con sus tallos poderosos.

—Esa la he traído yo conmigo —respondí—. Vamos, quiero volver a la casa para contárselo a Mason, cuanto antes lo sepa antes dejaremos de darles nuestro dinero a esos ladrones de los Phillips.

Las dos nos subimos al coche y yo hice girar el enorme volante con cuidado de no pisar las flores. Mientras nos alejamos de vuelta a la casa principal vi por el único espejo retrovisor como las amapolas seguían abriéndose y cubriendo el suelo agrietado de color blanco.

El hotel Ambassador de Los Ángeles tenía, en el suelo del su salón principal, el mismo mosaico de azulejos blancos y negros que el vestíbulo de Villa Soledad. Cuando lo pisé casi me pareció irreal y por un momento fugaz pensé que si levantaba la vista de las baldosas italianas vería a Alma bajando por la escalinata de la mansión de Basondo, con su vestido blanco de encaje hasta los pies y su corona de trenzas. Pero solo duró un momento porque enseguida recordé para qué habíamos ido hasta allí: dinero. El rancho necesitaba dinero urgentemente o tendríamos que empezar a vender algo más que cabezas de ganado, algo mucho más valioso que las vacas o las ovejas: tierra.

El río subterráneo y el pozo recuperado habían mejorado algo la precaria situación de las cuentas de la empresa familiar de Mason —yo misma revisaba cada noche los libros de contabilidad y las facturas porque no confiaba demasiado ni en él ni en el contable—, pero después de años y años gastando dinero que no teníamos en agua, suministros o impuestos, Las Ánimas todavía debía más dinero del que ingresaba. Estábamos prácticamente arruinados y necesitábamos liquidez para pagar los impuestos atrasados o el estado de California nos embargaría el rancho, así que esa reunión con inversores, ganaderos y banqueros de la que Mason me había hablado unas semanas antes se había convertido en nuestra única opción para no perder la hacienda.

El viaje desde el valle hasta Los Ángeles lo hicimos en tren. Mientras nos íbamos acercando a la ciudad yo miraba por la ventanilla y no dejaba de pensar en Lucy Welch y en sus hermanas, tan pelirrojas y pecosas como ella, lo que era extraño porque no había vuelto a pensar en ella en todos estos años. Pero aquella tarde, mientras el tren nos acercaba a Los Ángeles, me pregunté qué hubiera pensado Lucy de saber que Mason ya estaba arruinado cuando rechazó casarse con ella.

—Recuerda, cariño: buscamos un socio capitalista —me recordó cuando entrábamos de la mano en el salón principal del Ambassador—. Alguien que pueda prestarnos el dinero para recuperarnos pero que no pretenda tomar decisiones sobre cómo gestiono la hacienda.

Esa era su idea —su única idea en realidad— para solucionar los problemas económicos del rancho: un socio capitalista. Yo había intentado hacerle entender por qué buscar un socio capitalista era una malísima idea —además de prácticamente imposible— durante casi todo el viaje hasta Los Ángeles pero, por supuesto, la sugerencia de Joe Trapanesse pesaba más que mi opinión para Mason.

—Y si ves que alguno de estos hombres está interesado en firmar con nosotros, búscame para que yo me ocupe de negociar y cerrar el acuerdo esta misma noche. Tengo los papeles del acuerdo, que Joe ha preparado, arriba en la habitación —añadió mirando alrededor como si buscara a alguien en concreto—. No quiero volver al valle con las manos vacías.

—Los hombres que están aquí no buscan ese tipo de negocios, Mason. Quieren jugar a ser vaqueros, tienen la fantasía romántica del salvaje Oeste que han visto en decenas de películas y eso es lo que persiguen. No te darán su dinero a cambio de unas vacas que no ven.

Aunque aún no habíamos entrado en el salón principal del hotel propiamente dicho, desde donde estábamos ya podía ver a los banqueros con sus corbatines texanos al cuello, financieros llegados desde Boston con botas de piel de serpiente por fuera de los pantalones de sus trajes italianos y empresarios del cine con enormes sombreros de vaquero.

—Pues les enseñaremos las vacas si hace falta para conseguir que inviertan con nosotros.

—Eso es lo de menos, para ellos la tierra y los animales no son más que un pasatiempo, Mason. Un juego muy caro que pueden permitirse o algo con lo que desgravar algunos dólares —añadí—. Les gusta vestirse de vaqueros y sentir que son John Wayne, matando indios y rescatando a las damiselas en apuros de sus diligencias.

Mason sonrió con indulgencia.

—No estás muy contenta con la idea de buscar un socio, ¿verdad? Ya sé que en estos años has llegado a considerar Las Ánimas como tu propia tierra y te fastidia tener que compartirla con alguien más.

—Lo que pasa es que no creo que aquí haya nadie que pueda ayudarnos —respondí con aspereza—. Quiero decir... Míralos, menudos payasos. ¿De verdad quieres darle la mitad de nuestras tierras a alguien así?

—No es que quiera hacerlo, pero ya no tenemos muchas más opciones, y siento decírtelo, pero necesitamos el dinero de esos payasos. Tú no te preocupes por nada, todo irá bien, saldremos de aquí con un buen acuerdo bajo el brazo, ya lo verás —me aseguró Mason con su optimismo ridículo—. Estás muy elegante con ese vestido, por cierto, algunas veces de tanto verte por el rancho con esos vestidos pasados de moda se me olvida que eres toda una marquesa europea.

Mason me dio un beso en la frente y sentí el olor de su colonia cuando se acercó lo suficiente, después se separó otra vez.

—Me gustan mis vestidos pasados de moda, muchas gracias —repliqué pasando las manos sobre la falda de mi vestido nuevo—. Aunque debo reconocer que este no está nada mal.

Tal y como Mason me había dicho: «Nadie quiere ayudarte si creen que eres pobre», así que para que ninguno de los ridículos hombres disfrazados de vaqueros que había en el salón principal del Ambassador pudiera siquiera imaginar la verdadera situación de la hacienda, yo me había comprado el vestido más caro y lujoso que encontré en las páginas del único catálogo de moda que todavía llegaba al buzón de Las Ánimas. Estaba confeccionado con terciopelo de alta calidad de color morado oscuro cortado al bies, la falda recta estilizada llegaba hasta el suelo y tenía la espalda descubierta sujeta únicamente por unos finos tirantes con pedrería brillante. El terciopelo era tan grueso y pesado que Mason tuvo que guardar sus cosas para el fin de semana en otra maleta porque no cabían en la misma que mi vestido de noche y mis zapatos a juego, al menos no sin arrugarlo. Pero valía la pena el peso extra —y el dinero— por ver la caída del terciopelo sobre mi cuerpo o la manera en la que la tela se movía cuando yo caminaba.

—Te van a adorar, ya lo verás. A los norteamericanos nos encanta la nobleza, los reyes y todas esas cosas, aquí no tenemos nada de eso y nos gusta relacionarnos con la aristocracia. —Mason dejó escapar una risotada amable de las suyas—. Sobre todo a los nuevos ricos. Les encanta la idea de almorzar con duques o invitar a una marquesa a sus fiestas de fin de año en su mansión de Colorado, eso les hace creer que su dinero es tan bueno como el de los ricos de toda la vida, así que cuando intentes convencerles para firmar no te olvides de mencionar por casualidad que eres una marquesa española.

—Descuida, no lo olvidaré —respondí secamente.

Escuchando a Mason recordándome lo que debía decir, me pregunté cuántas veces la abuela Soledad habría tenido que mentir diciendo que era una princesa mexicana o una condesa de Montenegro en fiestas parecidas a esa para que nadie descubriera la verdad: que era una esclava.

—Y yo ¿cómo estoy? ¿Bien? ¿La pajarita sigue en su sitio?

Mason levantó la cabeza para que yo le colocara bien el nudo.

—Ya está, todo un vaquero elegante —le dije con una sonrisa vacía cuando hube terminado de arreglarle el lazo—. Ahora ve y enamórales como hiciste conmigo.

Después me besó en la mejilla para no estropearme el maquillaje como yo le había pedido una decena de veces, y me sonrió.

—Lo mismo digo. Y recuerda, ven a buscarme en cuanto alguno de ellos acepte para que firmemos los papeles, no quiero darle la oportunidad de echarse atrás —me repitió antes de alejarse para perderse entre el resto de los hombres del salón principal.

Yo asentí aunque Mason ya no podía verme. Volví a pensar en Lucy Welch y sus hermanas, pero solo me permití un momento para saborear la amarga ironía de la situación. Y como no tenía tiempo para estúpidos arrepentimientos o sentimientos de culpa, respiré hondo y entré en el salón del hotel Ambassador con paso firme. Yo no era la única mujer en el salón principal, también había otras esposas con sonrisas perfectas, vestidos de alta costura adornados con perlas, joyas brillantes y el pelo rubio peinado como Jean Harlow. Un par de esas mujeres me sonrieron con amabilidad cuando pasé por su lado mientras avanzaba hacia la barra situada al fondo del salón, pero la mayoría de ellas tenían una mirada vacía que me recordó a la que mamá solía poner algunas veces en fiestas parecidas a aquella. Me pregunté si ahora, después de más de tres años casada, yo tenía esa misma mirada hueca en los ojos.

—Una copa de Veuve Clicquot muy frío, por favor —le dije al camarero que estaba detrás de la barra con una americana blanca impoluta.

El camarero me dedicó una sonrisa profesional mientras sacaba la botella de champán de la cubitera con hielo que tenía en un lado de la barra y cogía una copa de la estantería tras él. Era una de esas ridículas copas bajas y rechonchas en las que los estadounidenses solían tomar el champán, la miré un momento y después le di un trago largo al *clicquot* todavía pensando en mi madre.

—Ya le dije que algún día volveríamos a vernos —dijo una voz a mi espalda.

Me volví aún con la copa entre los labios y las burbujas al final de la garganta, pero ya sabía quién era el dueño de esa voz.

—Señor Sinclair, desde luego no esperaba verle aquí; o

volver a verle en absoluto —le dije con mi mejor sonrisa—. ¿Me está siguiendo? Pensé que después de estos años ya se habría olvidado de mí.

—Mi querida marquesa, ¿cómo iba yo a olvidarme de usted? Eso sería imposible —dijo exagerando su acento, y estuve segura de que había engatusado a muchos estadounidenses para que le dieran su dinero con ese acento cantarín suyo—. Sobre todo, después de las confidencias que compartimos en su mansión de Basondo.

Liam mantenía su aspecto juvenil: su pelo de fuego ondulado —ahora domesticado con ayuda del fijador—, los ojos brillantes como los de un zorro escondido entre los arbustos esperando para atacar y su barba cobriza, que le ayudaba a disimular la cicatriz cerca de sus labios. Apenas había cambiado en estos tres años aunque me pareció que ahora su eterna sonrisa torcida hacia la derecha se había vuelto un poco más amarga.

—No sé a qué se refiere, yo jamás intercambiaría confidencias con un hombre como usted. —Le di otro trago al champán y añadí—: ¿Qué le ha traído a la convención de granjeros? Cuando nos conocimos no me pareció usted un hombre interesado en los negocios de la tierra y el ganado, de hecho, si no recuerdo mal, estaba intentando usted deshacerse de unas tierras en el norte de Escocia que pertenecían a su familia.

Igual que entonces, Liam no pareció en absoluto molesto con mis maneras cortantes —que, sin embargo, fastidiaban a todos los hombres que había conocido en mi vida—, me sonrió con ironía y respondió:

—Estoy allá donde esté el dinero, mi querida marquesa, y este hotel es el mejor lugar de Los Ángeles si uno busca acercarse a los ricos y famosos. Creo que me he cruzado con el señor Clark Gable en el vestíbulo esta tarde.

Al escuchar ese nombre sonreí a mi pesar.

—Pues si vuelve a cruzarse con él hágame el favor de pedirle un autógrafo.

—Mi querida marquesa, no la tenía por una caza-autógrafos —dijo Liam con una sonrisa divertida.

—No es para mí, es para alguien que conozco.

Carmen. No había tenido noticias de Carmen desde la última carta de Catalina, pero me gustaba creer que estaba bien a pesar de la guerra y de la muerte de mamá.

—Descuide, si hace falta arrastraré al señor Gable hasta sus mismísimos pies para que le firme su librito de autógrafos —me aseguró.

—Pues le costará un poco hacerlo, este lugar es enorme incluso para ser Los Ángeles.

Liam le pidió una bebida al camarero detrás de la barra, aunque no alcancé a escuchar qué era, vi que el barman le ponía un whisky y después le añadía un botellín de refresco de cola hasta llenar un vaso por la mitad. Si el marqués de Zuloaga lo hubiera visto se hubiera muerto del disgusto.

—Whisky con cola, pensé que eso era como un pecado mortal para un escocés —bromeé.

—Desde luego que lo es, pero me he aficionado a este mejunje dulzón en el tiempo que llevo en los Estados Unidos. Además, a ellos les hace casi tanta gracia como a usted ver a un escocés mezclando su precioso whisky con esa porquería de cola. —Liam me guiñó un ojo—. Me gusta pensar que eso mismo es lo que me pasa a mí con ellos.

Miré un momento a los demás hombres del salón y después otra vez a Liam.

—Claro, usted es el exquisito whisky escocés y ellos el refresco barato de cola, seguro. —Puse los ojos en blanco y añadí—: Sé algo sobre la bebida más famosa de su país porque el marqués era aficionado a gastar nuestro dinero en ella, y le aseguro que no me parece usted tan exquisito como su whisky ni de lejos.

Liam se rio divertido.

—Me alegra comprobar que el matrimonio no ha doblegado su carácter, marquesa, me preocupaba que al casarse perdiera usted parte de su encanto.

—A lo mejor si lo hubiera hecho ahora sería más feliz —murmuré sin pensar.

Aunque no le estaba mirando, noté que Liam me estudiaba con curiosidad mientras yo fingía que jugueteaba con mi copa. Ya había sentido antes sus ojos verdes sobre mi cuerpo —en Basondo, la tarde de la galerna cuando le conocí y el día de mi boda—, pero esta vez me pareció que miraba directamente a mis labios.

—Si quisiera besarla ahora... ¿le parecería bien, marquesa?

—Si tiene que preguntarlo a lo mejor no debería besar a nadie. Y mi marido está en este mismo salón.

—Sí, sin duda se armaría un buen escándalo, pero nunca me pareció usted una mujer a la que le importaran los escándalos o los rumores.

Le miré por fin, estaba mucho más cerca de lo que pensaba y la manga de su chaqueta me rozó la mano al volverme hacia él.

—Y no lo soy, pero esta noche estoy aquí por mis propios motivos y resulta que son incompatibles con un escándalo —respondí en voz baja—. Así que no, no puede besarme.

—Lástima, me hubiera gustado ver ese escándalo —susurró.

—Claro, para usted es fácil decirlo, pero como ya le expliqué una vez, las mujeres no siempre podemos hacer lo que nos plazca.

Liam todavía miró mis labios un momento más.

—Y ¿qué le parece este lugar? El hotel Ambassador es como una pequeña ciudad: tiene 21 hectáreas de jardines, pistas de tenis, un campo de golf, restaurantes, una sala de cine, piscina, salón de belleza, peluquería, tiendas de ropa, zapaterías... —enumeró Liam mientras el camarero añadía una rodaja de limón recién cortado a su vaso—. Incluso tiene una oficina de Correos en el primer piso para que los huéspedes no tengan que salir jamás del hotel y no romper así la ilusión de vivir en una burbuja de lujo y glamur.

—Pues claro, a fin de cuentas esto es Hollywood, señor Sinclair: la ilusión es el negocio más lucrativo de Los Ángeles.

Liam le dio las gracias al camarero cuando este le dio su vaso.

—Desde luego que lo es —dijo después de darle un trago

a su whisky con cola—. Y el club nocturno de este hotel, el Coconut Grove, con todas esas palmeras falsas, es el corazón de la fábrica de los sueños por aquí. Es donde la alta sociedad de Los Ángeles y medio Hollywood hacen cola cada noche para poder entrar: estrellas de cine, cantantes, directores, políticos, gánsteres... Si busca el autógrafo del señor Gable yo empezaría por el Coconut Grove.

—Las palmeras falsas aparecían en una antigua película de Rodolfo Valentino: *The Sheik*. Cuentan que el dueño del club nocturno las compró cuando el estudio cerró a cambio de solo quinientos dólares porque quería que a sus clientes les diera la impresión de estar en un exótico desierto.

Liam me miró genuinamente sorprendido.

—¿Cómo puede saber eso?

Carmen me había hablado de esas palmeras, de *The Sheik* y sobre todo de Rodolfo Valentino muchas veces. Yo era una cría cuando él murió, pero recuerdo hojear las revistas de cine que Carmen compraba cada mes en la única tienda de periódicos de Basondo, y ver esas mismas palmeras en las fotografías en blanco y negro de sus páginas.

—Lo sé y punto —dije yo evitando responder a su pregunta—. Por sus palabras se diría que no le gustan los ricos. Cuando nos conocimos pensaba que sí, sin embargo, ahora detecto un leve tono de reproche en su voz hacia la vida nocturna de Los Ángeles.

Liam se rio con suavidad y sacudió la cabeza.

—No, me encantan los ricos. Siempre están buscando la forma de hacerse un poco más ricos, un poco más poderosos o un poco más temibles, por eso resulta tan sencillo engañarles —dijo. Después se acercó más a mi oído para que nadie pudiera escuchar lo que decía y añadió—: Mírelos, disfrazados de vaqueros hablando de cabezas de ganado y de cuotas de agua como si se tratara de algo muy importante, pero usted y yo hemos venido desde el otro extremo del mundo, desde Basondo, donde el mar se levanta contra la tierra y el viento arranca árboles centenarios del suelo.

Los hombres vestidos de vaqueros —o como ellos pensaban que vestían los vaqueros— charlaban entre sí en pequeños corrillos repartidos por todo el salón, algunos se reían en voz alta y otros bebían mientras hablaban de comprar lotes de tierra o una granja de avestruces, que era la última moda en la industria de la carne y la piel. Suspiré porque ya sabía que no encontraríamos ningún socio capitalista en ese lugar.

—¿No echa de menos su casa? —me preguntó de repente.

—Esta es mi casa ahora, con sus palmeras falsas y su campo de golf.

Liam entrecerró los ojos como si intentara decidir si me creía a pesar de que a mí no me importaba en absoluto que lo hiciera.

—Apuesto a que si quisiera podría barrernos a todos los de esta sala con un viento huracanado, una galerna o tal vez usando una de esas palmeras falsas que hay por todas partes. Solo con que usted lo deseara, todos los memos que están esta noche aquí jugando a los vaqueros se irían al infierno —dijo con su media sonrisa torcida—. Pero su marido la tiene haciendo de acompañante, de mascota para los inversores. Como a uno de esos preciosos perritos con pedigrí bien entrenados que saben cuándo saltar o cuándo hacerse los muertos para entretener a las visitas.

—Vaya, menos mal que usted es un hombre íntegro y nunca finge ser otra persona para conseguir sus objetivos —respondí con ironía—. Recuerdo que en una ocasión ya le dije cuantísimo me importaba su opinión o la de los demás.

—Es verdad, lo dijo.

—¿Y qué pasa con usted? —pregunté—. ¿Todavía finge ser un lord escocés que intenta vender parte de sus tierras? ¿O se ha buscado una historia mejor para sus estafas?

Antes de responder, Liam jugueteó con su vaso igual que si estuviera pensando la respuesta. Dentro del vaso los hielos chocaron entre sí.

—Ahora dejo que crean lo que ellos quieran: un lord escocés, un *playboy* aburrido, el hijo rebelde de una familia dueña de todo el gas de Escocia... El viejo mundo se hunde, mi querida marquesa, y Europa se hunde con él. Hay que adaptarse o morir, y yo, desde luego, no pienso conformarme con mirar cómo se destruye si puedo sacar algún beneficio de ello.

Sonreí satisfecha y le di un sorbo al champán en mi copa, que ya empezaba a calentarse.

—Ya suponía yo que un hombre con su talento para la mentira y el engaño buscaría la manera de sacar provecho en cualquier situación, incluso de la caída en desgracia de todo un continente.

—¿Y me culpa usted por eso, mi querida marquesa? —preguntó fingiendo que estaba escandalizado con la idea—. Hago lo necesario para sobrevivir, igual que usted. Incluso cuando pienso que estoy yendo demasiado lejos en mis negocios me pregunto a mí mismo: «¿Qué haría mi querida marquesa de Basondo?»

—Qué bien, me alegro de ser una inspiración para sus censurables actividades —respondí con sarcasmo.

—Lo es, sin duda. Aunque me apena pensar en las cosas espantosamente ilegales y espantosamente lucrativas que podríamos hacer usted y yo juntos, con su talento y el mío unidos solo para nuestro beneficio.

—No sé de qué habla —respondí volviendo a mi copa y sin molestarme en mirarle.

—Ya, claro. ¿Y qué tal es la vida de esposa de terrateniente? ¿Se aburre? Apuesto a que habiendo nacido usted a las orillas del Cantábrico le molesta el sol del valle de San Bernardino, dicen que es casi insoportable durante el verano —me dijo—. He oído que el agua ha vuelto a recorrer sus tierras después de años de sequía ayudando a su marido a salir del pozo de deudas y facturas en el que estaba metido, un auténtico milagro.

—Eso ha sido precisamente, sí: un milagro, el capricho de la madre naturaleza. —Busqué a Mason por encima del hombro de Liam pero no le vi por ningún lado—. Aunque el pozo en el que estamos metidos es tan profundo que empiezo a sospechar que ni toda el agua del mundo podrá sacarnos de él. Las deudas no dejan de crecer como la mala hierba.

—Vaya, lamento escuchar eso. Apuesto a que eso no es lo

que tenía en mente cuando aceptó casarse con el señor Campbell: verse obligada a contar cada centavo, teniendo que ahorrar en cosas que antes daba por hechas o rezando para que su esposo no decida invertir en alguna otra estupidez y pierdan el dinero que ya no tienen.

Sonreí con amargura.

—Ya veo que disfruta usted con mi desgracia.

—¿Con su desgracia? No, en absoluto, mi querida marquesa, incluso me gustaría poder ayudarla —respondió tajante. Después, sacudió la cabeza y añadió—: Con la de su esposo, sin embargo, debo aceptar que un poco sí que disfruto.

—Me alegro de que le divierta tanto, pero la desgracia de Mason será mi desgracia si el estado de California finalmente nos embarga la tierra.

—Sería irónico, ¿no le parece? —empezó a decir Liam con suavidad—. El abuelo de Mason les robó esa misma tierra a los tongva y a los serrano que vivían antes en el valle, y ahora es su nieto quien va a perder la hacienda.

—Para ser usted un vulgar estafador se permite unos principios morales muy elevados, señor Sinclair.

Aunque gracias a mi intervención y a la de Valentina —la idea fue suya al fin de cuentas— ya no teníamos que comprar agua a los vecinos, las facturas de los últimos años seguían sin pagarse y las deudas del rancho se acumulaban cada día. Mason no tenía un plan de negocio a largo plazo ni la más remota idea de cómo obtener beneficios con el rancho. En cierto modo, me recordaba al marqués, culpando de su mala suerte en los negocios a todo y a todos excepto a su propia ineptitud para los asuntos de dinero.

—A pesar de las deudas de su esposo, debe dar gracias por estar ahora mismo aquí, en esta bonita fiesta, en lugar de en España —dijo Liam sin rastro de humor en la voz—. Europa se está volviendo muy peligrosa para algunas personas y me temo que solo va a empeorar.

—¿Se refiere a los españoles que intentan huir de la guerra? —le pregunté.

—También, desde luego, es casi imposible salir de España

ahora mismo —respondió mirando alrededor por si acaso alguien podía escuchar nuestra conversación—. Pero ahora hablaba de los judíos, gitanos, enfermos, opositores, periodistas o básicamente a cualquiera que intente salir de Alemania

—¿Alemania? —pregunté sorprendida—. Pero ahí no están en guerra.

—Todavía no, aunque es cuestión de tiempo que los nazis empiecen una, con los países a su alrededor primero y con el resto del mundo después. Ya se han atrevido incluso a reclamar Austria y Checoslovaquia como propias.

En los mismos periódicos donde leía las noticias sobre la Guerra Civil en España, se publicaban artículos y columnas de opinión alertando sobre el peligro de dejar entrar en los Estados Unidos a los judíos o a cualquiera que estuviera intentando marcharse de Alemania. Además de esos artículos, en algunos periódicos también se publicaban caricaturas de los judíos huyendo entre ratas o dudosos estudios científicos apoyando la idea de que los refugiados europeos eran más violentos o más sucios que los amables ciudadanos estadounidenses. Nunca me habían interesado lo más mínimo esas noticias, simplemente no era mi problema, pero a Leo, la mano derecha de Valentina en el rancho, le obsesionaba que los judíos llegaran en barcos hasta California y se hicieran con el control del estado para echarle después de su trabajo.

—Y si no están en guerra, ¿por qué huyen de Alemania? —quise saber.

—Digamos que las políticas del *Führer* asustan y mucho a algunas personas —respondió Liam con gravedad—. Hay a quienes no les permiten ocupar cargos públicos o boicotean sus negocios culpándoles de la crisis económica que atraviesa el país hasta hacerles cerrar o difunden rumores perversos sobre ellos para poner al resto de los ciudadanos en su contra, y cuando por fin consiguen emigrar, deben pagar un impuesto demencial al país que no deja de crecer año tras año hasta que ya no pueden seguir pagando y son embargados. Así el gobierno se asegura quitarles sus propiedades legalmente una vez que les han echado.

—¿A qué personas? ¿Se refiere a los judíos?

Liam asintió antes de responder:

—Judíos, gitanos, opositores políticos del partido, homo-sexuales, periodistas, escritores, mujeres, sindicalistas, libera-les, enfermos, protestantes... cualquiera que sea considerado un «indeseable» por el gobierno es perseguido y arrestado. Dicen que les encierran en unos campos de trabajo para te-nerles controlados, se rumorea que hay uno en Dachau, al sur de Alemania, pero no conozco a nadie que lo sepa con seguri-dad. Casi todo son rumores.

—Es terrible, y ¿el resto de los países lo permiten?

—Desde luego, igual que no han movido un dedo para ayudar a su país en estos años de guerra —respondió él—. Francia y Suiza acogen algunos de esos pobres desgraciados, pero Canadá, Inglaterra y los benditos Estados Unidos han cerrado sus fronteras a todos los que huyen de la persecución en Alemania. Alguien tiene que ofrecerle a esa gente papeles para poder salir del país y un viaje seguro por mar hasta la tierra de las oportunidades.

—¿Así que a eso es a lo que se dedica ahora? —le pregun-té, aunque ya imaginaba la respuesta—. Traficar con las per-sonas que huyen de su país por miedo.

—Solo con los que pueden pagarlo. —Liam me sonrió—. Y «traficar» es una palabra desagradable, yo prefiero decir que me dedico al «transporte urgente de personas».

Dejé escapar un bufido y volví a concentrarme en mi copa que se vaciaba peligrosamente rápido.

—Es usted un sinvergüenza.

—No finja estar escandalizada con mi oficio, mi querida marquesa, porque sé bien que no lo está. Y, personalmente, siempre he encontrado esa falsa indignación de los ricos ante una injusticia bastante hipócrita: yo solo aprovecho la opor-tunidad de hacer un buen negocio —se defendió él—. La cul-pa es de los países que les niegan el visado y el paso seguro a esas personas. Si lo hicieran, yo no podría ganar dinero con su desgracia: oferta y demanda. Apuesto a que estudió eso en su elegante internado.

—Sí, todavía recuerdo mis clases de economía, muchas gracias. Y claro, usted ayuda a esas personas a salir de Alemania y a huir de Europa porque es un alma caritativa y generosa que se preocupa por los demás.

Liam me sonrió y sus ojos chisporrotearon.

—La caridad es gratis, pero la ayuda siempre es a cambio de algo para los que son como nosotros.

—Ya se lo dije una vez, yo no soy en absoluto como usted.

—Es exactamente como yo: hace lo que sea necesario para no hundirse, incluso aunque eso le cause dolor. Desde luego no es para nada como él —dijo señalando a Mason con un movimiento de cabeza—. Pero de todos modos se casó porque no tenía más alternativa, igual que hago yo con mis negocios.

—Sí, igual, igual... —masculle.

Mason estaba al otro lado del salón charlando con un grupo de hombres vestidos de cowboys con unos sombreros espantosamente grandes.

—Mi marido ayudaría a esa pobre gente gratis —respondí convencida y todavía mirando en su dirección—. No es muy bueno en los negocios, por eso casi nos arruinamos, pero, gracias a mí, hoy tenemos algo parecido a una posibilidad de no perder el rancho.

Liam levantó su vaso para brindar.

—Por nosotros entonces: por los que son como usted y como yo, que hacemos lo que se debe hacer para que los demás puedan seguir durmiendo con la conciencia tranquila.

Choqué mi copa con su vaso, ya apenas quedaba clicquot dentro, así que la dejé en la barra cerca de donde estábamos.

—Solo Dios sabe por qué los estadounidenses sirven el champán en esas ridículas copas —dije limpiándome las manos con una servilleta de papel que me dio el barman.

—Es sencillo: algunas personas no distinguen el dinero de la clase, desde luego yo sí, y apuesto a que usted también, especialmente ante su inminente ruina económica.

—Sí, la clase no da de comer ni paga las facturas, pero el dinero sí. Y ¿se gana mucho dinero ayudando a esas personas a escapar? —le pregunté como si no estuviera muy interesada en su respuesta.

Liam le dio un trago a su whisky con cola antes de responder:

—Bastante, aunque también hay unos cuantos gastos importantes a tener en cuenta: barcos, suministros, víveres, un pequeño ejército de hombres armados que se encargan del transporte por tierra... Eso no es barato.

—Si no sabe qué hacer con su reciente pequeña fortuna y quiere limpiar su conciencia y su dinero, siempre puede invertir en el rancho —le sugerí con una sonrisa encantadora—. Mi marido está buscando un socio capitalista, estoy segura de que continuará lloviendo en la hacienda y el pozo no se secará, pronto habrá beneficios y...

—No —me cortó él con suavidad—. Lo siento, pero no.

—¿Cómo que no? —pregunté sorprendida—. Hace cinco minutos me ha dicho que deberíamos trabajar juntos y ahora le ofrezco eso precisamente: ser socios.

Liam se separó de mí como si tuviera que hacer un gran esfuerzo para conseguirlo y me dedicó una sonrisa de disculpa.

—Aunque me encantaría ayudarla a salir del agujero y ser su socio, no estoy interesado en asociarme con su marido. Mason parece un buen tipo, pero como todos los hombres que han nacido con dinero, no parece muy capaz de salir de una crisis por sus propios medios, así que no le confiaré mi dinero a alguien que no me inspira ninguna confianza —respondió Liam con su acento enmarañado—. Lo lamento.

—Qué molesto es usted, me ha estado haciendo perder el tiempo aquí a propósito —le dije entre dientes—. Tiempo que podía haber ocupado en buscar a alguien que sí estuviera interesado en asociarse con nosotros.

—Menuda decepción, y yo pensando que disfrutaba usted de mi compañía, marquesa. Me siento estafado, sí, esa es la palabra, mi querida marquesa: estafado.

Ni siquiera iba a dignarme a responder. Resoplé y di un paso para apartarme de él y de la barra pero Liam añadió:

—No puedo ayudarlos, pero si usted y el vaquero necesitan efectivo con urgencia, en esta tierra hay algo mucho más valioso que el agua. No cae del cielo, pero puede hacerle ganar mucho dinero si por casualidad aparece en sus tierras.

—Petróleo —terminé la frase por él.

Recordé que Mason mencionó algo en su día sobre contratar a un prospector para que buscara petróleo bajo la tierra del rancho, pero, como solía hacer después de hablar de ello durante días, se había olvidado por completo del asunto.

—Exacto, el petróleo es el nuevo oro, mi querida marquesa. ¿Ha visto todas esas torres extractoras a las afueras de la ciudad? Son como un ejército de monstruos gigantes y cuellilargos bebiendo directamente de las entrañas de la tierra. —Liam me miró con sus ojos entrecerrados—. Si por casualidad encuentra petróleo en sus tierras ya puede ir vendiendo sus ovejas y todo lo demás para instalar una docena de esas torres extractoras. Pronto habrá una guerra con Alemania, es solo cuestión de tiempo, y eso significa que pronto tendremos muchos aviones, barcos, tanques a los que abastecer de combustible.

Nunca ha habido petróleo bajo el suelo de Las Ánimas, ni una triste bolsa —Valentina me lo hubiera dicho— pero podría haberlo. Me miré las manos preguntándome si sería capaz de cambiar el agua por petróleo.

—¿Ni siquiera va a darme las gracias por la sugerencia? —me preguntó Liam sacándome de mis pensamientos.

Le miré, pero mis pensamientos todavía revoloteaban alrededor del líquido negro y viscoso.

—Se fue de Basondo después de mi boda y sin conseguir una peseta del marqués, ¿por qué lo hizo? —quise saber—. Ya se había metido al marqués en el bolsillo.

A pesar de que Liam —o cualquiera que fuera su verdadero nombre— era un timador y un charlatán, no se había llevado nada de Villa Soledad: ni el poco dinero que quedaba en las cuentas de la familia, ni las joyas de mamá, ni el Turner falso que colgaba sobre la chimenea del salón formal.

—¿Cree acaso que me fui de su casa con las manos vacías

por algún tipo de lealtad hacia usted o hacia su familia? ¿O que ayudo a esa pobre gente a huir de Alemania porque en el fondo soy un buen tipo que solo quiere redimirse?

—Se me ha pasado por la cabeza, sí —admití.

Liam se acercó hasta donde estaba y se inclinó hacia mí, durante un momento pensé que iba a besarme, pero entonces sentí sus labios rozando mi oído cuando murmuró:

—¿Preferiría que fuera un buen hombre? ¿Como su marido?

—Mi marido tampoco es un buen hombre —susurré, acordándome de la pobre Lucy Welch y sus hermanas a las que Mason había cambiado por mí en un segundo.

Liam se rio en voz baja y se separó de mí, el olor a limón y a madera húmeda que salía de él dejó de revolotear a mi alrededor.

—Aun así apuesto a que es mejor que yo, mi querida marquesa. Yo ayudo a escapar únicamente a los que pueden pagar mis servicios y me marché de Basondo porque no quedaba nada en su casa qué robar. —Liam hizo una pausa y me sonrió—. ¿Volveremos a vernos?

—No cuente usted con ello.

VIENTO DE FUEGO

La misma tarde en que regresamos al rancho hice brotar petróleo bajo la tierra naranja de Las Ánimas. De haber sido por mí, lo hubiera hecho nada más llegar a casa desde la estación de tren en San Bernardino, pero estaba tan cansada del viaje que, a pesar de que el tiempo jugaba en nuestra contra, dormí hasta casi la puesta de sol.

Mason no regresó al rancho conmigo, se quedó en San Bernardino esa tarde para reunirse con el contable de la familia. No habíamos encontrado ningún socio en nuestro viaje a Los Ángeles, tal y como yo le había avisado. Ninguno de los hombres disfrazados de vaquero que bebían en el salón principal del hotel Ambassador había estado interesado en invertir su dinero en el rancho. Volvimos a casa con las manos vacías y Mason apenas me dirigió la palabra en las tres horas que duró el viaje de vuelta hasta el valle: se limitó a mirar el paisaje al otro lado de la ventanilla con gesto desconsolado y a soltar algún suspiro de vez en cuando. Podía ver en sus ojos azules que no tenía ni idea de qué hacer para salvar su rancho.

Cuando desperté, las cigarras llenaban el silencio del valle fuera de la casa principal. Me vestí deprisa con uno de los vestidos largos de la abuela Soledad, me recogí mi larguísima melena negra para que el pelo no me diera calor y salí a buscar a Valentina.

Por las tardes, los días antes de que llegara el verano y se volviera imposible pasear por el valle hasta después de la puesta del sol, Valentina solía recorrer la vieja cerca de madera que rodeaba la zona de los establos de los animales para asegurarse de que todo estaba bien cerrado y de que las vacas no tenían forma de escapar. Eso era al menos lo que ella decía; yo intuía que en realidad le gustaba pasear por la finca al atardecer para ver cómo el suelo naranja cambiaba de color al esconderse el sol y el aire se volvía fresco y respirable por fin después de todo un día de fuego.

—Había oído que ya estabais de vuelta —me dijo sin volverse para mirarme cuando me escuchó acercarme—. ¿Qué tal el viaje? Ya me imagino que no muy bien.

Las sombras empezaban a alargarse sobre el suelo polvoriento, incluida la de Valentina, que estaba apoyada en la cerca mirando al horizonte.

—No hemos encontrado a nadie que quiera ser nuestro socio.

—No me extraña, era una porquería de plan, y además desesperado. Solo a un memo se lo ocurriría darle su dinero a un completo inútil como Mason Campbell —respondió. Justo después se volvió para mirarme por fin—. ¿Y ahora qué va a pasar? ¿Nos echarán de aquí sin más?

Aunque ninguno de los hombres que trabajaban a las órdenes de Valentina estaba cerca, caminé hasta ella para asegurarme de que el viento del desierto no llevaba nuestra conversación hasta oídos indiscretos.

—No si yo puedo evitarlo. Tengo una idea para salvar el rancho, pero no te va a gustar... —empecé a decir—. Petróleo.

Valentina me miró igual que si la hubiera quemado con uno de los hierros al rojo vivo que usaban para marcar el ganado.

—¿Petróleo? ¿En mis tierras? Ni hablar.

—No necesito tu permiso, tan solo tu ayuda.

—Pues no la tendrás —respondió cortante—. Estás loca

si crees que voy a permitir que traigas esa cosa negra y sucia a mi tierra, hechicera.

—Esta también es mi tierra ahora —le recordé—. Y si no hacemos algo pronto las dos perderemos Las Ánimas para siempre, así que dime qué es lo que prefieres, ¿que se la quede el maldito estado de California o que nos la quedemos nosotras?

Los ojos brillantes de Valentina dudaron un momento antes de responder y supe que a una parte de ella le gustaría ver cómo Mason perdía la tierra que su abuelo les había robado a los tongva.

—De acuerdo —dijo por fin—. Te ayudaré a traer esa porquería al rancho, pero no lo haré por los Campbell, ni por ti. Esta es mi tierra, y si os echan de aquí, tal y como os merecéis, seguramente con el tiempo terminarán construyendo casas baratas para los malditos blancos que lo invaden todo. ¿Qué necesitas de mí?

Me lamí los labios resecos por el polvo a pesar de que apenas llevaba unas horas de vuelta en el valle.

—No hay petróleo en esta tierra, ¿verdad? ¿Ni siquiera cerca del rancho?

Valentina miró alrededor pensando la respuesta.

—Ni una miserable gota de ese mejunje. Cuando Mason empezó a perder dinero a manos llenas le sugerí que contratáramos a un prospector para que analizara la tierra del rancho por si acaso había petróleo debajo —respondió ella—. Mason se marchó a Londres, te conoció y se olvidó del prospector, pero yo le hice venir de todas formas para que analizara el terreno. No encontró nada.

—Ya, eso pensaba... Habrá que arriesgarse de todos modos, no tenemos más opciones si queremos mantener el rancho.

—Es una mala idea, hechicera. Una idea espantosa, no se puede ir en contra de la naturaleza sin pagar un precio —me dijo con su voz ronca—. A la naturaleza no le gustan las intromisiones, si traes petróleo a *Wa'aach* debes estar preparada para hacer un sacrificio.

—Yo ya hice mi sacrificio hace tiempo —respondí pensando en Alma—. Déjate de bobadas supersticiosas y ayúdame si quieres seguir viviendo en esta tierra, vamos. ¿Dónde van a excavar mañana los hombres para añadir la tubería?

Como el agua había vuelto a Las Ánimas, Mason hizo que volvieran a instalar la tubería que unía el pozo en el lado oeste del rancho con la casa principal y los establos, la misma tubería que su padre había mandado retirar años antes. Los trabajadores llevaban toda la semana excavando en algunos puntos del terreno para pasar la tubería bajo tierra.

—En el lado norte, cerca del depósito para recoger el agua de la lluvia —respondió Valentina—. Ese es el mejor sitio para hacer que el petróleo aparezca. Si le decimos a Mason que lo hemos encontrado nosotras hará muchas preguntas y tú tendrás que dar explicaciones a mucha gente además de a tu marido: el prospector, contratistas, trabajadores, vecinos, ingenieros y los hombres del gobierno que vendrán a asegurarse de que el petróleo tiene la calidad suficiente. Pero si lo encuentran los hombres mientras excavan, todo será más fácil, nadie sospechará nada raro y ellos no podrán responder lo que no saben.

Siempre me sorprendía la lógica fría de esa mujer con el pelo plateado y la piel agrietada por las arrugas, igual que su amor por esa tierra, que no era nada para mí salvo una fuente de ingresos.

—Bien, vamos al extremo norte. —Empecé a caminar sin mirarla porque sabía que me seguiría—. Mason se ha quedado el coche para volver desde San Bernardino, así que tendremos que caminar, ¿está muy lejos el depósito de lluvia?

—No, como a media hora caminando en esa dirección. Vamos, hechicera, mueve esas piernas pálidas tuyas o no llegaremos antes de que él regrese.

La obedecí a pesar de todo y las dos caminamos en silencio un rato, el sol ya no quemaba la piel pero podía sentir el calor acumulado durante el día saliendo de la tierra abierta.

—Si estas tierras aún pertenecieran a mi gente, no haría falta el sucio petróleo para poder vivir —masculló Valentina de mala gana.

—Ya, y si hubieran sido mías tampoco, pero Mason... a él no se le dan bien los negocios y sé que no aceptaría mi ayuda ni en un millón de años.

—Esta es la segunda vez que vas a salvarle el trasero a tu marido y él ni se lo imagina. El muy imbécil es tan orgulloso que de verdad se cree que el agua volvió sola a la hacienda, igual que se creerá lo del petróleo. Incluso es capaz de pensar que es mérito suyo. —Valentina sacudió la cabeza—. Peste de hombres.

Sonreí disimuladamente.

—¿Nunca has estado casada? ¿No tienes hijos? —le pregunté.

Valentina era la única mujer en kilómetros a la redonda, pero en los más de tres años que llevaba viviendo con ella nunca se me había ocurrido preguntarle por su familia, simplemente había dado por hecho que no tenía.

—No y no. Cuando los curas me pusieron a trabajar para los Campbell, hace más de cuarenta años, le dije al padre de Mason que no iba a cuidar de su hijo ni de su casa —respondió sin dejar de caminar—. De haber querido escuchar bobadas y sinsentidos a todas horas y limpiar traseros ajenos, me hubiera quedado a vivir con los jesuitas. No. Lo mío es la tierra, es lo que me gusta, no las personas ni mucho menos los niños.

Valentina era una de las poquísimas mujeres que yo había conocido en mi vida que no tenía hijos, y desde luego era la única a la que había escuchado decir abiertamente que no le gustaban los niños, algo imposible de decir en voz alta para las mujeres de mi entorno, aunque fuera verdad.

—Ya casi estamos, ahí está el depósito —añadió.

El depósito para la lluvia era una enorme construcción circular de madera elevada sobre cuatro pilotes para mantener la preciada agua que caía del cielo lejos del suelo y a salvo de los animales que podían acercarse a beber.

—Vaya, ha conocido mejores épocas —dije mirando al depósito mientras recuperaba el aliento después de la caminata.

—Pues como todos. Vamos, haz lo tuyo. —Valentina se apoyó en uno de los pilotes de madera y me miró con suspicacia—. Y procura no morirte en el intento o tendré mucho que explicarle a Mason y a la Policía del valle. Si me veo liada en la muerte de una señora blanca, lo mismo termino en la horca.

Me reí a mi pesar, después, me remangué el vestido negro de la abuela Soledad que llevaba puesto y me arrodillé en el suelo. Valentina dio un paso hacia atrás pero no me quitó los ojos de encima.

—Tranquila, nadie va a morir —respondí demasiado segura.

La tierra me arañó las rodillas desnudas. La superficie estaba caliente por el sol y seca a pesar del agua que circulaba unos cuantos metros más abajo. Coloqué las manos extendidas sobre el polvo naranja que lo cubría todo y sentí la corriente de agua del río subterráneo haciendo vibrar la tierra.

—No te lleves toda el agua, hechicera: por muy ricos que vayamos a ser con el petróleo, todavía vamos a necesitar beber agua —me recordó Valentina desde donde estaba.

Pero yo no la escuché porque estaba atenta al sonido del petróleo formándose en las entrañas de la tierra. Sentí el líquido viscoso y negro avanzando lentamente bajo la superficie de la tierra quemada por el sol, arrasando en su camino el agua, las plantas, las rocas y todo lo demás que existía en Las Ánimas. Cuando el crudo por fin llegó hasta donde estábamos el suelo tembló unos segundos sacudiendo el polvo posado sobre la tierra y haciendo que el viejo depósito de agua empezara a gotear. Retiré las manos del suelo, no quería sentir la corriente lenta y pegajosa del petróleo bajo la superficie, pero no me levanté todavía.

—¿Ya está hecho?

—Sí... ya está hecho —murmuré con la voz entrecortada por el esfuerzo.

—La tierra no tendría que haber temblado así, es una mala cosa —masculló Valentina mirando en todas direcciones por si alguien más había sentido el temblor—. Muy mala cosa.

Me dolía la cabeza como si algo pesado y oscuro me hubiera golpeado en la nuca, tenía la mirada borrosa, así que apenas podía distinguir las grietas secas en el suelo o la silueta de Valentina debajo del depósito, pero noté que me sangraba la nariz. Me limpié la sangre con la mano todavía manchada de tierra naranja.

—Ya basta, no quiero escuchar una palabra más —dije de mala gana—. Está hecho y punto, no hay vuelta atrás.

Apenas había terminado de hablar cuando un rayo cortó el horizonte iluminando todo el valle y mi propia sangre me pareció negra al mirarla bajo su luz fantasmagórica. Unos segundos después el sonido de un trueno sacudió el suelo, levanté los ojos de mi sangre mezclada con tierra para mirar a Valentina.

—¿Qué has hecho, hechicera? —me preguntó por encima del eco del trueno que se alejaba hacia el horizonte—. ¿Qué es lo que has hecho?

Otro rayo iluminó el valle un instante y antes de que yo tuviera tiempo de responder, un lobo negro aulló no muy lejos de Las Ánimas.

El petróleo que encontraron bajo el suelo del rancho era el más puro que había en esa zona del país, o eso fue al menos lo que escribió en su informe el hombre del gobierno que viajó hasta el valle de San Bernardino para analizar el crudo y darnos el visto bueno para comenzar la extracción.

Mason tuvo que contener las lágrimas de alegría al leer el informe. Esa tarde, cuando dejamos al inspector en la estación de tren —todavía impresionado por la calidad de nuestro petróleo— Mason me cogió por la cintura levantándome del suelo y me besó en los labios delante de los demás pasajeros que esperaban en el andén al próximo tren.

—Te dije cuando nos casamos que no tendrías que preocuparte por nada, ¿verdad que te lo dije? —me repetía extasiado—. Sabía que al final nos iría bien y fíjate, ¡petróleo! Nosotros cuidando ovejas y resulta que todo este tiempo teníamos petróleo debajo de esa tierra naranja y muerta.

Nuestro plan —de Valentina y mío— para que los hombres encontraran el petróleo mientras excavaban funcionó con la precisión de los engranajes de un reloj suizo: al día siguiente, después de la tormenta eléctrica más terrible que se recordaba en el valle de San Bernardino, el grupo de hombres a las órdenes de Valentina avanzó hasta la zona norte del rancho para cavar una nueva zanja, justo a los pies del viejo depósito que se usaba para recoger el agua de lluvia. No importaba quién encontrara el petróleo al excavar la tierra seca con las palas porque la propiedad del suelo se extiende a todo lo que hay debajo de él: agua, oro, plata, petróleo o gas..., todo pertenece al dueño de la tierra.

—Todavía faltan algunas pruebas, ya le digo, pero la bolsa de petróleo que está bajo su propiedad es lo suficientemente grande como para que sus nietos puedan seguir explotándola —había dicho el inspector del gobierno después de hacer sus mediciones. Luego se sacudió el polvo de su traje oscuro de funcionario y añadió—: En todos los años que llevo en este trabajo nunca había visto un petróleo de esa calidad, es perfecto. ¿Y dice que no lo habían encontrado antes? ¿Ni sospechaban siquiera que hubiera petróleo en sus tierras?

—No, señor, nunca antes —le respondió Mason.

Cualquier otro en su lugar seguramente se hubiera hecho preguntas —y también a nosotras—, pero Mason estaba poco acostumbrado a cuestionar su buena suerte en la vida porque siempre la había tenido y pensaba que ese era su derecho.

—Pues les ha caído del cielo un buen regalo, ya lo creo, uno muy bueno. Enhorabuena. Desháganse de los animales cuanto antes para ganar espacio en el rancho, a partir de ahora solo tendrán que preocuparse por dónde instalarán las torres extractoras. Estropean el paisaje, pero cuantas más cosas de esas logren meter en su terreno, más dinero ganarán.

—¡Qué le den al paisaje! —había dicho Mason, y después se había echado a reír.

Apenas tres meses después de que los hombres que instalaban la tubería para el agua encontraran el petróleo «por casualidad», ya habíamos vendido —a un precio de risa— todo el ganado de Las Ánimas e instalado las torres metálicas que se encargarían de extraer el preciado líquido negro de las entrañas del suelo.

El paisaje en el valle cambió: ahora, cuando salía al porche al atardecer veía el sol escondiéndose detrás de una torre extractora que subía y bajaba sin descanso. Los animales y sus sonidos —a los que ya me había acostumbrado— fueron sustituidos por una veintena de hombres con gesto serio y las manos siempre manchadas de crudo que trabajaban en turnos día y noche. El suelo naranja por donde antes caminaba sintiendo el calor acumulado del día se llenó de torres de hierro tan altas como algunos de los árboles más altos del bosque en Basondo, pero a diferencia de aquellos, estos árboles eran sucios y ruidosos. El sonido mecánico de las torres trabajando no se detenía por las noches y engulló el resto de los sonidos del valle como una nube negra que provocó que incluso las cigarras huyeran de Las Ánimas buscando un nuevo lugar, silencioso y salvaje donde poder instalarse. Lo que no desapareció fue el lobo negro, que me había seguido desde mi bosque hasta el valle de San Bernardino. Igual que sucedió con el fantasma de Alma, no había escuchado al lobo ni visto sus pisadas en el suelo polvoriento durante estos tres años, pero durante los últimos meses que pasé en Las Ánimas le escuché aullar cada noche al otro lado de la vieja cerca de madera.

—Algunas veces cazas al lobo y otras veces el lobo te caza a ti —me había dicho Valentina la tarde en que esa vaca se escapó para dar a luz a su ternero muerto.

Me gustaba engañarme con la idea de que no era el mismo lobo que merodeaba por la verja de hierro de Villa Soledad las noches sin luna, pero aun así no me arriesgaba a salir de la casa principal después de la puesta de sol, y si no tenía más remedio que hacerlo, me quedaba en la zona iluminada por los potentes focos que tuvimos que instalar junto con las torres extractoras para que el gobierno nos diera el visto bueno. Ahora las noches eran todas claras y amarillas, iluminadas por las bombillas en las lámparas de seguridad. El desierto alrededor y las montañas negras al fondo desaparecieron, borrados por la luz artificial y el sonido incesante de las máquinas hidráulicas extrayendo la savia del centro de la tierra.

El dinero también volvió a Las Ánimas. No ganamos mucho vendiendo a precio de saldo todo el ganado del rancho, eso sin contar la pequeña fortuna que tuvimos que pagar por la instalación de las torres extractoras, los focos, el generador de emergencia o el personal extra para trabajar en la hacienda que hubo que contratar y a los que había que alimentar, pero tal y como Liam vaticinó meses antes, cuando nos encontramos en el salón principal del hotel Ambassador, en septiembre de ese mismo año media Europa estaba en guerra contra Alemania. La demanda de combustible para aviones militares, camiones para las tropas, tanques y barcos aumentó, y el precio del petróleo se disparó.

—No podías haberlo encontrado en un momento mejor —dijo Trapanesse, el contable de los Campbell, mientras no dejaba de sumar, para variar—. Estabas en un buen lío, uno muy gordo, por cierto, y aunque todavía necesitarás unos cuantos meses para salir del agujero, a este ritmo habrás pagado todas las deudas del rancho y del nuevo equipamiento en menos de un año. Y entonces empezarás a ganar dinero de verdad, dinero como nunca imaginaste que podrías ganar, Mason. Debajo de nosotros hay una fortuna esperando que vayamos a cogerla.

—Ya sabía yo que tarde o temprano me sonreiría la suerte —respondía Mason, olvidando convenientemente toda la suerte que había tenido en su vida.

Aunque todavía le debíamos dinero al estado de California —y a media docena de bancos en dos continentes distintos— Mason volvía a gastar dinero a manos llenas: renovó sin consultarme todos los muebles del rancho cambiando los que teníamos por unos de diseño italiano moderno —que no hacían juego absolutamente con nada más de lo que había en la casa principal. Compró también un nuevo vehículo para el rancho: un modelo moderno que se calentaba después de conducirlo durante media hora bajo el sol, y, desde hacía unas semanas, estaba obsesionado con unas cabañas para esquiadores que uno de sus amigos estaba construyendo en Colorado, a pesar de que nunca antes me había mencionado que le interesara esquiar. Tuve que esconderle los catálogos publicitarios llenos de fotografías en color con los que su amigo el constructor vendía chalés de montaña a los vaqueros de media California. Aunque volvíamos a ganar dinero yo aún revisaba los libros de contabilidad del rancho cuando Mason dormía. Entraba de puntillas en el despacho del primer piso para asegurarme de que Trapanesse y él no estaban tan entusiasmados con la posibilidad de ganar una fortuna como para arruinarnos antes.

Hice caso a Valentina y dejé el agua que corría por el río subterráneo en su sitio. Ya no quedaban animales a los que dar de beber, pero me gustaba sentir el rumor del agua moviéndose debajo de la tierra a pesar del ruido de las torres extractoras. Un par de veces fuimos hasta el pozo en el lado oeste de la finca para ver si las amapolas blancas y la salvia salvaje seguían cubriendo el suelo en esa zona del rancho, pero al acercarnos vi enseguida que algo iba mal: las amapolas blancas que antes habían alfombrado el suelo agrietado alrededor del pozo ahora estaban marchitas y secas. Apenas un puñado de flores conservaban todavía sus colores y la mayoría de las plantas se habían convertido en una masa marrón que se abrasaba en el suelo bajo el sol del desierto. Solo habían sobrevivido las flores azules silvestres de la enredadera que cubría el viejo pozo.

—No lo entiendo —dije al ver lo que quedaba de las flores—. Me dijiste que en este lugar crecían las amapolas hace años.

—Sí, pero también te dije que la naturaleza siempre encuentra la forma de equilibrarse otra vez, aunque para eso tenga que pasar por encima de ti y de tu magia de hechicera blanca. Esto no es bueno —me había respondido Valentina.

El tiempo en el valle también había empeorado en los últimos tres meses: tormentas eléctricas tan poderosas que hacían retumbar el horizonte, lluvias torrenciales que arrastraban con ellas cualquier resto de vegetación que pudiera quedar en el suelo agrietado, calor sofocante durante todo el día y toda la noche, y viento seco del desierto que arrastraba polvo y alimañas con él. Esa tarde había sido la más calurosa que yo podía recordar desde que llegué a California. Hacía tanto calor, que el jefe de equipo de los trabajadores había medido la temperatura del crudo que salía de la tierra para asegurarse de que no estuviera tan caliente que pudiera suponer un peligro de incendio. Las torres extractoras no se detuvieron, pero una de ellas perdió el ritmo y empezó a chirriar igual que una mula vieja, subiendo y bajando peligrosamente más deprisa que las demás. Yo había salido al porche aprovechando que el sol empezaba a esconderse en el horizonte detrás del campo de máquinas, y desde ahí vi cómo los hombres —incluido Mason— corrían hacia la torre.

—¡Se ha descentrado! Es por el maldito calor —gritó el jefe del grupo de trabajo, un hombre que siempre llevaba los vaqueros una talla más pequeña que la suya y siempre manchados de crudo—. Traed las herramientas, no puedo pararla sin estar seguro de que podemos volver a ponerla en marcha otra vez. ¡Vamos, señoritas, corred que no tengo todo el día!

Un par de hombres corrieron hasta los antiguos establos del rancho donde ahora guardábamos la maquinaria, las herramientas y los repuestos para el equipo extractor. Los demás se quedaron hablando entre ellos en un corrillo y mirando preocupados la torre descentrada que subía y bajaba más deprisa cada vez.

—¿Qué sucede ahora? ¿Ya se han estropeado esas malditas cosas? —preguntó Valentina saliendo al porche conmigo para ver la escena—. Pues sí que nos han salido caras.

No me volví para mirarla pero sentí el olor del café con unas gotas de brandi que se tomaba cada tarde siempre a la misma hora, el único vicio que yo le había visto permitirse en estos años.

—Espero que no: cada minuto que esos monstruos de hierro están parados nos cuesta dinero, mucho dinero que no tenemos —respondí mirando a los hombres que revoloteaban alrededor de la torre—. La situación ha mejorado, pero todavía nos faltan meses para empezar a tener beneficios con el petróleo.

Valentina carraspeó y le dio un trago a su café.

—Si vas a decir algo puedes ahorrártelo, muchas gracias —añadí—. Ya sé que este maldito calor es por culpa del petróleo.

—El calor, la lluvia torrencial y los malditos rayos que no dejan de caer del cielo en cuanto se pone el sol —me recordó ella—. Todo por culpa de esa cosa negra y sucia que ahora empapa mi tierra.

—Si yo no hubiera hecho algo, ahora estas tierras pertenecerían al bendito estado de California, así que podrías darme las gracias al menos —repliqué—. Desde luego no ha sido gracias a Mason y a su maravillosa gestión que todavía estemos aquí.

Pensé que Valentina respondería con alguna de sus frases cortantes pero no dijo nada, así que me volví para ver qué pasaba. Sus ojos negros estudiaban el horizonte más allá del ejército de torres de metal.

—¿Qué sucede? ¿Has visto otro rayo? —le pregunté, y sin saber por qué mi voz tembló ligeramente.

Pero Valentina ni siquiera parpadeó, sus ojos seguían fijos en algún punto muy lejos del porche.

—El viento ha cambiado. Ya lo había notado antes pero ahora es más intenso, y el olor... —respondió por fin—. Es viento de fuego.

—¿Viento de fuego?

—Así es. Viene desde el desierto, desde el mismísimo corazón del desierto, y arrastra con él todo el calor de la tierra. Viene a por nosotras.

Igual que si las palabras de Valentina tuvieran algún extraño poder sobre los elementos, una ráfaga de viento caliente voló hasta el porche y me sacudió el vestido de la abuela Soledad.

—No es nada, solo un poco de viento del sur por el calor de estos últimos días —dije mientras me colocaba bien la falda—. Cómo se nota que no son ellos los que pagan las facturas, voy a ir a preguntar a los hombres cuánto tiempo piensan tener la torre parada, no podemos permitirnos que esté toda la noche sin trabajar.

Di un paso hacia las torres, pero aún no había bajado del porche cuando Valentina me sujetó con fuerza por el brazo.

—No vayas, niña. No vayas.

Nunca me había llamado «niña», ni una sola vez en estos años, y de no ser porque sabía que era imposible, hubiera jurado que era Carmen quien me hablaba a través de los labios cortados de Valentina. Me volví hacia ella sorprendida, casi esperando ver a mi antigua niñera, cuando un viento invisible se levantó de la nada barriendo el polvo naranja del suelo para arrastrarlo hasta mis pies.

—Ya está aquí —murmuró Valentina de nuevo.

Ella todavía me sujetaba por el brazo, así que me aparté el pelo despeinado por el viento para mirar a los hombres: desde donde estábamos no me pareció que ninguno de ellos notara el súbito cambio en el viento, seguían ocupados mirando a la torre que subía y bajaba con su ritmo desacompasado.

El primer rayo cayó muy cerca de donde estábamos, en el límite del porche. La luz blanquecina entró en la tierra cortada por el sol y se extendió por debajo del suelo iluminando cada grieta en la superficie hasta llegar a la primera torre extractora. Si Valentina no me hubiera sujetado solo un momento antes, el rayo me habría partido en dos. Un humo de color gris oscuro y tan espeso como la culpa salió del suelo por el agujero donde la primera torre seguía bebiendo crudo. El humo envolvió deprisa la torre hasta que casi fue imposible verla desde donde estábamos, el viento de fuego arrastró la columna de humo hasta el porche inundándolo y haciendo que el aire a nuestro alrededor se volviera ácido, irrespirable.

—¡Creo que es un incendio subterráneo! —le grité a Valentina por encima del ruido del viento y de las torres descentradas que chirriaban—. El rayo ha debido de incendiar el petróleo caliente que hay justo debajo de esa torre.

Busqué a Mason, pero el humo era mucho más espeso ahora y llenaba el porche delantero de la casa principal, los ojos me ardían y pronto se me llenaron de lágrimas haciendo imposible ver nada de lo que tenía delante. Escuché a Valentina toser no muy lejos de donde yo estaba y busqué la puerta de la casa para refugiarnos dentro tanteando a ciegas la pared de madera que había detrás de mí.

No había dado dos pasos cuando un resplandor plateado

iluminó el humo que llenaba el porche y cubría las torres extractoras: otro rayo cayó del cielo y entró en la tierra naranja de Las Ánimas cerca de donde estaban Mason y los otros hombres. Escuché sus gritos de terror, sus pasos rápidos en el suelo mientras corrían para alejarse de la torre al darse cuenta de que la bolsa de petróleo, calentada por el sol durante todo el día, se había incendiado con el segundo rayo y ahora ardía bajo la superficie de la tierra.

—¡Mason! —grité mientras el humo denso llenaba mi garganta y bajaba hasta mis pulmones—. No. ¡Aléjate de la torre!

Aunque no podía ver nada corrí hacia donde había visto a los hombres trabajando y a Mason por última vez atravesando la cortina de humo. No me había alejado un metro del porche delantero cuando todo el aire a mi alrededor se volvió de color naranja intenso y sentí el calor del fuego lamiendo mi cara antes incluso de que la explosión me lanzara por los aires.

Mason murió en la explosión junto con otros cinco hombres. Dos días después del accidente, tuve que identificar su cuerpo para poder enterrarlo en el cementerio de San Bernardino con sus padres. No quedaba nada de mi marido en esa masa de carne ennegrecida y deforme que yo pudiera reconocer como Mason, pero él era el más alto de los seis hombres que murieron en la explosión del pozo de petróleo y así fue como el forense del condado me ayudó a identificar a mi marido para poder certificar su muerte.

Valentina y yo le enterramos en el moderno cementerio de la ciudad de San Bernardino, a unos cien kilómetros de Las Ánimas. Mason hubiera preferido que le enterráramos en la tierra naranja del rancho que él tanto amaba, pero después de la explosión del pozo de petróleo no quedaba mucha tierra donde enterrar a nadie.

El valle entero había escuchado lo del accidente en Las Ánimas y muchos vecinos que habían conocido a Mason —o a su padre o a su abuelo— vinieron al funeral para darme el pésame. El fuego del incendio me había quemado la mitad de la cara —como una quemadura solar grave—, así que incluso con el velo negro de mi sombrero de luto podía notar el dolor intenso en mi piel hinchada cada vez que un rayo de sol me rozaba las mejillas. Además, no era capaz de comer nada sólido desde hacía unos días y las piernas apenas podían sostenerme en pie debajo de mi vestido de viuda. El médico que me examinó cuando llegamos al hospital de la ciudad me había dicho que era por la explosión y el shock de haber perdido a mi marido.

—No a todos los entierran con sus padres, mucho menos cuando pasan de los cuarenta —dijo Valentina mirando la lápida nueva con el nombre de Mason tallado en ella—. Pero supongo que es el final adecuado para esa familia, nadie más llegó a formar parte del clan, ¿entiendes? Los Campbell, menudos eran esos.

Todos los demás se habían marchado ya del cementerio, pero Valentina y yo seguíamos de pie esperando al coche que debía llevarnos de vuelta al rancho.

—Sí, lo entiendo. Siempre tuve muy claro el lugar que ocupaba yo dentro de esa familia: ninguno.

Mason no tenía hermanos, sus padres habían muerto hacía años y tampoco tenía ningún primo, pero sí que tenía un par de tíos que aún vivían en el estado. Cuando volvimos a California después de la boda Mason me llevó a conocer a sus parientes y, después de apenas una hora sentada en silencio en su salón, mientras ellos charlaban como si yo ni siquiera estuviera allí, me quedó muy claro que los Campbell eran una familia donde solo se entraba a través de la sangre.

—Sí, han tenido esposas y eso, claro, pero al final eran los hermanos de su padre y Mason los únicos Campbell que ellos reconocían como miembros de su familia, aunque no lo decían abiertamente. Los Campbell verdaderos —añadió Valentina con un tono de reproche en su voz—. Pues ahora ahí están, bien juntitos todos bajo tierra para siempre. Ahora seguro que nadie más se unirá a su familia.

—¿Y qué pasará cuando yo muera? Me enterrarán junto a los Campbell o...

Pero no supe cómo terminar la frase.

—Hasta que tú mueras pueden pasar muchas cosas, aún eres joven: podrías casarte otra vez, tener hijos... No creo que tu destino sea pudrirte bajo esta misma tierra —me dijo Valentina con su brusquedad habitual.

—Siempre había pensado que me enterrarían en el cementerio de mi familia, en Basondo, para que pudiera estar cerca de mi hermana y de mi madre. No me gustaría que me enterraran aquí.

Miré la tumba de Mason con la lápida reluciente sobre ella:

MASON JOHN CAMPBELL
AMADO HIJO Y ESPOSO
(1896-1940)

Lo había decidido mientras me ponía mi vestido negro para el funeral esa mañana, pero fue entonces, al leer su nombre en la lápida, cuando estuve segura de que regresaría muy pronto a Basondo.

—Pues no permitas que lo hagan —dijo Valentina.

Esa misma tarde me reuní con Trapanesse, para que me explicara en qué situación me dejaba la muerte de Mason. Nos encontramos en lo que quedaba del despacho de Mason en el primer piso de la casa principal. Las ventanas de ese lado de la fachada se habían hecho añicos con la explosión y una capa de cristales cubría el escritorio y las modernas sillas de diseño italiano. Tuve que apartarlos con la escoba para poder coger los libros de contabilidad de la estantería y sentarme en la silla de Mason tras el escritorio.

—Queda algo de dinero para ti y para el rancho, pero es poca cosa. Casi todo lo del seguro de Mason será para pagar a las familias de los cinco hombres que murieron en la explosión, el resto pertenece a los acreedores y al estado de California. Lo siento —me informó Trapanesse desde detrás de sus gafas cuadradas—. Me parece increíble que esté muerto.

—Sí, a mí también —había respondido yo sin saber si estaba mintiendo.

Esa noche me quedé dormida en el despacho sin ventanas revisando los libros de cuentas por si acaso Joe Trapanesse era tan inútil como aparentaba y había olvidado algo, pero por desgracia para mí, casi no quedaba dinero en ninguna de las cuentas. Eso sin contar con que ahora que Mason estaba muerto yo debía pagar sus deudas si quería poder reclamar la herencia y el dinero del seguro. El lobo negro me despertó, su aullido entró a través del vacío donde antes estaba la ventana empujado por la brisa nocturna. Después del incendio el clima del valle había vuelto a la normalidad: no hubo más rayos ni más viento de fuego cuando la última gota de crudo se consumió bajo la tierra.

Levanté la cabeza de entre los libros abiertos convencida de que todo había sido una pesadilla, pero volví a escuchar al lobo y sentí el olor del humo negro del petróleo ardiendo que se había quedado pegado a las paredes de la casa para siempre. Me levanté, corrí hasta el baño de invitados en ese mismo piso y vomité todo lo que no había comido en los últimos días. Cuando volví al despacho con los ojos llenos de lágrimas por el esfuerzo para seguir revisando los libros, Valentina estaba allí de pie, en la puerta, con su pijama de algodón fino y su pelo plateado recogido en una larga trenza para dormir. Ella era la única trabajadora del rancho que tenía su habitación en la casa principal, todos los demás dormían en los barracones que había en un edificio cerca de la casa, pero Valentina tenía su habitación con baño propio en el primer piso de la casa.

—¿Tienes fiebre? —me preguntó cuando me vio llegar—. Estás pálida.

—He vomitado, solo es eso. El olor del humo me ha dado náuseas, nada más.

Pero Valentina se acercó, me colocó una mano en la frente húmeda por el sudor frío del sueño y la otra en el estómago.

—Estás embarazada. Enhorabuena.

—¿Qué? No, ni hablar —repliqué, quitándole su mano de mi tripa de un golpe—. Además, ¿qué sabrás tú de embarazos? Yo no soy una de las vacas del maldito rancho para que me toquetees y me digas que estoy preñada. Ni hablar, muchas gracias.

La aparté de la puerta para pasar y me dejé caer en la silla de Mason. La garganta aún me ardía después de vomitar, a pesar de que había bebido agua fresca del lavabo con la mano, como hacen los animales cuando tienen mucha sed.

—Te guste o no, lo estás. Y si lo tienes habrá otro Campbell en el mundo después de todo.

Me llevé la mano a la tripa, a donde Valentina me había tocado antes, y debajo del raso de mi camisón sentí una vida diminuta creciendo sin mi permiso dentro de mí como una de esas plantas enredaderas que me seguían a todas partes.

—¿Y qué se supone que debo hacer ahora? —Miré a Valentina y aparté mi mano del vientre—. Mi marido ha muerto, estoy embarazada y el rancho está arruinado. No sé qué debo hacer.

El lobo volvió a aullar fuera, en el valle que, sin las lámparas de seguridad de las torres extractoras, había recuperado su color azul oscuro. Valentina también lo escuchó porque se volvió hacia la noche estudiando la oscuridad fuera con sus ojos ágiles. Al verla ahora buscando al lobo entre las sombras no me quedó ninguna duda de quién era la verdadera dueña de esa tierra, a pesar de lo que pusiera en el testamento de Mason.

—Los lobos son animales feroces, pero se les puede acostumbrar a estar con las personas y a no atacar, ¿lo sabías? Sobre todo las hembras, que son las más salvajes de la especie, pero también son las que cuidan de la manada —me dijo como si ella supiera algo que yo desconocía. Después me miró y añadió—: Incluso el lobo más feroz puede volverse amigable con tiempo y paciencia, aunque nunca pierden por completo su carácter salvaje. Puedes verlo si les miras a los ojos, incluso en los lobos más acostumbrados a vivir entre las personas: esa ferocidad en su mirada no les abandona jamás.

Era una noche calurosa, pero un escalofrío me recorrió la espalda al escuchar las palabras de Valentina.

—Pensé que no había lobos en el valle, solo coyotes y perros de las praderas —dije mirando a la oscuridad que lo llenaba todo al otro lado de la cerca de madera.

—Y no los había hasta que tú llegaste. Tú trajiste al lobo

contigo, igual que trajiste a esa hiedra de las flores azules que se enredó en el viejo pozo y que te sigue a todas partes. —Valentina se sentó en la silla que había al otro lado del escritorio—. Vuélvete a tu casa y ten a tu hijo en tu tierra. La guerra allí ya ha terminado, aquí no hay mucho que puedas hacer.

—Aunque quisiera hacerlo no puedo volver a España: mi padre me echó de casa hace años, por eso tuve que casarme con Mason. No creo que haya cambiado de opinión en este tiempo, él no me dejará volver.

—¡Que se aguante tu padre! Seguro que no es más que un viejo encorvado y seco que se caga encima, lo mismo ni te reconoce ya. Aquella es tu casa también, tienes todo el derecho del mundo a regresar.

—Me costó mucho salir de Basondo y no quiero volver —admití—. Y no creo que en casa me acojan con los brazos abiertos precisamente.

Bajé la cabeza y pensé en todo lo que había dejado atrás.

—Sea lo que sea eso que hicieras en tu país y que tanto miedo te da, apuesto a que es menos grave de lo que tú recuerdas —dijo Valentina casi leyendo mis pensamientos—. Vete a casa y comprobarás que no solo tú has cambiado en estos años.

Lo pensé un momento.

—Pero ¿qué pasa con el rancho? Las Ánimas está arruinada y no queda una sola gota de petróleo en esta tierra, no puedo marcharme y dejarlo todo sin más —respondí—. Y tampoco es que ahora mismo nos sobre el dinero como para que pueda pagar el viaje de vuelta a España o hacerme cargo de una criatura.

—Dividiremos el dinero que queda en las cuentas en dos mitades iguales: una mitad para ti y la otra será para reconstruir el rancho —sugirió Valentina—. No será mucho dinero, pero bastará para pagarte un billete de vuelta a casa, cosas para el niño y para que yo compre algunos animales para la hacienda.

—¿Quieres hacerte cargo tú de Las Ánimas?

—Yo ya me hago cargo de Las Ánimas desde hace cuarenta malditos años —respondió ella.

Podría funcionar, aunque Trapanesse no tenía aún la cifra exacta que quedaría del seguro de vida de Mason después de pagar todas sus deudas, podía ser suficiente dinero como para comprar algunas vacas, contratar un puñado de hombres y volver a poner en marcha el negocio.

—Tú vuelve a tu tierra verde y azul que yo me encargaré del rancho, no porque te deba ningún tipo de lealtad a ti o a Mason: es porque soy la única que puede sacarnos del agujero —dijo Valentina, y supe que tenía razón—. Compraré unas cuantas cabezas de ganado y contrataré a algunos hombres, los menos imbéciles que encuentre, para que me ayuden con los animales. Despediremos a Trapanesse porque nunca me he fiado de ese enano de mirada huidiza y te enviaré un informe de las cuentas a España cada dos meses para que veas cómo van los negocios, cada año nos repartiremos los beneficios entre las dos.

—Seríamos socias, al cincuenta por ciento.

—Eso es, aunque ten presente que la mitad de un puñado de polvo es solo medio puñado de polvo. —Valentina se levantó de la silla y caminó hasta la puerta, pero se detuvo antes de salir del despacho para añadir—: No todo está perdido: sé que todavía hay agua debajo de esta tierra y pronto volverán las flores, las plantas, los animales y la vida. Saldremos adelante.

La vida que llenaba el valle antes del petróleo, esa vida naranja y áspera que tanto había odiado cuando llegué volvía a latir ahora debajo de la tierra agrietada deseando salir de nuevo.

—Sea como sea, yo no volveré nunca —le dije muy seria. Valentina me sonrió y sus dientes parecieron más blancos a la luz de la luna que entraba por la ventana.

—Pues claro que volverás, el polvo del valle ya sabe tu nombre —me aseguró—. No estarás fuera mucho tiempo, hechicera. Ahora, vayas donde vayas, el desierto irá contigo.

CUARTA PARTE

TIERRA

EL OTRO MARQUÉS

Valentina y yo nos repartimos entre las dos el dinero que sobró del seguro de Mason después de pagar todas las deudas con los acreedores, los bancos y con el estado de California.

El hombre de la oficina de cambio de divisas en Bilbao me miró sorprendido al otro lado de la ventanilla cuando le pasé el fajo de dólares por debajo del cristal de seguridad.

—Al cambio, menos la comisión, son casi cien mil pesetas, señora. Comprenderá que no tengo tanto dinero aquí, pero puedo mandar a uno de los muchachos al banco para conseguir lo demás si no le importa esperar un rato aquí —me había dicho de malas maneras.

—Haga lo que deba. No tengo prisa.

Dos horas después el hombre de la ventanilla me entregó un fajo de billetes manoseados dentro de un sobre y un recibo escrito a mano.

—¿Sabe dónde puedo alquilar un coche? —le pregunté antes de salir del edificio de aduanas del puerto.

—¿Un coche? Las señoras decentes no conducen. Mejor búsquese un chófer que la lleve y tenga cuidado de por dónde va, las carreteruchas que van hacia la costa son un nido de delincuentes y almas perdidas.

Yo no había aprendido a conducir para que ahora un desconocido con el bigote engominado detrás de una ventanilla se atreviera a decirme lo que podía o no podía hacer, así que busqué la oficina de alquiler de coches y les logré convencer para que me dejaran conducir un coche hasta Villa Soledad.

La carretera que llevaba hasta Basondo estaba mejor que seis años antes, cuando Mason y yo hicimos el trayecto contrario hacia Bilbao al día siguiente de nuestra boda. «No pienso volver jamás», le había dicho a mi nuevo marido mientras veía cómo Villa Soledad se volvía más y más pequeña en el retrovisor. Y, sin embargo, ahí estaba otra vez.

El viaje en coche hasta Basondo se había acortado casi una hora, aunque la carretera todavía subía y bajaba con el relieve caprichoso de las montañas y se asomaba peligrosamente al mar después de las curvas más cerradas. No me crucé con otros vehículos y tampoco vi rastro de «delincuentes o almas perdidas». Estaba embarazada de cuatro meses pero, a pesar de eso —y de las curvas imposibles— no necesité parar el coche en el arcén ni una sola vez. Las náuseas me habían dado un respiro desde que salí de Las Ánimas, pero parecían haber sido sustituidas por las terribles pesadillas que me asaltaban cada vez que dormía. Algunas noches soñaba con un mar de petróleo, negro y viscoso, inundándolo todo y bajando por mi garganta hasta llenar mis pulmones. Otras, soñaba con llamaradas de color naranja muy brillantes que salían por las grietas del suelo de Las Ánimas y se enredaban alrededor de las torres extractoras, como esa hiedra maldita que me había seguido hasta California.

Sentí el olor de mi bosque en el aire de primavera antes de verlo aparecer detrás de una colina, tan verde y frondoso como yo lo había recordado durante estos años. Bajé la ventanilla para dejar que el aroma a pino, helechos y tierra húmeda llenara el habitáculo. Un poco más adelante, el tejado de pizarra verde de Villa Soledad asomó en el horizonte después de una curva.

Aparqué en el margen de la carretera, junto a la puerta de hierro forjado, y bajé del coche. El suelo de gravilla crujió debajo de mis zapatos de piel, cogí mi bolso —donde llevaba el sobre con todo el dinero y mi pasaporte—, pero dejé el resto de mi equipaje en el maletero. Di unos pasos hacia la altísima puerta de hierro, pero me volví hacia el bosque igual que si alguien hubiera gritado mi nombre. Al otro lado de la carretera, la hilera de árboles, que marcaba la frontera entre el bosque y el resto del mundo, se agitó con la brisa de la tarde a modo de bienvenida.

—¿Quién eres tú? —preguntó una voz masculina detrás de mí.

Me volví sorprendida y vi que había un hombre en el jardín delantero de Villa Soledad al otro lado de la puerta enrejada.

—Y ¿puedo saber quién lo pregunta? —respondí—. Es usted el que está en mi casa, ¿quién narices es usted?

El hombre, de unos treinta años y vestido con un traje anticuado que me resultaba vagamente familiar, sacudió la cabeza y me sonrió.

—Mira, guapa, yo soy el dueño de la finca y te digo que en esta casa no admitimos a nadie más, así que ya te estás largando por donde has venido porque hueles a problemas desde aquí.

—¿Dónde está Carmen? Carmen Barrio. ¿Todavía vive aquí? —pregunté con frialdad.

Pero él dejó escapar una risita y metió las manos en los bolsillos del pantalón que le quedaba por lo menos dos tallas grande.

—Carmen ya no vive en ningún sitio, guapa. Murió antes de que terminara la guerra, la misma semana en que se fue para el otro barrio la señora marquesa, hasta eso compartieron las dos.

Me acerqué a las puertas de hierro y miré a la fachada de la mansión que ahora estaba desconchada y mal cuidada.

—¿Carmen murió? —Sentí la boca pastosa y las palabras pesadas en el paladar—. ¿Y dónde está Catalina? Su hija. ¿Ella aún vive aquí?

Antes de que él tuviera tiempo de responder la puerta delantera de la mansión —que había perdido el color verde esmeralda que yo recordaba— se abrió y una mujer que llevaba un niño en brazos salió al jardín delantero.

—¿Qué pasa, Pedro? ¿Es algo malo? —preguntó la mujer en el tono de alguien acostumbrado a escuchar malas noticias.

—Tú me dirás, es una señoritinga preñada que pregunta por tu madre.

Ignoré al hombre con el traje prestado y me fijé en la mujer con el niño que estaba de pie detrás de él casi como si no se atreviera a acercarse más.

—¿Catalina? —Me agarré a los barrotes oxidados de la puerta con fuerza para verla mejor, aunque también quería dejarle claro al tal Pedro que no iba a marcharme sin más—. Catalina, ¿eres tú? Soy Estrella.

A través del enrejado vi cómo los ojos de Catalina se llenaban de lágrimas. Al reconocerme, por fin, sus labios finos se curvaron en un gesto intentando contener el llanto.

—Estrella, has vuelto.

Caminó deprisa hasta la puerta buscando la llave en el bolsillo de su delantal con la mano libre.

—¿Quién es esta? —preguntó Pedro con desdén cuando ella pasó a su lado.

—Es la dueña de la casa, la marquesa de Zuloaga que ha vuelto por fin. Corre, ve al coche a coger sus cosas y súbelas por favor a la habitación de la torre.

Pedro me miró y supe que no le hacía ninguna gracia que yo estuviera de vuelta, pero no me importó porque Catalina abrió la puerta y me abrazó con fuerza un buen rato. Sentí su cuerpo cálido, y el del niño que llevaba en brazos, contra mi pecho. El olor a pan rancio y a habitaciones cerradas salía de su delantal sucio y de su pelo castaño recogido en un moño descuidado del que se escapan algunos mechones.

—No deberías haber vuelto, Estrella —me susurró entre lágrimas—. Se suponía que al menos tú vivías muy lejos de esta pesadilla, al otro lado del mundo con tu marido rico y tu rancho de ovejas, ¿por qué estás aquí? ¿Cómo se te ocurre volver?

Pedro pasó junto a nosotras sin importarle que todavía estuviéramos abrazadas, me rozó el hombro a propósito al pasar por mi lado para hacerme saber que ese era su territorio: Catalina, la casa, el camino de la entrada... todo era suyo.

—Hubo un accidente en el rancho —empecé a decir ignorando a Pedro y sus malos modos—. Mason murió y yo no sabía qué hacer, así que he vuelto para tener al niño en casa.

Me separé un poco de Catalina para poder verla mejor y lo primero que noté es que mi medio hermana parecía haber envejecido diez años en este tiempo. Tenía dos círculos oscuros debajo de sus ojos castaños, que habían perdido parte de la viveza que yo recordaba haber visto en ellos, y en su pelo asomaba un mechón completamente blanco idéntico al que tenía su madre.

—Oh, Estrella, cuánto lo siento. Me agradaba tanto Mason... Parecía un buen hombre y también un buen marido —me dijo, y supe que lo decía de verdad, no como todos los que hicieron cola para darme el pésame en el cementerio de San Bernardino la tarde que lo enterramos—. Él es Pedro, mi marido. Y esta es Marina, nuestra hija. Di «hola», Marina, ella es tu tía Estrella.

La niña, que tenía la misma nariz menuda que Catalina y sus labios finos, me miró un momento con interés, pero enseguida volvió a esconder la cabeza en el cuello de su madre.

—Es un poco tímida con los desconocidos, pero ya te irá cogiendo cariño. —Catalina miró a la pequeña con una sonrisa triste y le dejó un beso sobre su pelo claro—. Enhorabuena por el embarazo.

Bajé la cabeza hacia mi abdomen que se volvía más abultado cada día.

—Sí, enhorabuena... —masculllé—. No me escribiste para decirme lo de tu madre.

Los ojos de Catalina se perdieron en el césped descuidado del jardín delantero.

—Sí, debí haberte escrito o llamado para contártelo, pero el teléfono del despacho no ha vuelto a funcionar desde que, hace un par de años, los nacionales cortaron las líneas de todo el valle —me dijo con voz tensa—. Ya sé que eso no es una excusa pero tu madre murió y después la mía con solo cuatro días de diferencia, y yo me quedé sola en la casa ocupándome de todo y de todos y supongo que al final simplemente me acostumbré a que ya no estuvieran aquí. Además, con todos los que han muerto y los que aún siguen cayendo siento casi que no tengo derecho a estar triste: rara es la familia por aquí que no ha perdido a alguien y están demasiado asustados como para llorarles.

Catalina me miró por fin y vi en sus ojos todas las veces que había llorado a escondidas por su madre, por la mía y seguro que también por ella misma. Apenas dos gotas más en un mar de muerte.

—Pero no hablemos de esas cosas por si acaso, nunca se sabe quién puede estar escuchando para irles después con el cuento a los del cuartelillo. —Catalina tragó saliva y miró preocupada alrededor del jardín ruinoso, casi como si de verdad temiera que alguien pudiera estar espiándonos entre los frutales escuálidos—. Ahora que estás aquí otra vez todo irá mejor, aunque siento decirte que estarías mejor en California. Esto ha cambiado mucho desde que te fuiste, sabiendo lo de la guerra y todo lo demás yo no hubiera vuelto ni en mil años.

—Ya, yo también pensaba eso antes —admití a regañadientes—. Tanto esfuerzo y tantas ganas que le puse al salir de aquí y mira dónde estoy otra vez, en Basondo.

Miré la fachada de la casa y noté que además del penoso estado del jardín, de la pintura desconchada o la puerta verde descolorida, algunas ventanas del primer piso estaban rotas y nadie se había molestado en arreglar los cristales rajados.

—Querida Estrella, la tierra te llama y punto —dijo con una diminuta sonrisa—. De todas formas, aunque estés de vuelta no esperes grandes lujos, ni siquiera pequeños: la mitad de los días puedes estar de enhorabuena si hay comida en la mesa.

—Sí, veo que lo habéis pasado mal estos años de guerra.

—¿Pasado? —Catalina sacudió la cabeza—. No, todavía lo pasamos mal, todo el mundo. Puede que la guerra haya terminado, pero la miseria acaba de empezar. Las cosas que se oyen por ahí asustan, Estrella, y lo peor es que ni siquiera hace falta irse muy lejos para escuchar historias terribles: aquí mismo en el pueblo más de uno te puede contar cosas que te pondrían la piel de gallina. Eso si es que se atreven a hablar, porque el miedo se ha vuelto más intenso que el hambre, ¡y eso que hambre pasamos mucha! Pero el miedo es mucho peor: se ha instalado por la fuerza en las casas y ahora campa a sus anchas por todo el país.

Noté el peso del sobre con las casi cien mil pesetas que llevaba en mi bolso. El hombre de la oficina de cambio de divisas había dicho que era «mucho dinero», pero después de pasar años fuera del país —y de una guerra— no tenía ni idea de cuánto dinero era en realidad.

—Ya lo verás por ti misma —me advirtió Catalina cambiando a la niña de brazo para no dejarla sobre la hierba—. Ahora es mejor estarse callada para evitar que la metan en líos a una, aunque seas marquesa debes tener cuidado.

Pedro pasó a nuestro lado llevando mis dos maletas de Louis Vuitton del juego que mamá nos regaló a Alma y a mí por nuestro cumpleaños en lo que ahora parecía haber sido otra vida, y entró en la casa sin decir nada. Me fijé en que había asegurado la precaria puerta de hierro con una cadena oxidada y un candado para evitar que nadie entrara o saliera de la propiedad.

—Venga, vamos dentro y me lo cuentas todo con calma mientras pongo la cena. —Catalina me dio un empujoncito afectuoso para guiarme hacia la puerta abierta de la casa—. Y cómo no me has dicho que venías, mujer, te hubiéramos preparado la habitación o te habríamos ido a buscar a Bilbao para que no tuvieras que venir tú sola hasta aquí.

—No pasa nada, he venido conduciendo.

Catalina se rio como si su propia risa le sonara extraña después de un tiempo sin escucharla.

—¿Has venido conduciendo? Así que al final te saliste con la tuya y conseguiste aprender a conducir, ¿eh? —me dijo cuando las dos estábamos ya dentro de la casa—. Me alegro por ti, el Hispano-Suiza del marqués está en la cochera cogiendo polvo y echándose a perder sin que nadie lo conduzca, un desperdicio enorme de dinero: otro de los caprichos del marqués que dejó de interesarle después de conseguirlo.

Se refería a su madre, claro.

—Pero vamos, cuéntame todo lo que has visto estos años en América: cómo es, cómo viven... Seguro que California es preciosa, con tanto sol y tanta estrella de cine tiene que serlo a la fuerza —añadió Catalina.

Durante un momento me recordó a su madre, que solía mirar las páginas brillantes de las revistas de cine emocionada pensando en Rodolfo Valentino o en asomarse al cartel de Hollywood.

—Claro, después del viaje en coche tengo hambre de lobo —dije sin pensar en lo que acababa de decir hasta que las palabras salieron de mi boca.

Una sonrisa rápida cruzó los labios de Catalina al oírme mencionar al lobo.

—Pues desde ya te digo que no hay mucho de cenar, como todos los días, y ahora que estás aquí hay que repartir lo mismo entre una boca más, pero bueno, tranquila que algo haremos.

—¿Tan mal está todo? —quise saber.

—Sí, no solo tú has cambiado en estos años.

El vestíbulo de Villa Soledad estaba a oscuras. Al entrar subí y bajé el interruptor que había junto a la puerta un par de veces, pero la lámpara de cristal que colgaba sobre la entrada no se encendió.

—No te molestes, hace meses que dejó de funcionar, como casi todo en esta casa —me dijo Catalina mientras caminaba hacia la cocina—. Y aunque funcionara tampoco tenemos bombillas suficientes en toda la casa, así que da igual, tampoco creo que las haya en todo Basondo.

El aroma familiar de la casa que yo recordaba se había esfumado en estos años y había sido sustituido por una mezcla de olor a humedad, a habitaciones cerradas, a polvo y a algo más que no pude identificar mientras avanzaba por el vestíbulo en tinieblas. Había esperado volver a ver a Alma en Villa Soledad; incluso me detuve un instante para mirar a la barandilla de madera del segundo piso que cruzaba sobre el vestíbulo, segura de que mi hermana estaría esperándome con su vestido blanco de encaje hasta los pies, su pelo recogido y sus quince años. Pero Alma no estaba por ningún lado.

«Puede que por fin se haya acostumbrado a su tumba», pensé todavía buscando al espectro de mi hermana gemela un momento más. Después seguí a Catalina hasta la cocina, que parecía ser la única habitación iluminada de la casa porque la luz amarillenta del fuego salía por la puerta para llegar hasta el fondo del vestíbulo.

—Bueno, tú siéntate mientras yo termino de hacer la cena y no te dejes ningún detalle por contarme, que últimamente entre cuidar de Marina y atender al marqués no tengo ningún entretenimiento —dijo Catalina dándome a la niña para que la sujetara—. Aguántala un poco mientras termino con esto y entretenla para que no llore, ¿quieres? No quiero que Pedro se moleste por oírla llorar otra vez. Además, así vas cogiendo práctica para cuando te toque a ti.

Me senté en una de las sillas que había alrededor de la mesa de la cocina con Marina en brazos. Era la misma mesa de roble que yo conocía, pero la superficie de madera ahora estaba deslucida, sin brillo y cubierta de arañazos finos que me recordaron a las garras de un animal salvaje.

—Veo que la casa está igual de mal conservada por dentro que por fuera —comenté mirando la cocina—. No sabía que estuvieras tan mal, podría haberte enviado algo de dinero para los arreglos o para comprar comida.

—Tampoco hay mucha comida que comprar, solo la que te corresponde con la cartilla, y nunca queda de casi nada.

Los muebles de madera maciza de color gris claro con sus tiradores de cristal a juego que tanto habían complacido a mi madre cuando los vio en una revista de decoración estaban ahora descoloridos y ajados. Faltaban algunas de las puertas en los armarios, que dejaban a la vista los vasos y los platos apilados. Todos los tiradores de cristal tallado habían desaparecido, en su lugar alguien —seguramente Catalina— había pasado cuerda por los agujeros en las puertas que aún quedaban para poder abrirlas. Los azulejos blancos que tanto éxito habían tenido en años anteriores —hasta las cocinas más elegantes de hoteles de cinco estrellas los colocaban detrás de sus fogones— ahora estaban amarillentos y algunos incluso parecían rajados, al igual que el pesado mármol blanco que hacía de encimera donde ahora estaba trabajando Catalina.

—Parece que Villa Soledad haya estado años abandonada —comenté mirando alrededor.

—Y eso que todavía no has visto la casa con luz, lo mismo te echas a llorar por la mañana cuando veas bien cómo está todo, seguro que no se parece mucho a tus recuerdos. Pero bueno, es lo que hay —dijo Catalina con resignación—. Al menos tenemos una casa en la que vivir aunque se esté cayendo a pedazos y no tengamos dinero ni para cambiar las ventanas rotas.

—Y ¿qué pasa con tu marido? ¿No puede encargarse él de los arreglos de la casa? —pregunté.

Pero Catalina no respondió. La pequeña Marina se revolvió en mi regazo como si no estuviera cómoda y tratara de huir para volver con su madre.

—Creo que no le gusto mucho —dije sin más.

Catalina puso una olla con agua sobre el fuego de la cocina, después se volvió y me miró con afecto pero no respondió a lo que yo acababa de decirle.

—¿Qué vas a hacer con eso? ¿Lo has pensado ya? —me preguntó señalando mi embarazo con la cabeza. Me fijé en que volvía a hablar en voz baja para que nadie fuera de la cocina pudiera escucharnos—. ¿Vas a tenerlo? Si no es así has de saber que vas a la cárcel si te cogen intentando abortar o si el médico da parte a la Policía. O puede que te encierren en uno de esos asquerosos hospicios para madres solteras y después de obligarte a parir le den el niño a otra familia.

Miré mi tripa que ya no se podía esconder debajo de la ropa, aunque fuera un par de tallas más grande.

—No lo sé —admití—. ¿Tú también tenías tus dudas cuando estabas embarazada?

Catalina bufó y asintió antes de volverse hacia la cocina otra vez.

—Pues claro que las tenía, como las tenemos todas aunque digamos que no, ¿o te crees que yo quería quedarme embarazada con veinte años y parir en mitad de una guerra? Pues claro que no, pero los hombres quieren lo que quieren y al marido no se le puede decir siempre que no —me dijo sin atreverse a mirarme—. A ellos eso les da igual porque saben bien que somos nosotras las que cargamos con la criatura mientras está dentro y también cuando está fuera. Pero mientras dudaba qué hacer se me empezó a notar la barriga y ya no tuve más remedio que tenerla. No está tan mal, después de un tiempo te acostumbras.

Casi como si supiera que hablábamos de ella, Marina se movió entre mis brazos y yo la sujeté como pude colocando las manos por debajo de sus bracitos para que se estuviera quieta.

—Dices que cuidas del marqués, ¿es que el viejo todavía vive? —le pregunté a Catalina para dejar de pensar en mi embarazo—. Pensé que él sería el primero en dormir en el cementerio.

—Yo también, pero ya ves que no, aunque nunca se recuperó de aquello que le pasó con la planta enredadera. El doctor Ochoa, ese médico elegante que venía desde Bilbao cada semana para atenderle, se marchó a México después del golpe para no volver. Sin sus cuidados, el marqués no terminó de curarse la pierna.

—Solía pensar en él cuando estaba en California, fantaseaba con la idea de que algún día me escribieras para contarme que había muerto, por fin —admití sin ninguna vergüenza en la voz.

—Y lo que me hubiera gustado poder hacerlo: con sus malos modos el marqués se llevó por delante a tu madre, a la mía y también a Alma, pero él sigue aquí y ahora yo tengo que ocuparme de cuidarle si quiero que me permita continuar viviendo en esta casa. —Catalina sacó una patata y dos pimientos del armario debajo del fregadero de hierro fundido y los lavó para quitarles la tierra—. Me daría igual irme de esta maldita casa pero no quiero que la pequeña Marina tenga que vivir en la calle o Dios sabe dónde, así que por ella me aguanto y cuido del viejo.

Catalina se volvió para mirar a su hija por un momento antes de abrir el cajón para sacar un cuchillo y la tabla de cortar.

—¿Y qué pasa con Pedro? —le pregunté—. ¿No tiene trabajo para que os pueda mantener si os vais de esta casa?

—¿Trabajo? No, casi nadie tiene trabajo estos días. La mina Zuloaga cerró antes de que terminara la guerra, el marqués hizo un mal acuerdo con los sublevados y perdió lo poco que nos quedaba —respondió Catalina mientras cortaba los pimientos en trozos muy pequeños—. Y aunque no hubiera sido así la mina está seca. Ya no queda hierro suficiente en la tierra ni para fabricar una sartén, lo sacaron todo.

Me acomodé mejor en la silla con cuidado de no pillarle las piernas a Marina con la pata de la mesa al moverme, y pregunté:

—¿La mina está cerrada? ¿Pero entonces de qué vive el pueblo ahora?

—No vive, a secas. El marqués cerró la mina y echó a la calle a los hombres que todavía trabajaban en ella; algunos se fueron a la guerra para no volver, otros volvieron pero no pueden trabajar de nada y la mayoría huyeron del país mientras todavía se podía. —Catalina dio un golpe más fuerte con el cuchillo sobre la tabla de cortar cuando llegó al final del pimiento—. Ahora solo quedamos cuatro gatos en el pueblo, cinco, ahora que tú has vuelto.

Me miró con resignación, después se limpió las manos en el delantal que llevaba atado detrás de la cintura y se acercó hasta la mesa.

—Qué bien —murmuré con ironía.

—Escucha, las cosas aquí ya no son como antes, Estrella. Ahora tienes que agachar la cabeza y tener mucho cuidado para no terminar mal, y sobre todo ten cuidado con...

Pero antes de que Catalina terminara de hablar su marido entró en la cocina.

—¿Cómo va la cena? No me digas que estáis de palique aquí en vez de cocinando, ya es tarde y me gusta cenar temprano para no hacer la digestión mientras duermo. —Pedro miró a Catalina y después me miró a mí, pero yo le sostuve la mirada sin inmutarme—. El viejo dice que quiere verte, así que ve, está en su despacho, yo te sujeto a la niña mientras tanto.

—Si el marqués quiere verme que venga aquí —fue todo lo que dije a Pedro antes de volver a mirar a Catalina—. ¿Y qué pasa con la empresa familiar? ¿Aún existe Empresas Zuloaga?

Sentí la tensión en el aire de la cocina y las ondas del odio de Pedro al saberse ignorado, pero me dio igual, no estaba otra vez en casa para contentarle a él o al marqués.

—Sí, Empresas Zuloaga todavía existe pero hace años que solo tiene deudas y más deudas. No hemos ingresado una peseta de beneficio en todo este tiempo. —La voz de Catalina tembló ligeramente al mirar a su marido, que seguía de pie en la puerta de la cocina con los puños apretados a los lados—. No creo que nadie haya actualizado los libros de cuentas desde hace... ni lo imagino.

Pedro salió de la cocina asegurándose de caminar con fuerza sobre los azulejos del vestíbulo para que las dos supiéramos que se había enfadado. Hasta que sus pasos furiosos no se perdieron en el eco de la mansión, Catalina no se atrevió a volver a acercarse a nosotras, y aun así miró hacia la puerta de la cocina un par de veces antes de decidirse.

—No hagas eso, Estrella, o nos meterás a las dos en problemas —me susurró. Después cogió a Marina en brazos y la meció contra su pecho a pesar de que la pequeña no estaba llorando—. Las cosas ya no son como antes por aquí, ya no puedes decir lo que te dé la gana cuando se te antoje.

—Esta es mi casa, nadie me da órdenes en mi casa por mucho marido tuyo que sea.

Pero Catalina siguió meciendo a la niña como si estuviera intentando calmarla o tuviera miedo de que se pusiera a llorar.

—Tu padre aún vive y, aunque esté viejo y chocho, él sigue siendo el marqués de Zuloaga, el dueño de todo esto y por aquí aún le ven como el amo del pueblo —susurró Catalina—. Así que intenta estar a buenas con él para que te deje quedarte en la casa.

—El marqués no vivirá para siempre: tendrá ya un millón de años, y cuando él muera...

—Cuando el marqués muera Pedro todavía seguirá aquí —me cortó en voz baja—. Se ha hecho muy «amiguito» del marqués, los dos se pasan el día haciendo Dios sabe qué en el salón o en el cuarto de la caza. Aunque el marqués muera mañana y tú lo heredes todo, Pedro seguirá siendo el hombre de la casa: necesitarás su permiso para cobrar tu herencia, vender la propiedad y hasta para casarte. Y eso si no logra convencer al viejo para que cambie el testamento y lo ponga todo a su nombre o si ahora le da al marqués por reconocerme como hija legítima y Pedro se convierte en marqués de Zuloaga cuando padre muera.

—¿Qué? Pero si ni siquiera es de mi familia, ¿y me dices que voy a tener que pedirle permiso a tu marido hasta para ir al lavabo? —Levanté la voz sin darme cuenta de lo que hacía y vi el pánico en los ojos de Catalina—. ¿Por qué no te separas de él? Que se vaya con sus malos modos a otro sitio, a ver dónde encuentra otra pobre que le aguante como tú. Nos quedaremos las dos en la casa hasta que el marqués muera, que para eso es nuestra casa y tenemos todo el derecho del mundo a vivir en ella. Yo tengo algo de dinero para ir tirando de mientras.

Catalina se rio con amargura, le dio un beso a Marina en la frente y supe que estaba haciendo un esfuerzo por contener las lágrimas mientras hablaba:

—Ojalá pudiéramos vivir solo nosotras con las niñas en esta casa y ojalá pudiera dejar a Pedro, pero ya no puedes separarte del marido, no importa las cosas terribles que él haga, no puedes dejarle, va contra la ley.

Me apoyé en el incómodo respaldo de la silla y suspiré dejando que el peso de todo lo que Catalina estaba diciendo cayera sobre mí y me aplastara.

—El coche de alquiler aún está en la puerta, podemos marcharnos las tres mientras ellos duermen, para cuando se den cuenta de que no estás ya será por la mañana —susurré—. Tengo dinero y podemos coger el ferri en Bilbao para ir a Inglaterra...

Hasta que no lo dije en voz alta no recordé que Inglaterra, y media Europa, estaban en guerra ahora mismo y que las bombas alemanas caían cada día sobre Londres.

—¿Estás loca? ¿Sabes lo que nos pasará si nos cogen? —Catalina me miró espantada—. Para empezar, nos encerrarían en alguna cárcel espantosa y sucia donde nos harían de todo, se llevarían a Marina para dársela a Dios sabe quién o harían algo peor con ella. Si estuviéramos solas, me subiría contigo al coche en cuanto esos dos se quedaran dormidos, pero no puedo arriesgarme a hacer algo que ponga en peligro a mi hijita.

Me fijé en la forma en que Catalina se aferraba a la pequeña y de repente supe que ella ya había pensado en todas esas posibilidades mucho antes de que yo se lo sugiriese.

—¿Y entonces? ¿Qué podemos hacer?

Escuché unos pasos furiosos atravesando el vestíbulo y acercándose a la cocina.

—Nada, no puedes hacer nada —respondió Catalina deprisa antes de que Pedro apareciera en el vano de la puerta—. Voy a ir a darle la sopa al marqués y a prepararle para acostarse. Tú termina por favor de cortar la patata para la cena y échale un ojo a Marina, ¿quieres?

Catalina me sonrió nerviosa, así que me levanté de la silla y cogí a la pequeña en brazos. Pesaba más de lo que yo creía y olía vagamente a jabón y a eucalipto. Marina alargó las manos como si quisiera volver con su madre pero Catalina ya había salido de la cocina para ir a atender al marqués. En el vano de la puerta, Pedro sonrió regodeándose antes de salir.

Volví a dormir en mi antigua habitación igual que si nunca jamás me hubiera marchado de Villa Soledad. Los muebles estaban cubiertos con sábanas viejas para protegerlos del polvo y de la guerra, pero después de quitarlas todas, poner mantas limpias en mi cama y limpiar un poco me decidí a lavarme y prepararme para dormir. Pedro había tirado mis maletas junto a la puerta del baño anexo y cuando las abrí mi ropa estaba arrugada y mis zapatos de salón forrados en terciopelo se cayeron al suelo. Eran los zapatos que me había comprado para asistir a la recepción en el hotel Ambassador de Los Ángeles en otra vida. Recogí los zapatos del suelo y los volví a guardar en la maleta con cuidado. Me parecieron inútiles en esa casa ruinosa llena de lámparas sin bombillas y manchas de moho en las paredes. Me aseguré de que la puerta de la habitación estaba cerrada por dentro y saqué el sobre con dinero que había en mi bolso.

«No le digas a Pedro que tienes dinero y tampoco se lo digas al marqués o te obligarán a dárselo. Escóndelo bien y ya pensaremos qué hacemos con él», me había dicho Catalina en voz baja aprovechando que estábamos otra vez solas en la cocina.

El sobre amarillo pesaba en mi mano mientras buscaba un

lugar seguro en la habitación para esconderlo. Abrí mi armario de cerezo con espejos en la puerta, dentro, una pila de sombrereras olvidadas cogían polvo. Pensé en esconder el sobre dentro de una de ellas, pero entonces recordé que hacía muchos años había escondido el collar con la esmeralda de la abuela Soledad en una de esas mismas cajas y había tenido que dárselo al marqués. No pensaba dejar que se repitiera la historia de ninguna manera.

Mientras pensaba deprisa me pareció escuchar el aullido de un lobo fuera, en el bosque. Corrí hasta las ventanas de la habitación, desde allí vi la sombra oscura y enorme del bosque alargándose hasta donde alcanzaba la vista y, justo donde crecía la primera línea de árboles al otro lado de la carretera, intuí la silueta de un gran lobo negro que miraba hacia mi ventana con sus ojos brillantes: uno de color verde y otro amarillo.

Me apoyé contra el cristal para verlo mejor, pero entonces el suelo de madera de roble crujió bajo mis pies descalzos. Una de las tablas bajo la ventana estaba suelta, me agaché y levanté el tablón con cuidado: debajo había un agujero lo suficientemente amplio como para guardar un neceser de tamaño grande. Sin dudarlo vacié el mío sobre el lavabo del baño, metí el sobre con todo el dinero dentro —excepto por el par de billetes que había sacado antes y llevaba en la cartera— para proteger el dinero de la humedad, lo metí en el agujero del suelo y después volví a cubrirlo con la tabla suelta. Para evitar que Pedro lo descubriera si acaso decidía registrar mi habitación, coloqué la butaca de piel donde Alma solía leer poesía romántica sobre la tabla suelta y dejé un libro encima para fingir que había estado leyendo junto a la ventana.

Cuando volví a mirar hacia el bosque el lobo negro ya no estaba, sin embargo, así fue como me di cuenta por primera vez de que en realidad el lobo me ayudaba.

UN SECRETO COMPARTIDO

Dos días después de mi regreso a Villa Soledad vi a Alma en el invernadero de la abuela. Estaba amaneciendo pero la luz que entraba por las ventanas de mi habitación me había despertado un rato antes. Cuando me acerqué a la ventana me pareció ver, a través del techo de cristal de la casita, a mi hermana trabajando en el invernadero. Sin embargo, al mirar mejor me di cuenta de que no era Alma la que escarbaba en el suelo de tierra, sino Catalina. Esa era la segunda vez que la confundía con ella.

Me vestí sin ninguna prisa. Mi ropa ya estaba colgada en el armario, pero casi todos mis vestidos y zapatos eran inútiles o demasiado elegantes para pasearme por la casa con ellos, así que me puse uno de los vestidos con vuelo de la abuela, el mismo que llevaba puesto la tarde que devolví el agua a Las Ánimas.

Era una mañana de primavera clara y fría. La mansión estaba silenciosa casi como si estuviera habitada solo por fantasmas, y tal vez fuera así, porque un escalofrío me bajó por la espalda cuando llegué al vestíbulo solitario de la casa, y escuché el sonido de una silla de ruedas arrastrándose sobre el suelo de madera detrás de la puerta cerrada de la salita de los trofeos del marqués. No le había visto desde mi vuelta y no pretendía cambiar eso, de modo que seguí avanzando por el pasillo lateral del primer piso que llevaba hasta el jardín trasero de Villa Soledad.

—Vaya, casi he pensado que volvías a tener catorce años cuando te he visto por la ventana —le dije a Catalina cuando entré en el invernadero.

No era exactamente la verdad, tan solo la verdad a medias, pero no quería hablar de Alma y arriesgarme a hacerla aparecer como si nombrarla fuera parte de un hechizo para conjurar a los muertos.

—Estaría bien, ¿verdad? Que las dos volviéramos a ser adolescentes pero sabiendo ya todo lo que hemos aprendido en este tiempo. Y que nunca hubiera habido guerra, ni hambre, ni miedo.

—Sí, estaría bien —admití sin molestarme en ocultar la melancolía en mi voz.

—Y ¿cómo vas tú? No debe de ser fácil estar otra vez en esta casa y en Basondo después de todo lo que sucedió, encima embarazada y viuda.

Suspiré en el aire frío de la mañana antes de responder:

—Sí, embarazada y viuda. Es extraño porque yo me siento igual y sigo siendo la misma Estrella de siempre, pero ahora este lugar me parece diferente.

El invernadero de la abuela Soledad estaba sucio y deslucido. Ya no parecía ese pequeño palacio de cristal donde la abuela se escondía del mundo durante horas para dedicarse a sus rosas. Los paneles estaban manchados de barro seco, algunos estaban rotos y en lugar de sustituirlos los habían arreglado utilizando alambre de espino y viejas botellas de leche para evitar que los pequeños animalitos entraran a mordisquear las plantas. La larga mesa de trabajo donde años atrás la abuela colocaba las macetas de barro y los tiestos de cerámica para sus esquejes había desaparecido, las estanterías de hierro forjado que había contra la pared del fondo todavía estaban en su sitio aunque sus baldas estaban ocultas bajo sacos de cemento, tierra húmeda y leña amontonada que olía como si se estuviera descomponiendo.

—¿Todavía cuidas las rosas de la abuela? —le pregunté.

Catalina estaba agachada en el suelo de tierra, no podía ver su cara porque estaba de espaldas, pero me fijé en que trabajaba sin guantes.

—Sí, hace algún tiempo pensé en dejarlas morir aquí dentro, pero no sé de qué están hechas esas dichosas flores que lo aguantan todo —protestó sin mirarme—. Cuando crees que están medio muertas vuelven a florecer más hermosas y fuertes aún.

No había visto a la pequeña Marina hasta que ella se movió. La niña estaba sentada en la vieja carretilla de hierro que Emilio, el antiguo jardinero de la mansión, solía usar para llevarse las ramas más grandes después de cortarlas. Se entretenía jugando con la tapa de un bote de cristal y su madre le había colocado una manta de cuadros rojos dentro de la carretilla para que la pequeña estuviera cómoda y no pasara frío, aunque el aire dentro del invernadero era cálido.

—Sí, las rosas son más duras de lo que todo el mundo cree —le dije consciente de que ninguna de las dos hablábamos de flores—. Pero ¿qué es lo que estás desenterrando ahí? Eso no son rosas.

—No, son patatas y puerros, de lo poco que crece en este suelo con esta humedad pero bueno, algo es algo, si no fuera por mi huerto secreto ya nos hubiéramos muerto de hambre en esta casa. ¿De dónde crees que salió la cena de la otra noche? Desde luego de la asquerosa cartilla de racionamiento no.

Me acerqué por detrás para ver mejor lo que estaba haciendo y vi las hojas de los tubérculos asomando de la tierra ordenadas en línea recta.

—Y ¿nadie sabe que lo tienes? El huerto, quiero decir. ¿Ni siquiera tu marido? —pregunté con una media sonrisa.

—Especialmente mi marido —respondió ella sin volverse—. Los hombres no tienen paciencia para las cosas secretas que crecen bajo tierra, y mi marido no es una excepción: ellos lo quieren todo al momento, ya. No, de saber que este huerto existe Pedro ya lo hubiera pisoteado.

—Sí, tu marido tiene los mismos malos modos que el marqués, seguro que por eso se entienden tan bien.

Marina tosió un par de veces en la carretilla y dejó caer al suelo la tapa de aluminio con la que estaba jugando. Yo estaba más cerca, así que la recogí y se la devolví después de limpiarla un poco.

—¿Cómo sabes que será niña? —le pregunté de repente a Catalina todavía mirando a la pequeña—. La otra noche en la cocina dijiste «nosotras con las niñas». ¿Cómo sabes que espero una hija?

—Porque siempre son niñas. Las mujeres de esta familia rara vez parimos varones, ¿no te has dado cuenta?

Lo pensé un momento.

—Sí, es cierto.

Marina tosió otra vez, más fuerte ahora, tanto que sus mejillas se volvieron rojas por el esfuerzo y sus ojos castaños se llenaron de lágrimas. Catalina se olvidó de su huerto al oírla y se limpió las manos de tierra en su delantal antes de coger en brazos a la pequeña.

—Ya está ya, shhh... no pasa nada, cariño —le dijo con voz suave.

Pero Marina seguía tosiendo como si no pudiera respirar bien, sus manitas se cerraron asustadas alrededor del vestido de flores de su madre.

—¿Qué le pasa?

—Está enferma de los bronquios, desde que nació. —Catalina la meció en brazos intentando calmarla, pero la niña abría y cerraba la boca como un pez tratando de respirar fuera del agua—. Tenía mucha prisa por conocerme y nació un poco antes de tiempo porque no podía esperar, ¿verdad que sí, *maitia*?* Y yo también tenía muchas ganas de ver su carita.

Catalina la abrazó más fuerte y la niña volvió a toser.

—Y ¿no hay nada que le puedas dar cuando se pone así? Medicinas. ¿Algo que la ayude a respirar mejor? —le pregunté mirando a la pequeña.

---

* *Maitia*: «cariño, cielo».

—Sí. Hay una medicina para los bronquios que le alivia y le va muy bien, pero no tengo dinero suficiente para pagarla, normalmente se le pasa al poco tiempo —respondió—. Cuando se tranquiliza vuelve a respirar bien después de un rato, pero si no se le pasa le preparo una cataplasma de eucaliptos con las hojas que se caen de los árboles. Me gustaría poder ayudarla, claro, pero no hay mucho más que se pueda hacer.

Recordé de repente que la primera vez que cogí a Marina en brazos me pareció que la niña olía ligeramente a eucaliptos.

—Yo tengo dinero, dónde se compra la medicina que necesita, ¿en Basondo?

—Sí, hay que pedirlo en la botica del pueblo y ellas te lo preparan al momento pero no es barato, Estrella. Su medicina para los bronquios cuesta casi lo mismo que la comida de todo el mes para los cuatro.

—Da igual, tú escríbeme lo que hace falta y yo iré a buscarlo —le dije—. El coche de alquiler todavía está muerto de asco en la carretera, así que no tardaré mucho.

Ya estaba caminando hacia la puerta de cristal del invernadero cuando Catalina me detuvo:

—Espera, es muy amable por tu parte pero no puedes ir a comprarla. Si te presentas en la botica con dinero suficiente para la medicina de Marina, Pedro terminará por enterarse de que tienes dinero y querrá saber dónde lo escondes.

La miré incrédula.

—Me da igual tu marido, ¡que se entere! —dije más alto de lo que pretendía—. De todas formas, ya estoy harta de él y de sus bobadas, con todo lo que he pasado en mi vida no voy a permitir que un chulo mal encarado me pisotee.

Noté cómo Catalina se aferraba más fuerte a la pequeña al mencionar a Pedro.

—No es tan fácil como tú crees: Pedro es muy querido en el pueblo, algunos piensan que será el próximo marqués y se arriman a él para estar a buenas por si acaso padre se muere de repente, ¿entiendes lo que quiero decir?

Marina ya no tosía, pero su respiración todavía era superficial y rápida, las lágrimas le mojaban las mejillas y el vestido de su madre mientras sus deditos retorcían la tela de flores descolorida cerca de su cuello.

—No, la verdad es que no sé por qué tenemos miedo de él, esta es nuestra casa —dije.

Entonces me fijé en que, debajo de la tela del vestido que la pequeña Marina estrujaba, la piel de Catalina tenía el inconfundible color morado de un golpe. Volví hasta ellas y le retiré la tela con cuidado para verlo mejor, pensé que Catalina protestaría, pero no dijo nada.

—¿Esto te lo ha hecho él? —pregunté—. ¿Ha sido Pedro?

—Nada es suficiente para él. Ni la casa, ni nuestra hija, ni la comida, ni yo —murmuró Catalina sin mirarme—. Pedro está avergonzado por tener que aceptar mi caridad para poder vivir: la caridad de la hija ilegítima del marqués, figúrate. Sabe bien que de no haberme convencido para que me casara con él seguramente ahora estaría muerto o viviría de malas maneras en algún camino perdido haciendo Dios sabe qué. Para un hombre como él eso es una humillación, saber que yo le salvé.

Miré el moratón en la base del cuello de Catalina, por el color y la carne inflamada debajo el golpe no tendría más de un día, lo que significaba que Pedro se lo había hecho después de mi regreso a Villa Soledad. Intenté recordar pero no había escuchado nada: ni gritos, ni golpes, nada; aunque también sabía bien que la mansión era lo suficientemente grande como para esconder ese secreto.

—Y ¿lo paga contigo? Encima de que te casaste con él, de que le alimentas, le lavas los calzoncillos, le permites vivir en esta casa sin trabajar, ¿todavía se atreve a levantarte la mano? —Sacudí la cabeza y caminé furiosa hasta la puerta del invernadero—. Pienso echarle hoy mismo, a patadas si es necesario, me da igual lo que diga el viejo o lo que diga la ley: ese desgraciado no va a vivir en mi casa ni un día más.

—No, espera, Estrella. —Escuché el pánico en la voz de Catalina—. Si le echas a la calle y él se lo cuenta a la Guardia Civil o si se enteran en el pueblo...

—Pues que se enteren, ¿qué me harán? Soy yo la que le

echa de casa, no tú —la corté—. Yo no soy su mujer ni le debo ningún respeto a esa rata de dos patas.

—No valdrá de nada, Estrella. A ojos de la ley esta es la casa de Pedro y no podemos echarle aunque queramos. Para ellos, él tiene todo el derecho del mundo a pegarme y seguir viviendo aquí como si nada. —Catalina hizo una pausa antes de seguir y comprendí lo mucho que le costaba hablar de ello. Intenté imaginar lo que había pasado en estos años viviendo sola con el marqués y con su marido mientras cuidaba de su hija—. Yo solo puedo callarme y esperar que una de las veces no termine matándome porque si me mata de un mal golpe, ¿sabes quién se quedará con mi hija? Él.

Miré a Marina en brazos de su madre, había dejado de toser y su respiración era lenta pero constante. Solté la puerta de cristal del invernadero, no iba a ir a ningún lado sin el visto bueno de Catalina.

—Para esas personas Pedro podría seguir siendo un buen padre incluso después de reventarme la cabeza a golpes contra el fregadero de la cocina, así que figúrate lo que me dirán si les cuento que de vez en cuando me pega —añadió ella—. Con suerte no me meterán a mí en el calabozo una semana por contarlo.

—Bien, no le echaré de casa si tú dices que eso solo empeoraría las cosas —acepté mientras pensaba en los distintos escenarios posibles—. Pero ¿qué hacemos con él? No voy a vivir los próximos veinte años asustada por otro marqués de pacotilla.

Catalina intentó sonreír pero fracasó miserablemente.

—¿Dices que todavía tienes el coche de alquiler? Pídele a Pedro que vaya a Bilbao a devolverlo, dile que le pagarás con algo del dinero que te ha sobrado del billete de vuelta de América —sugirió Catalina—. Tú cuéntale que son las últimas pesetas que te quedan de lo que te dejó tu marido. Eso se lo creerá, aunque puede que dentro de unos meses te pida más dinero, pero ya pensaremos qué hacer llegado el día. Si va con el coche hasta Bilbao, al menos nos libraremos de él un par de días entre que va y vuelve. Después de pegarme, suele pasar unas semanas de mal humor o fingiendo que en realidad no ha sucedido, así que aceptará marcharse unos días con cualquier excusa para no tener que sentirse culpable.

Mientras Catalina hablaba me pareció que una de las ventanas de la parte trasera de la mansión se abría, levanté los ojos para asegurarme de que no era Pedro espiándonos pero cuando miré no vi a nadie, tan solo la ventana abierta y la cortina ondeando en la brisa marina.

—Bien —respondí mirando la ventana un momento más—. Que se largue.

Ya estaba a punto de marcharme del invernadero que olía a madera podrida, a rosas y a tierra mojada cuando recordé algo que había querido preguntarle a Catalina desde que volví:

—¿Dónde está enterrada tu madre? Ayer fui al cementerio familiar, vi la tumba de mi madre junto a la de Alma, pero no vi la de Carmen por ningún sitio.

«No a todos los entierran con los padres, mucho menos cuando pasan de los cuarenta», me había dicho Valentina mientras las dos mirábamos la tumba de Mason en el moderno cementerio de San Bernardino. Y Valentina tenía razón —como de costumbre—, pero a mamá sí que la enterraron junto a su hija pequeña en el cementerio familiar, algo que ya no me pasaría a mí. Incluso muerta, Alma la Santa seguía siendo su favorita.

—No, mi madre no está enterrada en el cementerio de la familia, tu padre se negó. —Catalina tragó saliva antes de añadir—: Sabía que ese era su último deseo y así se lo dijo al párroco cuando vino a darle la extremaunción, pero después de morir el marqués le dio los últimos cinco duros de esta familia al padre Dávila para que él se encargara de enterrarla en el cementerio del pueblo, sola. No quería que su amante pudiera descansar en el mismo sitio donde lo hará él.

A través de la pared de cristal del invernadero vi cómo se abría la puerta trasera de la casa, la imagen estaba distorsionada por el cristal y el barro seco, pero aun así distinguí la silueta de una mujer con un vestido blanco saliendo al porche de atrás. Alma había vuelto.

—Bien. Cuando Pedro se haya ido, iré al pueblo a comprar algo de comida para nosotras y dejaré unas flores en la tumba de Carmen, aunque tenga que caminar hasta Basondo. —le dije apartando la mirada del cristal sucio y de Alma.

—Si el Hispano-Suiza del marqués aún funciona no te hará falta caminar, todavía está en el garaje y tenemos gasolina de cuando el generador de luz funcionaba. Después de comer, cuando Pedro se haya marchado para Bilbao, te ayudaré a arrancarlo si quieres —se ofreció Catalina. Alma se paseaba por la galería cubierta bailando al son de una música que solo ella podía escuchar como solía hacer cuando aún estaba viva. Al verla dar una vuelta sobre sus pies en el aire de la mañana me pregunté si tal vez bailaba al ritmo de esa banda de swing que tocó en ese mismo lugar en nuestra fiesta de cumpleaños casi diez años antes. Y entonces escuché los acordes de *Mood indigo* mezclándose con el olor a rosas en el aire del invernadero de la abuela Soledad.

Basondo era un pueblo fantasma. Mientras caminaba por sus calles vacías, con subidas y bajadas caprichosas siguiendo el relieve del valle, me fijé en que la mayoría de las casas bajas y amontonadas unas sobre otras parecían haber sido abandonadas hacía mucho tiempo. Los cristales de casi todas las casas estaban rotos —como ocurría en algunas habitaciones de Villa Soledad— y los diminutos jardines delanteros que había frente a ellas crecían sin control convertidos en una maraña de hierbas secas y basura.

El centro de Basondo mantenía la apariencia de un pueblo normal con la plaza, su pequeño ayuntamiento con el reloj en la fachada, el frontón a un lado con la pared de color verde, la oficina de Correos y el dispensario al otro lado, pero bastaba con cruzar la plaza para notar el miedo debajo de cada piedra en el suelo. Dos hombres con boina negra hablaban entre susurros debajo de los arcos del edificio del ayuntamiento, pero guardaron silencio al verme a pesar de que yo estaba muy lejos para poder escuchar su conversación. La tensión y el silencio eran invisibles en el aire, pero tan densos, que casi tuve que apartarlos con la mano cuando entré en la botica.

Aunque le había dicho a Catalina que no compraría la medicina para no complicar aún más las cosas con Pedro, me encaminé directamente hacia la farmacia.

—¿Qué desea? —me preguntó con aspereza una mujer detrás del mostrador.

El aire olía a pastillas de regaliz y a jabón. Además de mí había otra mujer sentada en una silla en el rincón más alejado de la puerta haciendo punto. No la había visto desde fuera y comprendí que por eso se había sentado ahí. Dejó su labor sobre el regazo y me miró con curiosidad mientras yo sacaba el papel donde Catalina me había apuntado el nombre de la medicina para la pequeña Marina. Se lo entregué a la mujer tras el mostrador —más joven que la otra pero con los mismos ojos— y noté que ella leía la receta un par de veces antes de mirarme con recelo.

—Esto es caro, cuesta cinco pesetas y lleva un rato prepararlo como es debido —me dijo.

Saqué algunas monedas de mi bolso y las dejé sobre el mostrador de madera pulido por años de uso.

—No me importa esperar.

La mujer miró las monedas sin saber si podía cogerlas hasta que por fin se decidió y las guardó en una caja de puros que tenía en la estantería a su espalda.

—Bien, vuelva dentro de una hora y lo tendré listo.

Yo ya iba a salir del dispensario cuando la mujer que hacía punto me preguntó:

—Eres la marquesa, ¿verdad? Tú eres la hija mayor del marqués de Zuloaga.

—Sí, yo soy la marquesa.

Las dos mujeres se miraron entre sí un momento.

—No sabía que era usted, señora marquesa. Siento haberla tratado con frialdad antes, pero es que no la había reconocido hasta que mi hermana se ha dado cuenta de quién era. No todos los días entra una marquesa en mi botica, ¿sabe usted? —se disculpó la mujer tras el mostrador visiblemente avergonzada—. No sabía que había vuelto al pueblo.

—Da igual —masculló—. ¿Estará la medicina lista dentro de una hora?

La mujer tras el mostrador asintió.

—Claro que sí, señora marquesa. Es para esa pequeña, ¿verdad?, la hija de Catalina, la que está mal de los bronquios. Pobre niña, me da una penita cuando le dan los ataques... Pero no hay mucho que se pueda hacer por ella, bastante tiene su madre ya con el pieza del padre.

La miré sin saber exactamente a qué se refería porque Catalina me había dicho que nunca le había contado a nadie en Basondo cómo era en realidad Pedro.

—¿Qué pasa con él? —pregunté.

La boticaria se abrigó mejor dentro de su rebeca de lana, a pesar de que dentro de la tienda no hacía frío, y por la expresión de su cara supe que no estaba segura de si debía seguir hablando.

—Pues aquí en el pueblo a todos les parece muy simpático Pedro, el Rubio le llaman. Le invitan a beber cuando le ven por la plaza, le ríen las gracias y muchos le admiran por haber conseguido casarse con la otra hija del..., bueno, con Catalina —se corrigió con una sonrisa tensa—. Saben que si la mina aún siguiera abierta, Pedro sería uno de los jefecillos así que es muy respetado en el pueblo y muy apuesto también, sí, pero a mí siempre me ha caído gordo. No se ofenda, pero es la verdad.

—Descuide, no me ofendo.

Pedro había aceptado marcharse a Bilbao para devolver el coche alquilado a cambio de tres pesetas. «Mis últimas tres pesetas», le dije tal y como me había pedido Catalina. Había sido una conversación incómoda mientras comíamos los tres en la cocina de la mansión las pocas sobras de tortilla de patatas sin huevos ni patatas —una falsa «tortilla» que se preparaba utilizando la parte blanca de las naranjas a modo de patatas cortadas y una mezcla de harina, agua y bicarbonato para reemplazar los huevos— que habían quedado del día anterior. Pedro se había quedado mirándome en silencio, sujetando el tenedor con demasiada fuerza sobre su plato —el más lleno de los tres, por supuesto, que para eso él era «el hombre de la casa» le había dicho a Catalina mientras ella servía la comida— hasta que dejé de sostenerle la mirada. El resto del tiempo nadie habló en la mesa, Catalina y yo nos limitamos a comer en silencio porque la tensión entre los dos era tal que podía sentirse en cada respiración. Yo había mirado a Catalina de refilón, pero ella no se atrevió a levantar los ojos de su plato hasta que Pedro se levantó para marcharse después de tirar la silla al suelo.

—El muy bobo se cree mejor que los demás de por aquí solo porque ha conseguido vivir en la casa del marqués a pesar de ser un don nadie, que no es poca cosa, claro, pero siempre anda hablando de marcharse a la capital a buscarse la vida —dijo la otra mujer desde el rincón sin ocultar su antipatía por Pedro—. Debe de ser que Basondo es poca cosa para un señorito venido a menos como él.

Todavía tenía la piel de gallina después de la escena de Pedro en la comida y no quería ni imaginarme qué haría él si descubría que Catalina y yo le habíamos mentido para deshacernos de él durante un par de días, o si, por casualidad, se enteraba de que tenía dinero suficiente para comprar medicinas para su hija.

—No le cuenten a nadie que he estado aquí —les pedí—. Sobre todo, a ninguno de los hombres del pueblo.

Las dos mujeres intercambiaron una mirada cómplice.

—No, descuide. No le contaremos una palabra a nadie —me aseguró la que hacía punto en el rincón—. Aunque debe tener cuidado con otra gente del pueblo: las cosas por aquí ya no son como antes y cualquier rencilla vieja que uno tuviera con su familia o con usted ahora puede convertirse en otra cosa.

—¿En otra cosa?

—Sí, en algo muy malo —añadió con aprensión, casi como si no se atreviera a nombrar ese mal directamente—. Si hay alguno por ahí con ganas de vengarse de usted o de los Zuloaga puede buscarle la ruina si le da por hablar de más, así que tenga cuidado porque ser marquesa ya no la protegerá.

Miré a la calle a través del pequeño escaparate adornado con botes de porcelana y tarros de cristal que parecían llevar años ahí acumulando polvo: fuera, la plaza del pueblo seguía silenciosa y cubierta por el manto del miedo.

—Lo haré, gracias a las dos —respondí antes de dar media vuelta para salir.

—¿Va a volver a abrir la mina? —me preguntó la más joven de repente—. Se lo pregunto porque usted está otra vez aquí y eso sería muy bueno para el pueblo, para todo el valle. Mi hijo pequeño ya tiene diecisiete años y no hay mucho más que pueda hacer, de modo que si va a reabrir la mina y busca hombres que contratar que no den problemas y trabajen bien, ya sabe adónde venir primero.

—Descuide, será el primer sitio donde venga —les prometí, sorprendida porque a la antigua Estrella le hubiera importado muy poco el hijo de esa mujer que acababa de conocer.

Salí de la farmacia todavía con la idea de reabrir la mina Zuloaga dando vueltas en la mente y cuando terminé en la oficina de Correos, donde le escribí un telegrama a Valentina para confirmarle la dirección de la mansión y preguntarle por la contabilidad del rancho, seguía dándole vueltas a la idea. Sabía que no tenía dinero suficiente y que, según Catalina, el marqués lo había vendido todo —incluido equipos, herramienta y maquinaria— antes de cerrar para intentar pagar sus deudas, y que tampoco quedaba hierro suficiente en la tierra, aunque yo sabía que eso tenía fácil arreglo. Me miré las palmas de las manos reprimiendo el deseo de bajar esa misma noche al foso de la mina Zuloaga para hacer brotar hierro.

La plaza donde estaban la botica y la oficina de Correos era el corazón frío de Basondo. Había tres niños jugando cerca del frontón pero noté que apenas hacían ruido y se movían despacio como si no quisieran llamar la atención —a pesar de que no había adultos cerca—, les miré un momento y me di cuenta de que exceptuando a Marina, esos eran los únicos niños que había visto desde mi vuelta. Todavía tenía que ir al cementerio para presentarle mis respetos a Carmen antes de volver a la farmacia para buscar la medicina, así que me olvidé de los niños y crucé la plaza a paso ligero para llegar a las escaleras de la iglesia de Basondo, las mismas en las que muchos años antes había visto a unas mujeres mirar con desprecio a Carmen y a la pequeña Catalina.

«Yo les recuerdo lo que puede pasarles si se equivocan una sola vez en su vida, por eso me odian», me había explicado Carmen cuando quise saber por qué aquellas mujeres la miraban mal. «Mientras me critican a mí no tienen que fijarse en las cosas de su vida que no les gustan o que no pueden cambiar.»

Había un grupo de mujeres vestidas de negro esperando a que las puertas se abrieran para entrar a la misa de la tarde. Ninguna me reconoció, pero todas me miraron igual que a Carmen aquella tarde al ver mi barriga de embarazada.

Dentro de la iglesia hacía frío, el aire oscuro olía a vela derretida, a madera vieja y a flores marchitas. Hacía años que no entraba en una iglesia; intenté recordar desde cuándo exactamente y caí en la cuenta de que la última vez había sido el día de mi boda. Como Mason era protestante habíamos celebrado su funeral a los pies de su tumba una soleada mañana en California.

Llevaba puesto un vestido de manga larga de color verde y negro hasta media pierna que en una época mejor había pertenecido a la abuela Soledad —el resto de mi ropa empezaba a quedarme demasiado justa por el embarazo, y los viejos vestidos con vuelo de la abuela ahora eran los únicos que me abrochaban a la espalda. Los elegantes zapatos de piel de cocodrilo, que había usado para conducir el Hispano-Suiza del marqués hasta Basondo, resonaron en las paredes de piedra de la iglesia.

El cementerio donde estaba enterrada Carmen estaba justo al otro lado, cruzando la nave central y saliendo por la puerta lateral, así que mientras las otras mujeres se sentaban en los primeros bancos con sus rosarios en la mano —y me miraban con una mezcla de curiosidad y reproche— yo seguí andando sin molestarme en disimular el taconeo de mis zapatos.

Entonces vi a Tomás. Estaba de pie cerca del confesonario vestido con la sotana negra y el alzacuello, con la cabeza agachada igual que si estuviera buscando algo que había perdido en el suelo de la iglesia. No quedaba nada en él del niño que Alma y yo conocimos en nuestro bosque aquella noche.

Todavía pude mirarle a hurtadillas un momento más antes de que él se diera cuenta de que alguien le observaba: me fijé en su pelo castaño ondulado, la sombra recta de su nariz sobre sus labios, sus manos masculinas que sostenían una biblia con aspecto de haber sido leída muchas veces en busca de respuestas... Tomás me descubrió mirándole y sus ojos de avellana se agrandaron al verme, abrió la boca sorprendido pero no dijo nada, en vez de eso me hizo una señal discreta con la biblia en su mano y entró en el confesonario. Conté hasta cinco mentalmente y antes de terminar le seguí asegurándome bien de cerrar la portezuela de madera detrás de mí.

—Estrella, no sabía que habías vuelto.

—Ya, también ha sido una sorpresa para mí. No se lo había dicho a nadie —murmuré sin dejar de mirarle a través de la esterilla de mimbre del confesonario.

—Ojalá me hubiera marchado contigo cuando me lo pediste el día de tu boda. De haber sabido lo que pasaría en España unos meses después, te aseguro que lo hubiera dejado todo y me hubiera ido contigo sin dudar. —Tomás se rio en voz baja al otro lado de la celosía—. Nunca pensé que el camino nos llevaría hasta este lugar oscuro y siniestro donde todos vivimos ahora. Aunque el camino tuvo una ayudita, claro.

—Pensaba en ti a menudo —le dije con vehemencia—. Cuando leía las noticias sobre el golpe y después sobre la guerra allá en California, recuerdo que pensaba: «Seguro que Tomás está en el frente, defendiendo la República que tanto ama. Tomás, el estúpido idealista que no quiso huir conmigo el día de mi boda.»

Coloqué la mano extendida en la rejilla que nos separaba y él puso la suya al otro lado, sentí el calor de su piel en la palma de mi mano y cerré los ojos un momento.

—Ojalá lo hubiera hecho, apuesto a que me hubiera ido mucho mejor haciendo las Américas contigo que aquí —susurró—. Estrella, siempre tan práctica, siempre encontrando el modo de salvarte. Te perdí a ti y después perdí a mi país. Nos aplastaron, no hubo nada que hacer. Y ahora aplastan las cenizas de lo que queda con sus botas brillantes.

—Lo siento mucho.

—Sí, más lo siento yo.

Una sonrisa triste cruzó sus labios, el Tomás idealista que conocí había desaparecido.

—¿Todavía sigue en pie la propuesta para fugarnos juntos? —bromeó él—. Porque ahora te daría una respuesta muy distinta a la de aquel día. Ese estúpido muchacho que se creía que lo sabía todo... Si le cogiera ahora se iba a enterar.

Pensé en decir «sí», coger el neceser con el dinero escondido debajo de la ventana de mi dormitorio y marcharme con Tomás en el Hispano-Suiza del marqués muy lejos de Basondo y de ese país cubierto de silencio que había encontrado a mi regreso. Pero me acordé de Catalina con sus ojos castaños cansados, sus moratones debajo de la ropa, y de la pequeña Marina que no podía respirar bien porque había nacido demasiado pronto.

—Ya no es tan fácil, otras personas dependen de mí ahora —respondí.

—Vaya, menuda sorpresa, Estrella preocupándose por alguien además de por sí misma, es un verdadero milagro. Veo que California te ha cambiado, después de todo.

Aparté la mano de la suya con un gesto rápido.

—Yo no diría tanto, te aseguro que sigo siendo la misma Estrella que conociste aquella noche en el bosque, pero el tiempo de fugarnos juntos quedó atrás. Debiste haber aceptado aquel día.

—Sí, debí haberlo hecho. He visto que estás embarazada, enhorabuena —me dijo, aunque no parecía decirlo de verdad—. Seguro que a pesar de todo tu marido está muy contento con un bebé en camino.

—Mi marido murió, por eso he vuelto a casa. No tenía a dónde ir.

Tomás respiró profundamente al otro lado de la rejilla que nos separaba.

—Y ¿por qué has entrado hoy en mi iglesia? —me preguntó con aspereza—. Nunca pensé que fueras de las que buscan «el perdón».

—Y no lo soy: el perdón es solo para los que se arrepienten de sus pecados y yo no me arrepiento, volvería a cometer los mismos pecados en un suspiro. No estoy aquí por eso, ni por ti.

—¿Entonces? —Intuí la decepción en su voz, pero me dio igual.

—Carmen está enterrada en el cementerio público que hay detrás de la iglesia, he venido a visitarla. No sé cómo permitiste que Dávila y el marqués la enterraran aquí en vez de en el cementerio de la finca tal y como ella quería. ¿Cómo pudiste hacer algo así?

—Lo siento, no pude evitarlo —respondió Tomás después de un momento—. Estaba ocupándome de otros asuntos cuando Carmen y tu madre murieron. Me hubiera gustado poder hacer algo por ella, pero el padre Dávila se hizo cargo de todo el asunto del entierro para contentar a tu padre. Ya sabes que nuestro párroco siempre ha sido un arribista traicionero, ahora aspira a ser el nuevo obispo de Bilbao nada menos y dicen por ahí que tiene posibilidades de conseguirlo.

Me reí con amargura.

—Veo que por fin reconoces que Dávila no es más que una rata advenediza. Pero tú ya eras sacerdote entonces, podías haber intervenido para evitarlo, pudiste haber hecho algo... —respondí.

—Ya te he dicho que en ese momento yo estaba en...

—Sí, ya lo sé: tú estabas luchando por la República.

Un silencio tenso llenó el pequeño confesonario, el perfume de la mujer que había estado confesando sus pecados antes que yo todavía flotaba en el aire. Fuera, escuché algunos murmullos de los feligreses que empezaban a impacientarse esperando al párroco.

—Ten cuidado con Dávila, es muy amigo de los que mandan ahora y ya no le tiene miedo al marqués porque sabe que no es más que un viejo decrépito sin ningún poder en el pueblo, así que no dudará en buscarte la ruina si le das la menor oportunidad —me advirtió Tomás muy serio—. Sin la mina y sin los negocios de los Zuloaga tu padre ya no le da miedo a casi nadie por aquí, y a Dávila le gusta delatar a los vecinos que él considera «problemáticos» para hacer méritos en el obispado. Yo me he salvado de momento porque él me necesita aquí para ocuparme de los asuntos menores de la iglesia, si no ya me habría mandado a la Guardia Civil a la habitación en la sacristía para que me dieran «un paseíllo» hasta el agujero más cercano.

Le miré sin comprender, Tomás hizo un gesto con la mano para quitarle importancia y añadió:

—Da igual, lo importante es que mientras Dávila me deje quedarme en la iglesia todavía puedo ayudar a algunos vecinos, así que aún queda esperanza.

—¿Esperanza? —Y esa palabra resonó en la madera podrida del confesonario—. Por lo que yo he visto la esperanza abandonó Basondo al mismo tiempo que yo.

—Sí, con la guerra y la mina cerrada no quedan ni esperanza ni pan de sobra por aquí —admitió él—. Por eso lo que hago es tan importante.

El Tomás que conocí de niña se asomó a los ojos castaños del hombre que tenía delante.

—¿Y qué haces exactamente? —le pregunté con suspicacia, aunque por la expresión orgullosa en su rostro ya me hacía una idea.

—¿Por qué quieres saberlo? No me digas que estás pensando en ayudar tú también. El sol de California ha debido de darte muy fuerte en la cabeza si has cambiado tanto como para pensar en ayudar a los demás.

—No, ni por asomo.

Tomás me sonrió con benevolencia.

—Ya lo imaginaba. Hago lo que puedo, les llevo pan o algo de la comida que sobra en la parroquia a los que más lo necesitan: huérfanos, tullidos, viudas de guerra... todo sin que Dávila se entere, claro. A él le envían paquetes desde Bilbao con fruta, queso, manteca de la buena y vino, yo le robo todo lo que puedo —dijo sin disimular su orgullo—. Algunas veces también le cojo dinero de su habitación, para la causa.

—¿La causa?

—Eso es, yo les ayudo a resistir hasta que vuelva la República.

Me acomodé mejor en el pequeño banquito de madera de

la cabina, me había sentido incómoda dentro del confesonario desde que había puesto un pie dentro.

—Vaya, y yo todos estos años pensando que tú eras el más honrado de nosotros tres —le dije.

La tercera era Alma, claro, que no estaba dentro del confesonario con nosotros pero nunca nos abandonaba.

—No se puede ser honrado cuando has perdido una guerra, o ¿ te crees que ellos nos aplastaron siendo honrados? Ni hablar. —Tomás apretó la mandíbula para contener la rabia—. Además, Dávila recibe esas cosas como pago por hacer de chivato. Él lo haría gratis, pero encima le pagan por delatar a sus vecinos, así que es justo que yo se lo robe y lo reparta entre quienes lo necesitan más.

—¿Chivato? ¿Te refieres a...?

—Los secretos de confesión, sí —terminó Tomás—. Si algún vecino le cuenta al «buen párroco» algo sobre política, el estraperlo o simplemente insinúa que no está contento con el nuevo gobierno, Dávila se encarga de que lo sepan primero en el obispado de Bilbao y después en Madrid, y al vecino no se le vuelve a ver el pelo.

Recordé el silencio que cubría Basondo como un manto pesado y siniestro.

—Tomás el idealista, incluso con todo perdido tú sigues luchando por lo que crees correcto —le dije, y no era un reproche, pero en mis labios sonó como si lo fuera—. ¿Qué pasará si te cogen?

Tomás se rio con amargura antes de responder:

—Si me cogen y tengo suerte, me darán un par de tiros antes de enterrarme en el agujero donde han enterrado a los demás. Y si no tengo suerte me encerrarán y me torturarán durante semanas para que delate a otros como yo, y después al agujero.

Me levanté del banco todavía con sus palabras resonando en mis oídos y me acerqué a la celosía.

—Entonces más vale que no te cojan —susurré.

Y escuché como Tomás se reía en voz baja antes de salir del confesonario.

Cuando regresé a la mansión aquella tarde y vi el coche de alquiler aparcado donde yo lo había dejado dos días antes, supe que algo iba mal. Seguía en el margen de la carretera, así que Pedro todavía estaba en casa. Me bajé del coche de padre para abrir el candado de la puerta de hierro de Villa Soledad y poder dejar el descomunal Hispano-Suiza otra vez en la cochera. Era tarde pero el sol aún no había terminado de esconderse en el Cantábrico cuando abrí la puerta descolorida de la casa.

—¡Catalina! —la llamé nada más entrar.

No tuve repuesta. El vestíbulo estaba en silencio. Contuve la respiración un instante para escuchar mejor, pero la casa no me devolvió más que el eco de mi propia voz. Me preocupaba que Pedro me hubiera escuchado guardar el coche del marqués en el garaje, pero sobre todo me preocupaba no escuchar los pasos de Catalina por la casa o a la pequeña Marina llorando.

«Puede que estén en el jardín de atrás, por eso no te han oído llegar», pensé mientras atravesaba con paso rápido la casa para llegar hasta allí.

Pero Catalina tampoco estaba allí. Me asomé al invernadero por si acaso Catalina estaba trabajando en su huerto secreto pero solo encontré la carretilla oxidada al otro lado de los cristales sucios. Volví a entrar en la casa y subí hasta la mitad de la escalera cuando escuché un ruido sordo que venía de las entrañas de la mansión.

Respiraba deprisa por la carrera y sentía mi corazón latiendo con fuerza. Comprendí entonces que a esas alturas de mi embarazo ya no podía correr como antes. Me pareció escuchar un llanto lejano, oculto tras muchas puertas cerradas. Por un momento pensé que el llanto venía de dentro de mí, pero enseguida comprendí que se trataba de Marina llorando en alguna de las habitaciones vacías de la casa.

—¡Catalina! —la llamé otra vez.

Nada. El llanto se volvió más desesperado, di media vuelta para escuchar mejor y entonces vi a Alma: estaba de pie en el centro del vestíbulo, justo debajo de la lámpara de araña cubierta por una sábana para protegerla del polvo. Me miraba desde el fondo de sus ojos amarillos como si quisiera decirme algo.

—¿Qué pasa? ¿Dónde están?

Alma no respondió, en vez de eso echó a correr como una exhalación.

—No te vayas, espera.

Bajé las escaleras todo lo deprisa que mi embarazo y mis fuerzas me permitían para no perderla de visita. Alma corrió hasta la puerta que había junto a la cocina de Villa Soledad, la que llevaba a la zona del servicio. En ese pasillo era donde estaba la antigua habitación de Carmen, el cuartito de la colada y el cuarto de las calderas. Al contrario de lo que había creído, la puerta estaba abierta —o puede que Alma la hubiera abierto para mí—, así que bajé los cuatro escalones que llevaban hasta el pasillo de servicio bajo la mansión.

—¿Catalina? —Odié el ligerísimo temblor en mi voz al decir su nombre.

Hacía años que no entraba allí, desde que bajé a buscar las cajas con la ropa y las cosas de la abuela Soledad que Carmen y Dolores habían guardado en el polvoriento trastero del sótano después de su muerte. Como estaba pensado para ser un pasillo utilizado únicamente por el servicio de la mansión, el suelo era de sencillos azulejos blancos, las paredes no habían sido repintadas desde hacía décadas y a uno de los plafones de luz en el techo le faltaba la bombilla. Escuché el llanto de Marina muy cerca de mí. Me pareció que salía del cuartito de la plancha y estuve segura cuando Alma se detuvo junto a la puerta cerrada de esa habitación.

Abrí la puerta sin pensar y sin ver la expresión de pánico en la cara de mi hermana muerta, que extendió sus brazos espectrales hacia mí intentando detenerme con una rapidez imposible en alguien vivo.

—Catalina...

Estaba tirada en el suelo del cuartito de la plancha, encogida sobre sí misma, como si intentara hacerse más y más pequeña hasta desaparecer. Su vestido de flores azules, descolorido por el uso y el jabón de glicerina, estaba levantado hasta más arriba de sus rodillas. No podía ver su cara porque su largo pelo castaño estaba en el suelo y alborotado sobre su cabeza, pero noté que temblaba. Hasta que no me agaché junto a ella no me di cuenta de que en realidad estaba llorando mientras luchaba por seguir respirando.

—¿Qué te ha pasado? ¿Puedes moverte?

Le aparté el pelo de la cara y vi el golpe que tenía cerca de la mandíbula. No sangraba pero sentí la carne amoratada cerca de la comisura de sus labios latiendo con furia al rozarla.

—¿Ha sido Pedro? ¿Él te ha hecho esto? —le pregunté, aunque ya sabía la repuesta—. Me da igual lo que pase después, pienso echarle de esta casa hoy mismo, aunque tú y yo terminemos en el calabozo. Ese bastardo lamentará no haberse marchado a Bilbao.

Marina lloraba en un rincón, metida en uno de los cestos sin tapa que se usaban para guardar la ropa sucia del que no podía salir mientras extendía los bracitos en el aire, reclamando desesperadamente mi ayuda. Saqué a la pequeña del cesto de mimbre a pesar de que mi barriga protestó cuando la cogí en brazos y la miré. Marina parecía estar bien: tenía la cara congestionada por el llanto y el miedo, pero no me pareció que estuviera herida, así que la dejé en el suelo y volví junto a Catalina, que no había dicho una palabra aún y se sujetaba el estómago con las dos manos.

—¿Puedes moverte? —le pregunté en voz baja—. Vamos, apóyate en mí para levantarte.

Marina había dejado de llorar y ahora el único sonido en la pequeña habitación era la respiración entrecortada de Catalina, pero me pareció escuchar un susurro que venía de mi espalda. Me di la vuelta alarmada temiendo que Pedro aún estuviera allí, listo para dejarme sin respiración a mí también, pero solo vi a Alma de pie en la puerta de la habitación mirando la escena con sus ojos tristes de adolescente muerta.

—¿Dónde está Pedro? —dije, sin saber a cuál de mis dos hermanas se lo preguntaba.

Unos pasos de hombre llenaron el pasillo de servicio. Catalina también los escuchó, porque vi el pánico flotando en sus ojos llenos de lágrimas. Los pasos se acercaron, me levanté todo lo deprisa que pude sujetando mi tripa mientras buscaba algo en la habitación con lo que defendernos de él. La vieja plancha de hierro fundido que Dolores solía usar para planchar estaba en una estantería junto al cepillo para la ropa. La cogí, sentí el peso del hierro en mi mano y miré a Catalina que seguía en el suelo luchando por recuperar el aliento para poder levantarse.

—Ya está todo perdonado, toma, te he traído un paño con agua fría de la cocina para que te alivie el golpe —dijo Pedro con voz suave cuando estuvo lo suficientemente cerca de la habitación—. Y respira con cuidado, que los golpes en el estómago pueden ser muy traicioneros cuando uno no está acostumbrado. Sé que algunas veces tengo mal genio, pero tú también me provocas, en eso somos iguales. Pero tranquila que ya está todo olvidado.

Pedro sonreía cuando entró en el cuartito de la plancha. No era la sonrisa nerviosa de un hombre culpable que teme la reacción de su mujer después de discutir con ella, no: era la sonrisa de un hombre que sabe que la discusión ha terminado ya y que él ha ganado, porque él siempre gana. Pero su sonrisa conciliadora se esfumó al verme de pie delante de Catalina con la plancha de hierro en la mano.

—¿Qué haces tú aquí? ¿No deberías estar en el pueblo? —preguntó nervioso por la posibilidad de tener que dar explicaciones—. Deberías irte, Catalina estará bien enseguida, siempre lo está. Y llévate a la niña, que no para de llorar y va a despertar al marqués.

—¿Qué le has hecho?

Pedro llevaba un trapo de cocina empapado en la mano, pero, cuando me vio, cerró el puño con fuerza y el agua del trapo se escurrió mojando el suelo de baldosas blancas.

—¡Qué le has hecho! —le grité.

—Esto no es asunto tuyo, es solo algo entre marido y mujer, así que no te entrometas.

Catalina alargó el brazo y me sujetó el tobillo, su mano temblaba alrededor de mi pierna, la escuché toser un par de veces pero no me atreví a volverme para mirarla porque no quería darle la espalda a él. Pedro era mucho más alto y más fuerte que yo, eso sin contar con que yo estaba embarazada y acababa de comprobar que apenas podía correr o hacer esfuerzos.

—Vas a marcharte de esta casa, hoy —le dije con toda la seguridad que pude reunir a pesar del pánico—. Y si algún día se te ocurre volver a aparecer por aquí, juro por Dios que cojo la escopeta con la que el marqués mató a mi otra hermana y te reviento el corazón.

Le miré para estudiar su reacción, atenta a sus movimientos por si acaso me atacaba también a mí. Pedro respiraba deprisa, igual que un animal después de perseguir a su presa. Su pelo rubio estaba despeinado y me fijé en que tenía unas marcas de arañazos en el cuello, seguramente Catalina se había defendido de él como había podido. Supe que no se había creído mi amenaza cuando dio un paso hacia nosotras. Ahora que estaba más cerca me pareció mucho más grande y fuerte que solo un momento antes.

—¡Quieto ahí!

Sujeté la plancha de hierro con más fuerza, dispuesta a usarla contra él si se atrevía a dar un paso más.

—Esta es mi casa, ahora somos una familia te guste o no, todos nosotros, tú incluida. Las familias se pelean algunas veces, pero no es nada grave, pasa en todas las casas —me dijo con la voz escalofriantemente calmada—. No voy a renunciar a mi familia ni a mi casa después de todo lo que me ha costado mantenernos unidos, incluso hemos sobrevivido a una guerra ¡por Dios bendito! Así que no pienso permitir que me separes de mi mujer y de mi hija solo porque tú seas una zorra amargada.

Marina empezó a llorar otra vez al escuchar la voz de su padre.

—Te irás esta misma noche para no volver jamás, ni a esta casa ni a Basondo. Te pagaré, te daré dinero suficiente para que te marches del país si eso es lo que quieres, pero nos dejarás en paz —le dije, intentando controlar los latidos acelerados de mi corazón.

Pedro se rio de mí. Sabía bien que podía tenerlo todo si eso era lo que quería: a Catalina, la casa, mi dinero, a Marina... Y también que podía matarnos a las tres en el cuartito de la plancha y salir caminando de la habitación como un hombre libre.

—Estás tan loca como dicen en el pueblo, no me extraña que tu marido prefiriese morir antes que seguir casado contigo —me dijo todavía con una sonrisa en los labios—. Y ahora muévete, que mi mujer necesita ayuda para recuperar el aliento y yo soy el único que de verdad se preocupa por ella en esta casa. ¿O te crees que no sé que tú y tu asquerosa hermana gemela os burlabais de ella cuando erais dos mocosas ricas?

Pedro cubrió la distancia que le separaba de nosotras y añadió:

—No tienes ni idea de lo que significa tener una familia. Has sido una hermana mayor horrible toda tu vida y serás una madre igual de mala.

Levanté la plancha de hierro en mi mano para golpearle, pero Pedro me empujó con facilidad tirándome al suelo. Las baldosas blancas me golpearon en la cara. Antes de que pudiera darme cuenta de lo que había pasado, un dolor sordo y oscuro me atravesó la sien cuando mi cabeza impactó contra el suelo.

—Pero ¿qué os pasa a las mujeres de esta casa que tanto os gusta recibir golpes? Estáis todas locas. —Pedro sacudió la cabeza con desaprobación como si me hubiera caído sola—. Hasta estando preñada te pones chula, luego vienen los lloros y las lamentaciones, pero es que al final sois todas iguales.

Vi la plancha en el suelo, estaba demasiado lejos como para poder alcanzarla. Me encogí de dolor sobre mí misma mientras un calambre cruzaba mi tripa como un rayo golpeando las paredes de carne dentro de mí. Pedro me dio una patada con todas sus fuerzas en el costado que me dejó sin respiración unos segundos.

—Lo único que tenías que hacer era callarte la boca y dejarme organizar a mí la casa y a mi mujer, pero no, tenías que meterte en nuestras cosas porque eres una amargada. No tenías bastante con volver a esta casa después de lo que hiciste. —Pedro me pateó otra vez—. Éramos felices antes de que llegaras y pronto volveremos a serlo. Ella está mucho más contenta cuando tú no andas cerca, eres una mala influencia para mi mujer y es mi deber como marido protegerla de ti.

Fue entonces cuando supe que iba a matarme. Pedro no se conformaba con darme otra patada que me removiera el alma y los huesos o con dejarme sin respiración de un puñetazo en el estómago como le había hecho a Catalina, no, quería matarme porque sentía que tenía derecho a hacerlo: estaba ofendido, herido en su orgullo porque yo me había atrevido a descubrir lo que él le hacía a su mujer y ahora tenía que matarme para poder seguir fingiendo que era un buen hombre.

Intenté levantarme, luchar, ignorar el dolor eléctrico que me atravesaba el vientre para ponerme en pie y hacerle frente, pero no podía moverme.

—¿Qué te creías? ¿Pensabas que iba a marcharme durante dos días solo porque tú me lo dijeras? ¿Porque tienes dinero? Tú no me das órdenes. —Pedro se detuvo un momento para recuperar el aliento, se peinó mejor unos mechones rubios que se habían movido al patearme y se acercó a mi cara para añadir—: ¿De qué te sirve tu dinero ahora? Estás sola, vas a morir en esta habitación como un perro y nadie te echará de menos.

El suelo frío de baldosas me devolvió mi propia respiración entrecortada por el dolor, apenas podía moverme pero le miré y vi en sus ojos que Pedro llevaba días planeando matarme. Comprendí que hubiera dado igual haberle descubierto aquella tarde o dentro de una semana: él ya había decidido que iba a deshacerse de mí. En un intento de huir del dolor y del pánico mi mente viajó hasta la mañana en la que el marqués tiró a mamá al suelo del vestíbulo de la mansión, recordé su ira saliendo en ráfagas calientes de su cuerpo llenando el aire de tensión, esa ira tan densa que casi se podía tocar. La clase de ira explosiva que solo tienen los hombres.

Llamé al fuego. Sentí las llamas extendiéndose por debajo de mi piel, quemándome por dentro. Mi corazón acelerado bombeaba lava líquida en mi venas, igual que una enorme caldera funcionando a toda potencia en un intento desesperado por salvarnos a todas. Imaginé las chispas saliendo de las yemas de mis dedos como aquella noche en la biblioteca, pero no pasó nada. El fuego que toda mi vida había sentido en mis manos era ahora apenas un calor febril, el recuerdo de una quemadura antigua. Y, sin embargo, el centro de mi cuerpo estaba en llamas. Comprendí demasiado tarde que el fuego se concentraba en la vida que crecía dentro de mí.

Catalina se levantó tambaleándose. Me fijé en la forma en que su pecho subía y bajaba deprisa con cada respiración, vi cómo recogía la plancha de hierro del suelo y se acercaba por detrás a Pedro. Le golpeó en la nuca con todas sus fuerzas y Pedro cayó al suelo de bruces muy cerca de donde yo estaba tirada. Dejó escapar un quejido de dolor y extendió el brazo sobre las baldosas para sujetar a su mujer por el bajo del vestido.

—Pero ¿qué has hecho? Yo te quiero, te quiero mucho... —balbuceó él con dificultad.

Catalina se zafó de él, pero Pedro volvió a sujetarse al bajo de su vestido como un crío necesitado. Por un momento temí que pudiera volver a ponerse en pie, pero entonces Catalina levantó la plancha en el aire y le golpeó otra vez en la cabeza. El sonido seco de su cráneo al romperse llenó el cuartito de la plancha, pude escucharlo por encima del pitido constante en mis oídos.

—Ya está, le he matado. Está muerto.

Después Catalina soltó la plancha de hierro que cayó al suelo con un golpe metálico. Yo no podía dejar de mirar a Pedro tirado no muy lejos de donde yo estaba, porque temía que en cualquier momento fuera a ponerse en pie para terminar lo que había empezado, pero no se movió. Solo cuando vi la sangre oscura que empezaba a manchar los azulejos debajo de su cabeza comprendí que realmente estaba muerto.

—Iba a matarte, sé que iba a matarte —murmuró Catalina al borde de las lágrimas pero sin dejarse arrastrar por el llanto—. Se lo he visto en los ojos mientras te pateaba. Iba a matarte y seguro que también a mí.

Me dio la mano para ayudarme a levantarme del suelo, las piernas me temblaban por el miedo y la descarga de adrenalina, pero conseguí mantenerme en pie a pesar del dolor en el abdomen.

—Sí que iba a matarme —le dije, mirando el charco de sangre más y más grande que se estaba formando debajo del cuerpo de Pedro.

—¿Qué vamos a hacer ahora? —Intuí el terror en la voz de Catalina al comprender que una pesadilla solo había sustituido a otra.

—Podemos ir a la Policía...

—No, si le contamos a la Guardia Civil lo que ha pasado iremos a la cárcel: tú puede que no, pero yo seguro, y se llevarán a Marina a un centro para niños o se la darán a otra familia y no volveré a ver a mi pequeña.

Marina ya no lloraba, estaba quieta en el rincón donde yo la había dejado antes mirando la escena con sus ojos castaños —iguales a los de su madre— abiertos de par en par.

—Aunque le contemos a la Policía que Pedro iba a matarte

me encerrarán en una cárcel asquerosa durante años con otras mujeres pobres.

—No, nada de eso. Ya no nos causará más dolor, a ninguna. —Tomé aire para intentar calmarme y pensar con claridad—. Nos desharemos del cuerpo, no podrán acusarnos de nada si no encuentran su cadáver.

Aparté los ojos de él para mirar a Catalina, que tenía el labio hinchado por el golpe y los ojos vidriosos aunque no lloraba. Vi cómo sopesaba la idea unos segundos antes de volverse hacia él y después otra vez hacia mí.

—Aunque nunca lleguen a encontrar su cuerpo, si alguien sospecha que le hemos matado nos encerrarán igual.

—Pues entonces haremos que no sospechen —le dije—. ¿Por qué cambió de idea sobre lo de ir a Bilbao? ¿Te lo dijo?

Catalina asintió.

—Sí, sí. Me dijo que después de pensarlo y hablarlo con otros hombres del pueblo no le gustó la idea de aceptar tu dinero y tus órdenes. Yo le dije que ese dinero nos vendría bien para comprar comida y medicinas para Marina, pero él me acusó de estar obligándole a aceptar tu caridad. Me dijo que eso sería humillarle.

—¿Así que se lo contó a más gente? Bien, esto es lo que haremos: el coche de alquiler todavía está fuera, así que meteremos su cuerpo en el coche y lo tiraremos al mar. Pedro desaparecerá, no lo encontrarán jamás —le dije convencida de que mi plan podría funcionar—. Le diremos a todo el mundo que Pedro salió hacia Bilbao después de cenar, que nos despedimos de él cuando se subió al coche y que esa fue la última vez que le vimos.

—No, no funcionará. Nadie nos creerá.

Le di la mano y Catalina me la apretó con todas las fuerzas que le quedaban.

—Funcionará —le prometí—. Funcionará porque la gente se creerá que te ha abandonado y nosotras dejaremos que se lo crean. Piénsalo, Pedro tenía un coche y dinero, nada le impide haber conducido hasta Bilbao, hasta Madrid o hasta Portugal si le da la gana. Le contaremos a todo el mundo que le di más dinero para que cambiara de opinión, así será más creíble todavía. Nos creerán, Catalina. Nos creerán porque para ellos somos menos que nada y no piensan que seamos capaces de hacer algo semejante. Jamás se imaginarán lo que ha pasado de verdad en esta habitación.

—Podría funcionar —empezó a decir—. Sí, muchos hombres se han marchado del pueblo incluso después de que terminara la guerra o dejan a sus familias sin más, sin siquiera una palabra, pasa cada día.

—Eso es: los hombres van y vienen, incluso los que juran que se quedarán con nosotras para siempre pueden marcharse un día sin más. —Catalina me miró sorprendida—. Tu madre me lo dijo.

Asintió despacio y yo le solté la mano.

—Bien, cuando sea de noche le llevaremos hasta el coche en la carretilla que hay en el invernadero —empezó a decir—. Aún son las nueve, así que tenemos que esperar un rato por si acaso a alguien se le ocurre pasar por delante de la casa.

—Eso es —añadí—. Limpiaremos la sangre y todo lo demás entre las dos, después envolveremos su cuerpo con sábanas viejas que haya por aquí para que nadie vea lo que llevamos en la carretilla.

—Nadie nos verá —dijo Catalina muy segura—. A partir de las diez de la noche no pasa un alma por aquí.

Me dolía todo el cuerpo pero especialmente el costado derecho, me puse la mano en el vientre y respiré profundamente dejando que la última descarga de dolor pasara.

—¿Estás bien? No habrá hecho daño al bebé, ¿verdad? —me preguntó.

—No, estoy bien.

—Tú siéntate mejor y descansa, yo limpiaré todo esto. Era mi marido, no el tuyo.

—No, es cosa de las dos, tú le has matado para salvarme —respondí con la voz entrecortada—. Solo necesito respirar un momento, un minuto y te ayudaré con la sangre.

Pero antes de que Catalina pudiera responder, las dos escuchamos un quejido sordo, nos volvimos alarmadas hacia

Pedro convencidas de que había regresado de entre los muertos para acabar con nosotras pero no era él, la voz venía del piso de arriba.

—Es el marqués, tranquila. —Catalina miró al techo de la habitación de la plancha como si pudiera ver lo que pasaba un piso sobre nuestras cabezas—. ¿Crees que lo ha oído?

Arriba, la silla de ruedas del marqués volvió a hacer crujir el suelo de madera bajo el peso de sus ruedas.

—Da igual si lo ha oído, al marqués le contaremos la misma historia que a los demás: Pedro cenó con nosotras, después salió hacia Bilbao con mil pesetas en el bolsillo y no sabemos nada más.

—Y no sabemos nada más —repitió Catalina.

—Eso es.

Tal y como acordamos, esa misma noche tiramos el coche con el cuerpo de Pedro al mar. Cenamos las tres en la cocina de la mansión después de que Catalina le diera de cenar al marqués en su habitación como hacía cada noche. Fue al primero al que mentimos. Cuando padre le preguntó a Catalina dónde estaba su marido —solía jugar una partida de dominó con Pedro antes de dormir—, ella le explicó que había ido a Bilbao para devolver el coche. Mientras le cortaba la tortilla en pedazos pequeños para que él pudiera comer sin ahogarse y le ponía su raído pijama de raso, el marqués no se molestó en preguntar cómo se había hecho el golpe que tenía en el labio, igual que nunca le había preguntado a la hija que le cuidaba por los otros golpes que había visto en esos cuatro años.

Esa fue la primera vez que volví a sentir que Villa Soledad era mi casa, mi antigua casa, la que conocía de memoria y no los dominios de miedo y silencio que Pedro había construido alrededor de Catalina. Mientras estábamos las tres sentadas a la mesa de la cocina vi la expresión de alivio en sus ojos cuando la pequeña Marina se bebió el agua mezclada con las cinco gotas de su medicina para los bronquios. Pasara lo que pasara después, el monstruo se había ido y nosotras seguíamos allí.

Después de acostar a Marina limpiamos la sangre oscura y pegajosa del suelo. Tuvimos que usar dos sábanas viejas para borrar la sangre y envolver el cuerpo de Pedro. Limpiamos los restos de pelo y piel que se habían quedado pegados en el pico de hierro de la plancha que nos había salvado la vida a las tres, y volvimos a colocarla en su sitio como un recordatorio para no olvidar jamás el secreto que ahora compartíamos.

—Tiraremos el coche cerca del cargadero. En esa zona el mar es más profundo, por eso los barcos fondeaban ahí cuando esperaban el mineral de hierro. Si tiramos el coche en esa zona empujándolo desde el precipicio nunca saldrá a flote —le aseguré a Catalina—. Me aseguraré de que no me ve nadie y conduciré campo a través hasta el acantilado, tú lleva el cuerpo en la carretilla hasta allí.

Era una noche fría de primavera, sin luna ni estrellas en el cielo, así que era poco probable que alguien me viera conducir el coche sin luces fuera de la carretera en dirección al acantilado. Cuando llegué junto al precipicio y apagué el motor, Catalina ya estaba allí, con la carretilla sujeta en sus manos agarrotadas por el frío y un bulto sin forma debajo de una sábana manchada de sangre.

Pesaba mucho más de lo que había calculado, pero entre las dos sentamos a Pedro en el asiento del conductor. Después me aseguré de quitar el freno de mano para poder mover el coche con más facilidad, y lo empujamos juntas sobre las hierbas altas que crecían en el acantilado. Las ruedas giraron despacio unos metros, la tierra terminó un poco después y el coche cayó al mar entre las olas furiosas.

Apenas hizo ruido al impactar contra la superficie revuelta del mar, nada que el sonido de la noche y la marejada no pudieran amortiguar. Al otro lado de la carretera, en lo más profundo del bosque, el lobo negro aulló atraído por la certeza de la muerte.

—Toda mi vida he creído que estaba sola. Siempre pensé que tenía que cuidar de mí misma porque nadie más iba a hacerlo, por eso he hecho muchas de las cosas que he hecho. Las decisiones más estúpidas que he tomado en mi vida han sido por eso —le dije sin mirarla.

Catalina me dio la mano y yo la estreché en silencio. Las dos vimos como el Cantábrico se tragaba la estela de burbujas que el coche había dejado tras de sí llevándose nuestro secreto al fondo del mar.

LAURA

Voy a reabrir la mina —le dije a Catalina mientras desayunábamos—. Encontré los libros de cuentas del marqués, los de verdad, no los que le enseñaba a mamá y a sus acreedores mientras él vaciaba de dinero Empresas Zuloaga. No queda mucho en el fondo de reserva de la empresa, casi nada en realidad, ya se aseguró el marqués de eso, pero con una nueva inyección de dinero estoy segura de que podríamos volver a levantar la empresa.

Catalina estaba junto a la cocina encendida vigilando la cafetera, pero se volvió para mirarme al escuchar mi idea.

—¿Crees que es posible? Volver a abrir la mina y salvar la empresa familiar, quiero decir. Ya sé que tú eres la que sabe de cuentas, balances y todo lo demás, pero después de estos años en la ruina no creo que quede mucho de la empresa que se pueda recuperar.

El verano estaba cerca, podía sentirlo porque la luz del sol que entraba por la ventana de la cocina empezaba a lucir un tono dorado que solo tenía durante un par de meses en todo el año. Esa era también la primera mañana del año que no necesitamos encender el horno para calentar el aire gélido de la cocina mientras desayunábamos.

—No es que quede mucho que salvar —admití—. Pero

con algo de dinero para invertir en la mina y poder modernizarla, estoy segura de que podríamos contratar a muchos hombres del pueblo que ahora están sin trabajo y así conseguiríamos beneficios en unos pocos meses, un año máximo. Aunque no será barato.

—Y ¿desde cuándo te importan esas cosas a ti? —Catalina me miró sorprendida—. Los trabajadores o lo que le pase a la gente de este pueblo... Recuerdo que antes todo te daba igual: que los mineros murieran bajo tierra o que sus hijos no tuvieran para comer.

—Todavía me da igual, pero siempre he querido ser yo quien administre la empresa familiar. Sé que puedo hacerlo mucho mejor que el marqués o que cualquier otro chupatintas contratado por él —respondí—. Y por eso mismo sé que necesito a los trabajadores para poder reabrir la mina: no se pueden obtener beneficios si los hombres mueren en mi mina y hay un funeral cada semana: los necesito tanto como ellos a mí.

Catalina dejó la cafetera de hierro fundido sobre el salvamanteles de mimbre anudado que había en la mesa y se sentó al lado de Marina, que mordisqueaba un pedazo de pan del día anterior ablandado en leche con un chorrito de miel.

—Bien, cuéntame, ¿qué has descubierto en los libros de la empresa? —me preguntó muy seria—. ¿Es malo?

—No es bueno.

Los libros de cuentas de Empresas Zuloaga estaban justo donde Liam los encontró el día de mi boda —que ahora me parecía que había sido una eternidad de tiempo antes—: en la caja fuerte que había en el despacho del marqués, detrás de su retrato de caza, donde se le veía vestido como un lord inglés con la misma escopeta que mató a Alma bajo el brazo y la pobre *Patsy* sentada a sus pies. A pesar de los años que habían pasado yo todavía recordaba la combinación que Liam me confesó aquella tarde en el cementerio familiar, así que aprovechando una de las largas siestas del marqués me colé en su despacho para abrir la caja de seguridad, mal escondida detrás del horrible y vulgar retrato, para robarle los libros de cuentas.

—Cuando padre intuyó que, por su culpa, Empresas Zuloaga no llegaría al próximo año, se dedicó a falsear los libros de la empresa y a sacar todo el dinero de las cuentas —empecé a decir—. Antes ya acostumbraba a hacerlo para asegurarse de tener siempre dinero disponible con el que pagar sus caprichos sin necesidad de darle explicaciones a mamá o a sus inversores, pero he encontrado otra cosa: resulta que el marqués firmó un acuerdo comercial con los sublevados para suministrarles hierro durante la guerra, pero no sé qué hizo con el dinero que le pagaron.

—¿Por qué lo dices?

—El ingreso del pago no figura en las cuentas. No está por ningún lado —respondí con un suspiro—. Y es una pena porque ese dinero nos vendría muy bien ahora mismo.

—¿Dinero de los sublevados? Cómo se te ocurre. ¿Aceptarías dinero de los nacionales? —me preguntó Catalina en voz baja.

—Aceptaría dinero de cualquiera. El dinero es dinero, da igual de donde venga, sobre todo cuando nos hace tanta falta como ahora.

—No. Dices eso porque no estuviste aquí durante la guerra, te aseguro que no pensarías así de haber visto con tus propios ojos a uno de esos buitres. —Los ojos de Catalina temblaron de puro pánico—. No son hombres, Estrella, son demonios.

—No, solo son hombres —le dije muy convencida—. Están hechos de carne y hueso igual que nosotras, y seguro que les gusta el dinero igual que a cualquiera, por eso mismo voy a hablar con ellos.

—¿Dices de verdad que vas a pedirles ayuda o dinero?

—¿Se te ocurre otra idea para que no nos muramos de hambre? Porque soy todo oídos.

Catalina se frotó las mejillas igual que si tuviera frío y unas marcas rojas aparecieron en su cara, después miró a Marina mientras la niña jugueteaba con el desayuno en su taza.

—Puedo preguntarle al marqués qué hizo con el dinero

—sugirió—. Si está de buenas lo mismo consigo que me lo cuente.

Cogí la cafetera de la mesa con cuidado de no quemarme con el mango de hierro y llené la taza de Catalina con el café aguado, después llené la mía.

—El marqués no nos dirá nada, nunca ha movido un dedo por nosotras, así que dudo que vaya a empezar a hacerlo ahora. Solo le importa asegurarse de que no tienes más remedio que seguir cuidando de él, por eso nunca te dirá dónde está ese dinero.

—Y ¿qué sugieres? ¿De dónde sacaremos el dinero para invertir y volver a abrir la mina? —Catalina colocó las manos alrededor de su taza para calentarse a pesar de que el sol que entraba por la ventana ya caldeaba el aire de la cocina—. Tú lo has dicho: hace falta mucho dinero para reponer todo lo que el marqués vendió antes de echar el cierre al negocio: equipo, herramientas, licencias, el jornal para los hombres... ¿de dónde vamos a sacar el dinero para pagar todo eso?

Me recosté en la incómoda silla, estaba embarazada de casi siete meses y cada día el dolor en mi espalda me molestaba un poco más.

—Yo tengo algo de dinero, no es suficiente como para reponer los equipos o pagar a los hombres, pero he pensado en buscar un socio. Alguien que quiera invertir en hierro para vendérselo después a los alemanes o a quien sea, eso me da igual. —Corté una rebanada de pan de hacía tres días y añadí—: Hay una guerra en Europa y hacen falta toneladas de hierro para abastecer a los dos bandos. Estamos perdiendo una fortuna cada hora que la mina sigue cerrada.

—Se supone que España es neutral en esta guerra, pero lo cierto es que el nuevo gobierno apoya a Alemania, así que tendrías que venderles el hierro a los alemanes —me dijo—. ¿No te importa venderles el hierro de tu mina a los nazis?

—¿Los nazis pagan? Pues entonces no me importa. —Catalina me miró como si yo hubiera dicho algo terrible—. A mí me dan igual los ideales o lo que esos alemanes fanáticos digan, necesitamos el dinero. Tampoco me gustaba el asqueroso petróleo que manchaba mis tierras en California, pero gracias a que estaba ahí no perdí mi rancho. Además, tú misma lo has dicho: el nuevo gobierno apoya a Alemania, así que no podemos venderle a nadie más. Son los nazis o el hambre.

Catalina negó con la cabeza pero noté como sopesaba mis palabras.

—No está bien, Estrella. Y aunque lo hagamos solo por el dinero seguirá estando mal.

—Bien o mal tenemos que vivir de algo, de algo más que las cartillas de racionamiento, el pan rancio y las lechugas de tu huerto, porque el dinero que tenemos ahora no durará para siempre —le dije—. ¿Y qué haremos después? Cuando el dinero se nos acabe, ¿qué haremos? ¿Vender la casa y marcharnos a la capital para buscar trabajo de costureras o de limpiadoras? ¿Con dos hijas pequeñas a nuestro cargo? Nadie va a contratarnos o a mover un dedo por nosotras, tenemos que empezar a pensar de qué vamos a vivir. Prefiero que las cuatro tengamos el estómago lleno antes que la conciencia tranquila. ¿Tú no?

Marina estaba sentada en su silla, subida sobre dos cojines para poder llegar a la mesa. Ya se había terminado el chusco de pan y ahora se entretenía mordisqueando una fresa del huerto cuyo jugo rojo brillante manchaba su manita y goteaba sobre la mesa de roble. Catalina se levantó para coger el paño de cocina y limpiarle la barbilla aunque Marina no soltó la fresa.

—Tienes razón, nadie va a contratarnos porque si algo hay de sobra en este país ahora mismo son mujeres pobres y sin marido, pero si queremos poder vender el hierro, aunque sea a los nazis, vamos a necesitar reabrir la mina, ¿y dónde se supone que vamos a encontrar a alguien dispuesto a prestarnos dinero para invertir en la mina? —preguntó mientras terminaba de limpiar a la niña—. Somos dos mujeres, nadie va a fiarse de nosotras para llevar un negocio tan enorme, y mucho menos un hombre rico. Y aunque lograras convencer a alguno para que invierta en la mina, todo está en Madrid: los negocios, el dinero, los hombres...

—Entonces iré a Madrid.

Catalina dejó el paño manchado de fresa sobre la mesa y me miró.

—¿A Madrid? ¿Y qué pasa con ella? —me preguntó señalando mi barriga de embarazada con un gesto de cabeza—. Apenas puedes agacharte para ponerte los zapatos, ¿cómo narices vas a ir tú sola a Madrid?

Hasta la noche en que Pedro me pateó mientras yo estaba hecha un ovillo en el suelo del cuartito de la plancha solía pensar en el embarazo como una cuestión pasajera: una molestia que había invadido mi cuerpo pero que pronto me dejaría tranquila. Cuando tiramos el coche con el cuerpo de Pedro al Cantábrico pasé semanas preguntándome si la criatura que llevaba dentro aún vivía. Hasta que no noté que mi barriga —y el resto de mi cuerpo— seguían creciendo con el embarazo no me hice a la idea de que dentro de unos meses tendría que dar a luz quisiera o no. Prefería pensar en el momento del parto como algo lejano y borroso de mi futuro.

—Iré después de que nazca la niña, cuando esté recuperada y pueda viajar en tren sin miedo a desangrarme.

—¿Y la niña? —me preguntó Catalina—. ¿Piensas dejarla aquí conmigo?

—¿Te importa? De todas formas a ti se te da mejor esto que a mí —admití—. Soy muy buena cuidando de mí misma, pero sospecho que no estoy hecha para cuidar de otros.

Me acordé de Valentina, que nunca había tenido ningún interés en casarse o en tener hijos porque su único amor era la tierra dorada de California. Yo era un poco como la vieja tongva.

—Sí, ya he notado que no te hace mucha ilusión ser madre —me dijo Catalina con indulgencia—. No es nada malo si no quieres serlo, muchas mujeres no quieren pero son madres igualmente.

—Lo que yo quiera no importa ahora, lo único que importa es cómo vamos a darles de comer a nuestras hijas cuando se nos acabe el dinero.

Catalina volvió a sentarse junto a Marina y se sirvió un poco de leche en su café.

—Yo me quedaré con la niña cuando nazca, así tú podrás ir a Madrid a buscar un socio en cuanto estés recuperada. —Me miró muy seria y añadió—. Tienes razón: tenemos que pensar en algo porque si no las cuatro nos moriremos de hambre entre las ruinas de esta mansión. Nadie más va a ayudarnos.

Asentí.

—Bien. Fingiremos que Empresas Zuloaga no está arruinada, me llevaré los libros falsificados del marqués conmigo a Madrid y le contaré a todo el mundo que es padre quien busca un socio capitalista. No dudarán tanto si creen que es un hombre quien está detrás del negocio. Repartiremos el dinero entre las dos: quiero que compres comida, medicinas, ropa y todo lo que las tres vayáis a necesitar mientras yo estoy fuera. También quiero que mandes arreglar la casa, el jardín y lo demás, no hace falta que lo arreglen todo, solo lo que se ve para que no parezca que estamos en la ruina, y sobre todo, manda arreglar el teléfono para poder hablar contigo desde Madrid —le dije—. Pero sácalo del despacho del marqués y haz que lo instalen en tu habitación del segundo piso para que él no lo pueda usar, solo faltaría que el viejo intentara robarnos el negocio otra vez.

—No te preocupes, yo me encargaré de cuidar de las dos niñas y haré arreglar la casa para que parezca que volvemos a tener dinero: las ventanas, el jardín delantero, un poco de pintura por aquí, unas cortinas para que se vean desde fuera y el teléfono, claro —repasó Catalina—. ¿Y la otra mitad del dinero? ¿Qué vamos a hacer con él?

Le di un trago al café amargo y demasiado aguado de mi taza que ya empezaba a enfriarse, mientras repasaba los detalles más pequeños de nuestro plan para asegurarme de que no olvidábamos nada importante.

—Con la otra mitad del dinero vamos a comprar un socio —respondí—. Mason solía decir que nadie en el mundo quiere ayudarte si eres pobre, pero si creen que no necesitas su dinero, entonces todo el mundo quiere dártelo. Convenceremos a los hombres de negocios de Madrid de que la mina marcha bien y que solo queremos ampliar el negocio. Y para convencerles de eso hace falta ropa elegante, zapatos, peluquería, lo justo para parecer rica. También tendré que alquilar un piso en la ciudad para vivir mientras tanto, dinero para celebrar fiestas, gastos en restaurantes, pagar sobornos... lo que haga falta para conseguir un socio o un comprador para el hierro.

—Vas a convencerles de que eres una rica y despreocupada heredera aficionada a las fiestas que ha viajado a Madrid enviada por su padre —resumió Catalina con una media sonrisa.

—Eso es, sí.

—Lo harás muy bien —me dijo—. Aún recuerdo cómo solía ser esa Estrella: todos querían estar con ella, rellenarle la copa, reírse de sus bromas o casarse con ella. Caerán rendidos a tus pies, en una semana harán cola para ser tus socios.

Me recosté en la silla para aliviar el dolor de espalda y dejé escapar un suspiro.

—Más nos vale que se lo crean, porque si empezamos a gastar en ropa, pisos y fiestas caras el dinero no durará mucho —dije de mala gana.

Estaba a punto de añadir algo más cuando escuché unas voces masculinas que entraron sin permiso por la ventana abierta de la cocina. Me moví como pude en la silla para mirar y vi fuera a dos policías con su uniforme que esperaban en la puerta de hierro de la finca.

—Es la Guardia Civil —dije en voz baja—. Están ahí fuera.

Catalina se volvió pálida y miró a la pequeña Marina en su silla, que ya se había terminado la fresa, y después se volvió hacia mí.

—Vienen a buscarme por lo de Pedro, seguro. —Su labio inferior temblaba de miedo al hablar—. Van a llevarme presa, me quitarán a Marina para dársela a otra familia o algo peor.

Fuera, vi cómo los dos hombres con uniforme empezaban a impacientarse: dieron unos golpecitos a los barrotes de hierro de la puerta para hacer saber en la casa que estaban esperando. La cadena que mantenía cerrada la verja tintineó con un sonido metálico.

—Nada de eso, repetiremos la historia que hemos estado contando en el pueblo este tiempo —le recordé—. Hace dos meses Pedro se marchó a Bilbao con mil pesetas en el bolsillo, un coche alquilado a mi nombre y no le hemos vuelto a ver desde entonces.

Catalina asintió recordando la mentira que le habíamos contado a todo el mundo en Basondo —incluido al marqués— cada vez que nos preguntaban por Pedro.

—Ahora corre, ve a ver al marqués mientras yo les entretengo en la puerta un momento para asegurarte de que está dormido: no quiero que le dé por gritar y hable de más con los agentes —añadí, mirando de refilón a los dos hombres fuera—. Luego siéntate aquí otra vez con la niña en el regazo y finge que estás muy triste porque no sabes nada de tu marido.

Catalina se levantó y salió corriendo de la cocina en dirección al pasillo lateral del primer piso para asegurarse de que el marqués aún dormía. Haciendo un esfuerzo, yo me levanté de la incómoda silla tan rápido como pude para salir a saludar a los agentes.

—Buenos días —les dije con mi mejor sonrisa cuando salí al jardín delantero—. Lamento haberles tenido esperando fuera, pero es que con esta tripa casi no puedo moverme.

Me coloqué una mano en el vientre y dejé escapar un resoplido cuando bajé las cuatro escaleras que unían la entrada de la casa con el jardín para que los guardias terminaran de creerse mi actuación.

—Buenos días, señora marquesa —respondieron sin ninguna emoción en la voz.

Avancé despacio por el camino de losetas blancas, a ambos lados la neblina matutina que subía desde el mar todavía estaba enredada entre las hierbas altas y descuidadas del jardín. Al otro lado del portón de hierro vi cómo los dos agentes me esperaban con gesto serio.

—¿En qué puedo ayudarles?

—No queremos molestar tan pronto, pero nos han ordenado hablar con la mujer del Rubio sobre un asunto, ¿está en la casa?

Los guardias eran unos años más mayores que yo, no demasiados pero si lo suficiente como para haber participado en la guerra. No reconocí a ninguno de los dos hombres, así que supuse que no habían crecido en Basondo. Los dos tenían el pelo castaño bien cortado y medio oculto debajo del tricornio. Me fijé disimuladamente en la pistola Star que llevaban en el cinturón de su uniforme.

—Sí, claro. Ahora mismo está en la cocina dándole el desayuno a su hijita. —Sonreí con amabilidad—. ¿Han desayunado ya? Tenemos café recién hecho si les apetece una taza, esperen que abra la dichosa cadena para que puedan entrar...

Fingí que rebuscaba la llave del candado en el bolsillo de mi vestido verde, quería darle a Catalina tiempo suficiente para ver al marqués y volver a la cocina.

—Ya pueden perdonar, era mi cuñado quien se encargaba de abrir y cerrar esta puerta y desde que se marchó las dos estamos un poco perdidas sin él —les dije cuando saqué la llave de mi bolsillo—. ¿Han venido por eso? ¿Han encontrado a Pedro?

Abrí el candado y retiré la cadena, después abrí el portón de hierro tirando de él con ayuda de uno de ellos.

—Sí, señora. Por eso estamos aquí: algunos hombres del pueblo nos han dicho que dudan de que Pedro se fuera él solo por su propio pie, sospechan que puede haber más enjundia detrás de la desaparición de su cuñado y nos han pedido que nos aseguremos —respondió el que me había ayudado con la puerta sacudiéndose el óxido y el polvo de las manos.

Intenté mantener la sonrisa en los labios cuando les vi entrar en la finca incluso al ver cómo pisaban las hierbas con sus botas.

—Vaya. ¿Creen que le ha pasado algo a Pedro? Pobre Catalina, qué disgusto se va a llevar cuando se lo digan, y encima con una niña pequeña a su cargo y enferma de los bronquios además —dije con la voz afectada—. Y ¿ya saben qué le ha pasado a Pedro? Hace más de dos meses que no sabemos nada de él y los rumores empiezan a correr como la pólvora por Basondo, ya saben, al ser un pueblo pequeño la gente se aburre pronto y empiezan a inventar cosas.

La mayoría de esos rumores los habíamos comenzado Catalina y yo. Al día siguiente de hundir el coche en el Cantábrico me aseguré de contarle al encargado de la oficina de Correos que Pedro se había marchado a Bilbao la noche anterior, incluso fingí que le escribía un telegrama —que sabía que jamás recibiría— para asegurarme de que el encargado de Correos se creía mi historia y la hacía circular por el pueblo. Catalina por su parte empezó a preguntar a los amigos y conocidos de Pedro —todos esos hombres que tanto le respetaban convencidos de que Pedro sería el próximo marqués de Zuloaga— si habían visto a su marido por el pueblo o si sabían algo de él. Casi todo el mundo se había creído nuestra historia sin hacer muchas preguntas —Pedro no era el primer hombre en abandonar a su mujer y su familia—, así que a base de repetir la misma historia con gesto afectado y voz triste habíamos hecho desaparecer a Pedro de Basondo, de Villa Soledad y de nuestras vidas hasta que esos guardias aparecieron en la puerta.

—¿Qué clase de rumores son esos? —me preguntó uno de ellos con suspicacia—. Los que circulan acerca de su medio cuñado, el Rubio, ¿qué cuentan de él?

Las botas de los guardias resonaban en el silencioso jardín delantero mientras los tres caminábamos hacia la entrada de la casa.

—Ya sabe, señor...

—Sargento —me corrigió con aspereza—. Sargento Durán.

—Sargento, claro, usted perdone. —Con disimulo miré hacia la ventana de la cocina buscando a Catalina, pero no la vi sentada a la mesa—. Ya se imaginan lo que cuentan por el pueblo, pues que Pedro se ha largado aprovechando que tenía dinero en el bolsillo y un coche a su disposición. Vamos, que vio la oportunidad de dejar a su familia y no lo dudó. ¿Es eso lo que creen que ha pasado?

—Estamos investigando todavía, señora marquesa. Por eso queremos hablar con la señora Barrio para confirmar algunos flecos que quedan sueltos.

—Por supuesto, lo que haga falta.

Subí despacio los escalones para ganar unos segundos más. Los guardias me miraron impacientes pero esperaron educadamente a que yo llegara junto a ellos y les abriera la puerta. La casa estaba en penumbra y el aire se mantenía fresco comparado con el día casi veraniego que ya empezaba a cubrir el jardín delantero y el bosque.

—¿Quién va, Estrella?

Sonreí para mí cuando escuché la voz calmada de Catalina saliendo de la cocina un segundo antes de que los tres entráramos.

—Son dos guardias civiles, los pobres llevaban esperando fuera un rato tostándose bajo el sol cuando por fin he podido salir a mirar —respondí, todavía con la sonrisa en mis labios—. Ya te he dicho que me había parecido escuchar algo fuera.

Catalina estaba sentada en una de las sillas detrás de la mesa de roble, tenía a Marina en el regazo como yo le había dicho y fingía estar dándole el desayuno a la pequeña, que miraba a los dos hombres en la puerta de la cocina con sus ojos pardos muy abiertos.

—Qué tonta, ya pueden perdonarnos pero es que algunas veces con el bosque tan cerca de casa una se vuelve un poco exagerada con los ruidos —se disculpó Catalina con una facilidad para la mentira que me sorprendió—. Algunas veces hemos visto animales salvajes merodeando cerca de la verja: lobos, jabalíes, gatos monteses y cosas así. Nos da un poco de miedo que puedan colarse en la finca buscando comida, al fin y al cabo estamos las dos solas como quien dice.

—Nos hacemos cargo, señora. ¿Dónde está el marqués? —preguntó uno de los agentes dando un rápido vistazo a la cocina—. Tenía entendido que el señor marqués de Zuloaga vive todavía en la casa, nos gustaría hablar con él.

—Desde luego, pero por desgracia mi padre es un hombre

mayor y muy enfermo —me apresuré a responder—. El pobre está impedido desde que tuvo un accidente cazando hace varios años: se disparó en la pierna sin querer. Ahora cuando no está en su silla de ruedas pasa casi todo el día descansando en su cama.

—Pero ¿podemos verle? Hemos oído que el señor marqués era muy amigo de su cuñado. Si Pedro le contó a alguien que pensaba marcharse seguro que fue a él —insistió.

Catalina y yo cruzamos una mirada rápida.

—El caso es que mi padre no solo tiene la pierna mal, su cabeza ya no funciona como antes: confunde los nombres, los lugares, no sabe dónde está o se pone a gritar sin ningún motivo —respondí con cautela—. No hablamos de ello en el pueblo porque él no querría que algo así se supiera, compréndalo. Catalina y yo nos encargamos de cuidarle y asearle para que no le falte de nada al pobre, ¿sabe usted? Pero su cabeza ya no es la que era, aunque quisiera el marqués no podría responder a sus preguntas.

El guardia que había preguntado por el marqués asintió en silencio y me pareció que estaba ligeramente avergonzado por haber sacado el tema. Mejor.

—¿Quieren un café? —preguntó Catalina señalando la cafetera sobre la mesa que todavía echaba humo—. También tenemos un poco de pan para mojar en la leche si gustan. Siéntense con nosotras, hace tanto que no tenemos invitados en la casa...

Uno de los guardias —el mismo que había preguntado por el marqués— movió una de las sillas y ya estaba a punto de sentarse a la mesa cuando el otro le fulminó con la mirada.

—Lo siento, señoras, no estamos aquí por eso —dijo con gravedad dejando la silla en su sitio otra vez—. Es una visita oficial.

—¿Han encontrado a Pedro? —preguntó Catalina fingiendo estar esperanzada con la posibilidad—. ¿Está bien?

—No señora, no le hemos encontrado. Uno de sus amigos en el pueblo teme que su marido haya sido asesinado o secuestrado y nos ha pedido que nos aseguremos de que se ha marchado por su propio pie de esta casa.

Al parecer, no todos en Basondo se habían tragado la triste historia de Catalina sobre la desaparición de su marido.

—¿Asesinado? —preguntó alarmada—. Pero si a mi Pedro no le interesan los asuntos políticos ni nada de eso, nunca ha hablado de esas cosas conmigo.

—Bueno, señora, algunas veces los maridos tienen secretos con sus mujeres. ¿Nunca le escuchó mencionar nada sobre la República, la guerra o sobre unirse a los bandoleros esos que merodean por el valle?

Existía un grupo de hombres que se dedicaban a asaltar a la Guardia Civil en la carretera solitaria que llevaba hasta el valle de Basondo. Les robaban mercancías, comida, armas, dinero, munición... cualquier cosa que pudiera serles útil para poder seguir escondidos y combatir a los agentes. Nadie sabía quiénes eran, dónde se escondían o cuántos eran en realidad, pero circulaban todo tipo de rumores por Basondo y prácticamente cualquier hombre de la zona era sospechoso de pertenecer al grupo.

—¿A Pedro? No, nunca jamás le escuché nada parecido —respondió Catalina muy convencida—. A mi marido no le interesan esos asuntos. Pedro es un hombre familiar, un hombre normal, vamos.

Los dos guardias guardaron silencio un momento y compartieron una mirada cómplice masculina y universal que significaba algo así como: «Va a saber esta lo que le gustaba hacer o no a su marido.»

—¿Creen que esos bandoleros le han hecho algo a Pedro? —pregunté con inocencia.

—Solo es una posibilidad, señora. Si su cuñado llevaba dinero encima cuando desapareció lo mismo esos desgraciados le robaron y tiraron su cuerpo por ahí —respondió sin ápice de delicadeza uno de ellos—. Lo que queremos saber es si su marido es una víctima o si es uno de esos hombres que se esconden por el valle. No le gustaría descubrir que ha estado casada con un rebelde estos años, ¿verdad? Imagínese la mancha que le quedaría a la niña de por vida al saberse que su padre no es más que un vulgar asesino.

Al mencionar a Marina noté cómo el cuerpo de Catalina se tensaba alrededor de la pequeña intentando protegerla de la nada sutil amenaza del agente.

—La niña no tiene ninguna culpa de los pecados del padre —respondió Catalina, y le dejó a la pequeña un beso sobre el pelo rubio heredado, sin duda, de su padre.

—Ahora que lo menciona, es verdad que Pedro llevaba mucho dinero encima cuando desapareció: mil pesetas. Yo misma se las di —dije para apartar la conversación de Marina—. Y eso sin contar que se podían sacar otras dos mil pesetas por el coche fácilmente.

El sargento Durán me estudió con recelo.

—En el pueblo dicen que usted le dio el dinero a su cuñado, ¿es verdad? La mina lleva años cerrada, ¿de dónde sacó tanto dinero?

—De mi esposo. Él falleció recientemente pero me dejó una pequeña herencia que ya casi ha desaparecido.

—¿Su esposo murió en la cárcel? ¿En el frente?

Noté cómo los dos guardias se tensaban debajo de la tela verde de sus uniformes esperando mi respuesta.

—No, nada de eso, mi esposo era estadounidense. Vivíamos en California y él murió en un incendio, por eso he vuelto a casa para dar a luz y no estar sola.

La tensión en el aire de la cocina se suavizó.

—Comprendo, mis disculpas señora marquesa —masculló el sargento—. Así que Pedro aceptó llevar el coche de vuelta a Bilbao, ¿y esa fue la última vez que le vieron?

—Así es. Ya sé lo que van diciendo por ahí sobre Pedro: que me ha abandonado, a mí y a la niña, y que no volveré a verle el pelo hasta que no se le acabe el dinero —mintió Catalina con soltura—. Yo pienso que ojalá sea eso, porque así al menos Pedro estará bien aunque no vuelva nunca a casa.

El sargento arrugó las cejas intentando decidir si se creía o no la historia de Catalina.

—Bien, pues ya estamos entonces —dijo después de un momento—. Nos vamos y las dejamos seguir con lo suyo.

Los dos hombres dieron media vuelta para salir de la cocina pero yo les detuve:

—Esperen, los acompañaré a la salida.

—No se moleste señora marquesa, ya conocemos el camino.

—No es molestia —mentí con una sonrisa—. Tengo que salir para volver a cerrar la puerta de todas formas, solo espero que no les importe ir a mi paso de embarazada.

A juzgar por sus caras no les gustó la idea, pero aun así salieron conmigo de la cocina y los tres cruzamos el vestíbulo en silencio. Contuve la respiración cuando pasamos por delante del pasillo lateral temiendo que el ruido de sus botas en los azulejos alertara al marqués y este se pusiera a dar gritos como un histérico para hablarles a los agentes de la noche que murió Pedro.

Cuando salimos al jardín delantero noté que el más joven de los dos hombres sonreía sin ningún disimulo debajo de su sombrero, tanto que su sargento le hizo un gesto para que dejara de sonreír.

—¿Sucede algo? —pregunté con inocencia—. ¿Creen que Pedro está secuestrado por esos bandoleros que se esconden en el valle? Espero que no, porque aunque el marqués aún viva no tenemos dinero para pagar su rescate, apenas si podemos comer y mantener la casa en pie.

—Yo no me preocuparía mucho por eso, señora marquesa. Lo más seguro es que su cuñado se haya largado y esté en Portugal o haya cruzado a África, allí un hombre puede vivir durante años con esa cantidad de dinero a cuerpo de rey, y si encima ha vendido el coche lo mismo no vuelven a verle más —respondió el más joven de los dos—. Ese no se ha marchado por la fuerza, desde ya se lo digo.

Aunque quería dejar escapar una carcajada de alivio me contuve, ya casi habíamos llegado al portón de hierro que cerraba la finca.

—Eso es lo que yo creo también —mentí—. Intento de

círselo a Catalina poco a poco, para que la pobre se vaya haciendo a la idea de que ahora mismo Pedro estará viviendo como un marajá en algún lugar remoto, pero es que ella es tan joven... qué desgracia que su marido la haya abandonado, a ella y a la pequeña.

Por fin llegamos a la puerta de hierro forjado, el sargento la abrió y los dos hombres salieron por fin de la propiedad.

—Sí, es una pena, pero no desespere: ella es muy guapa y aún es joven, lo mismo encuentra otro marido pronto; igual que usted —dijo el más joven de los dos con una sonrisa, después se tocó el tricornio a modo de saludo y añadió—: Buenos días, señora marquesa.

—Adiós, y gracias.

Me quedé un momento más detrás de la puerta viendo entre los barrotes a los dos hombres caminar por el margen de la carretera de vuelta a Basondo. El sol ya brillaba en el cielo despejado y noté cómo me calentaba la cara y los brazos pero todavía esperé un momento más allí para asegurarme de que no se daban la vuelta y volvían con más preguntas. Los vi desaparecer detrás de un desnivel en la calzada y respiré aliviada el aire tibio de la mañana. Volví a la casa por el camino de losetas blancas con una gran sonrisa en los labios para contarle a Catalina que habíamos engañado a la Guardia Civil.

—Dice Catalina que esperas una niña, ¿qué pasa en esta familia que solo sabéis parir más mujeres? ¡Ya tenemos mujeres de sobra! —protestó el marqués mientras yo terminaba de buscar en los cajones de su cómoda—. Lo que yo querría es tener un nieto: un varón, claro, para que le pusierais mi nombre y para que así él sea el próximo marqués y no tú, que a saber lo que haces cuando estés libre de todas las cargas.

Le miré a través del reflejo del espejo que había encima de la cómoda de madera de cerezo y sonreí. Los cajones se habían abombado por la humedad y la falta de cuidados de los últimos años, así que tuve que empujarlo con la cadera para poder cerrarlo.

—¿Por qué no se vuelve a dormir, padre? —le sugerí impaciente.

—Ya me gustaría a mí, pero estás aquí molestándome y así no se puede pegar ojo. No hay manera de descansar en esta maldita casa.

Cuando se hizo evidente que su pierna nunca se curaría y que el marqués no podría subir y bajar las escaleras él solo, Catalina le instaló en el antiguo saloncito de café de mamá. La marquesa aún vivía en esa época, pero aceptó renunciar a su cuartito para tomar el café con las visitas porque de todas formas con la guerra ya no había ni visitas, ni café, ni pastas. De modo que Catalina y su madre sacaron todos los muebles del antiguo saloncito para las señoras y bajaron la cama del marqués desmontada por la escalinata, la pesada cómoda para guardar los pijamas del señor marqués, su butaca para cuando quería mirar por la ventana y una vieja radio para que no se aburriera demasiado y las dejara tranquilas.

—Descuide, yo tampoco quiero estar aquí —mascullé abriendo el último cajón de la cómoda con esfuerzo.

—¿Te he dejado volver a mi casa y así me lo agradeces? ¿Y qué es lo que intentas robarme ahora? —El marqués tosió con fuerza dos veces, su cuerpo huesudo se movió con violencia entre las sábanas de la cama—. No dirás que todavía buscas el collar que te dejó tu abuela antes de tirarse al mar, si es eso pierdes el tiempo: lo vendí hace ya muchos años.

Hacía años que no pensaba en el colgante o preguntaba por él, por eso me sorprendió tanto que el marqués —que apenas podía recordar nada— se acordara del collar. Esa tarde buscaba los documentos de propiedad de la mina Zuloaga y las escrituras de la mansión, antes ya había mirado en el despacho del marqués y en la sala de los trofeos sin ningún éxito, aunque al rebuscar entre los cajones de su escritorio de caoba estilo colonial sí encontré varios documentos y los contratos con el nuevo gobierno además de algunas pesetas viejas olvidadas al fondo de un cajón.

—¿A quién se lo vendió? —le pregunté con frialdad, intentando no respirar el aire viciado con olor a rancio y a enfermedad que llenaba la habitación—. El collar de la abuela Soledad, ¿a quién se lo vendió?

De repente no podía pensar en otra cosa: recordé el brillo de los diamantes, el peso de la joya en mi mano de niña...

—A ti te lo voy a decir, más quisieras tú —respondió con dificultad. Después intentó levantar la mano para hacerme un corte de mangas pero el brazo no le aguantó el esfuerzo—. Era mío, tú no tenías derecho a tenerlo. Lo único que lamento es no haberlo vendido mientras mi madre vivía para que esa desagradecida tuviera claro cuál era su lugar de verdad.

Me volví para mirarle: aún sentía el mismo desprecio por ese hombre viejo y decrépito que estaba sentado en su cama entre almohadas ahuecadas que el que sentí por él la tarde que disparó a Alma.

—Veo que la edad no nos ha ablandado a ninguno de los dos, mejor así —musité antes de apartar los ojos de él para no tener que verle un segundo más—. Odiaría perdonarle solo porque es un viejo impedido con un pie en la tumba.

—Qué soberbia has sido siempre: a lo mejor te mueres tú antes y todavía me río de ti. —Escupió entre sus labios arrugados—. Tú me pusiste en esta maldita silla, ojalá te hubiera matado a ti en vez de a tu hermana Alma. Ella era tan soberbia como tú pero al menos era más espabilada, mira si no cómo te la jugó: valía más un sapo suyo que toda tú junta.

Despacio, caminé hasta la cama y me incliné un poco hacia él para poder susurrarle al oído y asegurarme de que me escuchaba:

—Cuando usted muera, y tenga seguro que eso será muy pronto, le daré quinientas pesetas al padre Dávila para que le entierre a usted en el cementerio público de Basondo —le dije conteniendo el aliento para no respirar el olor a muerte que salía de su piel pegada a los huesos—. Nunca dormirá en la misma tierra donde descansa mi madre y donde está enterrada Alma. Yo me encargaré de que así sea.

Dije «enterrada» porque sabía bien que Alma no descansaba.

Me aparté de él para ver su reacción, vi el miedo pasar flotando detrás de sus ojos nublados porque sabía que mi amenaza era tan real como lo habían sido las suyas durante todos estos años.

—No, no te atreverás a hacerle algo así a tu padre. No tienes derecho... bruja.

Con su mano temblorosa y torpe el marqués se santiguó al decir la palabra «bruja» y yo me reí de él. Me reí porque se lo merecería y porque ya no quedaba ni rastro de ese hombre poderoso que durante años había aterrorizado a Carmen, a mi madre, a mis hermanas y a mí misma en ese saco de huesos consumido con la piel grisácea y la cara descolgada hacia el cuello. Ya no quedaba nada que temer en él, otro monstruo derrotado.

—Soy tu padre, tu deber como hija obediente es perdonarme.

—Yo no le perdonaré jamás y Alma tampoco. No busque expiación en mí para sus pecados porque no la tendrá.

Sus manos débiles y cubiertas de manchas por la edad temblaron sobre su regazo cuando intentó coger las mantas para protegerse.

—Catalina, ella siempre fue más dócil que tú, ella sí que me perdonará cuando llegue mi hora.

—No, ella tampoco le perdonará —le dije con una media sonrisa de satisfacción al ver el pánico en su mirada—. ¿Siente eso, padre? ¿Esa sensación terrorífica de que es otro quien domina su vida? La crueldad de que sea otro quien decide sobre cuándo puede comer o dónde puede dormir, eso mismo es lo que hemos sentido nosotras por su culpa durante todos estos años.

Estiró la mano —la misma con la que me dio un bofetón la tarde de mi decimoquinto cumpleaños delante de todos los invitados a mi fiesta— e intentó cogerme la mía, pero la edad le había vuelto lento y me aparté antes de que pudiera tocarme siquiera.

—He comprendido que algunas de las cosas que hice como padre y como marido estaban mal —dijo intentando disimular la ira que sentía y que no había abandonado su cuerpo a pesar de estar consumiéndose—. Ahora ve y dile a Catalina que vaya al pueblo a buscar al padre Dávila, quiero confesarme por si acaso la muerte me visita esta noche. Anda, ve y dile.

—No ha comprendido nada: lo que pasa es que se muere y de repente tiene miedo de tener que pagar por todo lo que nos ha hecho —le dije—. Catalina ya no va a obedecerle más y yo tampoco. No va a hablar con Dávila y tampoco va a confesarse, además ahora su amigo el párroco es un hombre importante, mucho más importante que usted, y no tiene tiempo para andar viniendo hasta la casa cada vez que a usted se le antoje contarle sus bobadas de viejo.

—Sé lo que eres, *sorgiña*.* —El marqués dijo la palabra despacio y con labios temblorosos, pero no porque estuviera prohibido hablar en euskera: le daba miedo esa palabra y lo que significaba—. Le contaré a todo el mundo lo que eres en realidad. ¿Es que crees que no sé que tienes algo que ver con la desaparición de Pedro? Tú y la otra. Ya verás quién se ríe al final, ya; verás cómo me río yo cuando vengan a llevarte presa y metan a esa mocosa rubia en un hospicio.

—Nadie va a venir a visitarle ya porque nadie le tiene miedo en este pueblo, padre. No es más que el dueño de una mina que no da trabajo a ningún hombre, el presidente de una compañía que no factura una sola peseta desde hace seis años, ya no es el marido de nadie y desde luego nunca ha sido padre...

—¡Pero todavía soy el marqués de Zuloaga! —me interrumpió, casi como si volviera a tener cincuenta años y llevara una de sus ridículas gorras inglesas de caza sobre su enorme cabeza—. Yo soy el marqués.

—Es verdad, todavía es el marqués de Zuloaga, pero necesita de nosotras hasta para mear, así que sea bueno con Catalina o ella dejará que se lo haga encima, porque tenga claro que si es por mí ya puede comerle la inmundicia que no pienso mover un dedo para ayudarle. —Me acerqué a él para mirarle una última vez y añadí—: Va a llevarse sus pecados consigo, padre. Alma le espera impaciente.

Después salí de la habitación sin esperar su respuesta cerrando la puerta tras de mí. Escuché su llanto asustado entre las sábanas mientras me alejaba por el pasillo, y pensé que tal vez Alma sí que le estuviera esperando después de todo.

* *Sorgiña*: en euskera, «bruja».

Laura nació tres semanas después, la última noche de verano. Para entonces yo ya no podía subir las escaleras —mucho menos las estrechas escaleras de caracol que llevaban hasta mi habitación en el torreón de la casa—, de modo que la niña nació en el antiguo dormitorio de mi madre.

El único médico de todo el valle estaba esa noche atendiendo a un viejo que dudaba de si morirse o no, y la comadrona de Basondo —la misma mujer delgada de pelo claro que nos trajo al mundo a Alma y a mí— se había marchado del pueblo después de que terminara la guerra, así que estábamos solas. Las semanas antes, Catalina y yo habíamos leído todos los libros sobre partos, cirugía y recién nacidos que encontramos en la biblioteca de Villa Soledad hasta que los ojos empezaron a dolerme de ver las imágenes espantosas de mujeres dando a luz en posturas imposibles o de lo que parecían recién nacidos arrugados y cubiertos de baba.

—El que ha dibujado esto no ha visto un parto en su vida —comentó Catalina con gesto de desaprobación mientras pasaba las páginas del grueso *Manual de medicina moderna* que habíamos encontrado en la biblioteca—. Y apuesto a que la única vagina que ha visto en toda su vida fue la de su madre cuando lo parió, la pobrecilla. Menudos dibujos, dan miedo.

Las dos nos habíamos reído entonces, sentadas en las butacas de piel en la biblioteca —donde mamá no nos dejaba sentarnos a Alma y a mí cuando éramos niñas— mientras la casita de muñecas fantasmal nos observaba desde la mesita de ajedrez donde llevaba casi diez años cogiendo polvo.

—Es horrible parirlos y es casi igual de horrible verlo —me dijo Catalina después de que Laura naciera—. Sugiero que ninguna de las dos vuelva a hacer algo parecido jamás.

Me reí a pesar del esfuerzo, del dolor sordo que rebotaba entre las paredes de mi cuerpo y del sudor frío que cubría mi frente.

—Sí, me parece una buena idea —respondí con la voz entrecortada.

Laura nació en mitad de una galerna. Esa tarde el cielo sobre el Cantábrico se volvió de color gris oscuro, la superficie picada del mar burbujeaba como si las aguas heladas estuvieran ardiendo, el viento del norte golpeó Villa Soledad tratando de arrancarle el alma a la casa y levantarla de sus mismísimos cimientos de tierra negra.

Al ver a Laura no sentí esa punzada de amor instantáneo y puro que supuestamente se siente al ver a un hijo por primera vez, ni siquiera cuando Catalina le limpió con delicadeza los restos de mí que la recién nacida llevaba todavía encima y me la puso en los brazos. Ni siquiera entonces. Laura era una criatura pequeña, caliente y frágil con la piel arrugada y los ojos cerrados.

—Sí que se parece un poco a los dibujos de ese libro que vimos la otra noche —fue lo primero que se me ocurrió decir.

Catalina soltó una risotada de alivio porque ninguna de las dos habíamos muerto en el parto, y me colocó mejor a la niña en los brazos.

—Son todos un poco feítos cuando nacen, pero luego mejoran, dale unos días y verás qué cambio. Mi Marina era calva como un melón nada más nacer y estaba roja del esfuerzo, pero mira qué bonita está ahora.

Fuera, el viento del norte, que había ahogado mis gritos

durante el parto, se evaporó dejando tras de sí una madrugada clara y limpia con olor a verano.

Una semana después de que Laura viniera a este mundo el marqués de Zuloaga lo abandonó para siempre. Catalina descubrió su cuerpo por la mañana al entrar en su dormitorio para asearle y darle de desayunar su café con sopas. El marqués murió mientras dormía, sin enterarse porque incluso para morirse hay que tener suerte en esta vida. El padre Dávila estaba en Bilbao y no volvería hasta dentro de un par de días, así que Tomás se ocupó del entierro del viejo y de buscarle un hueco en el cementerio público de Basondo tal y como yo le juré que haría la última vez que tuve la mala suerte de verle.

—¿Estás segura de que quieres hacer eso? La gente hablará, querrán saber por qué no entierras a tu padre en el cementerio familiar —me había advertido Tomás mientras yo firmaba el permiso.

—Pues que hablen, me da igual. Digan lo que digan no voy a darle el gusto al viejo de descansar en la misma tierra que mi madre y mi hermana —le dije sin levantarme de la silla de la cocina donde le estaba dando el pecho a Laura—. Y encárgate de que su tumba esté bien lejos de la de Carmen, a ver si encima el bastardo va a seguir molestándola ahora que está muerto.

Catalina estaba de pie apoyada en el marco de la puerta de la cocina, no dijo una palabra en todo el tiempo que Tomás estuvo en la casa —ni siquiera al mencionar a su madre—, pero ella y yo ya lo habíamos hablado antes y estábamos de acuerdo: el viejo no descansaría en el cementerio familiar.

—No será barato. —Me había advertido Tomás después de un trago de café aguado.

—Nada lo es. ¿Cuánto dinero hace falta para pagarlo todo? El entierro, la misa y tu colaboración.

Los ojos de Tomás, que no se habían desviado hacia Laura o hacia mi pecho ni una sola vez, ahora dudaron un instante antes de responder:

—Trescientas pesetas el entierro, la misa y la tumba. Cien más por mi colaboración.

Sonreí con ironía.

—Cien pesetas. Vaya, sí que se venden baratos los ideales cuando hay necesidad, incluso los de los curas.

—Por desgracia para todos, así es —me respondió él.

—Catalina te dará el dinero en cuanto hagas que el enterrador se lleve el cuerpo, no quiero que empiece a apestar, bastante nos cuesta ya mantener a las ratas fuera de esta casa sin añadirle el olor de un muerto.

Me pareció que Tomás se marchaba decepcionado de Villa Soledad. No supe si su decepción era conmigo, por deshacerme del cadáver de mi padre de esa manera, o con él mismo, por tener que rebajarse a pedirme cien pesetas para mantener la boca cerrada y ser discreto, pero me dio igual.

Esa misma tarde, después de que el enterrador y los dos muchachos flacos y altos como chimeneas que trabajaban para él a cambio de unos céntimos se llevaran el cuerpo del marqués para siempre fuera de Villa Soledad, me reuní con el notario y abogado de padre para firmar el traspaso de todas las propiedades, la mina cerrada, la casa en ruinas, las cuentas vacías y el título de marquesa. Aunque la ley mandaba que el heredero del título fuera el pariente varón más cercano, yo no tenía ninguno, así que salvo que un día apareciese un primo lejano del cual nunca había oído hablar, yo sería a partir de ahora la señora marquesa de Zuloaga y Llano por pleno derecho.

—Ya está hecho. Ahora tú eres la dueña de todo, también de las deudas de tu padre. Lamento mucho su pérdida —me había dicho el notario sin un gramo de sinceridad en su voz cuando le despedí en el portón de hierro.

Resultó que en un patético intento de ocultar la ruina familiar, el marqués pidió un préstamo a un importante banco en Bilbao poniendo como aval Villa Soledad. El dinero del préstamo se había esfumado, pero la hipoteca sobre la mansión vencía antes de Navidad.

—Bueno, y ¿qué hacemos ahora? —me preguntó Catalina mientras cenábamos—. ¿Vamos a perder la casa? ¿Ya está?

—No, ni hablar. No voy a permitir que ese viejo nos siga manejando incluso después de muerto. Intentaré renegociar el préstamo con el banco mientras conseguimos el dinero para pagar el crédito.

Estábamos las cuatro en la cocina de la mansión. Laura dormía arropada en el mismo moisés pasado de moda en el que había dormido yo siendo un bebé. Catalina encontró los dos moisés de mimbre —idénticos, enormes y ostentosos, tal y como era todo entonces— en el trastero del sótano cuando estaba embarazada de Marina, así que lo había limpiado a fondo, le cosió nuevas sábanas y fabricó para su hija una pequeña almohada con lo que sobró de unas cortinas. Marina ya había terminado su sopa de pollo y zanahorias —con más zanahorias que pollo— y ahora mordisqueaba un trozo de pan seco.

—Y ¿cómo lo vamos a hacer? —quiso saber ella—. ¿Sigues dispuesta a marcharte a Madrid?

—Sí, no tengo más remedio que ir si queremos conservar la casa. Allí es donde está el dinero, así que allí es donde iré —respondí con desgana—. Tenemos que conseguir un socio inversor para poder reabrir la mina como sea o dentro de cinco meses el banco se quedará con Villa Soledad y nosotras estaremos en la calle, y ahora que por fin nos hemos librado del viejo no pienso renunciar a esta casa, ni hablar.

Miré la cocina deslucida por la guerra y por los años de miseria que seguían a la guerra como un fantasma: los azulejos blancos estaban rajados, la pintura en la pared de la puerta, desconchada, los armarios amarillentos y los tiradores de cristal biselados a mano, que tanto habían enorgullecido a mi madre, habían desaparecido hacía mucho tiempo.

—He pasado toda mi vida escuchando que yo no era digna de esta casa y que tenía suerte de que me permitieran vivir en el sótano —dijo Catalina sin ocultar su resentimiento—. Estoy contigo: no vamos a renunciar a Villa Soledad.

Asentí y me incliné sobre la mesa hacia ella casi como si me preocupara que alguien más en la cocina pudiera escuchar nuestros planes:

—Entonces haremos lo que acordamos, dividiremos el dinero en dos partes: yo me marcharé a Madrid para buscar un socio entre los hombres de negocios de allí que participan en la guerra. Usaré el título de marquesa de Zuloaga y alquilaré una casa, compraré vestidos elegantes, organizaré fiestas y convenceré a todos de que invertir en la mina es un buen negocio.

—Bien. Y yo me quedaré aquí con las niñas y mandaré arreglar algunas cosas de la casa para que parezca que todo vuelve a ser como antes: el jardín, las cortinas, esta cocina —dijo Catalina contando con los dedos.

Las dos nos quedamos en silencio un momento, repasé mentalmente todos los detalles de nuestro plan para estar segura de que no nos pasábamos nada por alto.

—¿Crees que funcionará?

—Funcionará —le aseguré—. El dinero que queda del seguro de Mason no es suficiente para que podamos reabrir la mina, pero sí alcanza para conseguirnos un socio en Madrid, uno que nos preste lo que nos falta. Tan solo hay que convencer a esos hombres de que en realidad no necesitamos su dinero para que quieran dárnoslo.

—Fiestas, vestidos a medida, bolsos de piel, peinados elegantes en los salones de belleza donde solo van las condesas, las esposas de los falangistas y las amantes de los nazis que pululan por Madrid. —Catalina torció la cabeza estudiándome—. Tenemos que cortarte el pelo antes de que te marches, hace años que ninguna señora elegante lleva el pelo tan largo como el tuyo.

Mi melena negra como la medianoche me llegaba más abajo del pecho, casi hasta la cintura. Solía llevarlo recogido en una trenza para que no me molestara, o en un moño descuidado que sujetaba con media docena de horquillas.

—¿Tú crees?

—Pues claro que sí, vamos, échate para atrás en la silla que yo te lo arreglo —añadió—. Cogí mucha práctica cortándole el pelo a mi madre cuando empezó la guerra y, casi al final, también a la tuya. Puede que no quedes igual que Greta Garbo pero al menos no parecerá que te has escapado del bosque con esa maraña de pelo.

Catalina se levantó de su silla, salió de la cocina sin decir nada y la escuché rebuscar en el baño del primer piso, cuando volvió traía en la mano unas tijeritas de barbero y un peine.

—No recuerdo cuándo fue la última vez que me corté el pelo —admití mientras me quitaba las horquillas de mi recogido una por una y las colocaba en la mesa—. Creo que aún vivía en California, en la tierra dorada.

Mi larga melena cayó suelta por detrás del incómodo respaldo de madera de la silla y sentí a Catalina ordenando algunos mechones para asegurarse de que quedaban todos a la misma altura antes de empezar a cortar.

—Las actrices y cantantes ahora llevan todas el pelo corto, desde Carole Lombard hasta Bette Davis —me dijo—. No pasarías por una rica y sofisticada heredera con este pelo de *lamia* por mucho vestido de Chanel, bolsos de cocodrilo y collares de perlas que te pongas.

Lamia. Sonreí para mí sin poder evitarlo.

—¿Todavía se dicen esas cosas en Basondo? —le pregunté por encima del sonido metálico de las tijeritas que ya habían empezado a cortar.

—Oh, pues claro que se dicen, algunos en el pueblo aún mantienen que la marquesa de Zuloaga y su hermana gemela son dos poderosas *lamias* que se aparecen junto a los ríos o en las cuevas a los incautos hombres para arrastrarlos al pecado y la lujuria.

Puse los ojos en blanco:

—Jamás he conocido un hombre incauto o a uno que no estuviera deseando dejarse arrastrar al pecado y la lujuria.

Catalina se rio en voz baja para no despertar a Laura, que dormía en el moisés en la esquina de la cocina. Marina miraba con curiosidad lo que hacía su madre, pero no se movió de su silla.

—Ya estoy recuperada del parto, puedo viajar sin problema —dije mientras los largos mechones negros caían sobre mi regazo—. Lo prepararé todo y la próxima semana saldré para Madrid.

Catalina me peinó un poco para ver cómo iba quedando y decidió cortar unos centímetros más.

—Lo harás bien: has sido una chiquilla consentida y caprichosa durante años, tan solo debes convencerles de que aún eres esa chica.

—¡Aún lo soy! —respondí muy ofendida mientras notaba por primera vez en mi vida mi cuello y hombros despejados. Pero miré la mata de pelo negro y brillante que cubría el suelo de la cocina alrededor de la silla donde estaba sentada como una cortina de terciopelo. Y de repente, ya no estaba tan segura de seguir siendo esa chica.

EL PALACETE DE LOS MISTERIOS

El alquiler del palacete de los Misterios costaba una fortuna al mes; sobre todo teniendo en cuenta la miserable suma que quedaba después de dividir lo que quedaba del seguro de Mason entre Catalina y yo. Y aun así tendría que «malgastar» ese dinero persuadiendo a alguno de los muchos hombres de negocios que frecuentaban Madrid en esos días y convencerle de que invertir en una mina de hierro todavía era un buen negocio.

El palacete de los Misterios era un edificio de ladrillo de color rojo y tejado negro que ocupaba toda la esquina de la calle Bailén, en una plaza cercana al Palacio Real. Tenía la planta cuadrada, cerrada sobre sí misma en una suerte de laberinto sencillo pero sin otra escapatoria que la puerta principal, con un patio interior rodeado de altísimas paredes.

Cuando el encargado de vigilar la casa —un hombre con el pelo canoso, gafas anticuadas, la barba rala y un ligero ceceo al hablar— me enseñó la propiedad la primera vez, me contó que un fantasma rondaba por el primer piso: el espíritu inquieto de una antigua amante del anterior propietario que supuestamente se había suicidado saltando al patio desde la ventana de una de las habitaciones interiores al descubrir que estaba embarazada.

—Pues espero que al fantasma de esa mujer no le molesten las fiestas o el champán —le dije con desdén al encargado mientras le entregaba un sobre tan lleno de billetes que apenas pude cerrarlo.

El encargado me cogió el sobre con la mano temblorosa de quien está acostumbrado a aceptar sobornos aunque piensa que está mal hacerlo, y se guardó unos cuantos billetes para él en el bolsillo de su chaqueta azul marino a cambio de hacer correr la voz entre otros encargados, mayordomos y mozos, de que una marquesa del norte había llegado a Madrid para que ellos se lo contaran a sus respectivos jefes.

Vi otras propiedades mucho más baratas la primera semana que pasé en Madrid: pisos en el centro con ventanales que daban directamente a la Gran Vía o coquetos apartamentos en la calle Velázquez muy discretos, donde algunos de los oficiales falangistas y altos cargos del Partido único oficial acomodaban a sus jóvenes amantes para visitarlas sin tener que salir del centro. Pero el palacete de Bailén era tan descomunal, ostentoso e imposible de ignorar que convencería incluso al empresario más desconfiado de que yo era ciertamente una rica heredera amante de las fiestas: con su vestíbulo suntuoso rodeado de columnas de mármol, su salón de baile con capacidad para cien personas, las paredes paneladas en madera de caoba oscura hasta el techo, cortinas de seda, una gran chimenea de estilo barroco en el salón principal, espejos con marcos dorados decorando el pasillo en los que una esperaría verse aparecer al fantasma de la amante suicida reflejada al pasar, un oratorio para la familia al final del pasillo, una escalera de nogal que conectaba los tres pisos y trece habitaciones porque tal y como me explicó el encargado: los anteriores propietarios no eran supersticiosos.

No vi ningún fantasma las primeras tres noches que pasé sola allí. Sí escuché el sonido de la madera vieja haciéndose más vieja y de habitaciones cerradas cogiendo polvo, pero nada más. Llamaba cada tarde a Catalina desde el escritorio estilo imperio que había en el despacho del primer piso para saber qué tal iba su parte del plan. Tal y como habíamos acordado, Catalina mandó arreglar la línea de teléfono que iba hasta Villa Soledad para que así no tuviéramos que esperar al correo, aunque cuando hablaba con ella cada tarde su voz me llegaba desde muy lejos y entrecortada por los kilómetros de bosques, suelo calizo y las interminables llanuras vacías que había visto desde el tren que me llevó a Madrid. En nuestras charlas, Catalina me contó que las tres estaban bien, en realidad muy bien ahora que el marqués ya no la llamaba a gritos desde su habitación o insultaba a la pequeña Marina si la veía por casualidad curioseando desde la puerta. Por fin parecía que el marqués se había marchado para siempre de Villa Soledad llevándose con él el miedo, la vergüenza y casi todo el dolor que había causado en vida. Catalina me contó también que ya había empezado las obras en la casa para lavarle la cara a la mansión. Ahora que estaban arregladas las ventanas del primer piso, las ratas, las alimañas y los pájaros del bosque ya no se colaban en la casa, la caldera volvía a funcionar y el jardín delantero había recuperado el aspecto cuidado y exótico del que tanto se enorgullecía mamá cuando aún vivía.

El cuarto día me dejé ver por el centro de Madrid asegurándome de no pasar desapercibida. Mi plan era ir a las mejores —y más caras— tiendas de ropa de la ciudad taconeando sin ninguna vergüenza, como mamá solía hacer cuando aún estaba de buen humor y entraba en una habitación para que todos la oyeran llegar desde lejos. Después de las compras, iría a almorzar al hotel Ritz donde había oído que pasaban el rato empresarios afines al nuevo gobierno, famosos varios o espías de uno y otro bando fumando en sus salones mientras tomaban un gin-tonic especial. Así que me puse mi mejor vestido de Nina Ricci —un vestido verde esmeralda de cóctel de tarde con escote drapeado— que conservaba de mis días en California cuando el rancho por fin empezó a dar beneficios, antes de la muerte de Mason, y guardé unos cuantos billetes en mi bolso de piel de cocodrilo color beige.

Antes de salir del palacete pasé un buen rato delante de uno de los espejos con el marco cubierto de pan de oro asegurándome de que mi vestido no parecía pasado de moda con su corte entallado hasta más abajo de las rodillas. Me peiné mi nueva melena corta con ayuda de unos rulos y después me coloqué —con cuidado de no despeinarme— un pequeño sombrero de tul y terciopelo a juego con el vestido que apenas me cubría la mitad de la frente, me subí a los tacones de mis sandalias de piel de cabritilla en blanco y crema, me puse las perlas de mamá, que Carmen había conseguido salvar cuando al marqués le dio por vender sus joyas, y me pinté los labios de rojo sangre. Me miré una vez más al espejo antes de salir: incluso la fantasma que rondaba el palacete me daría su visto bueno.

Esa misma tarde me compré un nuevo bolso de piel de avestruz en la elegante tienda de Loewe que había en el número ocho de la Gran Vía —un bolso que, por aquel entonces, resultó ser tan caro como la reparación del tejado de Villa Soledad—, tomé el aperitivo en el bar Chicote y me di una vuelta por unos grandes almacenes del centro sonriendo despreocupada mientras me probaba broches de nácar, turbantes de seda o gafas de sol de carey que pagarían las medicinas de Marina durante casi un año. La antigua Estrella no tenía ni idea —ni le importaba— cuánto costaban las medicinas para el asma, pero yo sí que lo sabía.

Al mediodía, entré en el vestíbulo del hotel Ritz taconeando y haciendo que media docena de cabezas se volvieran hacia mí, aunque por supuesto yo no me digné quitarme mis nuevas gafas de sol para mirarles. Almorcé sola sentada a la sombra de los grandes toldos azules en la terraza del hotel: *linguini* con salsa de nata, vieiras a la parrilla y vino blanco muy frío.

Cuando regresé al palacete esa tarde, ya tenía esperándome una docena de invitaciones formales para tomar el té o asistir a fiestas.

Tres semanas después había asistido a muchas fiestas en palacetes tan ostentosos como el mío, comido en los mejores restaurantes de la ciudad y conocido a un sinfín de mujeres alemanas que encontraban mis vestidos de Chanel y mis tocados de Saint Laurent tan fascinantes como mis historias acerca de la vida en California, Clark Gable, el hotel Ambassador de Los Ángeles o cualquier otra aventura que me inventara para ellas. Descubrí pronto que esas mujeres querían venir de compras conmigo, arreglarse el pelo en el mismo salón de belleza o saber cuál era el nombre de mi barra de labios.

También conocí a muchas mujeres españolas más ricas de lo que la familia Zuloaga había sido jamás: condesas, marquesas, amantes y esposas de ministros y altos cargos del Partido único e incluso una cantante de coplas que me sonreían con frialdad y me estudiaban como se estudia a la última chica que llega a un colegio estricto y cerrado. Esas mujeres también elogiaban mi ropa de estilo francés, mis modales de señorita y se reían en el salón principal del Ritz cuando yo les contaba anécdotas de mi vida en San Bernardino.

—¡Hay que ver qué atrevida eres, Estrella! Eres toda una joven de mundo, querida. Elegante y sofisticada, parece mentira que a estas alturas estés aún solterita —me decían.

Me desenvolvía bien entre aquellas mujeres, demasiado bien. Tal y como había predicho Catalina, ellas me adoraban, y las que aún no me adoraban acabarían deseándolo con todas sus fuerzas: parecerse a mí, ser como yo. Por supuesto, yo había evitado cuidadosamente hablarles de la muerte de Mason, de las penurias que pasamos en Las Ánimas cuando el dinero empezó a escasear, de Laura o de las ratas que se colaban en la mansión de indiano que llevaba el nombre de mi abuela porque, me repetía: «Nadie quiere ayudarte si eres pobre.» O si eres viuda, o madre soltera o una mujer sola.

Por desgracia, también descubrí pronto que ninguna de esas mujeres con las que pasaba el rato tenía control sobre los negocios de su familia, así que después de muchas fiestas, muchas copas de champán en el Pasapoga de madrugada y almuerzos con caviar comprendí que debía encontrar la forma de engatusar a sus poderosos maridos y amantes igual que había hecho con ellas.

El banco en Bilbao no quiso renegociar la hipoteca sobre Villa Soledad porque estaban interesados en conseguir la mansión, según me explicó un hombre con la voz aflautada al otro lado del teléfono: «Al delegado del gobierno en Vascongadas le gusta la propiedad.»

De modo que esa tarde estaba yo sentada sola a mi mesa favorita de la terraza del Ritz dándole vueltas a cómo acercarme a los empresarios españoles que vendían materiales y suministros a los nazis cuando una voz familiar me sacó de mis pensamientos:

—Mi querida marquesa. No me estará siguiendo usted, ¿verdad? No dejo de encontrármela por todo el mundo.

Me volví hacia la voz aunque sabía de sobra a quién pertenecía.

—Desde luego que no le estoy siguiendo, señor Sinclair, aunque usted sí que parece tener algún tipo de obsesión malsana conmigo —respondí sin quitarme las gafas de sol para mirarle.

Liam me sonrió.

—Así es, desde la tarde en que la conocí.

Como siempre me sucedía con Liam no estaba segura de si lo decía de verdad o si solo era una forma nada sutil de intentar meterse bajo mis sábanas. Me moví en mi silla blanca y azul, que sería más apropiada para un hotel en una pequeña playa de la Riviera francesa, y después fingí que volvía a ocuparme de mi Bloody Mary.

—Pensé que seguiría usted en la soleada California haciendo negocios con especuladores, terratenientes y banqueros —dije sin mirarle—. Ese parece más su ambiente.

—Me temo que California perdió todo el interés para mí cuando usted se marchó. —A pesar de que yo no le había invitado, Liam movió la silla que había frente a la mía y se sentó al otro lado de la mesa—. La semana pasada me pareció verla en el salón principal del hotel charlando con la baronesa de Petrino y otras dos mujeres más.

El toldo azul de la terraza bloqueaba el sol de mediodía que aplastaba Madrid, pero aun así yo no me había quitado mis gafas de sol de carey para almorzar porque, como decía mamá: «Cuanto más misteriosa e inaccesible parezcas más se morirán todos por hablar contigo.»

—No estaba seguro de que realmente fuera usted y no quería molestar a Elena Petrino. Dicen quienes la conocen bien que tiene mal carácter, ¿es cierto eso?

—No tengo ni idea. Hasta donde yo sé la condesa Petrino es una mujer muy divertida, una gran cocinera y amante de las antigüedades —respondí evasiva.

—Sí, eso ya lo sé. La buena condesa es también la esposa del jefe de propaganda nazi aquí en España. Hans Lazar, dicen por ahí que *Herr* Lazar es un pájaro tan grande que ni el mismísimo *Führer* se fía de él y por eso mismo le tiene aquí en España.

Liam fingió que leía la carta de bebidas que había sobre la mesa, pero noté que estaba más atento a mi respuesta que a la lista de cócteles.

—Sí, algo había oído al respecto, aunque a mí no me interesa la política. —Me recosté en la silla como si ya estuviera harta de la conversación a pesar de que no quería que él se fuera todavía—. ¿Y qué tal va su otro negocio, señor Sinclair? El del «transporte urgente de personas» creo que lo llamó la última vez que hablamos. Supongo que con las circunstancias actuales no demasiado bien.

Liam se puso serio, sus ojos verdes me estudiaron un momento intentando decidir si podía confiar en mí o si se arriesgaba a ser detenido por la Policía política al decir una palabra más.

—No, no va demasiado bien.

—No debe preocuparse por mí, señor Sinclair, le aseguro que no le contaré a nadie cómo se ganaba la vida antes a no ser que no me deje usted otra opción.

Pero en vez de relajarse, Liam miró alrededor para asegurarse de que otros clientes en la terraza no podían escuchar nuestra conversación. Casi todas las mesitas estaban ocupadas, pero los clientes más cercanos a nosotros eran un matrimonio de británicos que no hablaban una palabra de español.

—Tenga cuidado con lo que dice aquí, este lugar es un nido de espías de ambos bandos: aliados y alemanes se pasean por el salón principal o por el restaurante del hotel atentos a cualquier rumor que llevar a sus embajadas.

—¿A eso se dedica ahora? —quise saber—. ¿Es un espía?

—Si lo fuera no podría decírselo de todos modos. —Liam me sonrió—. Pero no, actualmente me dedico al comercio de antigüedades y objetos valiosos.

—Ya veo... —asentí—. Cambió las personas por las mesitas estilo Luis XVI, cuberterías de plata y cuadros holandeses del Renacimiento.

—Vivo por los cuadros holandeses del Renacimiento.

Intenté no sonreír pero fracasé, así que le di otro trago a mi zumo de tomate con vodka. El alcohol me quemó la garganta al bajar.

—No se ría de mí, marquesa, es un buen momento para las antigüedades, el mejor: hay una guerra. Muchas personas huyen de sus hogares dejando atrás reliquias familiares muy valiosas o tienen que vender sus cuadros o sus joyas para poder comer. Hay mucha oferta pero también mucha demanda.

—Así que ahora es un ladrón normal y corriente, un ave de rapiña que se aprovecha de las personas que lo han perdido todo.

—No tan normal ni tan corriente —respondió él sin rastro de vergüenza en la voz—. Hago exactamente lo mismo que hacen sus amigos los nazis a medida que conquistan países, o lo mismo que el bando sublevado hizo aquí en España: quedarme con todo.

—Los nazis no son mis amigos.

—Tampoco los míos, pero yo me quedo con cualquier cosa que los perdedores o conquistados dejen atrás: cuadros, joyas, libros antiguos, muebles valiosos, vinos... —añadió él—. La única diferencia es que yo les pago algo a cambio a sus verdaderos dueños.

—Vaya, es usted todo un ejemplo de decencia y amor al prójimo —dije con ironía—. La última vez que nos vimos ayudaba a los judíos y a los refugiados a huir de Alemania y ahora les roba.

Liam se encogió de hombros.

—Hay que adaptarse a los nuevos tiempos si uno no quiere acabar en uno de esos campos horribles picando piedra o construyendo presas por medio país. Y para su información, no les robo únicamente a los judíos, refugiados, comunistas o disidentes, también robo a los españoles que han perdido la guerra. —Liam le hizo un gesto con la mano al camarero para que se acercara y le pidió un *bourbon* solo, cuando el camarero estuvo lo suficientemente lejos como para escucharnos añadió—: No sea hipócrita mi querida marquesa, es usted la que acude a las fiestas de los altos cargos nazis aquí en Madrid y toma café con las amantes de los falangistas cada tarde. En comparación con ellos, yo soy apenas un aficionado.

—A mí me da igual un bando que el otro, no tengo preferencia ninguna —respondí con frialdad—. Necesito hacer negocios con quien sea y los nazis son los únicos con los que el nuevo gobierno permite negociar. No es lo que yo hubiera elegido pero es lo que hay.

—Entonces como yo. No soy ningún demonio o un saqueador de tumbas, marquesa, soy solo un emprendedor: un empresario que ha encontrado su hueco en el mercado.

Jugueteé con la pajita de mi bebida un momento y le miré por encima de mis gafas de sol:

—¿Vende antigüedades?

—Así es. Los nuevos ricos, empresarios y altos cargos del Partido único están enamorados de las antigüedades, las reliquias religiosas y las joyas familiares. Compran cualquier cosa que tenga más de veinte años y que puedan colgar en las paredes de sus palacetes y casas de campo. Les obsesionan el arte y las antigüedades.

—Y ¿por qué lo hacen? —le pregunté con genuina curiosidad—. Ahora ellos son los dueños de todo y de todos, pueden comprar cualquier cosa que deseen, ¿por qué obsesionarse con algo antiguo que además perteneció a otras personas?

—Porque eso les da un aire de legitimidad, ¿comprende? Les hace sentir que son respetables, y que, además, siempre lo han sido. Dignos. Un título de conde, un sello de oro en el dedo anular o un blasón familiar robado cubren los pecados con una pátina de verdad y de nueva justicia —me explicó Liam sin ninguna emoción en la voz—. También les consigo títulos nobiliarios «cedidos» por los perdedores, cuadros confiscados para que adornen sus fincas de caza en Toledo, bayonetas que pertenecieron a Napoleón o archivos familiares para poder falsificarlos e incluirse en la historia de un modo «legítimo».

—Pero no lo entiendo, ¿qué importan todos esos documentos o reliquias familiares? —pregunté—. Después de todo no pueden engañar a nadie, todo el mundo conoce la verdad.

—La verdad cambia con los años, mi querida marquesa, hoy son sublevados pero mañana serán héroes —respondió—. No solo han ganado, también se han asegurado de comprar buenos asientos para el futuro.

El camarero se acercó hasta nosotros trayendo una bandeja en la mano con el vaso de *bourbon* de Liam. Dejó el vaso de cristal biselado en la mesa frente a él, hizo una ligera inclinación de cabeza y se alejó sin decir nada.

—Nunca pensé que eso fuera tan importante —admití, todavía pensando en ello.

—Eso es porque usted es una verdadera marquesa, o todo lo verdadera que una marquesa puede ser. —Liam me sonrió y añadió—: Apuesto a que las señoras aquí la adoran y se rifan su compañía para tomar café o pasear por la Gran Vía con su aspecto de estrella de Hollywood, sus vestidos glamurosos y sus modales desdeñosos de verdadera marquesa. Eso no se consigue con títulos comprados o joyas confiscadas: hay que tenerlo de nacimiento, como usted.

—Vaya, qué amable —respondí con sarcasmo antes de darle otro trago a mi bebida que ya empezaba a calentarse.

—Oh, no es amabilidad en absoluto, pero basta con un vistazo para darse cuenta de que no es usted la simple esposa de un falangista vestida de Balenciaga. —Liam jugueteó con su vaso un momento antes de cogerlo pero no bebió todavía—. Aunque tampoco es exactamente una marquesa, no «solo» una marquesa.

Me quité las gafas de sol y las dejé sobre la mesa, mis uñas pintadas de rojo chocaron con la superficie metálica.

—Tenga cuidado con lo que insinúa sobre mí, señor Sinclair, no creo que sus amigos del Partido único aprobaran cómo se ganaba usted la vida antes —le advertí en voz baja—. España puede fingir que es neutral en esta guerra, pero el nuevo gobierno apoya a los nazis y no les gustará saber que usted antes trabajaba sacando a refugiados de Alemania.

Al contrario de lo que pensé que haría, Liam me sonrió y se acomodó mejor sus rizos pelirrojos antes de darle un trago a su vaso.

—Yo jamás la delataría, mi querida marquesa, ni en mil años —dijo cuando terminó de beber—. Ni hablaría con nadie de su engaño a las señoras de bien de esta ciudad o de su buena mano para la jardinería. Sus secretos están a salvo conmigo pero siento curiosidad, ¿qué está haciendo en Madrid? Este ambiente no es muy de su estilo.

Suspiré de mala gana y volví a apoyarme en el respaldo de mi silla. Miré a Liam tratando de decidir si le creía o no estudiando su media sonrisa, esa que nunca abandonaba sus labios siempre un poco inclinados hacia la derecha.

—Negocios. Busco un socio para invertir en la mina de mi familia —dije por fin—. ¿Le interesa?

Liam hizo chocar los hielos dentro de su vaso y yo adiviné su respuesta antes de que él la dijera en voz alta:

—Tal vez, ¿de cuánto dinero estamos hablando?

—Dos millones.

Cuando encontré los libros de contabilidad del viejo en la caja fuerte de su despacho —los verdaderos, claro— repasé las facturas, los gastos y hasta la última peseta desaparecida para calcular cuánto dinero haría falta para volver a abrir la mina Zuloaga.

—Dos millones... eso es mucho dinero —empezó a decir Liam—. Aunque puede que tenga una cantidad similar, no en pesetas pero sí en oro y otras cosas valiosas.

—¿Oro?

—Sí. Los nazis y los falangistas pagan bien, casi siempre en oro que consiguen de las zonas ocupadas o que les roban a las personas que arrestan, así que confío en que no sea usted muy escrupulosa con el origen del dinero.

—No lo soy —le dije muy segura—. Pero antes de firmar nada o de ir más allá debemos hablar de los términos de nuestra sociedad, no quiero malentendidos más tarde: primero y más importante la mina Zuloaga es mía, si yo muero o no estoy en condiciones de dirigir la empresa familiar, mi hermana Catalina se hará cargo de todo. Además de eso...

Liam se rio en voz baja. Había olvidado su risa y al escucharla otra vez volví a sentir esa ráfaga de calor debajo de mi ombligo, en la zona indeterminada entre mis piernas.

—¿Qué le hace tanta gracia? —le pregunté manteniendo mi voz firme a pesar de todo—. ¿Se burla usted de mí?

—Nada de eso, es solo que había olvidado que bajo esa

apariencia misteriosa suya hay un genio de los negocios más capaz que cualquier caballero al frente de una gran empresa que yo haya conocido jamás.

—Y al que haya estafado jamás —añadí con suavidad.

Liam apartó su vaso y extendió la mano sobre la mesa para cogerme la mía, me sorprendió, pero le dejé hacer porque quería saber qué era lo que pretendía. Y también porque me gustaba el contacto de su piel.

—Sé las cosas que le preocupan porque la conozco bien, mejor de lo que usted se resiste a creer, y le prometo que no intentaré inmiscuirme en sus negocios o en su empresa —me aseguró sin dejar de mirarme—. Podrá dirigir usted sola Empresas Zuloaga si eso es lo que desea, yo haré de hombre de paja para usted: reunirme con los clientes, inversores, acudir a los almuerzos con ellos... Convencerles de que soy yo quien se ocupa de lo importante en la empresa para que ellos nos den su dinero.

Miré nuestras manos unidas sobre la mesa.

—¿Haría eso? ¿Fingir que está al cargo para que yo pueda dirigir la empresa? —quise saber sin mirarle.

—Ya se lo dije cuando nos encontramos en Los Ángeles, antes incluso: estaría encantado de trabajar con usted porque sé que podríamos ganar una fortuna juntos —respondió con su acento musical—. Los dos somos muy parecidos: hacemos lo que sea necesario para sobrevivir porque, a diferencia de otras personas, usted y yo vemos el mundo como es en vez de como nos gustaría que fuera.

Su dedo índice empezó a dibujar formas invisibles en la piel fina del dorso de mi mano, un escalofrío bajó por mi espalda.

—¿Y qué hay del hierro de mi mina? ¿Cree que podemos encontrar un comprador para vender a gran escala?

—Es posible, aunque no sería sencillo: a pesar de la guerra, los nazis tienen suficiente mineral. Incluso con mis contactos aquí, nos costaría encontrar un comprador para su hierro dispuesto a pagarnos un precio decente.

—¿Entonces? Si el hierro no es una opción, ¿qué es lo que sugiere? —pregunté con la voz entrecortada.

Me había ido acercando a Liam mientras hablábamos, ahora ambos estábamos inclinados sobre la mesita blanca susurrando como si fuéramos espías intercambiado secretos. O amantes.

—Siempre hay algo que los demás ansían de nosotros, mi querida marquesa. Algo que les roba el sueño y la vida mientras planean cómo conseguirlo —dijo con voz grave muy cerca de mis labios—. Da igual que sea amor, dinero, influencia, nuestro perdón o un extraño mineral: cualquier estafador sabe que para conseguir algo de otra persona hay que averiguar qué es lo que esta ansía por encima de todo.

—¿Un extraño mineral? ¿Y cuál es ese extraño mineral si se puede saber?

Liam me dedicó una sonrisa de zorro, la misma sonrisa astuta que ya le había visto la tarde de mi boda. Intuí al muchacho superviviente y poco afortunado que Liam había sido muchos años antes debajo de esa sonrisa afilada cuando por fin respondió:

—Wolframio.

Pasamos toda la tarde juntos en la habitación veinticuatro del segundo piso del hotel Ritz, la misma habitación donde Liam me contó que vivía desde hacía ya un par de meses. Después de hablar de negocios una hora más, tomar mimosas de Möet y discutir acaloradamente sobre política, terminamos entre las sábanas de lino bordadas a mano de su *suite*.

Yo acababa de cumplir veinticinco años, y aunque había coqueteado con muchos chicos —y hombres— en mi vida, hasta esa tarde únicamente me había acostado con Mason Campbell. En la cama, Mason era como en todos los demás aspectos de su vida: impaciente y caprichoso. Mason sentía urgencia, verdadera necesidad de poseer algo hasta ponerse incluso de mal humor cuando no lo conseguía, pero a menudo, después de la primera explosión de calor, su pasión por mí —o por cualquier otra cosa que copara su obsesión en ese momento— se apagaba tan deprisa como había aparecido.

Liam Sinclair no era una cerilla que se encendía deprisa y me quemara las yemas de los dedos para apagarse igual de rápido. Si Mason era un fósforo explosivo o un cartucho de dinamita que sujetaba en la mano hasta quemarme, Liam era una hoguera en la playa que ardía durante toda la noche: bastaba con añadir un poco más de combustible al fuego en forma de caricias al final del muslo o palabras dichas a media voz cerca de su pelo cobrizo para mantener la hoguera ardiendo.

No había anochecido aún pero yo estaba en la cama tumbada sobre mis codos, miraba distraída el sol de finales de agosto que entraba por la ventana de la *suite* entre las cortinas con brocados.

—Qué maldito calor hace siempre en esta ciudad, ni siquiera cuando cae la noche desaparece la sensación de bochorno —murmuré sin volverme para mirarle—. Nunca había pasado tanto calor como estos últimos meses aquí en Madrid, es agotador.

Liam estaba sentado con la espalda apoyada en el cabecero de la cama repasando las cuentas que habíamos hecho antes mientras todavía llevábamos la ropa puesta. Se rio al escucharme y apartó sus ojos de los números para mirarme.

—Para ser alguien que ha vivido en el desierto durante más de cinco años soportas muy mal el calor —me dijo con su media sonrisa.

El ventilador en el techo sobre la cama hacía girar el aire caliente de la *suite* que olía a sudor, a sexo y al delicado jabón de lavanda que usaban para lavar las sábanas del hotel.

—Ya lo sé, pero este es un calor diferente al del desierto; sin fuego, ni arena: este calor pesa, te cae encima desde la mañana y te aplasta los huesos. No sé cómo alguien puede vivir aquí.

Liam dejó los papeles llenos de números sobre las sábanas arrugadas y alargó el brazo para acariciarme la pierna. Sentí el contacto áspero de sus dedos detrás de mi rodilla subiendo despacio por dentro de mi muslo.

—¿Por qué has cambiado de opinión sobre lo de trabajar juntos después de tanto tiempo? —me preguntó con voz grave pero sin dejar de subir por mi muslo—. ¿Ha sido por mi irresistible encanto escocés? ¿O hay algo más?

—El encanto no da de comer y en casa me esperan una hermana, una sobrina enferma y una hija que confían en mí para que consiga dinero para reabrir el negocio familiar o las cuatro nos moriremos de hambre dentro de un año —respondí sin mirarle.

Los dedos calientes de Liam dejaron de subir por mi pierna.

—¿Tienes una hija?

No le estaba mirando, pero escuché un ligerísimo temblor en su voz al pronunciar la palabra «hija».

—Sí, se llama Laura. Tiene más de tres meses pero no la veo desde que tenía tres semanas.

Algunas veces pensaba en Laura. Intentaba recordar su carita, sus manos diminutas cerradas en puños sobre el colchón del moisés heredado mientras dormía o la manera especial en la que olía. Había olvidado casi todos los detalles sobre ella.

—Pensé que tu marido había muerto —dijo con cautela pero sacándome de mis pensamientos.

—Sí. Mason murió en un incendio en el rancho junto con otros cuatro hombres hace casi un año.

—Lo siento —dijo él, pero me sonó más aliviado que otra cosa.

—Ya, yo también lo siento. Además de a Mason lo perdimos casi todo en el fuego, incluidas las torres extractoras de petróleo y el resto del equipo, no quedó nada que pudiéramos salvar —recordé—. El petróleo bajo la tierra ardió durante una noche entera hasta terminar de consumirse y después no teníamos dinero suficiente para pagar los daños y reponer la maquinaria.

—¿Teníamos?

—Sí, la capataz de la hacienda y yo.

Cada dos meses, Valentina me enviaba un informe detallado de las cuentas de Las Ánimas con los gastos, los ingresos y hasta el último centavo minuciosamente explicado a pie de página como me había prometido. El rancho no tenía beneficios todavía, pero por fin habíamos terminado de pagar los impuestos atrasados y las indemnizaciones a las familias de los trabajadores que murieron en el incendio.

—Lo siento mucho. —Liam dibujó símbolos invisibles con su dedo índice en la piel detrás de mis muslos—. ¿Por eso volviste a España?

—Sí. Estaba sola, embarazada y extrañaba Basondo, el bosque y el mar... ¿no es cruel? Después de años intentando huir de ese pueblo termino volviendo por mi propia voluntad. Tú tenías razón —admití con una sonrisa triste—. Hay algo en Basondo que se te clava debajo de la piel y se te enreda en los huesos para que no te marches jamás.

Liam se acercó un poco más a mí, sentí el colchón hundiéndose bajo su peso cuando alargó el brazo para seguir subiendo por mi cuerpo: primero mi muslo y mi cintura hasta el lugar exacto donde comenzaba mi columna vertebral.

—Pensé que eras tú, durante meses creí que esa atracción que me empujaba hacia Basondo como una brújula que siempre marca el norte era por ti —empezó a decir en voz baja—. Y era por ti, pero había algo más que me llamaba: esa casa con el tejado verde suspendida sobre el mar siempre furioso que parece salida de un sueño.

—Sí, yo volví a mi casa para dar a luz, pero el país y el pueblo que he encontrado a mi regreso no es como lo que yo recordaba —admití—. Nada es como yo recordaba, incluso las personas que creía conocer bien me parecen diferentes ahora. Pensé en Tomás, en la manera fría y distante en que él me habló cuando le pagué para que enterrara al marqués en el cementerio público. Cogió mi dinero y se lo guardó deprisa en el bolsillo de su sotana, pero se atrevió a mirarme con la misma severidad en los ojos que aquellas mujeres que esperaban para entrar en misa habían mirado a Carmen hacía tantos años. Tomás debería implorar mi perdón por lo que le hizo a Alma —y a mí y al resto de nuestra familia—, pero en vez de eso se permitía mirarme con reproche, culpándome a mí de su miseria y de su guerra perdida.

—¿Por eso haces esto? ¿Por ellas? —me preguntó Liam—. Venderles wolframio a los nazis no es cualquier cosa, sabes para qué lo usarán, ¿verdad? Con él blindan sus vehículos o hacen cañones más resistentes para sus armas, así sus balas llegan más lejos. Les estarías ayudando a ganar la guerra, Estrella.

—Es una guerra, uno de los bandos va a ganar —murmuré, y me volví para mirarle por encima de mi hombro—. Lamento si eso te decepciona pero no se me ocurre nada más que pueda hacer para mantenernos a flote y nos estamos quedando sin dinero, pronto tendremos que vender la casa. No voy a permitir que mi familia pase hambre solo porque esté mal visto no tener conciencia.

Liam me acarició la espalda, sus manos masculinas con restos de cicatrices dejaban al descubierto su mentira para cualquiera que supiera mirar más allá de sus modales aprendidos y su pelo de fuego.

—No me decepcionas en absoluto —me aseguró—. Y aunque te cueste creerlo tú también has cambiado en estos años: antes te preocupabas por ti y solo por ti, pero ahora te importan ellas.

Me reí en voz baja y después apoyé la cabeza sobre mis manos pero sin dejar de mirarle.

—Supongo, aunque las semanas que he pasado aquí yo sola fingiendo que era la rica heredera de un emporio minero gastando dinero a manos llenas y asistiendo a fiestas decadentes vestida de Lanvin han sido las mejores semanas que recuerdo en años —admití—. ¿Y qué hay de ti? ¿Por qué vives en un hotel? Además de por la comida y las sábanas de lino, claro.

Me reí en voz baja pero noté que Liam ni siquiera sonreía, así que me incorporé un poco para verle mejor:

—¿Qué sucede?

—Nada. Es solo que vivo en este hotel por si acaso tengo que salir corriendo del país para salvar mi vida, no quiero acabar en uno de esos tribunales de guerra o construyendo presas con los demás esclavos —respondió con los ojos fijos en las sábanas revueltas—. Si el nuevo gobierno descubre que ayudé a decenas de personas a huir de los nazis me matarán.

—Sí, te matarán. Y también a cualquiera que tenga relación contigo —respondí pensando en mí.

—Por eso vivo en este hotel: aquí hay espías británicos y americanos por todas partes, en este mismo piso hay un par de ellos fingiendo que son turistas canadienses de luna de miel, así que si oigo algo raro o dejo de verles por aquí, sabré que tengo que salir corriendo del país.

—Yo estaba a salvo en California, así que para mí la guerra solo era algo borroso que llenaba las páginas en los periódicos del domingo. Claro que miraba las fotografías en blanco y negro de los corresponsales o veía barricadas en las calles o los agujeros que las bombas dejaban al caer, pero para mí, la guerra no era más que una nube negra y roja de tormenta que descargaba su furia demasiado lejos de donde yo estaba como para sentir miedo —admití.

El miedo que había intuido hacía solo un momento en los ojos de Liam era el mismo miedo sordo y viscoso que vi en los ojos de las dos mujeres en la botica de Basondo o en los ojos de todos los demás. El terror a algo sin una forma concreta que ya no se escondía en las calles o en los bares: una criatura siniestra que ahora vivía en todas las casas y dentro de todos los que habitaban en ellas.

—¿Crees que es posible? Cambiar el hierro de tu mina por wolframio —dijo Liam deseando hablar de otra cosa—. Quiero decir, ya sé que hiciste algo parecido con el petróleo en el rancho de tu marido en California, pero dices que eso no terminó demasiado bien.

Recordé esa planta enredadera donde crecía esa maldita flor azul que me seguía a todas partes desde la tarde en que enterramos a la abuela Soledad. Igual que el lobo negro. Caí en la cuenta de repente de que no había escuchado al lobo aullar desde que estaba en Madrid y se me ocurrió que tal vez se había marchado por fin, o que al igual que yo el lobo no estaba acostumbrado a ese calor pesado.

—Sí, creo que es posible a pesar de lo que pasó la última vez —respondí mirándome las manos donde el fuego naranja de las torres extractoras en llamas me había quemado—. Cuando atraje el petróleo hacia el suelo de Las Ánimas estaba lejos de casa y lejos del bosque, apuesto a que eso tuvo algo que ver con lo que pasó después y, si a eso le sumas que el wolframio ya existe mezclado con el hierro de las minas, creo que esta vez podría salir bien.

Me di la vuelta en la cama para leer su expresión y la brisa del ventilador en el techo me arrancó un escalofrío que bajó por toda mi piel hasta mi ombligo.

—Comprendo. Tienes más poder cuando estás cerca de tu tierra, en tu bosque —empezó a decir Liam con una sonrisa encantadora mientras se acercaba a mí—. Así que por fin admites que eres una *lamia* con poderes sobre la naturaleza y sobre los elementos.

Me reí y mi estómago tembló cuando sentí sus dedos haciendo círculos alrededor de mi ombligo.

—Apenas tengo control sobre mi propia existencia como para tenerlo sobre el cielo o los árboles.

Liam inclinó la cabeza sobre mí y sus rizos de color rojo oscuro quedaron esparcidos sobre mi vientre, sentí sus besos bajando despacio hacia la piel más sensible debajo del ombligo hasta que de repente se detuvo y levantó la cabeza para mirarme, solo lo necesario porque aún podía notar su respiración caliente bailando sobre mi piel.

—Sabes, de donde yo vengo también nos gustan las leyendas sobre chicas guapas y tenemos algo parecido a las *lamias*, las llamamos *selkies*,* se supone que son criaturas de una belleza inigualable que viven en el mar, algo similar a una sirena.

Hundí mis dedos en su pelo de fuego.

—Cuéntame más —le pedí.

—¿Sobre las *selkies*? La verdad es que no recuerdo mucho de la historia, era mi madre quien solía hablarme de ellas...

—No, sobre ti —le corté dejando que mis dedos se enredaran en un mechón cobrizo—. ¿De dónde eres? ¿Y por qué eres así?

Liam me dedicó una gran sonrisa.

—¿Así? ¿Cómo?

—Un mentiroso, un estafador.

* *Selkies*: dentro del folclore escocés pertenecen al grupo de los cambiantes, seres que mudan su piel para adoptar otra forma. Estas criaturas tenían el extraño don de poder deshacerse de su piel de foca y transformarse en mujeres de una belleza inigualable.

—Ah, eso... no es una historia muy especial: pobreza, hambre, un padre desconocido y una madre que no llegó a verme cumplir los diez años —respondió evasivo—. Has escuchado esa misma historia triste cien veces ya, no vale la pena malgastar tiempo en ella, sobre todo cuando se me ocurren cosas mejores en las que emplear el tiempo.

Volvió a besarme justo donde antes había interrumpido su cadena de besos.

—Así que Liam Sinclair es un hombre inventado, una fantasía creada por ese chico huérfano y pobre para escapar de una vida miserable —murmuré con la voz entrecortada.

—Exactamente así: ese niño asustado y hambriento desapareció y yo ocupé su lugar, por eso mismo haré lo que sea necesario para no volver a ser ese muchacho nunca, aunque para ello tenga que venderles mi alma a los nazis —me dijo muy serio.

—Tu alma o mi wolframio —susurré mirando al ventilador que giraba sobre nosotros—. Y ¿cómo lo haremos? ¿Cómo convenceremos a los nazis para que nos compren?

—La primera parte es fácil, ¿te gustan las fiestas?

Sonreí despacio y dejé que sus besos siguieran bajando por mi cuerpo.

EL LOBO ENTRE NOSOTROS

L iam insistió en acompañarme de vuelta al palacete. Me cogió la mano en cuanto doblamos la esquina y dejamos atrás la suntuosa entrada del Ritz para evitar que los ojos indiscretos nos vieran. Su mano estaba caliente pero dejé que cogiera la mía igualmente. Aunque ya había anochecido mientras cenábamos tumbados en la cama de la *suite* rodeados de papeles con números escritos y nuestra ropa tirada por el suelo, el calor caía sobre mis hombros como una de las losas de piedra maciza de Villa Soledad. Estaba pegajosa después de una tarde de sexo y calor, así que me había duchado en el hotel —con cuidado de no mojarme el pelo para que mi aventura no resultara tan evidente— antes de volver a ponerme mi vestido y mis zapatos de tacón, pero la sensación del agua fresca en mi piel arrastrando los últimos recuerdos de pasión y mimosas se esfumó en cuanto el aire asfixiante de la noche me aplastó.

—¿Quieres pasar? —le pregunté cuando llegamos a la puerta principal del palacete—. No tengo nada de comer y te advierto que el fantasma de una mujer merodea por la casa algunas noches.

Liam levantó la vista para mirar la fachada de ladrillo del edificio y yo aproveché esos segundos para estudiarle mejor:

el arco de sus cejas, la nariz más recta que yo había visto nunca, la barba que bajaba por su garganta cubriendo su piel llena de pecas claras o su misteriosa cicatriz en la mejilla.

—Así que un fantasma, ¿eh? Cualquiera creería que eres tú quien atrae a los espíritus —bromeó él, todavía con los ojos fijos en el edificio—. Me gustaría entrar pero no quiero quedarme a dormir, es decir, por supuesto que quiero —sonrió—. Pero ya sabes que no debería hacerlo, por si acaso.

Recordé lo que me había contado unas horas antes en la *suite* acerca de su miedo a ser descubierto y detenido. Era un temor que yo no había sentido todavía, pero que había visto reflejado en los ojos de Catalina y en casi todos los demás con los que había hablado desde que regresé a España.

—Bien, pues seguiremos hablando de negocios mañana antes de la fiesta, tú asegúrate de enviar todas esas invitaciones en mi nombre. ¿Crees que vendrán a pesar de haberles avisado con tan poco tiempo? —pregunté mientras buscaba las llaves en mi bolso—. Si todos esos empresarios y altos cargos del partido que conoces no se presentan aquí mañana, todo esto no servirá de nada.

Por fin noté el tacto metálico de las llaves en mi carísimo Loewe de piel de avestruz.

—Vendrán, descuida, todos están deseando conocerte por fin. «La vasca», he oído que te llaman en algunos círculos —me aseguró Liam observándome sin ningún disimulo—. Y cuando estén en tu bonito palacete bebiéndose tu champán francés les hablaremos del wolframio y de Empresas Zuloaga.

—¿Funcionará? —pregunté ya con las llaves dentro de la cerradura de la pesada puerta principal.

—Ya lo creo que funcionará, seguro que hasta tienes más de una oferta mañana mismo. —Liam dio un vistazo a la calle y alrededor para asegurarse de que nadie nos observaba con especial interés y después me dio un beso largo y profundo—. Tengo que ocuparme de un asunto por la mañana, pero estaré aquí antes de comer para ayudarte con los preparativos.

—No necesito ayuda, pasé años viendo cómo mi madre organizaba fiestas parecidas a la de mañana —respondí, todavía con su sabor en mis labios—. Pero ven de todas formas, odio esperar sola, parece que el tiempo se empeña en ir más despacio cuando una espera sola.

Liam me sonrió, la luz de la farola sobre nosotros arrancó un destello naranja a su pelo.

—Aquí estaré, buenas noches, mi querida marquesa.

Le miré una última vez antes de entrar y únicamente sonreí cuando Liam ya no podía verme.

Esa noche me asaltaron unas pesadillas terribles e intensas mientras dormía sola en la gran cama de la habitación principal del palacete de los Misterios. En mis sueños, Alma estaba sentada en la escalinata de mármol de Villa Soledad, su rostro de quince años estaba oculto entre las manos pero lloraba amargamente.

—No te pongas así, Alma. Te prometo que no te he cambiado por Catalina, es solo que necesito poder confiar en alguien, aunque sea solo en una persona. Tú estás muerta pero sigues siendo mi hermana favorita. Tú sigues siendo como yo.

Intentaba convencerla con mis palabras, pero Alma no dejaba de llorar de modo que traté de correr hasta las escaleras donde ella estaba sentada pero mis piernas no me obedecieron. Miré hacia abajo y vi que llevaba puesto el mismo vestido blanco y largo de encaje de hilo de seda que la tarde de mi cumpleaños once años antes, entonces escuché unas pisadas detrás de mí entrando por la puerta principal de Villa Soledad. No eran pisadas humanas: eran pezuñas, poderosas garras que rascaban el suelo del vestíbulo.

—Shh... es el lobo y te está buscando, Estrella, te busca desde hace mucho tiempo. —Alma levantó la cabeza para mirarme pero deseé que no lo hubiera hecho, porque la mitad de su rostro, idéntico al mío, estaba salpicado de sangre oscura y restos de hierbas que se pegaban a su pelo y manchaban su vestido blanco de encaje.

»Si disimulas y te estás quieta igual pasa de largo sin verte —susurró Alma desde sus labios pálidos de chica muerta. Estaba paralizada, no podía volverme para mirar, pero escuché las garras del animal acercándose por mi espalda, caminando por el vestíbulo de la casa con el nombre de mi abuela como si fuera una prolongación de su bosque, como si los pinos y los robles hubieran extendido sus raíces centenarias por debajo de Villa Soledad aceptando la casa como una parte más del bosque. Sentí la respiración del lobo en mi pierna y solo un momento después pasó junto a mí rozándome el vestido. Sabía que estaba soñando, pero nunca antes había podido ver al lobo negro desde tan cerca: era un animal magnífico, tan alto que su lomo me llegaba hasta más arriba de mi cintura, con patas anchas y fuertes, su cabeza era mucho más grande que la de una persona, con las orejas de punta, alerta.

Aunque estaba inmóvil mi falda ondeó en el aire cuando el pelaje denso y negro como la noche del animal rozó el encaje blanco de mi vestido. El lobo se detuvo igual que si hubiera olfateado mi miedo en el aire del vestíbulo y volvió su enorme cabeza hacia mí para mirarme. Tenía un ojo de cada color: uno verde y el otro amarillo.

—El lobo es la muerte y te sigue a todas partes. Tú eres el lobo.

A pesar del pánico miré a Alma solo un instante para asegurarme de que era ella quien hablaba y no el lobo, pero cuando volví a mirar alrededor, vi que el vestíbulo de la mansión estaba ardiendo. Las llamas trepaban por las paredes recubiertas de papel de seda hasta el techo abovedado, donde formaron un lago de color naranja brillante de fuego que ondeaba a su antojo sacudido por un viento invisible. El calor en el aire era tan intenso que noté cómo me quemaba la cara, los brazos y derretía el encaje de mi vestido. Me desperté en la cama cubierta de sudor y jadeando como si el fuego de mi pesadilla estuviera ya bajando por mi garganta.

Miré alrededor de la habitación casi esperando ver las paredes de caoba quemadas o al lobo negro entrando por la puerta sin molestarse en ocultar el sonido de sus garras en el suelo, preparado para seguirme durante otros quince años allá donde fuera. Pero no había restos de incendio, ni lobo; nada, ni siquiera Alma con su vestido de encaje blanco y la sangre salpicándole la cara.

Hacía mucho calor, así que me levanté de la cama revuelta por las pesadillas y abrí la ventana. Los sonidos de la ciudad entraron en el dormitorio llevándose los últimos retazos de mi pesadilla que ya empezaba a desvanecerse en mi recuerdo: sonidos de voces y la luz amarillenta de las farolas abajo en la calle. Me quedé un momento más en la ventana respirando el aire asfixiante y sucio de la ciudad. Sabía que era imposible, pero por encima de todos los sonidos de Madrid, escuché el aullido de un enorme lobo negro.

—Vaya, tenías razón cuando dijiste ayer que podías encargarte tú sola de organizar la fiesta —me dijo Liam mirando alrededor—. Estoy impresionado, lo admito. ¿Tú sola has organizado todo esto? ¿Y en un día?

—Sí, una de las muchas ventajas de ser la hija de los marqueses de Zuloaga es que durante años vi cómo mi madre organizaba fiestas, bailes y cócteles parecidos a este para agasajar a los invitados de padre. Supongo que algo aprendí de ella. Aunque la decoración para la fiesta no estaba terminada todavía, los trabajadores ya habían terminado de colocar las guirnaldas de bombillas que se cruzaban sobre el patio, los cojines de seda de colores brillantes, las mesas donde después se colocarían las bandejas con la comida, la barra para las bebidas y la fuente cuyos grifos hacían dibujos con el agua justo en el centro del patio.

—Ha quedado muy bien, casi da la sensación de que estamos en el patio de algún palacio en Tánger o en Marrakech —dijo Liam complacido—. No puedo imaginar cómo debían ser esas fiestas en Villa Soledad antes de la guerra y todo lo demás.

—Ahora me parece que todo eso sucedió hace un millón de años, casi como si hubiera sido en otra vida, pero entonces me enfadaba mucho con mi madre por no dejarnos asistir a sus fiestas —recordé, y una sonrisa triste y traicionera se asomó a mis labios al pensar en mamá con su vestido de noche de lentejuelas, su melena recta y castaña mientras fumaba cigarrillos importados en su boquilla—. De todas formas, con solo un día de antelación no hay mucho más que se pueda comprar, y eso que no he reparado en gastos para impresionarles. «Solo lo mejor de lo mejor», como solía decir mamá.

—He asistido a varias fiestas, a muchas en realidad, desde que estoy instalado en Madrid, pero nunca había visto algo parecido a esto. Parece el decorado de una película. —Los ojos de Liam volaron sobre el patio cuadrado fijándose en los detalles—. Y ¿dónde has encontrado las palmeras? No me dirás que has viajado esta noche hasta Los Ángeles para robar las del *Coconut Grove*.

Me reí y después crucé los brazos.

—No, nada de eso. Estas son de papel maché: se parecen a las del club nocturno pero son mucho más baratas. Solo espero que ninguno de los invitados se pare debajo de una de ellas a fumar o todo esto arderá. —Sonreí, pero mi sonrisa duró hasta que las imágenes de mi pesadilla de la noche anterior regresaron a mi cabeza.

—¿Va todo bien? —Liam me rozó el brazo con los dedos aprovechando que los camareros estaban ocupados colocando las mesas y terminando de desplegar las alfombras.

—Sí, es solo que todo tiene que salir a la perfección esta noche —mentí, aunque no del todo—. No me queda mucho más dinero para quedarme a vivir en Madrid, al menos, no gastando a este ritmo.

—Funcionará —me aseguró él—. Todos los de nuestra lista han respondido con un «sí» cuando les he hecho llegar las invitaciones. Se mueren por venir esta noche y conocer a la marquesa, a la Vasca.

—Sí que ha quedado bien —murmuré mirando alrededor—. Quería que el tema de la fiesta fuera el desierto, el exotismo y el lujo de Oriente. Pretendía que se sintieran como si estuvieran dentro de unas de esas películas antiguas con palmeras, alfombras voladoras, turbantes con joyas y alfombras persas.

Había visto muchas de esas películas mientras estuve interna en el St. Mary's. El viejo cine de Surrey fue el lugar más mágico del mundo para mí durante esos años. Me sentaba en una de las butacas de terciopelo rojo desgastado, con una bolsa de palomitas en el regazo y con mi amiga Lucy sentada al lado comiendo regaliz mientras la linterna mágica al otro lado de la sala lanzaba una columna de luz fantasmagórica proyectando en la pantalla parcheada las aventuras de ladrones de Bagdad, piratas o princesas de lugares exóticos. Incluso ahora, si cerraba los ojos y pensaba en ello con la suficiente fuerza, podía sentir el olor a palomitas recién hechas y al polvo acumulado en las butacas del pequeño cine flotando en el aire asfixiante de Madrid que llenaba el patio interior del palacete.

—Ya sé que no te gustan mucho los regalos ni los gestos románticos —empezó a decir Liam sacándome de mis recuerdos—. Pero tengo algo para ti.

Le miré sorprendida:

—Pues claro que me gustan los regalos, sobre todo si son caros. ¿De qué se trata?

Liam se inclinó ligeramente para hablarme al oído a pesar de que era imposible que el camarero más próximo a nosotros pudiera escucharnos, porque estaba al otro lado del patio comprobando la cubierta de raso de las jaimas.

—Es algo que me llevé de Villa Soledad hace años —susurró, y sus labios acariciaron la piel de mi cuello—. Debí dártelo antes pero supongo que me gustaba la idea de tenerlo y que nadie lo supiera. Seguro que tú lo entiendes bien: el hábito de engañar a otros es de los más difíciles de abandonar.

No me dio tiempo a responder porque en ese momento Liam metió la mano en el bolsillo de su americana y sacó algo envuelto en un pañuelo con sus iniciales bordadas.

—Esto siempre ha sido tuyo —añadió.

Incluso sin abrirlo supe lo que protegía el pañuelo: era el colgante de la abuela Soledad. Aunque habían pasado muchos años desde que padre me lo arrebató, reconocí inmediatamente el peso de la joya en mi mano.

—¿Lo has tenido tú todo este tiempo? —pregunté, y mi voz tembló ligeramente.

—Sí. Tu padre me lo vendió encantado por una quinta parte de lo que valía el día de tu boda —respondió él—. Para aquel entonces el marqués ya estaba casi en la ruina y necesitaba efectivo. Yo planeaba vendérselo después a la esposa de un empresario alemán, pero al final cambié de idea. Espero no estar volviéndome un sentimental por tu culpa, mi querida marquesa, sería una tragedia.

—Desde luego que lo sería... —murmuré.

Había buscado ese collar durante años; registrando cada cajón lleno de polvo y cada armarito cerrado con llave de la mansión, incluso había mirado dentro de las cajas de puros de padre por si acaso lo había escondido ahí. Y ahora volvía a estar en mi mano, igual que la tarde en que Alma me confesó entre lágrimas que nuestra abuela había muerto y que me había dejado su colgante. El collar de la abuela Soledad representaba para mí la dolorosa certeza de que mi hermana sí que podía ver a los muertos, la prueba envenenada de que Alma siempre había dicho la verdad. Pero ahora ese collar era una cosa muy distinta: la confirmación de que podía confiar en Liam Sinclair y en su eterna media sonrisa.

—También tengo listo el dinero para volver a reabrir la mina —me dijo de repente—. Dos millones de pesetas en oro esperando para ser invertidos en Empresas Zuloaga.

—Es mucho dinero.

La risa de Liam resbaló por mi cuello y envió una corriente de calor por todo mi cuerpo.

—Es casi todo mi dinero, incluida la cantidad que tenía reservada por si acaso tengo que salir huyendo del país —me dijo—. Pero dentro de un año habremos ganado tres veces más que eso con el wolframio.

Mientras Liam susurraba en mi oído, al otro lado del patio dos muchachos conectaban la fuente con la base redonda decorada con filigranas alrededor del murete del estanque como si fuera una antigua fuente árabe. El circuito hizo un ruido mientras se vaciaba de aire, parecido a alguien soplando con fuerza a través de una pajita, y unos segundos después los caños en el fondo del estanque impulsaron el agua hacia arriba. Liam se olvidó de mí un momento para mirar los dibujos del agua en la fuente.

—¿Puedes quedarte un rato más? No quiero esperar sola toda la tarde hasta que lleguen los invitados.

Él sonrió y se volvió para mirarme:

—Creía que nunca me lo pedirías, marquesa.

La tarde pasó calurosa y lenta. Dos pisos más abajo, en el patio interior del palacete los trabajadores se afanaban por terminar con la decoración, las luces y la comida para tenerlo todo preparado antes de que los invitados comenzaran a llegar. Liam y yo habíamos comido en el dormitorio principal del segundo piso, habíamos hecho el amor otra vez y después volvimos a repasar los detalles de nuestro plan de negocios. Sentados en la cama mientras nos terminábamos los restos de sándwiches fríos y limonada que los encargados de la cocina habían improvisado para nosotros, Liam me contó lo que sabía sobre algunos de los hombres a los que teníamos que convencer esa noche: quiénes eran, sus bebidas favoritas, el dinero que se gastaban en antigüedades o el nombre de sus amantes. Después Liam se vistió y volvió a su *suite* en el Ritz para arreglarse y ponerse su esmoquin.

Mientras abajo los preparativos para la fiesta seguían sin mí, yo me di un baño en la enorme bañera de hierro fundido para intentar combatir el calor de la tarde, pero resultó inútil porque tan pronto como estuve fuera del agua fresca con esencia de rosas, el aire caliente de la ciudad se las ingenió para meterse otra vez debajo de mi piel.

Había planeado ponerme mi vestido de Madeleine Vionnet, el mismo vestido que había llevado en la feria agrícola en el hotel Ambassador. Esa noche no encontramos ningún socio y tuvimos que volver a San Bernardino con las manos vacías. Pero mi vestido de terciopelo morado cortado al bies con pedrería con la espalda descubierta fue la sensación de la velada. Lo había llevado a Madrid conmigo y ahora estaba colgado de una percha en la puerta abierta del armario. La peluquera que solía arreglarme el pelo cada semana en el salón de belleza llegó al palacete dos horas antes de la fiesta, a la hora que yo le había indicado, con una bolsa de cuadros al hombro donde llevaba todo lo necesario para trabajar en casa. Me dijo que no solía trabajar a domicilio, pero yo insistí y añadí otro billete más al montón para terminar de convencerla porque necesitaba que, además de arreglarme el pelo y maquillarme, hablara de mi fiesta a las demás clientas del exclusivo salón de belleza donde trabajaba.

—Está usted muy guapa, señora marquesa. Ha quedado igualita que Vivian Leigh pero más elegante todavía —me dijo mientras terminaba de recoger sus cosas—. Mucha gente importante habla de su fiesta de esta noche, ¿sabe? Los hay que se han quedado con las ganas de ser invitados.

—Lo recordaré para la próxima entonces. Gracias por haber aceptado venir, hablaré muy bien de usted a todas mis amigas, no le faltará trabajo —le prometí.

Y después le di a la chica, que tendría mi edad, una propina por las molestias.

Cuando me quedé a solas otra vez en el dormitorio me quité la bata de raso blanco y empecé a vestirme, despacio y asegurándome de que cada pliegue de terciopelo y cada cristal austriaco de pedrería estaba en el lugar perfecto. Cuando hube terminado me miré al espejo de cuerpo entero que había junto a la puerta antes de salir de la habitación.

«Sí que estás igualita que Vivian Leigh», pensé antes de bajar.

El patio interior del palacete de los Misterios se había convertido en el decorado de una vieja película de Hollywood mientras yo me vestía: las alfombras persas alquiladas para la ocasión estaban colocadas estratégicamente unas sobre otras para ocultar el suelo de piedra del patio, las palmeras de papel maché parecían mucho más auténticas bajo la luz dorada de las bombillas que se cruzaban a tres metros de altura imitando a las constelaciones y estrellas en el cielo nocturno, y la fuente colocada justo en el centro del patio ayudaba a dar una falsa sensación de frescor al aire cálido de la noche.

El pequeño ejército de camareros y ayudantes daba los últimos retoques al decorado para que todo estuviera perfecto antes de que los invitados empezaran a llegar. Me tomé un momento para considerar hasta dónde había llegado, miré a las falsas estrellas en el cielo y tomé aire.

—Ha quedado fabuloso, pero tú estás tan encantadora que prácticamente te suplicarán que les permitas darte su dinero. Te firmarán los cheques sin hacer preguntas —me dijo una voz con acento del norte de Escocia.

—Mejor, porque necesitamos todo el dinero que quieran darnos —murmuré sin mirarle—. ¿Cómo es que te han dejado pasar tan pronto?

Esta vez sí me volví para mirar a Liam, aunque incluso antes de verle supe que tenía su eterna media sonrisa en los labios.

—Les he dicho que soy el amante de la marquesa, uno de los muchos, y que ella esperaba encontrarse conmigo en privado antes de que llegaran los invitados.

—Más te vale que sea mentira o te echaré de aquí a patadas con mis carísimos zapatos. Ya lo hemos hablado, nadie puede enterarse de lo nuestro —le dije muy seria.

Liam puso los ojos en blanco y se rio en voz baja, de nuevo una ola de calor bajó como una respuesta a su risa para perderse entre mis piernas.

—Ya, muy gracioso —mascullé intentando ignorar el calor de mis mejillas para que Liam no se diera cuenta.

—Le he dado un par de billetes al chico que vigila la puerta para que me deje pasar antes, eso es todo. Bien, ¿qué opinas? ¿Parezco un hombre honrado? —me preguntó dando una vuelta sobre sí mismo con ceremonia para que pudiera verle bien—. ¿Tú querrías firmar un acuerdo comercial conmigo?

Liam se había puesto un esmoquin negro con la chaqueta entallada a la cintura para resaltar sus hombros anchos, y una camisa blanca con botones de nácar que centelleaban debajo de la luz de las estrellas falsas. Su pelo cobrizo estaba peinado hacia un lado con fijador como hacían los caballeros elegantes, hasta haber conseguido domesticar por completo esas ondas que siempre le recordaban su origen salvaje. Se había arreglado su barba pelirroja para tener un aspecto más delicado recortándola hasta dejarla apenas unos centímetros de largo, lo suficiente para que cubriera la cicatriz en su mejilla.

—Definitivamente no pareces un hombre honrado, tranquilo —le dije ocultando una sonrisa—. Pero sospecho que los invitados de esta noche te conocen y ya saben que eres un verdadero sinvergüenza y un estafador.

—Y aun así soy el más civilizado de tus invitados —respondió Liam sin rastro de humor en su voz.

Era verdad. Pensé en ello un momento, en los hombres y mujeres a los que había invitado al palacete para agasajar con una fiesta tan cara que podría pagarle la universidad a Laura o a Marina. Me recordé por qué hacía aquello en realidad: me había divertido trasnochando en fiestas elegantes, bebiendo cócteles de champán en el Pasapoga hasta el amanecer o taconeando por la Gran Vía mientras miraba mi propio reflejo en los escaparates de las tiendas de lujo y las *boutiques* a pesar de que en el cajón de mi mesita de noche en Villa Soledad había una cartilla de racionamiento con mi nombre esperándome. «Ochenta gramos de pan por persona y día.» Sí, me había divertido de verdad gastando lo que quedaba del seguro de vida de Mason y comportándome como la mujer despreocupada que había estado destinada a ser, pero ahora, mientras los camareros vestidos con sus chaquetillas blancas abrían las puertas del palacete para dejar pasar a mis invitados recordé cuantísimo ansiaba regresar —y poder conservar— Villa Soledad, el bosque misterioso y fragante que cada día avanzaba más hacia la casa y mi mar. Y para eso necesitaba la mina, necesitaba su dinero, sus contactos, el wolframio y necesitaba todo lo que ellos quisieran darme.

—Ninguno de los dos somos honrados —le dije, aunque no supe si llegó a escucharme porque justo en ese momento los primeros invitados entraron en el patio interior.

Dos horas después, mi fiesta era oficialmente un éxito. Los canapés repartidos entre las mesas desaparecían rápidamente: dátiles flambeados, paté al oporto, baklava de miel de azahar, queso francés con frutos rojos, hojaldres rellenos de pétalos de rosas... lo más exótico y especial que se podía conseguir en Madrid con tan poco tiempo de antelación. El cóctel de melón y champán había resultado ser todo un acierto porque mirara donde mirara veía camareros rellenando copas con esa bebida imposiblemente dulce para mi gusto.

La pequeña banda de músicos que había contratado tocaba versiones de canciones famosas de Glenn Miller o boleros de Daniel Santos en un rincón del patio. Los músicos iban vestidos igual que si acabaran de bajarse del escenario del *Coconut Grove* para tocar en mi fiesta con sus trajes impolutos, sus grandes sonrisas y sus instrumentos brillantes. Sin embargo, esa misma tarde, mientras se preparaban, vi el miedo en los ojos del hombre que tocaba la trompeta cuando les pregunté si conocían alguna canción típica alemana para sorprender a mis invitados.

—Espero que estés satisfecha con tu fiesta, parece que todo va sobre ruedas —me dijo Liam—. Tus invitados beben, comen, se ríen y todos hablan de negocios y de la misteriosa marquesa, la Vasca.

—¿Ah, sí? ¿Y qué es lo que dicen de mí? —pregunté no muy interesada.

—De todo: desde que mataste a tu último amante porque pretendía abandonarte hasta que eres la nieta de la mismísima condesa Bathory.

Yo le di un trago a la copa de champán que tenía en la mano y que ya había empezado a calentarse.

—Estaré satisfecha cuando alguno se decida a firmar con nosotros, muchas gracias. Mientras tanto solo veo a un montón de parásitos bebiéndose mi dinero.

—Paciencia, estos hombres no son esos palurdos con sombrero de *cowboy* que querían jugar a ser vaqueros y bebían whisky con cola en el salón del Ambassador, o como esos vendedores de ganado y terratenientes tejanos con los que querías hacer tratos en California —me advirtió Liam ahora en voz baja—. Aunque les veas aquí riendo y bebiendo mimosas con sus elegantes trajes y sus uniformes lustrosos debes tener mucho cuidado con ellos, Estrella.

La canción terminó, hubo unos pocos aplausos educados y la banda en el rincón empezó a tocar una versión libre de *El día que me quieras*.

—Solo son militares, funcionarios y empresarios, sabré arreglármelas —respondí por encima de la melodía.

—No lo entiendes, no solo es una fiesta: estos hombres se han levantado sobre miles y miles de muertos para estar esta noche aquí comiendo aperitivos de salmón y bebiendo champán francés. —Liam me miró para asegurarse de que comprendía la gravedad de lo que estábamos haciendo—. No puedes ni imaginar las cosas horribles que te harán si intentas arrebatarles eso. El poder sobre otros y el terror que hacen sentir a los demás es adictivo para ellos, y si haces cualquier cosa que les haga sospechar mínimamente que pretendes quitarles eso te aplastarán. A ti y a todos los que conoces.

Recordé la mirada asustada en los ojos del hombre de la trompeta al mencionar a los alemanes.

—Pues entonces no lo haré, me limitaré a seguir con nuestro plan tal y como hemos acordado —le dije con una sonrisa encantadora para que nadie que nos estuviera observando pudiera saber lo que decíamos en realidad—. Si tienes miedo de que descubran lo que hacías antes no pasa nada, puedes marcharte a tu hotel si quieres, yo estaré bien aquí. Seguiremos siendo socios de todas formas.

El patio interior del palacete estaba decorado como una gran jaima de lujo y el calor asfixiante de la noche contribuía a que todos se convencieran de que cada elemento de la decoración formaba parte de una fantasía, un sueño, algo inofensivo que desaparecería con el amanecer.

—Incluso ahora que estoy aquí no sé si esto es una buena idea o la mayor estupidez que he hecho en toda mi vida —murmuró Liam—. No me gustan los nazis.

—Vamos, seguro que esta no es ni de lejos la mayor estupidez que has hecho en tu vida —respondí, intentando animarle.

Un grupo de hombres con el uniforme de gala de la Falange charlaban animadamente cerca de la fuente mientras un camarero rellenaba sus copas de cóctel de melón y champán. Desde donde estaba noté cómo la mano del camarero temblaba de miedo al inclinar la botella cerca de esos hombres impecablemente vestidos y adornados con sus medallas.

—Yo no estoy tan seguro de eso —dijo Liam, dando un rápido vistazo alrededor.

—A mí no me importa las cosas terribles que estos hombres hayan hecho, son negocios, nada más. Yo solo necesito su dinero y sus contactos para poder reabrir la mina y conservar mi casa. No hay nadie más con quien pueda hacer negocios —dije intentando no mirar al camarero asustado—. Y ya es un poco tarde para echarse atrás, ¿no crees? Tenemos a los nazis llamando a nuestra puerta deseando trabajar con nosotros.

Señalé con disimulo a unos caballeros alemanes que estaban sentados en las otomanas doradas entre cojines de seda de muchos colores y formas. Los cuatro hombres, tan altos como torres y con risa fuerte que sonaba por encima de la música, charlaban entre ellos mientras bebían un sucedáneo de té dulce con hierbabuena.

—Todavía podemos echarnos atrás, cancelarlo todo y marcharnos de Madrid esta misma noche si tú quieres —me susurró Liam dándose la vuelta para que nadie pudiera leerle los labios—. Tengo dinero suficiente, podemos irnos de España los dos juntos.

—No puedo marcharme sin más, ¿qué pasa con Catalina y con las niñas? No pienso abandonarlas a su suerte, ni hablar.

La antigua Estrella hubiera aceptado su oferta sin pestañear.

—Pues iremos a Basondo a buscarlas y nos marcharemos del país, los cinco —respondió él—. Dentro de una semana podríamos estar todos en Escocia y después buscaremos un barco que nos lleve hasta Estados Unidos, a salvo de la guerra y de ellos.

Con un gesto de cabeza Liam señaló hacia el patio lleno de mujeres con vestidos de lujo y hombres de uniforme.

—Ya sé que es difícil para ti estar aquí con ellos, pero no te preocupes, todo irá bien. Puedo manejarlos durante un rato —le aseguré—. De todas formas, no importa mucho quiénes sean o lo que hayan hecho para llegar a donde están, ¿verdad? Si todo va bien, después de esta noche no volveremos a verles.

—Sí, si todo va bien. Pero además del wolframio y la mina hay otros asuntos que debemos considerar —susurró Liam casi en mi oído haciéndome cerrar los ojos un momento más de lo necesario—. Puede que estos encantadores caballeros estén interesados en algo más que los negocios.

—¿A qué te refieres? ¿Quieres decir...?

—No, no hablo de nada romántico ni sexual —se apresuró a responder—. Escucha, para la mayoría de ellos esto solo son negocios: una forma más de ganar dinero con la guerra, pero también hay verdaderos fanáticos entre los hombres que llevan ese uniforme, Estrella. Algunos están obsesionados con ideas peligrosas sobre el fin del mundo, la raza superior o toda clase de trastos antiguos mágicos que el *Führer* anda buscando por medio mundo. ¿Sabes lo que es la Ahnenerbe?

Negué con la cabeza.

—No, nunca lo había escuchado.

—Mejor para ti. La Ahnenerbe es una sociedad secreta nazi, un grupo de comandantes y jefes obsesionados con la arqueología, la magia negra, el ocultismo y cosas así. Dicen por ahí que han financiado excavaciones por todo el mundo en lugares tan distantes como Brasil o el Tíbet, también han estado buscando algo aquí en España —dijo Liam con su acento enredado.

—¿Aquí en España? Y ¿qué es lo que buscan?

Liam fingió que se llevaba su *bourbon* con hielo a los labios. Como buen estafador él sabía bien lo importante que era no llamar la atención para no despertar las sospechas de la presa.

—Nadie lo sabe exactamente, pero sobre todo, les interesan las reliquias antiguas, artefactos religiosos, ruinas celtas..., cualquier cosa que crean que alberga algún tipo de poder místico —me dijo con una gran sonrisa fingida como si estuviéramos charlando animadamente—. Y no me refiero solo a los nazis: entre los falangistas también hay quien cree en demonios, en poderes sobrenaturales o rituales secretos.

Di un rápido vistazo alrededor para que pareciera que estaba buscando a alguien y después volví a mirar a Liam, que tenía la misma expresión que alguien que olvida las llaves dentro de casa y no encuentra la forma de entrar.

—¿Demonios y poderes sobrenaturales? —repetí.

—Sí. El *Führer* está obsesionado con la vida eterna y el poder, tiene a medio ejército alemán buscando ruinas en el desierto.

—Bien, esconderé las reliquias familiares por si acaso, pero te advierto que el marqués lo vendió casi todo durante la guerra. —Sonreí para quitarle importancia, pero Liam arrugó las cejas en un gesto involuntario de preocupación que podría llevarnos al calabozo a ambos—. ¿Qué pasa?

—Robar antigüedades no es lo único que hacen —empezó a decir—. La Ahnenerbe depende directamente de las SS, la policía nazi, y tienen el visto bueno para hacer experimentos con personas en sus campos de trabajo.

A pesar del calor de la noche sentí un escalofrío y mi sonrisa de anfitriona perfecta tembló en mis labios.

—¿Qué tipo de experimentos? —pregunté mirando a mis invitados con cautela.

—Bueno, ellos los llaman así, pero hasta donde yo sé no tienen mucho de científicos. Les interesa sobre todo conocer los límites del cuerpo humano: el dolor, la resistencia al frío, la tolerancia a enfermedades infecciosas... cosas así. Por ahí dicen que inyectan combustible para tanques a algunos de sus prisioneros y que una vez abrieron en canal a dos gemelos para comprobar si tardaban el mismo tiempo en morir. —Liam hizo una pausa como si necesitara un momento para seguir hablando después de lo que acababa de contarme—.

Pero les interesan sobre todo las personas con habilidades especiales. Cuando Ahnenerbe encuentra a una de esas personas la encierran como a un animal para someterla a todo tipo de pruebas y experimentos, ¿comprendes ahora lo que quiero decir?

Lo comprendía. Lo comprendía tan bien que tragué saliva varias veces para bajar el nudo que se había formado en mi garganta mientras Liam hablaba.

—Sí —respondí cuando me recuperé un poco, pero tuve que dar un sorbo a mi copa para que el champán me ayudara a arrastrar los restos de miedo en mi voz—. Entiendo lo que te preocupa, pero no pasa nada, todo irá bien.

Liam miró alrededor para asegurarse de que nadie escuchaba nuestra conversación antes de añadir:

—Se rumorea que Hitler está perdiendo ventaja y buscan una forma desesperada de ganar: confían en poder crear soldados más poderosos, más rápidos y fuertes e inmunes al dolor. Y seguro que les vendría muy bien que también fueran capaces de manipular la naturaleza.

—Tendré cuidado —le aseguré, pero me miré una de mis manos como si de repente temiera no poder controlar las chispas que habían salido de las yemas de mis dedos la noche que casi incendié Villa Soledad—. Pero no voy a abandonarlo todo solo porque a unos dementes con uniforme les guste abrir en canal a sus prisioneros, además dices que eso únicamente sucede en Alemania, ¿verdad?

No era una pregunta, buscaba arrancarle a Liam un atisbo de consuelo, la confirmación de que los horrores que había descrito sucedían muy lejos de ese bonito patio iluminado y decorado con palmeras falsas. Liam me puso la mano al final de la espalda justo donde el terciopelo morado de mi vestido empezaba, y me hizo girar disimuladamente.

—¿Ves a ese hombre que come canapés de queso y frambuesas? —me preguntó—. Ese bajito que está al fondo con uniforme de la Falange y lleva un bigote recto.

Asentí.

—Ese hombre es José Luis Arrese. Es nada menos que el

ministro-secretario general del Partido único, también es muy amigo de Himmler, el jefe de la Ahnenerbe y el encargado de reunir esos objetos mágicos para Hitler. —Miré al hombrecillo que comía hojaldres de queso y frutos rojos en un rincón como si no hubiera probado algo tan delicioso en toda su vida. Su aspecto menudo y sus gestos rápidos mientras comía me recordaron a los de un hámster o una ardilla—. Quiere crear algo parecido a la Ahnenerbe aquí, en España: una sociedad secreta ocultista que dependa únicamente de la Falange. Y quiere que ese hombre sea el director, el capitán Rodrigo Villa.

El capitán tenía un vaso con whisky en la mano pero no bebía de él, tampoco parecía haber comido nada o estar pasándoselo demasiado bien en mi fiesta: daba la sensación de ser un hombre recto, poco interesado en las reuniones sociales o en los cócteles.

—¿Ese es el tal Villa? Ya me había fijado antes en él —murmuré—. Desentona y no parece estar muy contento.

—Sí, dicen que no es muy amigo de las fiestas o de ir al club de campo a jugar al golf. Le conocí brevemente hace un mes en el Casino y ya entonces me dio escalofríos. Es un tipo peculiar, hermético; es casi imposible llegar a él.

—¿Qué más sabes? —pregunté sin dejar de mirar al capitán.

—No mucho, la verdad. He oído que Villa empezó como ingeniero de minas antes de la guerra, pero que ha ido ascendiendo dentro de la Falange hasta convertirse en la mano derecha de Arrese. —Liam hizo chocar los hielos en su vaso pero no bebió—. Se comenta por ahí que el bueno del capitán Villa le tiene comiendo de su mano, por eso Arrese va a nombrarle jefe de la Sociedad Española de Ocultismo.

El capitán Villa llevaba puesto su uniforme de gala, iba impecablemente aseado con la guerrera con cinturón y botones dorados a juego de los bordados en sus hombreras. Desde donde estaba me fijé en que había dos insignias de metal en su chaqueta pero no pude ver bien las condecoraciones. A pesar del calor, Villa era el único hombre de uniforme en el patio que no se había quitado la chaqueta, aunque llevaba su gorra de plato debajo del brazo.

—No parece muy peligroso —comenté—. Y lo imaginaba más viejo, es un hombre muy apuesto.

Villa rondaría los treinta años, con el pelo moreno bien cortado y cuidadosamente peinado con fijador hacia atrás. Su piel tenía un aspecto dorado que no parecía un bronceado de vacaciones, sino más bien su color natural, y sus pómulos eran altos y marcados. No tenía barba o bigote, pero me pareció que era uno de esos hombres que tienen la sombra de una barba incluso dos horas después de haberse afeitado. Sus ojos eran oscuros y parecían hundidos debajo de sus cejas pobladas y rectas.

—Sí, muy apuesto, pero debajo de ese uniforme tan elegante dicen que tiene las cicatrices de dos puñaladas en el hígado y un tiro justo en el centro del pecho que le dio un brigadista. Han intentado matarle media docena de veces pero se rumorea que tiene mucha suerte y más vidas que un gato. —Liam me acarició la espalda con el pulgar pero noté que sus ojos estudiaban con disimulo a Villa por encima de mi cabeza—. Los espías aliados le siguen a todas partes porque creen que será el próximo director de la Falange, pero no se le conocen novias, novios o ningún otro vicio además de los coches de lujo que guarda en el garaje de su casa.

El capitán Villa notó que le observábamos desde el otro lado del patio porque me sonrió con educación y empezó a caminar hacia donde estábamos. Sentí que Liam apretaba la mandíbula con cada paso.

—Todo irá bien, déjame hablar a mí —susurré sin perder mi sonrisa de perfecta anfitriona.

—Buenas noches, señora marquesa. Por fin nos conocemos, llevo semanas escuchando hablar de usted en cada reunión pero todavía no habíamos sido presentados como es debido —me dijo con voz serena—. Soy el capitán Rodrigo Villa y Ramos, para servirla.

Le estreché la mano como si estuviéramos acordando cerrar un trato de negocios a pesar de que sabía que no era eso lo que se esperaba de una señorita, y a juzgar por su media sonrisa de sorpresa funcionó.

—Encantada. Me alegro de que haya podido venir a mi fiesta habiéndole invitado con tan poca antelación. Espero que no se esté aburriendo demasiado —dije con soltura.

—Nada de eso, es solo que prefiero ambientes más tranquilos para estar a solas con mis pensamientos, pero la suya es una fiesta muy especial, y su decoración es muy atrevida... —Sus ojos oscuros volaron sobre las palmeras falsas un momento interminable antes de volver a fijarse en mí—. Pero me gusta, me recuerda a la época que estuve destinado en Marruecos y de todas formas tenía que venir a su fiesta.

El capitán Villa era de esos hombres que hablan despacio, dejando tiempo entre las palabras porque saben que nadie se atreverá a interrumpirles por mucho que tarden en terminar una frase, ellos dominan la conversación siempre.

—¿Tenía que venir de todas formas? ¿Y eso por qué? —preguntó Liam disimulando el nerviosismo en su voz.

Antes de responder Villa le miró con curiosidad. Noté como sus ojos estudiaban su pelo cobrizo, su piel lechosa y sus ojos verdes: una mirada a Liam era suficiente para saber que no era español.

—Usted es el escocés, ¿verdad? —le preguntó, aunque era evidente—. Ese marchante de arte del que todos hablan. Dicen por ahí que es capaz de conseguir cualquier objeto que le encarguen por muy extraño, único o valioso que sea.

—Sí, Liam Sinclair —le ofreció la mano a modo de saludo, pero Villa tardó un momento en aceptar.

—Órdenes, eso es lo que me ha traído aquí —respondió por fin—. El señor Arrese quiere que sepa que tiene el visto bueno del partido para extraer y vender el wolframio de su mina. Se lo venderá a un consorcio alemán-español que se encargará de negociar después con el ejército alemán. Doscientas pesetas el kilo, precio cerrado.

Doscientas pesetas el kilo era una fortuna, mucho más dinero del que Liam y yo habíamos pensado que conseguiríamos por el wolframio. Mi mente de empresaria ya estaba calculando las ganancias y los posibles problemas que tendría para volver a poner la mina en funcionamiento. Sonreí pero intenté no parecer demasiado satisfecha con el acuerdo a pesar de que me hubiera conformado con la mitad.

—¿Tenemos un trato entonces? —le pregunté.

El capitán Villa me ofreció su mano y yo se la estreché, esta vez para cerrar el acuerdo.

—Tenemos un trato —dijo—. Su wolframio será de gran ayuda a nuestros aliados alemanes, sin duda les ayudará a ganar la guerra, así que su país le da las gracias.

—Perfecto, regresaré a Basondo lo antes posible para empezar a coordinar los trabajos en la mina y tener listo el primer envío de wolframio dentro de tres semanas. ¿Es aceptable ese plazo? —quise saber.

—Sí, tres semanas es un buen plazo. Alguien del consorcio español-alemán se pondrá en contacto con usted para que le facilite todos los detalles de entrega del material, cobro, horarios y todos los pormenores del trato. —Villa me sonrió educadamente pero de repente ya no me pareció un hombre apuesto con uniforme sino algo mucho más peligroso que un hombre—. Extraña palabra «wolframio», ¿conoce su significado, señora marquesa?

—No, no lo conozco —respondí al tiempo que sujetaba mi copa con demasiada fuerza.

Una chispa brilló tras los ojos oscuros de Villa. No supe si era porque el capitán había olido mi miedo en el aire cálido de la noche igual que hacen algunos depredadores, o porque era de ese tipo de hombres que disfrutaba explicando cosas a otros, sobre todo cuando esos «otros» eran mujeres.

—Es alemán. Los primeros mineros que lo encontraron creían que el demonio habitaba en las cuevas subterráneas y en las minas —empezó a decir—. Estaban convencidos de que el demonio se aparecía en forma de lobo, así que ese fue el nombre que le pusieron al extraño mineral: *Wolf*, en alemán significa «lobo».

LA MINA ZULOAGA

Regresamos a Basondo al día siguiente. Había guardado toda mi nueva ropa y zapatos a toda prisa y revisado las habitaciones silenciosas del palacete por última vez para asegurarme de que no olvidaba nada. También quería despedirme del fantasma de esa amante despechada con la que no había llegado a cruzarme en los más de dos meses que dormí en su cama. No vi ni rastro del espíritu, así que en cuanto me aseguré de que había recogido todas mis cosas, cerré las maletas —las dos maletas idénticas de Louis Vuitton que mamá nos regaló a Alma y a mí hacía tantos años y que solo yo había llegado a usar— y pedí un taxi para que me llevara a la estación de Atocha, donde había quedado en reunirme con Liam.

Liam venía a Basondo conmigo. Esa madrugada, después de la fiesta, mientras los camareros recogían los adornos, las bandejas vacías de canapés, los cojines de raso y volvían a enrollar las falsas alfombras persas, Liam me confesó que quería regresar conmigo a Villa Soledad.

«No es solo por ti, también tengo que vigilar mi inversión», me había dicho mientras acariciaba la piel interior de mi brazo, pero yo sabía que era mentira. «Te he dado casi todo mi dinero, ¿cómo sabré si la mina da beneficios?»

—Y qué pasa con tu *suite* en el Ritz para poder vigilar a los aliados, ¿ya no te preocupa que te detengan?

Liam se había reído con amargura.

—Claro que me preocupa, me aterra... pero supongo que separarme de ti me da más miedo aún.

Después de que Liam se marchara del palacete para recoger sus cosas, llamé a Catalina para decirle que íbamos a poder conservar Villa Soledad porque ya teníamos contrato con el gobierno, aunque no era por hierro sino por el wolframio. Al otro lado de la línea Catalina rompió a llorar aliviada después de dos meses en los que solo le había dado malas noticias.

«Salgo hoy en el primer tren hacia Bilbao, así que estaré en Basondo esta misma noche.»

Cuando por fin llegué a la estación no vi a Liam por ningún lado. Compré dos billetes y le esperé sentada en uno de los bancos del andén. Me entretuve observando a los pasajeros cabizbajos que caminaban por la plataforma. Cuando faltaban veinte minutos para nuestro tren, miré el gran reloj de agujas colgado sobre el andén: eran las nueve de la mañana y Liam no había aparecido aún. Tenía claro que me iría de todas maneras, sola o con Liam, pero aun así me alegré cuando le vi aparecer en el andén con una maleta de piel en una mano y su pelo cobrizo despeinado por la ducha y las prisas.

—Perdona, unos caballeros norteamericanos me han hecho un montón de preguntas sobre tu fiesta de anoche mientras desayunaba en la cafetería del hotel. —Se disculpó con su sonrisa torcida después de darme un beso rápido en la frente—. No estarías pensando en marcharte sin mí, ¿verdad?

—No, claro que no —mentí antes de que los dos subiéramos al tren.

Siete horas después llegamos a Bilbao y contratamos un coche con conductor para que nos llevara hasta Basondo. Liam sugirió que alquiláramos uno pero yo me negué en redondo.

—Bueno, pues ya hemos llegado, señor —le dijo el conductor a Liam cuando detuvo el taxi frente a Villa Soledad—.

Basondo, el pueblo más escondido de todo el Cantábrico. Y esta es la mansión que hay dos kilómetros antes de llegar al pueblo donde me han mandado parar. Dejen que les ayude con las maletas.

Miré por la ventanilla mientras Liam se bajaba del coche para sacar nuestras cosas del maletero. Las luces de la primera planta de la casa estaban todas encendidas, igual que la iluminación del jardín, que resaltaba la enorme palmera que crecía frente a la puerta principal como recordatorio de que aquella era una mansión de indianos.

—¿Va todo bien? Parece que hayas visto un fantasma —me dijo Liam en voz baja.

Alma estaba sentada en el murete del estanque mirando los peces japoneses con su larga melena negra suelta.

—Sí, todo va bien.

Le di una propina al conductor —a pesar de que él se había limitado a ignorarme todo el viaje y únicamente le había dirigido la palabra a Liam— y el vehículo se alejó ruidosamente por la carretera de vuelta hacia Bilbao. Cuando los focos del coche desaparecieron, la noche volvió a invadirlo todo excepto por las luces de la mansión. Detrás de mí, el bosque bullía con sus sonidos nocturnos y el aire fragante de finales del verano atravesó mi traje azul eléctrico de Balenciaga.

—Por fin habéis instalado un timbre, recuerdo que las semanas en que viví en esta casa odiaba tener que esperar hasta que alguien me viera por la ventana de la cocina para salir a abrirme la puerta —dijo Liam con una sonrisa.

Pero yo todavía podía sentir la masa oscura del bosque murmurando palabras secretas detrás de mí, dándome la bienvenida.

—Sí, ha debido de ser idea de Catalina.

Me apresuré a apretar el botoncito de marfil dentro de un marco dorado que había junto a la verja y solo unos segundos después Catalina apareció en la puerta verde de la casa y recorrió el camino del jardín hasta donde estábamos.

—Ya estás aquí, qué bien. —Me dio un abrazo cuando abrió la cancela. Olía a leche infantil, a pintura fresca y a loción para bebés—. ¡Y qué elegante estás! Pareces una actriz de las que salen en las revistas o una artista famosa así vestida.

Catalina señaló mi traje de falda lápiz y chaqueta.

—¿Te gusta? También te he traído alguna cosa para ti, ya sé que ese no era el plan, pero al final me sentía un poco culpable por comprar solo cosas bonitas para mí —admití.

—Me recuerdas un poco a la abuela Soledad, que incluso para estar por la finca se arreglaba con esos vestidos suyos hasta los pies, sus collares de perlas y se pintaba los labios de rojo pasión. Cuando estaba triste la abuela solía arreglarme el pelo con un moño como el suyo y yo me paseaba por la casa fingiendo que llevaba puesto uno de sus vestidos largos, ¿te acuerdas?

Asentí en silencio. Había pasado media vida convenciéndome de que Catalina —esa niña con el pelo castaño claro y ojos marrones que correteaba por el pasillo del sótano y se escondía para espiarnos— no era mi hermana de verdad y solo ahora me di cuenta de que para la abuela Catalina siempre había sido otra de sus nietas.

—Menos mal que ya has vuelto, casi me vuelvo loca yo sola hablando con bebés todo este tiempo. No es sano ser la única adulta, no señor.

Catalina se rio y yo sonreí con ella, entonces se volvió hacia Liam como si no le hubiera visto antes.

—Te conozco, tú eres ese falso lord, ¿verdad? —le preguntó sin ningún reparo—. Pasaste unas semanas en casa hace ya cuántos... ¿seis?, ¿siete años? Pensé que a estas alturas ya estarías casado con alguna anciana rica esperando heredar su fortuna o estafando a algún barón haciéndole creer que eras su hijo perdido y, sin embargo, estás otra vez aquí, atrapado en Villa Soledad.

—Sí, pero ahora ya no soy un falso lord: llevo un negocio honrado de robo y contrabando de antigüedades —respondió Liam con su sonrisa caída—. Y también soy el dinero.

—Pues bienvenido seas entonces —dijo Catalina—. Venga, vamos dentro, quiero que veas todo lo que he mandado arreglar en la casa. ¿Ya has visto las luces del jardín? Han quedado tan bien como antes de la guerra, igual incluso mejor.

Los tres entramos en la finca y Catalina cerró con llave la puerta de la verja. Noté que la cadena con el candado oxidado de Pedro había desaparecido por fin.

—El jardín ha quedado muy bien, ya no parece esa jungla de hierbajos dejada de la mano de Dios y seguro que las ratas ya no corretean a sus anchas por aquí como cuando me marché a Madrid —comenté mirando al césped cuidado y bien iluminado por las luces nocturnas reparadas—. Y veo que los árboles están podados por fin, como a mamá le gustaba que estuvieran. ¿Ha sido Emilio, el jardinero?

—No, el pobre Emilio murió el invierno pasado al caerse del tejado de la iglesia mientras reparaba unas goteras para el padre Dávila. Han sido su hijo y su sobrino —me explicó—. También han arreglado la cancela, una parte del murete que se había derrumbado por la lluvia, las raíces que nos entran desde el bosque y la puerta principal, que por fin vuelve a cerrar como es debido. Menuda diferencia, ¿eh? Ya no parece que la mansión se esté cayendo a pedazos. Hay que ver lo que puede hacerse con dinero, pero el mayor cambio está dentro de la casa.

Cuando pasamos por delante del estanque Alma ya no estaba. Pensé que se habría marchado para rondar la tumba de padre en el cementerio del pueblo o, tal vez, para aparecerse en el pequeño camposanto familiar que colgaba sobre el Cantábrico.

—Veo que los peces han vuelto —dije cuando me asomé al estanque—. Y también has limpiado ese asqueroso musgo verde que crecía en el fondo, ahora tiene otra vez el aspecto que tenía cuando la abuela estaba viva.

Me entretuve un momento mirando los peces japoneses de colores naranjas y plateados que nadaban en el agua limpia sin que mi presencia les importara lo más mínimo.

—No, estos son otros peces. Los que había antes... —Catalina sacudió la cabeza—. Es mejor que no sepas lo que les pasó.

No necesité preguntar para saber que se los habían comido. Supuse que había sido durante la guerra, o tal vez fue justo cuando la guerra terminó y empezó el hambre que todavía llenaba los estómagos del país.

—La puerta principal vuelve a ser verde, mejor. No me gustaba ver la pintura desconchada.

—Sí, yo misma la pinté hace una semana —respondió Catalina, encantada por dejar atrás el asunto de los peces—. Tuvieron que fabricarnos el tono exacto para que encajara con el de las tejas y con las ventanas como antes. Tardé casi un día entero en pintar la dichosa puerta, pero ha quedado muy bien, ¿verdad que sí?

La enorme puerta principal de Villa Soledad era otra vez del mismo color brillante que el bosque. El abuelo Martín había odiado ese color toda su vida, al igual que el marqués. Para los dos hombres ese color —elegido por la abuela de entre un catálogo con más de veinte verdes distintos— siempre había sido demasiado «excéntrico». Pero yo amaba el verde radiante de esa puerta, tanto que los años que pasé viviendo lejos de la mansión —en el St. Mary's o en Las Ánimas— recordaba el tono de verde exacto de esa puerta cuando me imaginaba abriéndola otra vez al regresar por fin a casa.

—Sí, has hecho un gran trabajo, está todo tal y como yo lo recordaba —le dije a Catalina mientras me quitaba mis guantes de piel negros que llegaban justo hasta donde empezaban las mangas de mi chaqueta—. Mejor incluso.

—Casi parece que no ha pasado el tiempo por aquí —dijo ella—. Algunas veces me parece que Villa Soledad es como una de esas bolas de nieve falsas con un pequeño paisaje congelado en su interior, siempre igual.

Yo también había tenido esa misma sensación muchas veces, pero no se lo dije.

Los tres entramos en la casa aunque Catalina se quedó atrás un momento mientras cerraba con llave y echaba el cerrojo a la puerta.

—Últimamente a Marina le ha dado por caminar en sueños por la casa de madrugada y me abre la puerta si no me doy cuenta —me explicó un poco avergonzada—. Así que he mandado poner esto lo suficientemente alto como para que ella no llegue a abrirlo, ni siquiera subida a una silla.

Caí en la cuenta de que llevaba un rato en la casa y todavía no había preguntado por Laura como se supone que una buena y entregada madre debe hacer. Abrí la boca para hacerlo justo cuando Catalina me sujetó del brazo para detenerme.

—Has traído un hombre a casa —murmuró, señalando a Liam con un gesto de cabeza—. Creía que después de la muerte del marqués obedecer y servir a los hombres ya se había acabado, para nosotras dos al menos.

Miré a Liam que estaba distraído observando la gran lámpara de cristal austriaco que colgaba justo sobre el centro del vestíbulo.

—Y se ha acabado —le prometí—. Confía en mí.

—Confía tú en que no pienso lavarle la ropa ni hacerle la cama. Mis obligaciones han terminado, yo ya no soy la criada de ningún hombre. —Catalina resopló y miró de soslayo a Liam—. Bastante trabajo tengo ya con las dos criaturas como para añadirle otra más, y encima uno crecidito.

Sonreí, algunas veces me recordaba mucho a su madre.

—No tendrás que ocuparte de él, si no es capaz de hacerse su propia cama se irá a dormir al sofá del estudio o a la cochera.

—Puedes estar segura de eso.

Mis tacones negros de Lanvin resonaron en las baldosas del suelo del vestíbulo, tanto que me volví un momento convencida de que mamá acababa de entrar taconeando en la casa como solía hacer. Pero mamá no estaba por ningún lado, ni siquiera su fantasma.

—¿Cómo están las niñas? —le pregunté mientras las dos caminábamos hacia la cocina al otro lado del vestíbulo.

—Están las dos bien, ahora comen caliente todos los días, así que se han puesto más fuertes y tienen mejor color en las mejillas. Además, desde que mandé arreglar las ventanas de la casa ya no hay corrientes traicioneras ni animales que se cuelen desde el jardín para hacer sus cosas por todas partes como pasaba antes. —Catalina arrugó su nariz en un gesto de asco—. Ahora que Marina tiene su medicina para los bronquios, está mucho mejor, y Laura ha crecido una barbaridad en estos meses que has estado fuera. Es una niña buenísima, casi ni llora, y cuando lo hace la pobre suena como un gatito.

—¿Dónde están ahora?

—Dormidas arriba —respondió—. Me llevé la cuna a la antigua habitación de tu madre y ahora dormimos las tres juntas, es la habitación más grande de toda la casa. Antes dormíamos separadas, pero hay demasiado silencio por las noches aquí, así que prefiero que las niñas estén conmigo.

—El vestíbulo y todo el piso de abajo están como nuevos —comenté mirando alrededor—. Y vuelve a haber luz, bien.

Los apliques de cristal —a juego de la araña sobre el vestíbulo— volvían a tener bombillas que iluminaban toda la zona del vestíbulo, el principio de la escalinata de mármol blanco y el pasillo lateral que llevaba a la cocina.

—Sí, eso fue lo primero que mandé arreglar. Me daba miedo ir a oscuras por la casa con la lámpara de keroseno: nunca sabía si iba a cruzarme con un espíritu o un ladrón, y tampoco me gustaba mucho que las niñas crecieran en la oscuridad chocando con todo como un par de topillos cegatos.

Me reí de su comentario justo cuando entramos en la cocina. El fuego estaba apagado —seguramente porque Catalina y las niñas habían terminado de cenar hacía un buen rato—, pero el aire tibio de la cocina todavía olía a café recién hecho. Alguien había pintado el frente deslucido de los armarios y sustituido las baldosas rajadas de la pared por unas nuevas. La mesa de roble ahora estaba recién pulida, brillaba, y la mayoría de las marcas y arañazos habían desaparecido.

—La cocina ha quedado muy bien, igual que el resto de la casa —dije acariciando el respaldo de la que solía ser mi silla—. Lo has hecho muy bien.

—Lo sé —respondió Catalina sentándose detrás de la única taza de café—. Todo está como antes excepto por los pomos de cristal tallado que tanto le gustaban a tu madre.

No me había fijado en los dichosos pomos de los armarios

y los cajones, a pesar de que eso era lo primero que solía mirar cuando era una niña y entraba en esa misma cocina.

—Los tiradores originales desaparecieron antes incluso de que empezara la guerra, a saber lo que hizo el marqués con ellos, pero los sustituí por estos de porcelana —me explicó Catalina—. Son bonitos también aunque no tan vistosos como los de cristal.

Abrí uno de los armarios sobre el fogón de hierro y saqué dos tazas limpias, una para Liam y otra para mí. No tenía hambre aunque no había comido nada desde esa tarde en el vagón restaurante, pero el aroma a café recién hecho hizo que mi estómago protestara.

—Así que wolframio; desde luego es mucho más valioso que el hierro, eso no te lo niego —empezó a decir Catalina mientras empujaba con cuidado la cafetera hacia mí—. Y los alemanes han agujereado medio país buscándolo, comarcas enteras viven de eso.

—Así es. A doscientas pesetas por kilo le habría vendido el wolframio hasta al mismísimo demonio —respondí.

Catalina se sentó a la mesa y nos miró:

—Bien, contadme vuestro plan.

Al día siguiente de regresar a Villa Soledad madrugué para ir hasta la mina Zuloaga y hacer wolframio. Fui yo sola antes de que saliera el sol. No quería público ni ayudantes, así que dejé a Liam durmiendo en mi cama, me vestí en silencio y bajé las escaleras hasta el vestíbulo. Antes de salir me aseguré de pasar por la cocina para coger un par de rebanadas de pan y unas galletas por si acaso necesitaba recuperar fuerzas después. Me puse uno de los abrigos de paño de la abuela sobre el vestido y conduje el T49 del marqués hasta la mina.

No había estado en la mina Zuloaga desde hacía años, cuando esa enorme grieta en el suelo calizo todavía daba de comer a todo el valle. Ahora no había hombres trabajando o nadie en los alrededores que pudiera escuchar el atronador motor del Hispano-Suiza con sus seis cilindros acercándose por el camino polvoriento. Aparqué junto a la valla oxidada, me colé por un agujero en la verja que nadie se había molestado en arreglar en estos años y bajé por la escalera hasta el foso de la mina en las entrañas de la tierra.

No fue difícil hacer wolframio —desde luego fue mucho más sencillo que el petróleo que hice fluir bajo el suelo de Las Ánimas—, estaba otra vez en casa y pude sentir el bosque palpitando al otro lado de las gruesas paredes de roca mientras un hormigueo familiar viajaba hasta las palmas de mis manos. En los últimos días, había leído mucho sobre el misterioso material con nombre de lobo: una de las cosas que descubrí sobre el wolframio era que solía encontrarse mezclado con el hierro, así que primero atraje el hierro a las rocas y a la tierra bajo mis pies —algo sencillo porque el subsuelo del valle estaba atravesado por una enorme veta de mineral de hierro— y después el wolframio. Me mareé un poco, pero ni siquiera tuve que comerme alguna de las galletitas que llevaba en el bolsillo de mi abrigo para recuperar fuerzas. Solo conté hasta diez mientras miraba el nuevo mineral brillante que salpicaba las paredes y el suelo de la mina como un cielo cubierto de estrellas.

Ya tenía el wolframio en mi mina, ahora solo necesitaba la maquinaria y la mano de obra para poder poner otra vez en funcionamiento el negocio familiar. Liam iba a encargarse de conseguirnos todas las herramientas, maquinaria y vehículos que pudiéramos necesitar para transportar el valioso mineral desde la mina hasta el cargadero anclado al precipicio. Según me contó tenía un amigo —dijo «amigo» pero me sonó más como si fuera un antiguo compañero de delitos— que era el dueño de una empresa de maquinaria pesada para armas y minería que podía hacernos un buen precio en el material.

—Si tu amigo no cumple, ese dinero saldrá directamente de tu parte de los beneficios —le advertí antes de quedarnos dormidos.

Le escuché sonreír en la oscuridad.

—Cumplirá, le salvé la vida hace algunos años, así que me lo debe —respondió Liam, pero yo ya estaba dormida.

Conduje el Hispano-Suiza hasta Basondo por la carretera asfaltada mientras el sol se levantaba en el cielo. El otoño no había llegado aún pero ya podía sentir su olor en el aire fresco de la mañana, igual que siempre había sido capaz de percibir las primeras notas fragantes de la primavera antes de que las flores silvestres del bosque empezaran a abrirse.

Basondo ya había amanecido, pero me sorprendió no ver a mucha gente en las calles estrechas y empinadas que subían y bajaban siguiendo el relieve caprichoso del valle. Los pocos vecinos con los que me crucé miraron de refilón el ruidoso T49 de color hueso —tan enorme y ostentoso que era demasiado grande para poder circular por la mayoría de las calles del pueblo— hasta que por fin aparqué cerca de la plaza del ayuntamiento.

La botica de las hermanas Aguirre, el estanco y la pequeña oficina de Correos ya estaban abiertos pero yo crucé la plaza taconeando —con cuidado de que los finos tacones de mis zapatos de piel no se enredaran en el empedrado del suelo— en dirección a la iglesia. Sentí las miradas de algunos vecinos clavadas en mi espalda —miradas de todo tipo pero ninguna buena— cuando me vieron atravesar el corazón de Basondo con mi traje de Givenchy de color amarillo mostaza y mi bolso de Loewe, pero me dio igual. No me detuve hasta que llegué a las puertas de la iglesia.

No es que sintiera la necesidad urgente de confesarme, «gracias a Dios», pensé con una media sonrisa irónica: necesitaba trabajadores para reabrir la mina y sabía bien a quién debía preguntar. Cuando llegué intenté abrir el portón de madera apolillado pero estaba cerrado, masculle una maldición sin importarme dónde estaba y rodeé la iglesia para entrar en el cementerio público pensando que, aunque no podía hablar de negocios con Tomás, al menos podría pasar a «saludar» a Carmen y de paso dejar flores frescas en su tumba.

El cementerio de Basondo era pequeño: tenía el tamaño perfecto para una época en la que casi todos los vecinos del pueblo se morían de viejos o en la mina, pero con la guerra, el hambre y todo lo demás, estaba a rebosar de tumbas recientes y muertos inquietos. Tomás también estaba allí, de pie, apoyado en el murete que el cementerio y la iglesia compartían. Fumaba, y sus ojos castaños estaban clavados en el suelo consagrado haciendo compañía a sus propios fantasmas, por eso tardó todavía más en darse cuenta de que ya no estaba solo.

—Bonito traje, el amarillo es muy discreto —me dijo con ironía desde donde estaba—. Y seguro que también es muy caro.

—Lo es, mucho —respondí dejando muy claro que no sentía ninguna vergüenza por eso—. ¿Te escondes para fumar? ¿Acaso tienes trece años y no quieres que Dávila te castigue?

Tomás sonrió con el cigarrillo en sus labios.

—No me escondo, es solo que me gusta estar aquí a solas con mis pensamientos un rato todas las mañanas antes de que empiece el día.

—Con tus pensamientos... y con los muertos —dije respirando el humo de su cigarrillo casero.

—Sí, admito que también me gusta estar rodeado de los difuntos: los muertos tienen la virtud de recordarnos quiénes somos de verdad, podemos mentirnos a nosotros mismos todo lo que queramos, pero los que hemos enterrado conocen la verdad sobre nosotros.

—Hay pecados que sobreviven a la muerte.

Tomás señaló la tumba de Carmen con la cabeza.

—Ella, por ejemplo, sabe que tú eres la heredera de los Zuloaga: una niña caprichosa que no sabe hacerse las trenzas ella sola y a la que le gusta corretear por el bosque como una salvaje.

Contuve el aliento mirando la lápida humilde con el nombre de Carmen escrito en la piedra. Las flores silvestres que crecían en la hiedra que cubría la losa se habían multiplicado con el verano hasta formar una manta espesa de color azul brillante.

—Ahora ya sé hacerme las trenzas yo sola —respondí con frialdad, aparté los ojos de la tumba enterrada en las flores para mirarle—. Necesito que hagas algo por mí.

—Pues claro, tú siempre necesitas que los demás hagan algo por ti, aunque sea solo que te adoren, yo incluido. —Tomás ladeó la cabeza para mirarme y por un momento volvió a tener la misma expresión confiada que la pobre *Patsy*. Sonrió y su aire inocente se esfumó por completo—. ¿Qué es lo que quieres ahora? Y por favor, no me digas que necesitas confesarte porque estaría mal reírse a carcajadas en el cementerio.

—Voy a reabrir la mina, la próxima semana habrá trescientos hombres trabajando ahí abajo —respondí ignorando su comentario—. Y si todo va bien, podría contratar a otros cien dentro de un par de meses. Necesito que hagas circular la voz por el pueblo: cualquier hombre que quiera trabajar en mi mina y esté en condiciones de hacerlo puede apuntarse en la oficina de Correos, allí ya están avisados de todo. Dentro de un par de días abriremos una oficina en la propia explotación para que se apunten más.

—Así que los rumores eran ciertos, vas a volver a abrir la mina Zuloaga. —Tomás frunció el ceño pensativo—. Pero ya no queda hierro ahí abajo, ni una sola veta que explotar, y ¿a quién vas a vender el hierro?

—A nadie —le dije, y era técnicamente cierto—. Voy a vender wolframio a los alemanes.

Tomás parpadeó igual que si no comprendiera mis palabras.

—¿Vas a vender wolframio a los nazis? —Me miró con el mismo desprecio que vi en sus ojos la mañana que aceptó mis cien pesetas a cambio de enterrar al marqués en ese mismo cementerio—. Eres una de ellos, por eso estás vestida tan elegante y por eso Catalina ha mandado arreglar la mansión: estáis colaborando con los nazis. Estás loca si piensas que voy a ayudarte para que tú les ayudes a ganar la guerra a esos fascistas.

—Solo son negocios, Tomás, no significa nada...

—¡Los nazis bombardearon la mitad de los pueblos de este valle durante la guerra! —gritó, y su voz hizo temblar las piedras del cementerio—. A mí no me digas que no significa nada porque tú no tienes ni idea de lo que estás hablando. ¿Acaso has estado en algún bombardeo? ¿Has sentido el pánico en las calles, las personas que corren para intentar salvarse mientras el sonido de las sirenas antiaéreas se te mete por los oídos y los motores de los Junkers llenan el pueblo justo antes de que empiecen a caer las bombas?

Negué con la cabeza.

—No, pues claro que no, porque mientras eso pasaba tú estabas a salvo a un millón de kilómetros de aquí. No tienes ni idea de lo que sucedió o de lo que tus amigos nazis nos hicieron, y ¿ahora me dices que vas a trabajar con ellos? No eres más que una chiquilla malcriada que ha encontrado los libros de cuentas de papá y quiere fingir que es empresaria —añadió con desprecio.

—No hay nadie más con quien pueda hacer negocios, el nuevo gobierno no permite vender a los aliados.

—¿El nuevo gobierno? ¡Qué bonita forma de llamarlo! Te refieres a los fascistas, ¿verdad? —Tomás se rio con ironía—. No voy a ayudarte a suavizar lo que pasó de verdad solo porque tengas dinero: pienso contarle a todo el mundo en este pueblo que vas a venderles el wolframio a los nazis, y ya veremos entonces cómo encuentras trabajadores para tu mina cuando todos lo sepan.

Tomás le dio una última calada a su cigarrillo mal liado y lo tiró al suelo sin importarle que estuviéramos en el cementerio.

—Les dará igual, Tomás. Les dará igual a quién se lo venda porque los hombres necesitan trabajar y no pueden elegir, igual que yo —le dije sin perder la calma a pesar de su tono—. He mandado reparar los sistemas de seguridad de la mina para que no haya más accidentes: ahora todo es nuevo, el trabajo que les ofrezco a los hombres es justo y la paga es buena, mucho mejor de lo que era cuando mi padre mandaba. Puedo dar de comer a todo este pueblo si me ayudas a reabrir la mina, se acabaron el hambre y la pobreza.

—Dirás más bien que puedes darles las migajas, tus migajas. Quédatelas, aquí nadie querrá ayudarte a que los nazis ganen la guerra —me dijo entre dientes—. Y mucha suerte explicándoles a tus amigos falangistas que no has podido conseguir su valioso wolframio porque no tienes trabajadores, he oído que los fascistas son muy comprensivos.

Tomás pasó a mi lado asegurándose de chocar su hombro contra el mío, le vi alejarse caminando furioso en dirección a la puerta lateral que unía la iglesia con el cementerio.

—El wolframio saldrá de la tierra de un modo u otro, no

seas ingenuo. Está en nuestro suelo y si ellos lo quieren, ¡lo tendrán! —le grité.

Tomás se detuvo en seco, vi sus hombros subiendo y bajando al ritmo de su respiración acelerada debajo de la tela negra de su sotana.

—¿Qué quieres decir? —gruñó sin mirarme.

—Si tú no me ayudas a reunir a los hombres del pueblo, ellos traerán a los esclavos y a los presos políticos para que trabajen gratis en mi mina —añadí sin ninguna emoción en mi voz—. He visto a esos hombres muy delgados y con la mirada perdida que van por medio país picando piedra y construyendo presas para el nuevo gobierno. Una llamada mía y los traerán aquí con sus cadenas y todo, ¿acaso prefieres eso?

Cuando Tomás se volvió para mirarme sentí la ira que salía de él llegando hasta donde yo estaba con la misma fuerza que la onda expansiva que mató a Mason.

—No te atreverás, ¿presos políticos? Ni siquiera tú te atreverías a hacer algo semejante —dijo con voz seca por el odio—. Aunque así te ahorrarías el jornal de los hombres, ¿verdad?

Respiré el aire húmedo del cementerio dejando que el desprecio de Tomás me llenara los pulmones y me acerqué con cautela hasta él:

—Ya te he dicho lo que quiero, ahora depende de ti que los hombres de este pueblo vuelvan a tener un trabajo o que Basondo se llene de barracones para los presos. Tú decides, pero mi wolframio llegará al cargadero del acantilado dentro de dos semanas.

Una sonrisa misteriosa cruzó los labios de Tomás.

—Eso será si los bandoleros que merodean por el valle no tiran antes tu valioso wolframio al mar —me dijo—. A esos hombres no les gustará que hagas negocios con los sublevados y con los nazis. Si pretendes reabrir la mina ellos pueden ponerte las cosas muy difíciles por aquí.

Tomás tenía razón, los bandoleros que se escondían en el valle les estaban poniendo las cosas complicadas a las patrullas de la Guardia Civil que estaban desplegadas en la zona y si se empeñaban también podían complicarme la vida a mí y a mis negocios con cortes de carreteras, saqueos, robos, sabotajes...

—Me da igual lo que les guste o no a esos hombres, yo tengo que cuidar de mi familia —dije muy seria—. Y ellos solo sabrán lo que hago si tú se lo cuentas, porque apuesto a que tú sabes quiénes son esos bandoleros. Puede que incluso tú seas uno de ellos, ¿o de dónde sino has sacado el tabaco para ese cigarrillo que fumabas antes?

Aunque Tomás no respondió la expresión de su cara hablaba a gritos por él.

—No te escondes aquí para fumar porque te guste la compañía de los muertos, te escondes aquí para que nadie descubra que tienes tabaco de contrabando —añadí.

Su mandíbula estaba tan tensa como la tarde que se coló en Villa Soledad para nuestra última fiesta de cumpleaños y tuvo que pedirle perdón a mamá delante de todos los invitados.

—Así que no lo niegas: eres uno de ellos, por eso le robas comida y dinero a Dávila —le dije sintiéndome un poco tonta por no haberme dado cuenta antes—. Pues mucha suerte explicándoles a tus amigos que podías haber conseguido trabajo y comida para las familias de este pueblo pero que preferiste fastidiarme porque te has vuelto un resentido y un arrogante.

Tomás soltó una risa cargada de cinismo.

—Al menos no me he vuelto nazi —dijo.

—Qué fácil ha sido siempre para ti hacer lo correcto, ¿verdad? Ya desde niño te dedicabas a decirles a los demás lo que estaba bien y lo que estaba mal: todos somos pecadores, ninguno estamos a tu altura. —Me acerqué más a él, tanto que sentí el aroma a tabaco y a jabón que salía de su pelo castaño ondulado y añadí—: Tomás el mártir, Tomás el sacerdote, Tomás el defensor de la República, Tomás el romántico... Qué fácil es ser idealista cuando no tienes bocas que dependen de ti. Las familias del pueblo se mueren de hambre, pero lo importante para «el idealista» es que hagan lo correcto y rechacen mi dinero nazi.

—No seas cínica, Estrella, a ti te importan una mierda este pueblo y esas familias que pasan hambre, igual que a tu padre. Los que vivimos en Basondo solo somos mulos de carga para los Zuloaga, almas y cuerpos que usar y tirar cuando más os convenga. —Tomás se lamió los labios un momento más de lo estrictamente necesario y yo estuve segura de que lo hacía solo por mí—. Se puede sobrevivir y hacer lo correcto al mismo tiempo, eso es lo más importante en esta época oscura poblada por traidores y cobardes. Se lo han llevado todo, Estrella; han prendido fuego a todas las cosas brillantes que construimos y ahora pretenden cubrir su rastro de cenizas y cadáveres con tu dinero y con tu colaboración.

Sacudí la cabeza, estaba tan cerca de él que al hablar mis labios casi rozaron los suyos:

—Yo no soy Alma y ya no tengo quince años. A mí no me impresionarás con poesía y palabras bonitas porque el idealismo y los sueños de juventud no se comen, Tomás. Dinero, eso es lo que hace falta en mi casa y en todas las demás casas de este pueblo, y te aseguro que a mí me da igual la cara de quien salga en los billetes.

Los dedos de Tomás rozaron el dorso de mi mano, estaban fríos después de llevar la última hora fuera, pero se entretuvieron un instante más en mi muñeca.

—Pensé que habías cambiado después de lo que le pasó a tu marido, pero ahora veo que sigues siendo igual de práctica que cuando nos conocimos —me dijo sin dejar de acariciarme delante de los muertos—. Supongo que por eso tú y yo siempre terminamos discutiendo.

—No, no es por eso. —Me aparté apenas unos centímetros de él, solo lo necesario para que sus dedos acariciaran el aire fresco de la mañana en vez de mi mano—. ¿Me ayudarás?

Tomás sonrió por fin y asintió:

—Tienes razón, el idealismo no vale de nada si te estás muriendo de hambre. Te ayudaré con los hombres.

Cuatro meses después Empresas Zuloaga volvía a dar beneficios y habíamos devuelto hasta la última peseta del préstamo sobre la mansión que pidió el marqués. Ni en mis mejores sueños había imaginado que la mina pudiera cubrir los gastos que todavía quedaban pendientes y, además, empezar a ser rentable antes de la Navidad. Ahora el dinero entraba a espuertas en la compañía, en Basondo y en Villa Soledad.

Con las cuentas familiares saneadas gracias al dinero de los nazis, Catalina mandó reparar en la mansión todo lo que no habíamos tenido dinero para arreglar antes. Compramos bombillas para todas las lámparas de la casa —incluso para las que estaban en las habitaciones donde nunca entraba nadie— para desterrar las sombras que habían tomado la casa en estos años otra vez a los rincones más apartados de la mansión. Mandamos pintar las ventanas en el color verde original —el mismo del tejado y de la puerta principal— que el viento del Cantábrico había lamido con cada galerna: hicieron falta cuatro hombres y un andamio trabajando durante casi una semana entera para poder repintar todas las ventanas y contraventanas de la casa. Cambiamos las cortinas apolilladas que servían únicamente para acumular polvo y permitir que los fantasmas se escondieran tras ellas por unas nuevas de seda japonesa, hicimos arreglar las goteras del ala sur de la casa donde no nos atrevíamos a entrar ninguna de las dos por miedo a que el techo deformado por la humedad se nos cayera encima. Dos cristaleros famosos por reparar las vidrieras de las iglesias después del bombardeo vinieron desde Bilbao para arreglar el lucernario sobre el vestíbulo. Habían pasado diez años desde la última vez que vi la luz entrando por la enorme cristalera rectangular iluminando el vestíbulo con los tonos naranjas y dorados de la vidriera que imitaban los colores del otoño.

«En realidad no es por el otoño, eso es solo lo que le dije a tu abuelo para que me concediera el capricho. Lo que pasa es que echaba de menos el color dorado de mi tierra, mi tierra de verdad. Aquí todo es verde y azul, por eso hice que tu abuelo me instalara esa vidriera: para poder volver a ver el sol dorado de mi tierra», me había dicho una vez la abuela Soledad hacía muchos años.

Cuando terminamos de pagar las deudas del marqués, adelantamos los plazos del préstamo por la maquinaria y las nuevas herramientas para los obreros —que el amigo de Liam en Inglaterra nos había conseguido a buen interés— y tuvimos cubiertos los sueldos de los trabajadores para los próximos ocho meses. Catalina contrató a una asistenta para la casa, Amaia —una muchacha huérfana del pueblo con buenas referencias—, y al hijo de Emilio, nuestro antiguo jardinero. La casa siempre había tenido vida propia: era un ser enorme que respiraba y cerraba las puertas a su voluntad o hacía crecer rosas rojas donde nadie las había plantado.

«Esta casa no estará endemoniada, pero viva está un rato, la condenada», solía decir Carmen cuando las cosas cambiaban mágicamente de lugar o cada vez que la caldera del sótano gemía de dolor en mitad de la noche. Mientras hubo dinero para hacerlo, la abuela, y mamá después, habían contenido el carácter rebelde y caprichoso de la mansión, pero cuando tuvimos que destinar cada peseta de la familia a «lujos» como comer o comprar medicinas, Villa Soledad se desbocó como sucede con los animales salvajes que nunca llegan a estar domesticados por completo: goteras, ruidos misteriosos de madrugada, puertas que se resistían a ser abiertas, paredes agrietadas, crujidos, ventanas abiertas o grifos que se cerraban solos después de un rato. Y sobre todo, el jardín apoderándose de la fachada hasta cubrirla por completo, entrando en la casa por las ventanas rotas y las grietas en la pared como si la naturaleza volviera para reclamar lo que era suyo en realidad. Las reparaciones y la atención de Catalina mantenían la mansión bajo control, aunque todavía, algunas veces, las ventanas se abrían solas o las bolas del billar del marqués amanecían esparcidas por el suelo de la salita.

Sobre la mesa de la cocina volvían a amontonarse los catálogos impresos en papel brillante y los folletos de las mejores marcas de ropa, perfumes caros y decoración como cuando mamá aún vivía y Villa Soledad era el centro del universo.

Hacía unas semanas también habían llegado a la mansión las cartas de admisión y los libritos informativos de los colegios más exclusivos en los que habíamos solicitado plaza para matricular a las niñas dentro de unos años: Estados Unidos, Suiza, Canadá... la guerra había limitado las respuestas de algunos colegios —sobre todo de los que estaban en Europa—, pero el dinero que los nazis pagaban por nuestro wolframio cubría de sobra la matrícula y los estudios superiores de las dos niñas en el internado más caro de todos.

—Nunca soñé que mi pequeña pudiera poner un pie en uno de estos colegios, ni siquiera para fregar las escaleras —me confesó Catalina una noche mientras las dos hojeábamos los folletos y bebíamos Amaretto Sour en la cocina—. Y resulta que a lo mejor puede incluso ir a la universidad, y todo gracias al dinero de los nazis. Sé que debería sentirme asqueada sabiendo de dónde viene ese dinero, pero mi niña va a poder estudiar y viajar a lugares que yo no podía ni imaginar. Podrá ser lo que ella quiera y me alegro. ¿Está mal que piense eso, Estrella?

—No tengo ni idea de lo que está bien o mal, nunca he sido muy buena en eso —le dije después de darle otro trago a mi bebida.

Basondo también empezaba a descubrir lo que el dinero manchado de sangre y wolframio podía comprar. El alcalde del pueblo —un hombre al que nadie había votado y que hizo «desaparecer» al anterior alcalde— ordenó mejorar la carretera que unía Basondo con el resto del mundo. Ahora los camiones cargados con el wolframio podían llegar antes al cargadero del acantilado para entregar el valioso mineral al barco que esperaba abajo tratando de no chocar contra la pared de roca. También instalaron farolas en las calles donde antes solo había oscuridad, cubrieron el socavón que había en la plaza para evitar que alguien pudiera caerse dentro y contrataron a un médico de familia para que pasara consulta gratis en una diminuta clínica cerca de la botica de las hermanas Aguirre. La antigua pensión —la única en todo el pueblo— volvió a abrir después de años sin recibir un solo huésped, las tiendas de ultramarinos ahora vendían jamón de verdad, nueces y gaseosa de limón fría a dos céntimos la botella.

En esa época también se inauguró el primer cine de Basondo, El Imperial, aunque no había nada que hiciera justicia a semejante nombre en la pequeña sala que ya parecía vieja el mismo día de su inauguración. Allí volví a ver *Sucedió una noche* casi ocho años después. Ni Mason ni Lucy estaban a mi lado en el cine la tarde en que volví a ver a Clark Gable en la pantalla de El Imperial. No lloré porque yo no soy de las que lloran, ni siquiera por las vidas o las oportunidades perdidas, aunque sí que me pasé el resto de la noche tarareando la melodía de la película.

—La vida es buena ahora, ¿verdad que sí mi querida marquesa? —me había susurrado una noche Liam.

La luz del dormitorio en el torreón estaba apagada, así que no podía verle bien pero distinguí su perfil conocido sobre la almohada, la forma de sus hombros, su pecho subiendo y bajando con cada respiración o su pelo de fuego desordenado. Le miré un momento más porque sabía bien que una vez pronunciado el hechizo en voz alta la maldición se desataría sobre todos nosotros como siempre sucede en los cuentos de hadas:

—Sí, la vida es buena ahora.

La mañana siguiente Liam y yo fuimos a Basondo en el T49 para ocuparnos de algunos asuntos. Era el primer día de diciembre y el invierno cubría el valle entero con su luz lechosa. En las zonas de la carretera donde el pálido sol de invierno no alcanzaba a calentar, los cristales de hielo cubrían el nuevo asfalto formando una alfombra de escarcha.

—Si este invierno nieva tendremos que despejar la carretera o los camiones de la mina no podrán circular por aquí y el pueblo entero se quedará aislado —comentó Liam desde el asiento del copiloto—. Contrataremos un quitanieves o los que sean necesarios para asegurarnos de que la carretera no se cierra.

—No creo que haga falta, por aquí no suele nevar mucho, ni siquiera en invierno —dije sin levantar el pie del acelerador a pesar del hielo en la carretera—. Es por el mar, la nieve cae del cielo pero no llega a cuajar en la tierra.

Estábamos casi a mitad de distancia de Basondo. En esa zona, el bosque que se levantaba como un muro de árboles al otro lado de la carretera era mucho más espeso y cerrado que un poco más adelante. Alma estaba allí, de pie debajo de uno de los pinos más altos que crecía sin control en el margen de la carretera. Las raíces del árbol eran tan antiguas y gruesas que se extendían por debajo de las capas de asfalto y grava levantando el pavimento en algunas zonas de la carretera. Alma llevaba puesto su eterno vestido blanco de encaje y su pelo negro recogido en una corona de trenzas sobre su cabeza. Caí en la cuenta de repente de que hacía meses que no la veía: fue la noche que Liam y yo regresamos de Madrid y ella estaba sentada en el bordillo del estanque. La miré de refilón y solo un momento al pasar por delante, como se debe mirar a los fantasmas, pero el aire que levantaba la mole de hierro que era el T49 no movió la falda de su vestido al pasar. Me pareció que Alma señalaba algo en la tierra bajo sus pies de espectro y un escalofrío me recorrió la espalda bajando por mis brazos y hasta mis manos apoyadas en el volante.

—¿Estás bien? Te has puesto pálida de repente —dijo Liam—. Más pálida de lo normal, quiero decir.

Sujeté el volante forrado en piel con más fuerza, tanto que

me clavé mis propias uñas en las palmas de mis manos, conté mentalmente hasta cinco para esperar a que la sensación de estremecimiento saliera de debajo de mi piel.

—Sí, solo estaba perdida en mis pensamientos —mentí sin apartar los ojos de la carretera delante de nosotros.

«La vida es buena ahora, ¿verdad que sí mi querida marquesa?»

—¿Crees que tu amigo Tomás querrá ayudarnos con lo de la fiesta de Navidad? Ya sé que dices que no hay nada entre vosotros dos, pero no parece que él piense de la misma forma, siempre está enfadado —dijo Liam fingiendo que miraba el paisaje por la ventanilla—. Y me he fijado en que algunas veces te mira de un modo extraño.

—Es solo porque le recuerdo a ella, a Alma. Mi madre también me miraba así algunas veces después de que ella muriera. En realidad, no me ven a mí, yo solo les recuerdo cómo sería Alma ahora —respondí—. ¿No estarás celoso de Tomás?

—No, nada de eso... —Liam se acomodó mejor en su asiento, intuí sus manos inquietas jugueteando con los botones del salpicadero para encender la calefacción del coche—. Es que me preocupa lo que él sabe de ti. Tomás está enfadado, muy enfadado: contigo, con tu familia, con el país entero, con la Iglesia, con Dios... y no quiero que ese enfado le haga hablar más de la cuenta.

Aparté los ojos de la carretera un segundo para mirarle.

—¿Has averiguado todo eso de Tomás en este tiempo? —pregunté sorprendida—. Pero si apenas habréis estado juntos un par de horas en total.

Liam se rio en voz baja.

—Puede que ahora sea un hombre decente, ¿pero ya has olvidado cómo me ganaba la vida cuando nos conocimos? Se me da bien calar a las personas, averiguar lo que desean y fingir que yo puedo dárselo, por eso era tan buen estafador.

—Y ¿desde cuándo te has vuelto tú un hombre decente? —pregunté con una media sonrisa, pero la sonrisa duró poco en mis labios—. No, Tomás no me delataría, él no haría eso.

Sujeté el volante con firmeza y fijé los ojos en la última

curva de la carretera antes de llegar a Basondo recordando todas las demás cosas que pensé que Tomás jamás haría y, sin embargo, había hecho.

—Puede que no lo haga a propósito, tal vez llegado el caso no tenga otra opción más que delatarte —sugirió él—. O puede que sea casi sin querer.

—¿Casi? —pregunté, pero no era una pregunta de verdad porque sabía muy bien a lo que se refería Liam—. Además de ti, solo hay otras tres personas con vida en todo el mundo que saben lo que puedo hacer: Tomás, Catalina y una mujer tongva que vive a un millón de kilómetros de aquí. No confío mucho en las personas pero me gustaría poder confiar en ellos.

Supe que no le había convencido por cómo contuvo un suspiro, y seguramente tampoco me había convencido a mí misma.

—Solo digo que no deberías subestimar lo que un hombre herido que cree haber sido privado de algo que merece es capaz de hacer.

—Fueron Tomás y mi padre quienes me privaron a mí de una hermana, sus caprichos y su estúpida rivalidad masculina mataron a Alma tanto o más que esa maldita bala. —Los tejados de las primeras casas del pueblo aparecieron al final de la carretera—. Pero tú eres el que sabe leer a las personas, yo nunca he sido demasiado buena en eso, así que dime, ¿qué crees que debería hacer con Tomás?

Liam me miró y su sonrisa caída tembló un momento en sus labios antes de responder:

—Somos felices, ¿verdad? Quiero decir, todo lo felices que las personas como nosotros pueden ser: las niñas están bien, nosotros también, Catalina por fin tiene el reconocimiento que se merece, el negocio va de maravilla, el pueblo se ha recuperado... Nuestra pequeña y extraña familia está bien.

Asentí.

Nuestra pequeña y extraña familia. Tres días antes había encontrado a Liam y a las niñas sentadas en el suelo de la biblioteca sobre los cojines de raso bordados del sofá de mamá donde nunca nos permitió sentarnos a Alma y a mí. Les leía en voz alta de la manera en la que se lee a los niños, mientras Laura y Marina le miraban con curiosidad desde sus respectivos cojines.

«¿Qué estáis haciendo aquí?»

«Oh, es nuestro club de lectura secreto —me había respondido Liam muy serio—. Por las tardes, cuando tú estás en el despacho terminando los asuntos del día en la mina, nosotros tres venimos aquí para nuestras reuniones.»

«Comprendo. ¿Y aceptáis más socios en vuestro pequeño club?», le había preguntado yo intentando reprimir una sonrisa y fracasando miserablemente.

«Eso depende, somos muy estrictos en nuestra política de socios, ¿verdad que sí, niñas?»

«No creo que entiendan una sola palabra de lo que lees.»

«Mejor, porque hace un rato me he dado cuenta de que este libro no es apropiado para niñas pequeñas. —Liam levantó los ojos de las páginas del libro en su regazo y me sonrió—. *Cuentos góticos,* de Elizabeth Gaskell. Nunca antes lo había leído y resulta que está lleno de fantasmas vengativos, demonios, espectros y casas encantadas, pero parece que a ellas les gustan esas cosas.»

Intenté no sonreír al ver a las dos pequeñas sentadas en los cojines intentando mantenerse erguidas mientras miraban a Liam esperando que él continuara con la lectura.

«No creo que sean los fantasmas o los cuentos, les gusta oír tu voz.»

«Bien, ahora por favor estamos en mitad de un cuento sobre un desaparecido, así que coge un cojín para ti o déjanos seguir con nuestro club de lectura secreto», me había dicho Liam, fingiendo estar muy serio antes de continuar leyendo en voz alta.

—¿Te preocupa algo? —le pregunté por encima del ruido del motor del T49.

—No —respondió, pero vi en sus ojos del mismo color que el bosque que mentía—. Es solo que últimamente me pregunto si no estaremos teniendo demasiada maldita suerte.

Aparqué el coche cerca de la plaza del ayuntamiento y

caminamos por las calles heladas. Todos los vecinos con los que nos cruzamos nos saludaron hasta que llegamos a los soportales en la plaza donde estaba la botica de las hermanas Aguirre y la oficina de Correos con el tiempo justo para escondernos de la lluvia fina que empezaba a caer. Tomás también estaba allí, donde habíamos quedado. Hacía tanto frío esa mañana que se había puesto un abrigo negro de paño por encima de su sotana, de la que únicamente se veía los bajos manchados de barro. Me fijé en que su abrigo estaba raído en el cuello y dejaba entrar el viento gélido.

—Por fin, llevo diez minutos esperándote aquí, casi me congelo —me dijo Tomás a modo de saludo, después miró a Liam y la tensión entre los dos hombres se volvió espesa en el aire—. Hola.

—Gracias por venir, estando la Navidad tan cerca no sabía si tenías un rato libre —le dije sin más—. Vamos a organizar una fiesta para los trabajadores de la mina y para sus familias, habrá comida, música y regalos para los niños.

—Vaya, qué amables sois los patrones —respondió Tomás con ironía—. Y ¿dónde habéis pensado organizar esa fiesta? Hace demasiado frío para que sea al aire libre, y tal vez te sorprenda, pero a los trabajadores no les gusta pasar frío, aunque haya comida gratis.

Tenía la misma sonrisita en los labios que cuando éramos pequeños y él aleccionaba a Alma durante horas sobre literatura o poesía romántica. Tomás disfrutaba demostrando que él era siempre el más listo de nosotros tres.

—En el local vacío que tiene la iglesia aquí cerca, al lado del cine. Ese sería un buen sitio para la fiesta —respondí sin inmutarme—. Es lo suficientemente grande como para acomodar a todo el mundo.

—Así que otra vez necesitas algo de mí, ¿y cuándo no? —Tomás sacudió la cabeza y después me miró, más amable ahora—. Y yo, por supuesto, estoy deseando ayudarte porque vivo solo para complacerte, así que dime, ¿quieres que convenza a Dávila de que os deje usar el local de la iglesia para vuestra fiestecita?

—No. Quiero que me digas cuánto costaría alquilarlo el día de Navidad. Todo el día.

Tomás metió las manos en los bolsillos de su abrigo con aire pensativo.

—Es un bonito detalle con tus trabajadores y sus familias, no te lo voy a negar, aunque sería más bonito aún subirles el jornal —respondió desafiante—. Dinero no parece que os falte, desde luego.

Nos miró de arriba abajo estudiando nuestra ropa y los zapatos brillantes de Liam.

—¿Hablarás con Dávila para que nos alquile el local? —insistí.

El aliento de Tomás revoloteó formando nubecillas por el frío delante de su cara un momento.

—Sí, claro que se lo diré.

—Gracias. —Ya iba a darme la vuelta para marcharme pero en el último momento cambié de opinión, le miré y di un paso más hacia Tomás para estar segura de que nadie aparte de Liam podía escuchar nuestra conversación—. Tú no le contarías a nadie lo mío, ¿verdad? Ni siquiera aunque te obligaran.

Vi en sus ojos que la pregunta le había cogido por sorpresa.

—¿Cómo me preguntas algo semejante? —respondió entre dientes. Después miró a Liam de soslayo para ver cuánto sabía él en realidad acerca de lo que estábamos hablando—. Descuida, tu secreto está a salvo. Sabes bien que yo nunca le hablaría a nadie de lo que puedes hacer y de lo que te vi hacer en el bosque la noche que nos conocimos. Ni siquiera aunque los bastardos de tus amigos falangistas me torturasen.

El pino que daba manzanas rojas de otoño todavía estaba en su sitio casi quince años después de que Alma y yo sacáramos a ese niño asustado y congelado del cepo del marqués. Miré a Tomás a los ojos para saber si mentía, si ese rencor hacia mí que vivía desde siempre dentro de su pecho —y que no tenía nada que ver con que yo fuera la dueña de la mina— era suficiente como para que me traicionara llegado el momento. Pero sus ojos ya no eran los de ese muchacho que disfrutaba sabiéndose el juguete prohibido de las hijas del marqués, así que no tenía más opción que creer en sus palabras.

—Gracias —dije, aunque no soné tan convencida como me hubiera gustado—. Acerca de la fiesta de Navidad...

Pero dejé de hablar cuando el suelo de la plaza empezó a temblar bajo mis pies. El murmullo de los vecinos que estaban a esa hora en la calle o en las tiendas bajo los soportales creció hasta convertirse en un coro de voces asustadas. Al principio pensé que era la lluvia: una tormenta descargando sobre Basondo toda su ira, así que miré alrededor intentando averiguar de dónde venía el ruido, pero no era la lluvia: por encima de las voces y el temblor del suelo escuché el estruendo de unos motores acercándose, motores enormes y pesados.

—¿Qué es eso? —preguntó Liam mirando alrededor preocupado.

En ese momento un convoy formado por cuatro grandes camiones militares y dos coches entró en la plaza. Todos los vehículos eran negros y llevaban el emblema del yugo y las flechas de la Falange en el lateral. Al verlos, algunos vecinos —la mayoría— apretaron el paso para alejarse de la plaza, escapando cabizbajos por las callejuelas inclinadas de vuelta a sus casas para encerrarse dentro, otros se metieron en la primera tienda abierta que encontraron para mirar a través del escaparate a los militares que ya empezaban a bajarse de los vehículos. La plaza se cubrió de silencio mientras los hombres uniformados iban bajando de los camiones y ocupando el corazón de Basondo.

Reconocí inmediatamente al hombre que se bajó del asiento del acompañante de un lujoso Rolls-Royce y que ya caminaba hacia nosotros.

—Marquesa de Zuloaga, buenos días. Qué casualidad encontrarla aquí, iba a ir a presentarme a su casa después, cuando hubiera terminado en el pueblo, pero me ha ahorrado el viaje —dijo el capitán Villa cuando llegó hasta donde estábamos—. Buenos días, caballeros.

Liam le saludó con un ligero movimiento de cabeza sin perder la calma, pero yo sentí su miedo flotando en el aire hasta convertirse en algo casi palpable: temía que Villa estuviera en Basondo por él.

—Capitán Villa, menuda sorpresa verle aquí —le dije con mi mejor sonrisa mientras intentaba disimular el nudo que se había formado en mi estómago—. ¿Puedo saber qué es lo que le trae a Basondo? Confío en que no tenga nada que ver con el wolframio o la mina.

Antes de responder Villa estudió a los dos hombres con cautela. Ya conocía a Liam: era evidente que no le agradaba lo más mínimo y puede que incluso sospechara que era un informante británico, pero aun así había hecho negocios con él. Después miró a Tomás decidiendo cuánto podía decir delante del sacerdote: se fijó en el bajo de su sotana manchada de barro al igual que sus zapatos reparados cien veces y en el cuello raído de su abrigo.

—El negocio va bien, muy bien en realidad —dijo por fin—. Su wolframio no tiene ninguna pega y nuestros aliados alemanes están satisfechos con nuestro acuerdo. No estamos aquí por eso, señora marquesa.

El corazón me latía tan deprisa dentro de mi vestido de lana mezclada que estaba segura de que Villa podía escucharlo debajo del ruido de la lluvia. Intenté con todas mis fuerzas no mirar a Liam, pero sentí sus dedos helados rozando los míos como si estuviera pensando en hacer alguna locura y quisiera cogerme la mano una última vez.

—Bueno es saberlo —respondí nada aliviada—. ¿Entonces? Si es por un asunto del negocio no era necesario que se molestara en venir hasta aquí con sus hombres, podíamos haberlo hablado por teléfono.

Pero había más de treinta hombres de uniforme esperando de pie en la plaza, Villa no estaba en Basondo por negocios.

—Ya le he dicho señora marquesa que esto no tiene nada que ver con su mina. —El tono de su voz me dejó claro que no le había gustado mi insistencia—. Estamos aquí por esos bandoleros que se esconden en este valle, para acabar hasta con el último de esos cobardes. Su wolframio es considerado un material estratégico por nuestro gobierno y debemos defenderlo de esos bastardos para asegurarnos de que todos los cargamentos lleguen a su destino, ¿o acaso prefiere arriesgarse a que esos desgraciados la tomen con su negocio o con usted?

—No, desde luego que no —me apresuré a responder.

Crucé una mirada rápida con Tomás para asegurarme de que no hacía ninguna estupidez, pero supe que ya era tarde.

—Tenía entendido que los bandoleros solo atacaban a la Guardia Civil y a los representantes del nuevo gobierno aquí en el valle. Que yo sepa nunca se han acercado a los trabajadores, al wolframio o a la mina —dijo Tomás sin molestarse en esconder su desprecio por el capitán Villa—. Desplegar un destacamento de cuarenta hombres en un pueblo tan pequeño como Basondo puede dar lugar a más tensión con los guerrilleros.

Villa se quitó su sombrero y se lo colocó debajo del brazo con la tranquilidad de quien sabe que nadie va a atreverse a meterle prisa para responder.

—¿Es usted el párroco del pueblo? —le preguntó a Tomás.

—Cuando el padre Dávila no está presente, sí, soy yo.

El capitán Villa se acercó más a él, se detuvo tan cerca de Tomás que este tuvo que dar un pequeño paso atrás para evitar que Villa le pisara los zapatos de segunda mano.

—Pues si quiere seguir siéndolo para poder servir a Dios y a sus vecinos, más le vale saber cuándo debe callarse la boca, padre. —Villa todavía se quedó un momento más mirando a Tomás por si acaso a él se le ocurría responder, después se volvió hacia mí y añadió—: Mis hombres se instalarán aquí, en Basondo. De momento voy a repartirlos entre el cuartelillo y el hostal del pueblo, pero ninguno de esos sitios es lugar para un capitán. Imagino que no tendrá inconveniente en que yo me instale en su casa, ¿verdad, señora marquesa?

Noté los ojos de los tres hombres clavados en mí, esperando mi respuesta, y tragué saliva antes de responder:

—Desde luego que no, ningún inconveniente, capitán. Tenemos habitaciones libres de sobra.

—Bien, todo arreglado entonces —respondió Villa complacido—. Pero siga con sus asuntos por favor, señora marquesa. Ya conozco el camino hasta su casa y me pasaré cuando haya acabado aquí.

Después Villa me saludó llevándose la mano a la sien y se alejó caminando sin ninguna prisa para reunirse con sus hombres desplegados en la plaza.

—Felicidades —susurró Tomás cuando Villa ya estaba demasiado lejos como para escucharle—. Has traído al diablo a nuestro pueblo.

EL HISPANO-SUIZA

Volvimos a Villa Soledad tan pronto como me aseguré de que Tomás no intentaría hacer algo estúpido.

—Tú no hagas nada, deja que yo maneje a Villa. Lo mismo después de un par de días él y sus hombres se van del pueblo y no tenemos que volver a preocuparnos por esto —le había dicho intentando tranquilizarle.

Pero incluso antes de que él respondiera ya vi la determinación suicida de los perdedores flotando en sus ojos castaños.

—Ese no se va a ir a ningún lado, Estrella, no sin cazar lo que ha venido a buscar aquí —respondió Tomás mirando a Villa mientras este dividía a sus hombres en la plaza en dos grupos distintos—. Voy vestido de cura y casi me da un culatazo, no seas tan ingenua de creer que puedes manejar a ese pájaro porque acabarás mal. He visto antes a hombres como Villa, sádicos del poder.

Conseguí arrancarle a Tomás la promesa de que no se arriesgaría a hacer nada contra Villa y sus hombres esa tarde —aunque sabía que era una promesa frágil que dependía solo de que Tomás no volviera a cruzarse con él— y conduje el T49 de vuelta a casa sin levantar el pie del acelerador. Quería llegar a la mansión antes de que Villa terminara en el pueblo y se presentara en la puerta de Villa Soledad. A pesar de que conducía a toda velocidad miré un momento al límite del bosque debajo del pino donde había visto a Alma de pie aquella mañana pero ya no estaba.

—Tenemos que irnos del país —dijo Liam con voz grave.

No había pronunciado una sola palabra desde que Villa se había bajado del elegante Rolls-Royce con el yugo y las flechas en la puerta.

—No están aquí por ti —intenté convencerle—. No tienen ni idea de lo que hacías antes, estás a salvo.

—Ninguno estamos a salvo ahora que Villa y sus hombres han tomado el pueblo. Puede que no estén aquí por mí pero es solo cuestión de tiempo que empiecen a hacer preguntas a gente que no pueda negarse a responderles. Preguntas sobre ti o sobre mí. —Liam me miró, nunca antes le había visto tan asustado—. Debemos irnos mientras todavía podamos, los cinco.

Ya casi estábamos llegando a Villa Soledad, desde ese punto de la carretera el tejado verde esmeralda de la mansión se asomaba sobre el paisaje.

—¿Marcharnos? ¿Quieres que huyamos del país? —le pregunté sujetando el volante con fuerza—. ¿Y adónde se supone que iríamos? Medio mundo está en guerra.

—A cualquier lugar, cualquier lugar es mejor que este ahora que ellos están aquí. No podemos marcharnos de la noche a la mañana sin más, eso ya lo sé —admitió—. Pero puedo empezar a mover el dinero de las cuentas de la empresa, poco a poco, para que no noten nada extraño en Madrid hasta que ya estemos fuera de su alcance. No podríamos llevarnos todo el dinero pero sí puedo transferir bastante a otras cuentas fuera de España antes de que se den cuenta de lo que estamos haciendo. Todavía tengo contactos de cuando me dedicaba a ayudar a huir a los alemanes: puedo conseguir pasaportes y pasajes de barco para los cinco, en un par de semanas estaremos listos para marcharnos.

Sacudí la cabeza.

—No, ni hablar. Y aunque eso que dices fuera posible, que no lo es, no puedo marcharme sin más y dejar el pueblo, la mina o la casa...

—Si nos detienen poco importarán esas cosas. Eres lista, Estrella, piensa en lo que te harán si descubren lo que puedes hacer.

Liam nunca me había hablado así. Ni una sola vez desde que nos conocimos hacía casi ocho años me había levantado la voz, nunca. A cualquier otro hombre le hubiera tirado fuera del coche en marcha de una patada, pero Liam no era cualquier hombre.

—Esta es mi casa, la casa de mi familia —dije con voz calmada—. No voy a permitir que Villa o ningún otro me echen de mi casa ni de mi tierra.

—Villa va a quedarse en la mansión —me recordó—. ¿No lo ves? Ya te han echado solo que todavía no te has dado cuenta, por eso lo llaman «ocupación». Pronto se dará cuenta de que puede prescindir de ti para llevar el negocio del wolframio y entonces ya no tendrás nada con lo que negociar, lo he visto mil veces. Tenemos que dejarlo todo y marcharnos de Basondo mientras aún podamos.

Cuando llegamos a la verja de hierro de la casa yo todavía tenía las palabras de Liam repitiéndose en mi mente. Detrás de los barrotes de la cancela, de pie en la puerta principal de la casa, nos esperaba Catalina con el gesto preocupado. Tenía a Laura en brazos y Marina cogida de la mano. Me fijé en que tanto ella como las dos niñas estaban vestidas y listas para salir. No guardé el T49 en la cochera, simplemente lo dejé aparcado en el margen de la carretera junto a la casa y entré en la finca seguida de Liam.

—Déjame pensarlo un poco antes, ¿de acuerdo? Es todo lo que te pido, un poco más de tiempo para pensarlo bien —le dije en un tono conciliador poco habitual en mí—. De todas maneras, no podemos marcharnos hoy sin levantar sospechas, tú mismo lo has dicho. Igual hay otra manera de librarnos de Villa y de su pequeño ejército.

Liam se aseguró de cerrar la puerta de hierro y me siguió

a lo largo del camino de grandes losetas blancas que atravesaba el jardín delantero hasta la puerta verde de la casa.

—Quieres decir, una manera que no implique entregar a tu amigo Tomás y a sus bandoleros a los falangistas.

Me detuve donde estaba y le miré.

—¿Cómo lo has sabido?

—Lo he adivinado —respondió Liam—. Ya lo sospechaba, pero esta mañana cuando Tomás ha mencionado lo de la tortura me ha quedado claro. Ahora ya sé por qué los bandoleros nunca han atacado nuestros envíos de wolframio: es por ti.

—Entonces también sabes por qué no podemos entregárselos a Villa. —Miré a los ojos inquietos de Liam y añadí—: Por mucho que quiera librarme de Villa y de sus hombres no podemos delatar a Tomás porque si él habla...

—Si detienen a Tomás y él habla cuando le torturen, y te prometo que eso sucederá, entonces vendrán a por ti. Y después a por ella. —Liam señaló con la cabeza a Laura en brazos de Catalina—. Querrán saber si lo que tú puedes hacer se transmite de madre a hija, si la pequeña Laura es tan especial y poderosa como tú.

No estaba segura de si Laura podía hacer las mismas cosas que yo, de si podía adivinar el futuro como Alma o manipular la naturaleza a su antojo como solía hacer la abuela Soledad, pero sí sabía que todas las mujeres de la familia Zuloaga —incluida Catalina, que parecía tener un extraordinario dominio sobre las plantas— tenían algún tipo de poder sobrenatural.

—Aunque así fuera Laura tiene diez meses, es solo un bebé.

—Eso a ellos les da igual. —Liam la miró un momento con ternura antes de volver a mirarme a mí—. Comprendo que no quieras delatar a tu amigo o lo que sea que Tomás signifique para ti, sé que vosotros dos os conocéis desde niños y os une la tragedia y la pérdida, y nada une más que una culpa compartida. Entiendo que yo no puedo competir con eso, ¿pero cuánto tiempo crees que tardarán en detener a alguno de los bandoleros? ¿O a la familia de alguno de ellos?

Miré a Laura que se entretenía jugueteando con un mechón suelto de la coleta de Catalina.

—No mucho —respondí mirando a mi hija.

—No mucho, no. Y cuando eso suceda, el pobre desgraciado al que interroguen en el cuartelillo escupirá tu nombre, sus dientes y hasta sus pulmones si ellos se empeñan.

—¿Y qué hago? —No se lo preguntaba a Liam sino a mí misma—. No sé qué debo hacer ahora.

Todas mis opciones eran malas, terribles. No podía permitir que el capitán Villa se quedara en la casa mucho tiempo porque, como había dicho Liam, después de instalarse en la mansión era solo cuestión de tiempo que encontrara la forma de hacerse con el negocio y con la mina pasando por encima de mí. O peor aún: que Villa descubriera lo que yo podía hacer y me enviara a uno de esos espantosos campos de prisioneros donde nos harían todo tipo de experimentos horribles a mí y a Laura, y tal vez también a Catalina y a Marina.

—Tenemos que huir, lo siento, pero es la única posibilidad que tenemos de seguir con vida: marcharnos y abandonar la casa y todo lo demás. —La voz de Liam me sacó de mis pensamientos—. Esto es lo que pasa cuando crees que puedes hacer tratos con el diablo.

Esa fue la primera vez que intuí el verdadero —y siniestro— alcance de mi acuerdo por el wolframio.

—Ha pasado un convoy del ejército por la carretera. Eran seis vehículos me ha parecido contar, con camiones y todo. Iban hacia el pueblo —dijo Catalina cuando llegamos a la entrada—. He vestido a las niñas y he hecho una bolsa con lo justo por si tenemos que salir corriendo.

Entramos en la casa y cerré la puerta asegurándome de poner el pasador para que nada malo entrara en Villa Soledad, lo que era ridículo porque dentro de un rato tendría que dejar entrar al capitán Villa en la mansión.

—¿Qué están haciendo aquí, Estrella? ¿Han venido por la mina? ¿Te la van a quitar? —La voz de Catalina tembló.

—No es nada de eso —la tranquilicé como pude—. Están aquí por los bandoleros, quieren detenerles para asegurar el suministro de wolframio a los nazis.

—Es una mala cosa, he visto cómo son y armarán jaleo en el pueblo.

Laura se removió inquieta entre los brazos de Catalina que la dejó en el suelo. La pequeña intentó dar unos pasos por su cuenta pero estuvo a punto de caerse. Liam la sujetó de la mano y la ayudó a caminar mientras nosotras dos hablábamos al pie de la escalinata de mármol.

—Lo sé, es una mala cosa —admití—. Y hay algo más: uno de ellos, el capitán Villa, va a instalarse aquí, en nuestra casa.

Pasamos toda esa tarde en silencio preparándonos para la llegada de Villa. Catalina acostó a las niñas en su habitación para la siesta, pero ninguna de las dos se quedó dormida. Pasaron la tarde inquietas: Laura gimoteaba en su cunita y Marina daba vueltas en su cama enredándose con las mantas igual que si supieran que abajo, los adultos, también conteníamos el aliento. Cuando se hizo evidente que ninguna de las dos niñas pretendía dormir, Catalina las bajó a la biblioteca donde Liam y yo calculábamos cuánto dinero de las cuentas de Empresas Zuloaga podíamos mover antes de que nuestros socios se dieran cuenta de lo que estábamos haciendo.

—Un millón, uno y medio si tenemos suerte —dijo Liam mordisqueando el lapicero—. Además de lo que podamos llevarnos encima cuando salgamos del país: joyas, bonos, dinero en efectivo...

Los libros de contabilidad estaban abiertos sobre la larga mesa de caoba de la biblioteca. En esa misma mesa era donde Alma y yo cuchicheábamos durante las clases particulares de arte o alemán de la señorita Lewis.

—Es muy poco, poco para lo que tenemos de verdad en las cuentas —masullé—. Somos cinco, ¿adónde iríamos con ese dinero? Por si lo has olvidado Europa entera está en guerra contra Alemania y nosotros colaboramos con los nazis, así que ningún país querrá acogernos, y aunque quisieran, caen bombas del cielo cada día. No voy a cambiar Basondo por Londres ahora mismo.

—Iremos a Estados Unidos, podemos volver al rancho de San Bernardino. La guerra no llegará hasta California.

Las Ánimas seguía siendo en mi mente la misma tierra dorada y agrietada que había conocido, el recuerdo del viento sur que soplaba desde el desierto por las noches o el cielo de madrugada cubierto de estrellas seguía intacto, a salvo dentro de una bola de nieve distinta de la bola de nieve en la que guardaba el recuerdo de Basondo mientras estaba fuera.

—¿Y qué pasa con ellas? —pregunté señalando a las niñas con la cabeza—. Son muy pequeñas para hacer un viaje así, Marina es mayor, pero ni siquiera ha cumplidos dos años todavía.

Liam miró con ternura a las dos niñas que jugaban sentadas en el suelo de la biblioteca, muy cerca de los tablones que yo quemé intentando abrasar vivo al marqués antes de partir hacia el St. Mary's.

—Son pequeñas sí, pero también son fuertes y están bien alimentadas. Cogeremos un barco en el puerto de Bilbao que nos lleve hasta Irlanda, relativamente a salvo de las bombas de los nazis, y de Irlanda saldremos para Estados Unidos. Es un viaje largo, pero podemos conseguirlo, la gente lo hace cada día con sus hijos huyendo de la guerra.

Dejé escapar un suspiro y miré alrededor, la biblioteca era una de las habitaciones de Villa Soledad que menos había cambiado en estos años. Cuando, por fin, tuvimos dinero para reparar los grandes ventanales que daban al jardín delantero, la hierba y la maleza que crecían sin control protegidas del viento y la lluvia por la fachada de la casa dejaron de entrar en la habitación llevándose su alfombra verde y salvaje otra vez de vuelta al jardín. Las paredes estaban cubiertas por las mismas estanterías de nogal hechas a medida que el abuelo Martín mandó hacer por encargo, tan altas que llegaban hasta el techo y era necesario una escalerilla corrediza para poder alcanzar los libros en las estanterías de más arriba. Esa misma biblioteca también fue una de las habitaciones preferidas de mamá, por eso mismo compró la otomana de terciopelo que Catalina y yo tuvimos que colocar contra la ventana rota para evitar que algo más grande que una rata se colara por el agujero en el cristal, la mesita de ajedrez hecha de marfil y ébano donde todavía descansaba nuestra casita de muñecas, y la larga mesa sobre la que ahora estudiábamos los libros de cuentas.

—Es solo que no quiero dejar esta vida y todo lo que hemos conseguido aquí para huir como ratas en el primer barco hacia Estados Unidos —dije—. Me ha costado mucho volver a abrir la mina y tengo derecho a no abandonar mi casa o mi negocio sin luchar, muchas gracias.

—Claro que tienes derecho a no tener que huir de tu hogar y a no dejar la casa de tu familia —me dijo Liam con calma—. Entiendo perfectamente que quieras quedarte aquí, pero Villa y sus hombres no son un enemigo al que puedas derrotar, esta no es una lucha justa. Te aplastarán, a ti y a todos nosotros contigo.

—Villa solo es un hombre, nada más. Y como a todos los hombres les gusta creerse más importantes, listos y poderosos de lo que son en realidad, si acabo con él...

—Si acabas con Villa otro ocupará su lugar, y después otro y luego otro más —me interrumpió—. Puede que Villa solo sea un hombre, pero las ideas que le mantienen en pie viven dentro de otros muchos y no puedes matarlos a todos.

—Pero puedo intentarlo.

Liam torció el gesto y noté que estaba a punto de protestar cuando el sonido del timbre en la verja cortó el aire de la biblioteca.

—Es él, es Villa —dijo Liam mirando por la ventana detrás de las cortinas—. Rápido, esconde los libros de cuentas y todo lo demás para que no se imagine lo que estamos tramando.

Catalina cerró todo lo que había sobre la mesa mientras yo guardaba los extractos bancarios y las libretas de ahorro en el armario donde mamá solía guardar los mapas de todos los países donde nunca había estado. Escuché los pasos rápidos de Amaia atravesando el vestíbulo para atender la puerta, pero salí de la biblioteca y la intercepté antes de que tuviera tiempo de llegar a la puerta principal.

—Deja, yo abriré —le dije a la muchacha—. Tú prepara té y sírvelo en la biblioteca, por favor.

Amaia me miró sin comprender.

—¿Pero no quiere que atienda la puerta también, señora marquesa?

—No, tú prepara el té y sírvelo en la biblioteca con una bandeja y solo tres servicios. Y lleva las pastas de mantequilla también, las caras.

Amaia asintió y volvió hacia la cocina, seguramente preguntándose dónde guardábamos el té.

El timbre en la verja volvió a sonar, más impertinente ahora, mientras yo atravesaba el vestíbulo en dirección a la puerta principal. Me miré un momento en el espejo que colgaba de la pared para asegurarme de que aparentaba serenidad a pesar de que el capitán Villa estaba en mi puerta.

—Capitán, disculpe la espera, pero quería abrirle yo misma para darle la bienvenida —le dije a Villa con mi mejor sonrisa—. Además la doncella es nueva y la pobre no sabe aún cómo funciona el interfono, dichosos inventos modernos...

Villa no me devolvió la sonrisa, pero hizo un gesto con la cabeza a modo de saludo cuando le abrí la puerta de hierro forjado.

—El progreso está bien, pero siempre con medida —dijo.

—Por supuesto. —Cerré la puerta tras él sin darme demasiada prisa para que Liam y Catalina tuvieran tiempo suficiente de esconder los libros y todo lo demás—. ¿Y qué tal sus hombres? ¿Ya han encontrado acomodo en Basondo?

Antes de responder Villa dio un vistazo al jardín delantero deteniéndose en la palmera junto al camino y en la casa después.

—La había visto al pasar desde la carretera, pero ahora que la tengo delante la mansión casi parece estar viva. —Sus ojos afilados escudriñaron la fachada de piedra y las ventanas verdes un momento más—. Es impresionante, ¿ha pertenecido siempre a su familia?

—Sí, mi abuelo la construyó para mi abuela cuando volvió de hacer las Américas —respondí, olvidando convenientemente mencionar que la construyó como una cárcel de lujo para mi abuela.

—Confío en que me haga una visita guiada por la finca cuando tenga tiempo, este es un lugar misterioso.

Asentí.

—Sí, lo es.

Las botas de Villa no eran como las de los demás soldados que había visto bajándose de los camiones con el yugo y las flechas el costado. Las suyas eran marrones, de cuero curtido que alguien había lustrado hasta conseguir que brillaran, y hacían un sonido imposible de ignorar mientras avanzaba sobre las baldosas blancas y negras del vestíbulo. Solo cuando escuché el sonido de las botas militares de Villa resonando entre las paredes de mi propia casa comprendí de verdad lo que Liam había dicho aquella tarde: «Ya te han echado solo que todavía no te has dado cuenta, por eso lo llaman "ocupación".»

—Está muy callada, señora marquesa. No sé por qué la noche que nos conocimos en su fiesta imaginé que era usted del tipo de mujeres que acostumbran a hablar sin parar.

Intenté sonreírle por encima del sonido de sus botas.

—Estábamos a punto de tomar el té, ¿quiere acompañarnos? —pregunté—. Le diré a la doncella que traiga un servicio más para usted si gusta.

Entré en la biblioteca un segundo antes que Villa para asegurarme de que los libros de contabilidad y los catálogos de viajes estaban escondidos. Liam estaba sentado a la mesa fingiendo que leía el periódico mientras Catalina jugaba con las niñas en el suelo.

—Buenas tardes. —Villa saludó a Liam con un gesto de cabeza y después se dirigió a Catalina—. Señora.

—Ella es mi hermana pequeña, Catalina de Zuloaga.

Catalina se levantó del suelo, se estiró las arrugas en la falda de su vestido y, solo después, le extendió la mano a Villa.

—Tanto gusto, capitán.

Nunca había escuchado a Catalina hablar de esa manera, con esa mezcla de desdén y frialdad en la voz. Puede que Catalina le tuviera un miedo de muerte a Villa, pero le despreciaba con la misma intensidad.

—Encantado, señora. Y supongo que ellas son las pequeñas marquesas —añadió el capitán mirando a las niñas, que ni siquiera se habían vuelto para mirarle—. Los pequeños son el futuro, sobre todo los hijos de origen noble. Hay que asegurarse de que crezcan sanos y fuertes para que nosotros nunca muramos del todo. Cuando nos hayamos ido nuestros hijos continuarán lo que hemos empezado aquí.

—Interesante teoría, no lo había pensado nunca de esa manera —mentí sin pudor—. Y dígame, ¿tiene usted hijos, capitán? ¿Esposa?

Villa se sentó a la mesa a pesar de que yo no se lo había sugerido aún, en la silla libre que había junto a Liam.

—No, no tengo hijos. Me temo que la paternidad, el matrimonio y los demás asuntos de esa índole son un tesoro que no me ha sido concedido —respondió Villa todavía mirando a las niñas—. Qué sentido tendría crear una familia a sabiendas de que no podría dedicarle el tiempo necesario.

—Bueno, es un hombre joven, todavía puede cambiar de idea si eso es lo que desea —dijo Catalina, cogiendo a Laura en brazos y sentándose a la mesa con ella en el regazo—. Pero tiene razón en que es una pena que unos niños crezcan sin padre.

Catalina miró la alfombra tejida a mano que había debajo de la larga mesa de la biblioteca. Representaba a la perfección el papel de buena esposa afligida por haber sido abandonada por su marido. Ambas sabíamos que era solo cuestión de tiempo que Villa escuchara los rumores sobre la misteriosa desaparición de Pedro y era mejor que lo primero que escuchara fuera nuestra versión de la verdad.

—Desde luego que lo es. ¿Me permite? —Sin esperar la

respuesta Villa alargó los brazos para coger a Laura—. No todos los días se conoce a una futura marquesa como Dios manda.

Catalina y yo cruzamos una mirada cuando le entregó a la niña.

—¿Es su hija? Tiene el pelo claro, como usted —le preguntó.

—No, es mi hija. Laura —respondí con frialdad.

—Laura, un nombre precioso —dijo Villa sin mirarme—. Laura, ¿sabe lo que significa?

Negué con la cabeza sin apartar los ojos de mi hija, que ahora estudiaba con atención infantil las medallas brillantes que Villa exhibía en su uniforme.

—No —respondí casi sin voz.

—Laura viene de laurel, la planta con la que se hacían las coronas para los antiguos campeones en Grecia. —Villa hablaba despacio, sabía que los tres conteníamos el aliento al verle con la pequeña en el regazo y quería disfrutar cada segundo de ese poder—. «Victoria», eso es lo que significa.

Los pasos de Amaia acercándose a la biblioteca junto con el tintineo delicado de los platos de porcelana y los cubiertos cortaron la tensión que se acumulaba en el aire como nubes de tormenta.

—El té, señora marquesa —anunció la joven con timidez.

—Gracias, puedes dejar la bandeja en la mesa. Nosotros lo serviremos.

Amaia dejó la bandeja con cuidado de no derramar la jarrita de la leche y asegurándose de no situarse demasiado cerca de nuestro invitado de uniforme.

—Eso es todo —añadí para que supiera que podía volver a refugiarse en la cocina.

Amaia masculló un «buenas tardes» y salió de la biblioteca prácticamente corriendo. Liam se levantó de su silla y empezó a repartir las tazas y las cucharillas de plata.

—Té. —Villa miró la tetera de porcelana china humeante todavía en la bandeja—. El té es una costumbre muy poco española, es algo de los británicos, ¿verdad? ¿Es por usted?

Tal vez sienta añoranza de su país y sus costumbres estando tan lejos, y además en guerra.

Liam mantuvo su media sonrisa pero la tacita pintada a mano tintineó entre sus dedos antes de dejarla frente a mí en la mesa.

—Yo soy solo un invitado en esta casa, no estoy en disposición de imponer mis gustos a las señoras —respondió con ese tono encantador y falso que usaba cuando intentaba embaucar a alguien.

—Tiene usted razón, capitán, el té es una costumbre del enemigo y terriblemente europea, pero le confieso que me aficioné a esta bebida y a todo su ritual durante los años que pasé estudiando en Inglaterra —dije—. ¿Prefiere tomar alguna otra cosa? *Bourbon*, whisky escocés...

—No me gusta el escocés particularmente, lo encuentro demasiado dulzón para mí —respondió Villa con naturalidad—. De todas maneras, tampoco acostumbro a beber alcohol, y mucho menos estando de servicio, nubla la mente y eso es algo propio solo de seres mediocres.

—Cierto, el capitán está en Basondo para detener a esos bandoleros que se esconden en el valle —dije, mirando a Catalina—. No quieren arriesgarse a que a esos desgraciados les dé por atacar nuestros cargamentos de wolframio.

—Son órdenes del mismísimo Arrese, mantener la mina Zuloaga abierta y en funcionamiento es una prioridad para él y para nuestros socios alemanes —añadió él—. ¿No conocerán por casualidad la identidad de alguno de esos cobardes?

Pues claro que conocía la identidad, sabía que Tomás era parte del grupo que se ocultaba en el valle y si lo pensaba bien seguro que pronto añadía otro puñado de nombres a esa lista mortal.

—No, claro que no —respondí con la boca seca—. En esta casa no nos mezclamos con gente de esa.

Laura se movió entre los brazos del capitán intentando zafarse y Liam aprovechó la oportunidad para cogerla.

—Muy amable. Veo que se le dan bien los niños, señor

Sinclair, incluso los niños de otros. —Villa le sonrió con educación un momento antes de olvidarse por completo de él y de Laura para volver a mirarme—. Ya imagino que esta es una casa decente, tanto o más que usted y su hermana. Es solo que me intriga que esos tipejos no hayan descubierto aún lo mucho que le favorecería a su causa deshacerse de su wolframio. Dé gracias a Dios de que así sea, a saber lo que esos hombres les harían si llegan a darse cuenta algún día.

Tomás y yo habíamos hecho un pacto en la iglesia de Basondo después de la misa de las ocho: nada de atacar los cargamentos de mi wolframio mientras iban desde la mina hasta el cargadero de metal. Por supuesto, a Tomás no le había gustado mucho la idea —ya había visto el valor que ese mineral tenía para los nazis y sus aliados—, pero le convencí de que atacando mis envíos solo conseguiría atraer la atención del gobierno hacia Basondo.

—Entonces esperemos que nunca se den cuenta —respondí sin emoción en la voz—. ¿Quiere que le enseñe su habitación? Mientras esté con nosotros en casa creo que debería quedarse en la que solía ser la antigua habitación del marqués, es muy cómoda, le gustará.

En el suelo de la biblioteca Marina le dio un manotazo a la alfombra que cubría la quemadura alargada en los tablones. La pequeña se rio cuando vio la marca que el fuego había dejado casi diez años antes y después dijo algo en la jerga incomprensible en la que hablan los bebés. Catalina cogió a la niña en brazos y volvió a tapar la quemadura empujando disimuladamente la alfombra con el pie.

—Es la hora de su merienda, por eso protesta —mintió Catalina con voz tensa—. ¿Puedes traer a Laura? Les gusta merendar a las dos juntas y así me dan menos trabajo. Y podrás enseñarle al capitán Villa su habitación.

Liam, que no había soltado a Laura por si acaso, asintió en silencio y los cuatro salieron de la biblioteca para refugiarse en la cocina con la pobre Amaia.

—Tiene una familia muy agradable —comentó Villa cuando ya estábamos a solas.

No lo dijo de ninguna manera especial pero algo en sus ojos castaños me hizo pensar que acababa de amenazarme.

—Gracias. Venga conmigo, le enseñaré su habitación, si le parece bien —dije deseando sacarle de la biblioteca y alejarle del primer piso—. Es muy elegante y se ve el mar desde la ventana. Al marqués le encantaban las vistas, cuando aún vivía se pasaba horas mirando por las ventanas.

Era mentira, claro. Padre nunca fue un hombre aficionado a contemplar el paisaje o la naturaleza, a él le gustaba más cazar y pisotear el bosque con sus botas de lord.

Salí de la biblioteca y caminé hacia la escalinata de mármol seguida de Villa.

—¿Le gusta jugar con fuego, señora marquesa? —dijo él cuando llegamos al primer descansillo, hizo una pausa y me sonrió antes de añadir—: Se lo pregunto por la quemadura que hay en el suelo de la biblioteca.

Respiré.

—No fui yo, al marqués se le cayó uno de sus puros cuando se quedó dormido fumando en la butaca —mentí con la naturalidad de quien lo hace a menudo—. Mi madre se disgustó mucho pero ya es imposible encontrar tablones como los del suelo para sustituirlo, así que lo cubrió con la alfombra.

Le miré para comprobar si le había convencido, Villa no respondió pero intuí un destello en sus ojos. Esa fue la primera vez que me pregunté si el capitán Villa conocía mi secreto.

—Es por aquí —masculló—, dándome la vuelta para evitar su mirada.

La habitación de padre estaba dos puertas más a la derecha que la de mamá, aunque no recuerdo que ellos compartieran habitación nunca, ni siquiera cuando Alma y yo éramos pequeñas. Desde que podía recordar, mamá había dormido en la habitación dorada con vistas al jardín trasero —que ahora ocupaban Catalina y las niñas— mientras que el marqués dormía en la habitación roja al fondo del pasillo. Abrí la puerta del dormitorio y me hice a un lado para dejar pasar primero al capitán.

—¿Tiene equipaje? Le diré a la doncella que le cuelgue los trajes o el uniforme en el armario si quiere.

Villa dio unos pasos dentro del dormitorio estudiando los muebles excesivos de madera de cerezo. La misma cama —donde el marqués había muerto plácidamente mientras dormía— ocupaba toda la pared del frente, al otro lado, las ventanas rectangulares dejaban entrar la luz de la puesta de sol.

—Es curioso, como hombre que se ha pasado media vida bajo tierra me cuesta acostumbrarme al mar —dijo Villa, acercándose más a la ventana para mirar fuera—. La misma luz del sol se me hace insoportable algunas veces.

—¿Bajo tierra?

—Sí, entré en el ejército como ingeniero de minas —respondió él sin mirarme—. Pasé los primeros dos años en una gruta sin ver la luz del sol, enterrado vivo a ocho metros bajo tierra hasta que por fin emergí convertido en el hombre que soy hoy. Transformado.

Me fijé en su manera de entornar los ojos cuando recordaba algo.

—Como un insecto en una crisálida que se convierte en algo mejor al salir —añadió.

—Y ¿en qué se convirtió usted, capitán? —pregunté con cautela.

Villa esbozó una sonrisa para sí mismo y después me miró, olvidándose del mar y la puesta de sol al otro lado de las ventanas.

—¿Hay capilla en la casa?

—No dentro de la mansión, pero hay una pequeña capilla familiar en la finca, un poco más abajo —respondí confundida—. ¿Por qué lo pregunta?

—Me gusta pasar mis ratos libres en silencio y no hay nada más silencioso que un lugar sagrado.

—También tenemos un cementerio —le dije sin pensar.

Pensé que se ofendería, pero en vez de eso se rio, su risa era seca y baja; me recordó al chasquido que hacen las ramitas en el suelo del bosque al pisarlas.

—Me ha pillado, soy un hombre religioso y un buen cristiano, desde luego, pero me gusta descansar en lugares bendecidos. He descubierto que es casi el único lugar donde puedo dormir sin peligro de que las pesadillas se apoderen de mi descanso.

—Si le preocupa su seguridad, le garantizo que esta casa es prácticamente una fortaleza, nadie puede entrar sin ser invitado —dije.

—No es ese tipo de miedo. Únicamente puedo dormir donde los espectros y los demonios no pueden alcanzarme en sueños, por eso necesito un lugar bendecido para descansar. —Villa me estudió un momento para ver mi reacción y después añadió—: No puede sorprenderle tanto que un hombre como yo tema a sus propios demonios. Todos tenemos un pasado que nos persigue cuando soñamos. Apuesto a que usted misma tiene unos cuantos fantasmas de su pasado que la rondan.

Sonreí con amargura.

—Desde luego.

—Yo también los tengo y no quiero que mis fantasmas me encuentren.

—¿Teme que alguno de sus enemigos quiera vengarse? —pregunté.

—Todos mis enemigos están muertos. Me aseguré bien de no dejar con vida a nadie que pudiera desearme el mal sin importarme su edad o su condición.

—¿Entonces? ¿Qué es lo que teme? —quise saber.

—El lado de los muertos está lleno de gente a la que yo he enviado allí, me esperan para vengarse, eso ya lo sé y no es lo que me roba el sueño. —Villa hizo una pausa—. No quiero que sus fantasmas me ronden mientras duermo, no quiero arriesgarme a sentir la mano gélida de un muerto en la mejilla.

Villa tenía miedo de que las personas que había matado pudieran alcanzarle mientras él aún estaba vivo. Le miré y no me costó nada imaginar a ese hombre de aspecto sereno, pero algo sombrío, perturbado por las pesadillas y la culpa.

—¿Quiere que le acompañe a la capilla?

—No será necesario, la encontraré por mi cuenta y me

llevaré mis cosas allí, aunque me gustaría que no comentara el asunto con nadie más, prefiero que todos crean que ocupo esta habitación mientras me quede en su casa.

—Desde luego —le aseguré.

—Otra cosa. ¿Ese Hispano-Suiza T49 que hay aparcado en la puerta de la casa pertenece al señor Sinclair?

Forcé una sonrisa.

—No. El coche es mío, pertenecía al marqués, pero con la edad mi pobre padre dejó de estar en condiciones de conducirlo. Lo utilizo para ir hasta el pueblo o a las oficinas de la mina, sé que es un desperdicio usar un coche así solo para eso, pero me he acostumbrado a conducirlo. ¿Le gustaría probarlo alguna vez, capitán?

Recordé lo que Liam me había contado sobre el capitán Villa y su amor por los coches de lujo en la fiesta que organicé para encontrar socios en Madrid.

—Desde luego que sí, me encantaría. Es un automóvil precioso, puede que ya sea el único que queda en todo el país. El T49 es un vehículo fabuloso hecho para correr, cualquier otro uso que se le dé es despreciar la máquina, malgastarla: igual que tener un caballo pura sangre para pasear por el campo.

Miré de refilón la gran cama vacía que Catalina y su madre habían bajado por la escalinata desde ese mismo dormitorio hasta la pequeña habitación en el primer piso que el marqués ocupó hasta su muerte. Si el fantasma del viejo todavía rondaba la mansión por las noches, seguro que odiaba verme conduciendo su amado Hispano-Suiza, la joya de la corona del marqués. El capricho más caro y estúpido, de todos los caprichos caros y estúpidos, que el dinero manchado de sangre del abuelo Martín le compró.

—Me he fijado en el bosque que hay al otro lado de la casa. Abarca también todo el margen de la carretera hasta el pueblo y se pierde en la distancia —empezó a decir Villa.

—Sí, nadie sabe hasta dónde alcanza en realidad.

—¿Cree que los hombres que buscamos se ocultan en el bosque? —preguntó de repente.

—No tengo forma de saberlo. —Pero sí que lo sabía, o al menos intuía que los bandoleros podían esconderse en el bosque—. Pero es un bosque grande, ahora que lo menciona sería un buen escondite siempre que se conozca bien el terreno y se tenga la suerte de no caer en alguna de las trampas que los cazadores furtivos dejan tras de sí para atrapar a los jabalíes.

—¿Usted conoce bien el bosque?

—No tan bien como para no caer en ninguna trampa —respondí, pensando en cuando rescatamos a Tomás del cepo catorce años atrás—. Pero si quiere puedo buscarle un guía. A la mayoría de los hombres del pueblo no les gusta mucho adentrarse en el bosque porque dicen que está encantado, pero por un par de billetes seguro que encontrará a alguno dispuesto a ir con usted.

—No será necesario pagar un guía, he traído conmigo a cuarenta hombres y hay cincuenta más esperando una llamada de teléfono que podrían estar en Basondo en unas pocas horas. —Villa arrugó el ceño un momento, pensativo—. ¿Es verdad eso que dicen del bosque? ¿Lo de que está encantado?

Sonreí.

—Esto es Basondo, capitán. Aquí todo está encantado.

Los primeros días que el capitán Villa pasó en la casa no dejó de llover. Era una lluvia gris y afilada que arrastraba gotas de mar, manchando ventanas y paredes para dejar tras de sí un resto blanquecino del salitre. El silencio se instaló en Villa Soledad: era el mismo silencio amorfo que llenaba cada rincón de la casa cuando el marqués aún vivía en ella. Catalina y las niñas apenas salían del cuartito de juegos que tenían en la planta baja, cerca de la puerta lateral por la que se salía al jardín y al invernadero de la abuela Soledad.

«Esta habitación está bien caldeada y la luz del sol le pega de lleno todo el día», había dicho Catalina a modo de excusa para esconderse de Villa. «A las niñas les gusta estar aquí y a mí también.»

Liam no podía conciliar el sueño. Desde que compartíamos dormitorio, cama, negocios y secretos nocturnos había observado el sueño ligero de mi amante. Se despertaba a menudo en mitad de la noche sin saber dónde estaba; otras veces su sueño era tan liviano que ni siquiera estaba seguro de haberse quedado dormido, pero desde que Villa se instaló en la casa Liam había dejado de dormir por completo.

—Ni siquiera está en la mansión: duerme en la capilla familiar que hay junto al cementerio. Es un hombre desquiciado y cree que los demonios van a ir a buscarle mientras duerme —le dije a Liam intentando convencerle para que volviera a la cama conmigo—. A saber las cosas terribles que habrá hecho el capitán en su vida para que ahora tenga miedo de dormirse y crea en cuentos de demonios.

—Deberíamos cerrar la capilla por fuera aprovechando que él está dentro. Dejarle atrapado ahí.

Me reí en medio de la oscuridad. Liam, por fin, dejó de pasear arriba y abajo por la habitación del torreón para volver a la cama conmigo, pero, incluso con la luz apagada, podía sentir sus ojos verdes clavados en el techo, como les ocurre a todos los insomnes.

—Hay un lobo en este bosque. Hace dos noches vi cómo salía de entre los árboles e intentaba entrar en la finca empujando la puerta —me susurró Liam al oído—. A lo mejor el lobo está aquí para devorar a Villa, como sucede con el villano en los cuentos de hadas.

Había escuchado al lobo aullando las últimas dos noches y sabía que estaba cerca, podía sentirlo merodeando por el límite del bosque al anochecer.

—Sí —le había dicho yo—. Pero eso solo sucede al final del cuento y para eso todavía falta un poco.

La mañana siguiente fue la primera soleada tras una semana entera de lluvia, así que, tal y como le había prometido, le di a Villa las llaves del coche para que lo condujera él mismo hasta Basondo en vez de tener que esperar a que su coche oficial con el escudo de las flechas aparcara frente a la puerta de la mansión para llevarle a desayunar.

—¿No quiere que la lleve al pueblo, señora marquesa? —me había dicho mientras abría la puerta de la cochera para sacar el Hispano-Suiza—. Mire que no me cuesta nada acercarla para que haga sus recados.

—No es necesario, hoy no llueve, así que iré caminando dentro de un rato. Muchas gracias, capitán.

No tengo forma de saber lo que sucedió después o la manera siniestra que tienen los acontecimientos de sucederse, pero esa mañana, después de que Villa saliera conduciendo el

T49 a toda velocidad por la puerta grande de la finca, me escabullí por el camino sinuoso que bajaba hasta el cementerio familiar antes de que Liam o Catalina pudieran echarme en falta en la cocina y entré en la capilla.

El equipaje de Villa estaba en el suelo de piedra, las bolsas de cuero y tela azul militar amontonadas contra una de las paredes de la ermita. Dentro hacía tanto frío como recordaba, una de las ventanas estaba abierta y el viento de invierno se colaba por ella manteniendo el ambiente gélido en la capilla. Villa había estado durmiendo en un viejo camastro que él mismo había llevado hasta la capilla por el estrecho camino. Vi la cama plegable impecablemente hecha y colocada pegada al altar, debajo de la cruz. Fue entonces cuando escuché el frenazo y las enormes ruedas del Hispano-Suiza derrapando sobre el asfalto negro y brillante de la carretera que llevaba a Basondo. Salí corriendo de la capilla al escuchar los gritos de Catalina. Corrí camino arriba hasta que dejé atrás el sauce, la ermita y la forma borrosa del pequeño cementerio envuelto en niebla para llegar junto a la palmera en el jardín delantero de la mansión. Catalina salió corriendo de la casa mientras gritaba:

—¡Lo ha matado! ¡Lo ha matado y ha seguido conduciendo como si nada!

La miré sin entender lo que estaba diciendo pero me fijé en que Catalina estaba pálida, incluidos sus labios, y parecía que los ojos iban a salírsele de las órbitas.

—¿Qué ha pasado?

—Lo he visto por la ventana del segundo piso mientras buscaba ropa limpia para las niñas. —Catalina se cubrió la boca con la mano horrorizada—. El falangista, ha atropellado a alguien en la carretera y ha seguido conduciendo como si nada.

—¿Qué? —Miré hacia la carretera aunque sabía de sobra que desde el jardín delantero el muro hacía imposible ver nada de lo que había fuera—. ¿Estás segura de que era una persona? Podía ser un animal asustado, el bosque está muy cerca...

—Era una persona que caminaba por el arcén —me aseguró—. He visto bien cómo se convertía en una nube de sangre cuando Villa ha chocado contra él. Hay que ir a avisar en el pueblo de lo que ha pasado para que la Guardia Civil lo arreste en cuanto ponga una de sus asquerosas botas en el suelo.

Catalina se colocó mejor el chal de lana que llevaba sobre los hombros para protegerse del frío y dio un paso decidida hacia la puerta de la finca.

—No le van a detener. —Mi voz tembló sin que pudiera hacer nada para evitarlo—. No importa lo que Villa haga o a quién mate, si dices algo en el pueblo solo te meterás tú en problemas.

Catalina se volvió para mirarme.

—¿Quieres decir que te meteré a ti en problemas? A ti y a tu mina.

A pesar de todas las cosas que había hecho nunca había escuchado un reproche en la voz de Catalina hasta ese día.

Caminé hasta ella y le di la mano con fuerza en el mismo gesto de afecto que había tenido con ella la noche que vimos el coche hundirse para siempre en el Cantábrico con nuestro secreto sentado tras el volante.

—Te meterás en problemas tú y me meterás en problemas a mí cuando intente ayudarte. Déjalo estar —le pedí—. No le cuentes a nadie una palabra de lo que has visto por la ventana, a ver qué pasa. Igual se arregla solo.

Era mentira, claro, pero necesitaba convencer a Catalina para que ella no hiciera lo que su corazón le dictaba.

—Mientes fatal, Estrella, no sé cómo te las has arreglado estos años para convencer a tantos hombres de que los amas. —Catalina me apretó la mano un momento y después me soltó—. Estaré en el cuartito de juegos con las niñas, por si necesitas hablar o quieres llorar, aunque ya sé que tú nunca lloras.

—No te preocupes por nada, yo lo arreglaré igual que lo demás —le prometí. Pero vi en su cara que no me creyó, ni yo misma me lo creía.

Catalina dio media vuelta y entró cabizbaja en la mansión. La puerta verde todavía estaba abierta, así que escuché la voz alarmada de Liam y sus pasos en el vestíbulo: él también había escuchado los gritos y el frenazo del Hispano-Suiza en la carretera.

Salí de la finca y empecé a bajar por la carretera en dirección al pueblo, no llevaba ni cinco minutos caminando cuando escuché a una mujer llorando y un coro de voces horrorizadas un poco más abajo. Un grupo de personas formaban un corro cerrado alrededor de algo que no podía ver desde donde estaba. Una mujer lloraba de rodillas en el asfalto con tanta fuerza que otras dos mujeres la sostenían para que no se cayera.

—¿Qué ha pasado? —pregunté cuando estaba lo suficientemente cerca como para que vieran quién era yo.

Al escuchar mi pregunta algunos se dieron la vuelta para mirarme, pero la mayoría mantuvo los ojos clavados en el suelo, justo en el centro del corro de personas más numeroso cada vez.

—El capitán ese que se aloja en su casa, que lo ha matado con el coche y ha seguido conduciendo —me dijo un hombre de unos cuarenta años al que le faltaba un brazo y lo escondía como podía debajo de su abrigo—. Ha pasado por aquí como un rayo conduciendo el coche del marqués y se lo ha llevado por delante. Pobre criatura.

Noté que los ojos del hombre se volvían vidriosos mientras hablaba, se llevó la mano a la boca en la misma expresión horrorizada que había visto en Catalina.

—¿Qué criatura? —Mi voz se mantuvo firme a pesar de todo—. ¿Han atropellado a alguien?

—Sí, marquesa, al hijo de Maite, la costurera. —El hombre respiró el aire frío por la nariz igual que si le faltara el aliento para terminar—. El pequeño y su hermana iban por la carretera buscando al perro de la familia que se había escapado durante la noche, ya sabe usted cómo son los niños con los animales.

Asentí. Hasta ese momento no me había fijado en las manchas oscuras que había en el asfalto un poco más adelante, manchas viscosas y restos de lo que parecía ropa pisoteada aquí y allá. También vi un zapato que había salido despedido por el impacto a casi cincuenta metros de donde estaba el corro de gente.

—La niña todavía no ha dicho ni palabra, la pobre, lo ha visto todo y ha vuelto caminando sola hasta el pueblo toda manchada de sangre para traer a su madre —añadió el hombre—. Como la nena estaba hecha una pena y no decía nada, al verla así, su madre ha pensado que alguno la había agarrado y le había hecho algo a la niña, ¿comprende? Por eso hemos venido todos con ella, por si acaso encontrábamos al desalmado para darle de palos... pero al llegar hemos visto lo que quedaba del hermano.

Su mandíbula tembló y supe que iba a echarse a llorar.

—¿Y cómo saben que ha sido el capitán Villa? ¿Le han visto? —pregunté en voz baja para que la madre del niño no me oyera preguntar semejante cosa—. Pensé que la niña no había dicho nada.

El hombre me miró igual que si yo acabara de preguntar algo realmente estúpido. Parpadeó, pero sus ojos no se secaron.

—Han visto su coche en el pueblo: tiene toda la calandra y el parabrisas destrozado y manchado de sangre. Decían que aún llevaba restos del niño pegados ahí cuando ha aparcado en la plaza para ir a desayunar como hace cada mañana.

No me había dado cuenta antes, pero las demás voces se habían ido apagando para escuchar nuestra conversación, cuando miré alrededor noté los ojos de mis vecinos fijos en mí, esperando para ver mi reacción.

—Lo siento mucho, muchísimo —murmuré.

Y de verdad lo sentía, lo sentía incluso sin haber visto la mancha roja de huesos y piel que el enorme Hispano-Suiza había dejado tras de sí. Pero también tenía que proteger a Catalina, la hermana que me quedaba —y que no había parecido muy convencida antes—, al resto de mi extraña familia y a mí misma de Villa y sus hombres.

—Le ha dado igual, sabe que no le van a hacer nada y después de llevarse por delante al niño se ha plantado con su coche en el pueblo para tomarse su café y su bollo de mantequilla porque sabe que podría matarnos a todos, y aun así le servirían su maldito café y su bollo de mantequilla —dijo una de las mujeres que atendía la botica de Basondo—. Bestia.

La mujer escupió la palabra y se me quedó mirando. No la había reconocido antes porque estaba de espaldas, pero al verla ahora me di cuenta de que era la más mayor de las dos hermanas que solían venderme la medicina para los bronquios de Marina en la botica del pueblo.

—A saber a cuántos habrá matado ese ya para tener esa frialdad de atropellar a un niño pequeño y seguir conduciendo como si nada —añadió—. Podía haber reventado también a la hermana pero ella estaba buscando al perrito entre los árboles justo cuando ha pasado el coche.

Había una niña, de unos cinco años, mirando la escena de pie en el arcén de la carretera. Una mujer con los ojos llorosos estaba inclinada a su lado intentando hablar con ella, pero la pequeña solo miraba el corro de personas alrededor de los restos de su hermano. La mitad de su cara y su ropa estaban salpicadas de sangre. Desde donde estaba vi las gotas rojas haciéndose más finas cada vez a medida que subían por su vestido hasta su pelo despeinado.

—Lo ha visto todo, la pobre estaba justo al lado de su hermano cuando ese animal le ha pasado por encima como si nada. Podía haberla matado a ella también —dijo la dueña de la farmacia adivinando la dirección de mi mirada—. Eran mellizos, niño y niña, ¿sabe usted? Solían ir de la mano a todas partes.

Miré a la pequeña un momento más, tragué saliva para aliviar el nudo de mi garganta y me volví hacia la mujer otra vez.

—¿Esa es la madre? —le pregunté mirando disimuladamente a la mujer que sollozaba en el asfalto.

—Sí, pobre mujer. Tiene otro hijo un poco más mayor además de la niña que le ha quedado, pero perder a un hijo así y tan pequeño además... —respondió sacudiendo la cabeza—. Es una mala cosa, no se supera nunca. El padre del niño trabaja para usted en la mina, es uno de los capataces.

—Maite, la costurera. Yo conocía a su madre, ella también era costurera y solía arreglarle los vestidos a mi madre. Me acuerdo de su hija.

—Sí, desde que su madre murió es ella la que lleva la mercería.

Recordaba haber ido con Carmen siendo una niña a su diminuta mercería —la única que había en todo Basondo— con las paredes cubiertas de cajetines con muestras de lazos, botones de todos los tamaños, hilos de colores y muestras de tela. En su tienda siempre había, al menos, otras dos señoras del pueblo haciendo cola que charlaban con la madre de Maite con la tranquilidad que da ser una mujer y saber que no hay hombres cerca, y que ni siquiera es posible que un hombre entre por casualidad por la puerta. Maite era unos años mayor que Alma y que yo, pero recuerdo bien cómo miraba los vestidos elegantes de la marquesa que Carmen llevaba para que su madre le estrechara un par de tallas o le volviera a coser las perlas que se habían soltado en algún baile en la mansión.

—¿Cómo se llamaba el pequeño? —quise saber de repente.

—Ángel.

Alma estaba de pie en el límite del bosque, cerca de la niña manchada de sangre mirándome con sus ojos amarillos y su vestido blanco. No me había dado cuenta antes de que estábamos exactamente en el mismo lugar donde había visto a Alma unos días antes.

—Las desgracias nunca vienen solas —dijo la mujer de la botica casi como si pudiera leer mis pensamientos—. El falangista ese ha matado al hijo de Igorre, el capataz de su mina como si no fuera nada. Va a haber sangre, cuando he salido, en el pueblo los hombres ya hablaban de hacer una huelga.

Huelga. Una de las palabras más prohibidas en el país de las palabras prohibidas. Tanto era así que la mujer miró alrededor preocupada después de haberla pronunciado en voz alta por si acaso alguien más la había escuchado.

—Puede que no lleguen a eso —sugerí sin ninguna esperanza.

Alma seguía de pie debajo del pino, al lado de la hermana del niño muerto. Viéndolas juntas cualquiera podía pensar que eran hermanas, pero yo era la única que podía ver a Alma. La falda de su vestido blanco ondeó con una ráfaga de viento invisible y solo un segundo después el aire cambió de dirección arrastrando hasta donde estábamos el olor inconfundible de la sangre.

EL PALO Y LA ZANAHORIA

El wolframio dejó de salir de la mina Zuloaga dos días después, la misma tarde en que la familia Igorre enterró al pequeño Ángel —o lo que el T49 había dejado de él— acompañada por los trabajadores de la mina y los vecinos de Basondo. Los hombres de Villa también asistieron al funeral en el diminuto cementerio civil detrás de la iglesia. Nadie les había invitado, pero nadie en el pueblo se atrevió a impedirles el paso. Se quedaron de pie en la parte trasera de la iglesia durante toda la ceremonia mientras Tomás leía pasajes del libro del Apocalipsis desde el púlpito con pasión a sabiendas de que algunas de sus frases no hubieran pasado por el filtro de decoro del padre Dávila. Pero a Tomás eso le daba igual, él miró desafiante a los militares en los párrafos más peligrosos de su sermón para asegurarse de que sus palabras llegaban hasta el fondo de la iglesia.

Los hombres de Villa no dijeron una palabra durante el servicio, se limitaron a escuchar en silencio sin perder su pose militar, pero ni un solo vecino de Basondo se libró de sentir sus ojos clavados en la parte trasera de sus cabezas.

—Seguro que han hecho una lista con todos los que hemos venido a arropar a la familia y nos llevan al cuartelillo esta noche para darnos una lección —murmuraban algunos vecinos mirando de refilón a los hombres con el uniforme de la Falange al fondo de la iglesia.

—Pero qué lista ni qué ocho cuartos van a hacer estos, si los falangistas no saben ni escribir —respondía otro.

Catalina y yo también asistimos al funeral por el pequeño Ángel. Ninguna de las dos acostumbraba a ir a la iglesia, de modo que no teníamos velo negro ni mantilla para cubrirnos la cabeza. Catalina rebuscó en mi armario y en los baúles donde guardábamos la ropa buena de mamá hasta que encontró dos vestidos negros y dos tocados con velo apropiados para un funeral.

Aunque la familia Zuloaga teníamos reservado el primer banco de la iglesia para todos los servicios religiosos, lo dejamos libre para que lo ocupara la familia del pequeño y nos sentamos en un lado de la iglesia, junto al pasillo donde estaba el confesonario en el que me reencontré con Tomás después de años intentando perdonarle. Al vernos, algunos vecinos se acercaron a saludarnos después del funeral mientras que otros cuchichearon en corrillos cuando nos vieron entrar en la iglesia vestidas de luto, pero todos sin excepción nos miraron esperando una respuesta. Esa tarde, la noticia de una huelga en la mina Zuloaga ya corría por las calles inclinadas de Basondo y los trabajadores que habían ido al funeral del pequeño Ángel querían saber qué iba yo a hacer al respecto.

—No sé si ha sido una buena idea venir —susurró Catalina—. Cada vez que veo a Maite se me parte el alma, pobre mujer, perder un hijo así. No puedo evitar pensar en mi Marina, podía haberle tocado a cualquiera.

—No podíamos no venir, bastante nos culpan ya por lo que le ha pasado a ese niño como para quedarnos en casa —respondí sin apartar los ojos de Tomás mientras él leía en el altar.

—Igual nos lo merecemos —dijo Catalina de repente—. Tal vez nos merecemos que todos nos culpen por lo que le ha pasado al pequeño Ángel.

Me olvidé de Tomás para mirar a la familia del niño. Maite y su marido Julio, uno de los capataces de la mina —que también había trabajado para la empresa cuando el marqués todavía estaba al cargo—, estaban sentados en el primer banco de la iglesia acompañados por su familia y por sus otros dos hijos.

—Ni tú ni yo conducíamos ese maldito coche. La única culpa aquí es de quien conducía el Hispano-Suiza —respondí muy segura—. Pero saben que no pueden culpar al capitán Villa por lo que ha pasado, no sin acabar detenidos o algo peor, y no quiero que a esa familia se les ocurra hacer alguna tontería empujados por el dolor. Por eso mismo estamos aquí.

El hijo mayor de los Igorre, un muchacho que calculé tendría unos catorce o quince años, intentaba con tantas fuerzas no romper a llorar mientras escuchaba a Tomás que sus labios temblaban y sus mejillas estaban enrojecidas por la ira y el llanto reprimido. La niña sentada en silencio a su lado era la misma pequeña a la que ya había visto en el lugar del atropello. Alguien poco acostumbrado le había hecho una trenza en el pelo, lo supe porque casi todos los mechones castaños se escapaban de su recogido. Llevaba un vestido negro prestado que le quedaba tres tallas grande y tenía una mirada extraña en los ojos, como si todavía estuviera de pie en el arcén de esa carretera mirando lo que había quedado de su hermano mellizo.

—Quiero suavizar las cosas con los vecinos y con los trabajadores de la mina —dije en voz baja—. Sería muy malo que decidieran ponerse en huelga.

—Malo para ti, ¿quieres decir?

Ahí estaba otra vez: el mismo tono de decepción que nunca había escuchado en los labios de Catalina cuando ella era una niña ignorada por su familia, pero que ya había detectado cuando la convencí para no salir a pedir ayuda la mañana del atropello.

—Malo para todos —respondí con frialdad—. ¿O qué crees que pasará si el wolframio deja de salir de la tierra? Villa y sus hombres aplastarán a los huelguistas, a sus familias y a cualquiera que intente ayudarles, incluidas nosotras. Así que no me importa que los vecinos nos odien o nos culpen de lo sucedido con tal de que mantengan la mina abierta. Deja que nos odien si eso vale para que todos sigamos vivos.

Después del funeral nos quedamos en las escalinatas de la iglesia charlando con los vecinos hasta que el último de todos se marchó a su casa para refugiarse de los hombres de uniforme que hacían guardia en la calle. Después de explicarle a Catalina que habíamos asistido al funeral para intentar calmar los ánimos en el pueblo, ella se mostró encantadora con cualquiera que se acercara a nosotras para hablar: sonrió con amargura, consoló a quien se acercaba sin poder contener las lágrimas y escuchó pacientemente las versiones de quienes habían llegado al lugar del atropello antes que yo.

—Ya casi había olvidado lo bien que se te da fingir lástima para manipular a los demás. Desde luego a ti no te odian —le dije cuando ya estábamos en la mansión.

—Sí, soy buena fingiendo que solo soy una mujer piadosa. Igual que se me daba bien fingir que mi marido era un buen hombre. Supongo que es la sangre Zuloaga que hay en mí lo que hace ser una mentirosa tan convincente.

Catalina ni siquiera me miró, tan solo se alejó caminando hacia el pasillo lateral a la derecha del vestíbulo donde estaba el cuartito de juegos de las niñas que se habían quedado al cuidado de Liam para que nosotras pudiéramos ir al funeral. Escuché sus pasos perderse hasta que el silencio llenó por completo el vestíbulo. Entonces suspiré y caminé hasta la cocina en el otro extremo de la mansión. La iglesia de Basondo seguía siendo tan gélida como yo la recordaba y a pesar del abrigo y la lana mezclada de mi vestido de funeral, aún no me había deshecho de la sensación de frío que se había instalado justo debajo de mi piel.

—¿Amaia?

No la vi por ningún lado, así que encendí el fuego y llené de agua la tetera.

—¿Le importa preparar una taza también para mí? —preguntó una voz a mi espalda.

Estuve a punto de dejar caer la tetera al fregadero y me

volví para mirar todavía con el corazón latiendo deprisa contra mis costillas.

—Capitán, menudo susto me ha dado —respondí con la voz entrecortada—. No le había oído entrar.

Villa me sonrió dejando al descubierto sus dientes. Al verle me recordó a algún pequeño carnívoro nocturno que se esconde hasta encontrar el momento oportuno para saltar sobre su presa y después disfruta de la carne arrancada en su madriguera.

—Mis disculpas, señora marquesa, no era mi intención asustarla —dijo, pero noté que en realidad le daba igual.

Miré disimuladamente sus botas de uniforme que siempre anunciaban su presencia antes incluso de verle y me percaté de que las había cambiado por unas botas negras.

—Pensé que no le gustaba el té al considerarlo una costumbre del enemigo —dije cerrando la tetera de hierro—. ¿Ha cambiado de opinión, capitán?

—No, en absoluto. Es solo que no se puede juzgar por completo algo sin haberlo probado antes, ¿no cree?

—Desde luego.

Villa se sentó a la mesa dejando claro que estaba acostumbrado a que otros le sirvieran. Saqué dos tazas limpias del armario, unas cucharillas de té, la jarrita para la leche y todo lo demás y lo fui colocando en la mesa mientras él se limitaba a observarme.

—¿Cuánto tiempo pasó usted viviendo fuera, señora marquesa?

—Dos años en un internado en Inglaterra y otros seis viviendo con mi difunto esposo en Estados Unidos.

Tuve mucho cuidado de no decirle en qué parte de Estados Unidos había vivido con Mason por si acaso huíamos a California.

—Más de ocho años en total, vaya, eso es casi media vida para alguien tan joven como usted. Le resultará extraño estar otra vez en España.

Dejé el azucarero en la mesa sin ninguna ceremonia.

—No, aquí es donde nací, no me siento extraña en absoluto.

—Mejor. —Villa se sirvió dos terrones de azúcar en su taza vacía—. Veo por su ropa que ha estado en la iglesia. ¿Ha sido un buen funeral? ¿Bonito?

Le miré un momento y comprendí que no se sentía en absoluto culpable por lo que había hecho. Había matado a ese niño con el coche y ahora estaba sentado en mi cocina como si nada preguntándome por el funeral mientras yo le preparaba el té.

—Sí, ha estado bien —respondí sin ninguna emoción en la voz.

—Parece que habrá una huelga en su mina después de todo, ¿ha podido convencer a sus trabajadores para que cambien de idea?

—No. Esta tarde los hombres han dejado de sacar mineral de la tierra.

El silbido de la tetera sobre el fuego cortó la tensión que flotaba en el aire de la cocina.

—Una lástima. Los trabajadores se niegan a aceptar su lugar en la cadena y siempre andan tratando de imponer su voluntad por la fuerza —dijo por encima del sonido de la tetera—. Por este motivo las huelgas están prohibidas, en fin, esta misma noche empezaremos a detener a los cabecillas y a sus familias. No se preocupe, dentro de dos días tendrá usted a los hombres suplicándole que les permita volver al trabajo, a los que queden.

La tetera pesaba y estaba tan caliente que el mango me quemó la palma de la mano incluso a través del trapo.

—Deje que me ocupe a mi manera de los trabajadores. Deme un día para intentar arreglarlo todo antes de detener a nadie —le pedí—. Lo que les pasa a los hombres es que están dolidos por lo del chico, por eso amenazan con una huelga, pero creo que podré convencerles para que se lo piensen mejor y así no tendremos que cerrar la mina ni un solo día.

Villa me miró en silencio mientras yo le servía el té muy caliente en su taza. Fingí que no me sentía incómoda y mantuve la mano de la tetera firme para que él no la viera temblar.

—¿Quiere usted negociar con los huelguistas? Pensé que

sería la mayor interesada en que solucionásemos este asunto cuanto antes, después de todo, cada minuto que su mina permanece cerrada por el capricho de esos chantajistas usted pierde dinero. —No dijo una palabra sobre Ángel o sobre el atropello—. Si llamo por teléfono, en medio día tendré otra treintena de hombres en el valle dispuestos a detener a los amotinados y un escuadrón de presos listos para trabajar en su mina. Trabajarían gratis, así que todo serían ganancias para usted, piénselo.

Me serví té en mi taza y después volví a dejar la tetera humeante en el centro de la mesa.

—¿Trabajarían gratis? ¿A cambio de nada? —pregunté con interés.

Villa removió su té golpeando la porcelana de la taza con la cucharilla en un ruido desquiciante. Cuando por fin hubo terminado dio dos golpecitos en el borde de la taza con la cucharilla y me miró.

—Gratis.

—Es interesante, desde luego —admití—. Y a corto plazo parece una buena idea, pero creo que eso no ayudaría a calmar los ánimos en el pueblo. Si sustituyo a los trabajadores a sueldo por sus presos políticos pronto tendré un motín en la mina y después empezarán los sabotajes a mis camiones, mi maquinaria y puede que incluso al cargadero. Serían semanas de trabajo perdidas, retrasos en las entregas de mineral y mucho dinero en daños que prefiero evitar.

—Deje que yo me ocupe de los huelguistas y los amotinados, un par de muertos en las calles y volverán al trabajo sin rechistar. El palo es el único lenguaje que esos bárbaros entienden.

Me fijé en que Villa bebía de su taza a pesar de que el té todavía estaba demasiado caliente, daba pequeños sorbos degustando la infusión sin leche. No hizo ningún gesto que dejara entrever que se había quemado la garganta o los labios al beber. Miré la tetera que aún humeaba sobre la mesa para asegurarme y después otra vez al capitán, sentado en la silla frente a la mía mientras bebía de su taza ardiendo como si nada.

—Deme un día para ocuparme del asunto de la huelga a mi manera, les ofreceré la zanahoria en vez del palo, pero necesito su palabra de que si desconvocan la huelga no habrá represalias. Ninguno de mis hombres querrá volver a su puesto si sabe que le espera un viaje al cuartelillo.

—Me parece justo —respondió él después de pensarlo un momento—. Y ¿si no aceptan? ¿Qué pasará si no quieren la zanahoria?

—Entonces el palo.

Villa arrugó los labios, pensé que sería por el té demasiado caliente, pero me percaté de que solo era un gesto que hacía cuando algo le disgustaba.

—Bien, tiene medio día para convencer a sus hombres de que vuelvan al trabajo. Si mañana a mediodía la mina sigue cerrada empezaré a detener a sus trabajadores y a todo el que se me ponga por delante, ¿queda claro?

Le sonreí como si no hubiera captado la amenaza en sus palabras.

—Pensé que ya no quería usted más muertos a su espalda, que intentaba evitar que sus espíritus le persigan en sus sueños —dije con cautela—. ¿Acaso ha cambiado de opinión igual que con el té?

—El té sigue sin gustarme, pero siempre puedo añadir un par de docenas más de fantasmas a mis sueños si es por una buena causa. —Villa me dedicó una sonrisa.

—Comprendo.

—Últimamente he estado pensando mucho en usted, en esta casa llena de habitaciones misteriosas y en Basondo —empezó a decir él—. Soy bueno calando a las personas, pero me cuesta comprender sus motivos, señora marquesa, es usted como esta casona de indiano: a simple vista es hermosa y excesiva, pero en realidad está llena de misterios y de rincones oscuros.

Sonreí para ocultar mi nerviosismo.

—Nunca lo había pensado. —Levanté la taza pero no bebí—. Así que ha estado pensando en mí y en la casa, ¿puedo conocer esos pensamientos?

Los ojos inteligentes de Villa chisporrotearon. Volvió a recordarme a uno de esos pequeños mamíferos con los dientes afilados que cazan solo después de la puesta de sol y siempre a presas más pequeñas e indefensas.

—No es lo que usted imagina —respondió—. A pesar de que sea usted marquesa, joven, hermosa y viuda no es mi intención cortejarla, no, nada de eso.

—¿Entonces?

—Dicen por ahí que usted está embrujada por el espíritu de su hermana muerta, poseída, y que algunas noches acostumbra a deambular por el bosque en camisón buscando sin descanso el lugar donde ella murió. También dicen que es una especie de bruja del bosque: una *lamia,* con poder sobre la naturaleza igual que todas las mujeres de su familia.

La taza de porcelana china pintada a mano tembló entre mis manos, solo un segundo, pero fue suficiente como para que Villa se diera cuenta. Sonrió satisfecho.

—Pero usted es un hombre de ciencia, un ingeniero de minas nada menos, no me dirá que cree en esas supercherías de pueblo sobre brujas, hadas o gigantes —respondí intentando que mi voz sonara calmada.

—Soy un hombre de ciencia, sí, y precisamente por eso siento una gran curiosidad por lo que existe más allá del cuerpo que habitamos: la tierra, el cielo, el infierno y todo lo que hay en medio. —Villa dejó su taza vacía sobre la mesa y me miró—. Un grupo de hombres con las mismas inquietudes sobrenaturales que yo hemos realizado ya algunas investigaciones muy interesantes en sujetos únicos.

—¿Sujetos únicos?

Recordé la conversación que mantuve con Liam la noche de la fiesta en el palacete de los Misterios de la calle Bailén. Yo no me había dado cuenta hasta ese momento de que bajo esa apariencia recta y severa del capitán vivía un hombre con pensamientos oscuros y recurrentes sobre la muerte o la vida eterna. El miedo a los demonios o a los espectros que le acechan en sus sueños no estaba motivado por la culpa como yo había creído, sino por su propia paranoia.

—Así es, se sorprendería de lo que hemos descubierto con ayuda de nuestros aliados alemanes. Hemos avanzado mucho en estos últimos años —respondió como si nada—. No me refiero a las investigaciones médicas que hacen con los perdedores y con sus mujeres algunos de los doctores y psiquiatras más brillantes de nuestra época. No. Yo le hablo de sujetos con poderes extraordinarios que desafían por completo la razón.

Sentí el fuego corriendo por debajo de mi piel hasta las yemas de mis dedos. Cogí la delicada taza de porcelana con fuerza para mantener las manos ocupadas y evitar que las chispas salieran de mis dedos como sucedió la tarde en que casi quemé la biblioteca con el marqués dentro.

—Es increíble. Ignoraba que existieran personas así en el mundo —dije con voz calmada a pesar de todo.

—Pues es verdad. ¿Sabe que han intentado matarme en cuatro ocasiones? Me han disparado, apuñalado en el riñón, envenenado e incluso colocaron una bomba casera en mi despacho de guerra que estalló llevándose por delante a dos de mis hombres pero no a mí. —Villa se acomodó mejor en la silla y me miró como si quisiera comprobar el impacto que sus palabras tenían en mí—. Y, sin embargo, aquí estoy, tomando té con usted en su agradable cocina y con las cicatrices en mi cuerpo como única prueba de mi historia.

Sentí curiosidad, la misma curiosidad mortal que la polilla siente por una llama que titila al atardecer. Miré sin querer el triángulo de piel bronceada que dejaba al descubierto el cuello de su camisa de uniforme.

—¿Quiere verlas? —me preguntó—. Las cicatrices, puedo enseñárselas si lo desea. La del apuñalamiento es especialmente llamativa, los doctores que me cosieron no fueron demasiado cuidadosos y ocupa casi toda mi espalda.

Podía imaginar las marcas que la hoja del cuchillo había dejado al rasgar su piel, líneas irregulares y blanquecinas que subían por su espalda hasta llegar casi a sus hombros.

—No, sus cicatrices suyas son. Y perdone que le haya mirado así, ha sido una grosería. No debería haberlo hecho.

—Me terminé mi té pero no me atreví a soltar la taza todavía—. Imagino que después de cuatro intentos para acabar con usted le ha perdido el miedo a la muerte.

Vi un extraño resplandor en sus ojos al mencionar la muerte. Esos mismos ojos que no me habían parecido amenazantes la primera vez que hablé con él —incluso me habían parecido los ojos de un hombre apuesto— ahora me hicieron temblar.

—Así es. La muerte me ha acariciado con su mano helada en cuatro ocasiones y las cuatro me ha dejado libre —respondió todavía con esa mirada encendida—. Y ha pasado de largo porque soy especial. Igual que usted, señora marquesa.

—Si me apuñalaran o si alguien hiciera estallar una bomba cerca de mí le aseguro que moriría, yo no tengo nada de especial.

Dejé la taza sobre el plato y me miré las manos disimuladamente: nada, ni fuego ni chispas saliendo de las yemas de mis dedos. Sin embargo, la sensación de quemazón bajo mi piel era tan fuerte como cuando arrastré el agua robada del río subterráneo de regreso a Las Ánimas.

—Eso dice usted, pero lo cierto es que había más gente a la que comprar wolframio: personas más cercanas y antiguos conocidos del gobierno en los que nos hubiera sido más fácil confiar, pero a pesar de eso decidí hacer negocios con usted, no porque su mina fuera especial o porque fuera evidente lo desesperada que estaba por cerrar un acuerdo comercial esa misma noche, no, la elegí a usted por algo que vi en sus ojos de distinto color.

Villa lo sabía. De alguna manera ese hombre con el pelo peinado hacia atrás, uniforme azul impecable y las maneras de quien está acostumbrado solo a dar y recibir órdenes sabía lo que yo podía hacer. Tragué saliva, aún tenía el sabor terroso del té en la lengua.

—No hay nada sobrenatural en tener los ojos de diferente color. Es solo un capricho de nacimiento, como quien tiene un antojo en la pierna —repetí lo mismo que había dicho cientos de veces.

—Miente.

Coloqué las manos sobre la mesa a los lados de la taza lista para lo que fuera a pasar ahora. Le miré desafiante por primera vez sin fingir que yo era solo una joven malcriada y él un respetable hombre de guerra.

—No sé de qué está hablando pero se equivoca conmigo, capitán.

—He cazado todo tipo de criaturas, criaturas fabulosas de dos y de cuatro patas, pero aun así nunca he cazado una criatura como usted, señora marquesa. —Villa se levantó despacio de su silla y se estiró las arrugas en el pantalón de su uniforme—. Tiene hasta mañana a mediodía para convencer a sus hombres de que vuelvan al trabajo, si no aplastaré hasta el último resquicio de vida de este pueblo.

Villa salió de la cocina sin ninguna prisa y sin miedo, con el mismo desdén de quien se sabe intocable con que aparcó el Hispano-Suiza manchado de sangre en la plaza del pueblo. Atravesó el vestíbulo y unos segundos después escuché la puerta de la entrada de la casa cerrándose con un golpe seco cuando él salió para esconderse de los fantasmas en la capilla familiar de los Zuloaga.

Respiré el aire de la cocina viciado por la tensión que Villa había dejado tras de sí y fue entonces cuando me di cuenta de que había dejado mis huellas marcadas en la porcelana china de la taza. Vi que los delicados dibujos hechos a mano por un artesano con un pincel tan fino como una pestaña se habían vuelto borrosos y estaban desdibujados por el calor que había salido de las yemas de mis dedos.

—Te ha faltado poco, dos minutos más con él y hubieras acabado descubriéndote —me dijo una voz desde la puerta de la cocina.

Era Catalina que me miraba con una mezcla de enfado y alivio al mismo tiempo.

—¿Cuánto tiempo llevas ahí? —le pregunté.

—El suficiente como para haber escuchado su amenaza de «cazarte». ¿Qué vas a hacer?

Suspiré.

—Se te da bien esconderte, pensé que ya no espiabas a la gente detrás de las paredes como hacías de niña. —No era un reproche, me alegraba de que Catalina hubiera escuchado nuestra conversación.

—Siempre se me ha dado bien esconderme —respondió lacónica—. Y está claro que te equivocabas en lo de espiar a los demás: lo que somos de niños nos persigue el resto de nuestras vidas, no importa lo mucho que corramos, al final siempre nos encuentra.

Me levanté, las piernas me temblaban.

—¿Vas a ir al bosque para reunirte con Tomás?

—Sí, creo que sé dónde se esconden él y los demás bandoleros —dije mientras me ponía el abrigo y los guantes de piel para protegerme del frío de la noche—. No le digas a Liam donde voy, si no he vuelto a medianoche cogéis a las niñas y os marcháis tan lejos de Basondo como podáis. No me esperéis.

No había puesto un pie en aquella zona del bosque desde la tarde en que el marqués disparó a Alma en nuestro claro secreto. En estos diez años había crecido sin ningún orden ni control, alargando la alfombra verde de musgo y hojas muertas tan lejos como una se atreviera a ir. Era una noche gélida de diciembre, el hielo cubría algunas ramas y arbustos dándoles un aspecto fantasmagórico bajo la luz de la luna. Hacía años que no recorría esos caminos imposibles esquivando árboles caídos, madrigueras de topo o trampas abandonadas medio enterradas entre hojas secas y, sin embargo, mis pies no habían olvidado el camino porque me llevaron hasta el límite del coto de caza de los Zuloaga y después más lejos, guiándome igual que una brújula a pesar de la oscuridad y de los sonidos nocturnos hasta un claro despejado —imposible de encontrar si no se conocía ya el camino— con el suelo agrietado y grandes rocas asomando entre la tierra.

Como me había sucedido a lo largo de toda mi vida, Alma había llegado antes que yo. Estaba un poco más adelante, sentada con las piernas colgando en una de las rocas afiladas desperdigadas por el claro que en la oscuridad se asemejaban al lomo de un gran animal durmiente.

—No tengo tiempo para ti ahora —masculé dando otro paso más.

La cueva de las estrellas estaba un poco más adelante en ese mismo claro. En cuanto supe que Tomás era uno de los bandoleros que se escondían en el valle estuve segura de que era allí donde se refugiaban.

—¿Quién va? —dijo una voz de hombre.

—Quiero hablar con Tomás, el cura, sé que está aquí dentro.

No podía ver al hombre que había hablado pero intuí que su voz venía de detrás de un montículo de rocas frente a mí.

—Aquí no hay ningún cura, solo hombres honrados —respondió la voz.

—Dile a Tomás que salga o yo misma bajaré a la gruta a buscarle, no tengo tiempo para perderlo aquí fuera charlando contigo.

Hubo susurros, conté dos voces distintas aunque seguramente había más de un vigilante para asegurarse de que nadie de uniforme se acercaba a la entrada de la cueva.

—Está bien, tú espera aquí... marquesa —dijo con retintín.

Vi la silueta de un hombre colocándose el arma en la espalda salir de detrás de una de las rocas más grandes y entrar en la cueva. No muy lejos del claro, una lechuza ululó silenciando el resto de los sonidos del bosque. Alma también la escuchó porque dejó de balancear las piernas que colgaban sobre la roca para mirar en la dirección del graznido. Recordé que de niña tampoco le gustaban demasiado las aves nocturnas con sus grandes ojos que nos miraban fijamente cuando nos adentrábamos en el bosque sin permiso.

—Vaya, no pensé que aparecerías. Sé que eres muy capaz de hacer cualquier cosa en tu propio interés, pero de verdad creí que, después de lo ocurrido, esta vez no intentarías inmiscuirte. —Tomás se acercó a mí mientras el hombre que había ido a buscarle volvía a su puesto detrás de la roca—. Veo que te había juzgado mal.

—Como siempre.

Vi su sonrisa con la media luz de la luna.

—¿Y cómo has sabido que estábamos aquí? —preguntó como si no estuviera muy interesado en el asunto—. Estoy seguro de que ninguno de mis hombres te lo ha dicho, ni nadie del pueblo: ahora mismo no eres muy querida en Basondo.

—La cueva está bien escondida dentro del bosque y es lo suficientemente grande como para esconder a una treintena de hombres —respondí ignorando su comentario—. También hay un río subterráneo con agua fresca para beber. Es un buen escondite.

—Y te has olvidado de que la gente del pueblo le tiene miedo a este lugar porque creen que está encantado. Según dicen, los misteriosos dibujos en sus paredes son obra del demonio y de sus adoradores, así que evitan acercarse a curiosear por la zona por si las moscas —añadió—. ¿Te acuerdas del dibujo de esa mujer de pelo largo que hay en la cámara más grande? Lo descubrimos la tarde que los tres nos colamos por primera vez en la cueva.

Alma seguía sentada en el mismo lugar, pero ahora nos miraba con la misma expresión de ira mal disimulada en sus ojos amarillos que cuando estaba viva. Casi podía escuchar su vocecilla infantil repitiendo: «Has sido mala, Estrella. No puedes jugar con mis cosas si yo no te doy permiso.» Yo era la hermana mayor pero Alma siempre fue la que estuvo al mando.

—Lo recuerdo —murmuré sin saber muy bien a quién se lo decía.

—Me alegro, pensé que después de tantos años sin venir por aquí no encontrarías el camino —me reprochó—. Y ¿qué estás haciendo aquí a estas horas? No me dirás que has venido hasta aquí de madrugada para negociar con los trabajadores.

—Tenéis que terminar la huelga, esta misma noche —le dije muy seria.

Tomás se rio con suavidad. Mientras avanzaba entre los árboles y la niebla enredada en el musgo del suelo del bosque, ya había imaginado que a Tomás no le gustaría demasiado mi visita, pero no había creído que fuera a reírse de mí a la cara.

—Hablo en serio, Tomás: Villa pretende aplastar a los huelguistas si no vuelven al trabajo mañana mismo.

—Para eso podías haberte ahorrado el viaje al pasado: no vamos a dejar la huelga. Si no te gusta tener la mina cerrada y perder dinero, te aguantas. Ese bastardo fascista mató al hijo de tu capataz y ni siquiera paró el coche. Tú y tu amiguito de uniforme os merecéis esta huelga y mucho más. —Tomás sacudió la cabeza con desprecio y añadió—: Y ahora márchate, porque seguro que has venido tú sola y estos hombres te odian.

Escuché el crujido de una ramita rompiéndose que venía de fuera del claro, donde la luz de la luna no iluminaba lo suficiente como para distinguir nada más que la forma oscura de los árboles.

—¿Quién te ha dicho que he venido sola? Liam está esperándome en el límite del bosque con una de las escopetas del marqués. Es muy bueno cazando, tiene paciencia y una gran puntería, incluso ha estado en el castillo de Balmoral invitado por la mismísima reina para la caza del zorro.

Era mentira pero funcionó, porque Tomás dio un paso hacia atrás y su pose amenazante se esfumó.

—Claro, te has traído a tu amante para asegurarte de que logras salir de este bosque de una pieza. Dime una cosa: ¿el escocés también participa del negocio de la mina, o solo te hace de mascota? —Tomás imitó el sonido que hacen algunos perros al ladrar, algunos hombres a los que ni siquiera podía ver se rieron a carcajadas en la oscuridad—. Pobre desgraciado, apuesto a que cayó rendido a tus pies nada más conocerte.

—Sí, como todos —respondí con frialdad—. Si no termináis con la huelga antes de mañana a mediodía el capitán Villa empezará a detener a las familias de los trabajadores.

Tomás se quedó en silencio un momento.

—Entonces les traeremos aquí, con nosotros, para que estén a salvo.

—No hay sitio en esa cueva para todos, Tomás. Sé razonable por una vez en tu vida y no dejes que tus ideales te dominen. —Me acerqué más a él—. Lo mejor que puedes hacer por esos hombres y por sus familias es convencerles para que pongan fin a la huelga.

—Lo mejor para ti, quieres decir.

Respiré dejando que el aire húmedo y terroso del bosque llenara mis pulmones y despejara mi cabeza. Estaba tan cerca de él que podía sentir el calor que salía de su piel o la manga de su sotana rozando mi mano.

—Villa me ha dado hasta mañana a mediodía para convencer a los trabajadores de que vuelvan a la mina, sin represalias —dije—. Si no aceptan volver al trabajo tiene otros treinta hombres listos para desplegar en Basondo y en todo el valle. Os aplastarán, y después traerá a un grupo de presos políticos para que trabajen en la mina. Esclavos.

—No, ni hablar. Mientes —repitió negando con la cabeza—. Es un farol. Te lo estás inventando todo porque quieres que volvamos a sacar tu sucio wolframio de la tierra.

—¿Volvamos? —repetí y me reí con ironía—. Tú no trabajas en la mina, que yo sepa tú nunca has trabajado en la mina, ni un solo día. ¿Cómo te atreves a comparar tu trabajo con el de estos hombres? Eres sacerdote, Tomás: vives en la casa cural, comes todos los días, tus pulmones no se llenan de polvo bajo tierra y te has pasado casi toda tu vida al servicio del padre Dávila para ocupar su puesto cuando él muera confiando en ser tú el que coma el *confit* de pato con las manos grasientas sentado a la mesa del marqués. Y todo solo porque mi padre te prohibió entrar en nuestra casa de niño, así que a mí no me des lecciones de moral, muchas gracias.

Tomás miró al suelo un momento y después volvió a fijarse en mí:

—Todo eso ya da igual, estos hombres confían en mí para que les ayude...

—Pues entonces ayúdales —le corté—. Ayúdales a terminar con esto antes de que alguien acabe muerto.

—Ya ha muerto alguien: ese pequeño al que tu amiguito destrozó con tu coche, el hijo de tu capataz. Y tú todavía te atreves a venir aquí donde están sus compañeros para exigirles que vuelvan a trabajar después de lo que ha pasado. No son bestias que puedas utilizar a tu antojo, Estrella, son personas.

Unos pasos cerca de las rocas me recordaron que no estábamos solos en el claro, pensé que sería otro de los bandoleros, pero miré e intuí una silueta femenina saliendo de la cueva. Dos hombres caminaban con ella, ayudándola para que no se hiciera daño con las rocas afiladas que asomaban entre la tierra. Cuando los tres pasaron a mi lado pude verlos mejor: no conocía a los hombres, pero la mujer que iba con ellos era Maite, la madre del pequeño Ángel. Ella me miró en silencio al pasar junto a mí y supe que me había reconocido por la forma en que sus ojos se agrandaron al verme.

—Es Maite. Ha venido a ver a su marido y a su hijo mayor, también nos ha traído comida y algunas medicinas para los que están enfermos. Julio y su hijo están escondidos aquí desde que esto empezó, por si acaso —me dijo Tomás mientras yo todavía miraba a la mujer alejarse hacia el bosque—. Tiene miedo de que le mandes detener para que deje de hacer ruido por lo de su hijo.

—Yo no voy a hacer que detengan a nadie —murmuré—. Pero no sé de qué otra forma ayudar a estos hombres y a sus familias: convénceles para que vuelvan al trabajo o Basondo se cubrirá de sangre. Salva sus vidas y salva la tuya de paso.

Los arbustos que marcaban el principio del bosque se agitaron cuando Maite y los otros dos hombres desaparecieron detrás de sus ramas.

—No te preocupes tanto por mi vida —dijo—. Villa está instalado en tu casa y tú haces negocios con los nazis. No soy yo ni estos hombres quien debe hacer algo al respecto. Eres tú, es todo culpa tuya.

Me reí con amargura y el frío convirtió mi aliento en vaho entre nosotros dos.

—¿Qué es lo que esperas de mí, Tomás? ¿Crees que me arrepentiré por haber sido una pecadora toda mi vida y suplicaré tu perdón o el de Dios? Eso te gustaría ¿verdad? —le pregunté con ironía—. Pues nunca pasará porque yo soy así: no voy a volverme más amable con el tiempo o menos egoísta de repente solo porque tú creas que necesito una cura de humildad. Pero si dejas morir a estos hombres para intentar darme una lección, la culpa será solo tuya.

—Villa es tu problema, tú lo trajiste a nuestro pueblo, así que ahora deshazte de él: mátalo, tíralo al mar, entiérralo o haz que vuelva por donde ha venido, me da igual, pero haz que nos deje tranquilos.

Algo se movió en el bosque detrás de mí, por un momento pensé que serían los dos hombres que habían acompañado a Maite regresando a la cueva. Miré por encima de mi hombro con cautela pero no vi nada, tan solo el bosque negro y lleno de sonidos nocturnos.

—No tengo control sobre Villa o sobre sus hombres, no seas ridículo. ¿De verdad crees que se puede razonar con alguien como él? ¿O con sus amigos nazis? —Le miré sin parpadear—. Le da igual haber matado a ese pequeño, ni siquiera creo que sea el primer niño que mata. Por eso perdiste la guerra y por eso vas a perder también ahora: eres tan iluso que crees que se puede razonar con alguien a quien le da igual matar niños. No puedes convencerle, pero puedes convencer a estos hombres.

Su mandíbula se tensó y vi en la expresión de su cara que Tomás estaba pensando en lo que acababa de decir.

—¿Te crees que Villa lloró cuando se enteró de lo que había hecho? ¿Que tiene pesadillas en las que se le aparece el fantasma de ese pequeño pidiendo justicia? No, a él le da igual —añadí—. Tengo suerte de que no nos haya matado a mí, a Catalina o a las niñas todavía.

—Tú sola te lo has buscado.

—Acaba con la huelga esta noche o las cosas se pondrán mucho peor, para todos —le dije.

Di por terminada nuestra reunión. No tenía forma de saber si había logrado convencer a Tomás para que los hombres volvieran al trabajo, así que retrocedí para volver al bosque y regresar a la mansión antes de que Liam empezara a preguntarse dónde estaba.

—Si le dices a tu amigo Villa dónde nos escondemos nos

detendrán y él se marchará de Basondo junto con sus hombres —dijo Tomás cuando yo ya casi había llegado a los arbustos—. Puedes deshacerte de él así.

Me volví para mirarle, aunque ya casi había llegado al límite del bosque.

—No voy a delataros.

—¿Por qué no? ¿Acaso te sientes culpable por haber empujado a tus hombres a esto? —preguntó Tomás con una sonrisa triunfal.

—No —respondí muy seria, y era verdad—. Pero si os delato para deshacerme de Villa es solo cuestión de tiempo que alguno de vosotros le contéis que he estado aquí esta noche, y te aseguro que no voy a arriesgarme a ir a la cárcel o algo peor solo porque tú esperas que me arrepienta de mis pecados.

Tomás no dijo nada durante unos segundos pero vi cómo se suavizaban sus ojos al mirarme.

—Hablaré con los hombres para intentar convencerles de que vuelvan al trabajo. No tiene sentido que mueran por esto —dijo por fin.

—Gracias. Diles que si vuelven estoy dispuesta a darles una peseta más al mes a todos y a abrir un colegio nuevo en Basondo con el nombre del pequeño para que todos los niños puedan estudiar hasta la mayoría de edad.

—Es un buen acuerdo, se lo diré —me prometió Tomás—. Ahora solo depende de ellos y de Dios.

—Ya, pues procura que Dios y los hombres tomen la decisión correcta o mañana tendremos un baño de sangre.

Sentí la presencia del lobo siguiéndome durante todo el camino de vuelta a casa. Avancé deprisa esquivando los arbustos y los árboles caídos para escapar de él. Podía escuchar su respiración rápida detrás de mí, tan cerca que un par de veces pensé que era mi propio aliento el que me espantaba y no el del lobo negro. Las ramitas y hojas secas crujían en el suelo congelado debajo de sus garras, tan grandes como las ruedas del T49. Una bestia con conciencia y sed de sangre que caminaba detrás de mí desde que yo podía recordar.

«Tú eres el lobo, Estrella», había dicho Alma mientras se

desangraba no muy lejos de donde estaba ahora. Y tal vez tuviera razón. Puede que mi hermana moribunda intuyera de alguna forma esa naturaleza salvaje que vivía dentro de mí, mi propia sed de sangre siguiéndome allá donde iba.

«Eres como una de esas zarzas donde crecen las moras, haces daño a la gente que pasa cerca de ti, les haces sangre.»

Me detuve para tomar aire cuando llegué al límite del bosque. Desde la última línea de árboles podía ver Villa Soledad con todas sus luces apagadas como la criatura durmiente que era para mí, que siempre había sido para mí. El lobo negro se detuvo a mi espalda, pensé en volverme con cuidado para verlo pero entonces recordé que ya le había visto en sueños: era tan alto como un niño de once años, con el pelo negro y largo enmarañado y un ojo de cada color: uno verde y el otro amarillo igual que yo. Me giré despacio sobre mi hombro y ahí estaba, mirándome con sus ojos brillantes esperando para entrar conmigo en la mansión o seguirme de nuevo hasta el corazón del bosque.

—Vuelve al bosque —le dije al lobo. Y me obedeció.

Salí de entre los árboles y crucé la carretera hasta la mansión. El vestíbulo de Villa Soledad estaba en silencio y lo atravesé deprisa, por eso no vi a Liam sentado en las escaleras de mármol hasta que no estuve prácticamente encima.

—¿Qué haces ahí sentado? —le pregunté en voz baja. No sabía si Catalina y las niñas dormían y desde el vestíbulo solo podía ver la puerta de su habitación cerrada—. Menudo susto me has dado. ¿Va todo bien? ¿Están bien las niñas?

—¿Dónde estabas?

Suspiré, no me quedaban fuerzas para discutir con otro hombre más aquella noche.

—En el bosque. Estaba intentando convencer a Tomás y a los trabajadores para que abandonen la huelga y regresen a la mina antes de que Villa les aplaste.

—Y ¿lo has conseguido? —me preguntó con voz áspera—. ¿Les has convencido para que vuelvan a trabajar?

—Creo que sí —respondí después de pensarlo un momento—. Sí. Tomás se ocupará de convencer a los que faltan.

Noté cómo Liam fruncía el ceño al mencionar a Tomás.

—¿Qué le has dado a cambio? Tu amigo Tomás no es de los que cambian gratis de opinión —me dijo—. ¿Qué es lo que le has dado a cambio?

—Nada que no quisiera darle. Me voy a la cama, tengo frío y estoy demasiado cansada como para convencerte a ti también.

Empecé a subir las escaleras pero no había avanzado ni dos peldaños cuando Liam me detuvo sujetándome la mano.

—No me importa lo que tengas con él. Sé que algunos creen que soy menos hombre por dejarte hacer siempre a ti y permitir que tomes tú las decisiones del negocio y también de nuestras vidas...

—¿Permitir? —repetí incrédula. Pero Liam no me soltó la mano.

—Pero hay que ser muy valiente para quedarse a tu lado, Estrella. No es por los nazis, el wolframio o por la magia: es por ti, por cómo eres —añadió con voz rasposa—. No creo que haya muchos hombres por ahí que hubieran podido mantenerse a tu lado.

Hundí mi mano libre en su pelo cobrizo deslizando mis dedos entre sus ondas, dejando que se enredara conmigo.

—No, no creo que haya ningún otro —susurré—. Y eso no te hace débil o menos hombre, Liam, te hace mucho más valiente que los demás.

—Soy el padre de una niña que no es hija mía y el marido de la esposa de un hombre muerto —murmuró en la oscuridad—. Y mientras tanto, Tomás...

—Tomás no es nada para mí. Él solo es el pasado: me recuerda a Alma y a mí corriendo de la mano por el bosque cuando éramos niñas, a las tardes de verano interminables que pasábamos los tres buscando grillos cerca del acantilado, a las fiestas que mi madre organizaba en la casa antes de la guerra y antes de todo lo demás. Él me recuerda la vida que pensé que tendría: eso es Tomás para mí —admití en voz alta por primera vez—. Pero tú... tú eres el presente, y también el futuro si estás dispuesto a seguir a mi lado.

Le acaricié el pelo igual que si Liam fuera un niño, con una ternura poco habitual en mí.

—Yo ya elegí un bando en esta guerra hace mucho tiempo, Estrella: el tuyo, siempre el tuyo.

Sonreí en la penumbra del vestíbulo.

—Bien. Pues entonces vamos a la cama, mañana será un día muy largo.

Liam se levantó despacio y sin soltarme la mano caminamos los dos juntos escaleras arriba.

LA ÚLTIMA FIESTA

La huelga terminó una semana antes de Nochebuena. Los hombres regresaron a sus puestos de trabajo y Empresas Zuloaga volvió a tener beneficios antes de acabar el día. Los potentes camiones cargados con el wolframio recién extraído de la tierra volvieron a recorrer la carretera que salía de Basondo hasta el cargadero de hierro en el precipicio levantando tras de sí una nube de polvo para que otro grupo de hombres se ocupara de hacer llegar el valioso cargamento al barco alemán que esperaba abajo, haciendo equilibrios sobre las olas del Cantábrico intentando no chocar contra la pared de roca.

Cuando vi a los hombres bajando de nuevo a la mina con su tartera metálica en una mano y sus herramientas cargadas sobre el hombro, respiré aliviada: habíamos esquivado la bala. Todos. Por eso mismo supe que algo iba terriblemente mal cuando el capitán Villa me «sugirió» que organizara una fiesta de Navidad en la mansión para algunos altos cargos del nuevo gobierno, inversores extranjeros y nuestros clientes en Alemania.

—Sería una buena forma de demostrar su compromiso con nuestra causa, señora marquesa, no solo con nuestro dinero. Para que nuestros clientes alemanes se queden tranquilos —me dijo Villa como si se le acabase de ocurrir la idea—. Estaría bien celebrar que todo este asunto de la huelga ha acabado por fin y que ha sido en parte gracias a usted.

Villa no era del tipo de hombres que daban órdenes con voz cortante o que gritaban hasta que las venas en su cuello temblaban y parecían a punto de estallar. No. Villa «sugería», la amenaza velada siempre estaba presente en sus palabras, aunque nunca perdía la calma ni gritaba, lo que le hacía ser más aterrador aún. Cuando el capitán Villa hablaba todo el mundo le escuchaba y todo el mundo obedecía. Llevaba casi dos meses instalado en la mansión y a pesar de que dormía en la capilla familiar fuera de la casa, entraba y salía de Villa Soledad a su antojo. Desde que el marqués murió nadie había vuelto a llenar de ese pavor y silencio cortante el aire de la mansión... hasta que llegó el capitán Villa. Su presencia, sus deseos o sus palabras eran imposibles de ignorar, una infección que se había extendido primero a las paredes de la casa y después a las tablas del suelo hasta contagiarlo todo. Liam tenía razón la mañana en que vaticinó que Villa iba a ocuparnos igual que sus amigos nazis habían invadido Francia.

—Creo que una fiesta de Navidad es una gran idea —respondí con una sonrisa complaciente—. Mi madre las organizaba a menudo y los invitados venían desde todas partes para probar sus cócteles o para escucharla tocar el piano. Deme una lista de invitados para poder organizarlo todo.

Después de la huelga, la celebración para los trabajadores de la mina que Liam y yo habíamos planeado celebrar en el local vacío de la iglesia quedó suspendida indefinidamente. No me hizo gracia —odiaba que Villa se inmiscuyera en cómo llevaba yo los asuntos de mi negocio— pero no tuve más remedio que aceptar su «sugerencia». Aunque sí que les subí una peseta al mes el jornal a todos los trabajadores de la mina Zuloaga tal y como le prometí a Tomás que haría, también les di una paga más por Navidad e hice venir a un arquitecto famoso desde Bilbao para que empezara cuanto antes con los planos para construir la nueva escuela del pueblo: Escuela Ángel Igorre-Martínez.

Había pasado casi una semana entera desde mi visita nocturna a la cueva de las estrellas para convencer a Tomás y a los demás, pero en lugar de poder dedicarme otra vez a los negocios me pasé la mayor parte de ese tiempo ocupada encargándome de los preparativos para la fiesta en Villa Soledad. Cuando por fin llegó el sábado antes de Nochebuena, los trabajadores lograron meter el enorme abeto Douglas en el vestíbulo de la casa sin tener que cortarle las ramas.

—Nunca había visto un árbol de Navidad tan grande —dijo Catalina mientras las dos mirábamos cómo los trabajadores se ocupaban de adornar el árbol.

—Es lo único que falta por terminar —no encontraban la escalera para poder colocar los adornos—, pero los demás preparativos para la fiesta ya están listos: la comida repartida en las bandejas y la bebida enfriándose en la cocina, también han retirado los muebles del comedor formal para dejar sitio a los invitados, han colocado los adornos de Navidad en el piso de abajo y los músicos ya han estado ensayando.

—Lo sé, son buenos. Los he oído tocar antes mientras terminaba de arreglarme —respondió.

La miré con una diminuta sonrisa.

—Estás muy guapa —dije, y era verdad—. Ese vestido te favorece mucho más a ti que a la maniquí que lo llevaba puesto en el catálogo cuando lo encargamos.

Catalina llevaba puesto un vestido azul marino de escote cruzado y corte sirena, el color rosado de la piel de sus hombros y de sus mejillas contrastaba con el azul intenso de la tela. Se había recogido su pelo castaño claro en un moño elegante en la nuca con dos pasadores en forma de libélulas de plata que yo le había regalado por su cumpleaños el año anterior. Ese había sido el primer cumpleaños en el que yo le había regalado algo.

—Gracias, es un vestido realmente bonito —respondió ella estirándose con cuidado una arruga invisible de la falda de gasa—. Si hace un año me hubieras dicho que iba a estar en una fiesta elegante llevando un vestido como este, con perfume francés en mis muñecas y viendo el árbol de Navidad más grande del mundo me hubiera reído de ti a la cara, pero aquí estamos ahora.

—Sí, aquí estamos. Algunas veces me olvido de lo joven que eres en realidad —dije de repente y sin saber muy bien por qué.

—De lo jóvenes que somos las dos —me corrigió—. Yo tengo veintidós años y tú veinticinco. Creo que es por todo lo que hemos pasado en estos años, hay hermanas que no pasan tanto como nosotras en toda su vida.

Hermanas. Una hermana perdida y una hermana ganada.

—Cierto.

—Y también es porque siempre estoy con las niñas sin arreglar y vestida para estar por la casa y eso me hace parecer más mayor. —Catalina se rio con suavidad—. A las niñas les va a encantar este árbol, se quedarán hechizadas cuando lo vean. Son un poco pequeñas todavía para entenderlo bien y disfrutar de la Navidad, pero seguro que les fascina el árbol con todos sus adornos y las lucecitas. Marina se volverá loca intentando alcanzar los adornos, ya lo verás.

La empresa que contraté para la decoración de la mansión también se había ocupado de los adornos navideños para el árbol y para el vestíbulo: su misión era tratar de convertir Villa Soledad en una acogedora y tradicional casa señorial, algo que la mansión excéntrica que mi abuela imaginó nunca había sido en realidad. Alrededor del abeto Douglas había media docena de cajas de cartón abiertas de las cuales los trabajadores, silenciosos y eficientes, sacaban bolas rojas y doradas de cristal para repartirlas con gusto por las ramas.

—No quiero que las niñas estén por aquí esta noche, si hace falta le pagaré un extra a Amaia para que se quede con ellas en su habitación y se asegure de que duermen —dije sin apartar los ojos del ejército de bolas brillantes y de guirnaldas doradas—. Esta fiesta no es un buen sitio para las niñas, ya verán el árbol mañana cuando les demos los regalos.

—Eso es lo mismo que tu madre solía decir: no quiero que las niñas correteen por la fiesta. Recuerdo que Alma y tú odiabais que os mandaran a la cama mientras aquí abajo los marqueses y sus invitados estaban de celebración, bebiendo y haciendo ruido hasta casi el amanecer. Yo era demasiado pequeña entonces, claro, pero igualmente tampoco me dejaban asistir a esas fiestas para no tener que explicarles a las visitas quién era yo en realidad. —Catalina me miró—. Lo odiaba. Odiaba tener que espiar las fiestas y la vida de mi propia familia detrás de la puerta cerrada del sótano donde estaba la habitación de mamá. No les hagas eso a nuestras hijas.

Dos de los trabajadores arrastraron la escalera para acercarla al abeto y poder decorar las ramas más altas. Me fijé en que sacaban una gran estrella dorada de la caja para colocar en la copa del árbol.

—No es eso lo que estoy haciendo. Y tú ya no tienes que espiar la fiesta detrás de la puerta, y tampoco estás obligada a quedarte arriba cuidando de las niñas si no es eso lo que deseas —respondí sin mirarla—. Pero no quiero que las niñas vean a los invitados de esta noche.

—Son muy pequeñas para recordar nada de lo que vean aquí, Estrella —me dijo con suavidad—. Cuando todo esto termine y las niñas crezcan nunca sabrán cómo pagábamos las facturas.

Los trabajadores terminaron de colocar la estrella en lo más alto del árbol y empezaron a recoger las cajas de los adornos y las agujas de abeto caídas en el suelo en una suerte de baile sincronizado.

—Lo sé, pero igualmente no quiero que anden por aquí. Estarán mejor arriba, en su habitación.

Me di media vuelta para ir a la cocina, en realidad no tenía nada que hacer allí pero quería escapar de la mirada de Catalina tan lejos como fuera posible.

—Estrella —me llamó ella sin moverse de donde estaba. Me volví para mirarla a mitad de camino de la cocina—. Tú también estás muy guapa con ese vestido.

Asentí y después entré en la cocina con cuidado de no mancharme el Balenciaga de satén blanco lunar que llevaba puesto. «Blanco lunar», así lo habían llamado en el catálogo cuando encargué el vestido unos meses antes sin saber que me lo pondría en una fiesta de Navidad con nazis, empresarios y altos cargos falangistas.

La cocina de la mansión estaba tomada por un escuadrón de camareros, limpiadores, cocineros y repartidores que entraban y salían por la puerta trasera de la casa llevando carritos con ingredientes exóticos, cajas de ostras frescas, mallas con kilos de limas y limones dentro para adornar las bebidas e incluso otro horno para poder gratinar a tiempo los canapés de manzana y *foie*. El ruido de los platos, los cubiertos de plata ordenándose en las bandejas, los cacharros que unos fregaban a toda velocidad para poder utilizarlos otra vez o las voces de los cocineros dando instrucciones a sus aprendices sobre el punto exacto de la mantequilla, quedaron silenciados cuando los coches de lujo se acercaron por la carretera a la puerta principal de la casa con sus potentes motores. Cogí una copa de Clicquot de una de las bandejas de bebidas que ya había preparadas sobre la mesa y salí de la cocina con mi mejor sonrisa en los labios.

«Allá vamos», pensé mientras atravesaba el vestíbulo para recibir a los invitados.

Los primeros en llegar resultaron ser un matrimonio que había conocido cuando estuve en Madrid: ella era la dueña de una de las tiendas de ropa más exclusivas de la capital, su marido ahora estaba retirado pero había llegado a ser ministro del nuevo gobierno un año antes. A ambos les encantaba cazar y pasaban la mitad del tiempo en su lujosa finca de Toledo, donde exhibían el cuadro de El Greco que Liam había conseguido para ellos a buen precio después de que sus propietarios originales hubieran sido fusilados.

Les saludé con una gran sonrisa y charlamos durante un par de minutos sobre tonterías: elogiaron mi Balenciaga, mi nuevo corte de pelo, los collares de perlas salvajes de cinco vueltas de la abuela Soledad que llevaba puestos —tan pesados y preciosos que sentía que llevaba un lingote de oro colgando del cuello—. Alabaron la mansión con su exagerada decoración navideña y aún tuvieron tiempo para quejarse de la niebla que salía del bosque o de cómo transcurría la guerra en Europa antes de que los demás invitados empezaran a llegar, todos en sus coches de lujo y las mujeres con sus vestidos de lentejuelas, encaje y terciopelo hechos a mano.

El vestíbulo, el comedor formal y todo el primer piso de la mansión pronto se llenaron de gente elegante que charlaba animadamente con sus copas en la mano. Algunos hablaban en español, otros en alemán o italiano, pero todos me felicitaron por el enorme árbol de Navidad que dominaba la entrada y por el champán francés.

Me fijé en que Catalina estaba de pie con su vestido y su Amaretto Sour en la mano cerca del abeto. Viéndola ahora, nadie hubiera creído que hacía solo dos años había tenido que forrarse los pies con periódicos viejos para evitar que se le congelaran porque sus únicos zapatos estaban demasiado agujereados y no la protegían del frío cuando salía por la mañana a trabajar en su huerto secreto. Un hombre con un traje muy elegante charlaba encantado con ella. Seguramente, si ese hombre que le sonreía ahora la hubiera conocido entonces no se hubiera molestado en mirarla dos veces, pero ahora Catalina era una de los suyos: tenía dinero, bonitos vestidos y, además, era la hermana pequeña de la marquesa, ya era «digna». Al ver que yo la miraba, Catalina me sonrió desde el otro lado del vestíbulo y después siguió hablando con el desconocido.

Busqué a Liam con la mirada, pero no le vi en la entrada de la casa ni en el saloncito de té de mamá, donde ya empezaban a reunirse los caballeros con sus puros para hablar sin que sus desafortunadas esposas pudieran escuchar sus conversaciones. Me abrí paso entre la gente para buscarlo en el comedor pero todos querían hablar conmigo sobre mi vestido o sobre mi wolframio y me paraban a cada paso. Algunos invitados incluso me preguntaron por las antigüedades de la casa con la misma codicia con la que un coleccionista repasa el catálogo de una subasta antes de que empiece. Notaba cómo estudiaban ansiosos los cuadros en las paredes o la lámpara de cristal austriaco que colgaba sobre el vestíbulo.

—Aquí estás, por fin te encuentro —le dije a Liam cuando logré deshacerme del último invitado y entré en el comedor formal—. Pareces aburrido.

Liam tenía un *bourbon* con hielo en una mano y llevaba puesto un elegante esmoquin negro confeccionado a medida. Su pelo cobrizo estaba peinado hacia un lado para disimular su naturaleza salvaje y se había recortado la barba en un intento de tener el mismo aspecto formal y serio que los demás empresarios en esa habitación.

—No, nada de eso, es una fiesta genial. —Liam me sonrió y pasó su mano por detrás de mi espalda, sentí el calor de su piel pasando a través del satén blanco lunar.

—Estás muy elegante, casi me engañas: pareces un honrado hombre de negocios así vestido —le dije acercándome más a él.

—¿Casi? —susurró con voz ronca.

—Casi. Yo te conozco bien y todavía veo tu pelo ondulado y tus ojos de zorro debajo del fijador, del esmoquin de alta costura y del *after-shave*. Me gusta más el otro Liam.

Sus dedos acariciaron la piel de mi espalda justo donde terminaba el satén de mi vestido.

—Sospecho que algunos de tus invitados quieren comprar el Turner que hay en el salón —me dijo en voz baja y sin perder la sonrisa para disimular—. Aún creen que me dedico al arte robado y un par de caballeros me han preguntado por el cuadro muy interesados.

—Es falso. El Turner auténtico lo vendió el marqués hace muchos años, antes incluso de que Alma muriera, así que si alguno de estos te hace una buena oferta por el cuadro... —Le di un sorbo a mi copa y añadí—: Y no son mis invitados, son los invitados de Villa.

—¿Le has visto ya?

La postura de Liam cambió al mencionar al capitán Villa.

—Antes, mientras se llevaban los muebles del comedor, Villa se me ha acercado para preguntarme dónde iban a estar los invitados. Me ha dicho que tenía un regalo especial para mí y que quería dármelo durante la fiesta.

—¿Un regalo? —Liam parpadeó sorprendido—. Y ¿no te ha dicho de qué se trataba?

—No, así que lo mismo tenemos suerte y se larga por fin, él y todos sus hombres —dije con desgana.

Suspiré porque sabía bien que era poco probable que el capitán Villa y los suyos se marcharan de Basondo sin haber detenido a los bandoleros.

—No cuentes con ello —me dijo Liam con suavidad.

Iba a decir algo, pero entonces el vestíbulo se llenó de murmullos, al principio no me di cuenta de lo que estaba sucediendo, pero las voces de los invitados fuera empezaron a apagarse hasta que se formó el silencio incómodo que siempre precede a algo terrible. Los murmullos de sorpresa y después el silencio tenso se extendieron hasta el comedor donde estábamos y un momento después vi al capitán Villa abriéndose paso entre los invitados con su uniforme azul de gala, las medallas brillando en la solapa, su gorra de plato impecable y su sonrisa de hielo.

—¿Qué pasa ahí fuera? —Liam estiró el cuello para intentar ver lo que sucedía en el vestíbulo.

—No lo sé. Tú espera aquí, yo voy a ver qué sucede y a saludar a Villa —mascullé de mala gana—. Ya me la he jugado bastante por lo de la huelga con él, no quiero que piense que no estoy «comprometida con la causa».

Liam me sonrió mientras yo caminaba hacia la puerta del comedor formal.

—¡Tú solo estás comprometida con la causa del dinero, mi querida marquesa! —le escuché decir desde donde estaba.

Contuve una sonrisa y esquivé a uno de los camareros que llevaba otra caja de champán sobre un carrito con ruedas al comedor. Al cruzarme con el camarero me resultó ligeramente familiar, pero me olvidé de él en cuanto llegué al vestíbulo y descubrí lo que había hecho enmudecer a los invitados: ocho hombres esposados y encadenados entre sí con la ropa sucia y la cabeza agachada que Villa había dejado en el centro del vestíbulo. Los invitados habían formado un corro alrededor de los prisioneros y de los tres hombres de uniforme que les vigilaban.

—¿Qué es esto, capitán? —le pregunté a Villa con brusquedad cuando llegué hasta él—. ¿Por qué ha traído prisioneros a mi fiesta?

—Mírelos, ¿no los reconoce, señora marquesa? —Villa se quitó la gorra de su uniforme y se la colocó debajo del brazo—. Mírelos bien.

Los hombres estaban demacrados y muchos tenían heridas o golpes en la cara, pero los reconocí al mirarles otra vez.

—Son mis trabajadores, ¿cómo se atreve a detenerlos?

—Son sus huelguistas —me corrigió—. Ya sé que estos no son todos los que hicieron cerrar su mina, pero con ellos bastará para aleccionar a los demás. Este es mi regalo especial para usted, señora marquesa. Feliz Navidad.

Miré a los ocho hombres encadenados dentro del corro de invitados. Por la expresión de resignación en sus caras los prisioneros ya sabían lo que les iba a pasar. Me fijé en sus ropas manchadas de sangre seca y en que todos estaban descalzos a pesar del frío.

—Debo protestar, capitán. Estos hombres trabajan para mí y quiero que les deje libres inmediatamente, permita que vuelvan a sus casas para cenar con sus familias.

—Estos hombres la chantajearon usando su propia mina como rehén sin importarles el perjuicio que eso iba a ser para usted o para el pueblo. Y ahora, gracias a ese chantaje, cobran más que el profesor o el médico de Basondo, ¿le parece eso justo, señora marquesa?

Un murmullo indignado creció entre los invitados al escuchar las últimas palabras de Villa.

—Es Nochebuena, capitán. A lo mejor podemos hablar del asunto después de las fiestas.

Villa sacudió la cabeza despacio.

—No, no puedo dejarles libres aunque quiera.

Pero yo sabía bien que no quería hacerlo.

—Me dijo usted que si abandonaban la huelga no habría represalias, me dio su palabra, capitán —dije, más alto de lo que pretendía.

—Me refería a usted, señora marquesa. No habría represalias contra usted a pesar de haber colaborado con los huelguistas.

La garganta se me cerró al escucharle.

—No sé de qué habla, yo no he hecho semejante cosa —respondí con la boca seca pero sin dejar que el pánico se filtrara en mi voz.

—Pues claro que lo sabe: usted me pidió tiempo para convencerles y razonar con ellos en lugar de permitir que me ocupara a mi modo del asunto. Eso es colaborar. —Villa me sonrió y después añadió—: Pero no se preocupe, queda libre de castigo por esta vez. Y los invitados de ahí dentro tienen derecho a conocer a los chantajistas que pretendían cortarles su sustento y el de sus familias, es su deber legítimo poder encararse con ellos. ¿No opina igual, señora marquesa?

Todos los ojos del vestíbulo se clavaron en mí, pero por primera vez en mi vida, no supe qué responder.

—Eso pensaba —terminó Villa con una sonrisa cortés, después se volvió para mirar a los soldados que custodiaban a los detenidos—. Vamos, caballeros, démosles la oportunidad a estos chantajistas de pedir perdón por sus actos.

Los soldados empujaron de malas maneras a los hombres que avanzaron penosamente por el vestíbulo, entre la mirada de indignación de los invitados, para entrar en el comedor formal con el ruido de las cadenas que les seguía a todas partes.

—Esto es ridículo —masculló por fin—. Capitán Villa...

Di un paso hacia el comedor para terminar con el asunto pero alguien me detuvo sujetándome por el brazo.

—Señora marquesa, está usted impresionante esta noche, si me permite decirlo —me dijo una voz masculina.

No me molesté en mirarle a la cara porque pensé que sería solo otro de los invitados, pero cuando vi la manga larga negra del brazo que me sujetaba reconocí la voz de Tomás. Le miré mientras el silencio de los invitados llenaba ahora el comedor formal al ver a los hombres encadenados paseando entre las bandejas de plata y los canapés de langosta.

—Gracias —dije entre dientes.

Tomás no estaba solo, el padre Dávila estaba con él a pesar de que no recordaba haber leído su nombre en la lista de invitados que Villa me había facilitado.

—Sí, es una fiesta fabulosa. Me recuerda a las que solía organizar su padre el marqués cuando aún vivía. ¡Menudo dispendio de comida, alcohol y dinero eran! —exclamó Dávila recordando encantado aquellos tiempos—. Ni un maharajá gastaba el dinero con la alegría con la que lo hacía el buen marqués, que en gloria esté.

Dávila hizo el símbolo de la cruz al decir la última frase y Tomás le imitó mientras yo le miraba en silencio. Los años, la buena vida y el arribismo no le habían sentado bien a Dávila, que ahora tenía el aspecto de una calabaza hinchada con extraños bultos debajo de su piel mantecosa. Su pelo —o más bien lo poco que le quedaba— se había vuelto canoso y duro, pero él intentaba disimularlo con un peinado que cubría la mitad de su frente.

—Cuánto tiempo, padre —dije con toda la frialdad que guardaba para él por haber aceptado enterrar a Carmen fuera de la finca—. No le veía desde el día de mi boda.

—Es verdad, su boda. Confío en que haya sido usted buena en este tiempo.

—Oh, muy buena —respondí con desdén.

Dávila miró alrededor con los mismos ojillos traicioneros con los que solía espiar los negocios del marqués después de que padre se tomara un whisky de más.

—Extrañaba esta casa, ya lo creo. Durante una época llegué a ser casi como uno más de la familia, pero hacía mucho tiempo que ningún Zuloaga me invitaba a venir, ¿eh? —me reprochó a pesar de que no le había invitado tampoco esta vez—. ¡Y mire qué mayor se ha hecho! Ahora es toda una señora elegante como solía ser su madre, no veo en usted ni rastro de esa niña salvaje y desobediente que solía ser.

Mientras Dávila hablaba, su considerable papada colgaba moviéndose al ritmo de sus palabras. Recordé la noche en que ahuyentó al comercial de aquella naviera británica mientras sujetaba un muslo de pato en cada mano y la grasa transparente resbalaba por su barbilla.

—Y mire, Tomás también, gracias a Dios se ha convertido en un hombre de fe y ahora solo marcha por el buen camino. Se ha olvidado de la política y de todo lo demás que le distraía de sus deberes. —Dávila me guiñó un ojo al decir «todo lo demás». Alma era ese «todo lo demás»—. Es mejor no meterse en política y dejar eso para los que saben, demasiado complicado todo.

Sonreí con ironía, estaba claro que Dávila no tenía ni idea de las actividades de Tomás.

—¿Ha probado el caviar, padre? Es ruso, exquisito; el mejor caviar que hay en el mundo. Pruébelo con un poco de mantequilla —le dije deseando deshacerme de él.

Los ojillos codiciosos del sacerdote se iluminaron.

—Le hacéis pecar a uno —respondió con una sonrisa pícara antes de marcharse caminando hacia la bandeja con los canapés.

—Si sigue así pronto heredarás su puesto, me recuerda a un tubérculo medio podrido a punto de reventar por el calor —masculló viendo a Dávila abrirse paso entre los invitados para llegar a la comida—. Una vez, en el rancho, vi el cuerpo de un becerro que se había perdido. Cuando lo encontramos el sol del valle le había golpeado durante una semana entera: estaba hinchado y deforme, se parecía un poco a Dávila.

—Tiene que usar zapatos hechos a medida que le envían desde Bilbao porque tiene los pies tan hinchados y amoratados por la gota que los normales ya no le caben.

Desde donde estaba observé cómo el párroco se abría paso a empujones discretos y sonrisas para colocarse justo frente a la mesa de los aperitivos.

—Qué lástima —respondí con desdén viendo a Dávila servirse una cucharada de caviar ruso sobre una tostada con abundante mantequilla—. Los hombres que hay en el comedor saben quién soy, seguro que alguno me vio la otra noche cuando fui al bosque para hablar contigo. Me delatarán si es que los infelices no lo han hecho ya.

Nadie nos escuchaba ahora, la mayoría de los invitados se amontonaban en las puertas del comedor formal para ver lo que sea que Villa estuviera haciendo dentro.

—No te preocupes por eso, ya nos hemos encargado de todo —dijo Tomás muy serio ahora—. Ninguno de esos pobres hombres te ha delatado y tampoco lo harán.

—Eso no lo sabes —siseé a pesar de que nadie podía escucharnos desde donde estábamos—. Les torturarán y al final dirán mi nombre, yo también lo haría si pensara que con eso podía salvarme.

Di un paso hacia el comedor decidida a terminar con el espectáculo que Villa y sus hombres habían organizado dentro, pero Tomás me sujetó con fuerza por el brazo.

—No entres ahí.

Le miré y entonces lo vi en su rostro: era esa determinación suicida que ya había visto en él antes. Solo un instante después un resplandor naranja llenó el comedor formal y escuché el estruendo de una bomba contenido por las paredes de nogal que recubrían la habitación.

—¡Qué has hecho! —le grité a Tomás por encima del pitido que llenaba mis oídos—. Pero ¡qué has hecho!

El vestíbulo pronto se inundó con el humo y el olor a productos químicos que salía del comedor. Tosí para poder respirar y miré alrededor buscando a Catalina, pero no la vi por ningún lado. Algunos invitados —los pocos que se habían quedado en el recibidor de la mansión en vez de pasar al comedor— se acercaron para ver lo que había sucedido pasando a mi lado sin verme siquiera. La explosión no se había extendido por el resto de la casa pero Tomás y yo estábamos muy cerca de las puertas del comedor, así que la onda expansiva me había desgarrado parte de mi vestido y había perdido uno de mis zapatos.

—Ya está hecho, no hay que pensar más en ello —respondió él lacónico.

—¿Cómo has podido? Esos eran mis hombres, ¡confiaban en mí! —le grité a Tomás sin importarme que alguien pudiera escucharme, aunque no podían porque todos los demás estaban demasiado ocupados con su propio horror para prestar atención a mis gritos—. Los has matado solo para acabar con él...

—He hecho lo que había que hacer, y aun así es menos de lo que ese monstruo se merecía.

Tambaleándome, me apoyé en una de las paredes del vestíbulo e intenté avanzar entre los invitados que se amontonaban en las puertas del comedor.

—¿Cómo has podido? —Le miré sin saber exactamente cuándo se había convertido Tomás en el cazador para dejar de ser la presa—. ¿Todo esto solo para acabar con Villa?

—No solo para acabar con Villa, es lo que ellos querían, Estrella: ya no querían seguir sufriendo más. —Tomás se acercó a mí y me sostuvo por la cintura para asegurarse de que le prestaba atención—. Lo siento mucho, pero esta era la única oportunidad que teníamos para liberarles y para matar a ese cabrón de una vez por todas. Valía la pena solo para llevarnos a Villa y a unos cuantos de sus amigos nazis al infierno.

—Tú lo sabías —le escupí las palabras—. Sabías lo que iba a pasar y aun así has permitido que yo estuviera aquí, y Catalina y las niñas y...

Entonces me di cuenta de que me faltaba una persona en esa lista.

—Liam —murmuré intentando zafarme de Tomás para entrar en el comedor.

—Espera, no entres ahí todavía, deja que se disipe un poco el humo —me dijo Tomás muy cerca de mi oído y sin soltarme.

—Déjame ir, tengo que encontrarle...

—Piénsalo, Estrella, ahora ya no queda nadie que sepa que estuviste en la cueva la otra noche —continuó él como si no me hubiera escuchado—. No tienes que preocuparte más por que alguno de tus trabajadores te delate para salvarse. Se acabó, no se sabrá nunca. Estás a salvo.

Los invitados que todavía podían caminar empezaron a salir del comedor formal tosiendo, llorando o entre gritos de auxilio. Pasaron muy cerca de nosotros empujándose entre ellos para poder salir de la casa cuanto antes por miedo a que hubiera otra bomba. Miré a los rostros desencajados, con sus ropas elegantes manchadas de humo y cubiertas de sangre. Salían en tromba del comedor pero no vi a Liam por ningún lado.

—¡Estrella!

Alguien gritó mi nombre por encima de las demás voces. Miré alrededor y vi a Catalina que bajaba deprisa las escaleras de mármol, despeinada y con el bajo de su vestido recogido en la mano para poder correr más. Aproveché que Tomás la miraba también para escabullirme y entrar en el comedor. Tuve que apartar a un hombre que sangraba por un corte en la cabeza y me sujetó por los hombros al verme y me gritó algo en alemán para poder pasar.

Dentro del comedor el humo era más denso aunque no vi fuego por ningún lado. Las mesas, las sillas, los adornos y todo lo demás que había en la habitación había salido despedido por la explosión y ahora formaba una suerte de círculo siniestro contra las paredes del comedor que estaban manchadas de sangre, merengue francés y restos de metralla todavía humeante. Avancé como pude entre los restos en el suelo para llegar al lugar donde había visto a Liam por última vez. No había luz en la habitación y el humo lo llenaba todo, así que tardé un rato en encontrarle: estaba cerca de las ventanas que daban al jardín, tirado en el suelo con los ojos cerrados y la camisa blanca de su esmoquin empapada en sangre.

—Liam...

Me agaché a su lado para intentar despertarle y le zarandeé un par de veces. No abrió los ojos al oír mi voz pero escuché su respiración superficial por encima de las demás voces que pedían ayuda. Le abrí la camisa para buscarle las heridas y tratar de contener la hemorragia hasta que llegara el doctor, pero no podía ver bien porque el pecho de Liam estaba cubierto de sangre y no había ninguna luz en el comedor excepto la de la luna que entraba por el hueco de las ventanas ahora sin cristales. Intuí una herida que sangraba en su costado derecho. Su sangre caliente me empapó las manos cuando la apreté para que dejara de sangrar, sentí como pasaba entre mis dedos, viscosa y oscura. Liam se quejó pero no abrió los ojos.

—¡Les han cogido, capitán! A dos de esos bastardos se les ha terminado la suerte —gritó un hombre al fondo del comedor—. Estaban intentando escapar por el camino que hay detrás de la casa para perderse en el bosque, pero nuestros hombres les han visto y les han parado antes de que pudieran llegar a los árboles. Esperan sus órdenes.

No me aparté de Liam pero miré en la dirección de la voz: el capitán Villa estaba de pie en el otro extremo del comedor dando instrucciones a dos de sus hombres. No estaba muerto y apenas parecía estar herido. Al entrar en el comedor había visto a media docena de soldados destrozados en el suelo, pero milagrosamente él había sobrevivido a la explosión.

El capitán Villa notó que le estaba mirando desde el otro lado de la habitación y se acercó a mí caminando entre los cadáveres y los restos de la fiesta.

—Señora marquesa, ¿está usted bien?

Asentí, incapaz de hablar por el humo y las lágrimas atascadas en mi garganta.

—¿Y el señor Sinclair? —preguntó mirando a Liam en el suelo—. ¿Él ha...

—Está vivo —dije de sopetón—. ¿Qué es lo que ha pasado?

Ya lo sabía, claro, pero no quería que Villa sospechara que yo había tenido algo que ver con la explosión. El capitán miró a su alrededor como si estuviera estudiando el campo antes de una batalla.

—Según parece, esos bárbaros que se ocultan en el bosque han preferido sacrificar ellos mismos a ocho de sus trabajadores antes de que estos pudieran darnos información útil —respondió contrariado—. Ahora ya no sabremos quiénes son sus cabecillas o cómo se organizan.

—¿Están todos muertos?

—Sí, todos muertos. Estoy convencido de que ellos tenían instrucciones para suicidarse si los capturábamos.

—¿No les han dicho nada? —pregunté con un ligero temblor en la voz.

Villa me sonrió despacio.

—Nada que no supiéramos ya.

Villa estaba de pie a mi lado y ahora podía verle mejor, su uniforme de gala estaba manchado con lo que parecía sangre y otras cosas que no quise adivinar, había perdido la gorra en la explosión y tenía un corte profundo en la mejilla que no dejaba de sangrar sobre su guerrera arruinada, pero, aparte de eso, parecía estar perfectamente.

—Me informan de que los detenidos son el padre y el hermano de ese niño, capitán. Igorre, el capataz de la mina, y su hijo mayor —escuché que le decía uno de sus hombres sin importarles que yo pudiera oírles—. No sé cómo pero se las han arreglado para meter esa bomba en la casa sin que nadie les viera.

Me había cruzado antes con el hijo de Maite y Julián: era el joven camarero que empujaba un carrito dentro del comedor con una caja de champán encima. Me había resultado familiar pero no había caído en la cuenta hasta ese momento.

—Había mucha gente entrando y saliendo de la casa, sargento: camareros, ayudantes, repartidores... es normal que no les hayamos visto —le dijo Villa—. Vaya con los demás e infórmeme de cuántos hombres hemos perdido esta noche. ¿Dónde dice que han detenido a esos dos?

—En la carretera cerca de la casa. Intentaban esconderse en el bosque, capitán.

—Bien, vaya e informe. Ahora voy yo.

El sargento le saludó y se alejó caminando deprisa sin atender a los heridos que alargaron los brazos al verle pasar a su lado.

—Usted está bien —le dije, y no supe si era una pregunta o un reproche.

—Ya se lo dije, señora marquesa: yo soy especial. Inmortal. Un hombre excepcional —respondió con voz áspera.

Y viéndole ahí de pie entre los cadáveres, envuelto en humo con su uniforme manchado y la sangre cayendo por su mejilla era fácil creer en sus palabras.

—¿No le preocupa que sus amigos nazis le descubran? —pregunté sin pensar en lo que estaba haciendo—. ¿No tiene miedo de que averigüen que es usted especial?

—Esta es la quinta vez que atentan contra mi vida y míreme. —Villa se sacudió la guerrera de su uniforme—. Apenas tengo un corte en la mejilla y eso que estaba a tres metros de esa bomba. A mí no me dan miedo los nazis ni nada en este mundo.

Le miré un momento intentando decidir si me estaba dejando arrastrar a su locura o si realmente Villa tenía razón.

—Ha tenido usted mucha suerte, capitán —murmuré maldiciendo esa misma suerte—. Pero que mucha suerte.

Villa me sonrió desde arriba y dio un paso hacia la puerta del comedor dispuesto a marcharse ya.

—Esto no es suerte, señora marquesa: es el destino que me aguarda para hacer cosas increíbles, por eso vivo. Ahora, si me disculpa, debo ir a interrogar a los detenidos.

Le vi salir del comedor pasando por delante de Catalina y de Tomás, que le miró sin poder contener su espanto al verle con vida. Escuché las pisadas de sus botas de cuero resonando en el vestíbulo de la casa mientras lo atravesaba para llegar hasta la puerta. Esa fue la primera vez que me creí de verdad que el capitán Villa era inmortal.

Liam no se despertó hasta el día siguiente. El doctor Acosta, que apenas daba abasto para atender a los heridos en la explosión, le extrajo algunos restos de metralla del costado y del hombro derecho: tornillos, tuercas y otros objetos pequeños que habían servido de munición para la bomba casera.

—No hay infección y no se ha desangrado, eso es bueno, si pasa de esta noche vivirá —había dicho Acosta mientras se limpiaba de las manos la sangre de Liam con una toalla—. Cuando se despierte no permita que haga esfuerzos o que se levante de la cama durante las primeras semanas, debe descansar.

Pagué al doctor por su visita y le di más dinero para que también visitara en su casa de Basondo a dos camareros que habían salido heridos en la explosión, pero cuyas familias no podían permitirse pagar al médico.

Los hombres de Villa terminaron de limpiar los restos del comedor formal al día siguiente: barrieron el suelo cubierto de sangre, pedazos de porcelana china de la vajilla de mamá, astillas que habían saltado de las paredes forradas de nogal, pedazos de carne tan ennegrecida que hacía imposible saber si pertenecía a alguno de los fallecidos o al asado de faisán, un puñado de lentejuelas por aquí y cuatro zapatos de fiesta sin pareja. No se esforzaron mucho en su tarea, simplemente lo barrieron todo utilizando tres escobones de madera y lo metieron en una docena de bolsas para, según me explicó el sargento Raúl Golzalvéz con el tono de superioridad que usaba siempre que Villa no estaba cerca: «Estudiar las pruebas con más calma en el cuartelillo.»

Era mentira, claro, ya sabían quiénes habían metido la bomba en la mansión y por qué lo habían hecho: Julián, el capataz de mi mina y su hijo mayor. Detrás de la bomba casera que reventó el comedor formal no había un sofisticado móvil político. Julián y su hijo adolescente no pretendían derrotar al nuevo gobierno, frenar la venta de wolframio a los nazis o causarle un daño irreparable a las relaciones comerciales entre España y Alemania, nada de eso: era venganza, simple y pura venganza.

Villa mató a su hijo pequeño, lo aplastó con el coche del marqués como si el niño fuera un conejo despistado que sale corriendo del bosque. Tan solo un giro del gran volante del T49 hubiera bastado para evitar la muerte del niño, la huelga en la mina, la explosión en la fiesta de Navidad y las muertes que todavía quedaban por venir, pero había pasado casi un mes desde la mañana del atropello y no había ni rastro de culpa o remordimiento en el capitán.

Los hombres de Villa también barrieron los pedazos de cristales que salieron volando con la explosión: ventanas, lámparas, botellas, el gran espejo que decoraba una de las paredes del comedor formal... aunque dio igual porque dos días después del atentado el suelo aún crujía bajo mis pies cuando entré en la habitación.

El olor a humo y a carne carbonizada seguía atrapado en el comedor casi como si los paneles de nogal que aún resistían en su sitio hubieran absorbido el olor a muerte. La larga hilera de ventanales en la pared que daban al jardín trasero había desaparecido, los cristales cubrían grandes zonas de la hierba y algunas esquirlas de cristal habían llegado casi hasta el murete de piedra que rodeaba la finca empujados por la onda expansiva.

Catalina y yo cubrimos el vacío que habían dejado las ventanas arrancadas de la pared con una gran lona negra para evitar que el frío de diciembre, la lluvia y otras cosas entraran en la casa. Ya habíamos hecho algo parecido un año antes, cuando no teníamos dinero para arreglar las ventanas rotas de la planta baja y cubrimos la falta de cristales con cortinas viejas atadas con cuerdas para mantener fuera a las ratas y a las hierbas altas del jardín descuidado que intentaban por todos los medios entrar en la casa para reclamar Villa Soledad como parte del bosque. Emilio, el hijo del antiguo jardinero de la casa que había heredado el nombre de su padre, el trabajo y poco más, y su primo nos ayudaron a colocar la lona sobre las ventanas rotas. Ninguno de los dos muchachos nos dijo una sola palabra ni nos miró a la cara mientras asegurábamos la lona sobre la fachada este de la casa con clavos y grapas: nos tenían miedo, o puede que solo fuera asco, pero de cualquier manera Emilio y su primo sentían por nosotras dos lo mismo que Catalina y yo habíamos sentido durante toda nuestra vida por el marqués.

Ya había anochecido y fuera hacía viento, pero no el tipo de viento cortante que subía desde el mar por el acantilado y agitaba las hierbas altas del jardín arrastrando su perfume hasta las habitaciones interiores de la casa, no, este viento venía directamente del corazón del bosque y sacudía la lona tratando de arrancarla de la pared igual que una mano invisible y furiosa. Podía saberlo porque de vez en cuando una ráfaga conseguía entrar en el comedor por alguno de los huecos que no habíamos logrado cubrir y se notaba el olor húmedo del bosque llenando la habitación y bajando por mi garganta.

—Aquí estás, por fin te encuentro. Te he buscado por toda la casa —me dijo Catalina desde la puerta del comedor—. Liam se ha despertado otra vez y pregunta por ti. Está mejor y dice que tiene hambre, hasta se ha sentado él solo en la cama.

—Bien, ahora le prepararé algo de cena y subo a verle —masullé sin volverme para mirarla.

Escuché los pasos suaves de Catalina avanzando sobre los cristales rotos hasta llegar donde yo estaba.

—No hace falta. Hay sobras de la fiesta suficientes como para que nos alimentemos los cinco durante dos semanas. ¿Qué haces aquí sola y a oscuras?

—Pensaba en cómo se ha estropeado todo —respondí sin apartar los ojos de la lona negra que abofeteaba la pared—. No sé qué vamos a hacer ahora.

—Bueno, estaría bien que pudieras fabricar cristal igual que puedes hacer con otras cosas, ¿puedes?

Sonreí a pesar del tono.

—No.

—Lástima, ese truco nos vendría muy bien ahora.

—Mañana vendrán los cristaleros para arreglar este desastre —dije con voz áspera—. Esta noche me quedaré aquí haciendo guardia con una de las escopetas del marqués por si acaso algo o alguien intenta entrar por ahí. —Señalé las ventanas rotas con la cabeza—. Mucha gente nos odia y nos culpa por todo lo que ha pasado. No a ti, pero a mí sí.

—Y ¿desde cuándo te importa lo que los demás piensen de ti? —Catalina se rio con suavidad—. Tú solo has hecho lo que creías que debías hacer para mantener a tu familia y a tu pueblo, igual que Julián creía que hacía lo correcto fabricando esa bomba. Ya sé que ha matado a todas esas personas y que también podía habernos matado a nosotras o a las niñas... pero creo que entiendo por qué lo ha hecho. Si el capitán Villa no hubiera venido a Basondo, nada de esto hubiera pasado.

—Yo le traje aquí, no a propósito, pero él vino aquí por mí —dije sin atreverme a mirarla.

—Vino por el wolframio.

—No, vino a por mí. —Suspiré y me volví por fin—. Villa piensa que es una especie de hombre invencible, cree que es inmortal porque ha sobrevivido a unos cuantos atentados contra su vida y ahora sospecha de mí. Sabe algo o cree que sabe algo sobre lo que yo puedo hacer, por eso vino a Basondo.

Catalina arrugó los labios preocupada hasta que formaron una sola línea.

—¿Qué crees que sabe en realidad? ¿Crees que sabe que tú hiciste el wolframio y todo lo demás? —Escuché un temblor en su voz.

—No creo, si Villa supiera que puedo crear wolframio, agua o petróleo ya me habría metido en una caja para enviarme a alguno de esos laboratorios secretos donde sus amigos hacen experimentos con los prisioneros. No, no creo que sepa nada seguro, solo me está tanteando. Estamos a salvo de momento.

Estamos. Porque sabía bien que Catalina tenía el mismo don con las plantas que la abuela Soledad: podía hacer crecer las rosas más preciosas y rojas de un puñado de tierra muerta o sacar suficientes zanahorias de esa misma tierra como para alimentar a su familia durante semanas. Tal vez Catalina no pudiera crear wolframio o mover una planta enredadera gigante a su antojo para atacar como había hecho yo, pero definitivamente era una de las brujas Zuloaga.

—¿Crees que Tomás te delataría? —me preguntó sin más.

—Antes estaba segura de que él nunca haría algo así, ahora ya no sé qué pensar. Tomás sabía lo de la bomba y ni siquiera me advirtió —admití—. Llegado el caso es posible que Tomás le contara lo mío a Villa, sí.

Catalina resopló.

—Los hombres y sus buenas causas, da igual en lo que crean: todos son muy idealistas hasta que son ellos los que deben sacrificarse, entonces es cuando se acuerdan de una —dijo—. Les da mucha pena, claro, pero entre tú y ellos siempre van a elegir salvarse ellos.

Sonreí con pesar y la miré.

—Me recuerdas a tu madre cuando hablas así. La echo de menos.

—Yo también.

La última vez que fui a Basondo visité la tumba de Carmen en el pequeño cementerio. La mata de rosas que hice crecer la primera vez que la visité seguía a los pies de su tumba: rosas rojas tan grandes como los puños de un hombre adulto que no se marchitaban a pesar del frío o el hielo.

—Ella es el ejemplo perfecto ¿no? Mi madre pasó toda la vida siendo la querida del marqués, teniendo solo sus migajas quisiera ella o no, incluso parió a su hija en esta casa, pero cuando llegó el momento de enterrarla como a uno más de la familia el marqués hizo que la metieran en otro sitio solo para no tener que reconocer la verdad. Y qué te voy a contar de mi marido... —Catalina se sacudió dentro de su vestido al recordar a Pedro—. No creo que Tomás le cuente a nadie que estuviste en el bosque la otra noche y que sabías dónde estaban escondidos los bandoleros desde el principio, no mientras su pellejo o el de alguien a quien él considere más importante que tú no esté en peligro.

—Yo tampoco lo creo, pero otros hombres me vieron allí esa noche, Julián y su hijo también se escondían en la cueva.

—Julián y su hijo mayor están muertos. Los mataron ayer después de interrogarles —dijo Catalina con la voz apagada—. No soltaban prenda, así que les dieron un «paseíllo» hasta la carretera para refrescarles la memoria y las ganas de hablar. Los llevaron hasta el mismo lugar donde Villa atropelló al pequeño y ahí les dieron el tiro de gracia antes de enterrarlos en el margen de la carretera.

—¿Cómo te has enterado? —le pregunté. Catalina tardó un momento en responder:

—He ido al pueblo esta mañana, a comprar las medicinas para Liam y para Marina. Nadie quería contarme nada de lo que había pasado, ni siquiera me miraban a la cara cuando intentaba hablar con ellos, pero al final Ane, la de la botica, me lo ha contado todo.

Miré la lona que golpeaba la fachada de la casa y respiré sintiéndome aliviada y culpable a partes iguales.

—Deja que coja unas mantas y haré guardia contigo esta noche —añadió Catalina—. No quiero que los tejones o alguna otra cosa se cuele por las ventanas, bastantes alimañas de las que ocuparnos tenemos por aquí ya sin necesidad de que nos entren más desde el bosque.

—No hace falta que te quedes, puedes irte a la cama —dije—. Además, las niñas...

—Las niñas duermen como dos benditas arriba. Los últimos días estaban más inquietas, como si supieran lo que había pasado, pero hoy han caído rendidas, no me echarán de menos. Me quedaré contigo, nos beberemos juntas el whisky más caro de la colección de padre que todavía nos quede en la casa y cenaremos los restos de langosta con mantequilla de la fiesta —respondió—. Después pensaremos cómo demonios vamos a salir de esta.

Sonreí en la oscuridad del comedor porque Catalina casi nunca decía palabrotas.

—Bien —acepté—. Tú ve y coge las mantas y el whisky, yo voy a ver a Liam y a calentar algo para que cenemos.

—Y enciende la chimenea, ¿quieres? Lamentarte a oscuras no solucionará nada, además, después de lo que ha pasado, no quiero estar en esta habitación si no hay luz.

—¿Y qué pasa si la luz del fuego atrae a algo del bosque? —pregunté—. Fuera está helando.

—Pues si algo entra aquí atraído por la luz del fuego le disparamos y santas pascuas —me dijo Catalina que ya se alejaba hacia la puerta. Se detuvo justo antes de llegar y me miró—. Han detenido a Maite, la de la mercería. Creen que ella sabía lo que su marido y su hijo planeaban hacer durante la fiesta y que los encubrió.

Recordé a Maite saliendo de la cueva de las estrellas ayudada por dos hombres unas cuantas noches antes. Me había mirado al pasar antes de volver al bosque. Maite sabía bien quién era yo, me reconoció como a una de las responsables de la muerte de su hijo y ahora estaba detenida.

—¿Va todo bien? —preguntó Catalina igual que si pudiera escuchar mi corazón latiendo deprisa por el pánico.

—Sí, todo va bien —mentí—. Tú trae ese whisky.

EL LOBO NEGRO

Llamaron a la puerta al día siguiente: dos hombres con el uniforme de la Falange preguntando por la marquesa de Zuloaga. Amaia les dejó entrar en la casa pero no les permitió pasar del vestíbulo. Cuando subió a buscarme y vi la expresión en su cara supe que algo iba terriblemente mal.

—Preguntan por usted, señora marquesa —me informó con el tono de quien se sabe portadora de malas noticias—. Les diría que no está en la casa pero dicen que tienen órdenes de llevarla al pueblo. El capitán Villa quiere verla en el cuartelillo.

Liam dormía en la cama del cuarto de invitados del primer piso, esa mañana por fin se había visto con ánimo para levantarse y dar un paseo por la casa.

—Diles que ahora bajo, por favor. —Miré a Liam un momento más antes de volverme hacia la puerta—. Y si no he vuelto para la hora de cenar dile a Catalina que recuerde lo que le dije la última vez que fui al bosque, ella sabrá a lo que me refiero.

Amaia asintió despacio, sus rasgos juveniles parecieron los de una mujer mucho más mayor un instante antes de desaparecer para bajar corriendo las escaleras de mármol. No iba a despertar a Liam para decirle «adiós» y tampoco bajaría al cuartito de los juegos para despedirme de Catalina o de las niñas. Me arreglé el pelo mirándome en el espejo del tocador y me ajusté mejor mi vestido de color granate.

Bajé la escalinata sin ninguna prisa; abajo, esperando impacientes en el vestíbulo vi a los dos hombres de uniforme que habían venido a buscarme.

—Señores, ¿en qué puedo ayudarles? —les pregunté mientras Amaia fingía que no prestaba atención a la escena.

—El capitán Villa nos ha ordenado llevarla al pueblo, señora marquesa. Está en el cuartel y quiere hablar con usted de unos asuntos, así que vámonos.

El oficial tendría más o menos mi edad y a juzgar por el desprecio con el que habló estaba claro que no me tenía miedo y que yo no le caía bien.

—¿Sabe de qué se trata? —pregunté, aunque estaba segura de que tenía relación con Maite.

Probablemente ella había terminado hablando: les habría contado que yo estaba en el bosque esa noche y que conocía la identidad de, al menos, uno de los bandoleros que llevaban meses atacando a la Guardia Civil. Imaginé a Maite en una sucia celda del cuartelillo con la cara hinchada por los golpes y deformada, la sangre seca en su ropa arrancada y el pelo despeinado después de que la hubieran interrogado durante toda la noche. No la culpaba: yo también hubiera delatado a la responsable de la muerte de mi hijo si pensara que con ello podía acortar la agonía hasta mi próxima muerte.

—Yo solo hago lo que dicen, señora, así que lo mejor es que nos acompañe y se lo pregunte usted misma al capitán Villa —respondió, visiblemente molesto por tener que responder a mis preguntas—. El coche está fuera.

Les seguí atravesando el vestíbulo sin detenerme y sin decir nada más, pero antes de cerrar tras de mí la puerta de la casa me volví para mirar al interior de Villa Soledad una última vez. Alma estaba de pie en la entrada, justo debajo de la gran araña de cristal austriaco que colgaba en el centro del vestíbulo, y se despidió de mí con la mano.

No me esposaron durante el trayecto hasta el pueblo, pero

aun así, cuando bajé de la parte de atrás del coche que usaron para llevarme hasta Basondo, donde había ido dando tumbos todo el viaje, todos los vecinos que había en la plaza se me quedaron mirando.

—Mira, han detenido a la marquesa. Lo mismo le dan el paseíllo a ella también, se lo merece por hacerse amiguita de los nazis —susurraban algunos—. No, esta como mucho pasa una temporada en la cárcel y listo. Los que son como ella siempre salen bien parados al final.

No bajé la cabeza avergonzada ni esquivé las miradas curiosas de los vecinos que me vieron seguir a los dos soldados hasta el edificio del cuartel. No me había avergonzado nunca por lo que hacía, y si esos eran mis últimos momentos, desde luego no iba a empezar a hacerlo ahora, así que dejé que los habitantes de Basondo disfrutaran de mi humillación pública pero sin darles el gusto de mostrar vergüenza o miedo.

El pequeño cuartel de la Guardia Civil que había calle arriba se había convertido en el centro de mando del capitán Villa desde que él y sus hombres llegaron a Basondo. Dentro del cuartel no había espacio suficiente para alojar a los soldados de Villa, ni siquiera a la mitad de ellos, pero aun así él había dado orden de que se quedaran en el pequeño edificio de dos plantas hasta nuevo aviso. Yo no había pasado por esa calle desde que regresé a Basondo, la evitaba dando un pequeño rodeo si tenía que pasar cerca al igual que hacían todos los vecinos. Pero no era solo el miedo a terminar encerrado dentro de ese edificio algún maldito día lo que hacía que la gente evitara pasar por delante del cuartel: algunas veces se escuchaban disparos que provenían del patio trasero, disparos que cortaban el silencio del valle y recorrían cada calle y cada casa de Basondo porque todo el mundo sabía que en el patio trasero del cuartel era donde estaba la pared de ladrillos contra la que fusilaban a los detenidos.

—Señora marquesa, gracias por venir tan pronto —me saludó Villa como si yo hubiera tenido opción de negarme a ir hasta allí—. ¿Qué tal las cosas por la mansión? ¿Extrañan mi presencia?

Villa estaba sentado tras un escritorio en una pequeña oficina sin ventanas. Su gorra —que recuperó después de la explosión y que había mandado limpiar— estaba sobre la mesa mientras él terminaba de firmar unos documentos con su pluma estilográfica, una Waterman de plata maciza con dos pequeños diamantes incrustados, tan cara como la reparación de todas las ventanas de Villa Soledad.

—Sí —respondí con frialdad.

Era mentira, por supuesto. Después de la bomba en la fiesta de Navidad, Villa se había instalado en el cuartel junto con sus hombres por seguridad. Catalina y yo estábamos encantadas de no tenerle deambulando por la mansión a su antojo.

Villa me sonrió como quien conoce tu secreto más profundo.

—Señora marquesa, veo que está usted molesta por algo. Confío en que no sea por mi culpa.

El capitán Villa era de esos hombres que fingía ser espartano en sus gustos y en su modo de vida:

—Un hombre recto de los que ya no quedan, no me importa dormir en el suelo si hace falta —me había dicho en una ocasión.

Pero con el paso de los meses yo me había dado cuenta de que en realidad Villa adoraba rodearse de los mismos lujos y caprichos que todo nuevo rico: la colección de coches deportivos importados que guardaba en el garaje de su casa de Madrid como un tesoro, el reloj Bulova de oro que llevaba en su muñeca que asomaba de vez en cuando bajo la manga de su uniforme, la pluma de plata con la que firmaba lo que ahora me parecían órdenes de detención... Al capitán Villa le gustaba creer que era un hombre intachable, digno de esos poderes sobrenaturales que él creía tener, pero en realidad no era más que otro nuevo rico codicioso.

—¿Por qué me ha hecho venir? —pregunté muy seria—. No me gusta que me hagan salir de mi propia casa sin darme siquiera una explicación. Hacemos negocios juntos, creo que merezco eso al menos.

Villa firmó la última orden de detención que tenía sobre la mesa, cerró la pluma con calma y la dejó sobre la montaña de papeles que tenía delante.

—Desde luego que merece usted una consideración especial —dijo mirando la pluma un momento más antes de levantar sus ojos para mirarme—. Y confío en que mis hombres hayan sido tan amables como la ocasión merecía.

No había nadie más en el despacho aparte de nosotros dos, tampoco es que hubiera mucho espacio en la diminuta oficina con el escritorio enfrente y la columna de archivadores al otro lado, aun así, me pareció que todo el aire de la habitación se consumía cuando Villa se levantó arrastrando ruidosamente su silla sobre el suelo. Di un respingo al escuchar el chillido de las patas de madera sobre las baldosas.

—Sí, muy amables —murmuré.

—El caso es que ayer por la tarde detuvimos a la esposa de su capataz, Maite —empezó a decir Villa rodeando el escritorio para llegar hasta mí—. Sospechamos que ella conocía los planes de su marido y de su hijo para atentar en su fiesta y que colaboró con ellos.

Tragué saliva, Villa estaba ahora tan cerca que podía sentir el olor a ropa limpia que salía de él.

—No lo sabía —mentí—. He pasado estos últimos días ocupándome de las obras en la mansión y del estado del señor Sinclair.

—Es un hombre fuerte, estoy seguro de que terminará por reponerse del todo. Cuando le vea hágame el favor de darle recuerdos de mi parte.

Respiré aliviada, no me habían mandado ir para detenerme.

—Desde luego.

—¿Qué sucede, señora marquesa? Parece preocupada. —Villa entrecerró los ojos un instante para estudiarme—. No me dirá usted que pensaba que íbamos a arrestarla, ¿por qué haría yo tal cosa? Usted no ha hecho nada malo, es una de los nuestros.

—Y ¿por qué estoy aquí entonces? —quise saber.

Antes de responder Villa cogió su gorra del escritorio y se la colocó con cuidado de no despeinarse su pelo castaño peinado hacia atrás, después abrió la puerta del pequeño despacho y me hizo un gesto con la mano para indicarme que saliera yo primero.

—Maite, la mujer de su capataz, no nos ha dicho nada —empezó a decir mientras caminábamos por un pasillo angosto—. Ella asegura que desconocía lo que tramaba su marido y que no sospechó nada cuando él y su hijo mayor salieron de casa en Nochebuena.

Llegamos a unas escalerillas que bajaban hasta una puerta cerrada, Villa no lo dijo pero estuve segura de que esa era la puerta que llevaba hasta el calabozo, porque en esa parte del edificio olía a orines, a vómito y a sangre coagulada.

—Tal vez ella no estuviera al tanto de lo que planeaban —sugerí sin muchas esperanzas de convencerle—. Puede que el marido y el hijo no le contaran nada a Maite para protegerla.

—¿Protegerla? ¿Y de qué querrían protegerla? —Villa se detuvo a mitad del pasillo y me miró muy serio—. Nosotros somos los buenos, señora marquesa, los elegidos: somos la ley y el orden. ¿Por qué iba alguien a tener miedo de nosotros si no es porque están planeando hacer algo terrible?

Pensé deprisa intentando no ser yo la que terminara detrás de la puerta cerrada que tenía frente a mí.

—Quería decir, que tal vez no le contaron nada a Maite para que ella no pudiera contárselo a usted. Los maridos pocas veces les cuentan sus planes a sus mujeres —añadí.

Villa asintió despacio y me pareció que me había creído porque metió la mano en el bolsillo del pantalón de su uniforme para sacar un manojo de llaves.

—Sí, ya lo había pensado, pero el caso es que no podemos estar seguros de si la mujer sabe algo más: no me gustaría descubrir demasiado tarde que han robado más dinamita de su mina para fabricar otra bomba o que a otros de sus trabajadores les diera por hacer lo mismo —dijo mientras metía una llave en la cerradura—. Solo nos podía faltar tener a más exaltados y perdedores caminando por nuestras calles armados con dinamita como si nada.

No se me escapó que Villa había dicho «nuestras calles» como si creyera que Basondo era de su propiedad.

—¿La dinamita que usaron en la bomba la consiguieron en la mina? —pregunté.

—Así es, de la que usan para las voladuras. La robaron aprovechando un descuido del chico que vigila el almacén —respondió él—. No vamos a fusilar a Maite hasta que no podamos estar seguros de que nadie más en este pueblo esconde dinamita y nos guarda rencor, ¿comprende?

Iban a fusilar a Maite. Recordé a esa adolescente poco simpática y larguirucha que atendía la mercería cuando su madre estaba ocupada cosiendo en la trastienda. Nos vi a Alma y a mí de niñas, cada una de una mano de Carmen, esperando la cola interminable de señoras en la diminuta tienda hasta que, por fin, era nuestro turno de comprar encajes y botones al peso. Por un momento, el olor a la madera oscura del mostrador sobado de la pequeña mercería y a las muestras de telas apiladas en la trastienda se volvió más fuerte que el olor a muerte que llenaba ese siniestro pasillo.

—Entiendo —mascullé.

—No podemos pasar página y mirar hacia el futuro mientras aún haya individuos por ahí que quieren hacernos volar en pedazos —dijo Villa—. Maite ha pedido hablar con usted. No quiere ver al cura para confesarse, a ninguna amiga o a nadie de la mina, solo a usted. Por eso la he mandado venir tan rápido.

—¿Quiere verme a mí? —Parpadeé sorprendida—. ¿Por qué?

—No lo sé —admitió Villa—. Hable con ella, averigüe cuánto sabe en realidad sobre el atentado o si conoce a otros que hayan robado explosivos de la mina. Lo más seguro es que ella quiera pedirle perdón por lo que su marido organizó en su fiesta, así que dígale que le perdona y cuénteme después lo que le haya dicho.

A pesar de todo, Maite no les había contado nada sobre mí o sobre mi visita al bosque para hablar con Tomás. Pensé en eso mientras Villa cerraba de golpe la puerta del calabozo detrás de mí.

—¿Maite? —la llamé cuando el eco de la puerta cerrándose se desvaneció—. Soy Estrella.

En la celda había solo el esqueleto de un camastro de hierro sin muelles ni colchón y un cubo en una esquina. La única luz en la pequeña estancia procedía de un ventanuco rectangular que había justo debajo del techo, de modo que lo único que se veía desde la celda era el cielo. Unas rejas de hierro cerraban el paso aunque la ventana estaba imposiblemente fuera del alcance de cualquier prisionero que midiera menos de tres metros. La luz lechosa de la tarde entraba por la ventana, me pareció bastante retorcido ponerle una ventana para ver el cielo a alguien que sabe que jamás volverá a pisar el mundo de los vivos.

Maite estaba sentada en el otro extremo de la celda, con la espalda apoyada contra la pared y la cara escondida entre las manos.

—Bien, no sabía si esos la dejarían venir al final —dijo sin levantar la cabeza—. Acérquese un poco más para hablar por si acaso nos están escuchando detrás de la puerta, no quiero que oigan lo que tengo que decirle.

Obedecí y caminé hasta Maite, ella por fin levantó la cabeza para mirarme.

—¿Qué te han hecho? —pregunté.

Maite tenía un ojo morado, la piel justo debajo del golpe estaba empezando a adquirir un color violeta oscuro y amarillo en los bordes. Había un corte abierto en su ceja, en el mismo ojo, ya no sangraba, pero los restos de sangre seca y oscura todavía estaban pegados a la línea de su pelo y a su oreja. En su cuello, justo donde empezaba la tela de su blusa, me pareció ver las huellas que dejan unos dedos después de apretar la piel el suficiente tiempo como para estrangular a una persona.

—No hace falta que finja amabilidad conmigo, no la he hecho venir para que las dos lloremos juntas por las desgracias ni para que tenga la oportunidad de redimirse —me dijo con voz reseca—. Poco me importan esos asuntos a mí, no me queda mucho tiempo en este mundo y no lo voy a malgastar intentando hacerla sentir culpable cuando sé bien que le da igual lo que me pase.

—¿Qué quieres de mí?

Maite tomó aire, parecía cansada, pero no era la mujer asustada convertida en un ovillo por los golpes y el miedo acurrucada en un rincón que pensé que me encontraría. Estaba serena, lúcida.

—No voy a delatarla, pierda cuidado —empezó a decir—. No es porque se merezca mi perdón, es porque me van a matar igual y, aunque me duele admitirlo, necesito algo de usted.

—¿Qué es?

Maite me miró con su ojo hinchado antes de responder, me pareció intuir una lágrima entre la carne tumefacta que rodeaba el ojo.

—Mi hija, la hermana melliza de Ángel —dijo por fin—. Ahora está escondida en casa de una vecina por si acaso a estos les da por detenerla también, pero ella no puede quedársela: son muchos ya y no puede alimentar más bocas, y nadie más en este bendito pueblo acogerá a mi pequeña cuando yo muera porque toda su familia está marcada para siempre. Si solo hubiera sido lo de la bomba igual algún valiente se atrevía a hacerse cargo de ella, pero después de que me hayan detenido a mí ya no hay nada que hacer.

—¿Quieres que me haga cargo de tu hija?

—Sí —admitió Maite por encima de su orgullo y de los golpes—. Acójala en su casa, tiene dinero suficiente para mantenerla mientras crece: enséñela a servir o póngala a cortar patatas en la cocina cuando sea más mayor, me da igual. Haga lo que sea pero no permita que mi hija se muera de hambre y de frío en la calle, no deje que se la coman viva esos perros de uniforme.

Maite escupió al suelo de la celda cuando acabó de decir la última frase.

—Prométame que cuidará de mi niña y yo no les diré que usted sabía dónde se escondían los bandoleros ni que se entiende con uno de ellos —añadió—. Me llevaré su secreto conmigo.

—Y ¿qué pasa con los demás? Aunque tú no digas nada de mí, otros hombres me vieron en el bosque esa noche.

—No hablarán, ya casi han terminado con todos ellos —respondió Maite sin emoción—. Solo falta su amigo el cura, pero nadie sabe dónde está. Dicen por ahí que ha salido corriendo del pueblo para salvar el pellejo.

No había visto a Tomás desde la explosión en Nochebuena. Cuando vio a Villa salir caminando del comedor formal sin apenas un rasguño Tomás masculló que iba a buscar al médico y se marchó perdiéndose entre los demás invitados que salían de Villa Soledad.

—¿Lo hará? —Maite me agarró la mano con todas las fuerzas que le quedaban y me miró—. ¿Se hará cargo de mi hija?

Bajé la mirada hacia su mano alrededor de la mía, noté que le faltaban un par de uñas y que las yemas de sus dedos estaban ensangrentadas como si hubiera estado arañando algo. Le apreté la mano con suavidad en el mismo gesto de promesa silenciosa que le hice a Catalina la noche que tiramos el coche con su marido muerto al Cantábrico. Igual que con Catalina, ahora las dos estábamos unidas por un secreto que nos llevaríamos a la tumba.

—Pierde cuidado por tu hija y vete tranquila: cuidaré de la niña como si fuera mía —prometí con voz frágil—. La niña irá a los mejores colegios, tendrá los vestidos más bonitos que el dinero pueda comprar y dos hermanas pequeñas que la querrán y la imitarán en todo lo que haga.

Maite se rio entre lágrimas.

—Sí, así son todos los hermanos pequeños —dijo—. Gracias. A cambio yo me llevo su secreto conmigo al cielo.

Me soltó la mano por fin y yo la solté a ella, pero me dejó restos de su sangre en la palma. La miré intentando pensar algo que decirle que pudiera consolarla, abrí la boca pero ella se me adelantó:

—No hace falta que diga nada, así está bien.

Asentí en silencio y di un par de pasos hacia la puerta cerrada de la celda. Di dos golpes en la puerta para que Villa me abriera, quería salir de esa cárcel cuanto antes pero de repente caí en la cuenta de que había olvidado algo importante y me volví hacia Maite:

—Tu hija, ¿cómo se llama?

Escuché la cerradura abriéndose al otro lado de la puerta, el sonido de la llave y la voz de Villa dando órdenes a sus hombres, pero Maite sonrió despacio y respondió:

—Victoria.

Me despedí de Villa en el pasillo del calabozo que olía a vómito y a sangre. Aunque después no recordaría mis propias palabras, le conté al capitán que Maite solo quería hacerme saber que me guardaría rencor en el otro mundo por haber empujado a su familia a la desgracia. Salí del cuartel caminando sin sentir mis propios pies. Bajé casi flotando la cuesta empedrada que llevaba hasta la plaza del pueblo, pero no había llegado al corazón de Basondo aún cuando escuché los disparos que salían del patio trasero del cuartel: una ráfaga de disparos rápidos, más de veinte, impactó contra la ya agujereada pared de ladrillo del patio arrancándole un silbido insoportable a la tarde. Me detuve justo donde estaba, asustada por el ruido a mi espalda. El eco de los disparos se alejó repitiéndose por todo el valle, tomé aire y di un paso decidida a alejarme de allí para no volver jamás cuando escuché un último y solitario disparo cortando el aire: el tiro de gracia en la cabeza de Maite.

Empezó a llover incluso antes de que llegara a la plaza del ayuntamiento, una lluvia cortante y grisácea que fue empapando mi pelo y mi traje de lanilla casi sin que me diera cuenta. *Txirimiri*: ese era el nombre de esa lluvia, otra palabra prohibida que sonaba como un trabalenguas misterioso.

No sabía cuándo había empezado a llorar pero no dejé de hacerlo durante todo el camino de vuelta. Salí de Basondo y caminé por el margen de la carretera que llevaba hasta Villa Soledad temblando por la lluvia, el frío y el llanto. Uno de mis camiones pasó de largo por la carretera, ruidoso y sucio, lleno de wolframio esperando para ser descargado en el muelle del acantilado. Cuando el estruendo del camión pasó de largo y se perdió en el horizonte escuché otra vez la lluvia cayendo en el bosque. Caminaba tan cerca de la hilera de árboles que las ramas me arañaron el brazo enredándose en mi abrigo como una criatura con largos brazos intentando sujetarme.

Llegué al lugar donde Villa había matado al pequeño Ángel con el Hispano-Suiza del marqués, el mismo lugar donde dos semanas después mató a su padre y a su hermano mayor. Vi la tierra removida en el arcén junto al bosque: era la tumba reciente donde los hombres de Villa habían enterrado a Julián y a su hijo mayor. La esquivé para no caminar sobre ellos por respeto pero también por temor a que los dos pudieran mirarme con sus ojos de muerto como hacía Alma. Cuando dejé la fosa detrás de mí me agaché y toqué el suelo de barro con las manos para hacer crecer hiedra y flores azules sobre su tumba.

Después me limpié el barro fresco en el abrigo sin importarme que quedara arruinado para siempre y seguí caminando hasta que vi aparecer el tejado verde de Villa Soledad después de una curva.

Un rayo golpeó la tierra cerca del acantilado justo cuando yo crucé la puerta de hierro de la finca, atravesé el jardín delantero entre lágrimas y entré en la casa sin cerrar la puerta verde detrás de mí. La lluvia entró conmigo en Villa Soledad y me dejé caer de rodillas sobre las baldosas blancas y negras del vestíbulo.

Liam estaba en la cocina hablando con Catalina, podía escuchar sus voces por encima de la tormenta —que ahora descargaba sobre la mansión y por encima de mi llanto incontrolable—, los dos salieron alarmados al oír la lluvia que entraba en la casa. Liam llevaba el brazo derecho sujeto en un cabestrillo que yo le había hecho con un pañuelo de seda italiano, todavía no podía moverlo con normalidad pero corrió como pudo y se arrodilló en el suelo frente a mí.

—Estrella, ¿qué ha pasado? —hablaba tan deprisa que ni siquiera se dio cuenta de que su acento verdadero, no el del hombre educado en colegios de lujo ingleses que fingía ser, se colaba entre sus palabras haciendo casi imposible entenderle—. Estás bien, ¿te han hecho algo? Amaia nos ha dicho que han venido dos soldados preguntando por ti para llevarte al pueblo.

Le abracé con fuerza sin dejar de llorar, respirando su olor familiar mezclado con el olor de la tormenta.

—Tú tenías razón, tenemos que marcharnos de Basondo —susurré contra su cuello.

Me aparté un poco de Liam, solo lo justo para poder verle mejor. Hacía cuatro horas no había tenido el valor de despertarle para despedirme de él y quería asegurarme de que seguía siendo tal y como yo le recordaba por si acaso los hombres de Villa volvían a buscarme. Estudié sus ojos de zorro del mismo color que el bosque, su pelo salvaje y su sonrisa torcida debajo de su barba cobriza.

—¿Qué ha pasado? —me preguntó más calmado ahora—. Y ¿para qué quería verte Villa?

Le acaricié la mejilla sintiendo la textura de su barba en la palma de mi mano, justo en el mismo lugar donde me había manchado la sangre reseca de Maite.

—Tenía miedo de no volver a verte nunca —respondí. Liam sujetó mi mano con la suya apretándola contra su mejilla un momento más—. Tenemos que marcharnos de Basondo. Dijiste que tenías un contacto capaz de conseguirnos pasaportes y papeles para llegar a Estados Unidos, ¿cuánto tiempo tardaría en tenerlo todo listo si le avisas ya?

Catalina cerró la puerta principal y se acercó hasta donde estábamos.

—Por fin entras en razón —me dijo después de un suspiro de alivio—. Pensé que íbamos a tener que morir todos para que tú te dieras cuenta de que ya no podemos seguir viviendo aquí. Basondo ya no es nuestro hogar, Estrella.

Asentí despacio pero no me puse de pie, no sabía si mis piernas aguantarían.

—¿Cuánto tiempo? —pregunté.

—Mi amigo tardará una semana en tener los pasaportes y todo lo demás, pero por ser para mí puede que lo tenga todo preparado en dos o tres días —respondió Liam—. ¿Estás segura de que quieres hacer esto? Si nos vamos no podremos volver.

—Llámale —respondí muy seria—. Y necesitaremos un pasaporte extra para una niña que se viene con nosotros.

—¿Qué niña? —preguntó Catalina sorprendida.

—La hija de Maite, Victoria. Nos la llevamos con nosotros.

Catalina bajó la cabeza y clavó los ojos en las baldosas del suelo, no necesitó preguntarme por qué nos llevábamos a la pequeña Victoria.

—Seremos tres adultos y tres niñas entonces —se aseguró Liam—. Me ocuparé de mover todo el dinero que pueda desde las cuentas de la empresa hasta una cuenta fuera del país para que no puedan rastrearla, pero es muy posible que en Madrid se den cuenta de lo que estamos haciendo cuando el dinero empiece a desaparecer de Empresas Zuloaga.

—Pues hazlo rápido y coge solo lo que podamos llevarnos para que no sospechen nada —sugirió Catalina—. Yo me ocuparé de las niñas: ropa, medicinas y todo lo que puedan necesitar para un viaje tan largo. Tú haz las maletas con nuestras cosas y mira a ver si puedes meter también las joyas de tu madre, los bonos del tesoro y todo el dinero en metálico que tengamos por la casa. En la caja fuerte del despacho hay casi cien mil pesetas.

Asentí, pero miré alrededor: contando solo lo que había en el vestíbulo —la gran araña de cristal austriaco que colgaba sobre nosotros y el espejo con el marco de pan de oro— dejaríamos abandonada una fortuna.

—Dejaremos la mansión amueblada y con miles de pesetas en cosas valiosas pero solo son cosas, Estrella —me dijo

Liam como si pudiera leerme la mente—. Debemos irnos de Villa Soledad antes del viernes.

Alma estaba de pie en el descansillo del primer piso asomada sobre la balaustrada de la escalera con su larga melena negra cayéndole a los lados mientras escuchaba nuestra conversación, igual que espiábamos a nuestros padres cuando las dos éramos niñas.

—No es por las cosas valiosas, los cuadros o la ropa bonita —admití y miré a Alma una vez más—. Es porque sé que nunca volveré a esta casa.

La primera tormenta del año llevaba dos días enteros azotando la costa. Estábamos en el acantilado, en el cargadero de hierro esperando al barco que debía llevarnos esa noche hasta Escocia. Debajo de nosotros, la espuma del mar se revolvía empujada por el viento del norte que barría el precipicio y a todos los que estábamos sobre él con su aliento gélido.

—El mar está muy picado, a lo mejor tu amigo no puede acercarse más al muelle —dijo Catalina sin ocultar su preocupación.

—Vendrá, me lo debe —respondió Liam sin dejar de mirar al mar por si acaso veía aparecer el barco de su antiguo socio—. Vendrá, sabe lo que nos jugamos. Le he dicho que esta era nuestra oportunidad para escapar, si alguien pasa por la carretera y nos ve aquí fuera esperando en mitad de la noche con las maletas, se acabó.

—No pasará nadie, las noches de tormenta nunca pasa nadie por esta carretera.

Catalina me miró entre la lluvia y supe que ella también estaba pensando en otra noche de tormenta: cuando ambas tiramos a Pedro al fondo del Cantábrico. Nadie en el mundo conocía nuestro secreto, ni siquiera Liam.

—Cuando lleguemos a Escocia descansaremos un día en

casa de un amigo. Tiene un pequeño hotel en Durness, un pueblo en el noroeste de Escocia. En verano hay algunos turistas pero en pleno invierno nadie se atreve a ir tan al norte porque hace demasiado frío, así que nadie nos verá.

Me fijé en la manera en que los ojos de Liam oteaban el horizonte buscando las luces del barco con desesperación. Liam y su antiguo socio habían acordado un código de luces específico para saber que era él en cuanto el barco se acercara lo suficiente al precipicio como para poder fondear, después bajaríamos por el muelle en la misma cesta de metal que los trabajadores usaban para hacer llegar el wolframio a los barcos alemanes en el mar.

—¿Tienes ganas de volver? A Escocia. A tu tierra —le pregunté de repente aunque nunca habíamos hablado de eso.

Me sonrió a pesar del frío y de la lluvia y respondió:

—Eso me da igual, lo único que me importa es que estemos a salvo.

Miré a las niñas: las tres estaban bien protegidas del viento de enero por capas y capas de ropa. Laura estaba en brazos de Catalina que la protegía de la lluvia con su cuerpo, yo tenía a Marina cogida de la mano y Victoria estaba a mi lado mirando el mar con la misma expresión silenciosa que tenía desde que la trajimos a casa dos días antes. La vecina con la que Maite había dejado a la niña se la entregó a Catalina conteniendo las lágrimas por no poder hacerse cargo de ella. Aunque tenía cinco años, Victoria no hablaba, no había dicho una palabra desde que estaba con nosotros, pero un par de veces me había parecido que intentaba sonreír al ver a Liam haciendo malabarismos con su brazo malo para servirles el desayuno a las tres pequeñas en la cocina.

—¿Qué hora es ya? Parece que llevemos toda la noche esperando aquí fuera, me da cosa que la niña se resfríe antes del viaje, bastante delicada de salud está ya. —Catalina miró a Marina y después otra vez al mar negro bajo nuestros pies.

—Vendrá, no os preocupéis.

Metí la mano libre en el bolsillo de mi abrigo y me di cuenta de que había olvidado coger las muñecas de la casita.

Antes de salir de Villa Soledad había registrado cada habitación para despedirme de la casa y para estar segura de que no olvidaba nada importante. Vi la réplica de la mansión sobre la mesa de ajedrez de mamá en la biblioteca pero no me acordé de las muñecas hasta este momento.

—Olvidé algo, tengo que volver a la casa. Solo serán cinco minutos, diez como mucho. —Me volví hacia Liam y le di un beso en los labios, estaban helados y sabían un poco al salitre pegado en el viento—. No os vayáis sin mí.

—Eso jamás.

Le di la mano de Marina para que él la cuidara y salí corriendo entre las hierbas altas de vuelta a la casa.

Cuando entré en Villa Soledad la mansión estaba en silencio, esperando, casi pude sentir el pulso de la casa latiendo bajo los tablones del suelo y en las paredes: ya sabía que la habíamos abandonado.

Atravesé deprisa el vestíbulo y caminé a oscuras hacia la biblioteca. Las dos muñecas seguían en la réplica de la mansión, acostadas cada una en una de las camas con dosel en la habitación redonda de la torre. La última vez que las vi, las dos muñecas idénticas estaban mirando por los falsos ventanales de su habitación como hacíamos nosotras cuando esperábamos para ver pasar las ballenas que nadaban con sus crías escapando de las aguas demasiado frías del mar del Norte. Alguien las había movido otra vez. Sabía que no era ninguna de las niñas —eran demasiado pequeñas como para que les interesara la casita de muñecas— y me costaba imaginarme a Catalina o a Liam jugando con ellas, abriendo los cajoncitos de las cómodas o colocando las diminutas tacitas de porcelana sobre la mesa de la cocina. Yo sabía bien quién cambiaba ahora de sitio las muñecas por las noches. Era Alma. Sonreí con tristeza y guardé las dos muñecas en mi bolso de viaje, sabía que no podía llevarme la casita conmigo —esa casita con la que nunca me permitieron jugar y que tan inútil me pareció cuando mamá nos la regaló años atrás— pero las dos muñecas sí vendrían conmigo a Las Ánimas por si acaso Alma quería seguir jugando con ellas en California.

Ya iba a salir de la biblioteca cuando escuché un ruido que venía del vestíbulo: era el sonido inconfundible de unas botas militares de cuero sobre las baldosas bicolores de la entrada. Miré hacia la ventana pensando en escabullirme por ella y correr campo a través bajo la lluvia hasta el cargadero en el acantilado, esperando que Villa creyera que todos dormíamos en las habitaciones de arriba y se fuera por donde había venido.

«A lo mejor solo está en la casa porque ha venido a buscar sus cosas a la capilla familiar, tal vez olvidó algo la última vez que estuvo allí. Si te quedas muy callada puede que se marche sin más», pensé no muy convencida. No había visto al capitán desde la tarde que hizo fusilar a Maite pero sabía bien que Villa no era del tipo de hombres que desaparecen sin más.

Las pisadas de sus botas sonaron más cerca ahora y volví a mirar la ventana. No podría conseguirlo: aunque lograra abrir la ventana sin hacer ruido —y sin que el sonido de la lluvia fuera me delatase— y pudiera correr por el precipicio hasta el cargadero, si Villa me descubría le llevaría directamente hasta Liam, Catalina y las niñas, así que tomé aire y salí caminando de la biblioteca con tranquilidad y haciendo tanto ruido con mis tacones como pude para que no me disparara allí mismo al confundirme con un intruso o algo peor.

—¡Qué susto me ha dado, capitán! —mentí, llevándome la mano al pecho como si mi corazón latiera deprisa para hacerlo más creíble aún—. ¿Qué hace aquí a oscuras y tan tarde? No sabía que vendría esta noche.

Villa estaba cerca de la escalinata de mármol con la mano apoyada en la balaustrada de caoba, noté que acariciaba la madera como si ya fuera suya.

—Señora marquesa, lamento haberla sobresaltado así. —Sonrió al verme pero intuí sus ojos profundos chisporroteando debajo de la gorra de su uniforme—. Espero que no le importe que haya entrado en la casa sin avisar, la puerta principal estaba abierta y he supuesto que estarían cenando.

Era mentira. No tenía forma de saber cuánto tiempo llevaba Villa dentro de la casa en realidad, pero cuando yo había entrado corriendo bajo la lluvia, había tenido que pararme a buscar mis llaves para poder abrir la puerta de la entrada y después no la había oído abrirse otra vez.

—No, claro que no —respondí con voz calmada—. Es solo que Catalina y el señor Sinclair no están en casa, pero hay comida suficiente en la cocina si le apetece cualquier cosa, aunque tendrá que prepararlo usted mismo porque es la noche libre de Amaia.

—¿Dónde están? El señor Sinclair y su hermana. Parece que hayan salido de la casa a toda prisa, pero la mayoría de sus pertenencias todavía están arriba en sus habitaciones, y veo que aún quedan cosas de valor aquí. —Villa señaló la araña de cristal que colgaba a seis metros sobre nuestras cabezas—. Solo esa lámpara ya costará una pequeña fortuna, no he dejado de mirarla desde la primera vez que puse un pie en esta casa. Es realmente preciosa, única. ¿Es una antigüedad familiar?

Miré disimuladamente el reloj en mi muñeca, ya habían pasado los diez minutos que le había pedido a Liam. Sabía que nunca se marcharían sin mí y eso era justo lo que me preocupaba ahora: que Liam o Catalina vinieran a buscarme a la casa.

—Sí, creo que era de mi abuela —dije—. El señor Sinclair y Catalina no están porque han salido hacia Bilbao esta tarde. Vamos a llevar a Marina a un colegio interna en Suiza, por sus pulmones, el aire limpio es lo mejor para su salud. Yo he tenido que quedarme aquí un rato más para terminar unos asuntos de la empresa, pero me reuniré con ellos en Bilbao esta noche y ya llego tarde, así que si no le importa cerrar la puerta después de salir...

Caminé decidida hacia la puerta pero noté que Villa no me seguía, estaba todavía al pie de la escalinata de mármol.

—¿A Bilbao? Pues tenga usted cuidado: al último de esta familia que salió para ir a Bilbao no se le ha vuelto a ver el pelo.

Tenía la puerta principal de la casa a menos de cuatro metros, solo un par de pasos más y podía abrirla, pero también sabía que no tenía dónde esconderme después, así que me volví para mirarle: necesitaba convencer a Villa para que saliera de la casa conmigo.

—No sé qué insinúa, capitán. Mi cuñado nos robó y se largó, el muy miserable se llevó un coche, mi dinero y el corazón de mi hermana con él.

—Sí, una verdadera lástima lo de su hermana: tan joven y ser abandonada por su esposo. Pero, dígame, ella solo es su medio hermana, ¿no es verdad? La hija bastarda del marqués. —Villa se quitó su gorra y se pasó la mano por su pelo impecablemente peinado hacia atrás con fijador—. Y su amante no es un distinguido lord inglés o un respetable marchante de arte: es solo un estafador, o peor, es un espía de los aliados al que deja dormir en su cama y con quien comparte información vital sobre nuestros negocios con los alemanes.

La luz blanca de un rayo entró por las ventanas de la casa iluminando el vestíbulo un instante. Fuera, por encima del sonido de la lluvia y del viento que sacudía la lona anclada a la fachada, el lobo negro aulló.

—Es tarde, capitán, y creo que debería marcharse ya para que yo pueda irme también. Si sigue lloviendo así la carretera quedará anegada pronto y le será imposible volver a Basondo.

Abrí la puerta y el ruido de la tormenta inundó el vestíbulo. Una ráfaga de viento salió de entre los árboles al otro lado de la carretera y entró serpenteando en la casa arrastrando un puñado de hojas secas hasta mis botas de viaje.

—No voy a regresar a Basondo esta noche. Estoy pensando en quedarme a dormir aquí, en esta casa, creo que es verdad que está embrujada porque siempre acabo volviendo a ella. La casa es como un imán poderoso, hay algo especial entre estas paredes que hace que no se me vaya de la cabeza. —Villa jugueteó un momento con su gorra y después se acercó hasta donde yo estaba, despacio, sabía que yo no iría a ningún lado—. No creo que su hermana bastarda y su amante extranjero hayan ido a Bilbao: pretenden huir del país, por eso se han llevado a las niñas en mitad de una tormenta y por eso no queda casi nada de valor en sus habitaciones: han cogido todo lo que pueden llevarse en una maleta porque no tienen intención de regresar a Basondo jamás.

El sonido de un trueno sacudió las ventanas de vidrieras y la casa entera tembló a nuestro alrededor.

—No sé de qué habla —le dije muy seria—. Pero ya es tarde y le aseguro que yo no voy a prepararle la cena, capitán, de modo que coja lo que haya venido a buscar y salga de mi casa de una maldita vez.

El lobo negro aulló entre los árboles, justo en la frontera del bosque. No me atreví a darme la vuelta para verle pero sabía que estaba cerca. Siempre detrás de mí.

—No importa adónde vayan o dónde se escondan, porque nunca estarán a salvo de mí. —Villa se inclinó hasta mi oído y susurró—: Medio mundo es nuestro ya y pronto conquistaremos el otro medio. Aunque consiga huir esta noche, yo personalmente les buscaré para traerles de vuelta aquí, hasta ese patio trasero con la pared de ladrillos que tanto miedo le da.

Un escalofrío me bajó deprisa por la columna aunque no lo causó el frío o la ropa mojada: fue la promesa siniestra en las palabras del capitán.

—Así es, lo sé todo. Se lo vi en los ojos la tarde que la mandé llamar al cuartel: vi su miedo a terminar en esa celda maloliente igual que la mujer de su capataz —añadió él—. Ya sé que habló con los bandoleros y con los huelguistas a mis espaldas, así es cómo terminó con la huelga: hablando con su amigo para llegar a un acuerdo, ese cura republicano que ahora está desaparecido, el muy cobarde. Podía haber hecho que la arrestaran muchas veces, señora marquesa. A usted y a su familia de bastardos y traidores.

—Y ¿por qué no lo hizo? —pregunté, con una voz tan frágil que la odié.

Villa me sonrió y otra vez me sorprendió lo que ese hombre de sonrisa encantadora era capaz de hacer.

—Al principio fue porque quería ver cómo de especial era en realidad, sé bien que es usted una criatura fuera de lo común: el tipo de animal extraordinario que solo se puede cazar en lo más profundo del bosque, donde se siente a salvo. Después me di cuenta de que quería su mina y su wolframio.

—Y mi casa —terminé yo.

—Y su casa, sí.

Al oírle, el miedo se convirtió en otra cosa: algo caliente y espeso que corría bajo mi piel. Fuego. Me reí, en voz baja primero pero a carcajadas después hasta que Villa dio un paso atrás sorprendido.

—¿De qué se ríe?

Pero yo aún me reí un poco más antes de responder:

—Ah, capitán, he conocido a muchos hombres en mi vida: marqueses, soldados, embajadores, sacerdotes, vaqueros, terratenientes e incluso conocí a Clark Gable una vez, y todos ellos sin excepción se creían mejores que yo, pero siempre he procurado ser más lista que todos ellos, en parte por eso sigo con vida. —Villa me miró sin comprender—. Y a usted, capitán, a usted le he visto venir a kilómetros. El wolframio ya no está. Se ha esfumado, yo me he encargado de eso.

Vi el temblor en su mandíbula, pura ira ciega creciendo dentro de él un instante antes de agarrarme con fuerza por la pechera de mi abrigo retorciendo la tela y arañándome la piel.

—No, es imposible. ¿Cómo que ya no está? —Sus dientes rechinaron al hablar—. ¿Qué ha hecho con él? ¿Se lo ha vendido a los británicos? ¡Hable!

Tenía las manos libres, así que le empujé con todas mis fuerzas para obligarle a soltarme.

—No me toque. —Las palmas de mis manos ardían igual que la noche en que casi quemé al marqués en la biblioteca—. Su wolframio ya no está, yo lo he hecho desaparecer igual que hice que viniera hasta mi mina. No queda nada.

Villa negó con la cabeza como si le costara comprender mis palabras, así que continué:

—Ya no queda nada, capitán. No hay nada de valor en ese agujero para usted o para sus amigos alemanes.

»El día anterior, después de que los hombres que trabajaban en la mina se fueran a casa, esperé a que se hiciera de noche y bajé a la mina con ayuda de Catalina para devolver el mineral gris brillante al fondo de la tierra.

»—¿Y qué pasará ahora con el pueblo? Sin el wolframio la mina tendrá que cerrar —había dicho Catalina mientras me sujetaba para que yo pudiera recuperar el aliento después de deshacerme de todo el wolframio de las paredes y del suelo.

»—Basondo aguantará sin la mina y sin nosotros, puede que hasta les vaya mejor sin los Zuloaga. Además, solo me he llevado el maldito wolframio, el hierro sigue en su sitio, pero no voy a permitir que Villa y sus amigos alemanes se lo queden. A mí no me roba nadie.

—Miente. Eso que dice es imposible —dijo Villa, pero noté cómo sus ojos temblaban ante la posibilidad de que le estuviera diciendo la verdad—. Nadie puede hacer semejante cosa.

—Desde luego usted no puede, no es más que un demente que se cree sus propias fantasías —respondí con desdén. Ya no tenía que seguir fingiendo, ninguno de los dos—. Pero yo soy mejor que usted.

—¿Sabe lo que hacían antes con las brujas? —empezó a decir Villa con voz grave—. Las cazaban y las quemaban en la hoguera, no muy lejos de donde estamos ahora. Primero las torturaban durante días hasta que confesaban todos sus pecados: les rompían todos los huesos del cuerpo, les introducían hierros candentes por cada agujero y les cortaban la lengua para que no pudieran maldecir después de muertas.

—Llevo toda mi vida escuchando esas historias y nunca me han asustado.

Pero Villa se lamió los labios despacio antes de añadir:

—Las brujas no eran fáciles de atrapar porque se hacían pasar por mujeres normales mezclándose entre las demás, pero al final las cazaban en el bosque usando redes y trampas para animales.

—A mí no podrá cazarme.

Sabía que si me retrasaba más pronto aparecerían Liam o Catalina para llevarme de vuelta al cargadero, seguramente el barco del socio de Liam ya habría llegado y estaba esperándome haciendo equilibrios sobre las olas negras.

—Eso ya lo veremos, puede que ya no tenga el wolframio pero ahora tengo algo mucho más valioso para venderles a mis socios alemanes: usted. Si es capaz de hacer lo que dice ya no harán falta más minas ni más trabajadores desagradecidos para conseguir el mineral, solo la necesitamos a usted. —Villa sonrió con la seguridad de quien siempre se sale con la suya—. Y cuando usted ya no pueda más entonces empezaremos con su hermana, su hija y su sobrina. Apuesto a que también hay algo de brujas en ellas, son Zuloaga después de todo. Las cazaremos a las tres sin importar dónde se escondan.

Di otro paso hacia la puerta abierta y entonces vi dos ojos brillantes que aparecían entre los árboles al otro lado de la carretera: uno verde y otro amarillo.

—Tenga cuidado, capitán. Ya conoce el dicho: algunas veces cazas al lobo...

No había terminado de hablar cuando el lobo negro entró en la mansión. Pasó muy cerca de mí, rozándome el abrigo con el lomo al pasar, yo hundí mi mano en su pelaje negro y salvaje: era áspero al tacto pero mullido, y olía como el bosque cuando Alma y yo éramos niñas y nos tumbábamos cogidas de la mano sobre la hierba fresca para mirar el cielo.

—... y otras veces el lobo te caza a ti.

Clac-clac-clac. Sus garras poderosas rascaron las baldosas del suelo mientras avanzaba hacia Villa, que retrocedió despacio y sin perder de vista al animal. Poco a poco el lobo fue cubriendo sus pasos y empujando al capitán hacia los pies de la escalinata de mármol.

—¡Atrás! —gritó Villa, pero su voz tembló por primera vez.

El lobo levantó el morro y enseñó una hilera de dientes pálidos como la luna. Escuché su respiración por encima del sonido de la lluvia que entraba en el vestíbulo. Con suavidad, sin hacer movimientos bruscos, Villa bajó su mano hasta la Astra 400 que llevaba en el cinturón de su uniforme y sacó el arma de la funda. Las cachas de bronce de la pistola brillaron un instante y vi que tenía estampado el escudo de la Falange en ellas. Villa levantó el brazo despacio apuntando con su arma a la enorme cabeza del animal.

—Solo es un lobo que se ha escapado del bosque, no es más que un lobo —susurró, pero noté cómo la Astra temblaba en su mano—. Al final de los cuentos de hadas el cazador bueno siempre mata al lobo que tiene aterrorizado a todo el pueblo.

Despacio, conteniendo la respiración, Villa amartilló la pistola hasta que escuchó el clic metálico que indicaba que la bala estaba en la recámara lista para ser disparada.

—Y justo así es como termina este cuento —dije.

Villa se olvidó del lobo por un instante y me miró sorprendido, fue solo un momento, pero lo aproveché para dejar salir el fuego que me quemaba debajo de la piel. Igual que la noche que ataqué al marqués en la biblioteca, el fuego salió de las yemas de mis dedos y se extendió rápidamente por las paredes cubiertas de papel pintado del vestíbulo.

—No, es imposible... —masculló él mirando alrededor.

Las llamas brillantes lamieron la cubierta de las paredes y continuaron su camino hacia dentro de la mansión devorándolo todo a su paso, subiendo hasta el techo abovedado para formar allí un mar de olas naranjas. De repente recordé aquel sueño que tuve en Madrid unas semanas antes de conocer a Villa.

—Adiós, capitán.

Me di la vuelta lista para salir de la casa, Villa levantó el brazo apuntándome con su arma pero antes de que tuviera tiempo de apretar el gatillo, el lobo negro saltó sobre él haciéndole caer de espaldas al suelo. El sonido de las llamas devorando la madera amortiguó los gritos de Villa cuando el lobo empezó a devorarle.

Salí de la casa sintiendo el calor del fuego a mi espalda, y corrí entre las hierbas altas que crecían cerca del borde del acantilado hasta que por fin llegué al cargadero de metal. Ahora llovía con más fuerza, pero Liam, Catalina y las niñas me esperaban junto al muelle. Abajo, en el mar embravecido, un pequeño barco nos hacía señales con las luces.

Bajamos todos juntos en la cestilla de hierro que se usaba para hacer llegar el cargamento de mineral a los barcos. La cubierta resbaladiza del balandro estaba empapada por la lluvia y las olas que lo golpeaban desde todas las direcciones, intentando hacerlo volcar.

—Vamos, abajo hay un pequeño camarote para protegernos de la tormenta. Mañana a estas horas estaremos a salvo en Durness. ¡Se acabó! —me gritó Liam por encima del ruido del mar.

Le estreché la mano un instante y después le dejé ir.

—Se acabó. Ve tú, yo voy enseguida —le prometí—. Quiero ver la casa una vez más.

Liam no protestó ni intentó convencerme, solo siguió a Catalina y a las niñas por la escalerilla que llevaba hasta las entrañas secas del barco.

Me volví hacia el acantilado, sobre él, como un faro siniestro atrayendo a los barcos para hacer que chocaran contra la pared de roca, Villa Soledad ardía bajo la tormenta. A lo lejos, el lobo negro aulló antes de volver a esconderse en lo más profundo del bosque.

AGRADECIMIENTOS

M entiría si dijera que hubo un tiempo en el que pensé que este momento no llegaría jamás, pero aquí estamos ahora.

Nada de esto hubiera sido posible sin mi querida agente Justyna Rzewuska. Gracias por tus consejos, tu apoyo, tu saber hacer y todo tu trabajo. Haces posible lo imposible. ¡Seguimos!

Carmen Romero, fabulosa editora (y escritora) donde las haya. Gracias por tu pasión contagiosa por los libros, tu profesionalidad, por poner también el corazón en mi historia y por tu paciencia infinita conmigo. Este viaje no hubiera sido tan divertido sin ti.

Berta Noy, gracias por tu confianza y por quitarme los nervios con las risas que compartimos las tres en aquella comida.

Covadonga D'lom, por hacer que mis palabras brillaran.

Gracias a todo el maravilloso equipo de Ediciones B por creer en esta historia desde el principio, por trabajar sin descanso en la novela y hacerme sentir siempre como en casa.

No quiero olvidarme tampoco de esos editores extranjeros que se atrevieron a apostar por esta chica desconocida, y que pronto publicaran mi primera novela en sus respectivos países.

Gracias también a todas las Estrellas, Catalinas, Valentinas, Almas y Cármenes anónimas que he tenido la suerte de conocer en estos años. Vosotras me habéis ayudado a entender mejor las infinitas aristas que todas llevamos dentro.

No puedo olvidarme de mis dos gatas, que han aguantado silenciosas (más o menos) las horas que su «humana» dedica a escribir en lugar de prestarles atención. Gracias también a Lana del Rey, su «Feet don't fail me now» me ha acompañado hasta la meta.

Y gracias a mi marido, por creer en mí cuando yo no podía.

Y a ti, lector, que has llegado hasta aquí, si quieres contarme lo que te ha parecido, escríbeme a alaitzleceaga@gmail.com.

ÍNDICE